Vu

Van dezelfde auteur

Verdronken verleden
Kil als het graf
Nasleep
Onvoltooide zomer

ze internetsite www.awbruna.nl
er al onze boeken en softwareproducten.

Peter Robinson

Vuurspel

A.W. Bruna Uitgevers B.V., Utrecht

Oorspronkelijke titel
Playing With Fire
© 2004 by Peter Robinson. Published by
arrangement with Lennart Sane Agency AB.
Vertaling
Valérie Janssen
Omslagontwerp
Plan B Grafimediabureau BV
© 2004 A.W. Bruna Uitgevers B.V., Utrecht

ISBN 90 229 8872 4
NUR 331

Behoudens de in of krachtens de Auteurswet van 1912 gestelde uitzonderingen mag niets uit deze uitgave worden verveelvoudigd, opgeslagen in een geautomatiseerd gegevensbestand, of openbaar gemaakt, in enige vorm of op enige wijze, hetzij elektronisch, mechanisch, door fotokopieën, opnamen of enige andere manier, zonder voorafgaande schriftelijke toestemming van de uitgever. Voorzover het maken van reprografische verveelvoudigingen uit deze uitgave is toegestaan op grond van artikel 16 h Auteurswet 1912 dient men de daarvoor wettelijk verschuldigde vergoedingen te voldoen aan de Stichting Reprorecht (Postbus 3060, 2130 KB Hoofddorp, www.reprorecht.nl). Voor het overnemen van gedeelte(n) uit deze uitgave in bloemlezingen, readers en andere compilatiewerken (artikel 16 Auteurswet 1912) kan men zich wenden tot de Stichting PRO (Stichting Publicatie- en Reproductierechten Organisatie, Postbus 3060, 2130 KB Hoofddorp, www.cedar.nl/pro).

Voor Sheila

19 juli

Ik was aan mijn derde slaappil en mijn tweede glas whisky toe toen hij op mijn deur klopte. Ik weet niet waarom ik nog de moeite nam om open te doen. Ik had mezelf met mijn lot verzoend en alles zo geregeld dat ik de wereld zo vredig en aangenaam mogelijk kon verlaten en niemand om mijn heengaan zou treuren.

Beethovens *Pastorale*-symfonie klonk uit de stereo, eigenlijk puur vanwege het feit dat ik ooit eens een film had gezien over een futuristische maatschappij waarin een man naar een ziekenhuis gaat om in slaap te worden gebracht en er op de muren beekjes, watervallen en bossen staan geprojecteerd en op de achtergrond de *Pastorale* klinkt. Ik kan niet zeggen dat het me echt veel deed, maar het was prettig om iets te hebben dat het onophoudelijke getik van de regen op het dunne dak vergezelde.

Ik denk dat het opendoen van de deur een instinctieve reactie was, als een soort zenuwtic. Wanneer de telefoon overgaat, neem je op. Wanneer iemand op je deur klopt, wat toch al een zeldzame gebeurtenis was in mijn geïsoleerde wereldje, ga je kijken wie het is. Ik wel, tenminste.

En daar stond hij dan, onberispelijk als altijd in zijn Hugo Boss-pak, onder een zwarte paraplu en met een fles in zijn andere hand. Hoewel ik hem in geen twintig jaar had gezien en het licht zwak was, herkende ik hem onmiddellijk.

'Mag ik binnenkomen?' vroeg hij met die kenmerkende schaapachtige glimlach van hem. 'Het hoost hierbuiten zo verschrikkelijk dat ik elk moment kan worden weggespoeld.'

Ik denk dat ik met stomheid geslagen een stap opzij heb gedaan toen hij zijn paraplu inklapte. Het is best mogelijk dat ik heel even heb gewankeld. Als er iemand was van wie ik niet had verwacht dat ik hem ooit nog eens terug zou zien, was hij het wel.

Hij bukte zich een beetje en liep naar binnen, en ik zag dat zijn ogen zoals altijd onmiddellijk alles in zich opnamen. Dat was altijd al zo kenmerkend aan hem geweest, herinnerde ik me, die onmiddellijke registratie en interpretatie. Zodra hij je zag, drongen zijn ogen overal door, zelfs tot diep in je ziel, en binnen enkele seconden wist hij je volledig te doorgronden. Ik had het altijd doodeng gevonden, maar tegelijkertijd ook bijzonder fascinerend.

Uiteraard had ik niet eens geprobeerd de whisky en de pillen te verstoppen – alles gebeurde veel te snel – maar hij zei niets. Toen niet. Hij zette zijn paraplu tegen een muur om op de versleten vloerbedekking uit te druipen en ging zitten. Ik ging tegenover hem zitten, maar mijn brein werd al door een dichte mist omhuld en ik kon helemaal niets bedenken om tegen hem te zeggen. Het was een warme zomeravond en de felle regenbui zorgde er alleen maar voor dat de vochtigheid in de lucht nog zwaarder werd. Ik voelde het zweet in mijn poriën prikken en kreeg een misselijk gevoel toen mijn maag zich omdraaide. Hij zag er als altijd koel en ontspannen uit. Geen zweetdruppel te zien.

'Je ziet er belabberd uit,' zei hij. 'Zware tijd gehad?'

'Zoiets ja,' mompelde ik bijna onverstaanbaar. Zijn gezicht was nu eens haarscherp, dan weer wazig; de kamer tolde rond en de vloer golfde als een stormachtige oceaan.

'Dan komt het geluk je vandaag een handje helpen,' ging hij verder. 'Ik heb een klusje voor je en dat kan je een leuk bedrag opleveren. Weinig risico's, hoge opbrengst. Ik denk dat het wel iets voor je is, maar ik begrijp dat je niet in staat bent om daar nu over te praten. Het kan wel even wachten.'

Ik denk dat ik knikte. Grote vergissing. De kamer wervelde stuurloos om me heen en ik voelde dat de inhoud van mijn maag in grote golven richting mijn keel werd gestuwd. Ik zag dat hij door de kamer heen op me af dook. Hoe hij dat klaarspeelde op die hellende, deinende vloer wist ik niet. Een enorm gevoel van misselijkheid en vergetelheid spoelde eindelijk over me heen en toen ik uit mijn stoel voorover dreigde te vallen, voelde ik zijn sterke greep om mijn arm.

Hij is twee dagen gebleven en ik heb mijn hart bij hem uitgestort. Hij heeft alles geduldig aangehoord, zonder enig commentaar. Intussen verzorgde hij me met de behendigheid van een toegewijde, ervaren verpleger. Wanneer ik wat kon eten, voerde hij me; wanneer ik moest overgeven, ruimde hij de rommel op; ik weet zeker dat hij zelfs over me waakte wanneer ik sliep.

En toen vertelde hij me wat ik voor hem moest doen.

1

'"De boot waarin zij zat, als een glanzende troon, brandde op het water,"' fluisterde Banks. Terwijl hij sprak vormde zijn adem lange, mistige wolkjes in de kille januarilucht.

Junior-inspecteur Annie Cabbot, die naast hem stond, had het blijkbaar gehoord, want ze zei: 'Wat? Zeg dat nog eens?'

'Een citaat,' zei Banks. 'Uit *Antonius en Cleopatra*.'

'Het gebeurt niet vaak dat je als een of andere smeris uit een boek iets van Shakespeare staat te citeren,' merkte Annie op.

'Gewoon iets wat ik me nog van school herinner. Het leek me wel toepasselijk.'

Ze stonden tegen zonsopgang langs de rand van een kanaal naar twee smeulende woonboten te kijken. Niet het soort klus dat een senior-inspecteur als Banks normaal gesproken zelf zou uitvoeren, vooral niet zo vroeg op de vrijdagochtend, maar zodra het veilig genoeg was geweest om aan boord van de boten te gaan, hadden de brandweermannen dat gedaan, en ze hadden op beide een lichaam aangetroffen. Een van de brandweerlieden had recentelijk een cursus over brandonderzoek afgerond en toen hij zich eenmaal aan boord bevond, waren hem sporen opgevallen die wezen op het mogelijke gebruik van een brandbare vloeistof. Hij had de agent van het dichtstbijzijnde wijkbureau gewaarschuwd, die op zijn beurt de afdeling Ernstige Delicten van het hoofdbureau van de westelijke divisie had ingeschakeld, dus daarom stond Banks nu hier in afwachting van de brandonderzoeksspecialist Shakespeare te citeren.

'Heb je daar dan in meegespeeld?' vroeg Annie.

'Waarin?'

'*Antonius en Cleopatra*.'

'Lieve god, nee zeg. De rol van derde speerdrager in *Julius Caesar* was het absolute hoogtepunt van mijn carrière bij het schooltoneel. Nee, we hebben het stuk gelezen voor ons eindexamen Engels en ik heb toen die monoloog uit mijn hoofd moeten leren.'

Banks klemde de revers van zijn jas voor zijn hals tegen elkaar. Ondanks de Leeds United-sjaal die zijn zoon Brian hem voor zijn verjaardag had gegeven voelde hij de intense kou nog steeds. Annie nieste en Banks had een beetje last van wroeging omdat hij haar zo vroeg op de ochtend had laten komen. Die arme meid had al een paar dagen last van verkoudheid. Met zijn brigadier, Jim Hatchley, was het echter nog erger gesteld; die zat al vrijwel de hele week ziek thuis met de griep.

Ze waren zojuist aangekomen bij de doodlopende zijtak van het kanaal dat zo'n vierenhalve kilometer ten zuiden van Eastvale lag en een verbinding vormde tussen de rivier de Swain en het Leeds-Liverpoolkanaal, en daardoor toegang gaf tot een heel netwerk van waterwegen die het land doorkruisten. Het kanaal liep hier door een prachtig stukje landschap, een gewoonlijk rustig gebied, waar het deze nacht in het felle licht van de schijnwerpers van de politie echter een drukte van jewelste was en de stilte werd doorbroken door het luide geroep van de brandweerlieden en het statische gekraak van mobilofoons. De geur van verbrand hout, plastic en rubber hing in de lucht en schuurde telkens wanneer Banks ademhaalde pijnlijk door zijn keel. Rondom het goedverlichte terrein drong de nachtelijke duisternis die aan de dageraad voorafging zich sterloos en kil aan hen op. De media waren inmiddels al gearriveerd, voornamelijk televisieteams, want een brand leverde mooie plaatjes op, zelfs wanneer hij al was gedoofd, maar brandweer en politie hielden hen op veilige afstand en de plaats delict was goed afgeschermd.

Voorzover Banks had kunnen vaststellen, liep de tak nog ongeveer honderd meter verder door in noordelijke richting, waar hij ten slotte doodliep in een wirwar van struikgewas die uiteindelijk overging in vast land. Geen van de aanwezigen kon zich herinneren of het kanaal ooit ergens naartoe had geleid of dat het slechts was gebruikt als aanlegplek of gemakkelijke toegangsroute tot het plaatselijke kalksteen waar de regio beroemd om was. Het was zelfs mogelijk, zo had iemand geopperd, dat de zijtak ooit bestemd was geweest als verbinding naar het centrum van Eastvale, maar dat de werkzaamheden waren stilgelegd vanwege een gebrek aan financiële middelen of de veel te steil aflopende helling.

'Jezus, wat is het koud,' zei Annie kreunend, en ze stampte met haar voeten. Ze was diep weggedoken in een oude legerjas die ze over haar spijkerbroek en coltrui had aangetrokken. Verder droeg ze nog een bruine wollen muts, een sjaal en handschoenen, en kniehoge zwarte leren laarzen. Haar neus was rood.

'Ga jij maar even met die lui van de brandweer praten,' zei Banks. 'Laat ze hun verhaal doen nu de gebeurtenissen nog vers in hun geheugen liggen. Je weet nooit, misschien kan een van hen je een beetje opwarmen.'

'Rotzak.' Annie nieste, snoot haar neus en tastte in haar diepe zak naar haar opschrijfboekje terwijl ze wegslenterde. Banks keek haar na en vroeg zich voor de zoveelste keer af of zijn vermoedens juist waren. Er was geen aanwijsbare reden anders dan een kleine verandering in haar gedrag en uiterlijk, maar hij kon het gevoel niet van zich afzetten dat ze een vriend had, al een tijdje eigenlijk. Niet dat het hem iets aanging. Annie had hun relatie al tijden geleden verbroken, maar hij voelde nog steeds een knagende jaloezie, ook al gaf hij het niet graag toe. Belachelijk eigenlijk, aangezien hij zelf sinds afgelopen zomer een los-vaste relatie had met inspecteur Michelle Hart. Hij kon het gevoel echter niet van zich afschudden.

De jonge agent die had staan praten met de brandweerman die de leiding had kwam naar Banks toe en stelde zichzelf voor: agent Smythe uit het dichtstbijzijnde dorpje, Molesby.

'Dus jij bent degene die me op dit onchristelijke tijdstip wakker heeft gemaakt,' zei Banks.

Smythe trok wit weg. 'Jawel, inspecteur, het leek me... Ik...'

'Het is al goed. Je hebt juist gehandeld. Kun je me precies vertellen wat er aan de hand is?'

'Er valt eigenlijk niet veel te vertellen, inspecteur.' Smythe zag er moe en afgemat uit, wat ook niet meer dan logisch was. Hij leek geen jaar ouder dan twaalf en dit was waarschijnlijk zijn eerste ernstige delict.

'Wie heeft jullie ingelicht?' vroeg Banks.

'Een zekere Hurst. Andrew Hurst. Die woont in het oude sluiswachtershuisje ongeveer anderhalve kilometer hiervandaan. Hij zegt dat hij even na een uur naar bed was gegaan en toen het vuur vanuit zijn slaapkamerraam zag. Hij wist waar het ongeveer vandaan moest komen, dus is hij ernaartoe gereden om te kijken wat het was.'

'Gereden?'

'Op zijn fiets, inspecteur.'

'Goed. Ga verder.'

'Dat is het wel zo'n beetje. Toen hij de brand zag, heeft hij via zijn mobiele telefoon gebeld en is de brandweer gekomen. Het heeft hun de nodige moeite gekost om er te komen, zoals u wel kunt zien. Ze hebben de lange brandslangen moeten gebruiken.'

Banks zag dat de brandweerwagens ongeveer honderd meter verderop in het bos stonden geparkeerd, waar een smal paadje vlak voordat het het

kanaal bereikte plotseling scherp naar rechts afboog. 'Was er iemand op de boten die het heeft overleefd?' vroeg hij.
'Dat weten we niet, inspecteur. Als dat al zo is, dan zijn ze hier niet gebleven. We weten niet eens hoeveel mensen hier wonen of hoe de bewoners heten. Het enige wat we weten, is dat er twee dodelijke slachtoffers zijn.'
'Geweldig,' zei Banks. Deze informatie was bij lange na niet genoeg. Brandstichting werd vaak gebruikt om andere misdaden te verdoezelen, om bewijsmateriaal te vernietigen of om de identiteit van een slachtoffer te verhullen, en als dat hier het geval was, dan moest Banks zo veel mogelijk weten over de mensen die op de woonboten hadden gewoond. Dat zou moeilijk worden als ze allemaal dood waren. 'Die sluiswachter, is die nog hier?'
'Hij is niet echt een sluiswachter, inspecteur,' zei Smythe. 'Die worden tegenwoordig niet meer ingezet. De bemanning van passerende schepen bedient de sluizen zelf. Hij woont alleen maar in de oude sluiswachterswoning. Ik heb hem een korte verklaring afgenomen en hem naar huis gestuurd. Had ik dat niet moeten doen?'
'Het geeft niet,' zei Banks. 'We spreken hem later nog wel.' Maar het gaf wel degelijk. Smythe was overduidelijk te onervaren om te weten dat brandstichters er vaak plezier aan beleven om de door henzelf aangestoken branden te melden en graag betrokken werden bij het bestrijden ervan. Als Hurst er iets mee te maken had gehad, had hij inmiddels meer dan genoeg tijd gehad om alle bewijzen te vernietigen. 'Al iets gehoord van Geoff Hamilton?' vroeg Banks.
'Hij is onderweg, inspecteur.'
Banks had al eens eerder met Hamilton samengewerkt aan een zaak rond een brand bij een opslagplaats in Eastvale, die uiteindelijk om verzekeringsfraude bleek te gaan. Hoewel Hamilton hem door zijn stuurse, zwijgzame karakter niet voor hem had ingenomen, had Banks een diep respect voor Hamiltons kennis en ervaring en de rustige, nauwgezette manier waarop hij te werk ging. Geoff Hamilton liet zich niet opjutten en trok evenmin overhaaste conclusies. En als je ook maar een klein beetje gezond verstand had, gebruikte je in zijn nabijheid nooit de woorden 'brandstichting' of 'opzettelijk'. Daarvoor was hij net iets te vaak afgeblaft in de rechtszaal.
Annie Cabbot kwam bij Banks en Smythe staan. 'De telefonische melding is om één minuut over halftwee in de ochtend op het bureau binnengekomen,' zei ze, 'en de brandweer was hier om veertien minuten over halftwee.'

'Dat kan wel kloppen.'
'Dat is eigenlijk een heel mooie aanrijtijd voor zo'n afgelegen plek,' zei Annie. 'Wat een geluk dat de brandweerkazerne niet alleen met vrijwilligers werkte.'
Veel brandweerkazernes op het platteland werkten met vrijwilligers, ofwel opgeleide parttimers, wist Banks, en dat zou hebben betekend dat ze langer hadden moeten wachten: minstens vijf minuten voordat ze op hun persoonlijke piepers hadden gereageerd en naar de kazerne waren gekomen. 'Wat een geluk ook dat ze vanavond niet staakten,' zei hij, 'want anders stonden we nu waarschijnlijk nog steeds op het leger te wachten om de vlammen uit te pissen.'
Ze sloegen de brandweerlieden gade die zwijgend hun materiaal inpakten in de naar grijs verkleurende duisternis, en ogenschijnlijk uit het niets dook er een ochtendnevel op, die over het troebele water rondwervelde en als een sluier om de spichtige bomen bleef hangen. Hoewel de rook in zijn longen prikte, voelde Banks dat zijn lichaam werd geteisterd door een enorme behoefte aan een sigaret. Hij duwde zijn handen dieper weg in zijn zakken. Het was bijna zes maanden geleden dat hij voor het laatst had gerookt en hij was beslist niet van plan om er nu weer aan toe te geven.
Terwijl hij probeerde het verlangen te verdringen, ving hij vanuit een ooghoek een beweging op tussen de bomen. Er stond iemand naar hen te kijken. Banks gaf fluisterend instructies aan Annie en Smythe, die in tegengestelde richting in een omtrekkende beweging langs de oever liepen om de indringer de pas af te snijden. Banks liep voorzichtig in de richting van de bomen. Toen hij dacht dat hij redelijk binnen bereik was, draaide hij zich om en rende op de indringer af. Ondanks de kille, kale takjes die tegen zijn gezicht zwiepten en zijn huid openreten, zag hij ongeveer twintig meter voor zich uit iemand rennen. Smythe en Annie stormden aan weerszijden van de gedaante mee door de donkere lage begroeiing en haalden hem snel in.
Smythe en Annie waren veruit de fitsten van de drie achtervolgers, en hoewel Banks was gestopt met roken, raakte hij toch snel buiten adem. Toen hij zag dat Smythe het gat bijna had gedicht en ook Annie vanuit noordelijke richting snel dichterbij kwam, vertraagde hij zijn pas en hij arriveerde hijgend nog net op tijd om te zien dat ze met hun tweeën een jonge man tegen de grond werkten. Binnen enkele seconden was hij in de boeien geslagen en onder hevig verzet overeind getrokken.
Ze bleven allemaal even staan om op adem te komen en Banks wierp een blik op de jongen. Hij was begin twintig, bijna net zo lang als Banks, die

een meter drieënzeventig mat, pezig en mager als een pijpenrager, met een kaalgeschoren hoofd en holle wangen. Hij droeg een spijkerbroek en een versleten leren jack met daaronder een zwart T-shirt. Hij verzette zich hevig tegen Smythe, maar was geen partij voor de potige agent.

'Oké,' zei Banks. 'Wie ben je en wat doe je hier?'

De jongen probeerde zich los te wringen. 'Niets. Laat me gaan! Ik heb niets gedaan. Laat me gaan!'

'Naam!'

'Mark. Laat me los.'

'Jij gaat helemaal nergens naartoe voordat je mij hebt verteld waarom je je verborgen hield in dat bos en naar de brand stond te kijken.'

'Ik stond helemaal niet naar de brand te kijken. Ik wilde...'

'Ja? Wat wilde je?'

'Niets. Laat me gaan.' Hij wilde zich weer loswurmen, maar Smythe hield hem stevig vast.

'Zal ik hem meenemen naar het bureau, inspecteur?' vroeg Smythe.

'Nog niet. Ik wil eerst met hem praten,' zei Banks. 'Kom, we gaan terug naar het kanaal.'

Ze liepen met hun vieren door het bos terug naar de smeulende woonboten. Smythe bleef Mark, die inmiddels van top tot teen beefde, goed vasthouden.

'Kijk eens of je ergens wat thee of koffie kunt opsnorren, als je wilt,' zei Banks tegen Smythe. 'Er is vast wel iemand van het brandweerteam die een thermosfles bij zich heeft.' Toen draaide hij zich om naar Mark, die hoofdschuddend naar de grond stond te staren. Mark keek op. Hij had een bleke, pukkelige huid en een angstige blik in zijn ogen, angstig maar tegelijkertijd ook uitdagend. 'Waarom laat u me niet gaan?'

'Omdat ik wil weten wat je hier doet.'

'Ik doe helemaal niets.'

'Waarom vind ik het zo moeilijk om dat te geloven?'

'Dat weet ik niet. Dat is uw probleem.'

Banks slaakte een zucht en wreef met zijn handen over elkaar. Zoals gewoonlijk was hij zijn handschoenen weer eens vergeten. De brandweerlieden stonden even uit te rusten; de meesten van hen staarden zwijgend, met een bekertje thee of koffie of een sigaret in de hand, naar de puinhopen die voor hen lagen en prevelden wellicht in stilte een dankgebedje dat niemand van hen was omgekomen. De geur van natte as kreeg zo langzamerhand de overhand en uit de vernielde boten steeg een stomende damp op, die zich vermengde met de ochtendnevel.

Wanneer Geoff Hamilton er eenmaal was, zou Banks hem bij het onderzoek van de plek begeleiden, zoals hij de vorige keer ook had gedaan. De brandweer had geen wettelijke bevoegdheid om de oorzaken van een brand te onderzoeken, dus Hamilton was eraan gewend om nauw met de politie en hun technisch rechercheurs samen te werken. Zijn taak bestond uit het schrijven van een verslag voor de gerechtelijk patholoog-anatoom. Bij de brand in de opslagplaats was niemand gewond geraakt, maar deze keer was het anders. Banks zag op tegen de aanblik van de verbrande lichamen; hij had er al te veel gezien, zoveel dat vuur inmiddels een van de dingen was waarvoor hij de meeste angst en het diepste ontzag koesterde. Als hij moest kiezen tussen een slachtoffer van verdrinking of een slachtoffer van een brand, dan had hij waarschijnlijk liever het immense, opgezwollen, misvormde lichaam van het eerste dan de verkoolde, schilferende overblijfselen van het tweede. Het bleef echter een moeilijke keuze: vuur of water?

En er was nog een reden waarom hij zich ellendig voelde. Het was nu vroeg op de vrijdagochtend en Banks zag zijn voorgenomen weekendje samen met Michelle snel tussen zijn vingers wegglippen. Als de brand inderdaad met opzet was aangestoken en als daarbij twee mensen om het leven waren gekomen, dan betekende dat dat alle verloven werden ingetrokken en er moest worden overgewerkt. Hij zou Michelle moeten bellen. Gelukkig zou ze het wel begrijpen. Ze was wel gewend aan de grillige kuren die het leven bij de politie met zich meebracht, aangezien ze zelf ook nog altijd als inspecteur werkzaam was voor het korps van Cambridgeshire in haar woonplaats Peterborough, ondanks de controversiële uitkomst van de zaak waaraan Banks en zij de vorige zomer hadden gewerkt.

Smythe keerde terug met een thermosfles en vier plastic bekertjes. Het was oploskoffie, en nog heel slappe ook, maar hij was tenminste wel warm en de damp die ervan opsteeg toen Smythe inschonk hielp enigszins om de kilte van de vroege ochtend te verdrijven. Banks haalde een zilveren heupflacon uit zijn zak, een verjaarscadeau van zijn vader, en liet hem rondgaan. Alleen Annie en hijzelf maakten er gebruik van. De flacon was gevuld met Laphroaig, en hoewel Banks het eigenlijk zonde vond om de heerlijke single malt in een plastic bekertje met waterige Nescafé te gieten, leek de situatie erom te vragen. De koffie bleek door het kleine scheutje overigens net lekker genoeg van smaak om het offer achteraf te rechtvaardigen.

'Maak die handboeien maar los,' zei Banks tegen Smythe.

'Maar inspecteur...'

'Doe het nu maar. Hij zal er heus niet vandoor gaan. Of wel, Mark?'

Mark zweeg. Nadat Smythe de boeien had verwijderd, wreef Mark over zijn polsen en hij klemde zijn beide handen stevig om de kop koffie, alsof de warmte die ervan afstraalde het enige was wat hem op de been hield.
'Hoe oud ben je, Mark?' vroeg Banks.
'Eenentwintig.' Mark haalde een gekreukeld pakje Embassy Regal uit zijn zak, stak met een wegwerpaansteker een sigaret aan en inhaleerde diep. Toen Banks hem dat zag doen, drong het tot hem door dat ze de handen en kleding van de jongen zo snel mogelijk zouden moeten controleren op mogelijke sporen van een brandbare vloeistof. Dergelijke sporen bleven niet eeuwig traceerbaar.
'Hoor eens, Mark,' zei Banks, 'om te beginnen moet je beseffen dat jij momenteel voor ons de enige bent die in aanmerking komt als verdachte voor het aansteken van deze brand. Je hing als het schoolvoorbeeld van een brandstichter op de plek des onheils rond. Je zult ons echt moeten uitleggen wat je hier eigenlijk doet en waarom je ervandoor ging toen we je benaderden. Dat kun je nu hier doen, zonder handboeien, of tijdens een officieel verhoor in de gevangenis in Eastvale, waar je dan de nacht mag doorbrengen in een cel. Kies maar.'
'In een cel is het in elk geval warm,' zei Mark. 'Ik kan nergens anders naartoe.'
'Waar woon je?'
Mark zweeg even en wees toen met tranen in zijn ogen met een bevende hand naar de noordelijkst gelegen woonboot. 'Daar,' zei hij.
Banks wierp een blik op de rokende overblijfselen. 'Woonde je op die boot?'
Mark knikte en fluisterde toen iets wat Banks niet kon verstaan.
'Hè?' vroeg Banks, die zich herinnerde dat de brandweermannen op die boot een lichaam hadden gevonden. 'Wat is er? Weet je soms iets?'
'Tina... Is ze levend van de boot af gekomen? Ik heb haar niet gezien.'
'Is dat de reden waarom je je in het bos verstopte?'
'Ik wilde kijken of ik Tina zag. Dat is wat ik daar deed. Hebben ze haar van de boot gehaald?'
'Woonde Tina met jou op die boot?'
'Ja.'
'Was er nog iemand anders?'
Er verscheen een beschaamde blik in Marks ogen. 'Ja,' zei hij. 'Waar ik was. Bij een ander meisje. In Eastvale. Tina en ik hadden ruzie gehad.'
Dat was niet wat Banks bedoelde, maar hij sloeg de ongevraagde informatie over Marks ontrouw wel op in zijn geheugen. Het zou niet gemakkelijk

zijn om te moeten leven met de wetenschap dat je vrouw of vriendin bij een brand om het leven is gekomen terwijl jij een andere vrouw lag te naaien. Als Mark die brand tenminste niet zelf had aangestoken voordat hij vertrok. Banks vermoedde dat een van de twee stoffelijke overschotten die de brandweer had gevonden waarschijnlijk Tina was, maar hij wist het niet zeker en was beslist niet van plan Mark al te vertellen dat Tina dood was voordat hij er zelf achter was gekomen wat de jongen aan het doen was op het moment dat de brand uitbrak en voordat de identiteit van de slachtoffers bekend was.

'Ik bedoelde eigenlijk of er nog iemand anders bij jullie op die boot woonde.'

'Alleen Tina en ik.'

'En je hebt haar niet gezien?'

Mark schudde zijn hoofd en wreef met de rug van zijn hand langs zijn neus.

'Hoe lang woonden jullie er al?'

'Ongeveer drie maanden.'

'Waar ben je vanavond geweest, Mark?'

'Dat heb ik toch al gezegd? Ik was bij iemand anders.'

'Je zult ons haar naam en adres moeten geven.'

'Mandy. Haar achternaam weet ik niet. Ze woont in Eastvale.' Hij noemde een adres en Annie schreef het op.

'Hoe laat ben je daarnaartoe gegaan?'

'Ik kwam vlak voor sluitingstijd bij de pub aan waar ze werkt, de George and Dragon, vlak bij de universiteit. Ongeveer kwart voor elf. Daarna zijn we naar haar flat gegaan.'

'Hoe ben je in Eastvale gekomen? Heb je een auto?'

'Was het maar waar. Nee, er rijdt tot vrij laat een bus, die hier verderop langs de weg stopt. Hij vertrekt om halfelf.'

Als Mark de waarheid sprak, wat nauwkeurig zou worden gecontroleerd bij de buschauffeur en bij zijn vriendinnetje, kon hij de brand onmogelijk hebben aangestoken. Als dat voor halfelf was gebeurd, zou er tegen halftwee, het tijdstip waarop Andrew Hurst de brand had gemeld, niets meer van de boten over zijn geweest. 'Hoe laat was je hier terug?' vroeg Banks.

'Dat weet ik niet. Ik heb geen horloge.'

Banks wierp een snelle blik op zijn pols. Dat was in elk geval waar. 'Bij benadering? Twaalf uur? Een uur? Twee uur?'

'Later. Toen ik bij Mandy wegging, was het op haar wekker een uur of drie.'

'Hoe ben je teruggekomen? Zo laat rijden hier ongetwijfeld geen bussen meer.'
'Ik ben komen lopen.'
'Waarom ben je niet blijven slapen?'
'Ik maakte me zorgen. Over Tina. Sommige dingen blijven maar in je hoofd rondmalen en dat zijn niet altijd goede dingen. Ik kon niet slapen. Ik voelde me niet prettig. Schuldig. Ik had haar nooit alleen mogen laten.'
'Hoe lang ben je onderweg geweest voordat je hier terug was?'
'Een uur of zo. Misschien iets korter. Ik kon bijna niet geloven wat ik hier zag. Al die mensen. Ik heb me in het bos verstopt om te kunnen blijven kijken, en toen vonden jullie me.'
'Dat is vrij lang geweest.'
'Ik heb niet op de tijd gelet.'
'Heb je nog iemand anders in het bos gezien?'
'Alleen de brandweer.'
'Mark, ik besef dat dit heel moeilijk voor je moet zijn,' ging Banks verder, 'maar weet je iets over de mensen op die andere boot? We kunnen alle informatie goed gebruiken.'
'Er is alleen die ene kerel.'
'Hoe heet hij?'
'Tom.'
'En zijn achternaam?'
'Alleen maar Tom.'
'Hoe lang woont hij hier al?'
'Geen idee. Hij woonde er al toen Tina en ik hier kwamen.'
'Wat doet hij precies?'
'Weet ik niet. Hij komt bijna nooit de deur uit en is erg op zichzelf.'
'Weet je of hij gisteravond thuis was?'
'Nee, dat weet ik niet. Waarschijnlijk wel. Zoals ik net al zei: hij komt bijna nooit de deur uit.'
'Heb je de laatste tijd onbekenden in de omgeving zien rondhangen?'
'Nee.'
'Heeft iemand jullie bedreigd?'
'Alleen British Waterways.'
'Hoe dat zo?'
Mark keek Banks uitdagend aan. 'U bent er inmiddels vast wel achter dat wij geen doorsnee brave middenklassers zijn.' Hij gebaarde naar de verbrande boten. 'Het waren een paar gammele bakbeesten die in geen jaren ergens waren geweest en daar maar een beetje lagen weg te rotten. Nie-

mand weet van wie ze zijn, dus we zijn er gewoon ingetrokken.' Mark wierp weer snel een blik op de woonboot. Er stonden tranen in zijn ogen en hij schudde even zijn hoofd.
Banks gunde hem een ogenblik de tijd om zich te vermannen en ging toen verder. 'Jullie zijn dus krakers?'
Mark veegde met de rug van zijn handen zijn ogen af. 'Inderdaad. En British Waterways is al wekenlang bezig om ons te lozen.'
'Woonde Tom daar ook illegaal?'
'Weet ik niet. Ik neem aan van wel.'
'Hadden jullie elektriciteit aan boord?'
'Laat me niet lachen.'
'Hoe kwamen jullie dan aan warmte en licht?'
'Kaarsen. En we hadden een oude houtkachel om de boel te verwarmen. Het was een oud kreng, maar ik heb hem aan de praat gekregen.'
'En Tom?'
'Hetzelfde, vermoed ik. De boten waren in elk geval van hetzelfde type, ook al had hij de zijne een beetje opgeknapt met hier en daar een lik verf.'
Banks keek over zijn schouder naar de uitgebrande boten achter hem. Een ongelukje met de houtkachel kon beslist een mogelijke oorzaak zijn van de brand. Of misschien had Tom een gevaarlijk vloeibaar stookmiddel gebruikt om zijn boot warm te stoken: paraffineolie, dieselolie of Colemanolie bijvoorbeeld. Zolang Geoff Hamilton en de gerechtelijk patholoog hun werk nog niet hadden afgerond, was dit echter allemaal puur speculatie. Geduld, hield Banks zichzelf voor.
Waren er bepaalde motieven die meteen in het oog sprongen? Mark en Tina hadden ruzie gehad en misschien had hij van zich af geslagen en was hij ervandoor gegaan nadat hij de brand had aangestoken. Dat behoorde beslist tot de mogelijkheden als zijn alibi niet klopte. Banks richtte het woord tot Smythe. 'Agent Smythe, zou je Mark weer in de boeien willen slaan en hem naar het hoofdbureau willen brengen? Lever hem maar af bij de arrestantenbewaarder.'
Mark keek Banks met angstige ogen aan. 'Dat kunt u niet maken.'
'Jazeker wel. We kunnen je in elk geval de eerstvolgende vierentwintig uur vasthouden. Je bent nog steeds een verdachte en je hebt geen vaste woon- of verblijfplaats. Je kunt het ook zo zien,' voegde hij eraan toe: 'Je wordt goed behandeld, het is er warm en je krijgt er te eten. En als alles wat je me hebt verteld waar is, dan hoef je nergens bang voor te zijn. Heb je een strafblad?'
'Nee.'

'Nooit betrapt, dus?' Banks zei tegen Smythe: 'Let erop dat zijn handen en kleding worden gecontroleerd op sporen van brandbare vloeistoffen. Meld het even aan de arrestantenbewaker. Hij weet wel wat hij moet doen.'
'U gelooft toch zeker niet dat ik dit heb gedaan?' zei Mark opstandig. 'En Tina dan? Ik hou van haar. Ik zou haar nooit kwaad doen.'
'Vaste procedure,' zei Banks. 'Om alle twijfel uit te sluiten. Zo komen we erachter of je onschuldig bent en dan hoeven we onze tijd en de jouwe niet te verspillen met nutteloze vragen te stellen.' Of we komen erachter dat je schuldig bent, dacht Banks bij zichzelf, en dat is dan weer een heel ander verhaal.
'Kom maar mee, knul.'
Mark liet zijn hoofd hangen en Smythe deed hem de handboeien weer om, greep zijn arm vast en bracht hem naar de politieauto. Banks slaakte een zucht. Hij had inmiddels al een lange nacht achter de rug en had het gevoel dat de dag die erop volgde zo mogelijk nog langer zou worden toen hij Geoff Hamilton langs de oever van het kanaal in zijn richting zag komen lopen.

De mist klampte zich nog altijd vast aan de zwartgeblakerde overblijfselen van de twee woonboten toen Banks, fotograaf Peter Darby, technisch rechercheur Terry Bradford en brandonderzoeksspecialist Geoff Hamilton zich in de beschermende kleding hesen, nadat ze eenmaal toestemming hadden gekregen om de plek te inspecteren. Annie sloeg hen gade met haar jas stevig om zich heen getrokken.
'Deze PD zou niet al te veel moeilijkheden of gevaar moeten opleveren,' zei Hamilton. 'Er is geen plafond meer dat op onze hoofden zou kunnen vallen en de kans dat we ergens in zakken of vallen is gering. Pas echter wel op waar jullie je voeten neerzetten. De vloer bestaat uit houten planken die over een stalen frame zijn gelegd en het hout is mogelijk op sommige plekken doorgebrand. Het is geen afgesloten ruimte, dus de kwaliteit van de lucht zou in orde moeten zijn, maar jullie zullen toch stofmaskers moeten dragen. Er zit akelig spul in de as. Er zal ongetwijfeld wel wat van opstuiven, en je wilt beslist niet dat het in je longen terechtkomt.' Banks dacht aan alle tabaksrook die hij jarenlang in zijn longen had opgezogen en pakte een masker.
'Zit er een rolletje in je camera?' vroeg Hamilton aan Peter Darby.
Darby glimlachte minzaam. 'Vijfendertig millimeter kleur. Goed?'
'Uitstekend. En denk eraan: laat de video de hele operatie opnemen en neem foto's vanuit alle hoeken. De stoffelijke overschotten zijn waar-

schijnlijk bedekt met een laag puin en ik wil er foto's van hebben voordat ik dat heb weggehaald en daarna. Fotografeer ook alle mogelijke uitgangen, en ik wil dat je bijzonder veel aandacht schenkt aan kritieke plekken of mogelijke brandhaarden wanneer ik je daarop wijs.'

'Wat in feite neerkomt op elke vierkante meter minstens twee keer, terwijl het hele proces ook nog eens op video wordt vastgelegd.'

'Inderdaad. Kom, we gaan naar binnen.'

Darby tilde zijn materiaal op.

'En ik wil niet dat iemand van jullie me in de weg loopt,' zei Hamilton chagrijnig. 'We zijn straks toch al met te veel mensen aan boord.'

Banks had deze klacht al eens eerder gehoord. De brandonderzoeksspecialist had het liefst dat er zo weinig mogelijk mensen een voet aan boord van een van de boten zetten om de kans te verkleinen dat het bewijsmateriaal, dat toch al in fragiele staat verkeerde, werd vernield, maar hij moest nu eenmaal leden van zowel de politie als de technische recherche bij zich dulden, mensen die het bewijsmateriaal veilig konden stellen. Om over de fotograaf nog maar te zwijgen.

Banks zette zijn stofmasker recht. Terry Bradford pakte zijn enorme tas met materialen op en ze betraden de plaats delict via Toms boot. Toen Banks op het verschroeide hout stapte, werd hij bevangen door een diepe angst. Hij was doodsbang voor vuur, iets wat hij nog nooit aan iemand had verteld. Sinds die ene gebeurtenis die had plaatsgevonden toen hij nog bij de Met werkte, had hij last gehad van regelmatig terugkerende nachtmerries waarin hij zat opgesloten op een van de hoogste verdiepingen van een brandend gebouw. Deze keer was het niet zo erg, hield hij zichzelf voor, want er waren geen vlammen, alleen doorweekt puin, maar desondanks joeg de gedachte aan vlammen die langs de muren omhoogschoten en knetterend alles wat ze op hun weg vonden verbrandden, hem grote angst aan.

'Kijk uit waar je loopt,' zei Hamilton. 'Je vernielt op de plek waar een brand heeft gewoed heel gemakkelijk bewijsmateriaal, omdat je niet kunt zien dat het bewijsmateriaal is. Gelukkig is het meeste water uit de brandslangen over de rand weggevloeid, dus we hoeven niet tot onze enkels in het koude water te staan.'

Banks dwong zichzelf om zijn emoties opzij te schuiven en zich te concentreren op het werk waarvoor hij hier was; hij wist dat een plaats delict waar een brand had gewoed uniek was en een aantal problemen met zich meebracht waarmee hij op andere plaatsen delict eenvoudigweg nooit te maken kreeg. Niet alleen de brand zelf richtte ongelooflijk veel schade aan, maar ook het blussen ervan. Voordat Banks en Hamilton de boten konden onderzoeken, waren de brandweerlieden al aan boord geweest en zij hadden hoogstwaarschijnlijk in hun pogingen om mensenlevens te redden waardevol bewijsmateriaal onder hun voeten vertrapt. De schade was deze keer echter wellicht beperkt gebleven, omdat de brandweerman die eventuele tekenen van brandstichting had opgemerkt het een en ander wist over de onderzoekstechnieken die bij een brand werden toegepast en had beseft dat ze zo veel mogelijk moesten zien te voorkomen dat de plek werd aangetast.

De enorme vernielingen die door het vuur waren veroorzaakt, waren waarschijnlijk nog wel het meest verontrustende en problematische van alles, dacht Banks. Vuur vernietigt de meeste dingen volledig en verandert veel andere in onherkenbare voorwerpen. Van de brand bij de opslagplaats herinnerde Banks zich nog dat de door het vuur verbrande en volkomen vervormde voorwerpen, die in niets meer leken op dingen die hij wel eens eerder had gezien en die dat oude raadspelletje in herinnering riepen waarbij je een dagelijks voorwerp moest zien te herkennen dat vanuit een ongebruikelijke hoek was gefotografeerd, voor Hamilton wel degelijk een vaste vorm en identiteit bezaten: hij kon een zwart, vormloos voorwerp oppakken dat aan iets uit een schilderij van Dali deed denken en bestempelen als een leeg blikje, een aansteker of zelfs een gesmolten wijnglas.

De woonboot was een meter of negen, tien lang. Het grootste deel van het houten dak en de zijwanden was weggebrand, waardoor de ingewanden zichtbaar waren geworden als een doolhof van zwartgeblakerde en verwrongen puin: banken, planken, bed, ladekast, plafond – allemaal verteerd door de vlammen en doordrenkt met het water uit de slangen van de brandweerlieden. Eén deel van de kamer was zo te zien vooral gebruikt voor een boekenkast en Banks zag doorweekte boeken op de vloer liggen. Hoewel hij nu door zijn masker heen niets kon ruiken, had hij de bijtende stank van verbrand plastic, rubber en stof vanaf de oever van het kanaal al geroken, en die was in zijn geheugen blijven hangen. Omdat de meeste ramen kapot waren gesprongen en de trap en deuren waren weggebrand, was het onmogelijk om te zien of iemand zich met geweld toegang tot de boot had verschaft.

Banks zorgde ervoor dat hij achter Hamilton bleef lopen, die zo nu en dan stilstond om snel iets te schetsen of een voorwerp te bekijken, waarna hij Terry Bradford opdroeg om het in een van zijn bewijsmateriaalzakjes te stoppen. Ze baanden zich met hun drieën langzaam een weg door de rom-

mel. Banks ving het gezoem op van de camcorder die hij vasthield wanneer Peter Darby op aanwijzingen van Hamilton stills maakte.
'Het lijkt erop dat het hier is begonnen,' zei Hamilton toen ze het midden van de woonruimte hadden bereikt.
Banks zag dat de door de brand aangerichte schade hier groter was en de schroeiplekken op bepaalde plekken dieper zaten dan in alle andere delen van de ruimte die ze tot nu toe hadden geïnspecteerd, waardoor zich op sommige plekken zelfs plassen hadden gevormd. Ze kwamen slechts langzaam vooruit door alle puin waarmee de vloer was bezaaid. Hamiltons stem klonk gedempt door zijn masker, maar Banks kon hem duidelijk verstaan. 'Dit is de grootste brandhaard. Je kunt zien dat de vloer hier erger is verkoold dan de onderkant van dit stuk van het dak.' Hij hield een stuk hout op dat slechts deels verbrand was. 'Vuur beweegt zich omhoog, dus er bestaat een gerede kans dat de brand op het laagste punt is begonnen en daar de zwaarste vernielingen heeft aangebracht. Dat is hier.' Hamilton zette zijn masker af en zei Banks hetzelfde te doen. Banks volgde zijn instructies op.
'Ruik je iets?' vroeg Hamilton.
Tussen de met elkaar vermengde geuren van as en rubber meende Banks iets bekends op te pikken. 'Terpentine,' zei hij.
Hamilton haalde een apparaatje uit zijn koffertje, boog zich voorover en richtte een slangetje naar de vloer. 'Dit is een koolwaterstofdetector, officieel bekend als een snuiver,' verklaarde hij. 'Hij geeft aan of er een brandbare vloeistof is gebruikt en...' Hij zette een schakelaartje om. 'Dat is inderdaad het geval.'
Hamilton gaf Terry Bradford opdracht om met zijn troffeltje twee of drie liter puin in een dubbelwandige nylon tas te scheppen en deze stevig te verzegelen. 'Voor de gaschromatograaf,' zei hij, en hij droeg Bradford op om in andere delen van de ruimte hetzelfde te doen. 'Het lijkt erop dat er meer dan één brandhaard is geweest,' legde hij uit. 'Als je goed naar het patroon van het vuur kijkt, zie je dat er op meer dan één plek in deze kamer brand is ontstaan en dat er tussen die plekken diepverbrande, smalle geulen lopen.'
Banks wist dat een brand met verschillende brandhaarden duidde op brandstichting, maar hij wist ook dat hij Hamilton nu nog niet zover zou krijgen dat hij dat al toegaf. Peter Darby overhandigde hem de camcorder en ging aan de slag met zijn Pentax. 'Heeft het water dat de brandweer heeft gebruikt niet alle sporen van een mogelijk gebruikte brandbare vloeistof uitgewist?' vroeg Darby.

'In tegenstelling tot wat je zou denken,' antwoordde Hamilton, 'werkt water verkoelend, en dat vertraagt het proces juist. In feite stelt water de sporen van een brandbare vloeistof juist veilig. Neem maar van mij aan dat als er een brandbare vloeistof is gebruikt, wat in dit geval volgens de snuiver zo is, die nog steeds aanwezig is in die stukjes vloerbedekking en de planken van de vloer.'

Terry Bradford boog zich voorover om wat puin weg te schuiven en legde daardoor de vrijwel geheel zwartgeblakerde menselijke gedaante bloot die verwrongen op zijn buik op de vloer lag. Het was aanvankelijk onmogelijk vast te stellen of het een man of een vrouw was, maar Banks ging ervan uit dat het hoogstwaarschijnlijk de man was die Mark als Tom had gekend. Het lichaam leek vrij klein, maar Banks wist dat vuur vreemde, onvoorspelbare dingen uithaalde met het menselijk lichaam. Er hingen nog een paar plukjes roodachtig haar aan de gebarsten schedel en op sommige plekken had het vuur al het vlees weggevreten en het bot blootgelegd. Het was nog wel mogelijk om stukken van een overhemd van blauwe spijkerstof te ontwaren op de rug van het slachtoffer en hij had ook beslist een spijkerbroek aangehad. Banks voelde dat hij achter zijn stofmaskertje langzaam maar zeker misselijk werd. 'Dat is vreemd,' zei Hamilton, en hij bukte zich om het stoffelijke overschot van dichterbij te bekijken.

'Wat?' vroeg Banks.

'Meestal vallen mensen op hun rug wanneer ze door vlammen of het inademen van rook onwel worden,' legde Hamilton uit. 'Daarom zie je ook vaak dat ze hun knieën en vuisten hebben opgeheven in een zogenoemde pugilistische houding. Dat komt doordat de spieren samentrekken door de plotselinge hitte van het vuur. Kijk, je kunt de opeenhoping zien waar de brandbare vloeistof rond het lichaam in de kieren van de vloer is gesijpeld. Eronder ook waarschijnlijk. In dit gedeelte is alles veel erger verkoold en is er over het algemeen veel meer verwoest.'

'Wat ik me afvraag,' zei Banks. 'Zou hij genoeg tijd hebben gehad om te ontsnappen als hij bij bewustzijn en alert was geweest toen de brand uitbrak?'

'Moeilijk te zeggen,' zei Hamilton. 'Hij ligt op zijn buik en zijn hoofd wijst in de richting van de bron van het vuur. Als hij had geprobeerd om te ontsnappen zou hij hoogstwaarschijnlijk juist van die plek zijn weggerend of -gekropen, in de richting van de uitgang.'

'Maar zou hij genoeg tijd hebben gehad om naar buiten te komen als hij het had zien aankomen?'

'We weten dat een deel van het plafond op hem is gevallen. Misschien is dat gebeurd voordat hij kon ontsnappen. Misschien heeft hij wel drugs gebruikt, of te veel gedronken. Wie zal het zeggen? Je krijgt me echt niet zover dat ik daarover ga speculeren. Ik ben bang dat je voor het antwoord op je vragen zult moeten wachten tot de lijkschouwing en de toxicologische testen zijn uitgevoerd.'

'Heb je zoiets als een soort vloeistofcontainer of ontstekingsmechanisme gevonden?'

'Er liggen hier heel wat voorwerpen die mogelijk een vloeistofcontainer kunnen zijn geweest,' zei Hamilton, 'maar op geen ervan staat met koeienletters BRANDBARE VLOEISTOF geschreven. Ze zullen allemaal moeten worden getest. De kans is groot dat hij een lucifer heeft gebruikt om de boel aan te steken, en daar zal nu helaas weinig van over zijn.'

'Opzet dus?'

'Ik wil me er nog niet op vastpinnen, maar het ziet er niet best uit. Het is moeilijk te voorspellen wat er bij een brand gebeurt. Misschien heeft hij in een dronken bui wat brandbare vloeistof op zijn kleding gemorst, heeft zichzelf toen per ongeluk in brand gestoken en is hij in paniek geraakt. Dat gebeurt. Ik heb het al vaker meegemaakt. En het inademen van rook kan desoriëntatie en verwarring veroorzaken. Soms lijkt het wel of mensen naar de vlammen toe zijn gerend in plaats van de andere kant op. Laten we het er voorlopig maar op houden dat de oorzaak dubieus is, goed?'

Banks wierp een blik op het zwartgeblakerde lichaam. 'Ik hoop maar dat de dokter iets weet te vinden in wat er nog van hem over is.'

'Je zou er nog raar van opkijken,' zei Hamilton. 'Het komt maar zelden voor dat een lichaam zo ernstig door vuur is verteerd dat een ervaren patholoog er niets meer uit kan opmaken. Je schakelt dokter Glendenning zeker in, neem ik aan?'

Banks knikte.

'Een van de besten.' Hamilton gaf Terry Bradford opdracht om nog meer monsters te verzamelen en daarna liepen ze naar de boeg van de woonboot, die bijna tegen de achtersteven van de andere woonboot lag. Ze wachtten even tot Peter Darby een nieuwe film in zijn camera had gezet en een nieuwe cassette in zijn camcorder had laten glijden.

'Kijk hier eens,' zei Hamilton, en hij wees naar een duidelijk waarneembare strook zwartgeblakerd hout die vlak bij de belangrijkste brandhaard in de woonkamer begon, doorliep naar de boeg, daar overging op het achterschip en zijn weg vervolgde naar het woongedeelte op de tweede boot. 'Weer zo'n geul,' zei hij. 'Een lang spoor van een brandbare vloeistof om de brand van de ene plek naar de andere te doen overslaan. In dit geval van de ene woonboot naar de andere.'

'Dus degene die dit op zijn geweten heeft, wilde beide woonboten vernietigen?'

'Daar lijkt het wel op.' Hamilton fronste zijn wenkbrauwen. 'Maar het is niet echt veel. Alleen deze ene smalle strook. Het is net alsof... hoe zal ik het zeggen... het uit de losse pols is gedaan. Niet genoeg. Alsof de gedachte pas ter plekke bij hem is opgekomen.'

'Waar wil je eigenlijk precies naartoe?'

'Dat weet ik niet. Ik zeg niet dat het zo is gegaan, maar áls iemand de tweede boot en iedereen die zich daarop bevond echt had willen verwoesten, dan had hij het wel iets grondiger mogen aanpakken.'

'Misschien had hij te weinig tijd?' zei Banks.

'Dat zou kunnen.'

'Of niet genoeg vloeistof.'

'Ook dat is een mogelijke verklaring,' zei Hamilton. 'Of misschien wilde hij gewoon verwarring stichten. Het heeft hoe dan ook een tweede persoon het leven gekost.'

Het lichaam lag in een verkoolde slaapzak gewikkeld. Ondanks de blaarvorming op het gezicht kon Banks zien dat het een jong meisje was. Haar gezichtsuitdrukking was heel vredig en als ze door het inademen van de rook was gestikt, had ze tenminste niet gevoeld dat het vuur haar wangen schroeide en haar slaapzak verbrandde. Vlak onder haar onderlip had ze een metalen piercing en Banks vermoedde dat die door het vuur verhit was geraakt, wat de dieper verbrande huid eromheen zou kunnen verklaren. Hij hoopte maar dat ze ook dat niet meer had gevoeld. Een verkoolde arm lag buiten de slaapzak naast de resten van wat zo te zien een draagbare cd-speler was geweest.

'Het lichaam is waarschijnlijk vrij goed beschermd door de slaapzak,' zei Hamilton. 'Die dingen worden gewoonlijk van brandvertragend materiaal gemaakt. En kijk die blaren op het gezicht eens.'

'Waar duidt dat op?' vroeg Banks.

'Blaartrekking is meestal een teken dat het slachtoffer nog leefde toen de brand uitbrak.' Hamilton controleerde eerst of Peter Darby de hele plaats delict op video had opgenomen en gefotografeerd voordat hij zich bukte en twee voorwerpen opraapte die naast haar op de vloer lagen.

'Wat zijn dat?' vroeg Banks.

'Dat kan ik nog niet met zekerheid zeggen,' zei hij, 'maar ik denk dat het ene een injectiespuit is en het andere een lepel.' Hij gaf ze aan Terry Bradford, die eerst een kurk uit zijn tas haalde en die over de punt van de naald stak voordat hij ze in bewijsmateriaalzakjes stopte. 'Het vuur heeft hem ongetwijfeld wel gesteriliseerd,' zei hij, 'maar je kunt wat injectiespuiten betreft niet voorzichtig genoeg zijn.'

Hamilton boog zich voorover en schraapte iets van de vloer naast de slaapzak, wat Bradford in een nieuw zakje opborg. 'Het ziet ernaar uit dat ze een kaars heeft gebruikt,' zei Hamilton. 'Waarschijnlijk om het goedje dat ze heeft ingespoten, wat het ook was, te verhitten. Als ik er niet zo zeker van was dat de brand op de andere boot is begonnen, zou ik zeggen dat dit wel eens de oorzaak kon zijn geweest. Ik heb het al vaker meegemaakt: een junkie die indommelt en een kaars die een brand veroorzaakt. Hij kan trouwens ook zijn gebruikt als een primitief soort tijdontsteker.'

'Maar dat is hier niet het geval?'

'Nee. De brandhaarden van het vuur bevinden zich absoluut hiernaast. Het zou wel heel toevallig zijn als er tegelijkertijd door twee verschillende oorzaken twee branden waren uitgebroken. En deze hier heeft veel minder schade veroorzaakt.'

Banks merkte dat hij hoofdpijn kreeg. Hij wierp nogmaals een blik op het lichaam van het jonge meisje, kneep met duim en wijsvinger boven het masker in de brug van zijn neus tot er tranen in zijn ogen prikten, wendde toen zijn blik af en staarde in de mist waaruit net op dat moment dokter Burns, de politiearts, opdook, die met zijn zwarte tas naar de woonboten kwam gelopen.

2

Andrew Hurst woonde in een klein, onopvallend sluiswachtershuisje aan het kanaal, ongeveer anderhalve kilometer ten oosten van de doodlopende zijtak waar de brand had plaatsgevonden. Het huis was hoog en smal, uit rode baksteen opgetrokken, en had een leistenen dak; hoog aan de gevel, waar de muren overgingen in het dak, hing een satellietschotel. Het was nog vroeg in de ochtend, maar Hurst was al wakker en aangekleed. Hij was begin veertig, lang en mager, met dunner wordend, dor bruin haar, en hij droeg een spijkerbroek en een rood sweatshirt.

'Aha, ik verwachtte u al,' zei hij toen Banks en Annie hun politiepas lieten zien, en hij staarde Annie met zijn lichtgrijze ogen net iets te lang aan. 'Het gaat natuurlijk over die brand.'

'Dat klopt,' zei Banks. 'Mogen we misschien even binnenkomen?'

'Ja, natuurlijk. Uw timing is echt perfect. Ik heb net ontbeten.' Hij deed een stap opzij en liet Banks en Annie binnen. 'Eerste deur links. Ik zal jullie jassen even aannemen.'

Ze overhandigden hem hun jassen en liepen een kamer in waarvan de muren van plafond tot vloer schuilgingen achter houten planken. Op de planken stonden honderden, misschien wel duizenden langspeelplaten, 45-toerensingeltjes en 70-toerenplaten, allemaal in keurige rijen. Banks wisselde een blik van verstandhouding met Annie voordat ze plaatsnamen in de leunstoelen waar Hurst naar gebaarde.

'Indrukwekkend, nietwaar?' zei Hurst glimlachend. 'Ik verzamel al sinds mijn twaalfde platen uit de jaren zestig. Het is een enorme passie van me. Net als kanalen en hun geschiedenis, natuurlijk.'

'Natuurlijk,' zei Banks, die erg onder de indruk was van de enorme collectie. Als hij hier om een andere reden dan zijn werk was geweest, zou hij nu op handen en knieën de titels hebben zitten bekijken.

'Ik durf te wedden dat ik elke titel die ik zoek zo kan vinden. Ik weet precies waar ze allemaal staan. Kathy Kirby, Matt Monro, Vince Hill, Helen Shapiro, Joe Brown, Vicki Carr. Noem maar iets. Toe dan, noemt u eens iets.'

Jezus, dacht Banks, een wereldvreemde gek. Alsof ze niet al genoeg aan hun hoofd hadden. 'Meneer Hurst,' zei hij, 'ik zou uw opbergsysteem graag eens testen en uw platenverzameling bekijken, maar we wilden graag eerst even over de brand praten, goed? Er zijn op die woonboten twee mensen omgekomen.'
Hurst keek teleurgesteld, als een kind dat geen nieuw stuk speelgoed krijgt, en ging toen schuchter verder, alsof hij er niet helemaal zeker van was dat hij nog steeds de volle aandacht van zijn publiek had. 'Ze staan namelijk niet op alfabetische volgorde, maar op verschijningsdatum, moet u weten. Dat is mijn geheim.'
'Meneer Hurst.' Annie nam het van Banks over. 'Alstublieft. Later. We moeten u een paar belangrijke vragen stellen.'
Hij keek haar beledigd en sip aan, maar toen leek de ernst van de situatie tot hem door te dringen. Hij streek met een hand over zijn hoofd. 'Ja, dat begrijp ik. Het spijt me dat ik zo doordraaf. Het zal de schok wel zijn. Ik ratel altijd aan één stuk door wanneer ik zenuwachtig ben. Ik vind het echt vreselijk wat er is gebeurd. Hoe heeft het...?'
'We weten nog niet wat de brand heeft veroorzaakt,' zei Banks, 'maar we behandelen de zaak beslist als verdacht.' 'Dubieus,' had Geoff Hamilton gezegd. Hij wist net zo goed als Banks dat het vuur niet uit zichzelf was ontstaan. 'Kent u de omgeving goed?' vroeg hij.
Hurst knikte. 'Ik beschouw dit stuk van het kanaal als mijn bezit, mijn verantwoordelijkheid.'
'Inclusief de doodlopende zijtak?'
'Ja.'
'Wat kunt u me vertellen over de mensen die op de boten woonden?'
Hurst schoof zijn zwarte brilmontuur omhoog en wreef in zijn rechteroog. 'Het zijn eigenlijk geen boten, maar schepen.'
'O?'
'Speciale kanaalschepen. De meeste schepen zijn te breed om door dit kanaal te varen.'
'Aha,' zei Banks. 'Maar ik wil toch nog steeds graag weten wat u me kunt vertellen over de krakers.'
'Eigenlijk niet zoveel. Het meisje was best aardig. Bleek, mager jong ding, zag er helemaal niet gezond uit, maar ze had een lieve glimlach en groette me altijd. Wanneer ik haar tegenkwam, natuurlijk. Wat niet vaak voorkwam. Erg knap, ook.'
Dat moest Tina zijn geweest, vermoedde Banks, die terugdacht aan het verschroeide lichaam in de verkoolde slaapzak en de zwartgeblakerde

arm waarin ze haar laatste shotje had gezet. 'En haar vriendje, Mark?'
'Heet hij zo? Ik heb hem altijd een beetje een stiekemerd gevonden. Alsof hij iets had uitgespookt of iets kwaads in de zin had.'
Ervaring had Banks geleerd dat een heleboel jongeren van Marks leeftijd of net iets jonger die indruk wekten. 'En de man op die andere boot?' vroeg hij.
'Ach ja, de kunstenaar.'
Banks wierp een korte blik op Annie, die haar wenkbrauwen optrok. 'Hoe weet u dat hij een kunstenaar was?'
'Vrij kort nadat hij hier was ingetrokken, heeft hij een dakraam laten installeren en de buitenkant van de boot een verfje gegeven; ik dacht dat hij de boot misschien officieel had gehuurd of gekocht en van plan was om hem helemaal op te knappen, dus ik ben uit beleefdheid een keer bij hem langsgegaan.'
'Hoe reageerde hij daarop?'
'Ik ben niet verder gekomen dan de deur. Hij kon het absoluut niet waarderen dat ik bij hem langskwam. Hij was eigenlijk ronduit onbeleefd.'
'Maar hij heeft u wel verteld dat hij kunstenaar was?'
'Nee, natuurlijk niet. Ik zei dat ik niet verder ben gekomen dan de deur, maar ik kon wel naar binnen kijken.'
'En wat hebt u daar gezien?'
'Nou ja, schildersmateriaal, natuurlijk. Ezel, tubes verf, paletten, potloden, houtskool, oude lappen stof, stapels schildersdoeken en papier, een heleboel boeken. Het was er eerlijk gezegd een gigantische puinzooi en het stonk enorm.'
'Waarnaar?'
'Dat weet ik niet. Terpentine. Verf. Lijm. Misschien was hij wel een lijmsnuiver? Hebt u daar al eens aan gedacht?'
'Dat was nog niet bij me opgekomen, nee, maar bedankt voor de tip. Hoe lang heeft hij er gewoond?'
'Een maand of zes. Sinds de zomer.'
'Had u hem voor die tijd al eens gezien?'
'Een of twee keer. Hij wandelde regelmatig met een schetsblok langs het jaagpad.'
Iemand uit de omgeving misschien, dacht Banks bij zichzelf, waardoor het mogelijk iets gemakkelijker zou zijn om informatie over hem boven tafel te krijgen. Banks' ex-vrouw Sandra had een tijdje bij de kunstgalerie in het wijkcentrum in Eastvale gewerkt en hij had daar nog steeds een contactpersoon. De gedachte dat hij Maria Phillips weer zou ontmoeten was on-

geveer even aanlokkelijk als een dinerafspraak met Cilla Black, maar ze kon hem waarschijnlijk wel helpen. Maria wist zo ongeveer alles over de lokale kunstwereld, inclusief alle roddels. Verder had je nog Leslie Whitaker, de eigenaar van de enige antiquarische boekhandel in Eastvale en een onbeduidende kunsthandelaar.

'Kunt u ons verder nog iets over hem vertellen?' vroeg hij aan Hurst.

'Nee. Ik heb hem daarna amper nog gezien. Hij zal wel in zijn kajuit hebben zitten schilderen. Verdwaald in zijn eigen wereldje, die vent. Of hij gebruikte drugs. Maar wat kun je anders verwachten van een kunstenaar, hè? Ik weet niet wat voor soort troep hij schilderde. Als u het mij vraagt is bijna al die moderne...'

Banks zag dat Annie met haar ogen rolde en snuffend een nieuwe pagina in haar opschrijfboekje opsloeg. 'We weten dat zijn voornaam Tom was,' zei Banks, 'maar weet u misschien ook zijn achternaam?'

Hurst vond het duidelijk niet prettig dat hij werd onderbroken tijdens zijn kritische beschouwing over moderne kunst. 'Nee,' zei hij.

'Weet u dan wie de eigenaar is van de boten?'

'Geen flauw idee,' zei Hurst. 'Maar iemand had ze moeten opknappen. Ze waren nog niet helemaal verloren, weet u. Eeuwig zonde dat ze zo aan hun lot zijn overgelaten.'

'Waarom heeft de eigenaar er dan niets aan gedaan?'

'Geen geld, stel ik me zo voor.'

'Dan had hij ze toch kunnen verkopen?' zei Banks. 'Dit soort boten levert tegenwoordig ongetwijfeld aardig wat op. Ze zijn heel populair onder vakantiegangers.'

'Degene die ze had gekocht zou er anders wel heel veel geld in hebben moeten steken om ze aantrekkelijk genoeg te maken voor toeristen,' zei Hurst. 'Ze werden vroeger door paarden getrokken, ziet u, en er is tegenwoordig nauwelijks nog vraag naar. Hij had dan motoren moeten laten installeren, centrale verwarming, elektriciteit, stromend water. Dure grap. Toeristen vinden het misschien wel leuk om per boot door de kanalen te trekken, maar ze zijn ook zeer op hun comfort gesteld tijdens de reis.'

'Even terug naar Tom, de kunstenaar,' zei Banks. 'Hebt u wel eens iets van zijn werk gezien?'

'Zoals ik net al zei: moderne kunst is allemaal troep. Damien Hirst en meer van die onzin. Neem nu bijvoorbeeld die Turnerprijs...'

'En toch,' onderbrak Annie hem, 'zijn heel wat mensen bereid om voor die troep een fortuin te betalen. Hebt u ooit een van zijn schilderijen in het echt gezien? Als we een indruk krijgen van het soort dingen dat hij

maakte, kan dat ons misschien helpen om erachter te komen wie hij was.'
'Tja, over smaak valt nu eenmaal niet te twisten, hè? Maar nee, ik heb er nooit een in het echt gezien. Toen ik die ene keer langsging, was de ezel leeg. Misschien was hij een of andere excentriekeling. Een gekweld genie. Misschien bewaarde hij wel een fortuin onder zijn matras en heeft iemand hem daarom vermoord?'
'Waarom denkt u dat hij is vermoord?' vroeg Banks.
'Dat denk ik helemaal niet. Het is maar een ideetje, meer niet.'
'Dit gebied lijkt me vrij ontoegankelijk,' zei Banks. 'Wat zou de beste manier zijn om deze plek te naderen?'
'Via het jaagpad,' antwoordde Hurst. 'Maar de dichtstbijzijnde brug ligt ten oosten hiervan, dus iedereen die vanuit die richting kwam zou langs mijn huis moeten zijn gekomen.'
'Hebt u die avond iemand gezien? Iemand die over het jaagpad in de richting van de zijtak liep?'
'Nee, maar ik heb televisie zitten kijken. Als er iemand is langsgekomen, kan dat me best zijn ontgaan.'
'Wat is de op een na beste manier om er te komen?'
Hurst fronste zijn wenkbrauwen en dacht even na. 'Tja,' zei hij ten slotte, 'afgezien van het kanaal overzwemmen, wat niemand met ook maar een beetje gezond verstand vrijwillig zou doen, zeker niet in deze tijd van het jaar, zou ik zeggen via het pad dat even ten westen hiervan door het bos loopt. Als ik het me goed herinner, is daar ergens ook een parkeerhaven. En daarvandaan is het maar zo'n honderd meter naar de boten, terwijl het vanaf de plek waar het pad helemaal aan het begin op de B-weg uitkomt bijna driekwart kilometer is.'
De brandweerwagens hadden op de plek gestaan waar het pad met een scherpe bocht naar rechts verder langs het kanaal liep, herinnerde Banks zich, en Annie en hij hadden hun auto daar direct achter gezet. Hij hoopte maar dat ze het bewijsmateriaal dat zich daar mogelijk bevond niet hadden uitgewist. Hij zou brigadier Stefan Nowak en de technische recherche vragen om die plek grondig te onderzoeken. 'Hebt u hier wel eens vreemden zien rondhangen?' vroeg hij.
''s Zomers heel veel, maar rond deze tijd van het jaar is het hier over het algemeen vrij rustig.'
'En in de buurt van de zijtak? Hebt u daar veel onbekenden gezien?'
'Ik woon anderhalve kilometer verderop. Ik hou hen echt niet de hele tijd in de gaten. Ik zie hen af en toe wanneer ik over het jaagpad fiets, verder niet.'

'Maar de brand zag u wel?'
'Die kon ik natuurlijk moeilijk over het hoofd zien.'
'Hoe dat zo?'
Hurst stond op. 'Loopt u maar even mee.' Hij keek Annie aan en glimlachte. 'En alvast mijn verontschuldigingen voor de rommel. Het is een van de voordelen van het vrijgezellenbestaan dat je niet altijd alles schoon en opgeruimd hoeft te houden.'
Annie snoot haar neus. Banks keek er niet echt van op dat Hurst vrijgezel was. 'Behalve dan uw platenverzameling,' zei hij.
Hurst draaide zich om en keek Banks geringschattend aan. 'Dat is iets heel anders.'
Banks en Annie wisselden een blik van verstandhouding en liepen toen achter hem aan de smalle, krakende trap op en een kamer aan de linkerkant van de gang in. Dat van die rommel was niet gelogen. Overal lagen hoopjes kleding te wachten op een wasbeurt en naast het onopgemaakte bed stond een wankele stapel boeken, de meeste over de geschiedenis van kanalen, maar er zaten ook een paar goedkope paperbackedities van bestsellers tussen: Banks zag Tom Clancy, Frederick Forsyth, Ken Follett. De stank van vieze sokken en muf zweet hing in de lucht. Annie mocht zich gelukkig prijzen dat haar neus door verkoudheid verstopt zat, dacht Banks. Maar Hurst had gelijk: vanuit het raam van zijn slaapkamer kon je heel ver langs de westelijke kanaaloever in de richting van de doodlopende zijtak kijken. Op dit moment viel er weinig te zien vanwege de mist, maar de avond tevoren was het tot vroeg in de ochtend heel helder geweest. Hurst zou de zijtak zelf niet hebben kunnen zien vanwege de bomen, maar Banks twijfelde er geen moment aan dat hij de vlammen beslist moest hebben gezien toen hij tegen bedtijd de gordijnen dichttrok.
'Wat had u aan?' vroeg Banks.
'Aan?'
'Ja. Uw kleding. Toen u naar de plek van de brand fietste.'
'O, op die manier. Spijkerbroek, overhemd en een dikke wollen trui. En een parka.'
'Dezelfde spijkerbroek die u nu ook aanhebt?'
'Nee. Ik heb me omgekleed.'
'Waar zijn ze dan nu?'
'Mijn kleren?'
'Ja, meneer Hurst. We zullen ze moeten laten onderzoeken.'
'Maar u denkt toch zeker niet...?'
'De kleren, alstublieft?'

'Ik heb ze moeten wassen,' zei Hurst. 'Ze stonken verschrikkelijk naar de rook en zo.'
Banks wierp een blik op de stapels vuil wasgoed en keek toen weer naar Hurst. 'Wilt u beweren dat u de kleding die u gisteravond aanhad al hebt gewassen?'
'Inderdaad, ja. Zodra ik thuiskwam. Ik weet dat het misschien vreemd klinkt, maar hoe moest ik nu weten dat u ze wilde onderzoeken?'
'En uw parka?'
'Die ook.'
'U hebt uw parka ook gewassen?'
Hurst slikte iets weg. 'Volgens het label kon hij in de machine worden gewassen.'
Banks zuchtte diep. Sporen van een brandbare vloeistof konden het water uit brandweerslangen eventueel weerstaan, omdat ze alleen koud water gebruikten. Hij betwijfelde echter of ze waspoeder en heet water ook zouden overleven. 'We nemen ze toch maar mee,' zei hij. 'En uw schoenen? Die hebt u zeker ook in de wasmachine gegooid?'
'Nee, zeg, wat denkt u wel?'
'Daar zullen we het dan maar mee moeten doen,' zei Banks, en ze liepen weer naar beneden. 'Hoe laat gaat u meestal naar bed?'
'Wanneer ik zin heb. Nog een voordeel van het vrijgezellenbestaan. Gisteravond heb ik toevallig naar een vrij goede film zitten kijken.'
'Welke film was dat?'
'Aha, het aloude politietrucje om te zien of ik misschien lieg, hè? Tja, ik heb geen alibi, dat klopt. Ik ben de hele avond alleen geweest. De hele dag trouwens. Ik heb naar *A Bridge Too Far* zitten kijken op Sky Cinema. Oorlogsfilms zijn ook een grote hobby van me.'
Hurst ging hun voor naar het keukentje, waar het een beetje naar zure melk rook. De parka hing nog enigszins vochtig over de rugleuning van een stoel en de rest van zijn kleding zat in de droger. Hurst diepte ergens een plastic tas op en Banks propte alles erin, ook de schoenen, die op een mat in de gang stonden.
'Hoe laat was de film afgelopen?' vroeg hij toen ze weer in de woonkamer stonden.
'Eén uur. Of vijf minuten over één of iets dergelijks. Het lijkt wel alsof ze nooit precies op het hele uur zijn afgelopen.'
'Dus toen u rond een uur of één uit uw slaapkamerraam keek...'
'Tegen de tijd dat ik alles op slot had gedaan en mijn toilet had gemaakt voor de nacht, zal het misschien kwart over één zijn geweest...'

Toilet had gemaakt. Banks had die uitdrukking al in geen jaren meer gehoord. 'Goed,' vervolgde hij. 'Wat zag u toen u om kwart over één uit uw slaapkamerraam keek?'
'Vlammen, natuurlijk.'
'En u wist waar ze vandaan kwamen?'
'Meteen. Die houten boten zijn levensgevaarlijk. Het hout boven de waterlijn is kurkdroog.'
'Dus u wist precies wat er aan de hand was?'
'Ja, natuurlijk.'
'Wat hebt u toen gedaan?'
'Mijn fiets gepakt en er langs het jaagpad naartoe gereden.'
'Hoe lang had u daarvoor nodig?'
'Dat weet ik niet. Ik heb er niet op gelet.'
'Ruwweg? Vijf minuten? Tien minuten?'
'Tja, ik ben geen al te snelle fietser. Het was niet direct de Tour de France of zo.'
'Tien minuten dan?'
'Wat u wilt.'
'Wat hebt u daarna gedaan?'
'De brandweer gebeld, natuurlijk.'
'Hoe?'
Hij tikte op zijn zak. 'Met mijn mobieltje. Dat heb ik altijd bij me. Voor het geval dat. De mensen van Waterways willen graag op de hoogte worden gehouden van alles wat zich hier afspeelt.'
'Werkt u dan voor British Waterways?'
'In theorie niet. Ik bedoel, ik ben niet officieel bij hen in dienst. Ik probeer me alleen nuttig te maken. Als die kanaalschepen niet in zo'n slechte staat hadden verkeerd en niet op zo'n afgelegen plek hadden gelegen, zou BW er beslist al eerder werk van hebben gemaakt.'
'Hoe laat was het toen u belde?'
'Dat kan ik me niet herinneren.'
'Zou u ervan opkijken als ik u vertel dat uw telefoontje staat ingelogd op één minuut over halftwee in de ochtend?'
'Als u het zegt, zal het wel waar zijn.'
'Inderdaad. Dat is vijftien minuten nadat u de vlammen voor het eerst had gezien en naar de boten was gefietst.'
Hurst knipperde met zijn ogen. 'Ja.'
'En wat hebt u gedaan nadat u hen had gebeld?'
'Ik ben blijven wachten tot ze er waren.'

'U hebt in de tussentijd niet geprobeerd om iets te doen?'

'Zoals?'

'U hebt niet gekeken of er nog iemand op een van de boten was?'

'Ik ben toch zeker niet gek? Zelfs de mensen van de brandweer hebben geen enkel risico genomen en zijn pas aan boord gegaan toen beide boten waren natgesproeid, en zij droegen nog wel beschermende kleding.'

'En toen was het al te laat.'

'Wat bedoelt u daarmee?'

'Toen was iedereen al dood.'

'Tja... Ik heb indertijd nog geprobeerd hun duidelijk te maken hoe gevaarlijk het was om daar te wonen. Ik vermoed dat behalve die terpentine een van hen ook een slechtwerkend kacheltje of zoiets heeft gehad. We hebben tot nu toe weliswaar een zachte winter gehad, maar toch... Het is pas januari.'

'Meneer Hurst,' vroeg Annie, 'wat dacht u toen u de gloed van het vuur boven de bomenrij zag en op uw fiets stapte?'

Hurst keek haar niet-begrijpend aan. 'Dat ik moest gaan kijken wat er aan de hand was, natuurlijk.'

'Maar u zei net dat u meteen al wist wat er aan de hand was.'

'Maar ik moest het toch eerst zeker weten? Ik kon toch niet zomaar overhaast te werk gaan?'

'Dacht u misschien dat die oranje gloed ook door iets anders kon zijn veroorzaakt?'

'Dat weet ik niet meer. Ik dacht niet logisch na. Ik wist alleen dat ik ernaartoe moest.'

'Maar toen u er eenmaal was, deed u helemaal niets.'

'Ik kwam te laat. Dat heb ik jullie al verteld. Ik kon niets meer doen.' Hurst zat voorovergebogen en zijn kin stak agressief vooruit. Hij keek naar Banks. 'Hoor eens, ik weet niet waar ze naartoe wil, maar ik...'

'Het is eigenlijk heel eenvoudig,' zei Banks. 'Inspecteur Cabbot vraagt zich af waarom u besloot om op uw dooie gemak anderhalve kilometer naar de zijtak van het kanaal te fietsen, terwijl u allang wist dat de boten in brand stonden en het hout waarvan ze waren gemaakt zo droog was dat ze in een mum van tijd helemaal afgebrand zouden zijn. Ik vraag me namelijk precies hetzelfde af. Verder vraag ik me ook af waarom u verdomme niet hebt gedaan wat ieder normaal mens zou hebben gedaan, namelijk direct de brandweer bellen. Vanuit uw huis.'

'Het is nergens voor nodig om zo agressief te worden. Ik dacht gewoon niet helder na. Zoals ik al zei: dat gebeurt wel vaker wanneer... wanneer zoiets als dit... De schrik. Misschien hebt u wel gelijk. Achteraf had ik misschien inderdaad eerst de brandweer moeten bellen. Maar...' Hij schudde traag zijn hoofd.

'Ik had eigenlijk verwacht dat u zou zeggen dat u er zo snel naartoe bent gegaan om te zien of u nog iets kon doen,' zei Banks. 'Om te zien of u op de een of andere manier nog kon helpen.'

Hurst staarde hem sprakeloos met open mond aan en zette zijn bril recht.

'Maar dat zei u niet,' ging Banks verder. 'U hebt niet eens gelogen.'

'En wat wil dat zeggen?'

'Dat weet ik niet, meneer Hurst. Zegt u het maar. Het enige wat ik weet is dat u wilde dat die kanaalschepen en de mensen die erop woonden zouden verdwijnen, dat u niet onmiddellijk de brandweer hebt gebeld toen u wist dat ze in brand stonden en dat u zodra u thuiskwam uw kleren in de wasmachine hebt gegooid. Wellicht kan niemand het u kwalijk nemen dat u niet aan boord van die brandende boten bent geklommen, maar de vijftien minuten die u nodig had om er via het jaagpad naartoe te fietsen en te bellen hadden misschien het verschil tussen leven en dood kunnen betekenen. En ik vraag me af of u dat op dat moment ook besefte.' Banks wierp een blik op Annie en ze stonden tegelijkertijd op, Banks met de tas met kleding in zijn hand. 'Blijft u gerust zitten,' zei hij tegen Hurst. 'We komen er zelf wel uit. Gaat u voorlopig maar niet al te ver van huis. We komen binnenkort nog een keer met u praten.'

Banks was niet de enige die zijn weekend tussen zijn vingers door zag glippen. Toen Annie haar auto voor het Victoriaanse rijtjeshuis aan Blackmore Street in Zuid-Eastvale parkeerde, haar rode neus snoot en met kleine oogjes naar de huisnummers tuurde, besefte ook zij dat de brand op de woonboten of kanaalschepen, zoals Andrew Hurst ze hardnekkig was blijven noemen, de komende paar dagen waarschijnlijk al haar aandacht en tijd zou opeisen. Ze had eigenlijk gehoopt dat Phil Keane, de man met wie ze de afgelopen paar maanden was uitgegaan wanneer hun beider werk dat toestond, wat niet al te vaak was, een weekend zou overkomen vanuit Londen. Phil, die zelf in het zuiden van het land was opgegroeid, had van zijn grootouders een cottage in Fortford geërfd, waar hij ongeacht het jaargetijde graag vertoefde. En als Phil dit weekend niet kon komen, dan had Annie haar vrije tijd willen gebruiken om te herstellen van haar verkoudheid.

Annie stapte uit de auto en keek om zich heen. De meeste huizen in de omgeving werden bewoond door studenten. De wijk was flink opgeknapt in de tijd dat Annie nu in Eastvale werkte. Wat eens een moerasachtig, braakliggend terrein was geweest tussen de paar laatste huizenrijen aan de rand van de stad en de lage, vierkante gebouwen van de universiteit was nu een naar een obscure Afrikaanse revolutionair vernoemd park, compleet met bloembedden die in de lente niet onderdeden voor die van Harrogate. Ook waren er de afgelopen jaren verschillende chique restaurants geopend. Studenten waren zeker minder arm dan vroeger, dacht Annie bij zichzelf, vooral buitenlandse studenten. Veel van de oude huizen waren gerenoveerd en boden nu prima woonruimte in de vorm van appartementen en eenkamerwoningen. Net als de rest van Eastvale was ook de universiteit in omvang toegenomen en het bestuur besefte dat het zijn best moest doen om nieuwe studenten aan te trekken.

In de januarimist, die op deze ochtend zo lang bleef hangen, hing er in de omgeving echter een griezelige, surrealistische sfeer en zagen de hoge huizen die met hun spitse, steile leistenen daken en overdadig versierde gevels uit de nevel opdoken, eruit als een angstaanjagend decor voor een horrorfilm. Door de kale bomen in het park heen kon Annie het eenzame, verlichte rode logo van de Blue Moon Café and Bakery ontwaren, waar een goedkoop ontbijt werd geserveerd. Heel even overwoog ze om er naar binnen te gaan en gebakken eieren, champignons en bonen op toast te bestellen, zonder de bijbehorende worst en spek omdat ze vegetariër was, maar ze besloot het toch maar niet te doen. Straks, wanneer ze weer in het centrum was, zou ze iets gezonds nemen. Bovendien, dacht ze, terwijl ze opkeek naar het huis dat hoog boven haar uittorende, moest ze nu eerst een alibi natrekken.

Ze liep de traptreden op en tuurde naar de namen onder de intercom. Mandy Patterson. Dat was degene die ze moest hebben. Ze drukte op de bel. Het leek een eeuwigheid te duren, maar ten slotte klonk er een slaperige stem. 'Ja? Wie is daar?'

Annie vertelde haar wie ze was.

'Politie?' Mandy klonk geschrokken. 'Waarom? Wat is er? Wat wilt u van me?'

Annie was wel gewend dat burgers vaak zo reageerden, misschien omdat ze zich schuldig voelden over een verkeers- of parkeerovertreding, of gewoon omdat ze nergens bij betrokken wilden raken. 'Ik wil je alleen maar even spreken,' zei ze zo vriendelijk mogelijk in een poging haar te overtuigen van haar goede bedoelingen. 'Het gaat over Mark.'

'Eerste verdieping, derde flat aan de linkerkant.'

Annie hoorde dat de voordeur opensprong en duwde hem verder open.

Vanbinnen was het gebouw minder mistroostig dan vanbuiten. De dikke vloerbedekking op de trap leek nieuw, de gang was schoon en goed onderhouden, en het was er goed verlicht. Beter dan de studentenhuisvesting in de goeie ouwe tijd, dacht Annie, hoewel haar studietijd pas een jaar of vijftien achter haar lag.
Annie liep de steile trap op en klopte op de deur van flat 3. Hoewel ze een vrij goede conditie had, was ze blij dat Mandy niet helemaal op de bovenste verdieping woonde. Die akelige verkoudheid slokte al haar energie op, waardoor ze licht in haar hoofd werd wanneer ze zich erg inspande. Het lukte haar ook al niet meer om te mediteren. Het enige waar ze zich van bewust werd wanneer ze in de lotushouding ging zitten en probeerde zich te concentreren op de adem die via de plek tussen haar wenkbrauwen naar binnen en naar buiten stroomde, was haar verstopte neus of een dof, snotterig gesnuif.
Het meisje dat de deur opendeed zag eruit alsof ze net wakker was, wat waarschijnlijk ook het geval was. Ze wreef over haar gezicht en keek met kleine oogjes naar Annie. 'Dus u bent van de politie?' zei ze, en ze staarde naar Annies legerjas, lange sjaal en hoge laarzen.
'Ik ben bang van wel.'
Annie liep achter haar aan de kamer in. Mandy had niet de moeite genomen om iets anders aan te trekken dan een lang wit T-shirt met het logo van de George and Dragon op de voorkant, misschien omdat ze via de intercom had gehoord dat Annie een vrouw was, of anders mogelijk omdat ze er totaal niet mee zat om halfnaakt rond te lopen. Annie vond dat het veel te koud was om er zo schaars gekleed bij te lopen, maar ze kwam al snel tot de ontdekking dat de eenkamerwoning centrale verwarming had. Een hele verandering ten opzichte van haar eigen studietijd, toen ze zichzelf er elke ochtend toe moest zetten om onder de flinke stapel dekens uit te schieten en de gashaard aan te doen, in de hoop dat de vijf pence van de vorige avond nog niet waren opgebruikt. Ze trok haar jas uit en merkte dat ze het zo ook warm genoeg had.
'U hebt me wakker gebeld,' zei Mandy over haar schouder.
'Het spijt me,' zei Annie. 'Dat hoort bij mijn werk.' Het verwarde kluwen lakens op de matras onder het raam bevestigde Mandy's woorden.
'Kop thee? Ik neem zelf ook. Ik kan 's ochtends niet helder denken voordat ik een kop thee heb gehad.'
'Lekker,' zei Annie. 'Als je toch gaat zetten.' Mandy praatte vrij bekakt, merkte ze op. Wat moest ze dan in vredesnaam met Mark? Zich afzetten tegen haar eigen milieu? Een lekker ruig vriendje?

Het keukenblok werd van de rest van de ruimte afgescheiden door een dun groen gordijn, dat Mandy open liet hangen toen ze in de keuken de waterkoker ging aanzetten. Annie nam plaats in een van de twee kleine leunstoelen die stonden opgesteld rondom een oude open haard waarin een vaas vol gedroogde paarse en gele bloemen en pauwenveren stond. Aan de muur hing een poster van Van Goghs *Zonnebloemen* en op de achtergrond stond zachtjes de radio aan. Annie herkende een oud nummer van de Pet Shop Boys, *Always on My Mind*. Het was een hit geweest tijdens haar eigen studietijd in Exeter. Ze had de Pet Shop Boys goed gevonden.
Toen ze de muziek hoorde, kwam er een levendige herinnering aan Rick Stenson, indertijd haar vriendje, bovendrijven. Hij was een knappe, blonde student communicatiewetenschap geweest en had als fan van Joy Division, Elvis Costello, Dire Straits en Tracy Chapman háár muzikale voorkeur altijd bekritiseerd. Hij vond zichzelf eigenlijk te goed voor fans van de Pet Shop Boys, Enya en Fleetwood Mac. Hij had ook voortdurend over de originele Fleetwood Mac-bezetting met Peter Green lopen zaniken. Wat had ze toch in hem gezien, vroeg Annie zich nu verwonderd af. Hij was een akelig arrogante snob geweest die in bed ook al weinig had voorgesteld en weliswaar een zekere behendigheid aan den dag had gelegd voor het traditionelere werk, maar voor de rest geen enkele fantasie had gehad. Ach, wijt het maar aan jeugdige onbezonnenheid.
Mandy kwam terug met de thee, nam plaats in de andere leunstoel en trok haar benen onder zich, zodat de zoom van haar T-shirt amper de bovenkant van haar slanke, gladde dijen bedekte. Haar bruine haar, nog verward van het slapen, krulde rond een hartvormig gezichtje met smalle lippen, een kleine neus en ogen met de kleur van bruine klei. Ze had prachtige Brooke Shields-wenkbrauwen, merkte Annie op, een tikje jaloers omdat zijzelf op dat gebied wat karig was bedeeld.
'Wat heb je gisteravond gedaan?' vroeg Annie.
'Gedaan? Hoe bedoelt u? Waarom wilt u dat weten?'
'Zou je mij alsjeblieft de vragen willen laten stellen en gewoon antwoord willen geven?' Annie wist niet waarom ze zo kribbig op Mandy reageerde; ze voelde dat haar irritatie over de stem van het meisje, haar dijen en haar wenkbrauwen alleen maar toenam. Ze haalde een papieren zakdoekje tevoorschijn en snoot haar neus. Het voelde inmiddels broeierig warm aan in de kamer en ze merkte dat het zweet zich kriebelend in haar oksels verzamelde. Of misschien was het wel de koorts die bij haar verkoudheid hoorde.

Mandy dronk mokkend van haar thee en zei toen: 'Oké. Vraag maar een eind weg.'
'Is Mark hier bij je geweest?'
'Mark? Natuurlijk niet. Wat een belachelijk idee. Heeft hij dan iets gedaan? Als hij heeft gezegd...'
'Je kent hem dus wel?'
Mandy speelde met een haarlok, krulde hem om haar vingers en streek hem weer glad. 'Als u Mark Siddons bedoelt wel, ja; die ken ik inderdaad. Hij komt wel eens in de pub wanneer hij op de bouwplaats aan het werk is.'
'Welke bouwplaats?'
'Aan de andere kant van het park. Ze bouwen daar een nieuw sportcomplex voor de universiteit.'
'En Mark en jij zijn met elkaar bevriend?'
'Min of meer.'
Annie boog zich een stukje voorover. 'Mandy, dit kan heel belangrijk zijn: is Mark gisteravond hier bij jou geweest?'
'Zo'n meisje ben ik helemaal niet, wat denkt u wel?'
'Alsjeblieft, zeg,' zei Annie, die helemaal draaierig was van de koorts, geërgerd. 'Maak het me alsjeblieft niet zo moeilijk. Ik stel jou wat vragen en jij geeft me eerlijk antwoord. Ik zit hier echt niet om een oordeel over je te vellen. Het kan me helemaal niets schelen of jij nu wel of niet zo'n meisje bent. Het kan me ook helemaal niets schelen of je kickt op zo'n ruige knul en of Mark...'
Mandy liep rood aan. 'Zo was het helemaal niet!'
'Vertel me dan hoe het wel was.'
'Waar gaat dit eigenlijk over? Wat heeft Mark gedaan?'
Annie was niet van plan Mandy enige aanleiding te geven om eromheen te blijven draaien en wist dat elk stukje informatie de situatie kon veranderen. 'Geef eerst antwoord op mijn vragen,' zei ze, 'dan vertel ik jou daarna waarom ik ze stel.'
'Dat is niet eerlijk.'
'Meer kan ik je niet geven. Graag of niet.'
Mandy keek haar woedend aan, maar begon toen weer met haar krullen te spelen. Ze liet een lange stilte vallen voordat ze uiteindelijk zei: 'Mark is een paar keer rond lunchtijd in de pub geweest, zoals ik net al zei. Het was tijdens de vakantie, dus ik draaide extra diensten. Ik vond hem aardig. En niet omdat hij zo'n ruige knul was.' Ze wierp Annie een boze blik toe. 'Misschien ziet hij er wel zo uit, maar vanbinnen is hij gewoon...

Nou ja, hij is een hartstikke lieve gozer en die kom je echt niet vaak tegen.'
Zo jong en dan al zo cynisch, dacht Annie bij zichzelf, maar ergens had Mandy wel gelijk. Annie zag Banks voor zich. Hij was ook een hartstikke lieve gozer, maar toch had ze hun relatie verbroken. Misschien had ze hem niet moeten laten gaan. Inmiddels had hij een andere vriendin, wist ze, ook al praatte hij niet graag over haar. Annie voelde tot haar verbazing nog altijd een steek van jaloezie wanneer ze hoorde dat hij weer een weekend wegging. Was ze jonger dan Annie? Knapper? Beter in bed? Of gewoon niet zo lastig? Nu, ze had haar redenen gehad om te doen wat ze had gedaan, hield ze zichzelf voor, dus nu moest ze het ook loslaten.
'Hij flirtte altijd een beetje met me en we kletsten vaak even,' ging Mandy verder. 'U kent dat wel.'
'En gisteravond?'
'Hij kwam pas heel laat in de pub. Hij leek een beetje van slag.'
'Waarom?'
'Dat heeft hij niet gezegd. Hij leek gewoon een beetje depri, alsof hij veel aan zijn hoofd had.'
'Hoe laat was dat?'
'Kwart voor elf ongeveer. Tegen sluitingstijd. Hij heeft maar één biertje gehad.'
'En toen?'
'Ik heb hem gevraagd of hij hier een kop koffie wilde komen drinken.'
'Dus hij is hier wél geweest?'
'Ja.'
'Waarom heb je dan tegen me gelogen?'
'Omdat ik niet wilde dat u zou denken dat ik een goedkope snol was of zo. Zo was het helemaal niet. Ik heb hem alleen maar meegevraagd voor een kop koffie, omdat ik medelijden met hem had.'
'Wat is er precies gebeurd?' vroeg Annie.
'We hebben eerst heel lang gepraat.'
'En daarna?'
Mandy keek omlaag en bestudeerde aandachtig haar duimnagel. 'Ach, u weet wel... Van het een kwam het ander. Hoor eens, ik hoef u toch niet alle details te vertellen, of wel?'
'Waarover hebben jullie zitten praten?'
'Het leven.'
'Dat is een omvangrijk onderwerp. Iets specifieker, graag?'
'U kent dat wel: relaties, hoop en plannen voor de toekomst, dat soort din-

gen. We hadden nog niet eerder zo met elkaar gepraat.' Ze fronste haar wenkbrauwen. 'Er is hem toch niets overkomen, hè? Zegt u alstublieft dat hem niets mankeert.'
'Hij maakt het uitstekend,' zei Annie. 'Heeft hij je ook over Tina verteld?'
'Tina? Wie is dat?'
'Laat maar,' zei Annie. 'Waarover heeft hij het dan wel gehad?'
'Heeft hij een vriendin? Dat heeft hij me nooit verteld. Wat een ongelooflijke klootzak.'
'Mandy, kun je je nog herinneren waarover hij met je heeft zitten praten?'
Het duurde even voordat Mandy haar woede onder controle had en antwoord kon geven. 'De boot. Het leven op de boot. Dat hij nu weliswaar in de bouw werkte, maar dat hij hogerop wilde – metselaar worden en dan kerken restaureren. Hij heeft me verteld dat hij een zus had die aan de drugs was en dat hij haar wilde helpen. Dat soort dingen. Zoals ik net al zei: relaties, toekomstdromen. Wacht eens even! Was dat soms Tina? Zijn zus?'
'Dat weet ik niet,' zei Annie. 'Heeft hij ook iets gezegd over een zekere Tom?'
'Tom? Nee. Wie is dat?'
'Zijn buurman. Een kunstenaar die op de boot naast die van Mark woonde.'
Mandy schudde haar hoofd. Haar krullen dansten heen en weer. 'Nee,' zei ze. 'Hij heeft het nooit over iemand gehad die Tom heet. Hij heeft me verteld hoe fijn hij het er vond en hoe rustig het er was, en verder heeft hij alleen maar geklaagd over een of andere bemoeizuchtige oude gek die steeds probeerde hem zover te krijgen dat hij verhuisde.'
Dat moest Andrew Hurst zijn geweest, dacht Annie, en ze glimlachte in zichzelf om de beschrijving. 'Hoe laat is hij hier weggegaan?'
'Dat weet ik niet. Laat. Ik sliep half. Ik heb nauwelijks gemerkt dat hij wegging.'
'Hoe laat?' hield Annie vol. 'Eén uur? Twee uur?'
'O, nee. Later. We hebben echt urenlang zitten praten, minstens tot een uur of twee. En daarna hebben we pas...'
'Wat?'
'U weet wel. Na afloop was hij trouwens erg onrustig en hij zei dat hij niet kon slapen. Toen heb ik gezegd dat hij maar beter kon gaan, want met mijn werk heb ik mijn slaap hard nodig.'
'Na tweeën dus?'
'Ja. Misschien wel rond een uur of drie.'

'Goed,' zei Annie, en ze stond op om weg te gaan.
'Nu is het uw beurt,' zei Mandy bij de deur.
'Hè?'
'U zou me vertellen waarom u me al die vragen hebt gesteld.'
'O ja,' zei Annie. 'Dat kun je allemaal in de kranten lezen.' Ze liep naar de trap en zei over haar schouder: 'Maar als je daar niet op wilt wachten, kun je natuurlijk ook de radio aanzetten.'

Tegen de tijd dat Banks het ingewikkelde proces in gang had gezet dat bij een moordonderzoek kwam kijken, liep het al tegen het eind van de ochtend. Hij moest een team samenstellen, dagopdrachten verdelen en ervoor zorgen dat er een commandowagen bij het kanaal kwam te staan. Banks had al geregeld dat een tiental agenten de directe omgeving rond de kanaalschepen uitpluisde, inclusief de belangrijkste toegangsweg en het bos waar Mark zich verborgen had gehouden. Als ze iets vonden, zouden ze voor de technische recherche de plek afzetten met tape. Helaas was het huis dat het dichtst bij de boten stond dat van Andrew Hurst en het dorpje Molesby lag weer driekwart kilometer ten zuiden daarvan in een klein dal aan de andere kant van het kanaal, dus hij verwachtte niet dat het huis-aan-huisonderzoek in het dorp iets bruikbaars zou opleveren. Desondanks moest het worden uitgevoerd. Misschien had toch iemand iets gezien of gehoord.
Banks liep naar zijn kantoor. De wondjes die de twijgjes op zijn linkerwang hadden veroorzaakt toen hij door het bos achter Mark aan had gezeten, prikten nog steeds pijnlijk en zijn kleren en haar roken naar vochtige as. Hij had een gespannen gevoel in zijn borst, alsof hij een heel pakje sigaretten had opgerookt. Het liefst ging hij nu naar huis om een lekkere douche te nemen en een dutje te doen voordat hij weer aan het werk ging, maar dat kon niet. De druk was nu te hoog.
Geoff Hamilton bevond zich nog altijd op de plek van de brand en had de forensische afdeling al aan het werk gezet om te achterhalen welke brandbare vloeistof was gebruikt. De gaschromatograaf zou snel resultaten moeten opleveren. Dokter Glendenning, de gerechtelijk patholoog-anatoom, zou later die middag de lijkschouwing uitvoeren en beginnen met Tom de kunstenaar, aangezien de brand op zijn boot was ontstaan.
Banks besefte dat zijn besluit om de gebeurtenis al als een dubbele moord te behandelen voordat Geoff Hamilton of dokter Glendenning hem het bewijs daarvoor had geleverd voorbarig was, maar hij had op de boten meer dan genoeg gezien. Het was belangrijk dat er snel gehandeld werd. De eerste vierentwintig uur na een grote misdaad waren van levensbelang;

daarna liepen de meeste sporen gauw dood. Mocht later blijken dat hij het bij het verkeerde eind had en een deel van het zo zorgvuldig gekoesterde budget had verspild, dan zou hij daarvoor ongenadig op zijn ziel krijgen van assistent-hoofdcommissaris McLaughlin, maar korpschef Kathleen Finlay en hoofdinspecteur Gristhorpe hadden net als hij de noodzaak van een zo vroeg mogelijke start ingezien, dus was alles in gang gezet. Banks had de leiding over het onderzoek en Annie assisteerde hem daarbij. Voordat hij zelfs maar aan de lunch kon denken, moest Banks in elk geval nog één ding doen. Hij belde via een interne lijn de gevangenbewaarder en vroeg hem om Mark, die voluit Mark David Siddons bleek te heten, naar zijn kantoor te laten brengen in plaats van naar een verhoorkamer. Marks handen waren al op sporen getest en het resultaat was negatief geweest. Zijn kleren lagen in het lab op hun beurt te wachten bij de gaschromatograaf en dat zou nog wel even duren. Hij was nog niet van de lijst met verdachten geschrapt, bij lange na niet.

Terwijl hij zat te wachten, stemde Banks zijn radio af op Radio 3, waar kamermuziek werd gespeeld. Hij herkende het stuk niet, maar het klonk stemmig en rustgevend op de achtergrond. Hij kon zich niet voorstellen dat Mark een liefhebber was van klassieke muziek, maar dat deed er niet toe. Mark zou helemaal niet naar de muziek luisteren. Banks herinnerde zich een artikel dat hij onlangs had gelezen over het afspelen van klassieke muziek in stations van de ondergrondse, waardoor groepen jongeren werden ontmoedigd om zich daar op te houden en mensen aan te vallen. Blijkbaar verjoeg de muziek vandalen. Misschien moesten ze maar Bach en Mozart uit de luidsprekers in het centrum van de stad laten schallen, met name rond sluitingstijd van de pubs.

Banks wierp een blik op zijn *Dalesman*-kalender. De foto bij januari toonde een met sneeuw bedekte heuvelflank in Swaledale met hier en daar de kop van een zwart schaap.

Na een tijdje klopte er een agent op de deur en kwam Mark naar binnen gelopen.

'Ga zitten,' zei Banks.

Mark liet zijn blik achterdochtig door de kamer glijden en ging toen op het randje van zijn stoel zitten. 'Wat is er aan de hand?' vroeg hij. 'U hebt iets gevonden, hè? Gaat het over Tina?'

'Het spijt me, Mark,' zei Banks.

Het luide gejammer dat uit Marks tengere lijf opwelde overviel Banks. Net als de agressie waarmee hij zijn stoel optilde en tegen de deur smeet, waarna hij hijgend en hevig snikkend bleef staan.

De deur ging open en de agent stak zijn hoofd om een hoekje. Banks gebaarde dat hij moest weggaan. Een tijdlang bleef Mark met zijn rug naar Banks gekeerd staan, zijn hoofd gebogen, zijn vuisten gebald en zijn ademhaling hortend en stotend. Banks liet hem even begaan. De muziek klonk zachtjes op de achtergrond en nu meende Banks het adagio te herkennen van een van Beethovens latere strijkkwartetten. Ten slotte wreef Mark met zijn armen langs zijn ogen, raapte de stoel op en ging weer zitten, met zijn blik op zijn knieën gericht.

'Sorry,' mompelde hij.

'Het geeft niet,' zei Banks.

'Alleen... Ik denk dat ik het eigenlijk al wist. Toen ik de boot zag, wist ik al dat ze met geen mogelijkheid kon zijn weggekomen.'

'Ik weet niet of je er iets aan hebt, maar ze heeft waarschijnlijk niet geleden.'

Mark streek met de rug van zijn hand langs zijn neus. Banks gaf hem de doos tissues die hij op zijn bureau had laten staan nadat hij van zijn decemberverkoudheid was hersteld.

'Nou ja, ze hoeft in elk geval niet langer te lijden,' zei Mark, en hij haalde zijn neus op. Hij keek Banks aan. 'Weet u zeker dat ze niet heeft geleden? Ik heb de vreselijkste dingen gehoord over wat een brand kan aanrichten.'

'Zoals het er nu naar uitziet,' zei Banks, 'is ze waarschijnlijk al voordat ze besefte dat er brand was in haar slaap gestikt door het inademen van rook.' Hij hoopte maar dat hij gelijk had. 'Hoor eens, Mark, we hebben nog een lange weg te gaan. Als je me verder nog iets kunt vertellen, doe dat dan alsjeblieft nu.'

Mark keek hem kort aan. 'Er valt verder niets te vertellen,' zei hij. 'Ik heb u de waarheid verteld over waar ik ben geweest. Mijn god, was ik daar maar nooit geweest.'

'Dus je bent van halfelf 's avonds tot vier uur in de ochtend weg geweest?'

'Zo ongeveer wel, ja. Dat hebben die tests toch zeker wel...'

'Ik wil het van jou zelf horen.' Banks had medelijden met de jongen, maar er moesten bepaalde procedures worden gevolgd. 'We hebben hier te maken met een moord,' zei hij, 'twee moorden, en jij zult me veel meer moeten vertellen dan je tot nu toe hebt gedaan.'

'Heeft iemand Tina vermoord? Maar waarom zou iemand dat in godsnaam doen?' Marks ogen schoten weer vol tranen.

'Het was waarschijnlijk niet de bedoeling dat zij ook zou omkomen, maar het komt inderdaad wel op hetzelfde neer.'

'Tom?'

'Daar heeft het veel van weg, ja. Maar er is nog iets, nog een andere strafbare kwestie.'
Mark veegde zijn ogen af. 'Wat dan?'
'Gebruik jij, Mark?'
'Wat?'
'Ben jij aan drugs verslaafd, een junkie?'
'Ik weet heus wel wat het betekent.'
'Ben je het ook?'
'Nee.'
'En Tina?'
'Tina was...'
'Wat?'
'Niets.'
'Moet je horen, Mark, we hebben naast haar op de boot een injectiespuit gevonden. Ik ben er echt niet op uit om je te arresteren, maar je moet het me wel vertellen. Het kan belangrijk zijn.'
Mark staarde naar zijn schoenen.
'Mark?' herhaalde Banks.
Mark slaakte een diepe zucht en zei: 'Ze was er niet aan verslaafd. Ze gebruikte af en toe, maar ze kon ook heel goed zonder.'
'Gebruikte ze regelmatig?'
'Ja.'
'Wat precies?'
'Van alles. Heroïne als ze eraan kon komen. Morfine. Methadon. Demerol. Valium. Downers. Alles om maar te kunnen vergeten. Geen uppers. Ze zei dat ze zich daardoor juist veel scherper van alles bewust werd en daardoor werd ze dan weer paranoïde. En ze moest niets hebben van hasj, LSD en XTC. Daardoor zag ze dingen die ze niet wilde zien. Er is iets wat u goed moet begrijpen. Ze was ontzettend hulpeloos. Ze kon niet voor zichzelf zorgen. Ik had bij haar moeten blijven. Ze was heel bang.'
'Waarvoor was ze bang?'
'Alles. Het leven. Donker. Mannen. Tina heeft een moeilijk leven gehad. Dat is ook de reden waarom ze... Het was voor haar een manier om te ontsnappen.'
'Had Tina drugs in haar bezit toen je wegging?'
'Ze had wat heroïne. Ze wilde net een shot zetten.' Mark begon weer te huilen. Banks zag dat hij zijn handen tijdens het praten tot harde vuisten had gebald. Op zijn vingers stond iets getatoeëerd. Niet de woorden LOVE

en HATE, zoals Robert Mitchum in *The Night of the Hunter*, maar TINA op de linkervuist en MARK op de rechter.

'Hoe kwam ze aan die heroïne?'

'Van een dealer in Eastvale.'

'Hoe heet die dealer, Mark?'

Mark aarzelde. Banks voelde dat de gedachte dat hij iemand moest verraden hem bezwaarde, ook al was het een drugsdealer, en de innerlijke strijd was duidelijk van zijn gezicht af te lezen. Ten slotte kregen zijn gevoelens voor Tina echter de overhand. 'Danny,' zei hij. 'Danny Corcoran.'

Banks kende Danny 'Boy' Corcoran van horen zeggen. Een kleine, onbetekenende crimineel die op straat dealde en al een paar weken in de gaten werd gehouden door de narcoticabrigade in de hoop dat hij hen naar een grote leverancier zou leiden. Dat was tot nu toe niet gebeurd.

'Hoe wisten jullie dat jullie bij Danny Corcoran moesten zijn?'

'Van een kennis in Leeds, iemand uit het kraakpand waar we hebben gewoond.'

'Hoe lang gebruikte Tina al?'

'Ze gebruikte al toen ik haar leerde kennen.'

'En wanneer was dat?'

'Zo'n zes maanden geleden.'

'Waar hebben jullie elkaar ontmoet?'

'In dat kraakpand in Leeds.'

'Hoe zijn jullie op de boot terechtgekomen?'

'We hadden het niet naar onze zin in het kraakpand. Er woonden daar een paar stomme hufters en een van die schoften kon maar niet met zijn tengels van haar afblijven. We hebben zelfs gevochten. En het was er altijd smerig. Niemand nam ooit de moeite om zijn eigen rotzooi op te ruimen. U mag van Tina en mij denken wat u wilt, maar we zijn fatsoenlijke mensen en we wonen niet graag in een zwijnenstal. Het heeft ons trouwens ook heel wat tijd gekost om de boot een beetje op te knappen en bewoonbaar te maken, maar het is ons gelukt.'

'Hoe hebben jullie de boot gevonden?'

'Ik wist dat ze hier lagen. Ik had ze al eens eerder gezien. Ik heb een tijd terug vaak langs het jaagpad gewandeld en vroeg me wel eens af hoe het zou zijn om op het water te wonen.'

'Wanneer was dat?'

'Ongeveer een jaar geleden.'

'Dus je komt hiervandaan? Uit Eastvale?'

Mark schudde kort met zijn hoofd. Banks liet de kwestie verder rusten. 'Ga verder,' zei hij.
'We wilden gewoon samen zijn, alleen met ons tweeën, zonder dat iemand anders onze spullen jatte of ons leven verpestte. Ik probeerde Tina van de drugs af te krijgen. Ik hield van haar. Het kan me niet schelen of u me gelooft of niet. Ik hield echt van haar. Ik paste op haar. Ze had me nodig en ik heb haar in de steek gelaten.'
'Hoe zit het met haar ouders? We zullen contact met hen moeten opnemen. Iemand zal het lichaam moeten identificeren.'
Mark wierp een felle blik op Banks. 'Dat doe ik wel,' zei hij.
'Het moet een familielid zijn. Een bloedverwant.'
'Ik zei dat ik het wel zal doen.' Mark sloeg zijn armen over elkaar.
'Mark, we komen er toch wel achter. Hier schiet niemand iets mee op.'
'Ze zou zelf ook niet willen dat die klootzakken bij haar in de buurt kwamen,' zei hij.
'Waarom niet?'
'U weet wel...'
'Is ze soms misbruikt?'
Hij knikte. 'Door hem. Haar stiefvader. Hij nam haar regelmatig te grazen, en haar moeder deed helemaal niets. Te bang om die hufter kwijt te raken. Ik zweer dat ik hem vermoord als ik hem ooit weer zie. Dat meen ik.'
'Je zult hem niet zien, Mark. En je kunt maar beter niet hardop zeggen dat je iemand gaat vermoorden. Zelfs niet wanneer je verdriet hebt. Waar wonen ze?'
'Adel.'
'Chique buurt,' zei Banks. Adel was een rijke buitenwijk in het noorden van Leeds met een fraaie Normandische kerk en heel veel groen.
Mark had door dat Banks verrast was. 'Hij is huisarts,' zei hij.
'Tina's stiefvader?'
'Ja. Zo is ze ook verslaafd geraakt: ze pikte steeds morfine uit zijn praktijk wanneer hij... Nou ja, u snapt het wel. Daardoor was het gemakkelijker om de schaamte en de pijn te verdragen. Hij moet het hebben geweten, maar heeft er nooit iets van gezegd.'
'Wist hij dat ze hier woonde, op de boot?'
'Dat wist hij, ja.'
'Is hij jullie hier ooit komen opzoeken?'
'Ja. Om te proberen of hij Tina mee kon terugnemen. Ik heb hem tegengehouden.'

Mark woog waarschijnlijk hooguit een kleine zestig kilo, maar hij zag er pezig en sterk uit. Mensen als hij waren vaak juist ongelooflijk taaie vechtjassen, wist Banks uit ervaring, want hij was op die leeftijd precies zo geweest. Hij was nog altijd tamelijk pezig, ondanks al het bier en fastfood. Waarschijnlijk door een ijzersterke stofwisseling, veronderstelde hij. Bij Jim Hatchley daarentegen leek zijn buik bij elk biertje dat hij dronk direct uit de dijen.

'Dus Tina's vader wist van jouw bestaan af?'

'Ja.'

'Wanneer is hij voor het laatst bij jullie langsgekomen?'

'Ongeveer een week geleden.'

'Weet je zeker dat hij hier gisteren niet is geweest?'

'Dat weet ik niet. Ik was aan het werk. Op de bouwplaats. Tina heeft niets gezegd.'

'Zou ze het je hebben verteld?'

'Misschien. Maar ze was een beetje... eh... een beetje afwezig.'

Een gesprekje met Tina's stiefvader kon zeker geen kwaad. 'Hoe heet hij?' vroeg Banks.

'Aspern,' zei Mark verbeten. 'Patrick Aspern.'

'Je kunt me nu net zo goed ook zijn adres geven.'

Mark noemde het adres.

'En blijf uit de buurt,' zei Banks waarschuwend tegen hem.

Mark keek nors, maar zei niets.

'Kun je me verder nog iets vertellen over die Tom op de andere boot? Hoe zag hij eruit?'

'Heel gewoon, eigenlijk. Klein, met brede schouders. Hij had wel lange vingers. Heel opvallend. Hij schoor zich zelden, maar had niet echt een baard. Waste zijn haar ook niet vaak.'

'Welke kleur had het?'

'Bruin. Een beetje lang en vettig.'

Misschien was het slachtoffer dan toch niet Tom. Banks herinnerde zich de plukken rood haar die op de een of andere manier aan de vlammen waren ontsnapt en maakte in gedachten een aantekening dat hij met Geoff Hamilton moest praten over deze tegenstrijdigheid.

'Kwamen er veel mensen over de vloer?'

'Voorzover ik weet maar een paar.'

'Tegelijkertijd?'

'Nee. Afzonderlijk. Ik heb een van hen twee of drie keer gezien en de andere maar één keer.'

'Hoe zag hij eruit, die ene die je een paar keer hebt gezien?'
'Moeilijk te zeggen, eigenlijk. Hij kwam altijd pas wanneer het al donker was.'
'Probeer het toch maar.'
'Oké, maar ik heb hem alleen heel even gezien toen Tom de deur opendeed en er wat licht naar buiten scheen. Hij was mager, vrij lang, een meter tachtig of misschien nog wel langer. Een beetje gebogen.'
'Heb je zijn gezicht gezien?'
'Niet echt. Ik heb hem alleen in de schaduw gezien.'
'En zijn haar?'
'Kort. En donker, volgens mij. Maar dat kan ook het licht zijn geweest.'
'Kleding?'
'Kan ik niet echt zeggen. Misschien een spijkerbroek en sportschoenen.'
'Zou je hem herkennen wanneer je hem weer zag?'
'Geen flauw idee. Ik denk het niet. Er was trouwens nog iets.'
'En dat was?'
'Hij had een grote map bij zich. U weet wel, zoals studenten van de kunstacademie altijd bij zich hebben.'
'Een tekenportefeuille?'
'Zo zal dat wel heten, ja.'
Als Tom een kunstenaar was, bedacht Banks, dan was dit waarschijnlijk zijn vaste kunsthandelaar of agent geweest. Beslist de moeite waard om verder uit te zoeken. 'Wanneer heb je hem voor het laatst gezien?' vroeg hij.
'Gisteren.'
'Hoe laat?'
'Begin van de avond, het was net donker. Ik was nog niet zo heel lang thuis van mijn werk.'
'Hoe lang is hij gebleven?'
'Dat weet ik niet. Ik ben weer naar binnen gegaan voordat hij vertrok. Ik had even buiten staan roken, want Tina vindt het niet prettig als ik binnen rook. Het was koud.'
'Dus hij was er misschien nog toen jij naar de pub ging?'
'Dat zou best kunnen. Ik heb hem niet horen weggaan. Maar we hadden muziek op staan.'
'En die andere bezoeker?'
'Daar kan ik niet veel over zeggen. Die is maar één keer geweest, een week of twee, drie geleden. Toen was het ook donker.'
'Kun je je nog iets van hem herinneren?'

'Alleen maar dat hij kleiner was dan die andere kerel en wat dikker. Niet echt dik, bedoel ik, maar ook niet mager, als u begrijpt wat ik bedoel.'
'Heb je zijn gezicht gezien?'
'Alleen even toen Tom de deur opendeed. Ik weet dat zijn neus een beetje groot was. En gebogen, als de snavel van een adelaar, maar ik heb hem alleen van opzij gezien.'
'Heb je wel eens auto's zien staan op die parkeerhaven langs het pad door het bos?'
'Een keer of wat.'
'Wat voor auto's waren dat?'
'Ik weet nog dat ik een keer zo'n jeep-achtig geval heb zien staan. Donkerblauw.'
'Een Jeep Cherokee? Range Rover?'
'Weet ik niet precies. Een donkerblauwe jeep. Of misschien zwart.'
'Verder nog iets?'
'Nee.'
'En je hebt nooit iemand zien in- of uitstappen?'
'Nee.'
'Stond die auto er gisteren ook, toen die man hier was?'
'Ik heb hem niet gezien, maar ik heb er ook niet echt op gelet. Het was tenslotte al donker en ik ben die kant niet op geweest. Ik heb hem er trouwens eerder wel zien staan, toen die andere op visite kwam. Die lange gozer.'
'Is er gisteren verder nog iets gebeurd voor je wegging?' vroeg Banks.
'Dat vervelende mannetje uit het sluiswachtershuisje kwam weer eens langs op zijn fiets.'
'Andrew Hurst? Wat moest hij hier?'
'Hetzelfde als altijd: ons bespioneren. Hij denkt zeker dat ik hem in het bos niet kan zien, maar ik kan hem wel degelijk zien.'
Net zoals wij jou ook zagen, dacht Banks bij zichzelf. 'Wie bespioneert hij dan?'
'Geen idee. Als u het mij vraagt, zit hij er gewoon op te azen om Tina een keer in haar blootje te zien.'
'Waarom denk je dat?'
'Hij zit altijd naar haar te gluren wanneer hij in de buurt is. Volgens mij is hij gewoon een viezerik en hij zit altijd stiekem te loeren. Waarom zou hij ons anders steeds in de gaten houden?'
Goede vraag, dacht Banks. En het was bijzonder interessant dat Andrew Hurst juist nadrukkelijk had gezegd dat hij de mensen op de boten níét

de hele tijd in de gaten hield. Verder had hij ook nagelaten Banks en Annie die ochtend tijdens hun gesprek op de hoogte te brengen van zijn eerdere bezoekje. Banks zou nogmaals moeten gaan praten met de pseudo-sluiswachter.

'Wat gaat er nu met Tina gebeuren?' vroeg Mark.

Banks wilde hem de gruwelijke details van de lijkschouwing besparen en antwoordde slechts: 'We houden haar hier tot dit is uitgezocht.'

'En daarna? Er komt toch zeker wel een begrafenis?'

'Uiteraard,' zei Banks. 'Maak je geen zorgen. Ze zal niet aan haar lot worden overgelaten.'

'We hebben het er namelijk wel eens zomaar over gehad en toen zei ze dat ze het fijn zou vinden als op haar begrafenis *Stolen Car* werd gedraaid. Beth Orton. Dat was haar lievelingsnummer. Ze wilde graag zangeres worden.'

'Ik weet zeker dat dat wel geregeld kan worden. Maar dat is voorlopig nog niet aan de orde. Wat ga jij intussen doen?'

'Een plek zoeken om te wonen, denk ik.'

'De sociale dienst zal je wel helpen. Met kleding, geld en een slaapplek en zo. En nu we het er toch over hebben: heb je geld?'

'Ik heb ongeveer tien pond in mijn portemonnee. We hadden wat spaargeld op de boot, een paar honderd pond. Maar dat is nu pleite, net als de rest. Ik ben geen nietsnut. Ik heb een baan en ben niet te beroerd om mijn handen uit de mouwen te steken.'

Banks herinnerde zich wat Annie hem had verteld over haar gesprek met Mandy Patterson en Marks dromen. 'Ik heb gehoord dat je metselaar wilt worden en kerken zou willen restaureren. Klopt dat?'

Mark wendde gegeneerd zijn blik af. 'Nou ja, ik heb er niet de juiste opleiding voor, maar ik zou het graag willen proberen. Ik vind oude kerken gewoon mooi. Ik ben niet gelovig of zo, dus ik weet ook niet waarom. Het zijn gewoon prachtige gebouwen.'

'En kleding?'

'De kleren die jullie nu van me hebben, zijn de enige die ik heb,' zei hij. 'De rest is samen met de boot verbrand.'

'Ik denk dat we wel ongeveer dezelfde maat hebben,' zei Banks. 'Ik kan je wel een oude spijkerbroek en wat andere spullen lenen tot je je leven weer op de rails hebt.'

'Bedankt,' zei Mark met een blik op de goedkope rode gevangenisoverall die hij had gekregen. 'Alles is beter dan dit.'

'Kun je voorlopig terug naar je ouderlijk huis?'

Mark schudde fel zijn hoofd. Banks begreep dat hij het onderwerp beter

kon laten rusten, hoe nieuwsgierig hij ook was naar de reden van Marks angstige reactie telkens wanneer zijn ouders ter sprake kwamen. Waarschijnlijk hetzelfde als bij Tina. Dergelijke dingen kwamen nog veel te vaak voor en werden in de meeste gevallen niet eens aangegeven.
'Heb je misschien vrienden waar je een tijdje terecht kunt? Iemand uit de bouw wellicht?'
'Lenny misschien.'
'Weet je zijn adres?'
'Nee, maar hij is tussen de middag vrijwel altijd in de George and Dragon te vinden. Bovendien kennen de mensen op de bouwplaats hem.'
'Denk je dat hij het goedvindt dat je een paar dagen bij hem logeert, tot je een flatje hebt en weer op eigen benen kunt staan?'
'Misschien. Maakt u zich over mij maar geen zorgen, hoor,' zei Mark. 'Ik red me wel. Ik ben eraan gewend om voor mezelf te zorgen. Mag ik nu terug naar mijn cel? Ik heb helemaal niet geslapen en ben hondsmoe.'
Banks wierp een blik op zijn horloge. 'Het is lunchtijd. Ik heb begrepen dat de hamburgers met friet hier best te eten zijn.'
Mark stond op. Ze liepen samen naar beneden, waar Banks Mark overdroeg aan een van de dienstdoende agenten, die hem naar de cellen in de kelder zou brengen. Banks liep naar buiten het marktplein op en wandelde in de richting van de Queen's Arms. Hij had ook wel trek in een hamburger met friet, maar de gebruikelijke pint bier bij de lunch zou hij deze keer aan zich voorbij moeten laten gaan. Hij was van plan om in Adel met Tina's ouders te gaan praten en wilde niet dat zijn adem naar bier rook wanneer hij dokter Patrick Aspern sprak.

3

Nadat hij even thuis was langsgegaan om snel te douchen en zich om te kleden, reed Banks aan het begin van de middag naar Adel. Tijdens de rit luisterde hij naar hetzelfde strijkkwartet van Beethoven dat ook op de radio te horen was geweest toen hij met Mark sprak: nummer 12 in Es. Op een enkele plek na was de mist uiteengewaaid tot een dunne nevel, dus het autorijden leverde weinig problemen op en de temperatuur kroop langzaam omhoog naar de dubbele cijfers. Een of twee dappere figuurtjes in wollen trui en spijkerbroek waren buiten op de golfcourse vlak bij Harrogate actief.

Banks verliet de ringweg rond Leeds, sloeg Otley Road in en zette zijn auto even stil voor de imposante poort van het Lawnswood Crematorium om de kaart te raadplegen. Even verderop op de hoofdweg sloeg hij rechts af en reed hij de kronkelende laantjes van de welgestelde wijk Adel in.

Hij vond het grote, aan een kruispunt gelegen vrijstaande woonhuis dat tevens dienstdeed als huisartspraktijk vrij snel. Het zou geen gemakkelijke klus worden, bedacht Banks peinzend toen hij uit zijn auto stapte. Het was heel goed mogelijk dat Marks beschuldigingen aan het adres van Patrick Aspern volkomen uit de lucht waren gegrepen en Banks was hier nu niet om de stiefvader te verhoren over seksueel misbruik, maar om de ouders te vertellen dat hun dochter dood was en hun te vragen om het lichaam te identificeren. Dat verhoren kwam later misschien nog wel, besefte Banks, dus hij moest er goed op letten of Aspern nu op wat voor manier dan ook ongebruikelijk op zijn vragen reageerde.

Banks haalde diep adem en drukte op de bel. De vrouw die opendeed zag er jonger uit dan hij had verwacht. Ongeveer van Annies leeftijd, begin dertig, met kort, in laagjes geknipt blond haar, een bleke, smetteloze huid en een nerveus, feeëriek gezichtje. ‘Mevrouw Aspern?’ vroeg hij.

De vrouw knikte enigszins verbaasd en legde een hand tegen haar wang.

‘Het gaat over uw dochter Tina. Ik ben van de politie. Zou ik even mogen binnenkomen?’

'Christine?' Mevrouw Aspern plukte aan de wijde hals van haar kabeltrui. 'Die woont hier niet meer. Wat is er aan de hand?'
'Zou ik alstublieft eerst even mogen binnenkomen?'
Ze deed een pas opzij en Banks liep de glanzend gepoetste hardhouten vloer op. 'Eerste deur rechts,' zei mevrouw Aspern.
Hij volgde haar aanwijzing op en bevond zich nu in een kleine woonkamer met een driedelig donkerblauw bankstel en crèmekleurige muren. Er hingen een paar ingelijste schilderijen aan de muren, een boven de sierlijke stenen open haard en een ander aan de muur daartegenover. Beide een landschapschilderij in een eenvoudige zwarte lijst.
'Is uw man thuis?' vroeg Banks.
'Patrick? Die is met patiënten bezig in zijn praktijk.'
'Zou u hem even willen halen, alstublieft?'
'Hem halen?' Ze keek hem geschrokken aan. 'Maar zijn patiënten dan...?'
'Ik wil u graag samen spreken. Het is belangrijk,' zei Banks.
Mevrouw Aspern verliet hoofdschuddend de kamer. Banks greep de gelegenheid aan om op te staan en de twee schilderijen van dichtbij te bekijken. Het waren zo te zien allebei aquarellen, geschilderd in het nevelige ochtendlicht. Op een ervan stond de kerk van St. John the Baptist die even verderop in de straat stond en die Banks toevallig eens had bezocht met zijn ex-vrouw Sandra toen ze net in Yorkshire woonden. Hij wist dat de kerk, die ongeveer halverwege de twaalfde eeuw was gebouwd, de oudste Normandische kerk in Leeds was. Sandra had een paar prachtige foto's gemaakt. Een eenvoudig gebouw waarvan het sierlijke beeldhouwwerk in het stenen portaal en op het koorgewelf het bekendst waren, maar die waren op het schilderij nauwelijks zichtbaar.
Het andere schilderij toonde een tafereeltje in een bos, dat volgens Banks waarschijnlijk Adel Woods moest voorstellen, en ook hier weer dat wazige, geheimzinnige ochtendlicht, waardoor de open plek eruitzag als het magische bos in *Een Midzomernachtsdroom*. De signatuur 'Keith Peverell' was op beide duidelijk leesbaar. Deze twee hielden geen verband met 'Tom', maar dat had hij ook niet verwacht.
Mevrouw Aspern kwam enkele minuten later terug, samen met haar zichtbaar geagiteerde echtgenoot. 'Nu moet u eens goed luisteren,' zei hij nog voordat ze aan elkaar waren voorgesteld. 'Ik kan mijn patiënten niet zomaar in de steek laten. Kunt u niet om vijf uur terugkomen?'
'Helaas niet,' zei Banks, en hij hield hem zijn pas voor.
Aspern bekeek deze aandachtig en er verscheen een nauwelijks waarneembaar, akelig lachje rond zijn mond. Hij wierp een vluchtige blik op zijn

vrouw. 'Waarom heb je me dat niet gezegd, lieverd? Een senior-inspecteur nog wel,' zei hij. 'Welnu, als ze de grote baas sturen, moet het wel heel belangrijk zijn. Gaat u alstublieft zitten.'
Banks ging zitten. Nu Aspern zich realiseerde dat er iemand naar hem toe was gezonden die qua rang voldoende overeenkwam met zijn eigen maatschappelijke positie – al was een hoofdcommissaris uiteraard nog beter geweest – waren zijn patiënten snel vergeten. Daardoor zou een en ander waarschijnlijk ook iets vlotter verlopen. Als Banks zelf tenminste geen spaak in het wiel stak.
Aspern was minstens vijftien jaar ouder dan zijn vrouw, schatte Banks. Rond de vijftig, met dunner wordend, rossig haar en knap, als je tenminste van hoekige gelaatstrekken hield, maar de cynische blik in zijn ogen en dat akelige superieure glimlachje dat voortdurend rond zijn mond speelde, stonden Banks tegen. Hij had het slanke, atletische postuur van een man die tennist en golft en regelmatig in de sportzaal te vinden is. Als arts was hij natuurlijk goed op de hoogte van de voordelen van lichaamsbeweging, hoewel Banks verschillende artsen kende, onder wie dokter Glendenning, de gerechtelijk patholoog, die rookten en dronken en zich geen barst aantrokken van de gevolgen voor hun lichamelijke gezondheid.
'Ik ben bang dat ik slecht nieuws heb,' zei hij tegen dokter en mevrouw Aspern, die hem vanaf de bank aanstaarden. Mevrouw Aspern beet zenuwachtig op een nagel en zag eruit alsof ze op het ergste was voorbereid. 'Het gaat over uw dochter, Tina.'
'We noemen haar altijd Christine. Alstublieft.'
'Voor den dag ermee, man,' drong Aspern aan. 'Heeft ze een ongeluk gehad?'
'Dat niet direct,' zei Banks. 'Christine is dood. Het spijt me, er is geen gemakkelijker manier om het te zeggen. En een van u, of anders beiden, zal moeten meekomen om het lichaam te identificeren.'
Ze bleven zwijgend zitten, zonder elkaar aan te kijken of aan te raken. Ten slotte hervond Aspern zijn stem. 'Dood? Hoe? Wat is er dan gebeurd?'
'Er is brand geweest. U wist dat ze even buiten Eastvale op een kanaalschip woonde?'
'Ja. Weer zo'n domme streek van haar.' Eindelijk keek Aspern naar zijn vrouw. Dikke tranen stroomden uit haar ogen, alsof ze een ui had staan snijden, maar ze maakte geen enkel geluid. Haar echtgenoot stond op en haalde een doos tissues voor haar. 'Hier, lieverd,' zei hij, en hij zette hem op haar knieën. Ze keurde het ding geen blik waardig, maar bleef voor zich uit staren in de onzichtbare, peilloze diepte die zich blijkbaar voor haar had

geopend, terwijl de tranen van haar wangen op haar rok drupten en kleine vlekken veroorzaakten op de zachtgroene stof.
'Ik waardeer het bijzonder dat u zelf bent gekomen om ons dit te vertellen,' zei Aspern. 'Zoals u ziet is mijn vrouw erg van streek. Het is ook een vrij grote schok. Was dat alles?'
'Helaas niet, meneer,' zei Banks. 'De oorzaak van de brand is dubieus. Ik moet u zo snel mogelijk een paar vragen stellen. Nu, om precies te zijn.'
'Het geeft niet, Patrick,' zei mevrouw Aspern, die van heel ver was teruggekeerd. 'Laat die man toch gewoon zijn werk doen.'
Banks had de indruk dat Aspern, die nu op de bank plaatsnam, een tikje verward was omdat ze de situatie zo goed onder controle had. 'Als je het echt zeker weet...' zei hij.
'Heel zeker.' Ze keek Banks aan. 'Vertelt u ons alstublieft wat er is gebeurd.'
'Christine woonde samen met een jongen, of eigenlijk een jongeman, een zekere Mark Siddons, op een leegstaand kanaalschip.'
'Siddons,' zei Aspern met vertrokken mond. 'Die kennen we wel, ja. Heeft hij dit op zijn geweten? Is hij hier verantwoordelijk voor?'
'We hebben hoegenaamd geen bewijs dat Mark Siddons iets met de brand te maken heeft gehad,' zei Banks.
'Waar was hij? Heeft hij het overleefd?'
'Hij was ten tijde van de brand niet thuis,' zei Banks. 'En hij is niet gewond. Ik begrijp hieruit dat u hem niet mocht?'
'Hij heeft onze dochter tegen ons opgezet,' zei Aspern. 'Haar van huis weggelokt en ervoor gezorgd dat we haar nooit meer te zien kregen. Het is alsof hij haar geest in zijn macht had, net als die religieuze sektes waar je wel eens over leest.'
'Dat is niet wat hij mij heeft verteld,' zei Banks voorzichtig, want hij besefte dat hij zich hiermee in een mijnenveld begaf. 'En op mij heeft hij een heel andere indruk gemaakt.'
'Tja, het is ook niet iets wat hij uit zichzelf zal toegeven natuurlijk. Hij zal u ook wel de nodige leugens op de mouw hebben gespeld.'
'Wat voor leugens?'
'Laten we het daar maar niet over hebben. Ik wil u alleen maar waarschuwen. Die knul heeft alleen kwaad in de zin. U kunt maar beter niets geloven van wat hij beweert.'
'Ik zal het in mijn achterhoofd houden,' zei Banks. 'Hoe oud was Christine?'
'Zeventien,' zei Aspern.
'En hoe oud was ze toen ze haar ouderlijk huis verliet?'

'Ze was zestien,' antwoordde mevrouw Aspern. 'Ze is de dag na haar zestiende verjaardag vertrokken. Alsof ze bijna niet kon wachten om weg te gaan.'
'Wist u dat Christine drugs gebruikte?'
'Dat verbaast me niets,' zei Aspern. 'Gezien de groep mensen met wie ze omging. Wat was het? Hasj? XTC?'
'Blijkbaar gaf ze juist de voorkeur aan drugs die haar vergetelheid brachten in plaats van een verhoogde staat van bewustzijn,' zei Banks zacht, en hij keek oplettend naar Patrick Asperns gezicht om te zien hoe hij reageerde. Hij zag daar slechts verwarring. 'Heroïne,' vervolgde Banks. 'Als ze die niet kon krijgen ook andere verdovende middelen, maar voornamelijk heroïne.'
'O, mijn god,' zei mevrouw Aspern. 'Wat hebben we gedaan?'
Banks keek haar aan. 'Wat bedoelt u daarmee?'
'Fran,' zei haar man. 'We mogen de schuld niet bij onszelf zoeken. We hebben haar een bevoorrecht leven geschonken. Met alle denkbare kansen en voordelen.'
Banks had dit al zo vaak gehoord dat het zijn ene oor in ging en het andere weer uit. Geen enkele ouder had ook maar enig besef van wat zijn kinderen echt nodig hadden, en zou dat trouwens nooit krijgen ook, want tieners waren nu niet bepaald de communicatiefste soort mensen dat er op aarde rondliep, maar veel te veel ouders namen klakkeloos aan dat de voordelen die rijkdom of status met zich meebracht op zichzelf al voldoende waren. Zelfs Banks' eigen ouders, die tot de arbeidersklasse behoorden, waren diep teleurgesteld geweest toen hij een carrière bij de politie boven het zakenleven had verkozen. Rijkdom en status alleen waren echter zelden voldoende, zo was Banks' ervaring, ook al wist hij dat de meeste kinderen van welgestelde ouders het zelf ook ver wisten te schoppen. Anderen, zoals Tina, Emily Riddle en Luke Armitage – zaken waaraan hij in het recente verleden had gewerkt – vielen buiten de boot.
'Ik heb me laten vertellen,' ging Banks verder, en zijn stem doorbrak de spanning die hij tussen het echtpaar voelde, 'dat Christine regelmatig morfine pikte uit uw praktijk.'
Aspern liep rood aan. 'Dat is gelogen! Dat heeft Siddons u zeker verteld? Ik bewaar alle verdovende en pijnstillende middelen in mijn praktijk veilig achter slot en grendel, volledig in overeenstemming met de wet. Als u me niet gelooft, kunt u nu meteen zelf even gaan kijken. Ik zal het u laten zien. Kom maar mee.'
'Dat is niet nodig,' zei Banks. 'Hoe Christine aan drugs kwam, doet hier

niet ter zake. We weten dat ze haar laatste shot bij een dealer in Eastvale heeft gescoord.'

'Het is verdomd jammer dat jullie die lui niet kunnen opsluiten vóórdat ze schade aanrichten,' zei Aspern.

'Dat zou inhouden dat we al moeten weten wie de misdadigers zijn voordat ze de misdaad begaan,' zei Banks, en hij moest aan de film *Minority Report* denken, die hij een paar weken eerder met Michelle had gezien.

'Als u het mij vraagt, is dat in de meeste gevallen overduidelijk,' zei Aspern. 'Siddons heeft dan de brand misschien niet aangestoken, maar hij heeft beslist wel iets anders op zijn geweten. Die is vanaf zijn geboorte voorbestemd om het criminele pad op te gaan.'

Banks had net als zijn collega's meer dan eens gehandeld op basis van de vooronderstelling dat als degene die ze hadden opgepakt de misdaad waarvan hij was beschuldigd niet had begaan, dat niet uitmaakte, omdat de politie gewoon wist dat hij zich wel schuldig had gemaakt aan andere misdaden, maar dat niet kon bewijzen en hem daarvoor dus niet kon oppakken. De logica hierachter was dat de misdaad waarvoor deze mensen wel werden gestraft terwijl ze hem niet hadden begaan, alle misdaden die ze wel hadden begaan maar waarmee ze ongestraft waren weggekomen, goedmaakte. Vroeger, voordat de Police and Criminal Evidence Act in werking was getreden, waardoor criminelen meer rechten hadden dan de politie en de officier van justitie zijn handen niet langer wilde branden aan zaken waarbij de kans op een veroordeling minder dan honderd procent was, was het natuurlijk iets gemakkelijker geweest, maar het kwam nog steeds voor wanneer men dacht ermee weg te kunnen komen. 'Als we mensen die niets hebben gedaan zonder een proces willen opsluiten, zullen we eerst het hele juridische systeem op de schop moeten nemen,' zei hij. 'Maar daar hadden we het niet over. Kent u iemand die Christine kwaad zou willen doen, mevrouw Aspern?'

'We kenden de... de vrienden die ze heeft gemaakt nadat ze uit huis is gegaan niet,' antwoordde ze. 'Maar ik kan me niet voorstellen dat iemand haar iets zou hebben willen aandoen, nee.'

'Dokter Aspern?'

'Ik ook niet.'

'Op de boot naast die van hen woonde een kunstenaar. Het enige wat we van hem weten, is dat hij Tom heette. Weet u iets over hem?'

'Nooit van gehoord,' zei Patrick Aspern.

'Andrew Hurst dan? Die woont er vlakbij.'

'Ik ben daar nooit iemand tegengekomen.'

'Wanneer bent u voor het laatst bij de boot geweest?' vroeg Banks hem.
'Vorige week. Donderdag, meen ik.'
'Waarom?'
'Hoe bedoelt u: waarom?' zei Aspern. 'Ze is mijn stiefdochter. Ik maakte me zorgen. Ik wilde haar overhalen om weer thuis te komen.'
'Hebt u tijdens uw bezoekjes de buurman wel eens gezien?'
'Hoor eens, u doet net alsof ik er regelmatig op bezoek kwam. Ik ben daar maar een paar keer geweest om te proberen Christine zover te krijgen dat ze weer naar huis kwam, en toen heeft die... dat stuk tuig met wie ze samenwoonde me bedreigd.'
'Waarmee?'
'Met geweld, natuurlijk. Ik ben heus niet laf of slap of iets dergelijks, maar ik zou er niet van opkijken als zo'n type als hij een mes bij zich had, of zelfs een vuurwapen.'
'U bent er gisteren niet geweest?'
'Natuurlijk niet.'
'Wat voor auto hebt u?'
'Een Jaguar XJ8.'
'Bent u wel eens op de boot geweest, mevrouw Aspern?' vroeg Banks.
Voordat Frances Aspern antwoord kon geven, kwam haar man al tussenbeide. 'Ik ben altijd alleen gegaan,' zei hij. 'Frances heeft zwakke zenuwen. Ze raakt van streek door confrontaties. Bovendien zou ze het niet hebben kunnen verdragen als ze had gezien hoe Christine leefde.'
'Klopt dat, mevrouw Aspern?' vroeg Banks.
Frances Aspern knikte.
'Moet u luisteren,' zei dokter Aspern, 'u zult wel begrijpen dat het nieuws een zware klap voor ons is. Kunt u ons nu misschien met rust laten, zodat we ons verdriet kunnen verwerken?'
'Ik ben bang dat u dat tot een later tijdstip zult moeten uitstellen,' zei Banks. 'Zodra ik hier klaar ben, zou ik graag willen dat een van u, of anders u beiden, met me naar Eastvale rijdt om het lichaam te identificeren.'
Mevrouw Aspern legde een hand tegen haar krijtwitte wang. 'U zei dat er brand was geweest.'
'Ja,' zei Banks. 'Het spijt me. Er heeft inderdaad enige verminking plaatsgevonden. Niet erg, maar wel iets.'
'Ik ga wel, lieverd,' zei Aspern, en hij legde een hand op haar knie. 'Ik zal het spreekuur wel afgelasten. Ik weet zeker dat iedereen daar begrip voor zal hebben.'
Ze duwde zijn hand weg. 'Nee. Ik ga.'

‘Maar je bent van streek, lieverd. Ik ben arts. Ik kan dit soort dingen beter afhandelen dan jij. Daar ben ik voor opgeleid.’
Ze wierp hem een minachtende blik toe. ‘Afhandelen? Is dat het enige wat dit voor jou betekent? Ik ga met u mee, meneer Banks. Kunt u me een lift geven en me door iemand laten terugbrengen? Ik ben bang dat ik te zeer van slag ben om zelf te rijden.’
‘Laat mij je dan tenminste brengen,’ zei haar man smekend.
‘Ik wil je er niet bij hebben,’ zei ze. ‘Christine was míjn dochter.’
Zo. Het was eruit. De woorden lagen zwaar als een onverteerde maaltijd tussen hen in. ‘Zoals je wilt,’ zei Patrick Aspern.
‘Weet u zeker dat het geen ongeluk kan zijn geweest?’ vroeg mevrouw Aspern, en ze keek Banks aan. ‘Ik kan nog steeds niet geloven dat iemand Christine iets zou willen aandoen.’
‘Wanneer drugs een rol spelen, is alles mogelijk,’ zei Banks. ‘Dat is overigens iets wat we ook grondig zullen onderzoeken. Verder bestaat er een gerede kans dat Christine niet het beoogde slachtoffer was.’
‘Hoezo?’ vroeg Aspern.
‘Ik kan daar op dit moment nog niets over zeggen,’ zei Banks. ‘Er moet nog een flink aantal forensische tests worden uitgevoerd en een groot aantal vragen worden beantwoord. Momenteel proberen we eenvoudigweg zo veel mogelijk informatie te vergaren over de mensen die op de boten woonden. Zodra we meer weten, weten we ook waar we ons bij ons onderzoek op moeten concentreren en in welke richting we moeten zoeken.’
‘Ik kan niet geloven dat dit echt gebeurt,’ zei Aspern.
Zijn vrouw stond op. ‘Ik ben klaar om te vertrekken,’ zei ze tegen Banks, en ze voegde er met een blik op haar man aan toe: ‘Jij kunt nu wel terug naar je patiënten, Patrick.’
Hij wilde iets zeggen, maar ze draaide zich om en liep de kamer uit.

Marks cel was klein en bevatte alleen het hoognodige, maar het was er niet bijzonder onaangenaam. Het stonk er weliswaar een beetje naar urine, braaksel en alcohol, maar het waren geen recente geuren. Het was er schoon en hij zat tenminste niet opgesloten met een groepje seksueel gefrustreerde bikers met een pik van vijfendertig centimeter. Verderop in de gang zaten zelfs op dit tijdstip van de middag al een paar dronkelappen. Een van hen zat de hele tijd *Your Cheatin’ Heart* te zingen, totdat een van de agenten hem opdroeg om zijn mond te houden. Daarna hoorde Mark hen af en toe snurken of praten in hun slaap, maar afgezien van die irritante geluiden bleef het verder vrij rustig. Over het geheel genomen was

het hier zo slecht nog niet. Het enige nadeel was dat hij niet naar buiten kon wanneer hij dat wilde. Het was net als thuis, totdat hij genoeg moed had verzameld om het tegen zijn moeder en Crazy Nick op te nemen en hij er voorgoed vandoor was gegaan.
Mark probeerde te slapen, maar het lukte niet echt. Zijn gedachten bleven grotendeels rond Tina en het nieuws over haar dood cirkelen. Natuurlijk had hij het eigenlijk al geweten, had hij onmiddellijk beseft dat ze dood moest zijn toen hij het bos bereikte en de brandweerlieden en de smeulende woonboten had gezien. Hij had het zo lang mogelijk voor zichzelf ontkend, maar nu moest hij de waarheid onder ogen zien en accepteren: hij zou Tina nooit meer zien.
En het was zíjn schuld.
Tina. Zo lief, zo breekbaar, zo'n klein vogeltje; zijn hart brak bij de gedachte dat hij haar ontrouw was geweest en haar had gekwetst, en dat hij nooit meer de kans zou krijgen om het recht te zetten, om haar te zeggen dat het hem speet en dat hij van haar hield, alleen van haar, niet van Mandy of van iemand anders. Tina had hem vertrouwd, had hem nodig gehad en op hem gesteund. Hij had haar door moeilijke tijden heen gesleept en er waren wel degelijk ook fijne momenten geweest: dan hadden ze samen gelachen en soms een wandeling op het platteland gemaakt en op de oever van een helder beekje wijn gedronken uit een fles met zo'n draaidop en boterhammen met voorgesneden plakjes kaas gegeten.
Soms leek het zelfs bijna of ze een normaal leven leidden, het soort leven dat Mark voor hen beiden voor ogen had gehad. In zijn dromen had hij een vaste baan in Eastvale, bij de restauratie van een kerk bijvoorbeeld, en dan wist hij Tina op het rechte pad te krijgen en huurden ze samen een flatje. Wanneer de eerste baby kwam, zouden ze genoeg hebben gespaard voor een kleine twee-onder-een-kapwoning, misschien wel ergens aan zee. Zo zag hij hun leven tenminste voor zich. Hij wist dat hij altijd voor Tina zou moeten zorgen, want dat zou ze altijd nodig blijven hebben, zelfs als ze op het rechte pad was, omdat ze vanbinnen zoveel littekens had; maar hij kon het, hij wilde het ook, en wanneer ze eenmaal was afgekickt, zou ze vanzelf sterker worden. Ze was ook intelligent, veel intelligenter dan hij; misschien kon ze net als Mandy gaan studeren en dan een baan zoeken als secretaresse of zo. Hij durfde te wedden dat ze, als ze haar best deed, heel goed met computers kon omgaan.
Soms gingen ze zelfs met elkaar naar bed, ook al was dat voor Tina heel moeilijk; de honger en het donker diep in haar binnenste waren altijd dichtbij. Eén verkeerd woord of gebaar en ze sloot zich diep in zichzelf

op, krulde zich op in de foetushouding met een duim in haar mond en was weg. En wanneer ze zich zo gedroeg, maakte het niet meer uit of hij er nu wel of niet was. Wat ook precies de reden was waarom hij er gisteravond niet was geweest.

Tina was niet echt in seks geïnteresseerd, deels omdat drugs iets geks doen met je seksuele gevoelens, maar voornamelijk vanwege haar stiefvader. Wanneer Mark aan Patrick Aspern dacht, keerde zijn maag zich om en golfde er een enorme woede door hem heen. Er kwam een dag dat hij...

Hoewel die politieman had gezegd dat het niet zo was, vroeg Mark zich desondanks af of Tina de brand misschien per ongeluk toch zelf kon hebben veroorzaakt. Ze verwarmde de lepel voor een shot altijd boven een kaars en had daarbij al een paar keer niet goed opgelet. Maar in tegenstelling tot deze keer was hij er toen wel bij geweest.

Maar nee, besefte hij, zo kon het niet zijn gegaan. Hij herinnerde zich dat hij de kaars zelf zorgvuldig had uitgeknepen voordat hij haar alleen had gelaten, dommelend in een slaapzak, met glazige ogen en verwijde pupillen, helemaal weg van de wereld, gewikkeld in een warme cocon van veiligheid en vergetelheid, zonder zorgen, tot het spul uitgewerkt begon te raken en ze overal jeuk kreeg en er een steen op haar maag leek te liggen en elke centimeter van haar lichaam naar meer hunkerde. Hij had haar er al zo vaak doorheen gesleept en hij wist dat hij dat bij zijn thuiskomst weer zou hebben gedaan, als er geen brand was geweest.

Hij had tegen Tina gezegd dat hij haar en haar junkiegedrag zat was en bij haar weg zou gaan als ze niet naar een afkickcentrum ging of een methadonprogramma zou volgen. Het had haar koud gelaten toen hij dat zei, omdat de heroïne net begon te werken en door haar aderen stroomde, en de rush, die warme gloed die het enige op de hele wereld was waar ze werkelijk iets om gaf, als een orgasme door haar lichaam trok. Dus hij was naar buiten gestormd. Weg, naar Mandy en haar verleidelijke soepele jonge lijf. Tina had natuurlijk geen flauw benul waar hij naartoe ging, en dat zou ze nu ook nooit te weten komen. Maar híj wist het en dat was meer dan genoeg.

Hij wist nu tenminste dat de brand niet op hun boot kon zijn begonnen. Had ze geweten wat er gebeurde, dat de vlammen steeds dichterbij waren gekropen en de rook zich om haar heen had gewikkeld? Stel dat ze was bijgekomen toen ze de rook opsnoof en de vlammen zag – had ze dan genoeg tijd gehad om helder na te denken en aan land te springen? Of in het water? Maar dan was ze misschien wel verdronken. Tina kon immers niet zwemmen.

Mark krulde zich op het harde gevangenisbed op, maar de gedachten en angsten bleven door zijn vermoeide hersens malen. De dronkelap zette nogmaals *Your Cheatin' Heart* in en Mark bedekte zijn oren met zijn handen en huilde.

'Hebt u last van de muziek?' vroeg Banks aan Frances Aspern.

'Pardon?'

'De muziek... hebt u er last van?'

Ze reden door het Dales-landschap bij Ripon en de vormen van de heuvels in de verte rezen in verschillende grijstinten op uit de mist, als walvissen die zich boven het wateroppervlak verheffen. Banks had Mariza's *Fado em Mim* opstaan, traditionele Portugese liederen begeleid door akoestische gitaar en bas, en hij besefte dat misschien niet iedereen daarvan hield. Frances Aspern had tot op dat moment zwijgend naar buiten zitten staren en hij had zijn pogingen om een gesprek te beginnen bijna opgegeven. Hij was zich duidelijk bewust van haar grote verdriet. Verdriet of schuldgevoel – hij wist het nog niet zeker.

'Nee,' zei mevrouw Aspern. 'Ik heb er geen last van. Het klinkt erg triest.'

Dat was ook zo. Zonder de vertaling in het bijbehorende boekje, waarvan de lettertjes bijna met de dag kleiner leken te worden, zodat hij ze zonder bril al bijna niet meer kon ontcijferen, begreep Banks zelf ook geen woord van de liederen, maar Mariza's stem sprak onmiskenbaar van verlies, triestheid en de wreedheid van het lot. Je hoefde niet te weten wat de woorden precies betekenden om dat aan te voelen.

'Ik wilde het niet vragen waar uw man bij was,' zei Banks, 'maar hebt u nog contact met Christines biologische vader?'

Ze schudde haar hoofd. 'Ik was nog heel jong. We zijn nooit getrouwd. Mijn ouders... Ze hebben me enorm geholpen. Ik heb tot aan mijn huwelijk met Patrick bij hen in Roundhay gewoond.'

'We zullen hem toch graag willen spreken,' zei Banks.

'Hij is terug naar zijn eigen land. Amerika. We hebben elkaar ontmoet toen hij door Europa reisde.'

'Kunt u me iets meer over hem vertellen?'

Ze wendde haar blik af en staarde naar buiten, zodat hij haar amper kon verstaan. 'Hij heet Paul Ryder. Hij woont in Cincinatti, Ohio. Ik heb zijn adres en telefoonnummer niet. We hebben geen enkel contact meer gehad sinds... Nou ja...'

Banks sloeg de naam en de stad op in zijn geheugen. Na zo lange tijd zou het wel eens moeilijk kunnen worden om die Paul Ryder op te sporen, maar ze moesten het toch proberen. 'Hoe hebben dokter Aspern en u elkaar ontmoet?' vroeg hij.

'Patrick was een collega van mijn vader en kwam regelmatig bij ons langs toen ik nog thuis woonde en Christine nog maar een baby was. Mijn vader is ook arts. Ik denk dat hij ergens als mentor fungeerde voor Patrick. Hij is inmiddels natuurlijk gepensioneerd.'

Banks vroeg zich af hoe de familie van mevrouw Aspern op het huwelijk had gereageerd. 'Waren uw man en u gisteravond allebei thuis?' vroeg hij.

Ze draaide zich om en keek hem aan. 'Wat wilt u dat ik daarop antwoord?'

'Ik wil dat u me de waarheid vertelt,' zei Banks.

'Ach ja, de waarheid. Ja, natuurlijk waren we gisteravond allebei thuis.' Ze wendde zich weer van hem af en staarde naar buiten.

'Is uw man gisteren nog van huis weg geweest?'

Mevrouw Aspern gaf geen antwoord.

'Wilt u me verder nog iets vertellen?' vroeg Banks. 'Wat dan ook?'

Mevrouw Aspern keek hem even aan. Hij kon de uitdrukking op haar gezicht niet plaatsen. Toen keek ze weer naar buiten. 'Nee,' zei ze na een lange stilte. 'Nee, ik denk het niet.'

Banks gaf het op en reed in stilte verder, terwijl Mariza tegen de achtergrond van een mistig Dales-landschap zong over smart, verlangen, medelijden, straf en wanhoop.

Aan het eind van de middag zag het er hier heel anders uit, dacht Annie toen ze door het bos naar de zijtak van het kanaal wandelde. Het terrein was nog altijd met tape afgezet en ze moest haar politiepas laten zien en het logboek tekenen voordat ze er naar binnen mocht, maar de brandweerlieden en hun materialen waren verdwenen, en nu waren de twee uitgebrande kanaalschepen en het handjevol mannen in witte overalls met capuchon die geduldig de oevers uitplozen in een onheilspellende stilte gehuld. De geur van as hing nog steeds in de vochtige lucht.

Ze trof brigadier Stefan Nowak aan op de boot van de kunstenaar, waar hij de puinhopen doorzocht. Stefan was de manager plaats delict; het was zijn taak om toezicht te houden op het hoogopgeleide team van mensen dat al het mogelijke bewijsmateriaal op de PD verzamelde en daarnaast fungeerde hij ook als verbindingsofficier tussen de speciale analisten in het lab en Banks' team.

Stefan keek op toen Annie dichterbij kwam. Hij was een knappe, elegante man – vast en zeker een prins, dacht Annie, zoals zoveel verbannen Polen – en hij had een aristocratisch voorkomen, zelfs in zijn beschermende kleding. Hij straalde een zekere gereserveerdheid uit, een beleefde afstandelijkheid, waardoor hij op een bepaalde manier iets koninklijks had. Hij sprak met een licht Pools accent, wat het mysterieuze effect alleen maar vergrootte. Hij bejegende Annie en Banks beiden uiterst vriendelijk en ze spraken elkaar bij de voornaam aan, maar hij kwam nooit met de andere mannen mee naar de Queen's Arms en niemand wist iets over zijn privéleven.

Annie haalde haar neus op. 'Iets gevonden?' vroeg ze.

Stefan gebaarde naar het modderige water. 'Een van de kikvorsmannen heeft een lege terpentinehouder gevonden,' zei hij. 'Waarschijnlijk is die gebruikt om de brand mee te stichten. Helaas geen vingerafdrukken of iets dergelijks. Een doodgewoon, overal verkrijgbaar merk. Ik ben hier trouwens klaar,' zei hij. 'Kom maar mee, dan laat ik je even zien wat we tot nu toe hebben gevonden.'

Ze liepen over het smalle pad door het bos en Annie trok haar sjaal strakker rond haar pijnlijke keel. Slierten mist hingen nog steeds zachtjes wuivend als ragfijne spinnenwebben tussen de bomen en af en toe moesten ze over modderige plekken of ondiepe plassen heen stappen.

Ongeveer halverwege het paadje zag Annie de beschermende plastic frames rondom nauwelijks zichtbare afdrukken in de modder staan, elk met een liniaal ernaast. 'Gelukkig was de grond op verschillende plekken nog vrij vochtig,' zei Stefan. 'Waarschijnlijk afgeschermd door de bomen. Hoe dan ook, we hebben redelijk recente voetafdrukken, maar die kunnen van iedereen zijn.'

'Hoeveel?'

'Een en dezelfde persoon, zoals het zich nu laat aanzien.'

'Heeft de brandweer ook gebruikgemaakt van dit pad?'

Stefan wees naar een plek verderop. 'Nee, zij zijn daarlangs gekomen. Dit is het pad dat je vanaf die parkeerhaven neemt. Zij hebben hun wagens verderop geparkeerd, dichter bij het kanaal. Dit deel van het bos is vergeven van de paadjes. Ik heb me laten vertellen dat het 's zomers een populaire plek is.'

Annie staarde omlaag naar de gemarkeerde plekken. 'Dus dan zouden ze van degene kunnen zijn die we zoeken?'

'Ja, maar ik wil je geen valse hoop geven. Ze zijn in elk geval allemaal nauwkeurig gefotografeerd en er zijn gipsafdrukken gemaakt. Die liggen momenteel te drogen, maar morgen kunnen we ze door SICAR halen.'

SICAR was een acroniem voor Shoeprint Image Capture and Retrieval, waarin een aantal ingescande databases was samengevoegd die op basis van ingevoerde gegevens allerlei vormen van schoeisel aan een bepaald type konden koppelen; de belangrijkste was de 'Solemate'-database, met meer dan driehonderd gangbare schoenmerken en tweeduizend verschillende patronen van schoenzolen. Stefans expert had de afdrukken in de modder waarschijnlijk behandeld met schellak of acryllak en vervolgens een gipsen mal gemaakt. Terug op het hoofdbureau had hij de details van de schoenafdruk op de computer ingevoerd door middel van vaste codes voor veelvoorkomende patronen zoals strepen, polygonen en zigzagfiguren, en tevens het fabriekslogo, indien aanwezig. Via de desbetreffende databases konden ze achterhalen wat voor soort schoen de afdruk had achtergelaten en tevens het merk; daarnaast konden ze ook in de misdaad- en verdachtendatabases natrekken of deze overeenkwam met de schoen van iemand die al was opgepakt of met een voetafdruk die op een andere plaats delict was achtergelaten. Waar iedereen natuurlijk op hoopte was dat het iets meer zou opleveren dan alleen algemene kenmerken: een of ander uniek kenteken van het soort dat wordt veroorzaakt door dagelijks gebruik, bijvoorbeeld een punaise die in de zool vastzat, iets wat op één specifieke schoen zou duiden. Wanneer je eenmaal je verdachte hebt en zijn schoen, heb je het onweerlegbare bewijs dat hij op de plaats delict is geweest.

Ze hadden inmiddels de parkeerhaven bereikt, waar nu een commandowagen van de politie stond die het pad volledig blokkeerde. Niet dat dat echt iets uitmaakte, want het zandpad werd vrijwel nooit gebruikt en leidde alleen maar naar een smalle brug over het kanaal ongeveer drie kilometer naar het westen. Iedereen die daarnaartoe wilde, werd via een omleidingsbord op de kruising van het pad en de B-weg ongeveer één kilometer ten noorden van de plek gewaarschuwd om door te rijden tot de volgende afslag.

Annie zag op de parkeerhaven zelf nog meer beschermende frames, meetlinten en markeringstekens.

'Indrukwekkend,' zei ze. 'Jullie hebben hard gewerkt.'

'We zullen zien,' zei Stefan. 'Een plaats delict als deze onderzoeken is net als het afpellen van de lagen van een ui, zonder dat je weet welke laag de belangrijkste is.' Hij wees naar een van de afdrukken. 'Dat zijn parallel lopende bandensporen,' zei hij. 'En die afdrukken zouden voldoende moeten zijn om ons te vertellen uit welke fabriek de banden komen. Door die sporen kunnen we eveneens de breedte van de band en de afmeting van de wielbasis berekenen, waardoor we misschien zelfs het autotype kunnen achterhalen. Als er genoeg afzonderlijke kenmerken in de bandensporen aanwezig zijn, wat heel goed het geval kan zijn, dan zouden we ook in staat

moeten zijn om ze naar één specifieke band te herleiden, en daarmee ook het voertuig.'
'Als wij dat voertuig tenminste opsporen,' zei Annie.
'Uiteraard. We hebben ook overal in het gebied monsters genomen van de grond. Geen zeldzame wilde bloemen in dit jaargetijde, natuurlijk, maar er zijn een paar unieke minerale kenmerken die ons eveneens kunnen helpen om te bewijzen dat bepaalde schoenen of banden hier zijn geweest, als we ze weten te vinden tenminste.'
'En ze nog steeds smerig zijn.'
Stefan kneep zijn ogen een stukje dicht. 'Dergelijke sporen kunnen microscopisch klein zijn. Dat zou jij toch moeten weten. Je zou ervan opkijken met hoe weinig we al aan de slag kunnen.'
'Het spijt me,' zei Annie. 'Ik wilde niet zo negatief doen. Alleen... ik heb gewoon het gevoel dat we niet met een amateur te maken hebben.'
'Wij zijn evenmin amateurs. Bovendien weten we nog helemaal niet waarmee we hier precies te maken hebben.'
'Dat is waar,' beaamde Annie. 'Ik wilde alleen maar zeggen dat hij zijn uiterste best zal hebben gedaan om de sporen te wissen, en hoe langer het duurt voordat we hem vinden...'
'Des te meer sporen hij zal hebben verdoezeld. Oké, daarin heb je wel gelijk. Maar er is echt meer voor nodig dan een flinke wasbeurt en een grondige schoonmaak om elk korreltje aarde dat hij hier mogelijk heeft opgepikt te verwijderen. Vergeet trouwens niet dat we de bandenafdruk nog hebben. En zo te zien ook een olievlek.' Hij wees naar een ander, door een frame afgeschermd stukje grond op de parkeerhaven. 'Dat is voor het eind van de dag klaar voor analyse. Het begint er verdraaid veel op te lijken dat iemand hier recentelijk zijn auto heeft geparkeerd, en als jullie het niet waren of de brandweer...'
Annie wist in elk geval dat Banks en zij het niet waren geweest. Ze waren er zo op gebrand geweest om zo veel mogelijk van de PD onaangetast te laten toen ze aankwamen dat ze hun auto's bijna instinctief een stukje verder terug langs het pad hadden gezet en zich vervolgens een weg hadden gebaand door het bos zonder gebruik te maken van de aangelegde paadjes. Al met al zag het er veelbelovend uit. Mocht het bewijsmateriaal dat Stefan en zijn team zo nauwgezet verzamelden hen niet direct naar de brandstichter leiden, dan kwam het hun in de rechtszaal ongetwijfeld wel van pas wanneer ze hem eenmaal te pakken hadden.
'Zou het een Jeep Cherokee kunnen zijn geweest?' vroeg Annie toen haar te binnen schoot wat Mark volgens Banks had gezien. 'Of iets wat erop lijkt?'

Stefan knipperde even met zijn ogen. 'Wat weet jij dat ik niet weet?'
'Alleen maar dat iemand een auto in de omgeving heeft gezien die op een Jeep Cherokee lijkt. Niet gisteravond, maar wel vrij recent.'
Stefan tuurde naar de bandensporen. 'Tja,' zei hij, 'dat kunnen we uitzoeken. We zullen zeker de wielbasis en bandbreedte natrekken.' Hij trok het portier van de commandowagen met een zwaai open en zei: 'Oké, het is wel niet het Ritz, maar de verwarming doet het. Zin om binnen te komen voor een kopje thee?'
Annie glimlachte en haar lichaam helde over naar de warmtebron zoals een zonnebloem in de richting van de zon helt. 'Je kunt zeker gedachtelezen,' zei ze, en ze liep achter hem aan naar binnen.

Tegen de tijd dat Banks en Frances Aspern na mevrouw Asperns positieve identificatie van Christine in het mortuarium van het ziekenhuis van Eastvale weer bij het hoofdbureau aankwamen, was Annie al vertrokken om te gaan praten met de technische recherche bij het kanaal. Banks zorgde ervoor dat een agent in uniform mevrouw Aspern naar huis bracht en was net achter zijn bureau gaan zitten om alle informatie die ze tot op dat moment hadden vergaard opnieuw door te nemen, met op de achtergrond heel zachtjes Gil Evans' arrangementen van Jimi Hendrix-songs, toen Geoff Hamilton in de deuropening van zijn kantoor verscheen. Banks vroeg hem binnen te komen en Hamilton ging zitten na een blik om zich heen te hebben geworpen.
'Knus,' zei hij.
'Het kan ermee door,' zei Banks. 'Thee? Koffie?'
'Koffie graag, als je hebt. Zwart, met veel suiker.'
'Ik bel even naar de receptie.' Banks bestelde twee zwarte koffie. 'Is er al nieuws?'
'Ik kom net terug uit het lab,' zei Hamilton. 'We hebben vanmiddag de tests met de gaschromatograaf uitgevoerd.'
'En?'
Hamilton haalde twee vellen papier en een videoband uit zijn koffertje en spreidde deze uit op Banks' bureau. Op de vellen papier stonden grafieken met pieken en dalen. 'Zoals je weet,' zei hij met een blik op Banks, 'heb ik op diverse plaatsen monsters van het puin genomen, met name op boot nummer één, Toms boot, de belangrijkste brandhaard. Ik weet niet hoeveel je erover weet,' ging hij verder, 'maar gaschromatografie is een relatief eenvoudig, snel proces. In dit geval hebben we het puin in grote blikken gestopt en die verwarmd, waarna we met een injectienaald de vrijgekomen

gassen hebben opgezogen die we vervolgens in de chromatograaf hebben geïnjecteerd. Dit' – hij wees naar de linkergrafiek – 'is het chromatogram dat we van de boot hebben gekregen.' Hij wees vervolgens naar de grafiek ernaast, die er in Banks' ogen vrijwel identiek uitzag. Beide toonden een reeks lage en halfhoge pieken met halverwege één enorme piek. 'En dit is de chromatografische weergave van terpentine.'

'We hadden dus gelijk,' zei Banks, en hij bestudeerde de grafieken aandachtig. 'En de andere boot?'

'Afgezien van de geulen die me tijdens het vooronderzoek zijn opgevallen,' zei Hamilton, 'zijn er verder geen sporen van een brandbare vloeistof. Tot zover voorlopig onze bevindingen. Terpentine is de belangrijkste brandbare vloeistof. Die ontbrandt bij een temperatuur van 229 °C, wat vrij laag is. Aangezien we geen sporen hebben gevonden die duiden op een timer of ontstekingsmechanisme zou ik zeggen dat er een lucifer is gebruikt.'

'Opzettelijke brandstichting, dus?'

Hamilton keek om zich heen alsof hij bang was dat de kamer vol afluisterapparatuur zat en toen gleed er een zeldzame glimlach over zijn gezicht. 'Onder ons gezegd en gezwegen,' zei hij, 'daar bestaat geen enkele twijfel over.'

De koffie werd gebracht en beide mannen zwegen tot de agent die het kwam brengen het kantoor weer had verlaten. Hamilton nam een slok en hield de videoband omhoog. 'Zin om een filmpje te kijken?' vroeg hij. Video-opnames van bewijsmateriaal en verhoren waren tegenwoordig zo vanzelfsprekend dat Banks een kleine televisie en videorecorder in zijn kantoor had staan. Hamilton duwde de band in het apparaat en ze keken met de bestuurder van de brandweerwagen mee die naar de plek des onheils scheurde.

In de meeste brandweerwagens was een 'stille getuige' geïnstalleerd: een videorecorder die de rit naar de bron van de melding opnam. Dat kon van pas komen wanneer je toevallig zo snel ter plekke was dat je een vluchtauto in het vizier kreeg of op de plaats delict arriveerde en de brandstichter in het oog kreeg die nog even was blijven rondhangen om zijn werk te bewonderen. Deze keer viel er echter niets te zien. De brandweerwagen passeerde een paar tegemoetkomende auto's en het was waarschijnlijk wel mogelijk om de beelden eruit te lichten en de nummerborden te vergroten. Banks verwachtte echter niet dat dat ergens toe zou leiden. De brand had al enige tijd gewoed toen Hursts melding binnenkwam en de brandstichter was natuurlijk allang gevlogen. Het was echter wel een opwindende rit en Hamilton haalde de band uit de videorecorder toen de wagen in de bocht van het paadje tot stilstand kwam.

'Er zit me één ding dwars,' zei Banks. 'Die knul, Mark, zei dat het haar van de kunstenaar bruin was, maar de plukjes die we op de boot hebben gezien waren eerder rood.'

'Dat komt door het vuur,' zei Hamilton.

'Verandert de haarkleur daardoor?'

'Ja. Soms. Grijs wordt blond en bruin wordt rood.'

'Interessant,' zei Banks. 'En Tina? Had ze het kunnen overleven?'

'Jawel, als ze wakker was geweest en op haar qui-vive, maar in de staat waarin ze verkeerde... geen schijn van kans.'

'Het ziet er dus naar uit,' zei Banks, 'dat de kunstenaar op boot één het beoogde slachtoffer was, maar dat er toch ook enige moeite is gedaan om ervoor te zorgen dat het vuur zou overslaan naar boot twee, waar Mark en Tina woonden. Maar waarom Mark en Tina?'

'Ik ben bang dat het jouw taak is om daarachter te komen, niet de mijne.'

'Zomaar een paar ideetjes waar ik je mening over wil. Een getuige die uit de weg moest worden geruimd?'

'Een getuige van wat?'

'Als de brandstichter op een eerder tijdstip bij het slachtoffer op bezoek is geweest, is hij misschien bang dat iemand hem heeft gezien.'

'Maar die jongen heeft het overleefd.'

'Ja. Mark heeft inderdaad twee mensen gezien die los van elkaar bij Tom zijn langs geweest. Misschien is een van hen tweeën de moordenaar en had hij niet door dat Mark op dat tijdstip nog weg zou zijn. Misschien dacht hij dat hij hen allebei te pakken had en had hij zoveel haast om weg te komen dat hij het niet heeft gecontroleerd. Dat zou betekenen...'

'Wat?'

'Laat maar,' zei Banks. 'Zoals je net al zei: het is mijn taak om daarachter te komen. Momenteel heb ik het gevoel dat we alleen maar veronderstellingen hebben, verder niets.'

Hamilton tikte met een vinger op de grafieken en stond op. 'Dat is niet waar,' zei hij. 'Je hebt hier de bevestiging dat er een brandbare vloeistof is gebruikt bij een brand met diverse brandhaarden.'

Hamilton had gelijk, besefte Banks. Een paar minuten geleden moest hij het nog doen met wat hij zelf had gezien en met zijn instinct, maar nu had hij het onbetwistbare wetenschappelijke bewijs in handen dat de brand opzettelijk was aangestoken.

Hij keek op zijn horloge en slaakte een zucht. 'Dokter Glendenning begint zo meteen aan de lijkschouwing op het mannelijke slachtoffer,' zei hij. 'Zin om mee te gaan?'

'Ach, waarom ook niet?' zei Hamilton. 'Het is vrijdagavond. Het weekend is begonnen.'

4

'Wisten jullie dat het bij een temperatuur van 800 tot 900 °C een tot anderhalf uur duurt om een menselijk lichaam te cremeren?' vroeg dokter Glendenning zonder enige inleiding. 'En dat een brand in een doorsneehuis of, zoals in dit geval, op een boot, zelden boven de 600 komt? Dat, dames en heren, is de reden waarom we nu nog zo veel materiaal hebben om mee te werken.'

Het lab van het mortuarium in de kelder van het ziekenhuis van Eastvale was niet bepaald een toonbeeld van moderne techniek, maar dokter Glendennings ervaring maakte dat ruimschoots goed. Banks vond dat de zwartgeblakerde figuur op de roestvrijstalen tafel meer weg had van een veenlijk dan van een menselijk wezen dat minder dan vierentwintig uur geleden nog had geleefd en geademd. De resten van de kleding waren al verwijderd om te worden getest op sporen van een brandbare vloeistof, er waren bloedmonsters opgestuurd voor analyse en er waren röntgenfoto's gemaakt van het lichaam om eventuele schotwonden en inwendige verwondingen op te sporen. Er was niets gevonden, afgezien van de gesp van een riem, drie pond vijfenzestig aan muntgeld en een zegelring waarin geen initialen waren gegraveerd.

'Ik had ook niet verwacht dat jullie dat zouden weten,' vervolgde Glendenning, en hij liet zijn blik even over zijn publiek gaan: Banks, Geoff Hamilton en Annie Cabbot, die net terug was van de plaats delict. 'En ik hoop dat jullie het waarderen dat ik op vrijdagavond kom werken,' voegde hij eraan toe, terwijl hij de buitenkant van het lichaam nauwkeurig onderzocht met hulp van zijn nieuwe assistente, Wendy Gauge, die van top tot teen was gekleed in blauwe labkleding en een haarnetje droeg. Glendenning wierp een blik op zijn horloge. 'Dit kan wel even duren, en jullie weten waarschijnlijk evenmin dat ik een belangrijke eetafspraak heb.'

'We zijn ons er terdege van bewust dat u een heel belangrijk man bent,' zei Banks, 'en we zijn u dan ook eeuwig dankbaar, is het niet, Annie?' Hij porde Annie zachtjes tussen haar ribben.

'Dat zijn we zeker,' beaamde Annie.
Glendenning keek hem chagrijnig aan. 'Zo kan ie wel weer, praatjesmaker. Weten we al wie hij is?'
Banks schudde zijn hoofd. 'Alles wat we weten, staat in het rapport dat ik u heb gestuurd. Hij heet waarschijnlijk Tom en was kunstenaar.'
'Enige kennis over zijn medische voorgeschiedenis zou ik wel kunnen gebruiken,' beklaagde dokter Glendenning zich.
'Ik ben bang dat we u daarbij niet kunnen helpen,' zei Banks.
'Of hij verslaafd was aan drugs, bijvoorbeeld, of aan de drank, of dat hij een of ander vaag medicijn gebruikte... Waarom maak je het toch altijd zo verdomd veel moeilijker voor me dan nodig is, Banks? Kun je me dat misschien eens vertellen?'
'Al slaat u me dood.'
'Op een goeie dag doe ik dat nog eens,' zei Glendenning. 'Of iemand doet het voor me, en dan zie ik je hier op de snijtafel weer terug.' Hij stak met een nijdig gezicht een sigaret op, hoewel dat streng verboden was, en ging weer aan de slag. Banks benijdde hem om die sigaret. Hij had tijdens lijkschouwingen ook altijd gerookt. Het hielp om de stank van de lichamen te maskeren. Want stinken deden ze altijd. Ook dit lichaam zou stinken zodra dokter Glendenning het opensneed. De man zou eruitzien als zo'n chique, dure steak: zwart geroosterd vanbuiten en roze vanbinnen, en als hij genoeg koolmonoxide had ingeademd, zou zijn bloed eruitzien als kersensiroop.
'Trouwens,' vervolgde Glendenning, 'als hij kunstenaar was, dan was hij ongetwijfeld ook alcoholist. Dat zijn ze vrijwel altijd, heeft de ervaring me geleerd.'
Annie zei niets, hoewel haar vader Ray kunstenaar was, en alcoholist. Ze stond naast Banks, met haar ogen onbeweeglijk op de dokter gericht, en zag er wat bleekjes uit. Banks wist dat ze niet van lijkschouwingen hield – dat deed trouwens niemand, behalve dan misschien de patholoog – maar hoe vaker ze erbij aanwezig was, des te eerder ze eraan gewend raakte.
'Ongeveer vijfenzeventig procent van zijn lichaam is verbrand. De ernstigste brandwonden, een combinatie van derde- en vierdegraadsverwondingen, bevinden zich op het bovenlichaam.'
'Dat is het gedeelte van het lichaam dat het dichtst bij de brandhaard heeft gelegen,' zei Geoff Hamilton, die er als altijd onaangedaan en stuurs uitzag.
Dokter Glendenning knikte. 'Dat ligt voor de hand. Waar we hier voornamelijk mee te maken hebben, is volledige verbranding van de huid aan de

voorkant van het bovenlichaam. Dat is waar de oppervlakte zwart en verkoold eruitziet. Dat wordt veroorzaakt doordat het onderhuidse vet is gaan koken. Het menselijk lichaam brandt nog lang nadat de brand is gedoofd door. Net als een kaars blijft het in zijn eigen vet nabranden.'
Banks zag dat Annie een vies gezicht trok.
'Verder naar beneden,' vervolgde Glendenning, 'op de benen en voeten bijvoorbeeld, is de huid op enkele plaatsen roze en gevlekt, en overdekt met blaren. Dat wijst erop dat dat deel korter aan het vuur is blootgesteld en de temperatuur lager was.'
Toen dokter Glendenning met het uitwendig onderzoek van het hoofd van het slachtoffer begon, zag Banks iets wat veel weg had van schedelfracturen. 'Iets gevonden, doc?' vroeg hij.
'Hoor eens, ik heb je al eerder gezegd dat je me geen doc moet noemen. Het getuigt van bar weinig respect.'
'Maar kunt u zien of hij op zijn hoofd is geslagen?'
Glendenning boog zich voorover en onderzocht de wonden voorzichtig. 'Dat denk ik niet,' zei hij.
'Daar lijkt het anders wel veel op,' zei Annie.
'Voor jou misschien wel, meidje. Volgens mij zijn het echter fracturen die door de hitte zijn veroorzaakt.'
'Veroorzaakt hitte dan fracturen?' vroeg Annie.
Dokter Glendenning slaakte een zucht. Banks kon zich goed voorstellen hoe hij als docent moest zijn en hoeveel angst hij zijn arme studenten ongetwijfeld inboezemde.
'Ja, natuurlijk,' zei hij. 'Door de hitte krimpt de huid en kunnen er scheuren ontstaan, die heel gemakkelijk kunnen worden aangezien voor verwondingen die zijn toegebracht toen het slachtoffer nog leefde. Ook kunnen er daardoor fracturen ontstaan in de pijpbeenderen van armen en benen, of die worden zo verdomd broos dat ze breken wanneer het lichaam wordt verplaatst. Bedenk wel dat we voor zesenzestig procent uit water bestaan, en vuur ontrekt enorm veel vocht aan het lichaam.'
'Maar de schedel dan?' vroeg Annie.
Glendenning keek haar met fonkelende ogen aan. 'Die fracturen ontstaan door de druk. De hersenen en het bloed bereiken een kooktemperatuur en de stoom zoekt een uitweg naar buiten, dus blaast hij een gat in de schedel. Net als een fles champagne.'
Annie rilde. Zelfs Banks voelde zich enigzins onpasselijk. Dokter Glendenning concentreerde zich met een ondeugende grijns op zijn gezicht weer op zijn werk.

'Trouwens,' ging hij verder, 'schedelfracturen die door vuur zijn veroorzaakt, lopen vaak langs de schedelnaden, de zwakste plek in de schedel, en dat is hier inderdaad het geval. Ook zijn er geen botsplinters van de schedel in de hersenen doorgedrongen, wat hoogstwaarschijnlijk wél het geval zou zijn geweest als er met een stomp voorwerp letsel was aangebracht. Ze zijn juist naar buiten gedrongen.'

'Dus volgens u is hij niet op zijn hoofd geslagen?'

'Dat heb ik helemaal niet gezegd,' zei Glendenning. 'Ik zeg alleen maar dat het onwaarschijnlijk is dat dat is gebeurd. Typisch iets voor jou, Banks: overhaast conclusies trekken wanneer je pas een deel van het bewijsmateriaal hebt en als een kip zonder kop rondrennen. En de wetenschappelijke benadering dan, knul? Heb je de laatste tijd geen Sherlock Holmes gelezen soms?'

'Ik weet dat wanneer je het onmogelijke hebt geëlimineerd, datgene wat overblijft, hoe onwaarschijnlijk ook, de waarheid moet zijn. Zoiets in elk geval.'

'Welnu,' zei Glendenning, 'in dit geval is nog vrijwel alles mogelijk. In je verslag staat dat het lichaam onder puin bedolven lag, en ik heb de foto's en schetsen van de plaats delict gezien. De schade zou kunnen zijn veroorzaakt doordat een deel van het dak op het slachtoffer is gevallen nadat hij was overleden.'

'Dat zou kunnen,' zei Banks.

'Het is beslist een mogelijkheid,' zei Geoff Hamilton.

'Ik ben blij dat jullie het allebei met me eens zijn,' zei Glendenning.

'Maar als dat het geval was,' wierp Banks tegen, 'zouden er dan geen botsplinters van de schedel in de hersenen zijn terechtgekomen?'

Glendenning glimlachte – een zeldzame gebeurtenis. 'Je leert snel, knul. Maar goed, voorlopig weten we niet eens of de verwonding is ontstaan voor- of nadat de dood is ingetreden. Dat is nu juist het hele punt.'

'Denkt u dat u daarachter kunt komen?'

Glendenning rolde met zijn ogen. 'Of ik denk of ik daarachter kan komen?' bauwde hij hem na, en hij richtte zijn aandacht weer op het lichaam. 'Tja, waarom kijken we om te beginnen niet even of we tekenen zien die erop duiden dat hij rook heeft ingeademd?' Hij stak met een theatraal gebaar zijn hand uit. 'Scalpel.'

Wendy Gauge onderdrukte een glimlach en overhandigde hem het gevraagde instrument, waarna de patholoog zich over het lijk boog. De neus was weggebrand, evenals een groot deel van de huid en het vlees, waardoor de kin en het kaakbeen erdoorheen schemerden. Glendenning legde de luchtpijp en bronchiën bloot, waarvan hele stukken zwart zagen van het roet of door verkoling, zag Banks, en boog zich opnieuw over het lichaam. 'De hitte heeft enige verwondingen aan mond, neus en luchtwegen veroorzaakt,' zei Glendenning, 'maar dat is niet ongebruikelijk en vertelt ons niet zoveel.' Hij snuffelde nog wat verder rond. 'Er is roet aanwezig, maar niet veel. In feite maar net genoeg om te concluderen dat hij weliswaar nog ademhaalde, maar slechts heel oppervlakkig.'

'Was hij bewusteloos?' vroeg Banks.

'Waarschijnlijk wel.'

'Dus die klap op zijn hoofd kan zijn toegebracht voordat de brand uitbrak? Was hij daarom misschien bewusteloos?'

'Ho ho, wacht eens even.' Glendenning boog zich weer over het lichaam. 'Ik heb het je al eerder gezegd: het ligt meer voor de hand dat die klap door de brand of vallend puin is veroorzaakt dan door menselijke kracht. De aanwezigheid van roet op zowel de tong als in de neusgaten, de orofarynx en nasofarynx, zoals hier het geval is, mag niet worden gezien als bewijs dat hij tijdens de brand nog leefde.'

'Dus misschien was hij al dood?'

Glendenning wierp Banks een nijdige blik toe en vervolgde: 'Sporen van roet onder de larynx kunnen erop duiden dat het slachtoffer tijdens de uitbraak van de brand nog in leven was.'

'En zit dat daar ook?' vroeg Banks.

'Een klein beetje. Nu moeten we eerst dieper graven.' Glendenning gebaarde naar Wendy Gauge, die haar eigen scalpel ter hand nam en de gebruikelijke Y-vormige incisie maakte. De geblakerde huid, die door het vuur was uitgedroogd en vervolgens doordrenkt door de brandslangen, krulde terug als verbrand papier. En daar was hij dan: de misselijkmakende stank van de dood. Gebakken of rauw, het kwam op hetzelfde neer.

'Hmm,' zei Glendenning. 'Je kunt zien hoe diep het lichaam op sommige plekken is verbrand. Dat gebeurt om verschillende redenen nooit gelijkmatig, bijvoorbeeld doordat je huid op sommige plaatsen dikker is dan op andere.'

'Dat moet bij u ook wel,' zei Banks.

Glendenning negeerde hem nadrukkelijk. 'Het bloed is opvallend rood,' zei hij, 'wat wijst op de aanwezigheid van koolmonoxide. We zullen de precieze hoeveelheid pas weten wanneer dat stuk onbenul van een Billings de resultaten uit het lab terugbrengt.'

Banks dacht terug aan de dag waarop hij zijn oude chef, hoofdcommissaris Riddle, dood in zijn garage had aangetroffen, overleden aan koolmonoxide-

vergiftiging. Zelfmoord. Zijn gezicht was kersenrood geweest. 'Hoeveel koolmonoxide is ervoor nodig om de dood te veroorzaken?' vroeg hij.
'Boven de veertig procent kan het een verminderd beoordelingsvermogen, bewusteloosheid en de dood tot gevolg hebben, maar dat hangt af van de gezondheid van de persoon in kwestie. Over het algemeen wordt vijftig procent als dodelijk beschouwd. Goed, Wendy, je kunt verder.'
'Ja, dokter.' Wendy Gauge trok de huid van de borstkas opzij en begon de ribbenkast open te zagen om de inwendige organen bloot te leggen.
Op dat moment ging de deur open en verscheen Billings uit het lab in de deuropening. De slachting op de roestvrijstalen tafel liet hem volkomen koud, maar hij was overduidelijk doodsbenauwd voor dokter Glendenning en begon altijd te stotteren wanneer hij met hem te maken kreeg. 'H-hier zijn ze, dokter,' zei hij. 'De resultaten van de k-koolmonoxidetests.'
Glendenning keek hem dreigend aan en las het verslag door. 'Wil je de korte versie of de lange?' zei hij tegen Banks, nadat hij Billings met een hoofdbeweging had weggestuurd.
'De korte voorlopig maar.'
'Hij heeft een koolmonoxidepercentage van achtentwintig,' zei Glendenning. 'Dat is genoeg om duizeligheid te veroorzaken, een vervelende hoofdpijn, misselijkheid en vermoeidheid.'
'Maar niet de dood?'
'Nee, tenzij hij een ernstige long- of hartkwaal had. Wat we zouden weten als we zijn medische voorgeschiedenis kenden. Normaalgesproken is het echter niet genoeg om de dood tot gevolg te hebben, nee. En de hoeveelheid roet en stofdeeltjes in de luchtwegen in aanmerking genomen, zou ik zeggen dat hij nog leefde, hoewel hij hoogstwaarschijnlijk bewusteloos was toen de brand uitbrak, en in dat geval is de doodsoorzaak waarschijnlijk verstikking door de inademing van rook. En vergeet niet dat er bij een brand heel wat akelige gassen vrijkomen, waaronder ammoniak en cyanide. Een volledige analyse kost meer tijd.'
'En de toxicologische test?'
'Ga me nu niet zitten vertellen hoe ik mijn werk moet doen, knul,' gromde dokter Glendenning. 'Daar wordt al aan gewerkt.'
'Gebitsgegevens?'
'We kunnen wel een afdruk van het gebit maken,' zei Glendenning, 'maar je kunt die moeilijk laten vergelijken met de gegevens van iedere tandarts in het land.'
'Het is mogelijk dat hij uit de omgeving komt,' zei Banks, 'dus we beginnen met de regio Eastvale.'

'Aye, nou ja, dat is jóúw werk.' Glendenning wierp een blik op de klok en richtte zijn aandacht weer op het lichaam. 'Er is hier nog heel wat werk te doen,' zei hij, 'en ik ben bang dat ik je niet kan beloven dat ik vanavond ook nog aan het tweede slachtoffer toekom. Zoals het er nu voor staat, moet ik waarschijnlijk toch al verstek laten gaan bij mijn eetafspraak.'
Wendy Gauge verwijderde de inwendige organen en legde ze op de snijtafel.
'Goed,' zei Banks met een blik op Hamilton en Annie, 'of het slachtoffer nu een klap op zijn hoofd heeft gekregen dat zijn hersenen door zijn schedel naar buiten zijn geblazen of dat hij een zwak hart had en is overleden aan het inademen van een kleine hoeveelheid koolmonoxide, één ding is zeker: uit het bewijsmateriaal dat we tot nu toe hebben gevonden is gebleken dat íémand die brand heeft aangestoken en dat we dus te maken hebben met moord. Het beste wat we nu kunnen doen, is proberen te achterhalen wie hij is.' Banks wierp een vluchtige blik op de weerzinwekkende vleesklomp op de tafel, de verkoolde, leerachtige huid, de blootgelegde ingewanden en de spetters rozerood bloed. 'Laten we in godsnaam maar hopen dat we niet te maken hebben met een seriebrandstichter,' voegde hij eraan toe. 'Ik sta niet te trappelen om nog meer van dit soort lijkschouwingen bij te wonen.'

'Wat intiem,' zei Maria Phillips, en ze nam plaats op een stoel aan een tafeltje met een gebutst koperen blad in een rustig hoekje van de Queen's Arms. 'Vooruit, laat ik eens uit de band springen: een Campari met spuitwater, graag.'
Banks had haar nog niet gevraagd of ze iets wilde drinken, maar daar leek Maria niet mee te zitten. Ze legde haar jas van imitatiebont op de stoel naast haar, verschikte haar geblondeerde krullen en tastte in haar handtas naar een poederdoosje en lippenstift, waarmee ze druk in de weer was toen Banks naar de bar liep. Hij had haar die middag in het wijkcentrum gebeld en te horen gekregen dat ze tot vrij laat zou werken, wat hem uitstekend uitkwam. Hij vond het prettig om na de beproeving van de lijkschouwing in een gemoedelijke pub te zijn en wilde niets liever dan omringd worden door gewone, levende mensen en de nare smaak van dood door vuur uit zijn lichaam spoelen met een stevige borrel of twee.
'Goedenavond, Cyril,' zei hij tegen de pubbaas. 'Een pint bitter en een flink glas Laphroaig voor mij en een Campari met spuitwater voor mevrouw, alsjeblieft.'
Cyril trok zijn wenkbrauwen op.

'Vraag maar niets,' zei Banks.
'U kent me toch? Discretie verzekerd.' Cyril tapte een biertje. 'Ik had trouwens nooit gedacht dat zij uw type was.'
Banks wierp hem een veelzeggende blik toe.
'Akelige brand daar bij Molesby.'
'Vertel mij wat,' zei Banks.
'Werkt u daar ook aan mee?'
'Vanaf het begin. Het is een lange dag geweest.'
Cyril staarde naar de schram op Banks' wang. 'U bent zo te zien niet ongehavend uit de strijd gekomen,' zei hij.
Banks bracht zijn hand naar zijn gezicht en betastte de schram. 'Ach, dat stelt niets voor. Ruzie met een scherp takje.'
'Maak dat de kat maar wijs,' zei Cyril.
'Het is echt waar,' zei Banks.
'U mag er natuurlijk niet over praten, ik weet het.'
'Er valt niet veel te zeggen, al zou ik het willen. We weten alleen maar dat er twee mensen zijn omgekomen, en dat is het. Bedankt.' Banks betaalde en nam de drankjes mee naar het tafeltje, waar Maria verwachtingsvol naar hem zat uit te kijken, met haar keurig gemanicuurde handen met bloedrode nagels zo lang als de klauwen van een kat voor zich op tafel. Ze was een iets te weelderige, welgevormde vrouw van begin dertig en ze zou er veel aantrekkelijker uitzien, had Banks altijd gedacht, als ze die dikke laag make-up van haar gezicht zou schrapen en kleding aantrok die meer op draagbaarheid was uitgekozen dan op uiterlijk effect. En dan haar parfum. Vooral die parfum. Die walmde in zware, bijtende golven over hem heen en verpestte zijn bier. Hij nam een slokje Laphroaig en voelde dat de drank een aangenaam, brandend spoor door zijn slokdarm trok. Hij dronk gewoonlijk geen sterkedrank in de Queen's Arms, maar deze avond vormde een uitzondering die werd gerechtvaardigd door de bijzonder vervelende lijkschouwing en de nabijheid van Maria Phillips, beide binnen een tijdsspanne van enkele uren.
Maria liet duidelijk merken dat de schram op Banks' wang haar was opgevallen, maar dat ze niet van plan was ernaar te vragen – nog niet tenminste.
'Hoe gaat het met Sandra?' vroeg ze in plaats daarvan. 'We missen haar enorm in het wijkcentrum. Zoveel energie en toewijding.'
Banks schokschouderde. 'Voorzover ik weet, gaat het uitstekend met haar.'
'En de baby? Het moet heel vreemd voor haar zijn om weer moeder te worden. En dat op haar leeftijd.'
'We spreken elkaar tegenwoordig zelden,' zei Banks. Hij wist echter wel

van zijn dochter Tracy dat Sandra op 3 december, net iets meer dan een maand geleden, een gezonde dochter van ruim zes pond had gekregen en dat ze haar Sinéad had genoemd – niet naar de kale popzangeres, maar naar Seans moeder. Nou, hij wenste haar veel geluk. Met zo'n naam zou ze dat wel nodig hebben. Voorzover hij via Tracy had gehoord, maakten moeder en dochter het beiden uitstekend. Hij vond het hele gebeuren om misselijk van te worden en het veranderde alles, met name de manier waarop hij nu naar zijn verleden en hun leven samen keek. Ergens leek het nu net of de meer dan twintig jaar die ze samen hadden doorgebracht nooit hadden plaatsgevonden, of het allemaal maar een droom was geweest of iets uit een vorig bestaan. Hij kende deze vrouw en dit kind niet. Zelfs zijn gevoelens voor Tracy en zijn zoon Brian waren hierdoor veranderd. Hij wist niet precies waarom of in welk opzicht, maar het was wel zo. En hoe stonden zij eigenlijk tegenover hun nieuwe halfzusje?

'Natuurlijk,' zei Maria. 'Wat onnadenkend van me. Het moet erg moeilijk voor je zijn. Iemand met wie je zoveel jaren hebt samengeleefd, de moeder van je kinderen, en nu heeft ze een baby gekregen met een andere man.'

'Misschien kunnen we het even over die kunstenaar hebben... Tom?' zei Banks.

Maria zwaaide met een vinger naar hem. 'Slim, heel slim: proberen van gespreksonderwerp te veranderen. Nou ja, ik kan het je ook niet kwalijk nemen.'

'Dat ís het gespreksonderwerp. Tenminste, dat is het onderwerp waarover ik met je wilde praten en de reden waarom ik je heb gevraagd om iets met me te gaan drinken.'

'Wat dom van me om te denken dat je gewoon even wilde babbelen.'

'Dat wil ik ook. Over Tom.'

'Je weet best wat ik bedoel.'

'Heb je ooit een kunstenaar uit de omgeving ontmoet die Tom heette, of over zo iemand gehoord?'

Maria speelde met de gouden ketting om haar hals. 'Gedraag je je ook zo wanneer je verdachten verhoort?' zei ze. 'Dan jaag je hen vast de stuipen op het lijf.'

Banks glimlachte zwakjes. Hij had niet gelogen toen hij tegen Cyril zei dat het een lange dag was geweest, en hij werd alleen maar langer. Elke minuut die hij in het gezelschap van Maria doorbracht, voelde aan als een uur. 'Dit is geen verhoor, Maria,' zei hij, 'maar ik ben moe, ik heb geen zin om spelletjes te spelen en heb de informatie die jij mogelijk voor me hebt hard nodig.' Hij had er graag aan toegevoegd dat hij zojuist de verkoolde overblijfselen van een lijk had gezien, had moeten toekijken hoe dokter Glendenning het geblakerde vlees wegtrok en de glimmende organen tevoorschijn haalde, maar dat zou het er alleen maar erger op maken. Geduld, dat was wat hij nodig had. Heel veel geduld. Het probleem was: waar vond hij dat?

Maria trok even een pruillip, of deed alleen alsof, en zei toen: 'Is dat het enige wat je van hem weet, dat zijn voornaam Tom was?'

'Tot nu toe wel, ja.'

'Hoe zag hij eruit?'

Banks zweeg even en zag opnieuw het verwoeste gezicht voor zich, de gesmolten ogen, het blootgelegde kaakbeen en het kraakbeen in de hals. 'We hebben alleen een vage beschrijving,' zei hij. 'Hij was vrij klein, stevig gebouwd, met lang, vettig bruin haar. En hij schoor zich niet vaak.'

Maria lachte. 'Dat gaat zo'n beetje op voor iedere kunstenaar die ik ooit heb ontmoet. Je zou toch verwachten dat iemand die in staat is om schoonheid te creëren zijn uiterlijk ook goed verzorgt, hé?'

'Ach, dat weet ik zo net nog niet,' zei Banks. 'Het moet heel fijn zijn om te kunnen dragen wat je zelf wilt, om geen pak te hoeven aantrekken en je niet elke ochtend te hoeven scheren, alleen omdat je naar je werk moet.'

Maria keek hem met pretlichtjes in haar blauwe ogen aan. 'Ik denk dat je zelfs helemaal niets hoeft aan te trekken als het echt erg warm is, vind je ook niet?'

'Misschien niet,' zei Banks, en hij nam een flinke teug van zijn Laphroaig, gevolgd door een stevige slok bier. 'Gaat er een belletje rinkelen bij deze beschrijving?'

Ze keek hem toegeeflijk aan, alsof hij een koppig schooljongetje met een eigen willetje was, en fronste toen haar wenkbrauwen. 'Het zóú Thomas McMahon kunnen zijn,' zei ze. 'Hij is verreweg de kleinste kunstenaar die ik ooit heb ontmoet. Ik geloof dat Toulouse Lautrec nog kleiner was, maar die is van voor mijn tijd.' Ze glimlachte.

Banks spitste zijn oren. 'Maar de beschrijving past bij hem, bij die Thomas McMahon?'

'Min of meer. Hij was inderdaad klein en gedrongen, een soort pad eigenlijk. Hij had in die tijd een baard, maar zijn haar was niet echt lang. Er is één ding dat ik me nog heel goed herinner...'

'En dat is?'

'Hij had prachtige vingers.' Ze hield haar eigen hand omhoog, alsof ze wilde laten zien wat ze bedoelde. 'Lange, spits toelopende vingers. Heel fijntjes. Helemaal niet wat je zou verwachten bij zo'n kleine man.'

Had Mark dat ook niet over Tom gezegd – dat hij lange vingers had? Het was wel wat mager om een identificatie op te baseren, maar het was het beste wat ze tot nu toe hadden ontdekt. 'Vertel verder,' zei Banks.

Maria hield haar lege glas omhoog. 'Eerst mijn beloning,' zei ze.

Banks had zijn Laphroaig op en had nog slechts een half glas bier over, maar was niet van plan meer te nemen, omdat hij nog met de auto naar huis moest. Hij liep naar de bar en haalde een nieuwe Campari met spuitwater voor Maria. De pub was inmiddels volgelopen en het duurde een paar minuten voordat hij werd geholpen. Iemand had een oud nummer van Oasis op de jukebox aangezet. De Queen's Arms was beslist veel veranderd sinds de vorige zomer, toen de Dales waren leeggestroomd door de mond- en klauwzeer – zelfs de lokale bewoners waren weggebleven – en Cyril van dag tot dag amper een klant had ontvangen. En het was pas januari en de meeste aanwezigen kwamen uit de omgeving. Misschien dat de komende zomer een klapper zou worden voor het bedrijfsleven in de Dales. Dat konden ze wel gebruiken. Eenmaal terug bij hun tafeltje overhandigde hij Maria haar drankje en hij zei: 'En?'

Tot zijn verbazing deed ze haar handtas open en haalde een pakje Silk Cut en een smalle gouden aansteker tevoorschijn. Hij kon zich niet herinneren dat ze rookte. 'Vind je het vervelend?' vroeg ze terwijl ze er een opstak.

Het maakte weinig uit of hij het vervelend vond of niet; de rook kringelde al zijn kant op, vermengd met haar parfum. 'Nee,' zei hij, en hij kwam verrast tot de ontdekking dat hij in plaats van een knagend verlangen voor het eerst iets van weerzin voelde. Werd hij nu soms al zo'n onhebbelijke, fervente antiroker? Hij hoopte verdorie maar van niet. Hij nam snel een slokje bier. Dat hielp een beetje.

'Ik kan je niet echt veel over hem vertellen,' zei Maria. 'Als hij tenminste degene is die jij denkt.'

'Laten we er maar even van uitgaan dat hij het inderdaad is,' zei Banks.

'Ik wil het natuurlijk niet op mijn geweten hebben dat jullie de verkeerde richting op worden gestuurd en er kostbare politietijd wordt verspild.'

Banks glimlachte nogmaals. 'Maak je daar maar geen zorgen over. Ik zal je er niet voor oppakken. Vertel me gewoon wat je weet en laat de rest maar aan ons over.'

'Het moet een jaar of vijf geleden zijn geweest,' zei Maria. 'Sandra werkte toen nog bij ons. Ze heeft hem trouwens vrij vaak gesproken. Ik weet zeker dat zij het zich nog beter zal kunnen herinneren dan ik.'

Fantastisch, dacht Banks. Straks moest hij nog met zijn ex-vrouw gaan praten om informatie in te winnen over deze zaak. Misschien kon hij Annie sturen. Nee, dat zou erg wreed zijn. Jim Hatchley dan? Of Winsome? Maar hij besefte dat hij als het erop aankwam zelf zou moeten gaan. Het zou onbeleefd en laf zijn om niet te gaan. Ongetwijfeld kreeg hij dan ook de nieuwe baby te zien, moest hij de kleine Sinéad misschien wel hop-paardje-hop laten spelen op zijn knie. Misschien was Sean er dan ook wel en zouden ze hem uitnodigen om te blijven eten. Eén grote, blije familie. Of misschien gingen ze wel een avondje naar de bioscoop of het theater en kon hij mooi blijven babysitten. Maar wellicht kon dit alles wel worden voorkomen als hij nu Maria iets meer onder druk zette. 'Laten we maar beginnen met wat jij je nog kunt herinneren,' zei hij.

'Tja, zoals ik al zei: het is al een tijd geleden. McMahon was een kunstenaar uit deze streek, hij woonde helemaal aan de oostelijke rand van de stad, meen ik. Het was onderdeel van ons werk om plaatselijke kunstenaars aan te moedigen, niet met financiële steun, hoor, maar door ze een plek te bieden waar ze hun werk konden tentoonstellen.'

'Dus er is een tentoonstelling geweest van Thomas McMahons werk in de galerie van het wijkcentrum?'

'Ja.'

'Zijn daar documenten van bewaard gebleven? Een catalogus bijvoorbeeld? Of een foto van hemzelf?'

'Ik neem aan van wel. In het archief.'

'Was hij goed?'

Maria trok haar neus op. 'Ik wil niet pretenderen dat ik een expert ben in dergelijke zaken, maar ik zou zeggen van niet. Niets aan zijn werk onderscheidde hem van anderen, voorzover ik kon zien. Het meeste was niet eens oorspronkelijk, maar van andere werken afgeleid.'

'Dan zal het hem wel moeite hebben gekost om er zijn brood mee te verdienen.'

'Ik ben bang van wel. Op het laatste moment had hij ook nog een paar gruwelijke abstracten naar binnen gesmokkeld. Ik heb het idee dat hij dat het liefst schilderde, maar van dat soort werken kun je niet leven, tenzij je echt talent hebt. Aan de andere kant kun je een aardige som verdienen met de verkoop van lokale landschapjes aan toeristen, wat hij ook deed.'

'Kan het zijn dat de waarde van zijn werk toeneemt nu hij dood is?'

Maria's ogen schoten wijd open. 'Toe maar, wat ben jij doortrapt. Wel een zalig motief: de kunstenaar vermoorden om de waarde van zijn schilderijen te vergroten.'

'En?'

'Niet in zijn geval, zou ik denken. Een slechte aquarel van Eastvale Castle blijft een slechte aquarel van Eastvale Castle, of de schilder nu leeft of dood is. Een kunsthandelaar weet er ongetwijfeld meer van dan ik, maar volgens mij moet je op zoek naar een ander motief.'

'Dronk hij veel?'

'Hij lustte best een glaasje, maar ik zou hem geen alcoholist willen noemen.'

'Drugs?'

'Ik zou het niet weten. Ik heb er zelf niets van gemerkt en heb ook geen geruchten opgevangen.'

'En sinds die tijd heb je hem niet meer gezien of gesproken?'

'O, jawel, dat wel. Hij is een paar keer langsgekomen voor de opening van exposities van andere kunstenaars en dergelijke. En hij was natuurlijk aanwezig bij de receptie voor de Turner.'

'Juist ja,' zei Banks. De Turner. Verreweg het waardevolste en beroemdste schilderij dat ooit onderdak had gevonden in de bescheiden galerie van het wijkcentrum; een aquarel van Richmond Castle van de hand van Turner die jarenlang verloren was gewaand, had er twee dagen gehangen nadat hij tijdens de renovatie van een cottage onder een laag oud isolatiemateriaal was ontdekt. Niemand wist hoe hij daar terecht was gekomen, maar er werd gespeculeerd dat de oorspronkelijke eigenaar was overleden en dat degene die de isolatie had laten aanbrengen de waarde van het schilderijtje niet had geweten. Er was een besloten receptie georganiseerd voor de plaatselijke bobo's en kunstzinnige types. Annie was bij de beveiliging betrokken geweest, schoot Banks te binnen. Dat had vorige zomer plaatsgevonden, toen Banks in Griekenland zat, en hij had alle opwinding gemist.

'En verder?'

'Verder niets. Kort na de expositie van vijf jaar geleden is hij uit de plaatselijke kunstwereld verdwenen. Ik heb gehoord dat het zijn vaste kunsthandelaar de grootste moeite kostte om zijn werk te verkopen en dat McMahon een of andere crisis in zijn privé-leven heeft doorgemaakt. De details weet ik niet. Misschien kan Leslie Whitaker je daarbij helpen. Ik weet dat ze bevriend waren, en hij heeft nog geprobeerd om naast de troep die McMahon voor de toeristenindustrie schilderde ook een paar van zijn serieuze schilderijen te verkopen.'

'Dus Whitaker was McMahons agent?'

'Ik vermoed van wel, ja.'

'Nog steeds?'

'Ja. Ik heb Thomas McMahon deze maand een of twee keer uit Leslie

Whitakers winkel zien komen. Blijkbaar had hij daar een paar boeken gekocht. Hij had tenminste een pakketje bij zich.'
'Heb je hem ook gesproken?'
'Alleen maar gegroet.'
'Hoe kwam hij over?'
'Opmerkelijk gezond, eigenlijk. Zijn haar was wel wat aan de lange kant, zoals jij net ook al zei, en moest nodig gewassen worden. Ook had hij zich zo te zien een paar dagen niet geschoren.'
'Denk je dat je ergens een catalogus kunt opdiepen en me de namen kunt geven van de kunstenaars bij wiens vernissages hij aanwezig is geweest?'
'Waarom?'
'Aan de hand van een catalogus kunnen we zijn werken identificeren als die nu boven water komen, en we willen graag met iedereen praten die hem misschien heeft gekend. Een foto zou ook al heel wat helpen.'
'Ik kan het proberen. Daarvoor moet ik wel in het archief van het wijkcentrum duiken.'
'Zou je dat morgenochtend kunnen doen?'
Maria keek hem even aan en nam een slokje Campari met spuitwater. Haar glas was alweer bijna leeg. 'Ik neem aan dat dat wel kan. Je beseft toch wel dat het morgen zaterdag is, hè?'
'Het wijkcentrum is toch open?'
'Ja, maar het is mijn vrije dag.'
'Dan stuur ik wel een van mijn agenten langs,' zei Banks. 'Hij zal er wel iets meer tijd voor nodig hebben, maar...'
'Ik heb niet gezegd dat ik het níét doe.'
'Dus je doet het?'
'Goed dan. Omdat jij het vraagt.'
'Kun je me daarna op het bureau bellen en wat je eventueel vindt doorsturen?'
'Ja.' Ze hield hem haar glas voor. 'Je weet maar nooit; misschien kom ik het zelf wel afgeven.'
'Wil je nog iets te drinken?' vroeg Banks.
'Graag.'
'Oké. Maar ik ben bang dat je deze wel alleen zult moeten opdrinken. Ik heb nog een lange rit naar huis voor de boeg.'
Maria keek teleurgesteld. 'O, nou ja, doe in dat geval maar geen moeite... Ik dacht alleen...'
'Wat?'
'Nou ja, ik woon hier niet zo heel ver vandaan. Misschien heb je zin om

even mee te komen voor een slaapmutsje of een kop koffie of zo?' Ze trok haar neus een beetje op. 'Daar kikker je misschien weer een beetje van op.'

'Bedankt voor de uitnodiging,' zei Banks, en hij dronk haastig zijn bierglas leeg. 'Maar een opkikkertje is wel het laatste waaraan ik nu behoefte heb. Ik moet juist een beetje slaap inhalen.'

'Ook goed. Een andere keertje misschien.' Maria verzamelde al haar spullen bij elkaar en stond op om haar jas aan te trekken. 'Ik bel je morgenochtend,' zei ze, en ze verdween spoorslags.

O, shit, dacht Banks gegeneerd toen hij de blikken zag die de andere aanwezigen in de pub hem toewierpen. Hij had Maria Phillips toch zeker op geen enkel moment reden gegeven om te denken dat hij meer van haar wilde dan alleen wat informatie over een kunstenaar? Hij had haar na Sandra's vertrek maar twee of drie keer gezien, en dan nog alleen omdat ze elkaar toevallig op straat tegen het lijf waren gelopen of omdat hij om de een of andere reden bij het wijkcentrum moest zijn en haar daar dan even sprak. Ze hadden altijd over koetjes en kalfjes gepraat. Maar goed, ze was altijd al een beetje een rare geweest, herinnerde hij zich, en ze had altijd een beetje met hem geflirt, ook toen hij nog met Sandra getrouwd was. Hij had gedacht dat dat haar gebruikelijke manier van doen was tegenover mannen en had haar gedrag nooit serieus genomen. En misschien stak er ook niks achter, zelfs nu niet. Hij pakte zijn jas en zijn koffertje. Ze zou hem morgenochtend in elk geval bellen over de informatie waar het hem om te doen was, informatie die hem iets meer kon vertellen over het mysterie dat Tom heette.

Op advies van Banks reed Annie na de lijkschouwing met haar pijnlijke lijf naar huis. Er kon vanavond toch niets meer worden gedaan, had hij haar voorgehouden, dus het was het beste om nu wat te rusten. Dat was ook precies wat ze van plan was, dacht ze bij zichzelf toen ze de deur van haar kleine cottage in Harkside achter zich op slot deed, de cottage die in het hart leek te staan van een labyrint van smalle, kronkelende weggetjes, zoals Banks ooit eens had opgemerkt. Ze zou een glas Chileense cabernet nemen en een lang, heet bad, en daarna een paar tabletten tegen verkoudheid slikken in de hoop op een ongestoorde nachtrust. Misschien zou ze zich dan morgen iets beter voelen.

Er stond slechts één berichtje op haar antwoordapparaat en ze was dolblij om te horen dat het van Phil afkomstig was. Hij kwam morgen inderdaad naar Swainsdale en zou een paar dagen in zijn cottage in Fortford blijven. Had Annie misschien zin en tijd om dit weekend, of anders begin volgende week, een keertje met hem uit eten te gaan?

Ja, dat had ze wel, maar ze wist niet of ze zich op dit moment al op een bepaalde avond kon vastleggen nu er net een nieuwe, grote zaak zou beginnen en die verdomde verkoudheid ook maar niet over wilde gaan. Gelukkig hoorden bij de rang van inspecteur ook enkele voordelen, ook al was uitbetaling van overwerk daar niet een van, en ze was 's avonds gewoonlijk wel vrij, tenzij ze natuurlijk ergens naartoe moest waar een overnachting bij inbegrepen was. Als ze zich goed genoeg voelde, was er geen enkele reden waarom ze niet onder voorbehoud kon afspreken om morgen met hem uit eten te gaan.
Annie liet haar sleutels op de tafel vallen, schonk een glas wijn voor zichzelf in en nam de hoorn van de haak.

Toen Banks na zijn ontmoeting met Maria Phillips thuiskwam, wachtte hem ook één berichtje op het antwoordapparaat. Ingesproken door Michelle Hart, die hij helemaal was vergeten te bellen. Ze had gebeld om hem te laten weten dat ze hem dit weekend niet kon zien, omdat iedereen moest overwerken aan de zaak rond een vermist kind. Banks had daar alle begrip voor. Vermiste kinderen waren het ergst, een nachtmerrie voor iedere politieman of -vrouw. Toen hij haar voor het eerst ontmoette, was Michelle bezig geweest met het onderzoek naar de verdwijning van Banks' jeugdvriend Graham Marshall, wiens botten de afgelopen zomer waren gevonden, meer dan vijfendertig jaar nadat hij was verdwenen.
Hoewel hij zelf evenmin weg kon, was hij toch teleurgesteld. Dit kwam de laatste tijd steeds vaker voor, zo vaak zelfs dat ze zich, wanneer ze wel samen konden zijn, de eerste uren vaak als vreemden gedroegen. Zo was het vrijwel onmogelijk om een normale relatie te hebben. Ten eerste waren daar de afstand en ellenlange ritten door winterse mist, felle regen of hagel; ten tweede het werk en de onvoorspelbare werktijden. Soms vroeg hij zich af of het wel mogelijk was om als politieman een relatie te hebben die niet oppervlakkig was en zo weinig inzet vergde.
Hij had zich de afgelopen maanden meer dan eens afgevraagd waar zijn relatie met Michelle naartoe ging. Ze zagen elkaar wanneer het kon, hadden het meestal ook wel fijn samen en de seks was geweldig. Toch leek ze altijd een stukje van zichzelf voor hem achter te houden. Dat deden de meeste mensen, besefte Banks; hij deed het zelf ook, maar bij Michelle lag het anders. Het was alsof ze een loodzware last met zich meetorste die ze niet kon of wilde delen, en daardoor voelde hun relatie op de een of andere manier vrij oppervlakkig aan.
Met Annie had Banks een diepere relatie gehad. Dat was juist het pro-

bleem geweest en de reden waarom Annie ervandoor was gegaan: de intimiteit en de gevoelens die Banks nog altijd voor Sandra had. En voor de kinderen, natuurlijk. Alleen al bij het idee dat Banks twee kinderen had, kreeg Annie het doodsbenauwd. Michelle sprak nooit over kinderen. Banks vroeg zich af of er in haar verleden misschien iets was voorgevallen waardoor ze diep was gekwetst. Annie was verkracht en daar hadden ze openlijk over gepraat, maar Michelle kon dat blijkbaar niet.

Banks sorteerde zijn post, ontdekte tot zijn grote vreugde dat zijn exemplaren van *Gramophone* en *Mojo* waren bezorgd en schonk een klein glas van de tien jaar oude cask-strength Laphroaig, die brigadier Hatchley in een taxfreeshop voor hem had gekocht, voor zichzelf in. Een pittig drankje, dat een brandend spoor trok langs tong, keel en ingewanden en zich niet gemakkelijk liet blussen. Van het aroma alleen werd je al stomdronken.

Banks dacht weer aan Michelle. Voelde hij zich altijd aangetrokken tot gekwetste vrouwen, vroeg hij zich af. Zag hij zichzelf soms als een soort heler, zo'n Travis McGee-type uit de boeken die hij als wellustige, nieuwsgierige puber samen met James Bond, de Saint, Sexton Blake en Modesty Blaise had verslonden? Een paar dagen met Travis op zijn woonboot de *Busted Flush* en je was weer piekfijn in orde. Tja, als hij zichzelf zo zag, dan bracht hij er eigenlijk niet veel van terecht. En als je zijn leeftijd of die van Michelle had bereikt, was de kans groot dat je onderweg wel een of twee zware emotionele of zelfs fysieke klappen had opgelopen. Zeker wanneer je bij de politie werkte. Banks moest om zichzelf lachen, wierp zijn hoofd achterover en gooide de inhoud van zijn glas naar binnen.

Hij belde haar terug, maar Michelle was er niet, dus hij liet een spijtig berichtje achter op haar antwoordapparaat. Misschien volgend weekend, zei hij, hoewel hij betwijfelde of beide zaken tegen die tijd waren afgerond.

Gelukkig was er goed nieuws voor hem geweest toen hij na zijn gesprekje met Maria Phillips het bureau nog even aandeed: het stoffelijk overschot was definitief dat van Thomas McMahon. Er was slechts één tandarts in Molesby, het dorpje dat het dichtst bij de kanaalschepen lag, en agent Templeton was zo slim geweest om daar als eerste langs te gaan met de afdruk van het gebit. Thomas McMahon was er nog geen week geleden geweest voor een vulling.

Soms was het inderdaad zo eenvoudig.

Het was kil in de cottage en Banks overwoog om een turfvuurtje aan te steken. Hij kwam echter tot de conclusie dat het niet de moeite waard was; hij wist vrij zeker dat hij niet lang genoeg wakker zou kunnen blijven om ervan te genieten. Bovendien joeg de gedachte aan zelfs het onschuldigste vuurtje in huis hem na vandaag diepe angst aan. Hij controleerde de rookmelders om te zien of ze allebei nog werkten. Toen zette hij de elektrische kachel aan en schonk nog een borrel voor zichzelf in.

Hij bedacht dat hij wel een film kon kijken. Hij had onlangs een dvd-speler aangeschaft en dat had zijn belangstelling voor films weer aangewakkerd. Hij verzamelde nu dvd's zoals hij ook cd's verzamelde. Uiteindelijk besloot hij dat het daarvoor al wat laat was; hij besefte dat hij halverwege toch op de bank in slaap zou vallen. In plaats daarvan zette hij Cassandra Wilsons cd *Belly of the Sun* op en bladerde wat door de recensies in *Gramophone*. God, wat had Cassandra Wilson toch een diepe, volle, sensuele stem, net smeltende chocolade vond hij, zoals ze elke lettergreep uitmolk voor wat hij waard was en ze oprekte tot je dacht dat ze zouden knappen, ze vanaf grote hoogte aanviel of eronder vandaan kroop en ze likkend en kauwend van vorm deed veranderen.

De whisky smaakte goed: scherp, turfachtig en een tikje medicinaal; het liefst zou hij nu naar buiten zijn gegaan om bij de Gratly Falls langs de heuvelhelling omlaag te turen naar de lichtjes van Helmthorpe, zoals hij altijd deed wanneer het weer goed was, maar daar was het nu te koud voor. Toegegeven, voor januari was het weer vrij zacht, maar na het invallen van het donker kreeg de buitenlucht een kilte die zelfs te sterk was voor de uitstekende hartversterkende eigenschappen van een prima single malt whisky. Het was ook gaan waaien en hij kreeg het gevoel dat hij zat ingesloten in de kleine cottage die aan de fundering leek te rukken die hem aan de grond hield.

Terwijl Cassandra op de achtergrond in het gedempte licht van de tafellamp, de enige die brandde, Dylans *Shelter from the Storm* zong en hij het tijdschrift opborg en zijn voeten op de bank legde, dwaalden zijn gedachten af naar de gebeurtenissen van de afgelopen dag, zoals op dergelijke momenten zo vaak gebeurde. Hij deed het niet bewust, maar liet zijn gedachten juist vrij rondzwerven, improviserend op een thema als een jazzmuzikant of zoals Elgar zijn *Enigma*-variaties had geschreven.

Enigma was een goed woord om mee te beginnen. Alle gebeurtenissen van die dag leken erdoor gekenmerkt: ongrijpbaar, incompleet, ambigu. Alles leek erop te wijzen dat Thomas McMahon het beoogde slachtoffer was, maar afgezien van de schade die het vuur had aangericht had hij geen uitwendige verwondingen en er was hun niets bekend over een mogelijk motief. Daar stond tegenover dat Mark Siddons ruzie had gehad met zijn aan drugs verslaafde vriendin Tina en ervandoor was gegaan, maar zijn alibi klopte als een bus en het fysieke bewijsmateriaal pleitte hem ook vrij.

Verder had een van hen beiden drugs gekocht van Danny Boy Corcoran, en zodra er drugs in het spel zijn, moeten alle betrokkenen nauwkeurig worden nagetrokken. Dan was er nog Tina's stiefvader, dokter Patrick Aspern. Banks vond hem niet bijzonder sympathiek, maar dat hoefde op zich nog niets te betekenen. Hij had wel vaker een hekel aan mensen die onschuldig waren. Maar als wat Mark over Aspern en zijn stiefdochter had gezegd waar was, dan had de dokter een duidelijk motief. En toen hun alibi ter sprake kwam, had zowel Aspern als zijn vrouw op zijn zachtst gezegd ontwijkend geantwoord. Daarentegen was het ook heel goed mogelijk dat er in Marks verleden iets was gebeurd waardoor hij Tina's verhaal nu klakkeloos voor waar aannam. Het was beslist de moeite waard om eens in zijn verleden te duiken, dacht Banks, en hij nam zich voor om Hatchley daar de volgende ochtend op te zetten.

Andrew Hurst vormde ook een probleem. Hurst hing vaak rond bij het kanaal, hij had gelogen over wat hij die dag had gedaan, hij had zijn kleding gewassen en had geen alibi. Maar wat was zijn motief dan? Misschien had hij geen motief nodig. Hij was eerst naar de plek toe gegaan en had pas daarna de brandweer gebeld. Misschien was hij een brandstichter die het gewoon leuk vond om vuurtjes aan te steken, een pyromaan. Wat Banks wist van de psyche van de gemiddelde pyromaan was dat de meesten het niet alleen leuk vonden om de brand zelf te melden en een tijdje te blijven rondhangen en hun eigen werk te bekijken, maar daarnaast ook graag hielpen bij het blussen en de politie assistentie verleenden. Banks zou moeten afwachten hoe hulpvaardig Andrew Hurst wilde zijn.

De cd was bijna afgelopen en Banks overwoog of hij nog een derde glas whisky zou nemen, maar besloot het niet te doen. In plaats daarvan ging hij naar bed.

5

Danny Boy Corcoran woonde in een flatje aan South Market Street, aan de rand van de studentenwijk. Hij had ooit bedrijfskunde gestudeerd aan de universiteit van Eastvale, totdat hij erachter kwam dat de verkoop van drugs een veel lucratievere carrière was, en hij was afgezwaaid voordat hij zijn bul had behaald. Zijn flat was de hele nacht geobserveerd en Danny en zijn vriendin waren pas om acht uur 's ochtends thuisgekomen, waardoor Banks en Annie beslist het voordeel aan hun kant hadden. Banks voelde zich verbazingwekkend uitgerust na zijn lange nachtrust en zelfs Annie zag er iets beter uit en klonk vrolijker dan ze in dagen was geweest. De verkoudheid was nog niet helemaal over, wist Banks door haar rode neus en een enkele nies, maar werd wel minder.

Danny Boy daarentegen zag er beroerd uit. Hij was duidelijk pas net in bed gekropen en droeg slechts een rood sweatshirt met een Montego Bay-logo en een herenslip, waar zijn harige benen schriel onderuit staken. Danny deed zich graag voor als drugsdealende Jamaicaanse slechterik, maar helaas voor hem was hij in werkelijkheid in Blandford Forum ter wereld gekomen als kind van blanke middenklassers. Zijn dreadlocks piekten alle kanten op en zijn bloedeloze gezicht zag witter dan dat van een vampier tijdens een hongersnood. 'Mogen we even binnenkomen, Danny?' vroeg Banks, en ze lieten hem hun pas zien.

'Waarom? Wat moeten jullie van me?'

'Als je ons binnenlaat, zal ik je dat vertellen.'

Danny's slungelige lijf blokkeerde nog steeds de deuropening. 'Hebben jullie een huiszoekingsbevel?'

'Dat hebben we niet nodig. We willen alleen maar even praten.'

Achter Danny dook een eveneens broodmagere gedaante op, die door zijn uitgestrekte arm en de deurpost werd omlijst en zo bleek was dat haar vleeskleurige beha en slipje aan door de zon gebruinde huid deden denken. Banks zag dat ze kippenvel had op haar armen. En sporen van injectienaalden. 'Danny, wie is daar? Zeg dat ze moeten weggaan en kom terug naar bed.'

'Rot op, Nadia,' zei Danny zonder zich om te draaien. 'Het is iets zakelijks.'
Nadia trok een gezicht tegen zijn rug, draaide zich om en schuifelde weg.
'Hoor eens, ik weet niet waarom jullie hier mijn rust komen verstoren,' zei hij. 'Ik heb niets fout gedaan.'
'Bespaar ons alsjeblieft je zielige verhaal van verkeerd begrepen jongere, Danny. Je hebt afgelopen nacht eerst je waren lopen venten in de pubs aan York Road en South Market Street en daarna ben je bij een feestje in East Side beland.'
Danny's aanvankelijke verwarring maakte al snel plaats voor verontwaardiging. 'Hebben jullie me in de gaten zitten houden?'
'Daar hebben we iemand anders voor. Ik ga daar mijn tijd niet aan verspillen. Luister, Danny, stel nu eens dat ik je vertel dat wij niet van de narcoticabrigade zijn en dat dit niets met drugs te maken heeft? Niet echt tenminste. We hóéven je flat niet te doorzoeken, maar het kan wel als je dat graag wilt.'
'Hoor eens, jullie hebben me beloofd...'
'Ja? Wat hebben wij je dan beloofd, Danny?'
'Laat maar zitten.'
'Ik heb jou nog nooit gesproken,' zei Banks, en hij duwde Danny's arm zachtjes weg en liep de flat in. In de woonkamer was het een enorme puinhoop en overal lagen kleren en cd-hoesjes, maar het was er tenminste wel schoon en het rook er niet naar sigaretten of nog erger. Aan een van de muren hing een grote poster van Bob Marley met een flinke joint, wat waarschijnlijk Danny's enige echte connectie met Jamaica was, en in de vensterbank stonden een paar verpieterd uitziende planten in potten, maar geen marihuana.
'Een paar vragen maar, Danny, meer niet.'
'Ik heb in het verleden toch altijd goed meegewerkt?'
'Zoals ik net al zei: ik heb je nog nooit van mijn leven gezien, maar ik ben ervan overtuigd dat je je altijd voorbeeldig hebt gedragen,' zei Banks. 'Laten we dat vooral zo houden. Misschien kun je een of twee vraagjes voor me beantwoorden? Mogen we even gaan zitten?'
Danny keek hem achterdochtig aan, wat natuurlijk ook wel logisch was, en knikte toen in de richting van twee diepe leunstoelen. Hij krabde op zijn hoofd. 'Ik trap heus nergens in, als u dat maar weet,' zei hij. 'Ik ben ook niet van gisteren.'
'Nee,' zei Annie, en ze maakte het zich gemakkelijk in haar stoel. 'Je bent geboren op 9 augustus 1982. Dat weten we. We weten vrij veel over jou, Danny.'

Danny was blijven staan en hipte nu van de ene voet op de andere. 'Hoor eens,' zei hij. 'Het is koud. Mag ik misschien eerst even de kachel aanzetten en me aankleden?'
'Tuurlijk mag dat,' zei Banks. 'Het is hier inderdaad wat frisjes.'
Danny zette de gaskachel aan en liep naar de slaapkamer om zich aan te kleden. Banks liep achter hem aan. 'Wat moet dat?' vroeg Danny.
'Gewoon routine,' zei Banks. 'Het is zo'n beetje een gewoonte van ons geworden om verdachten geen seconde uit het oog te verliezen.'
'Verdachte? U zei net dat dit niets met drugs te maken heeft.'
'Kleed je nu maar aan, Danny.'
Nadia lag in het halfdonker in bed met de lakens en een deken tot aan haar kin opgetrokken. 'Wat is er aan de hand, Danny?' vroeg ze met een klaaglijk stemmetje. 'Kom weer naar bed. Alsjeblieft.'
'Ga slapen, Nadia. Dit duurt niet lang.' Danny trok een spijkerbroek aan.
'Wat had je donderdagavond eigenlijk aan?' vroeg Banks.
'Donderdag? Geen flauw idee. Hoezo?'
'Ik zou die kleding graag even willen zien.'
'Alles wat ik de afgelopen dagen heb aangehad ligt waarschijnlijk nog steeds in die wasmand daar. Nadia gaat eigenlijk over dat soort kutklussen.' Hij keek nijdig naar Nadia. 'Wanneer ze tenminste eens een poot uitsteekt.'
'O, Danny...'
De wasmand was slechts halfvol. 'Heb je een plastic zak voor me, Danny?' vroeg Banks. 'Eentje die wat groter is dan de zakjes die je gebruikt voor dat spul dat je verkoopt.'
'Heel grappig.' Danny tastte in de kledingkast en vond daar een vuilniszak. 'Is deze groot genoeg?'
'Uitstekend.' Banks vulde de zak met de kledingstukken uit de wasmand en liep toen achter Danny aan terug naar de woonkamer, waar het nu aangenaam warm werd.
Toen ze allemaal zaten, vroeg Banks: 'Heb je al gehoord van die brand op de boten even ten zuiden van de stad?'
'Het kan best zijn dat ik gisteren in de pub iets heb opgevangen. Hoezo?'
'Bij die brand zijn twee mensen omgekomen,' zei Annie.
'Dat is heel tragisch, maar ik heb er niets mee te maken.'
'Dat denk je maar.' Annie haalde een dossiermap uit haar koffertje en sloeg deze open op haar knieën. 'We hebben hier een verklaring die is afgelegd door een jonge knul die Mark Siddons heet, waarin staat dat jij hem van heroïne hebt voorzien voor zijn vriendin, Tina Aspern. Wat heb je daarop te zeggen, Danny?'

Danny keek haar verbijsterd aan. 'Jullie weten best dat ik wel eens iets voor mensen doe. Ik doe soms ook wel eens iets voor jullie. Jullie weten allang dat ik geen grote drugsdealer ben. Ik begrijp het niet. Wat is hier nou eigenlijk allemaal aan de hand? U zei net dat jullie niet van de narcoticabrigade zijn. Dat dit niets met drugs te maken had.'
'Dat is ook zo, Danny,' legde Banks uit. 'Niet direct. Ik denk dat ik wel weet wat je probeert duidelijk te maken. Je weet nog niet precies wat je aan inspecteur Cabbot en mij hebt, dus je bent een beetje terughoudend, maar waar het eigenlijk op neerkomt is dat je een leuk dealtje hebt gesloten met het narcoticateam, is het niet zo? In ruil voor informatie over de grote jongens laten ze jou met rust. Je wordt beschermd. Je hebt immuniteit. Dat is een gevaarlijk spel, Danny. Die grote jongens weten uiteindelijk altijd te achterhalen waar het lek zit en het zijn over het algemeen geen vergevingsgezinde types. Maar dat zijn jouw zaken. Ik weet zeker dat je de risico's wel kent. Helaas heb je echter bij inspecteur Cabbot hier en mijzelf geen immuniteit. Wij hebben namelijk niets te maken met de narcoticabrigade. Wij zijn van Ernstige Delicten. Het gaat ons om die brand. We onderzoeken momenteel een moord, Danny. Daarom willen we je kleren hebben. Brandstichting, niet drugs. Tenzij er natuurlijk een verband is...?'
'Met die brand heb ik niets te maken. Ik ben er niet eens in de buurt geweest. Nadia en ik zijn tot gisteravond in Leeds geweest.'
'Om nog meer heroïne op te pikken om dit weekend te verkopen?'
Danny krabde onder een oksel. 'We zijn op bezoek geweest bij een paar vrienden.'
'Begint het al een beetje te jeuken?' vroeg Banks.
'U denkt toch niet dat ik die shit zelf gebruik?'
'Vertel eens,' zei Annie, 'heb jij Mark Siddons heroïne geleverd voor zijn vriendin Tina Aspern?'
'Ik weet niet wie hij was. Wacht eens even.' Hij keek van de een naar de ander. 'Er was niets aan de hand met die shit. Met dat spul kon je onmogelijk een overdosis nemen. Het was goed versneden.'
'Dus het antwoord is ja?'
'Waar willen jullie nou eigenlijk naartoe?'
Annie keek Banks aan en trok haar wenkbrauwen op. Banks nam het van haar over. 'Dit is vrij ernstig, Danny,' zei hij. 'Tina Aspern was namelijk een van de mensen die bij de brand op die boten zijn omgekomen.'
'Dat wist ik niet. Ik kende haar trouwens nauwelijks. Arme meid.'
'Maar als jij haar inderdaad van heroïne hebt voorzien, Danny... Kijk, als ze niets had gebruikt, had ze het misschien wel overleefd, snap je?'

‘O, nee, dat kunnen jullie mij niet in de schoenen schuiven. Mooi niet.’ Hij sloeg zijn armen over elkaar.
‘Het draait allemaal om aansprakelijkheid, Danny,’ zei Banks, die daarmee de werkelijkheid en de wet een aardig stukje oprekte. ‘Zie je, als jij haar dat spul hebt verkocht en het in haar dood heeft geresulteerd, hoe indirect ook, dan ben jij verantwoordelijk. Je denkt toch niet dat we je zouden oppakken omdat je af en toe een zakje verkoopt? Dit is een ernstige zaak, Danny. Staat een zware gevangenisstraf op.’
‘Dat is allemaal gelul, en dat weet u ook,’ zei Danny. ‘U denkt zeker dat ik achterlijk ben of zo? Ik heb haar niet gedwongen dat spul te spuiten. Ik heb het niet eens aan haar verkocht. Híj heeft het van me gekocht, dat vriendje. Waarschijnlijk heeft hij die spuit ook nog wel in haar gezet. Waarom zou ik dan schuldig zijn?’
‘Zo is de wet.’
‘Ja, nou, eerst maar eens horen wat mijn advocaat daarover te zeggen heeft.’ Hij pakte een mobieltje van de salontafel. Voordat hij een nummer kon intoetsen, sloeg Banks het ding uit zijn hand en het stuiterde over de hardhouten vloer naar de stereotoren in een hoek.
‘Hé, als dat ding kapot is...’ Danny wilde opstaan uit zijn stoel, maar Banks boog zich voorover, zette een hand tegen de borst van de jongen en duwde hem terug. ‘Ik was nog niet uitgesproken.’
‘Nou moet u eens goed luist...’
‘Nee. Jíj moet eens goed naar mij luisteren, Danny. Wat is er gebeurd? Hebben Mark en Tina je soms bedonderd, of dacht je dat ze op de boot misschien wel meer geld hadden verstopt en dat je daar maar eens naartoe moest om je zakken te vullen zodra ze waren ingedut? Jij kon ook niet weten dat Mark zelf nooit gebruikt.’
‘Dat heb ik nooit...’
‘Ben je er gisteravond naartoe gegaan om geld te jatten toen Tina stoned was? Heeft de man op de boot ernaast je soms gezien? Hebben jullie gevochten en is hij toen buiten westen geraakt? Hoe ben je eigenlijk op het idee gekomen om de boel in brand te steken, Danny? Kwam het door de fles terpentine die daar zo uitnodigend stond? Dat was trouwens heel slim van je: dat je ons deed geloven dat die andere vent het beoogde slachtoffer was. Heel slim.’
Danny kon alleen maar met open mond zijn hoofd schudden.
‘Of misschien was het wel een van de grote jongens die over je dealtje met de narcoticabrigade had gehoord, Danny? Was dat het? Een waarschuwing voor jou, Danny? “Jij bent de volgende”?’

Banks improviseerde nu en speelde met een paar ideetjes in de hoop dat Danny zou toehappen, maar hoe verder hij ging, des te duidelijker het hem werd dat dat er niet in zat. Danny Boy Corcoran was niet in de buurt van de boten geweest; hij had Tina Aspern noch Thomas McMahon vermoord. Het enige wat hij had gedaan was wat hij altijd deed: voor een paar pond heroïne van slechte kwaliteit verkopen aan mensen die in het weekend een spannend avontuurtje wilden beleven of, zoals in dit geval, aan de vriend van een ernstig verslaafde jonge vrouw. Toch bestond er nog altijd een kansje dat hij íéts wist.

'Wat voor auto heb je?' vroeg Banks.

'Een rode Mondeo. Hoezo?'

'Ooit gehoord van een kunstenaar die Thomas McMahon heet? Hij woonde op de boot ernaast.'

'Ik ben er nooit geweest. Ik hou niet van water.'

'Je hebt McMahon ook geen heroïne verkocht?'

'Echt niet.'

'Hoe zijn Mark en Tina trouwens aan jou gekomen?'

'Dat is niet zo moeilijk, als je zoekt wat zij zochten. Mond-tot-mondreclame werkt meestal prima. Een vriend van me in Leeds had trouwens gezegd dat ze oké waren.'

Dat had Mark hem ook verteld, herinnerde Banks zich. 'Hoe heet die vriend?'

'Dat dacht ik niet, hè!'

'Zijn naam graag,' zei Annie. 'Als jij die ons niet vertelt, doet Mark Siddons het wel. Zijn vriendin is vermoord, weet je nog?'

Danny liet zijn blik van Annie naar Banks glijden en staarde toen naar de vloer. 'Benjamin Scott,' zei hij toen zachtjes. 'Maar vertel hem alstublieft niet dat ik jullie dat heb verteld. Benjy is een echte rotzak.' Danny greep naar zijn maag. 'Ik heb buikpijn. Zijn jullie bijna klaar?'

'Adres?' vroeg Annie.

Danny noemde een adres in Gipton. Banks was van plan inspecteur Ken Blackstone van bureau Millgarth in Leeds te bellen en hem te vragen om de heer Benjamin Scott na te trekken.

'Nog één ding, Danny,' zei Banks toen ze opstonden om te vertrekken.

'Wat?'

'Je kapt er vanaf vandaag mee.'

'Hoe bedoelt u?'

'Je hebt me wel gehoord.'

'U kunt me niet...'

'Ik kan doen wat ik wil, Danny. En ik doe het zo, hoor. Laat ik het zo zeggen: ik heb een hekel aan drugsdealers. Je zult in de gaten worden gehouden. Niet door mij, niet door het narcoticateam, maar door mensen die ik vertrouw. En als iemand je ooit nog heroïne ziet dealen, word je direct van straat geplukt. Begrepen?'
'Ik ben niet...'
'En als dat niets uithaalt, krijgen Benjy en zijn vriendjes binnenkort te horen dat je hen erbij hebt gelapt bij de narcoticabrigade. Is dat duidelijk?'
Danny trok wit weg.
'Is dat duidelijk?' drong Banks aan.
Danny slikte iets weg en knikte.
Op dat moment kwam Nadia de kamer weer in gewandeld en ze bleef naast hem staan terwijl ze nerveus over haar bleke, dunne armen wreef. 'Danny,' zei ze, 'schiet alsjeblieft op. Ik moet wat hebben. Ik moet echt wat hebben.'
Danny sloeg zijn ogen op naar het plafond. 'Godallemachtig.'
Banks en Annie vertrokken met hun zak wasgoed.

Mark tekende voor ontvangst van zijn eigendommen: geld, zakmes, sleutels en de draagbare cd-speler die hij in zijn zak had gehad met een oude David Bowie-cd erin, de enige die hij nu nog bezat. Hij was gek op Bowie; de man stond nooit lang genoeg stil om in een hokje te kunnen worden geduwd; hij veranderde voortdurend en trok steeds weer verder. Ziggy Stardust. The Thin White Duke. Misschien werd Mark nu ook zo. Toen Tina er nog was, had hij iemand gehad om voor te werken, om zich mee te settelen. Maar nu... Wat had het zonder haar nog voor zin om door te gaan?
'Hoe zit het met mijn kleren?' vroeg hij.
'Die zijn nog niet terug uit het lab,' zei de arrestantenbewaker.
'Maar ze hebben die tests toch gedaan? Ze hebben bewezen dat ik die brand niet heb aangestoken. Het is stervenskoud buiten. Ik moet mijn jas hebben.'
'Het is weekend. Dit soort dingen kost tijd. Kom volgende week nog maar eens terug. In de tussentijd...' Met een afkeurende blik haalde de agent een boodschappentas onder zijn bureau vandaan, die hij aan Mark overhandigde. 'Ik moest je deze geven van inspecteur Banks.' Hij gebaarde met zijn duim. 'Je kunt je daar omkleden.'
Mark ging de ruimte binnen waar verdachten hun vingerafdrukken moesten afstaan en waar foto's van hen werden gemaakt, en trok zijn rode

overall uit. Banks' spijkerbroek paste hem aardig rond zijn middel, maar de pijpen waren iets te lang, dus die sloeg hij een stukje om. De mouwen van de oude, halflange suède jas met versleten fleecevoering waren eveneens te lang en het ding was niet bepaald het hipste van het hipste op het gebied van jongerenmode. Maar goed, hij zag er lekker warm uit en het was aardig van die smeris om zijn belofte te houden, dacht Mark.
Dit was het enige wat hij nu nog had: de kleding die hij aanhad en die bovendien geleend was, en de spullen die hij nog in zijn zakken had. Hij had niet eens sigaretten meer en met de hoge prijzen van tegenwoordig was het niet verstandig als hij het beetje geld dat hem nog restte daaraan opmaakte. Dit was het dus. O, thuis lag er natuurlijk nog wel het een en ander van hem, als Crazy Nick dat tenminste niet allemaal had vernield. Oude kleren, speelgoed, een paar cd's. Maar daar ging hij nooit meer naartoe. Zeker niet nu zijn moeder aan longkanker was overleden, zoals hij van tante Grace had gehoord, en alleen Crazy Nick er nog was.
Ten slotte liep hij door de deuren van het politiebureau zijn vrijheid tegemoet, ook al werd die een beetje verpest door verlies en onzekerheid. Eerlijk gezegd zou Mark niet eens hebben geklaagd als ze hem iets langer hadden vastgehouden. In de cel had hij het tenminste warm gehad en had hij te eten gekregen, en hij was er niet slecht behandeld. Wie wist wat hem buiten, in de grauwe wereld zonder Tina, allemaal te wachten stond?
Een paar voorbijgangers liepen met een boogje om hem heen en bekeken hem afkeurend, alsof ze precies wisten waar hij zojuist vandaan kwam. Nou, ze konden de tering krijgen, dacht hij, en hij ademde diep de koele buitenlucht in. Allemaal.
De politieman, die Banks, kwam net uit de Golden Griddle naar buiten en liep nu over Market Street zijn kant op. 'Mark,' zei hij. 'Passen ze een beetje?'
'Gaat wel,' zei Mark. 'Voorlopig moet ik het er maar mee doen. Maar evengoed bedankt.'
'Graag gedaan. Even iets anders.'
'Wat dan?'
'Misschien is het niets,' zei Banks, 'maar ik heb zitten nadenken over de brand en de manier waarop die naar jullie boot is overgeslagen.'
'Ja?'
'Je moet niet schrikken, maar het kan een soort schot voor de boeg zijn geweest, een waarschuwingsschot zogezegd.'
'Wat wilt u daarmee zeggen?'

'Misschien wist degene die erachter zit niet of je hem zou kunnen herkennen of niet. Misschien wist hij niet eens dat Tina op de boot was en wilde hij alleen jou iets duidelijk maken.'
'Wat dan?'
'Dat je je mond moet houden, want anders...'
'Maar ik weet helemaal niets.'
'Weet je dat zeker, Mark? Weet je zeker dat je Toms bezoekers niet iets beter hebt gezien?'
'Nee. Ik heb u de waarheid verteld.'
'Goed,' zei Banks. 'Ik geloof je. Zoals ik al zei: ik wil je niet laten schrikken, maar als hij denkt dat jij weet wie hij is, zou je wel eens gevaar kunnen lopen. Wees voorzichtig. Hou je ogen goed open.'
'Ik kan best op mezelf passen,' zei Mark.
'Mooi,' zei Banks. 'Ik ben blij dat te horen. Wees op je hoede, wilde ik je alleen maar zeggen.' Hij overhandigde Mark een kaartje. 'En mocht je nog iets te binnen schieten, dan is dit mijn nummer. En het nummer van mijn mobieltje.'
Mark pakte het kaartje aan en Banks verdween in het politiebureau.
Het was marktdag en de met zeildoek afgedekte kraampjes stonden al klaar op het met keitjes geplaveide plein, propvol goedkope kledingstukken, autoaccessoires, schoonmaakmiddelen, batterijen, de kaaswagen, de slager, de groenteboer, serviesgoed, bestek, speelgoed, tweedehands boeken en video's. Oudere, in pet en waxcoat geklede klanten vermengden zich met het jongere in leer en spijkergoed gehulde publiek en neusden tussen de goederen terwijl verkopers klanten probeerden te lokken door luidkeels de pluspunten van hun onbreekbare tafelgerei of onfeilbare elektrische flessenopeners op te sommen.
Er was niets van Marks gading op de markt, dus liep hij met zijn handen diep in de zakken gestoken en gebogen hoofd de straat in, en dacht intussen na over wat Banks hem zojuist had verteld. Hij had niet beseft dat hij zelf misschien gevaar liep. Nu bekeek hij iedereen echter oplettend, ook al wist hij niet goed naar wie hij op zoek was. Als Banks gelijk had en de moordenaar echt dacht dat Mark hem had gezien, dan moest hij oppassen.
Mark voelde dat er iets in een van de zakken van Banks' suède jas zat. Hij haalde het tevoorschijn. Een pakje Silk Cut met nog twee sigaretten erin en een wegwerpaansteker. Dat was nog eens mazzel. Mark stak er een op. Nu had hij tenminste een peuk, ook al smaakte deze oud en droog.
Hij doorzocht de andere zakken om te zien of Banks er ook wat geld in had achtergelaten, maar het enige wat hij vond, waren een paar oude parkeer-

kaartjes en een briefje met de aantekening *Schönberg – Gurrelieder – del Mar/Sinopoli* erop gekrabbeld, wat hem geen moer zei. Mark had zelf altijd toegegeven dat hij op het gebied van intelligentie niet al te veel voorstelde. Hij was een harde werker, was goed met zijn handen en hij zou binnen bepaalde grenzen werkelijk alles aanpakken, maar wanneer het op verstand en spelling aankwam, kon je hem gerust overslaan. Die smeris moest een slimme gozer zijn als hij dat had opgeschreven, dacht Mark. Het leek niet eens Engels. Misschien was hij er op vakantie geweest. Mark was nog nooit in het buitenland geweest, maar op een goede dag zou dat er beslist nog wel eens van komen, dacht hij. Een of andere gekke plek, zoals Mongolië. Ulaanbaatar. Dat had hij op een kaart in het kraakpand eens zien staan en hij had de klank mooi gevonden. Ulaanbaatar. Zie je wel, zo stom was hij nou ook weer niet.

Hij zette de koptelefoon op, zette de cd-speler aan en baande zich een weg door de mensenmassa die op deze zaterdagochtend in Market Street liep te winkelen. Bowies stem die *Five Years* zong, een van Marks favorieten. Het was prettig om weer eens echte muziek te horen, en stukken beter dan die achterlijke zuiplap met zijn *Your Cheatin' Heart*. Desondanks voelde hij zich als verdoofd en doelloos, alsof de muziek van heel ver weg door een lange dunne pijp kwam. Zo was het geweest vanaf het moment dat hij had gehoord dat Tina dood was. Hij ging werktuigelijk verder, maar eigenlijk ging hij helemaal nergens heen.

Nadat hij zo'n halfuur had gelopen, bereikte Mark de bouwplaats. De buitenkant van het nieuwe sportcomplex was vrijwel afgerond, maar binnen moest er nog van alles worden gedaan: vloeren, stucwerk, lichtaansluitingen en stopcontacten, leidingen, elektriciteitskabels, schilderwerk – en dat kon allemaal 's winters worden gedaan, zelfs wanneer het slecht weer was. De deur stond open en Mark ging naar binnen. Het was er niet echt druk, omdat het zaterdag was, maar veel van die kerels werkten tijdens het weekend, of in elk geval op zaterdag, om de klus te kunnen klaren voor de deadline.

Binnen hing de geur van nieuwigheid. Niet van verf, want die was nog niet aangebracht, maar een mengeling van verschillende luchtjes, variërend van vers gezaagd hout tot de wat vochtige kartonnen dozen waarin dingen werden aangeleverd en het zaagsel dat over de vloer verspreid lag. Mark had het altijd een prettige geur gevonden, net als de geur van pasuitgehakt steen, maar hij kon niet zeggen waarom, alleen dat het iets instinctiefs bij hem losmaakte, iets wat niet met woorden of verstand te vangen was. Al die bedrijvigheid had ook een eigen melodie en eenheid. Niet de muziek van David Bowie, maar van hamers, drilboren en elektrische zagen. Sommigen vonden het maar herrie, maar voor Mark had er altijd een patroon en een betekenis in gezeten, het patroon en de betekenis van iets wat werd gecreëerd. Een symfonie. Het riep hetzelfde gevoel bij hem op als de muziek van de zee, die de achtergrond vormde van enkele van zijn weinige gelukkige jeugdherinneringen. Hij vermoedde dat hij daar met zijn moeder was geweest toen hij nog heel klein was, voor de drank en Crazy Nick. Hij dacht dat het Scarborough was geweest, had een vage herinnering aan een kasteel op een heuvel en golven die over de boulevard stroomden. Maar hij wist het niet zeker meer. Niet dat dat er nu nog iets toe deed, overigens.

Lenny Knox was onderaannemer, een stevige, ruwe bolster uit Liverpool met een gezicht als van rood schuurpapier, die gewoonlijk elke door God gegeven dag werkte tot de klus was geklaard. Mark trof hem inderdaad op de bouwplaats aan, waar hij op de plek waar de douches en kleedkamers moesten komen een peuk stond te roken. Vinnie Daly, een van de andere collega's, legde zijn moersleutel weg toen hij Mark zag aankomen.

'Waar heb jij gezeten, jong?' vroeg Lenny. 'We waren hartstikke bezorgd over je toen we van die brand hoorden, is het niet, Vinnie? Ze zeiden op het nieuws niet eens wie er gewond was geraakt en zo. Hoe gaat ie nou met jou?'

'Met mij gaat het goed,' zei Mark. 'De politie heeft me in de cel gegooid. Ze hebben me een nachtje vastgehouden.'

'Wat een klootzakken.'

'Zo erg was het niet.'

'En dat vriendinnetje van je?'

Mark staarde naar de onafgemaakte vloer. 'Ze is dood, Lenny.'

'Ach, nee toch?' zei Lenny, en hij raakte voorzichtig Marks schouder even aan. 'Arme kerel. Het spijt me, jong, echt waar. Ze was zo'n lief meidje.'

Mark verdrong zijn tranen en keek hem aan. 'Ik was niet thuis, Lenny. Ik was niet bij haar.'

'Het is niet jouw schuld wat er is gebeurd. Hoor eens, als je een plekkie zoekt om te slapen, voor een paar dagen of zo, dan vindt mijn Sal dat vast niet erg.'

'Zeker weten, Lenny? Want ik kan op dit moment nergens anders naartoe.'

'Ja hoor, dat zit wel goed. Hoor eens, je hoort vandaag niet hier te zijn. Neem maar even vrij als je wilt en kom dan later maar weer eens langs.'

'Nee. Ik wil juist werken. Wat moet ik anders? Waar moet ik dan naartoe? Het werk zorgt tenminste nog voor een beetje afleiding. En ik heb het geld

nodig.' Dat laatste was in elk geval waar, maar of het werk ook zijn aandacht kon afleiden van zijn problemen wist Mark niet. Was er ook maar iets dat kon voorkomen dat hij aan Tina dacht?
Lenny keek op hem neer. 'Natuurlijk. Goed. Pak dan die douchekoppen maar en loop met me mee.'

Nadat hij Mark Siddons had gewaarschuwd en de langzaam herstellende Hatchley opdracht had gegeven om het verleden van die jongen uit te spitten reed Banks die zaterdag aan het eind van de ochtend opnieuw richting Adel. Maria Phillips was haar belofte nagekomen en had de catalogus voor hem op het bureau afgeleverd, samen met de namen van drie lokale kunstenaars bij wiens vernissage in Eastvale Thomas McMahon in de afgelopen vijf jaar aanwezig was geweest. Helaas bevatte de catalogus geen foto van McMahon. Blijkbaar vonden mensen het niet bijster interessant hoe kunstenaars eruitzagen, tenzij ze zelfportretten schilderden.
Banks wilde nogmaals een poging wagen bij dokter Patrick Aspern, deze keer indien mogelijk zonder dat zijn vrouw daarbij aanwezig was en zonder al te zachtzinnig te werk te gaan. Aspern stond nog steeds op zijn verdachtenlijstje.
Tijdens de rit luisterde Banks naar Bob Dylan die zong dat hij een dag te lang in Mississippi was gebleven, en hij meende te weten hoe dat voelde. Niet zozeer omdat hij te lang in Yorkshire was gebleven, want hij had het er nog altijd prima naar zijn zin, als wel omdat je je te lang aan iets of iemand kunt blijven vastklampen terwijl je allang had moeten weggaan, loslaten, totdat alles in scherven uiteenvalt en er veel diepere schade wordt aangericht.
Hij hield halt voor het in tudorstijl opgetrokken huis en ditmaal deed Patrick Aspern zelf, informeel gekleed in een grijze broek, een wit shirt en een lichtpaarse trui met V-hals, de deur open. Hij zag eruit alsof hij elk moment een partijtje golf kon gaan spelen, en dat was waarschijnlijk ook zo. Banks had zo het idee dat hij nooit weekenddiensten draaide.
'Mijn vrouw is even gaan liggen,' zei dokter Aspern, die duidelijk verrast was dat hij Banks zo snel terugzag. 'Dit is allemaal een enorme schok voor haar natuurlijk, vooral de aanblik van Christine en de staat waarin het stoffelijk overschot verkeerde. Als ze naar mij had geluisterd, was dat haar tenminste nog bespaard gebleven.'
'Het zal voor u toch ook wel een schok zijn, neem ik aan?' zei Banks. 'Christines dood, bedoel ik.'
'Ja, uiteraard. Maar wij mannen beseffen altijd dat het werk gewoon door-

gaat. Wij kunnen het ons niet veroorloven om onze emoties met ons op de loop te laten gaan, zoals vrouwen. Maar goed, ik kan me niet voorstellen hoe ik u nog van dienst kan zijn, maar kom binnen.'

Banks liep achter hem aan naar dezelfde kamer waar hij de vorige dag ook was geweest. Het tikken van de klok op de schoorsteenmantel was het enige geluid.

'Hebt u al iets ontdekt?' vroeg Aspern.

'Niet echt veel, ben ik bang,' zei Banks. 'We weten wel dat de man op de andere boot een kunstenaar was die Thomas McMahon heette en dat het waarschijnlijk om hem te doen is geweest. Hebt u hem ooit ontmoet of van hem gehoord?'

'McMahon? Volgens mij niet.'

'Ik zou graag nog even met u over Mark Siddons praten,' zei Banks.

Asperns keek geërgerd. 'Als er iemand verantwoordelijk is voor wat Christine is overkomen, dan is hij het wel,' zei hij. 'Ik heb er goed over nagedacht. Als hij bij haar was geweest, zoals het hoort, zou ze nu nog leven. Hij wist verdorie dat ze ziek was, dat ze iemand nodig had die voor haar zorgde.'

'Ik dacht dat u het niet prettig vond dat ze samen waren?'

'Daar gaat het nu niet om. Ze woonden nu eenmaal samen, dus dan had hij ook bij haar moeten zijn. Hij wist dat ze niet voor zichzelf kon zorgen. Waar hing hij trouwens uit?'

Banks was absoluut niet van plan Patrick Aspern te vertellen dat Mark ten tijde van de brand in bed had gelegen met Mandy Patterson. 'Zijn alibi is nagetrokken,' zei hij alleen maar. 'Ik begrijp dat u uw praktijk aan huis hebt?'

Aspern werd verrast door de abrupte overgang. 'Ja. Het zijn in feite twee huizen, die zijn samengevoegd. Ik weet dat het wat ouderwets klinkt, maar de mensen hier in de buurt vinden het prettig. Het is zoveel beschaafder dan de anonimiteit van zo'n enorme praktijk met diverse huisartsen. Dat is een van de belangrijkste redenen waarom we dit huis hebben gekocht.'

'Een vrij prijzige onderneming.'

'Niet dat het u iets aangaat, maar Frans vader heeft ons financieel geholpen.'

'Op die manier. Erg aardig van hem. Waar ik trouwens eigenlijk naartoe wilde, is dat Christine hier vrij gemakkelijk aan drugs kon komen, als ze dat had gewild, is het niet zo? Die bevonden zich tenslotte hier in huis.'

Aspern sloeg zijn benen over elkaar en trok aan de vouw in zijn broeks-

pijpen. 'Ik heb u de vorige keer al gezegd dat ik in mijn praktijkruimte alles veilig achter slot en grendel bewaar. De ruimte zelf is eveneens secuur afgesloten wanneer ik er niet ben.'
'Jawel, maar ik neem aan dat de sleutels toch hier ergens moeten liggen.'
'Die zitten aan mijn sleutelbos. In mijn zak.'
'Dus u hebt ze altijd bij u?'
'Nu ja, vrijwel altijd. Wanneer ik slaap of in bad zit natuurlijk niet...'
'Dus Christine kan zich vrij eenvoudig toegang hebben verschaft tot uw praktijkruimte wanneer u bijvoorbeeld sliep of niet thuis was?'
'Wanneer ik niet thuis ben, heb ik de sleutels altijd bij me.'
'Maar het is een mogelijkheid, nietwaar? Misschien heeft ze zelfs wel kopieën laten maken.'
'Het is een mogelijkheid, ja. Maar dat is niet gebeurd.'
'U hebt nooit gemerkt dat er middelen uit uw praktijk waren ontvreemd? Met name morfine?'
'Nee. En neemt u maar van mij aan dat ik dat echt wel zou hebben gemerkt.'
'Is u ooit iets vreemds opgevallen aan Christines gedrag toen ze nog thuis woonde?'
'Nee, niets bijzonders. Ze leek moe, lusteloos, bracht veel tijd door in bed, alleen. U weet hoe tieners zijn. Ze hebben blijkbaar minstens zestien uur slaap per dag nodig. Ik zag haar eerlijk gezegd amper.'
'Maar u bent arts. U bent erop getraind om signalen op te vangen die anderen misschien ontgaan.'
Aspern glimlachte afgemeten. 'We zijn niet onfeilbaar, hoor, ook al denken sommige mensen dat misschien.'
'Dus u had niet in de gaten dat Christine drugs gebruikte?'
'Nee, absoluut niet. Zoals ik al zei: ze was een tiener. Tieners zijn nu eenmaal vaak kribbig en weinig communicatief, of ze nu drugs gebruiken of niet.'
'En haar ogen? Hebt u de verwijde pupillen niet gezien?'
'Misschien wel, maar daaruit zou ik niet per se de conclusie trekken dat mijn stiefdochter verslaafd is aan drugs. U wel?'
Banks vroeg zich af wat hij ervan zou denken als hij die signalen bij Tracy of Brian aantrof. Als politieman was hij er zeker op getraind om erop te letten. Maar als hij van een van zijn kinderen een verklaring zou eisen en hij of zij onschuldig was, zou dat hun relatie onherstelbaar beschadigen. Ze zouden hem nooit meer durven vertrouwen. Daar stond tegenover dat als hij wél gelijk had... Gelukkig had hij nooit voor die moeilijke opgave ge-

staan. Brian speelde in een rockband en was dus waarschijnlijk degene die het gemakkelijkst aan drugs kon komen. Banks twijfelde er geen seconde aan dat zijn zoon wel eens marihuana had geprobeerd, misschien zelfs wel XTC. Daar kon Banks wel mee leven. Misschien had Brian onderweg ook wel eens een enkele upper genomen om wakker te blijven. En Tracy? Nee, die was immers veel te verstandig en conventioneel?

'Zijn de sporen van naalden op haar armen u nooit opgevallen?' Banks zweeg even. 'Of op andere plekken wellicht?'

Aspern staarde hem aan. De uitdrukking op zijn gezicht was moeilijk te doorgronden: kil, maar tegelijkertijd ook vorsend. 'Wat een vreemde vraag,' zei hij ten slotte. 'Als dat zo was, had ik wel geweten wat er aan de hand was. Ik zei net al dat ik het niet wist, dus dan kan het me ook nooit zijn opgevallen.'

'Ze zal wel vaak shirts met lange mouwen hebben gedragen,' zei Banks.

Aspern stond op, liep naar de haard en leunde bij de aquarel van Adel Woods tegen de schoorsteenmantel. Het leek net alsof hij voor een foto poseerde. 'Dat zal inderdaad wel,' zei hij. 'Moet u horen, ik begrijp heel goed dat u uw werk moet doen en dergelijke, daarom ben ik ook heel geduldig met u geweest. Maar ik heb zojuist mijn stiefdochter verloren en begin dit gesprek zo langzamerhand heel verdacht te vinden. Als die kunstenaar op de andere boot het beoogde slachtoffer was, waarom stelt u dan zoveel vragen over Christine? Ze was alleen maar op het verkeerde moment op de verkeerde plek.'

'O, er is nog helemaal niets zeker,' zei Banks. 'We zijn nog maar net begonnen. We proberen inderdaad zo veel mogelijk informatie te vergaren over Thomas McMahon, maar elke aanwijzing die we krijgen zullen we moeten natrekken, en we mogen geen overhaaste conclusies trekken. Ik heb gezegd dat het er veel van weg had dat Christine onbedoeld het slachtoffer is geworden, maar misdadigers kunnen heel slim zijn wanneer het erop aankomt ons op een dwaalspoor te brengen, vooral wanneer ze hun plannen van tevoren uitgebreid hebben kunnen uitstippelen en plannen.'

'En u denkt dat het zo is gegaan? Dat het allemaal was gepland?'

'Daar gaat het naar mijn idee steeds meer op lijken.'

'Maar ik begrijp nog steeds niet waarom u míj dan op deze manier verhoort. U denkt toch zeker niet dat ik er ook maar iets mee te maken heb gehad?'

'Waar was u donderdagavond?'

Aspern lachte. 'Dit is echt niet te geloven.'

'Alstublieft.'

'Ik was hier, natuurlijk. Samen met mijn vrouw. Zoals ik u de vorige keer toen u het vroeg al heb gezegd.'
'Niemand anders? Geen gasten te eten gehad?'
'Nee. We hebben samen gegeten en daarna televisie gekeken. Een heerlijk rustig avondje.'
'Hoe laat bent u naar bed gegaan?'
'Elf uur, zoals gewoonlijk.'
'U gaat altijd om elf uur naar bed?'
'Doordeweeks wel, ja. In het weekend blijven we af en toe iets langer op, en we gaan wel eens naar de opera of eten bij vrienden. Misschien vindt u het moeilijk te geloven, maar mijn werk kan erg vermoeiend zijn en ik moet altijd alert blijven.'
'Uiteraard. We kunnen natuurlijk niet hebben dat de hand die de injectiespuit vasthoudt trilt.' Banks zat zich af te vragen wat de beste manier was om Marks beschuldiging dat Aspern Christine seksueel had misbruikt ter sprake te brengen. Voorzover hij kon bedenken was er geen gemakkelijke manier voor. Hij besloot er ronduit mee voor den dag te komen. 'Mark Siddons had nog iets anders te melden over Christine,' zei hij.
'O ja?'
'Volgens hem was een van de redenen waarom ze het huis uit wilde dat u haar seksueel misbruikte.'
Aspern reageerde in elk geval niet verbolgen, merkte Banks op. Hij leek de beschuldiging kalm op te nemen en erover na te denken. 'En u gelooft hem?'
'Dat heb ik niet gezegd.'
'Waarom brengt u het dan ter sprake, en al helemaal op een moment als dit? Beseft u dan echt niet dat een dergelijke opmerking, hoe ongefundeerd ook, enorm kwetsend kan zijn voor een familielid dat in de rouw is?'
Banks stond op en keek Aspern recht aan. 'Dokter Aspern, dit is een moordonderzoek. We weten dan misschien nog wel niet wie het beoogde slachtoffer of de slachtoffers waren, maar we weten wel dat er twee mensen zijn omgekomen. Een van hen was uw stiefdochter. Het spijt me verschrikkelijk voor u, maar zoals u net al zei: voor ons mannen gaat het werk immers gewoon door. Dat geldt in dit geval voor mij ook. En wanneer ik denk dat iets relevant zou kunnen zijn voor dit onderzoek, dan stel ik daar vragen over. Dat is toch niet onredelijk?'
'Nee, u hebt inderdaad wel gelijk,' zei Aspern.
'Wilt u dan mijn vraag beantwoorden?'
'Het is nauwelijks de moeite van het ontkennen waard.'

Banks keek hem recht aan. 'Probeert u het toch maar.'
'Goed dan. Die beschuldiging is absurd. Ik heb mijn stiefdochter nooit met één vinger aangeraakt. Zo goed?'
Hij loog. Banks wist het zeker. Op dat moment wist hij dat Tina en Mark de waarheid hadden gesproken. Maar wie zou hem geloven? Hoe kon hij het bewijzen? Wat kon hij eraan doen?
Hij was zo geconcentreerd bezig Patrick Asperns lichaamstaal en gezichtsuitdrukking in zich op te nemen dat hij pas merkte dat er iemand in de deuropening was verschenen toen ze iets zei.
'Wat is er?' vroeg Frances Aspern, wier gezicht er nog steeds zacht en opgezet uitzag van de slaap. 'Wat is er aan de hand?'
Ze draaiden zich allebei om en keken haar aan. Patrick Aspern zei tegen zijn vrouw: 'Niets, lieverd. Gewoon een paar vragen, meer niet.'
De blik die ze met elkaar wisselden sprak boekdelen.

6

Banks was van jongs af aan al dol geweest op de geur van oude boekwinkels en Leslie Whitakers Antiquarian Books and Prints, dat zich in de doolhof van met kinderkopjes geplaveide steegjes achter het politiebureau bevond, vormde geen uitzondering. Het antiquariaat was gevestigd in een rijtje bijzonder oude winkeltjes met lage, kromme plafondbalken en ramen met ruitjes zo dik als een vergrootglas. Aan de ene kant zat een sigarenwinkeltje met houten kommen vol exotische soorten pijptabak en aan de andere J.W. Allen, apotheker, met antieke blauwe, groene en rode flessen in de etalage. Puur met het oog op toeristen, uiteraard.

Het belletje boven de deur klingelde toen Banks binnenkwam. Het was moeilijk om de geur te omschrijven – een mengeling van stof, leer en papier, wellicht zelfs een vleugje schimmel maar voor Banks ging er dezelfde opbeurende werking van uit als van pasgemaaid gras of versgebakken brood zo uit de oven van de bakker. Het had iets te maken met het feit dat hij zijn hele jeugd in de kinderbibliotheek had doorgebracht en als tiener vele uren in tweedehandsboekenzaken had rondgesnuffeld. Hij bleef even op de drempel staan om het gevoel te koesteren en toonde daarna zijn politiepas aan de man die aan de andere kant van de ruimte boeken op planken aan het schikken was.

'Een senior-inspecteur maar liefst,' zei Whitaker. 'En op zaterdagmiddag nog wel. Ik voel me vereerd.'

'We hebben te weinig mensen,' zei Banks. Hoewel dat inderdaad ook zo was, was dat niet de ware reden waarom hij dergelijke routinematige bezoekjes vaak zelf aflegde. De meeste senior-inspecteurs brachten het overgrote deel van hun tijd door achter hun bureau met enorme stapels papierwerk of in ellenlange vergaderingen waarin budget en mankracht, paperclips en databases, het rendement van geleverde arbeid, flowcharts en waardebeoordelingen tot in de allerkleinste details werden besproken. Hoewel Banks zijn handen meer dan vol had aan die werkzaamheden bleef hij ook graag zo veel mogelijk betrokken bij en nam hij zelfs deel aan het reguliere politiewerk waarmee hij zelf ooit was begonnen. Het was deels een vorm van solidariteit met zijn mensen, die het waardeerden dat hun baas dezelfde saaie, nutteloze taken uitvoerde als zijzelf en zijn handen durfde vuil te maken; deels was het ook een soort egoïsme, want Banks had een bloedhekel aan papierwerk en genoot ervan om midden in het onderzoek te staan en leugens of mogelijke aanwijzingen op te sporen. Sommige ambitieuze jonge honden die waren opgeklommen via een versneld promotiesysteem konden maar niet begrijpen waarom hij zich niet rustig aan zijn 'administratieve' taken wijdde, wat precies was wat velen van hen op de lange termijn ambieerden.

Banks' instinct als straatagent was in de loop der jaren zo goed ontwikkeld en zijn succespercentage was zo hoog dat hoofdinspecteur Gristhorpe noch assistent-hoofdcommissaris Ron McLaughlin hem ooit een duimbreed in de weg legde. En als Banks besloot om zelf een verdachte te verhoren, een taak die gewoonlijk werd uitgevoerd door een gewoon agent of op zijn hoogst een brigadier, en die de meeste politiemensen met een hogere rang dan inspecteur niet eens meer konden uitvoeren, omdat ze vergeten waren hoe het moest, dan vonden zijn bazen dat ook best, aangezien hij bijzonder bedreven was in het verbale spel en de subtiele overreding die voor goed uitgevoerd verhoor onontbeerlijk waren.

Het enige wat Banks op dat moment wist, was dat Leslie Whitaker de zaak had overgenomen van zijn vader Ernest, die twee jaar eerder was overleden. Op Whitakers bureau stond een ingelijste foto van de beide mannen. Hij voldeed niet aan het beeld dat Banks van een eigenaar van een antiquariaat had, maar de voorstelling van een man met piekhaar in een slobbertrui was dan ook wel een beetje stereotiep. Whitaker was begin veertig en gekleed in een lichtgrijs pak, een wit overhemd en een bruine stropdas. Zijn korte, donkere haar werd bij de slapen al wat dunner, maar het stond hem wel. Hij zag er gezond en gespierd uit. Met zijn ferme kin en heldere blauwe ogen zouden ongetwijfeld heel veel vrouwen en wellicht ook sommige mannen hem heel knap vinden. Hij had geen strafblad en Hatchley, die altijd alles over deze zaken wist, had geen enkel gerucht over hem boven tafel weten te krijgen.

'Wat kan ik voor u doen?' vroeg Whitaker. 'Gaat u alstublieft zitten.'

Hij nam zelf plaats achter zijn glanzend gepoetste antieke bureau achter in de winkel en gebaarde naar een stoel met een rechte rugleuning. Banks ging zitten. 'Ik wil graag wat informatie,' zei hij.

'Een of andere misdaad in de boekenwereld?'

'Kunstwereld eigenlijk. Daar gaan we tenminste voorlopig van uit.'

‘Nu, dat klinkt in elk geval al een stuk logischer. De kunstwereld is vergeven van misdaad.’
‘Ik neem aan dat u al op de hoogte bent van de brand op die kanaalschepen?’
‘Ja. Tragisch. Afschuwelijke gebeurtenis.’
‘We hebben reden om aan te nemen dat een van de slachtoffers een kunstenaar was die Thomas McMahon heette. Ik heb begrepen dat u hem kende?’
‘Tom McMahon? Grote god. Dat wist ik niet.’
‘Dus u kende hem?’
‘Tom? Jawel, maar alleen vaag. Ik wist niet waar hij woonde of waar hij precies mee bezig was, maar ik ken hem, kende hem, inderdaad.’
‘In welke context?’
‘Ik verkoop zijn werk. Of eigenlijk fungeer ik als tussenpersoon voor Tom en de verschillende kunstbeurzen, winkels en galerieën in de vallei waar zijn landschapsschilderijen worden verkocht. En een paar jaar geleden, toen hij nog als jonge, nieuwe ster werd gezien, heb ik een paar van zijn schilderijen verzameld en er zelfs een aantal verkocht.’
‘Wat is er sinds die tijd gebeurd?’
‘Nooit echt doorgebroken. Dat komt vaker voor dan u denkt. De kunstwereld is keihard en het is erg moeilijk om een plekje te veroveren. Hij heeft een grote tentoonstelling gehad in het wijkcentrum en ik dacht dat hij misschien een kansje maakte, maar nee, uiteindelijk heeft hij het toch niet gered.’
‘Had hij talent?’
‘Talent?’ Whitaker fronste zijn wenkbrauwen. ‘Ja, uiteraard. Maar wat heeft dat er nu mee te maken?’
Banks lachte. ‘Tja, ik heb genoeg kronkeltjes op blanco doeken voor duizenden ponden zien weggaan om uw reactie te begrijpen, maar het was een oprecht gemeende vraag.’
Whitaker tuitte zijn lippen. ‘Toms techniek was uitstekend,’ zei hij, ‘maar hij keek altijd alles van anderen af. Hij was gewoon niet erg origineel.’
Dat was precies wat Maria Phillips ook al had gezegd. ‘Van wie keek hij bijvoorbeeld af?’
‘Te veel om op te noemen, eigenlijk. Romantische landschappen. De prerafaëlieten. Het impressionisme. Het surrealisme. Het kubisme. Dat was nu juist het probleem met Tom: hij had geen onderscheidende stijl, niets waarvan je met enige zekerheid kon zeggen: dat is nu een echte Thomas McMahon.’

'Dus de schilderijen die u hebt gekocht...?'
'Niets waard.'
'Verandert dat nu hij dood is?'
Whitaker lachte. 'Ik snap waar u naartoe wilt. Veel kunstenaars zijn natuurlijk pas na hun dood beroemd geworden. Van Gogh bijvoorbeeld. Maar zíjn werk was wel origineel. Ik geloof niet dat Thomas McMahons werk door zijn dood onsterfelijk of waardevol zal worden. Nee, meneer Banks, ik ben bang dat ik geen motief had om Thomas McMahon uit de weg te ruimen, en ik heb trouwens ook niet echt een fortuin voor die schilderijen neergelegd.'
Opnieuw vrijwel hetzelfde wat Maria Phillips hem al had verteld. 'Het was niet mijn bedoeling om te suggereren dat u een motief had,' zei Banks. 'Ik probeer alleen te achterhalen wie er mogelijk baat heeft bij zijn dood.'
'Ik kan niemand bedenken. Het kan overigens niet gemakkelijk voor hem zijn geweest,' zei Whitaker peinzend.
'Hoe bedoelt u?'
'Het is toch nooit gemakkelijk om met je mislukkingen te leven?'
Banks, die zelf meer dan eens aantoonbaar criminele types tussen zijn vingers door had zien glippen, wist maar al te goed hoe waar dat was. Zijn mislukkingen stonden hem helderder voor de geest dan zijn successen en ze zaten hem stuk voor stuk nog altijd dwars. 'Nee, dat is zo,' zei hij.
'Het ene moment heb je net een succesvolle tentoonstelling achter de rug en denk je dat je Pablo Picasso bent, en het volgende nemen mensen niet eens meer de moeite om je naam rechts onder aan het doek te ontcijferen. Voordat je het weet ben je alleen nog maar goed genoeg voor het soort veredelde foto dat ze als herinnering aan hun vakantie in de Dales willen hebben. Daar sta je dan met je artistieke visie en waarheid.'
'Dacht McMahon er ook zo over?'
'Dat kan ik niet met zekerheid zeggen. Hij praatte er nooit over. Maar ik weet wel dat ik er zo over zou denken. Sorry, ik chargeer nu een beetje.'
'Maar u verkoopt die "veredelde foto's" wel, of draagt er in elk geval uw steentje aan bij?'
'Op commissiebasis, ja. Het is handel.'
'Ik heb begrepen dat McMahon ook een klant van u was?'
Whitaker verschoof een stukje op zijn stoel en wierp een blik op de bovenste plank met boeken. 'Hij kwam af en toe in de winkel langs.'
'Wat kocht hij dan zoal?' Banks keek over zijn schouder naar de in leer gebonden boeken en de bakken met niet-ingelijste prenten en tekeningen.

'Ik had eigenlijk gedacht dat uw waren een tikje te prijzig zouden zijn voor mensen als Thomas McMahon,' zei hij.
'Niet alles is duur. De meeste boeken en prenten, zelfs de oude, zijn nauwelijks meer waard dan het papier waarop ze zijn gedrukt. Het komt in feite maar zelden voor dat je een vondst doet waar je hart sneller van gaat kloppen.'
'Dus McMahon kocht hier oude boeken en prenten?'
'Goedkope exemplaren.'
'Waarom?'
'Ik heb echt geen idee. Ik neem aan dat hij ze mooi vond.'
'Wat heeft hij de laatste keer dat u hem zag gekocht?'
'Een boek over natuurlijke historie uit het begin van de negentiende eeuw. Niets bijzonders. En de band was in bar slechte staat.'
'Hoeveel kostte het?'
'Veertig pond. Een koopje, eigenlijk.'
Jawel, dacht Banks bij zichzelf, maar waarom zou een man die illegaal op een kanaalschip woonde veertig pond overhebben voor een oud boek? Hij dacht terug aan de doorweekte, verschroeide pagina's die hij samen met Geoff Hamilton op de boot had zien liggen. McMahon was natuurlijk wel een kunstenaar en misschien vond hij oude boeken en prenten inderdaad gewoon mooi. 'Kunt u me iets vertellen over zijn geestelijke gesteldheid?'
'De keren dat ik hem heb gesproken, leek hij altijd prima in orde. De laatste keer was hij zelfs opgetogen. Hij liet zich ontvallen dat de toekomst er zonnig voor hem uitzag.'
'Zei hij ook waarom precies?'
'Nee. Ik vroeg hem hoe het met hem ging, dat is tegenwoordig eigenlijk zo'n automatisme. Je verwacht meestal niet eens echt een antwoord, hooguit zoiets als: "Goed hoor, bedankt." Maar hij zei dat het hem voor de wind ging en dat bepaalde mensen misschien wel dachten dat ze die oude Tom eronder konden krijgen, maar dat hij hun nog wel eens wat zou laten zien. Hij sprak wel vaker over zichzelf in de derde persoon.'
'Wie zijn die "bepaalde mensen"?'
Whitaker haalde zijn schouders op. 'Dat zei hij er niet bij. De wereld in het algemeen, vermoed ik. Degenen die zijn talent niet wilden erkennen en zijn meesterwerken niet wilden kopen.'
'En wat zou hij hun dan nog wel eens laten zien?'
'Geen flauw idee. Ik vertel u alleen maar wat hij zelf heeft gezegd. Tom had altijd van die grootse verhalen.'

'Geloofde u ook wat hij zei, dat de toekomst er zonnig voor hem uitzag?'
'Ach, wat zal ik zeggen? Op basis van de verkoop aan toeristen niet, nee.'
'Dus u hebt geen achteruitgang bij hem bespeurd? Qua uiterlijk of wat betreft zijn geestelijke toestand?'
'Integendeel, eigenlijk. Tom is eigenlijk nooit het toonbeeld van goedgeklede elegantie geweest; er zaten altijd wel ergens een paar verfvlekken en meestal zag hij er wat verfomfaaid uit, maar de laatste tijd leek zijn manier van kleden er juist wat op vooruitgegaan. Hij was ook afgevallen. En in mentaal opzicht, tja, ik vond hem heel opgewekt.'
'Is hij ooit getrouwd geweest?'
'Misschien in het verleden een keer, maar als dat al zo is, dan was dat lang voordat hij zich hier in Eastvale vestigde.'
'Rokkenjager?'
'Nee, niet echt.'
'Mannen? Kleine jongetjes?'
'Nee, begrijpt u me alstublieft niet verkeerd. Zo was Tom beslist niet. Hij hield van vrouwen, had een enkele keer ook wel een vriendin, maar niets permanents. Hij had maar één grote liefde en dat was de kunst. Zijn kunst kwam altijd op de eerste plaats, was zelfs belangrijker dan alledaagse zaken als stiptheid en attentheid, als u begrijpt wat ik bedoel. En het was verdomd jammer dat zijn kunst voor anderen eigenlijk zo weinig waarde had.'
Banks knikte. Whitakers beschrijving was net zo goed van toepassing op het leven van een politieman. Hij was zelf ook een aardig aantal afspraakjes, verjaardagen en andere belangrijke data vergeten, omdat hij volledig door een van zijn zaken werd opgeslokt. Dat was ook deels de reden waarom zijn huwelijk was gestrand. Het wonderbaarlijke, zo realiseerde hij zich later pas, was dat het nog zo lang had standgehouden. Hij was ervan uitgegaan dat alles goed ging, omdat Sandra een onafhankelijke vrouw was en haar eigen leven leidde. Wat ze inderdaad ook deed, uiteindelijk zelfs zozeer dat ze iets met Sean begon, Banks aan de kant schoof en halverwege de veertig zwanger werd. En nu was ze opnieuw moeder geworden. 'Kunt u zich zijn vriendinnen nog herinneren?' vroeg hij.
'Hij had het flink te pakken van Heather, een jong ding. Haar achternaam ben ik even kwijt. Ze werkte in die winkel aan York Road waar ze schildersbenodigdheden verkopen. Ik kan niet zeggen dat ik het hem kwalijk neem. Ze was echt een schoonheid. Zou zo als pin-up aan de slag kunnen. Ik geloof niet dat ze daar nog werkt, maar misschien weet de eigenaar waar ze woont. Veel te jong voor Tom, natuurlijk. Dat was vragen om moeilijkheden.'

'Hoe oud was hij toen?'
'Het is een jaar of vijf geleden, dus hij zal toen eind dertig zijn geweest.'
'En Heather?'
'Begin twintig.'
'Serieuze relatie?'
'Van zijn kant wel. Hij was er echt kapot van toen ze hem inruilde voor een succesvollere kunstenaar. Dat is een van de weinige keren geweest dat ik hem echt bezopen heb gezien. Ik denk dat het verschrikkelijk deprimerend voor hem was: het idee dat je als kunstenaar helemaal niets voorstelt en dan ook nog wordt gedumpt door je vriendin voor iemand die meer succes heeft. Zo diep in de put als toen heb ik hem verder nooit gezien.'
Tja, daar had hij dan ook alle reden toe, dacht Banks. 'Voor wie heeft ze hem in de steek gelaten?'
'Jake Harley. Slimme jongen met een vlotte babbel, dat moet ik hem nageven. Indertijd dé rijzende nieuwe ster, maar gelukkig kan ik melden dat ook hij het niet ver heeft geschopt. Maar hij was echter te slap om een leven als mislukkeling te kunnen verdragen. Heeft ongeveer anderhalf jaar geleden zelfmoord gepleegd in Londen. Heather en hij waren toen natuurlijk allang uit elkaar.'
'U weet niet waar ze nu is?'
'Het spijt me. Ik heb haar al in geen drie jaar meer gezien. Misschien weet Sam Prescott het wel. Hij is nog steeds de eigenaar van die zaak.'
'En recentere vriendinnen?'
Whitaker schudde zijn hoofd.
'Is hij hier wel eens samen met iemand geweest?'
'Nee. Hij kwam hier altijd in zijn eentje.'
'Heeft hij het wel eens over iemand in het bijzonder gehad, een naam genoemd misschien?'
'Nee, voorzover ik me kan herinneren niet. Hij was altijd een beetje een einzelgänger, en na Heather helemaal.'
Banks stond op en stak zijn hand uit. 'Dank u wel, meneer Whitaker. U hebt me enorm geholpen.'
'Ik snap niet hoe, maar graag gedaan, hoor.'
'Weet u misschien nog iemand anders met wie we over McMahon zouden kunnen gaan praten?'
Whitaker dacht even na. 'Niet echt.' Hij noemde een paar kunstenaars, wiens namen Banks al van Maria Phillips had gekregen. Banks had het idee dat McMahon zijn vroegere leven en vrienden vaarwel had gezegd en al het contact had verbroken met zijn oude wereldje, de wereld die

hem had afgebrand en had geweigerd zijn talent te erkennen. Of hij nieuwe vrienden had gevonden of juist het leven als kluizenaar had omarmd, waar het momenteel veel van weg had, moest nog blijken. En waarom had hij toch al die waardeloze oude boeken en prenten van Leslie Whitaker gekocht?

Annie had in haar leven met zoveel kunstenaars te maken gehad dat ze het type snel herkende. Baz Hayward had zich de houding van het gekwetste, levensmoede, miskende, zedeloze genie aangemeten dat meende dat al zijn excessen en zijn volkomen gebrek aan talent en sociale vaardigheden gerechtvaardigd werden door zijn toewijding aan de kunst, inclusief baard, rafelige kleding en onfrisse lichaamsgeur. Of hij ook echt talent had, wist ze niet. Sommige van de onbeschoftste types die ze kende waren enorm talentvol, ook al verkwanselden de meesten die gave.

Hayward vroeg haar even te wachten tot hij een paar essentiële penseelstreken had aangebracht op het schilderij waaraan hij bezig was. Annie glimlachte in zichzelf over de zielige arrogantie van zijn gewichtigdoenerij en wandelde naar het raam om naar buiten te kijken. Ze wist dat ze op haar strepen zou kunnen gaan staan als ze dat wilde, maar gelukkig was ze in een opperbest humeur, omdat ze, als alles goed ging tenminste, vanavond met Phil uit eten zou gaan.

Hayward woonde in een verbouwde stal aan de hoog langs de heuvelhelling lopende weg tussen Lyndgarth en Helmthorpe. Het was een afgelegen plek met een spectaculair uitzicht langs de helling en over de stompe ruïnes van Devraulx Abbey in het dal tot aan de door de motregen donker gekleurde leistenen daken van Fortford, waar Phils cottage stond. De rook die uit de schoorstenen kwam dreef langzaam op de zachte bries in oostelijke richting en liet een vleugje turf achter in de lucht. Op de steil oprijzende hellingen aan de zuidkant van de vallei, achter de verzameling cottages van Mortsett en Relton, ontwaarde Annie de imposante symmetrische vorm van Swainsdale Hall.

Het was vreemd om het landhuis vanaf deze plek te zien, besefte ze. Afgelopen zomer nog had ze daar enige tijd doorgebracht als leidinggevende tijdens de zoektocht naar een jongen die werd vermist. Vandaag kringelde er geen rook uit de hoge schoorstenen. Annie vermoedde dat voormalig voetballer Martin Armitage met zijn vrouw, voormalig model Robin Fetherling, in Florida zat of op een van West-Indische eilanden. Gelijk hadden ze. Swainsdale Hall had hun tegenwoordig niet zo heel veel meer te bieden.

Het was kil in Haywards loft en Annie hield haar jas aan. Hayward zelf, die met een penseel in de hand in een gescheurde spijkerbroek en een vuilwit T-shirt rondparadeerde, leek zich echter niets van de kou aan te trekken. Als hij indertijd bij de Turner-receptie aanwezig was geweest, kon Annie zich dat niet herinneren.

Ze was verrast geweest toen ze van Banks had gehoord dat Thomas McMahon die ook had bezocht, maar toen ze erover nadacht meende ze zich inderdaad een kleine, gedrongen man te herinneren die met een glas wijn in de hand had staan praten met enkele leden van het bestuur van het wijkcentrum. Het was echter erg druk geweest in de expositieruimte en omdat het onder andere haar taak was geweest om een oogje te houden op het schilderij in de aangrenzende ruimte kon ze zowel McMahon als Hayward gemakkelijk over het hoofd hebben gezien.

Tijdens die receptie had Annie Phil Keane ontmoet. Hij was daar in zijn professionele hoedanigheid als kunstresearcher om de authenticiteit van de vondst vast te stellen. Ze hadden elkaar die avond amper gesproken, maar Phil had haar een paar weken later gebeld en haar mee uit eten gevraagd. Ze had het op dat moment erg druk gehad, wat niet eens een excuus was, maar hij had haar een week later nogmaals gebeld, zoals ze hem had voorgesteld. En die keer was ze wel op zijn uitnodiging ingegaan. Ze hadden elkaar sinds die tijd vanwege hun drukke werkzaamheden pas vier of vijf keer ontmoet, maar Annie merkte dat ze zich elke keer sterker aangetrokken voelde tot zijn charme, zorgzaamheid en intellect, om nog maar te zwijgen over zijn prachtige, gestroomlijnde lijf. Ze was ook buitensporig blij geweest om te horen dat Phil bekend was met haar vaders werk.

Ze hoorde dat Hayward met de nodige ophef eindelijk zijn penseel neerlegde. 'Klaar.'

'Een prachtig uitzicht,' zei Annie, en ze gebaarde naar het raam.

'Hè?' Hayward keek haar verward aan. 'O, dat,' zei hij toen het tot hem doordrong. 'Dat zal wel, ja, als je ervan houdt, tenminste. Persoonlijk vind ik dat landschappen altijd zwaar worden overschat en dat geschilderde landschapjes met de uitvinding van het fototoestel hadden moeten uitsterven. Helaas weigeren ze eenvoudig te accepteren dat ze volkomen achterhaald zijn. Een goede digitale camera kan alles wat de impressionisten ooit hebben bedacht.'

'Dat is een interessante visie,' zei Annie, en ze ging op het randje zitten van de enige stoel waarop geen rommel lag. Her en der over de vloer lagen kledingstukken verspreid en in een halfleeg koffiekopje op het lage tafeltje groeide een dikke laag schimmel. Ze was blij dat hij haar geen thee of koffie had aangeboden. Wat Annie echter nog het meeste verontrustte, waren de muren. Die hingen vol schetsen en schilderijen die, zo vermoedde ze althans, van Haywards hand waren en stuk voor stuk deden denken aan een door een Frances Bacon die stijf stond van de drugs geschilderde rorschachtest. Het algehele effect was duizelingwekkend en verontrustend, en ze werd er enigszins onpasselijk van, hoewel ze niet direct kon zeggen waarom. Ze zullen wel goed verkopen, dacht ze bij zichzelf, want anders had hij zich nooit deze woonruimte kunnen veroorloven.

'Ja, hè?' zei Hayward, en hij gebaarde laatdunkend met zijn hand. 'Ik probeer me te ontworstelen aan de conventionele manier van leven en denken. Maar goed, mij bevalt vooral de afgelegen ligging. Ik heb het grootste deel van de tijd gewoon de gordijnen dicht.'

'Goed idee,' zei Annie. 'Thomas McMahon. Jullie zijn ooit met elkaar bevriend geweest. Wat is er gebeurd?'

'Tom? Bevriend?' Hij streek met zijn hand over zijn sluike, vette haar. 'Ja, zo zou je het wel kunnen zeggen, denk ik.'

'Hebben jullie onenigheid gehad?'

'Ik was het niet eens met de richting die hij met zijn kunst insloeg, of eigenlijk juist het gebrek aan richting, want die abstracte effecten waarmee hij werkte waren ten tijde van de kubisten al uit de mode geraakt. En dan waren er ook nog die verfoeilijke landschapjes die hij aan de lopende band produceerde voor de toeristische handel.'

'Om de huur te kunnen betalen?'

'Dat neem ik wel aan. Maar de huur mag natuurlijk nooit het belangrijkste in het leven zijn.'

Annie was blij dat ze Haywards huisbaas niet was. 'Wanneer hebt u hem voor het laatst gezien?'

'Dat moet een jaar of vier, vijf geleden zijn geweest.'

'Sindsdien niet meer?'

'Nee. Hij verdween min of meer uit het wereldje. Voorzover je van een wereldje kunt spreken.' Hayward krabde aan zijn kruis. 'Ik sprak hem niet vaak meer. Hij werd steeds afstandelijker en chagrijniger. Ik wist op een gegeven moment niet eens meer waar hij woonde. Ik dacht dat hij de stad uit was.'

'Dus u bent hem afgelopen zomer niet tegen het lijf gelopen bij de Turnerreceptie?'

Hayward trok een gezicht. 'Turner? Alstublieft zeg. Denkt u nu echt dat ik mijn tijd verspil aan dat soort troep?'

'Natuurlijk niet,' zei Annie. 'Neemt u het me niet kwalijk. Ik had het kunnen weten. U keurde dus McMahons kunst af, maar hebben jullie ook op persoonlijk vlak onmin gehad?'
'Nee. We konden het altijd prima met elkaar vinden. We waren in elk geval altijd beleefd tegen elkaar. Maar wat hij ook precies deed, kunst was het zeker niet.'
'En u hebt geen enkel idee waarmee hij zich de laatste tijd bezighield?'
'Absoluut geen.'
'Zijn werk is nergens opgedoken?'
'Godzijdank niet, nee.'
'Zou u ervan opkijken als u hoorde dat we vermoeden dat hij een boot in het kanaal had gekraakt, een boot die op donderdagavond in brand is gestoken, waardoor hij en het meisje op de boot ernaast om het leven zijn gekomen?'
Als Annie had gehoopt Hayward hiermee zo te choqueren dat hij als een normaal, fatsoenlijk mens zou reageren, kwam ze bedrogen uit. 'Nee,' zei hij. 'Ik kijk eigenlijk nergens meer van op. Behalve dan van kunst. En zelfs daarvan steeds minder dan vroeger. Diaghilev zei ooit tegen Jean Cocteau: "Verras me." Ha! Kon dat nog maar.'
'Hebt u enig idee waarom iemand Tom McMahon zou willen vermoorden?'
'Omdat hij zulke slechte schilderijen maakte?'
'Meneer Hayward.'
Hayward grijnsde. 'Was dat een tikje te grof naar uw smaak? Te pijnlijk?'
'U laat zich blijkbaar wel heel bewust leiden door effectbejag,' zei Annie. 'Past u maar op dat uw kunst daar niet stijf en houterig van wordt. Zo'n arrogant, geforceerd zelfbewustzijn kan erg contraproductief zijn.'
'Wat weet u daar nu van?'
'Niets. Alleen een mening, meer niet.'
'Ongefundeerde meningen zijn ongeveer even interessant als een landschap van Constable.'
'Ah,' zei Annie, die de landschappen van Constable juist bijzonder interessant vond. In elk geval heel wat interessanter dan wat er aan Haywards muren hing. Ze schoot niets op met dit gesprek; Hayward was duidelijk veel te veel in zichzelf geïnteresseerd om te registreren dat er ook nog andere mensen bestonden, laat staan dat hij de moeite zou nemen om iemand te vermoorden. Tijd om te vertrekken.
'Hoor eens,' zei Hayward toen Annie opstond en naar de deur wilde lopen. 'Het spijt me dat ik u niet meer van dienst kan zijn, maar ik heb Tom echt

in geen jaren gezien en ik heb geen idee wat hij met zijn leven deed. Hij was gewoon geen bijster originele schilder.'

'Het geeft niet,' zei Annie. 'Bedankt voor de moeite.'

Hayward leunde tegen de deurpost en blokkeerde de uitgang. 'Uw bezoekje is echter misschien niet helemaal voor niets geweest,' zei hij.

Annie voelde dat de adem in haar keel stokte. 'O?' zei ze.

'Nee. Er zijn immers vaak ook andere redenen. Verborgen redenen. Je doet iets om een bepaalde reden, oppervlakkig gezien dan, maar uiteindelijk blijkt dat er een onderliggende, diepere reden is waarvan je je nog niet bewust was. Een veel belangrijkere reden. Het lot, wellicht.'

'Praat eens gewoon Engels, Baz. En ga even uit de weg.'

Hayward hield voet bij stuk. 'Ik zou u graag willen schilderen,' kondigde hij stralend aan, alsof hij haar een plek bood op de lijst van gegadigden voor een lintje van de koningin.

'Mij schilderen?'

'Ja. We kunnen direct beginnen, als u wilt. Misschien eerst een paar schetsen?'

Annie keek over haar schouder naar de muren. Nu wist ze wat haar zo had verontrust aan de kunstwerken die daar hingen: elk kunstwerk, of het nu in houtskool of in verf was uitgevoerd, vertoonde een opengesperde vagina. Het was geen origineel idee, de bloemachtige symmetrie en individualiteit van de vrouwelijke genitalia intrigeerden kunstenaars al jarenlang, en Annie was wat een heleboel dingen betreft heel ruimdenkend. Maar nu ze in deze ruimte was, omringd door opzichtige schilderijen en tekeningen ervan, en besefte dat de weerzinwekkende Baz Hayward nu heel openlijk door haar openhangende jas naar de omgekeerde V van haar spijkerbroek tussen haar benen stond te staren, liepen de rillingen over haar lijf.

Ze greep zijn pols zo snel vast dat hij geen tijd had om haar af te weren, draaide zijn arm op zijn rug en duwde hem ruw de kamer in. Hij viel tegen de ezel aan en het schilderij waaraan hij had staan werken viel op de vloer. Annie trok haar jas strak om haar middel, knoopte de riem dicht, zei: 'Rot op, Baz' en vertrok.

Toen Banks de trap bij de hoofdingang van het ziekenhuis van Eastvale af kwam, was het al donker en was de motregen overgegaan in een typische avondmist, waar de verlichting van de winkels aan King Street vaag doorheen schemerde. Om de een of andere reden kwam er een levendige herinnering bij hem op aan een vergelijkbare middag waarop hij als vijftien- of zestienjarige met een exemplaar van het *Fresh Cream*-album en de nieuwste *Melody Maker* onder zijn arm geklemd boven in een bus had gezeten die hem vanuit de stad naar huis bracht. Starend naar de gele lichtstralen van de straatlantaarns en de wazige neonreclames had hij een sigaret opgestoken en die had geweldig gesmaakt, verreweg de beste sigaret die hij ooit had gerookt. Hij kon hem nu nog proeven en tastte automatisch in zijn zak. Natuurlijk zaten daar geen sigaretten in. Hij tuurde naar de verlichte etalage van het sigarenwinkeltje aan de overkant van King Street, die onscherp achter de avondmist opdook, en kwam sterk in de verleiding om erheen te lopen en een pakje te kopen. Tien stuks maar. Hij zou alleen nog die tien roken en dan niet meer. Hij wist zich echter te vermannen, zette zijn kraag op en sjokte de heuvel op naar het bureau.

Het lichaam van Christine Aspern verkeerde in veel betere staat dan dat van Tom McMahon. De huid die met de slaapzak bedekt was geweest was zelfs helemaal niet verkoold, maar was bleek en wasachtig, net als bij de meeste andere lijken. Alleen op haar gezicht en handen, waar ze tweedegraadsverbrandingen had opgelopen, had het vuur zwarte plekken of blaren veroorzaakt. Blaren konden erop duiden dat een slachtoffer waarschijnlijk nog had geleefd toen de brand uitbrak, had dokter Glendenning gezegd, maar ook na de dood kon er nog lichte blaarvorming optreden. Op basis van de rest van het bewijsmateriaal vermoedde hij dan ook dat de blaarvorming in Tina's geval pas na haar overlijden had plaatsgevonden.

Dokter Glendenning had de lijkschouwing als altijd grondig aangepakt en had bevestigd – zij het onder voorbehoud, omdat de uitslag van de toxicologische tests waarschijnlijk op zijn vroegst pas maandagmiddag beschikbaar zou zijn, omdat het nu weekend was – dat ze waarschijnlijk niet aan een overdosis heroïne was gestorven, maar net als Thomas McMahon was overleden door verstikking door het inademen van rook.

Evenals bij McMahon had Glendenning ook bij haar door de hitte veroorzaakte verwondingen aan de mond en neus gevonden, maar inwendig, in het gebied rond de luchtpijp, ontbraken die. Onder het strottenhoofd had hij slechts minieme sporen van roet aangetroffen, wat erop duidde dat Christine waarschijnlijk bewusteloos was geweest toen de brand uitbrak.

Het was natuurlijk mogelijk dat Danny Boys heroïne ongewoon puur was geweest en dat ze daardoor alsnog voor of tijdens de brand aan een overdosis was overleden, maar Banks durfde te wedden dat ze waarschijnlijk gewoon had liggen slapen. Mark had hem al verteld dat ze die avond een shot had gezet. Ze zou niet de eerste junkie zijn wiens vlees door vlammen werd verteerd terwijl ze in een zelfgecreëerde cocon van veiligheid en leegte lag. Hoe dan ook, afgezien van de manier waarop de brand was ontstaan, wees niets op vuil spel, en afgaande op de druppelvormige sporen en de brandbare vloeistoftests die Geoff Hamilton had uitgevoerd was de brandstichter waarschijnlijk niet eens aan boord van de boot van Mark en Christine geweest.

Het liep tegen het eind van de middag en toen Banks bij het bureau aankwam, hadden enkele dienstdoende agenten net een paar dronken supporters van Eastvale United opgebracht. Hoewel Eastvale nu niet bepaald een eredivisieteam was, weerhield dat sommige fans er niet van om zich te gedragen alsof ze bij een wedstrijd tussen Leeds en Manchester zaten. Banks liep met een boogje om het groepje wankele supporters heen, klom de trap op en haalde een stapeltje verslagen van afgeronde opdrachten uit zijn postvakje, waarna hij zich terugtrok in de relatieve rust van zijn kantoortje. Hij trok zijn regenjas uit, schopte tegen de radiator om hem op gang te helpen en zocht op de radio naar een Radio 3-special over Bud Powell bij *Jazz Line Up*.

Terwijl hij met een half oor naar *A Night in Tunesia* luisterde, bladerde hij door de stapel verslagen, waarvan er slechts één onmiddellijk zijn belangstelling trok.

Volgens haar voormalige werkgever Sam Prescott had Heather Burnett, het meisje van de winkel voor schildersbenodigdheden dat Thomas McMahon had verlaten voor Jake Harley, deze Harley later op zijn beurt verlaten voor een Amerikaanse werktuigbouwkundige die Nate Ulrich heette en woonden ze nu in Palo Alto, Californië. Ach, het was ook maar een gokje geweest, dacht Banks bij zichzelf.

Omdat het weekend was, was er weinig te doen. Banks verwachtte de eerste resultaten van het forensisch onderzoek, waaronder een analyse van de kledingstukken en de toxicologische tests, pas op dinsdag. Hij had graag de eigenaar van de boten willen spreken, maar totnogtoe had Templetons speurwerk niets opgeleverd. Er bestond een gerede kans dat hij minstens tot maandag zou moeten wachten voordat ze iemand vonden die het wist, misschien iemand van British Waterways.

Dan was er de auto, een donkerblauwe Jeep Cherokee of Range Rover of iets dergelijks, die iemand op de parkeerhaven vlak bij de boten had zien staan. Het was waarschijnlijk pure tijdverspilling, want het betekende dat ze heel wat auto's zouden moeten natrekken, maar toch schreef Banks de opdracht uit. Ook gaf hij opdracht tot het opstellen van een lijst van alle autoverhuurbedrijven in de wijde omtrek. Iemand die bewust van plan was om de wet te overtreden, maakte misschien liever geen gebruik van zijn eigen auto wanneer hij McMahon bezocht, omdat hij dan door iemand kon worden gezien. En als hij bekend was met de wegen in de directe omgeving van de boten zou hij bovendien hebben geweten dat een jeep veel geschikter was dan een gewone auto, vooral in de winter.

Banks had de opdracht hiertoe nog maar net uitgeschreven toen zijn telefoon overging.

'Alan, met Ken.' Inspecteur Ken Blackstone, die vanuit Leeds belde. 'We hebben een paar jongens op die dealer van je, die Benjamin Scott, af gestuurd om hem aan de tand te voelen.'

'Dat is snel. Jullie hebben zeker niets anders te doen?'

'United speelt deze week uit. Maar goed, we hebben hem een beetje onder druk kunnen zetten, want er lag blijkbaar een kleine hoeveelheid verdachte stoffen in zijn flatje, maar zijn alibi klopt als een bus. Toen de brand uitbrak, zat hij met zijn vriendinnetje in Parijs.'

'Sommige mensen hebben ook altijd geluk. Weet je het zeker?'

'Zij heeft het bevestigd, en ze hebben ons gebruikte tickets en creditcardbonnen laten zien en het nummer van het hotel gegeven. Wil je dat ik ze bel?'

'Nee, dat is niet nodig, Ken. De kans dat dit iets zou opleveren was al vanaf het begin erg klein geweest. Luister eens, zegt de naam Aspern, dokter Patrick Aspern, jou misschien iets?'

'Ik ben bang van niet. Niet direct in elk geval. Hoezo?'

'Hij is de stiefvader van het dode meisje en haar vriend heeft een tamelijk ernstige beschuldiging aan zijn adres geuit. Misschien is het iets. Denk je dat je navraag kunt doen, kijken of hij iets op zijn kerfstok heeft?'

'Komt voor elkaar.'

'Je hoeft niet al te discreet te werk te gaan.'

'Begrepen. Waar woont hij?'

'Adel.'

'Dat valt onder het bureau van Weetwood. Ik ken een van de inspecteurs daar. Ik bel je na het weekend terug. We hebben elkaar trouwens al een tijd niet gesproken. Hoe gaat het met je?'

'Niet slecht,' zei Banks.

'Sandra?'

'Een vage herinnering uit een ver verleden.'

'Is de baby al geboren?'

'De baby is al geboren. Sinéad. Bijzonder aardig van je dat je het vraagt, Ken. Moeder en kind maken het uitstekend.'

'Sorry, ik wist niet dat het nog steeds zo gevoelig lag. Is er kans dat je binnenkort weer eens hier in de buurt moet zijn?'

'Dat hangt ervan af hoe deze zaak zich ontwikkelt. En van wat jij over Aspern boven tafel weet te krijgen, natuurlijk.'
'Goed, bel me maar een keer wanneer je tijd hebt. Dan gaan we curry eten en zetten we het daarna op een zuipen. Mijn bank staat altijd voor je klaar. Dat weet je.'
'Bedankt, Ken. Misschien maak ik binnenkort wel gebruik van dat aanbod. Tot gauw.'
'Oké.'
Banks tikte met zijn ballpoint op zijn bureau. Hij verwachtte eerlijk gezegd niet dat onderzoek naar Patrick Aspern werkelijk iets zou opleveren. Als hij Marks beschuldiging mocht geloven, was wat zich daar afspeelde in meer dan één opzicht een familieaangelegenheid en zouden ze het mogelijk nooit kunnen bewijzen. Frances Aspern wist iets, daarvan was Banks overtuigd, maar de kans dat zij iets zou prijsgeven was niet groot. Wat de achterliggende reden ook was, haar relatie met Aspern was belangrijk voor haar; ze had hem zo hard nodig dat ze zelfs haar dochter voor hem had opgeofferd, als dat tenminste inderdaad was gebeurd.
Banks wilde dat Aspern besefte dat de plaatselijke politie zijn gangen natrok; daarom had hij tegen Ken Blackstone gezegd dat een discrete aanpak niet nodig was. Het zou interessant zijn om te zien hoe de geachte dokter daarop reageerde. Hij wierp een blik op zijn horloge. Tijd om nog een paar opdrachten uit te schrijven, even met Annie te babbelen over de voortgang tot nu toe en dan naar huis. En wat zou hij daar gaan doen? Tja, Laphroaig en *La Cenerentola* waren niet de enige zaken waar Banks een zwak voor had. Soms liet hij zich ook leiden door zijn lagere instincten en vanavond had hij behoefte aan een rustig avondje alleen thuis, met een Chinese afhaalmaaltijd, een James Bond-dvd, uiteraard een met Sean Connery, en een paar blikjes lager. Het leven was zo slecht nog niet.

Lenny Knox en zijn vrouw Sally woonden in de beruchte wijk East Side, die het levende bewijs was dat niet alleen grote steden probleemwijken hadden. Maar net als alle grotestadswijken woonde er ook in East Side een groepje fatsoenlijke burgers die probeerden er ondanks de benarde omstandigheden het beste van te maken, en daar was Lenny er een van. Hij had geholpen bij de oprichting van de lokale buurtwacht, die drugsdeals en vandalisme zo veel mogelijk probeerde tegen te gaan. Hij had als tiener de nodige problemen gehad, zo had Mark uit hun gesprekken opgemaakt, maar na een korte gevangenisstraf toen hij begin twintig was, was hij op het rechte pad gebleven.

Na hun lange werkdag zette Lenny nu zijn roestige oude Nissan stil voor een rijtjeshuis aan de belangrijkste verkeersader van de wijk. Op straat parkeren was hier niet echt veilig, maar iedereen kende Lenny's auto en niemand durfde die ook maar met een vinger aan te raken. Lenny dacht waarschijnlijk dat dat kwam doordat iedereen bang voor hem was, maar Mark wist vrij zeker dat iedere zichzelf respecterende dief de auto, een roestbak die rijp was voor de sloop, gewoon nog geen blik waardig keurde. Mark keek behoedzaam om zich heen toen hij uitstapte, maar dat was niet vanwege Banks' waarschuwing. Hij had slechte herinneringen aan East Side, en hoewel hij niet verwachtte dat Crazy Nick er nog woonde, was voorzichtigheid toch geboden. Hij wist dat Nick hem zou vermoorden als hij hem ooit vond. Daarom was de boot ook zo'n veilige plek geweest. Nick zou er nooit van zijn leven op zijn gekomen om op zo'n landelijke plaats naar hem te zoeken; hij had namelijk nog meer zaagsel in zijn hoofd dan Mark zelf.

Mark liep achter Lenny aan het huis in en zag de verbaasde blik op Sals gezicht toen hij binnenkwam. Ze verwelkomde haar man met een plichtmatige kus op de wang en verdween in de keuken om thee te zetten. Een zwarte kat die de helft van zijn linkeroor miste wreef langs Marks been en sloop toen naar boven.

'Doe alsof je thuis bent,' zei Lenny, en hij wees naar een versleten leunstoel.

'Weet je zeker dat het oké is?' vroeg Mark. 'Ik wil jullie niet tot last zijn.'

'O, maak je over Sal maar geen zorgen,' zei hij. 'Die draait wel bij. Dat doet ze altijd.'

Mark had de uitdrukking op Sals gezicht gezien en was daar niet zo zeker van.

Lenny bood Mark een sigaret aan. 'We drinken eerst even wat thee,' zei hij, 'om het stof een beetje weg te spoelen, en daarna ga ik fish & chips voor ons allemaal halen en een paar blikjes bier. Oké?'

Mark stak zijn hand in zijn zak. 'Ik heb hier wat geld...'

Lenny wuifde zijn woorden weg. 'Doe niet zo mal. Ik trakteer.'

'Maar...'

'Geen gemaar. Koop jij maar een keertje pizza voor ons wanneer je salaris binnen is.'

'Goed.'

Lenny zette de televisie aan, zocht naar een kanaal waar een snookerwedstrijd aan de gang was en liet zich achteroverzakken in zijn stoel. Het rook in het huis enigszins naar verbrand spek en kattenpis. Mark kon zich niet op de wedstrijd concentreren; hij was toch al nooit echt een snookerfan geweest. Hij moest steeds aan Tina denken. Het kostte hem moeite om tot zich te laten doordringen dat ze dood was, weg, afgelopen; dat ze nooit meer tegen elkaar aan zouden kunnen kruipen in hun slaapzakken om de winterse kou te verdrijven. Zijn huis was ook weg. Het had dan misschien weinig voorgesteld, maar voor hen had het heel veel betekend. Het was hun eigen huis geweest, een ontsnapping uit dat ellendige kraakpand in Leeds, en ze hadden er echt een beetje hun eigen plek van gemaakt: een mooie kandelaar, een primus om water te koken en voedsel uit blik op te warmen, een ingelijste foto van hen beiden aan de muur, een mini-cd-speler en een paar van hun lievelings-cd's: Beth Orton, David Bowie, Coldplay, System of a Down, Radiohead, Ben Harper.

Tranen welden op in Marks ogen. Hij mocht nu niet huilen, niet waar Lenny bij was, ook al zou hij niets liever doen. Wat moest hij nu beginnen, nu Tina er niet meer was om voor te zorgen? Wat had het allemaal nog voor zin? Zijn leven was totdat hij haar ontmoette één grote, doelloze chaos geweest en dat zou het nu weer worden. Hij wist dat de meeste mensen hun manier van leven afkeurden, maar het kon hem niets schelen wat anderen vonden. Op een dag zou het Tina en hem samen allemaal lukken: een huis, kinderen, de hele mikmak. Laat hen maar lachen. Maar nu... En het was allemaal zijn schuld.

De snookerwedstrijd zeurde voort. Sal stak haar hoofd om de deur en zei: 'De thee is klaar. Kan ik je even spreken, Len?'

Len trok een gezicht naar Mark alsof hij wilde zeggen: 'Vrouwen!' Toen kwam hij zuchtend en steunend uit zijn leunstoel en liep naar de keuken.

Wanneer Mark aan Tina's stiefvader dacht, voelde hij een stille woede in zich opkomen tot zijn handen ervan trilden. Hij twijfelde er geen seconde aan dat Aspern verantwoordelijk was voor Tina's drugsverslaving. Ze had hem verteld dat ze morfine was gaan gebruiken om de pijn en vernedering van zijn seksuele toenaderingspogingen te onderdrukken, en toen Aspern haar daar op een dag bij had betrapt, was hij de drugs gaan gebruiken als haar beloning in ruil voor seksuele gunsten. Hij had haar eerder al kalmerende middelen gegeven, zodat ze wat gemakkelijker te hanteren was. En dat moest dan een dokter voorstellen. De moeder wist ook meer dan ze liet merken, maar die deed het in haar broek van angst voor Aspern, had Tina tegen hem gezegd. Een muis. Hij hoefde zijn stem maar te verheffen of haar onderlip begon te trillen en ze rende huilend weg. Tina had niemand gehad die het voor haar opnam. Niemand, behalve Mark. Maar dat deed er nu allemaal niet meer toe.

'Waar denk jij verdomme dat je mee bezig bent?' hoorde hij Sal in de keuken zeggen. 'Om hem zomaar mee hiernaartoe te brengen! Jezusmina, die knul komt net uit de gevangenis. Het is allemaal op het nieuws geweest. Ik wist meteen dat hij erachter zat toen ik over die brand hoorde.'

'Ik heb zelf ook in de gevangenis gezeten, lieverd,' zei Lenny, 'maar daarom ben ik nog geen crimineel.'

'Dat is iets anders. Dat was jaren geleden. Wij zijn heus niet verantwoordelijk voor hem.'

'Wees nou eens niet zo hard. Die arme knul is net zijn vriendin en zijn huis kwijtgeraakt.'

'Huis! Een aftandse boot zul je bedoelen. Lenny, wat bezielt je in godsnaam? Normaal ben je ook niet zo'n zacht ei.'

'Wat bedoel je?'

'O, hij heeft ongetwijfeld een of ander dramatisch verhaal tegen je opgehangen. Straks ga je hem nog beschouwen als de zoon die je nooit hebt gehad...'

'Nou moet je eens goed naar me luisteren...!'

'Nee! Jíj moet eens goed naar míj luisteren. Je brengt hem mee hiernaartoe zonder met me te overleggen, zonder ook maar eerst even te bellen om het me te laten weten, en dan verwacht je ook nog dat ik voor hem kook en de rommel achter zijn kont opruim? Waar zie je me voor aan, Lenny, voor een sloof? Is dat het enige waar ik in jouw ogen goed voor ben: om de sloof te spelen?'

'Toe nou, lieverd.'

'Ik ben je lieverd niet.'

'Sal...'

'Heb je er ook maar één moment bij stilgestaan, is het ooit in die kleine hersentjes van je opgekomen dat híj misschien wel degene is die de brand heeft aangestoken? Heb je daar al eens aan gedacht?'

'Jezusmina, Sal, zoiets zou Mark nooit doen. Bovendien heeft de politie hem laten gaan.'

'De politie laat moordenaars ook altijd gaan. Alleen maar omdat ze niet genoeg bewijs hebben. Dat wil nog niet zeggen dat ze ook denken dat hij het niet heeft gedaan.'

'Ach, hou toch op. Het is een goeie gozer.'

'Goeie gozer! Als dit huis straks ook in de hens staat, piep je verdomme wel anders!'

'Sal, ik wil niet...'

Maar Mark hoorde niet wat hij verder nog zei. Met betraande ogen en inwendig razend van woede griste hij zijn jas mee en schoot de deur uit. Hij was al halverwege de straat toen hij achter zich Lenny hoorde roepen, maar hij negeerde hem en rende verder, onder de spoorbrug door, de stad uit.

De chef-kok van The Angel had de reputatie de beste kok ten westen van de Pennines te zijn en het gerucht ging dat hij ook van vegetarische gerechten iets speciaals wist te maken. Attent van Phil om daar rekening mee te houden. Annie had zich voor deze gelegenheid iets minder flamboyant gekleed dan anders en droeg haar zwarte jurkje, omdat dat beter bij Phils veel conservatievere maar tegelijkertijd ook sportieve stijl paste. Ze had de jurk in tijden niet gedragen en voelde zich wat onbehaaglijk. Tot haar vreugde merkte ze dat hij nog steeds paste. De laatste keer dat ze hem had aangehad, schoot haar te binnen, was tijdens een etentje met Banks. En dat deed haar aan iets denken: hij had tijdens hun korte gesprek aan het eind van de werkdag iets gezegd waardoor er bij haar een alarmbelletje was gaan rinkelen en ze wilde Phil ernaar vragen.

Ze had haar best gedaan om haar rode neus te camoufleren met listig aangebrachte make-up en had Nurofen geslikt, zodat ze niet de hele avond haar zakdoek nodig zou hebben, maar ze kon de irritante kriebel achter in haar keel nog steeds voelen. Uit ervaring wist ze dat rode wijn in deze situatie het veiligst was, maar aangezien ze ieder met hun eigen auto naar het restaurant reden, zou ze toch rustig aan moeten doen met alcohol. Voor ze vertrok controleerde ze of ze haar pieper en mobieltje bij zich had, hoewel ze van harte hoopte dat ze geen van beide nodig zou hebben.

Phil zat al met een glas bier voor zich aan de bar te wachten en hij wenkte haar. ‘Ze maken net de tafel in orde,’ zei hij. ‘Ze zijn zo klaar. Drankje?’

‘Hmm, ik denk dat ik het voorlopig even bij grapefruitsap hou, dank je.’ Op die manier, dacht Annie, zou ze bij het eten nog een paar glazen wijn kunnen drinken.

Phil bestelde zonder commentaar haar drankje. Dat was een van de dingen die ze zo prettig aan hem vond: hij vroeg nooit waarom, maakte nooit een spottende opmerking, zoals sommige mensen doen wanneer je geen alcoholische drank bestelt of toevallig vegetariër bent. Het enige wat hij haar had gevraagd toen ze voor het eerst samen uit eten gingen was of ze uit humanitaire overwegingen of om gezondheidsredenen geen vlees at. Een beetje van allebei, had ze geantwoord.

‘Drukke dag gehad?’ vroeg hij.

Annie knikte. ‘De bootbrand. Daar heb je inmiddels ongetwijfeld over gehoord.’

'Ja, natuurlijk. Al aanwijzingen gevonden, of mag ik dat niet vragen?'
'Het is waarschijnlijk beter van niet,' zei Annie glimlachend, 'maar nee, nog niet echt.'
De maître d' kwam naar hen toe en bracht hen naar hun plaats. Het tafeltje, dat bedekt was met een scharlakenrood kleed en werd verlicht door een schemerlampje waaronder blinkend gepoetst zilveren bestek het licht weerkaatste, stond in een rustig hoekje van het restaurant. Op de achtergrond klonk zachtjes onopvallende muziek, de Beatles à la Mantovani, niet zo hard dat het lastig was om een gesprek te voeren, maar wel zo hoorbaar dat er een serene rust hing. Knus en intiem.
Terwijl Phil het menu bekeek, bestudeerde Annie hem aandachtig: de kleine, jongensachtige mond, het donkere haar met de enigszins wijkende haargrens en hier en daar een grijze lok, de oplettende, intelligente grijze ogen. Hij was een jaar of zeven, acht ouder dan zij, vermoedde ze, waarschijnlijk begin veertig. Banks was ook al ouder dan zij. Waarom viel ze toch altijd op oudere mannen? Voelde ze zich bij hen soms veiliger? Was ze misschien op zoek naar een vaderfiguur? Ze moest bijna lachen toen ze bedacht wat Ray, haar vader, daarop te zeggen zou hebben.
Op een bepaalde manier had Phil eigenlijk best veel van Banks weg, dacht Annie peinzend: vanbuiten een tikje traditioneel, conservatief zelfs, maar daaronder een ruimdenkende vrije geest. Leeftijd deed er voor haar trouwens niet zoveel toe; zij hechtte meer waarde aan intelligentie, levenservaring en een culturele inslag. Niet dat carrière en geld helemaal niet meetelden, maar voor de meeste mannen-met-mobiele-telefoon van haar eigen leeftijd met wie ze uit was geweest waren deze zaken zo belangrijk dat er geen ruimte overbleef voor andere dingen, en Annie vond nu juist die andere dingen veel interessanter.
Ze koos een salade met peer, walnoot en verkruimelde blauwe kaas als voorgerecht en risotto met bospaddestoelen als hoofdgerecht, en legde de menukaart weg. Phil tuurde nog steeds nadenkend naar de zijne.
'Moeilijkheden?' vroeg Annie.
'Ik kan maar niet kiezen tussen het wild en het parelhoen.'
'Sorry, daar kan ik je niet bij helpen.'
Phil lachte en legde de menukaart neer. 'Dat zal ook wel niet, nee.' Hij haalde een muntstuk uit zijn zak, wierp het omhoog en ving het weer op. 'Kop,' zei hij toen hij zag welke kant boven lag. 'Wild, dus.'
'Hoe weet ik nu dat je niet vals speelt?'
'Ik heb eigenlijk ook vals gespeeld,' biechtte hij op. 'Kop was juist het parel-

hoen, maar ik besefte op het allerlaatste moment dat ik toch meer trek heb in wild. Wijn?'

'Graag.'

Phil bestelde een fles Chianti Classico 1998. Niet poenerig, dacht Annie, maar ook niet goedkoop.

'Hoe gaat het met de Turner?' vroeg ze toen ze hun bestelling hadden opgegeven.

'Die ligt nog altijd rustig op zijn plek. Hij zal binnenkort wel worden geveild. De Tate is uiteraard geïnteresseerd, maar dat geldt ook voor het V&A en verscheidene privé-verzamelaars.'

'Het staat dus vast dat het een authentieke Turner is?'

'Jazeker. Een heel team van experts heeft dat bevestigd.'

'Jouw oordeel alleen is niet voldoende?'

'Je maakt zeker een grapje? Nee, absoluut niet. Het zou valse bescheidenheid van me zijn als ik zei dat mijn mening helemaal niet meetelt, maar zo'n ontdekking wordt altijd ongelooflijk uitgebreid onderzocht. Een goede kunstvervalser zou ook nooit een heel bekende kunstenaar vervalsen, zoals Turner of Constable. Vervalsers met een beetje gezond verstand houden zich bij minder bekende grootheden. Turner is nationaal bezit. Dan zou je net zo goed kunnen proberen een Da Vinci of een Van Gogh na te maken.'

'Dat is toch wel eens gedaan?'

'O, ja. Het is wel eens gedaan. Tom Keating is bijvoorbeeld zo iemand. Hij heeft onder andere Rembrandt nagemaakt. En Eric Hebborn is ver gekomen met Corot en Augustus John. Maar dat was in de jaren vijftig en zestig. Tegenwoordig zijn er veel meer forensische tests, en zoals ik net ook al zei: een heel bataljon experts dat je moet zien te omzeilen. De authenticiteit van dit schilderij is onder andere met behulp van vingerafdrukken vastgesteld.'

'Vingerafdrukken?'

'Ik dacht wel dat dat je zou interesseren. Die kunnen heel lang traceerbaar blijven, moet je weten. Er zijn zelfs afdrukken gevonden op prehistorische grottekeningen en aardewerk dat bij archeologische opgravingen is gevonden.'

'Maar hoe kun je dan vaststellen van wie ze zijn? Turner is al meer dan honderdvijftig jaar dood.'

'Schilderen kan een vieze aangelegenheid zijn. Je handen worden vuil en het komt heel vaak voor dat de kunstenaar tijdens het schilderen de verf en het papier of doek met zijn vingers aanraakt of zelfs bewerkt. Dat komt met name voor bij olieverf, maar ook bij aquarellen zoals deze. Als je de oppervlakte goed met een vergrootglas bekijkt, een beetje zoals Sherlock Holmes, denk ik dan, kun je vaak heel duidelijke vingerafdrukken vinden.'

'Maar hoe vergelijk je die dan met de vingerafdrukken van de kunstenaar?'

'Dat is inderdaad een probleem. Het is niet altijd mogelijk en de resultaten zijn soms twijfelachtig, maar in het geval van Turner pakte het juist wel goed uit.'

'Hoezo?'

'Zijn vingerafdrukken zijn opgeslagen in het archief van de Tate.'

'Ach, natuurlijk,' zei Annie.

'Uiteraard heb je daarvoor een betrouwbare bron nodig. Een schilderij met een geloofwaardige herkomstgeschiedenis die direct tot de kunstenaar zelf te herleiden is. Maar er zijn niet veel mensen in de gelegenheid geweest om hun vingerafdrukken achter te laten in de verf op een doek van Turner. Hij stond erom bekend dat hij alleen werkte, zonder assistenten.'

Annie knikte.

'En het is al eens eerder gedaan,' vervolgde Phil. 'Peter Paul Biro, een Canadees, heeft een paar jaar geleden pionierswerk verricht voor deze techniek. In 1995 heeft hij in samenwerking met de politie van West-Yorkshire een Turner met de titel *Landscape with Rainbow* geïdentificeerd. Het verbaast me eigenlijk dat je dat niet weet.'

'In 1995 was ik nog maar een eenvoudig agentje in Somerset en Avon.'

'Tja, dat verklaart veel.'

'Wat buiten onze directe werkomgeving plaatsvindt, gaat vaak grotendeels aan ons voorbij,' legde Annie uit. 'Je gaat gewoon helemaal op in de klus waaraan je op dat moment werkt en...'

'Ik begrijp het,' zei Phil.

'Hoeveel gaat deze opleveren, denk je?'

Phil tuitte zijn lippen, dacht even na en zei ten slotte: 'Rond de driehonderdduizend. Misschien iets meer, omdat het deel uitmaakt van een serie.'

De wijn werd gebracht en de kelner toonde eerst de fles, hield Phil vervolgens de kurk voor en schonk een bodempje in zijn glas. 'Schenk maar gewoon in,' zei Phil. 'Als er kurk in zit breng je ons ongetwijfeld wel een nieuwe fles.'

'Maar natuurlijk, meneer,' zei de kelner. Annie was het niet gewend zo voorkomend te worden behandeld in een restaurant in Yorkshire, en daarbuiten overigens ook niet. Phil had echter iets wat dergelijk gedrag in mensen opriep. Misschien leek hij op een beroemdheid, ook al kon Annie niemand bedenken. Stefan Nowak was voorzover zij wist de enige andere

persoon die eenzelfde soort uitwerking op mensen had. Ze kon zich heel goed voorstellen dat kelners Stefan ook zo voorkomend tegemoet traden. Phil nam een slokje wijn en keek om zich heen. 'Turner heeft hier trouwens een keer gegeten,' zei hij, 'tijdens zijn rondreis om schetsen te maken voor de aquarel.'
'Echt? Ik wist wel dat dit restaurant oud was, maar...'
'Ik denk niet dat dezelfde chef-kok hier toen al werkte. Hij klaagde nogal over het weer. Een beetje een vervelende zeurpiet, die J.M.W. En een vrek ook.'
'Dan zal hij zich hier best thuis hebben gevoeld.'
'Mijn ervaring is juist dat de bevolking van Yorkshire heel gul is.'
'Dat ben ik ook wel met je eens. Het is gewoon een van de fabeltjes die de ronde doen over deze streek, en sommige mensen lijken er best trots op te zijn, op die spaarzaamheid.'
'Ze gaan handig met hun geld om, dat moet ik ze nageven. Maar er is niets mis mee om je geld niet te verkwisten, zoals mijn opa altijd zei.'
Annie wilde hem al naar zijn grootouders uit Yorkshire vragen, maar slikte haar woorden net op tijd in. Ze had geen zin om die avond in familiegeschiedenissen en oude herinneringen te duiken. Familieverhalen van andere mensen brachten haar altijd een beetje van haar stuk.
Het voorgerecht werd gebracht en ze aten beiden een tijdje in stilte. 'Ik vergeet je steeds iets te vragen, namelijk waarom dit schilderij zo lang vermist is geweest,' zei Annie toen ze de laatste walnoot had opgegeten. 'Het was tenslotte wel een Turner, en ook nog een onderdeel van een serie.'
'Er zijn heel wat Turners waarvan de verblijfplaats onbekend is,' zei Phil. 'Zoals je al weet, maakte deze deel uit van een serie van twintig aquarellen die Turner heeft geschilderd voor de *History of Richmondshire*. De eerste twaalf heeft hij in de lente van 1817 bij zijn uitgever ingeleverd om er gravures van te laten maken en de andere acht in december van datzelfde jaar. Daarna zijn de originelen aan diverse kopers verkocht. De aquarel die wij hebben gezien, *Richmond Castle and Town*, was een van de zes die de uitgevers van het boek tegen kostprijs hebben verkocht. Vijfentwintig guineas. Moeilijk te geloven, hè? De enige keer dat er voor die tijd melding van is gemaakt, was bij een tentoonstelling van de Northern Society in Leeds in 1822. Daarna niets meer. In totaal worden er nog drie van de twintig vermist, waarvan er tot afgelopen zomer twee spoorloos verdwenen waren en een is verwoest bij een brand.'
Annie spitste haar oren. 'Brand?'
'Aha, ik heb je door. Je denkt zeker aan de brand op die boot die je in on-

derzoek hebt? Tja, ik stel je niet graag teleur, maar dit speelde enkele tientallen jaren geleden. Er bestaat geen verband.'
'Maar er ontbreekt er dus nog altijd een aan de serie?'
'Dat klopt. *Ingleborough from Hornby Castle Terrace*. Die is sinds de eeuwwisseling van de achttiende naar de negentiende eeuw niet meer gezien. Hij is in 1881 bij Christie's verkocht aan een zekere W. Law en heeft toen een recordprijs opgebracht. Tweeduizend guineas om precies te zijn. Het zou prettig zijn als dit werk kon worden opgespoord en de set weer compleet was, natuurlijk, maar ze bevinden zich tegenwoordig niet meer in een en dezelfde collectie.'
'Het is net *Tussen kunst en kitsch*.'
'Ja, lach er maar om, maar het komt vaker voor dan je denkt. Een stoffige lijst op zolder. Dat foeilelijke landschap dat de opa van je oude tante Eunice in de kelder had verstopt.'
Annie lachte. 'Je kunt een Turner met goed fatsoen niet foeilelijk noemen.'
'Nee, uiteraard niet. Maar iemand vond hem blijkbaar lelijk genoeg om hem onder een paar lagen isolatiemateriaal te begraven.'
Tijdens de rest van de maaltijd spraken ze over schilderijen en films die ze mooi vonden, en Annie ontdekte dat ze allebei dol waren op Alec Guinness in de oude Ealing-comedy's , hoewel Phil *The Captain's Paradise* verkoos boven Annies favoriet, *The Lavender Hill Mob*. Ze waren echter wel allebei verzot op *The Horse's Mouth*.
Toen het tijd werd voor het dessert besloot Annie haar dieet (voorzover je het tenminste een dieet kon noemen, maar ze zat wel altijd vol goede voornemens) eens lekker in de wind te slaan en ze nam de crème brûlée. Ze wist de verleiding van een glas cognac echter te weerstaan en bestelde een koffie verkeerd. Ze was blij dat ze het bij slechts één glas wijn had weten te houden.
'Heb je wel eens gehoord van een lokale kunstenaar, ene Thomas McMahon?' vroeg ze Phil nadat ze de eerste verrukkelijke hap had doorgeslikt.
Phil fronste zijn wenkbrauwen. 'McMahon? Nee, volgens mij niet. Hoezo? Is hij goed?'
'Ik mag je dit waarschijnlijk nog niet vertellen,' zei ze, 'maar morgen staat het toch in alle kranten en het wordt vanavond waarschijnlijk al via radio en televisie bekendgemaakt. Hij is waarschijnlijk het dodelijke slachtoffer van de brand op die boten. Een van de dodelijke slachtoffers. Ik vroeg me gewoon af of jij wel eens van hem had gehoord, of je tijdens je werk ooit zijn naam bent tegengekomen.'
'Ik krijg maar heel zelden te maken met nog levende kunstenaars, ben ik bang,' zei Phil.

'Uit de informatie die we tot nu toe hebben verzameld blijkt dat hij na een veelbelovende start een paar jaar geleden uit het wereldje is verdwenen en daarna zijn geld heeft verdiend met het schilderen van landschapjes voor toeristen.'
'Nog een reden waarom ik nooit van hem zal hebben gehoord. Altijd en overal de toegewijde speurneus, hè, Annie?'
Annie bloosde. Die opmerking bevatte een kern van waarheid. Ze werkte langzaam via een omweg toe naar de vraag die ze hem eigenlijk wilde voorleggen. 'We hebben ontdekt, of eigenlijk heeft mijn baas het ontdekt, dat hij regelmatig langsging bij een antiquariaat aan Market Street en daar oude boeken en prenten heeft gekocht.'
'Dat is toch niet zo ongebruikelijk?'
'We denken dat hij het niet echt breed had, en bovendien hadden de meeste dingen die hij daar kocht geen waarde. Oud, waardeloos spul.'
Phil keek haar aan en ze zag aan zijn blik dat hij begon te begrijpen waar ze naartoe wilde. 'Daarom dacht ik dus,' ging ze verder, 'dat...' Precies op dat moment ging haar pieper. Het bureau. Een paar van de andere gasten wierpen haar een chagrijnige blik toe. 'O, shit,' zei ze. 'Sorry. Ik moet dit even... Ik ben zo terug.'
'Oké. Het geeft niet. Ik ga nergens heen.'
Annie haastte zich naar buiten en morrelde onhandig aan haar mobiele telefoontje. 'Ja?'
'Inspecteur Cabbot?'
'Ja.'
'Inspecteur Banks vroeg me u te laten weten dat er weer één heeft plaatsgevonden, weer een brand, bedoel ik, en hij vraagt of u zo snel mogelijk naar Jennings Field komt. U weet waar dat is?'
'Dat weet ik, ja,' zei Annie. 'Bedankt. Ik kom eraan.'
Verdorie, dacht ze, en ze borg haar mobieltje op voordat ze het restaurant weer inliep. Heel onattent van de brandstichter, want nu was haar avond verpest. Ze had nog net tijd voor een korte verontschuldiging aan Phil voordat ze ervandoor moest.
'Zal ik je een lift geven?' vroeg hij.
'Nee, bedankt,' zei Annie. 'Ik ga wel met mijn eigen auto.' Ze zag de uitdrukking op Banks' gezicht al voor zich als ze in Phils BMW bij de plaats delict aankwam. Ze was er niet echt op gekleed om op deze kille avond buiten op een open veld te moeten rondlopen, besefte ze toen ze haar elegante dunne zwarte jas aanschoot.
Alsof het niet al erg genoeg was dat ze hun avondje uit moest afbreken, was

Annie ook nog eens niet snel genoeg met haar zakdoek om een heftige nies op te vangen en besproeide ze de hele tafel met bacillen. Phil glimlachte alleen maar en gebaarde dat ze maar beter kon gaan. Met een rode neus in een eveneens vuurrood gezicht vertrok Annie.

7

Jennings Field lag aan de oostelijke rand van Eastvale achter de wijk East Side en het spoor, waar het landschap vlakker werd en zich uitstrekte tot aan de vruchtbare vallei tussen de Yorkshire Dales en de North York Moors. Het was een heldere, koude avond; de lichte mist die er overdag had gehangen was volledig opgetrokken. De sterren straalden ijzig fel en in de verte twinkelden de lichtjes van dorpen waar de brave burgers waarschijnlijk allemaal lekker warm voor de televisie naar Des Lynam zaten te kijken. Het melkwitte schijnsel van de halvemaan lag over de bossen gevlijd en kleurde het raamwerk van kale boomtoppen zilver.

Het telefoontje had Banks halverwege *Goldfinger* gestoord, tijdens de scène waarin de laser langzaam in de richting van Bonds edele delen kruipt, en hij had de helft van zijn afhaalmaaltijd van nasi met kip en zijn tweede blikje bier moeten laten staan. Nu stond hij met zijn handen in zijn zakken lange witte ademwolkjes uit te blazen en keek hij toe hoe Annie uit haar auto stapte en zich meldde bij de geüniformeerde agent die aan de rand van het afgezette gebied de wacht hield. Een paar verslaggevers riepen haar wat vragen toe, maar ze negeerde hen. Een van hen floot bewonderend toen ze onder de afzettape door dook en Annie verstijfde even, maar liep toen verder. Ze was leuk gekleed, zag Banks toen ze het schijnsel bereikte van de lampen die de brandweer had neergezet, en had ze ook niet iets meer make-up op dan anders? Uit geweest met haar nieuwe vriendje zeker. Het was natuurlijk wel zaterdagavond.

Ze ving zijn blik op en bloosde. 'Wat is er?'

'Niets,' zei Banks. 'Je ziet er leuk uit.'

Annie rolde met haar ogen. 'Wat hebben we hier?'

De overblijfselen van een caravan, de enige vorm van behuizing die zich, helemaal aan de andere kant onder de beschuttende takken van een paar beuken, op het veld bevond, smeulden nog na en de bijtende stank van verbrand rubber en plastic dreef hun kant op. Van het dak en de zijkanten was niets over, alleen een karkas van zwartberoete metalen stutten, en de

ingewanden werden aan weer en wind blootgesteld. Water uit de brandslangen druppelde op de grond, waar het plassen vormde.
'Was er iemand in de caravan aanwezig?' vroeg Annie.
'We hebben één lichaam,' zei Banks. 'En deze keer weten we gelukkig waarschijnlijk ook wie het is.'
Annie blies in haar blote handen. Ze had eenvoudige zwarte pumps aan, een huidkleurige panty en een lange zwarte wollen jas – elegant, maar niet bepaald praktisch, merkte Banks op. Kleding om in uit eten te gaan. Ze had vast koude voeten.
Banks wees naar een man die bij een groep geparkeerde auto's en twee glimmende rode brandweerwagens met agent Winsome Jackman stond te praten. 'Dat is Jack Mellor. Hij is een vaste klant van de Fox and Hounds, in het dichtstbijzijnde dorp nog geen kilometer verderop, en hij heeft de brand gemeld. Hij is nog niet helemaal van de schrik bekomen. Hij zegt dat hij de vlammen zag toen hij rond een uur of negen met zijn hond langs de weg kwam aangelopen om zoals altijd een paar biertjes te pakken en wat te kletsen met zijn vrienden.' Banks wees in tegenovergestelde richting van het verlichte dorp. 'Hij woont in Ash Cottage, zo'n tweehonderd meter die kant op. Volgens hem was de man die in de caravan woonde ook een vaste klant van de Fox and Hounds. Een zwijgzaam type, heb ik begrepen. Ongevaarlijk. Hij heette Roland Gardiner.'
'Woonde hij alleen in de caravan?'
'Ja. Hij woonde er al minstens een paar jaar, vertelde meneer Mellor. Nergens een auto te vinden. Er zitten niet eens wielen aan de caravan. Zie je dat hij op een paar blokken staat? Dit veld is trouwens ondanks zijn naam een openbare ruimte. Niemand heeft enig idee wie die Jennings was. Ik vermoed dat de gemeente wel heeft geprobeerd om Gardiner weg te krijgen, net zoals British Waterways de krakers van die boten weg wilde hebben, maar Gardiner had het volste recht om hier te blijven wonen, of ze het nou leuk vonden of niet.'
'Wat is er in vredesnaam toch allemaal aan de hand?' zei Annie. 'Is er soms iemand bewust bezig om alle lelijke gebouwen en armoedzaaiers in de omgeving in brand te steken?'
'Daar heeft het wel wat van weg, hè?' zei Banks. 'Maar laten we niet op de zaken vooruitlopen. We hebben nog geen bewijs dat er een verband bestaat tussen de branden. En ondanks hun woonomstandigheden zijn het geen armoedzaaiers. Vergeet niet dat Thomas McMahon een kunstenaar was die zijn brood verdiende met het schilderen van plaatselijke landschappen voor de toeristische handel. Ik denk dat hij zelf voor dat leven heeft geko-

zen. En Mark Siddons werkt op de bouwplaats van de universiteit. Geen van de slachtoffers was echt een parasiet of klaploper.'
'Dat meisje was anders wel een junkie.'
'Jawel,' zei Banks, die zag dat Geoff Hamilton inmiddels de technische recherche instrueerde over het inpakken van de wrakstukken van de caravan, 'maar daar had ze waarschijnlijk zo haar redenen voor.' Hij moest net als Mark eerder die avond aan dokter Patrick Aspern denken, met wie hij nog een appeltje te schillen had. 'Bovendien beschouw ik haar daardoor eerder als een zieke dan als een misdadiger.'
'Je weet best wat ik bedoel,' zei Annie. 'En je weet ook dat ik er net zo over denk als jij. Ik wil alleen maar zeggen dat een junkie op een bepaald moment zijn wilskracht verliest, dat iemand die zo afhankelijk is van iets er echt alles voor overheeft om het te pakken te krijgen en er niet tegenop zal zien om op andermans zak te teren als dat moet.'
'Argument aanvaard,' zei Banks.
De wijkagent, Locke, kwam op hen af gelopen. 'Meneer Mellor wil graag weten of hij nu naar de Fox and Hounds kan,' zei hij. 'Hij zegt dat de ballen van zijn hond er zo'n beetje af vriezen, sorry voor het taalgebruik, mevrouw, en hij heeft zelf ook wel behoefte aan een hartversterkking.'
'Dat kan ik me voorstellen,' zei Banks. Hij nam Locke apart en ging zachtjes verder: 'Hoor eens, het is natuurlijk niet volgens de regels, en strikt genomen moeten we Mellor voorlopig als verdachte beschouwen, maar waarom ga jij niet met hem mee naar de Fox and Hounds en wacht je daar niet op ons? We zullen toch ergens met hem moeten praten, en dat kan net zo goed daar. Ik ga ervan uit dat het er in elk geval warm is.'
'Ja, inspecteur.'
'En hou zijn alcoholgebruik in de gaten. Hij mag één glas, een kleintje, tegen de schrik, maar niet meer. Ik wil niet dat hij aangeschoten is wanneer wij hem daar komen ondervragen, begrepen?'
'Begrepen, inspecteur.'
'En dan nog iets.'
'Ja?'
Banks gebaarde naar de weg, waar mediamensen in gevechtsformatie om ruimte streden en camera's op hen richtten. 'Probeer die lui te vermijden. Mondje dicht is het credo.'
'Ik denk dat dat wel zal lukken. We gaan achterom.'
Locke liep naar Mellor en samen wandelden ze vervolgens met de hond aan de riem naast hen naar een paadje achter de caravan; voordat ze goed en wel onderweg waren, waren ze al over een heuvelkam verdwenen en

werden ze door het duister opgeslokt. Banks hoopte maar dat er geen bijdehante verslaggever tussen zat die bedacht dat hij maar eens een kijkje moest gaan nemen in de plaatselijke pub. Uiteindelijk zouden ze daar toch wel opduiken, wist hij, maar zolang er nog hard werd gewerkt op de plaats delict zouden ze niet vertrekken.

'Is dat nu wel verstandig?' vroeg Annie.

'Misschien niet, maar ik geloof niet dat Mellor die brand heeft aangestoken. Laten we de schade maar eens gaan opnemen.'

Ze liepen naar de uitgebrande caravan. In het felle kunstlicht was de plasvorming midden op de vloer gemakkelijk te onderscheiden – een van de tekenen die op het gebruik van een brandbare vloeistof wezen – en Banks meende zelfs dat hij een vleugje benzine rook. Geoff Hamiltons elektronische 'snuiver' had al iets gevonden en bevestigde dat er een bepaalde brandbare vloeistof was gebruikt. De schade aan de caravan was vele malen groter dan die aan de boten. Daarnaast was de plaats delict zo klein en was de aangetaste vloer zo onstabiel dat Hamilton en brigadier Stefan Nowak zo goed en zo kwaad als dat ging vanaf de buitenste rand naar binnen toe moesten werken zonder ook maar één keer op de broze caravanvloer te stappen. Peter Darby nam hun werkzaamheden op video op en legde zijn camcorder zo nu en dan even weg om met zijn vertrouwde Pentax een reeks stills te nemen.

Te midden van dit alles, naast de plas die de plek van de brandhaard markeerde, lag een zwartgeblakerd lichaam gekromd op zijn zij in de bekende pugilistische houding. Hij was aanvankelijk moeilijk te zien geweest tussen alle geblakerde meubels en brokstukken van de caravan, maar wanneer je hem eenmaal van zijn omgeving wist te onderscheiden, kon je hem bijna niet over het hoofd zien. Hamilton vertelde dat het vervormde, gebarsten voorwerp naast het lijk een glas was. Naast het stoffelijk overschot van Tom McMahon had ook een glas gelegen, herinnerde Banks zich, en hij vroeg zich af of dat relevant was. Hij merkte dat Annie even rilde, wat volgens hem niet door de kou kwam.

Hamilton en Stefan Nowak kwamen naar hen toe gelopen.

'Iets gevonden?' vroeg Banks.

'Plasvorming, sporen van een brandbare vloeistof,' zei Hamilton.

'Net als de vorige keer?'

'Daar lijkt het wel op.'

'Is er iets wat op een verband tussen die twee duidt?'

Hamilton wipte van de ene voet op de andere. 'Nou ja,' zei hij, 'afgezien van het feit dat we te maken hebben met twee branden die allebei onder verdachte omstandigheden op een afgelegen plek zijn ontstaan, en dat binnen een tijdsbestek van twee dagen, terwijl we normaalgesproken hooguit twee keer per jaar met iets dergelijks van doen hebben, zou ik zeggen van niet.'

Dat was een belangrijk punt. Banks moest weten of ze met twee afzonderlijke onderzoeken naar brandstichting te maken hadden of slechts met een.

'Hoe lang zou het duren voordat een caravan van dat formaat er zo aan toe is?' vroeg hij.

'Ongeveer een halfuur. Wat de oorzaak ook was, de brand was fel en heeft snel om zich heen gegrepen.'

'En de brandbare stof die erbij is gebruikt?'

'Volgens mij benzine, maar ruik zelf ook maar eens; voor een definitief antwoord wacht ik even de resultaten van de chromatograaf en de spectraalanalyse af, om helemaal zeker te zijn.'

'Het vorige slachtoffer, een van de twee tenminste, was een kunstenaar,' zei Banks peinzend. 'In dat geval mag je er redelijkerwijs van uitgaan dat hij vast wel ergens terpentine had staan. We weten weliswaar nog niet wat meneer Gardiner precies deed, maar deze keer heeft de moordenaar overduidelijk zijn eigen brandstof meegebracht. Als hij allebei de slachtoffers kende, dan wist hij natuurlijk dat er bij McMahon terpentine voorhanden zou zijn om de brand mee aan te steken, maar dat hij voor Gardiners caravan zelf iets zou moeten meenemen. Maar waarom dan benzine in plaats van terpentine?'

'Waarschijnlijk omdat hij dat bij de hand had,' zei Hamilton. 'Dat geldt voor de meeste mensen die een auto hebben. Het is vrij gemakkelijk om een beetje af te tappen. En veiliger dan terpentine kopen in een winkel. Dan zou iemand zich hem misschien kunnen herinneren.'

'Goed opgemerkt,' zei Banks. 'En het slachtoffer?'

'Wat wil je over hem weten?'

'Ik neem aan dat hij niet rustig heeft liggen wachten tot hij levend verbrandde, of wel?'

'Hoe moet ik nou in godsnaam weten wat hij precies heeft gedaan?'

'Doe eens een gok. Gebruik je fantasie.'

Hamilton snoof verachtelijk. 'Daar ben ik niet voor aangenomen. Ik wacht graag eerst de testresultaten en de lijkschouwing af.'

Banks zuchtte diep. 'Oké,' zei hij. 'Als het slachtoffer bij bewustzijn was en niet in zijn bewegingsvrijheid werd belemmerd, had hij dan aan deze brand kunnen ontsnappen?'

'Misschien,' gaf Hamilton schoorvoetend toe. 'Tenzij hij natuurlijk door

de rook of vrijgekomen gassen werd overmand. Daardoor kun je vrij snel gedesoriënteerd raken.'
'Klopt het dat degene die de brand heeft aangestoken zich op dat moment in de caravan moet hebben bevonden?'
'Het patroon van de plasvorming duidt daar wel op, ja. Als hij de vloeistof bijvoorbeeld door het raam naar binnen had laten lopen of door de deur naar binnen had gegooid, zou je het bewijs daarvoor moeten kunnen terugvinden in het spoor van de brandstof en de mate van verkoling.'
'En dat bewijs ontbreekt?'
'Voorzover ik kan zien wel.'
'En degene die de brand heeft aangestoken is veilig weggekomen?'
'Tja, we hebben maar één stoffelijk overschot gevonden.'
'En de toegangs- en ontsnappingsroute?'
'Achter de bomen en de muur aan de achterkant loopt een paadje.'
'Oké,' zei Banks. Hij liet zijn blik naar de verkoolde, rokende caravan glijden. Op de plaats delict konden ze verder niet veel meer doen. Ze moesten het nu maar aan Stefan en zijn team overlaten en afwachten wat zij mogelijk zouden ontdekken.
Banks keek naar Annie. 'Laten we maar eens met meneer Mellor gaan babbelen,' zei hij. 'Ik lust zelf ook wel een stevige borrel.'
Annie keek op haar horloge. 'Het is na sluitingstijd,' zei ze.
Banks glimlachte. 'Ach, ik vind dat we als politiemensen wel een speciale behandeling verdienen, wat jij?'

Mark rende hard weg van de brand en vertraagde zijn tempo pas toen hij volkomen uitgeput was. Echo's galmden voortdurend door zijn hoofd en hij was razend. De stemmen van Lenny en Sal gingen over in die van zijn moeder en Crazy Nick, die beneden met hun dronken kop ruzie over hem maakten, steeds harder, tot ze elkaar luidkeels krijsend begonnen te slaan. Laat hem oprotten! Laat hem oprotten! Laat hem oprotten! Hij had bij zijn geboorte meteen verzopen moeten worden!
Mark drukte tijdens het rennen zijn handen tegen zijn oren, maar dat hielp geen zier. De stemmen gingen vanbinnen gewoon door. Hij zit altijd in de weg, verdomme. Kun je er niet iets aan doen? Hij herinnerde zich maar al te goed de nachten die hij in zijn eentje opgesloten in de vochtige kelder vol spinnen en spinrag had doorgebracht, zonder licht, zonder warmte, zonder menselijk gezelschap. En hij herinnerde zich ook nog die keer dat hij zestien was en eindelijk genoeg moed had verzameld om terug te vechten, dat hij Crazy Nick recht op zijn bek had geslagen en

ze allebei te verrast waren geweest om iets te doen toen ze zagen dat hij bloedde.
Godvergeten klerelijer! Moet je zien wat je hebt gedaan.
Op dat moment besefte Mark dat hij vocht om te overleven, dus hij beukte met alle kracht die hij in zich had op Crazy Nick in, stompte en schopte net zo lang tot Nick rochelend en bloed opgevend op de vloer lag en Marks moeder met haar kleine harde knuisten op zijn rug mepte. Hij had een stoel kapotgeslagen op Crazy Nicks hoofd en dat was dat geweest, de laatste nacht die hij thuis had doorgebracht, de nacht waarin hij was gevlucht, met oren die tuitten van het wraakzuchtige, hatelijke gekrijs van zijn moeder. En nu was hij weer gevlucht.
Hij bleef even staan om op adem te komen en toen hij om zich heen keek, besefte hij dat hij geen flauw idee had waar hij was. Hij was vanuit Lenny's huis in oostelijke richting gerend en had de stadsgrens achter zich gelaten, zoveel wist hij nog wel, dus hij bevond zich nu ergens op het platteland. Toen hij achteromkeek, kon hij de lichtjes van Eastvale nog net zien en in de verte hoorde hij zelfs een trein voorbijdenderen. Had hij nu maar genoeg geld om met de trein ergens naartoe te gaan. Of met een vliegtuig. Dat zou nog beter zijn. Ulaanbaatar. Toen bedacht hij echter dat hij niet eens een paspoort had, dus hij zat hier vast. Zat hier voorgoed vast. Maar niet in Eastvale. Daar zou hij nooit meer naartoe gaan. Als het aan hem lag niet tenminste.
Hij bevond zich op een donker laantje met aan weerszijden bomen en stapelmuurtjes. De vlammen lagen nu ver achter hem en hij meende in de verte de sirenes van brandweerwagens te horen. Hij wenste hun veel geluk. Tina had niet echt veel aan hen gehad. Hij zag haar fijne, knappe gezichtje voor zich en haar tengere lichaam. Tina had geen schijn van kans gehad. Voor de zoveelste keer werd hij door een enorm schuldgevoel overmand en tranen stroomden over zijn gezicht. Als hij niet achter Mandy aan had gezeten... Als, als, als...
Donkere winterse velden strekten zich aan weerszijden van de weg uit, kale takken graaiden als klauwen naar de sterrenhemel en zo nu en dan ontwaarde hij het eenzame schijnsel van een afgelegen boerderij of de opeengehoopte lichtjes van een gehuchtje. Heel even dacht hij weer aan Banks' waarschuwing dat hij mogelijk gevaar liep, dat hij misschien het volgende slachtoffer zou zijn, en even werd hij bang. Overal bewogen schaduwen en achter hem klonken ritselende geluiden. Het was de wind in de bomen maar. Waarom zou iemand hem willen vermoorden? Hij wist helemaal niets. Maar Tina had ook niets geweten.

Mark wist niet waar hij naartoe ging; hij wist alleen dat hij moest blijven lopen. Als hij bleef lopen, zou hij uiteindelijk bij de kust komen. Misschien kon hij daar blijven wonen. Aan de kust kon je gemakkelijk een baantje krijgen zonder dat er lastige vragen werden gesteld, want daar konden ze vanwege al die toeristen iedereen goed gebruiken. Dat had Drake uit het kraakpand hem verteld. Drake had in Blackpool gewoond en daar op Pleasure Beach bij een van de kermisattracties gewerkt. Een hoop poen verdiend, had hij gezegd, en ook nog heel wat lekkere meiden versierd. Niet in januari natuurlijk. In januari was Blackpool een kille, eenzame plek. Maar goed, misschien was er wel werk te vinden in de bouw. Er werd altijd wel gebouwd. En dan de zee. Mark was gek op de zee.

Van het rennen had hij het warm gekregen, maar nu, nu hij langzamer was gaan lopen, besefte hij dat hij het koud had, net zo koud als die nacht dat hij naar de brand op de boten had staan kijken. Was dat echt pas gisteren geweest? Het leek al jaren geleden. Tina was pas twee dagen dood. Zou de rest van zijn leven zonder haar net zo ellendig blijven als nu? Misschien moest hij zichzelf maar gewoon van kant maken. Dat zou hun verdiende loon zijn. Zijn moeder – God zegene haar verdorven zieltje en dat ze maar moge wegrotten in de hel –, Crazy Nick, Lenny, Sal, de politie – allemaal. Dat zou hij doen: hij zou er een eind aan maken. Naar Tina gaan. Dan hoefde die kerel die haar had vermoord geen moeite meer te doen om hem ook te vermoorden. Maar hij wist heel goed dat hij daar het lef niet voor had. Bovendien geloofde Mark niet zo in herenigingen aan gene zijde, ongeacht wat gelovige mensen ook beweerden.

Hij trok de met fleece gevoerde jas strak om zich heen en knoopte de kraag stevig dicht rond zijn hals. Hij droeg de kleding van een smeris. Wat een giller eigenlijk. Zou het niet hun verdiende loon zijn als hij nu echt doodging? Hij wist niet eens meer zeker of het hem nog iets kon schelen of dat het misschien toch niet zo'n goed idee was. Hij leek vanbinnen helemaal verdoofd, net zo gevoelloos als zijn voeten, en het drong tot hem door dat doodgaan niet eens heel pijnlijk hoefde te zijn. Het zou een fluitje van een cent zijn. Hij hoefde alleen maar een afgelegen plekje op te zoeken – daar waren er hier toch zat van – en buiten in de kou te blijven liggen. Hij had wel eens gehoord dat het net was of je in slaap viel. Je kreeg het koud en raakte langzaam helemaal verdoofd, zodat je niets meer voelde, raakte in een coma en ging dood. Hij was toch al halverwege. Hij zag een overstap in de omheining en ontdekte in de aangrenzende wei in het kleine beetje maneschijn dat in de lege ramen weerkaatste, het silhouet van een vervallen schuur. Dat was een goede plek, vond hij, in elk geval voor vannacht.

Een prima plek. En als hij daar doodging... Ach, dan kregen al die rotzakken toch mooi hun verdiende loon?

Het was al ver na de officiële sluitingstijd toen Banks en Annie in de Fox and Hounds bij Jack Mellor aan een tafeltje naast de open haard plaatsnamen, maar de pubbaas had geen haast de zaak te sluiten zolang de politie er nog zat te drinken.

Banks stuurde Locke, die vanaf het eerste gesprek op de plaats delict op Mellor had gepast, naar huis en bestelde drie dubbele cognacjes, een daad waarmee hij een flinke hoeveelheid wetten en politieregels overtrad. Het kon hem geen moer schelen. Het was buiten stervenskoud en hij had behoefte aan een hartversterking. Annie leek erg in haar sas met het vuurtje in de haard en ging er zo dicht mogelijk naast zitten. Aan de manier waarop ze de eerste slok naar binnen goot te zien, leek ze evenmin bezwaar te hebben tegen de cognac. Mellor, met de slapende hond opgerold naast zich op de grond, was de enige die zijn glas onaangeroerd liet staan, maar hij had dan ook al een borrel gehad en zijn ronde gezicht zag iets minder bleek dan op het veld bij de caravan. De pubbaas gooide nog een paar stukken hout op het vuur. Ze sisten en knetterden, en gaven zoveel warmte af dat Banks zijn jas uittrok. Annie sloeg haar benen over elkaar, haalde haar opschrijfboekje tevoorschijn en wierp Banks een strenge blik toe toen ze zag dat hij naar het gouden kettinkje rond haar enkel keek.

'Kunt u ons vertellen wat er vanavond precies is gebeurd?' vroeg Banks.

Mellor staarde naar de vlammen. 'Het was een enorme schok,' zei hij. 'Die aanblik... zelfs van een afstandje... iemand die je kent.'

Godzijdank had hij het lichaam niet van dichtbij gezien, dacht Banks bij zichzelf. 'Dat begrijp ik,' zei hij. 'Neemt u rustig de tijd.'

Mellor knikte. Zijn wangen trilden. 'Ik was zoals altijd Sandy aan het uitlaten. We gaan 's avonds altijd even bij de Fox langs voor een paar pintjes; dat doen we al vanaf dat mijn vrouw is overleden.'

'Wat naar voor u,' zei Banks.

'Ach, die dingen gebeuren.' Mellor stak zijn hand uit en nam een slokje cognac. 'Zoals ik al zei: het is een soort gewoonte geworden. Zo'n vaste routine, dat vinden we prettig. We leiden een saai leventje, zou je kunnen zeggen.'

'En vanavond?'

'Ik zag het vuur door de bomen. Ik denk dat Sandy het al had geroken, want hij gedroeg zich vreemd.' Hij boog zich voorover en streelde de glanzende vacht van de hond. Banks vermoedde dat die zijn naam aan zijn zandkleurige vacht te danken had. Sandy bewoog zich even, deed één bruin oog open en spitste een oor, maar dutte meteen weer in. 'Goed, we zijn er snel naartoe gelopen, maar... Ik zag onmiddellijk dat ik niets meer kon doen.'

'Hoe laat was dat?'

'Ik ga meestal om negen uur op pad, vrij stipt, en het is ongeveer tien minuten lopen vanaf mijn huis, dus...'

'Tien over negen, dus?'

'Zo ongeveer, ja.'

Banks wist dat het telefoontje naar de alarmcentrale om dertien over negen die avond was ingelogd. 'Waarvandaan hebt u gebeld?'

'Een telefooncel verderop langs de weg. Dat is maar een klein stukje. Ik heb zo hard mogelijk gelopen, maar...' Hij wreef over zijn buik. 'Met mijn postuur gaat het allemaal niet zo snel meer, ben ik bang.'

Banks had de telefooncel zien staan en vermoedde dat Mellors schatting redelijk nauwkeurig was.

'Ik heb geen mobiele telefoon,' legde deze uit. 'Die heb ik nooit echt nodig gehad. Ik zou niet weten wie ik moest bellen of wie mij moest bellen.'

Dat weerhield de meeste mensen er echter niet van een mobieltje aan te schaffen, wist Banks, en hij dacht aan de saaie, nietszeggende gesprekken die hij de afgelopen jaren had moeten aanhoren: 'Met mij. Ik zit in de trein. We rijden net het station uit. Het regent hier.' Enzovoort, enzovoort.

'Ik neem aan dat u alleen thuis was?'

'Ja. Ik woon tegenwoordig alleen, afgezien van Sandy, natuurlijk.'

'Wat hebt u gedaan toen u de brandweer eenmaal had gebeld?'

'Ik heb op hen gewacht.'

'Waar?'

'Bij het hek.'

'U bent niet bij de caravan in de buurt geweest?'

Mellor haalde zijn neus op en veegde met de rug van zijn hand langs zijn ogen. 'Ik besefte dat ik op dat moment toch niets kon doen,' zei hij. 'Alleen maar hulpeloos toekijken hoe hij afbrandde. Ik voelde me ontzettend nutteloos. De brandweer was er al heel snel.'

'Het geeft niet, meneer Mellor,' zei Banks op geruststellende toon. 'Niemand had op dat moment nog iets kunnen doen.' Volgens Geoff Hamilton had het vuur nog geen halfuur nodig gehad om de enorme ravage aan te richten die ze er hadden aangetroffen en op het moment dat Mellor het vuur had opgemerkt woedde de brand al geruime tijd. Dat hield in dat hij waarschijnlijk tussen kwart voor negen en negen uur moest zijn aangesto-

ken. 'Hebt u hier in de omgeving van het veld iemand gezien?' vroeg hij.
'Nee.'
'Niemand op het pad zien lopen?'
'Nee. Ik ben niemand tegengekomen. Ik kom op dat tijdstip trouwens nooit iemand tegen.'
'Auto's dan?'
'Een paar. Er rijdt hier vrij veel verkeer, vooral op zaterdagavond. Het is de beste verbindingsweg tussen Eastvale en Thirsk.'
'Kunt u zich nog iets van die auto's herinneren?'
'Ik ben bang van niet.'
'Is er verder nog iets verdachts of ongebruikelijks gebeurd?'
'Nee.'
Banks nam een slok van de vurige cognac. Zijn knieën werden warm van het vuur in de open haard en hij zag dat Annies scheenbenen onder haar panty rood waren geworden. 'Goed, meneer Mellor,' vervolgde hij. 'Wat kunt u ons over het slachtoffer vertellen?'
'Roland? Niet veel. Hij was nogal een gesloten type.'
'Maar u dronk regelmatig een biertje met hem?'
'Nou ja, we zijn geen van tweeën grote drinkers. We kletsten wel eens wat onder het genot van een pintje of twee, meer niet.'
'Hoe vaak?'
'Twee of drie keer per week. Maar soms zag ik hem ook dagenlang niet.'
'Heeft hij u ook verteld waar hij op die avonden was geweest?'
'Nee.'
'Maar u sprak hem vrij regelmatig?'
'Ja, dat klopt. Dan hadden we het over het nieuws. Politiek. Sport. Dat soort onderwerpen. Roland was altijd heel goed op de hoogte.'
'Heeft hij u wel eens iets over zichzelf verteld?'
'Jawel, zo af en toe. Maar dat is...'
'Meneer Mellor,' zei Banks, die aanvoelde dat de man zich uit respect voor zijn overleden vriend niet wilde uitlaten over diens privé-leven, 'het heeft er veel van weg dat meneer Gardiner dood is. En alles wat u ons vertelt, is uiteraard strikt vertrouwelijk.'
'Hoezo heeft het er veel van weg dat Roland dood is? Is hij nu dood of niet?'
'We hebben in de caravan een lichaam gevonden,' zei Banks, die zijn woorden zorgvuldig koos. 'Die persoon is dood. Helaas hebben we de identiteit nog niet kunnen vaststellen, dus we moeten voorzichtig zijn. Kunt u iemand anders bedenken die zich mogelijk in de caravan bevond?'

Mellor schudde zijn hoofd. 'Nee. Roland was erg op zijn privacy gesteld en hij woonde alleen, net al ik.'
'Dan gaan we er onder ons gezegd en gezwegen voorlopig inderdaad van uit dat hij het is, maar we kunnen pas een officiële verklaring afgeven wanneer iemand hem heeft geïdentificeerd. Op dit moment is alles wat u ons kunt vertellen zeer welkom. Hoe zag hij eruit?'
'Niet echt bijzonder, eerlijk gezegd. Een meter achtenzestig, misschien een zeventig, en een beetje te dik.' Hij wreef over zijn buik. 'Niet zo erg als ik trouwens. Wijkende haargrens en hier en daar grijs. Kromme neus. Niet echt groot, maar zo'n haakneus. Lichtblauwe ogen.'
Mark Siddons had een keer een man met een gebogen neus bij Tom McMahons boot gezien, herinnerde Banks zich. 'Hoe oud was hij?'
'Begin veertig, zou ik zeggen.'
'En verder?'
'Dat is het eigenlijk wel zo'n beetje. Hij droeg altijd vrijetijdskleding. Ik heb hem tenminste nooit in een pak gezien. Een spijkerbroek en een katoenen trui. Zachte stem. Beleefd. Lachte zelden.'
'Had hij familie?'
'Voorzover ik weet niet. Hij praatte nooit over zijn familie. Ik denk dat zijn ouders dood zijn, en hij heeft het nooit over broers of zussen gehad.'
'Was hij getrouwd?'
'Tja, dat is het 'm nou net, dat is nou net het probleem,' zei Mellor. 'Roland is gescheiden. Een jaar of twee geleden, zo rond de tijd dat hij naar Jennings Field kwam.'
'Wat is er precies gebeurd?'
'Hij was zijn baan kwijtgeraakt en toen heeft zijn vrouw hem verlaten. Voor een andere man. Het enige wat hij nog had, waren zijn caravan en de auto, dat heeft hij mij tenminste verteld, en toen is hij gaan rondrijden tot hij een plekje had gevonden waar hij kon blijven en daar heeft hij sinds die tijd gewoond.'
'Waar leefde hij van?'
'Hij had een uitkering.'
'Kwam hij hier uit de omgeving?'
'Ja. Maar hij praatte niet met een plat accent; het klonk eerder alsof hij een tijd ergens anders had gewoond. In het zuiden van het land bijvoorbeeld, of misschien wel in het buitenland.'
'Wat is er van zijn auto geworden?'
'Roland heeft hem gewoon laten staan op de plek waar hij ook zijn caravan had neergezet. Hij zei dat hij hem toch niet meer nodig had. Hij zag het

leven niet meer zitten. Hij wilde nooit meer ergens naartoe. Uiteindelijk is de auto van ellende uit elkaar gevallen.'

'Hoe lang is dat geleden?'

'Ongeveer een jaar.'

'Waar is hij nu?'

'Weggesleept naar de schroothoop.'

'Weet u wat voor baan meneer Gardiner had voordat hij werd ontslagen?'

'Ja. Hij werkte voor een bedrijfje in kantoorartikelen.'

'Wat is er precies gebeurd?'

'De concurrentie was te groot en te hard. Ze konden zich het soort kortingen en de leveringsvoorwaarden die de grote jongens boden niet veroorloven, dus bezuinigden ze op de kosten. Roland was daar erg verbitterd over.'

'Weet u ook waar hij met zijn vrouw woonde?'

'Ze woonden in Eastvale, ergens in die nieuwe wijk Daleside. Sorry, hij heeft me nooit het precieze adres verteld.'

'Ik ken die wijk wel,' zei Banks. Daleside was een mengeling van sociale woningbouw en koopwoningen die was neergezet op de plek van het vroegere Gallows View Fields aan de westelijke rand van de stad. Er had binnen de gemeenteraad een korte discussie gewoed over de naam van de wijk: sommige mensen waren er voorstander van om uit historische overwegingen Gallows View aan te houden; anderen brachten daartegen in dat dat potentiële kopers zou afschrikken. Uiteindelijk had de vooruitgang gewonnen en werd de wijk officieel tot 'Daleside' omgedoopt, maar de meeste Eastvalers bleven de wijk gewoon Gallows View noemen. Banks' eerste zaak in Eastvale had zich in dat deel van de stad afgespeeld, maar hij had er geen speciale band mee. De oude rij cottages en de winkel op de hoek waren inmiddels allemaal gesloopt en hadden plaatsgemaakt voor nieuwere huizen.

'Woont ze daar nog steeds?'

'Hij heeft me nooit verteld dat ze is verhuisd. Ik neem aan dat zij in dat huis is blijven wonen.'

Annie maakte een aantekening. Het moest niet moeilijk zijn om die exvrouw op te sporen, dacht Banks.

'Hoe was zijn houding ten opzichte van zijn ex-vrouw?' vroeg hij.

'Ik kreeg de indruk dat hij zich uit de naad had gewerkt om de exotische buitenlandse vakantiebestemmingen en het luxe leventje te kunnen betalen waar haar voorliefde naar uitging. En wanneer hij dan vervolgens zijn baan kwijt is, laat ze hem als een baksteen vallen en gaat ze ervandoor. Die kerel is al helemaal kapot, en dan nog natrappen ook.'

'Ja, ik denk dat ik me daar ook heel verbitterd door zou gaan voelen,' zei Banks. Gardiner had in elk geval een goede reden gehad om zijn vrouw te vermoorden, maar dat was hier niet gebeurd.

Annie keek naar Banks. Zijn situatie was weliswaar niet helemaal hetzelfde, maar hij wist dat het in alle opzichten wel heel nauw luisterde en hij wist ook dat Annie dat wist. Het enige echte verschil was wellicht dat Banks niet per se alleen vanwege Sandra zo met zijn carrière bezig was geweest – haar voorliefdes waren juist bijzonder bescheiden geweest – maar juist ook vanwege zijn eigen behoeftes. Toch was ze bij hem weggegaan, indertijd schijnbaar volkomen onverwacht, en was hij bijna zijn baan en zijn verstand kwijtgeraakt; en nu woonde ze met Sean en Sinéad in Londen. Banks wist heel goed wat verbittering en verraad met je konden doen.

'Heeft ze hem ooit in de caravan opgezocht?' vroeg Banks.

'Niet dat ik weet. Hij heeft nooit iets gezegd.'

'Waren ze daadwerkelijk gescheiden of alleen van tafel en bed?' Banks vroeg zich af of de voormalige mevrouw Gardiner er misschien om een of andere reden behoefte aan had gehad dat haar man voorgoed uit de weg werd geruimd.

'Hij zei gescheiden. Ik heb hem trouwens nog gesproken op de dag dat de echtscheiding werd uitgesproken, en aanvankelijk was hij heel sentimenteel, maar later werd hij kwaad. Hij heeft die avond een beetje te veel gedronken, weet ik nog.'

Eén theorie kon hij dus vast schrappen. 'Kreeg hij vaak bezoek?'

'Hij heeft het nooit over bezoekers gehad en ik kan de caravan vanuit mijn cottage niet zien. Ik herinner me wel dat ik een keertje iemand heb zien vertrekken toen ik langs het pad wandelde, maar dat is alles.'

'Wanneer was dat?'

'Een paar maanden geleden. In de zomer.'

'Man of vrouw?'

'Man.'

'Hoe zag hij eruit?'

'Het was te ver weg om dat te kunnen zien en hij liep de andere kant op.'

'Lang of kort, zwart of blank?'

Mellor trok zijn wenkbrauwen op. 'Blank. En misschien een stukje langer dan u. Maar geen grote man. Wel goed gebouwd.'

'Maar u hebt niet gezien hoe hij eruitzag.'

'Nee, ik ga puur af op zijn manier van lopen. Die zegt soms meer dan je denkt, de manier waarop iemand loopt. Ze zeggen wel dat je, wanneer je

in de grote steden bent, moet lopen alsof je precies weet waar je naartoe moet, heel doelbewust en zo, omdat je dan minder kans loopt dat je zakken worden gerold. Zo'n manier van lopen bedoel ik.'
'Welke richting ging hij op?'
'Naar die parkeerplaats langs het pad achter de caravan. Heel handig, eigenlijk. Aan de andere kant van Jennings Field is een watervalletje. Eigenlijk niet veel meer dan een stroompje, maar u weet hoe toeristen zijn. Dus heeft de gemeente daar een kleine parkeerplaats laten aanleggen. Betaald parkeren, met een bonnetje achter de ruit.'
Vanaf die plek was de caravan het gemakkelijkst te bereiken. De technische recherche had de plek met tape afgezet en zou het onderzoek voortzetten zodra het licht was. 'Hebt u hem zien wegrijden?'
'Helaas niet. De uitgang komt uit op het pad achter het veld, achter Rolands caravan. Hij wordt aan het oog onttrokken door de bomen en de muur. Ik geef toe dat ik wel een beetje nieuwsgierig was, omdat ik nog niet eerder een bezoeker bij Rolands woning had gezien of gehoord.'
'Hebt u wel eens een donkerkleurige jeep in de omgeving opgemerkt?'
'Nee. Sorry.'
'Evengoed bedankt,' zei Banks. 'Hebt u meneer Gardiner nog naar zijn bezoeker gevraagd?'
'Ja, maar hij tikte alleen maar tegen de zijkant van zijn neus. Beweerde dat het een oude vriend van vroeger was. Weet u,' zei Mellor, en hij speelde met het restantje cognac in zijn glas, 'toen ik Roland nog maar pas kende, maakte ik me wel eens zorgen over hem.'
'Hoezo dat?'
'Hij leek last te hebben van depressieve buien. Soms kwam hij dagenlang zijn caravan niet uit, kwam hij niet eens hiernaartoe. Wanneer hij wel kwam en je vroeg hoe het met hem ging, wuifde hij alles weg en zei hij iets over de "zwarte hond" die hij even had uitgelaten.'
Zwarte hond: Winston Churchills benaming voor de depressies die hem zijn leven lang hadden achtervolgd. 'Denkt u dat hij zelfmoordneigingen had?'
Mellor dacht even na. 'Soms,' zei hij. 'Ja. Er zijn tijden geweest dat ik bang was dat hij zichzelf iets zou aandoen.'
Brand stichten was niet een veelvoorkomende manier van zelfmoord plegen, wist Banks. De laatste zaak die hij in dat opzicht had meegemaakt betrof een man die zich aan het stuur van zijn auto had vastgeketend, benzine om zich heen had gesprenkeld en vervolgens de boel had aangestoken. Hij had echter de ramen dicht gelaten, waardoor er niet voldoende zuurstof in

de auto was en het vuur zich niet kon verspreiden, dus toen de vlammetjes alle zuurstof hadden verbruikt, kwam de man door verstikking om het leven en bleef zijn lichaam vrijwel onaangetast. Toch moest Banks met alle mogelijkheden rekening houden. 'Denkt u dat hij hier misschien zelf achter zit?' vroeg hij aan Mellor.
'Dat hij die brand zelf heeft aangestoken, bedoelt u? Grote god, nee. Roland zou nooit zoiets onverantwoordelijks doen. Er had iemand anders gewond kunnen raken. Iemand van de brandweer bijvoorbeeld. En bovendien is het een veel te pijnlijke manier om te overlijden. Nee. Hij had heel sterke pillen van de huisarts, heeft hij me eens verteld. Slaappillen. Ik weet niet hoe ze heetten. Blijkbaar had hij grote moeite met slapen. Nachtmerries en zo. Als hij er dan toch tussenuit had willen knijpen, dan zou hij het op die manier hebben gedaan.'
Zwarte hond. Nachtmerries. Roland Gardiner klonk beslist als een gekwelde man. Kwam dat allemaal doordat hij zijn baan was kwijtgeraakt en zijn vrouw hem had verlaten, of waren er nog meer redenen?
'Trouwens,' ging Mellor verder, 'de laatste tijd zag het er juist weer iets rooskleuriger voor hem uit.'
Banks keek even naar Annie. 'O?'
'Ja. Hij leek een stuk opgewekter, een stuk optimistischer.'
'Zei hij ook waarom?'
'Alleen maar dat hij een oude vriend van vroeger had ontmoet.'
'Wie was die oude vriend?'
'Daar liet hij zich niet over uit. Zoals ik al zei: Roland was een gesloten type.'
'Dezelfde vriend die hem ook in zijn caravan opzocht?'
'Zou kunnen. Het was rond diezelfde tijd.'
'Afgelopen zomer?'
'Dat klopt.'
'Wanneer hebt u Roland voor het laatst gezien?'
Mellor dacht even na. 'Afgelopen woensdag, meen ik. Hij heeft me een boek geleend.'
'Wat voor boek was dat?'
'Een geschiedenisboek, niets bijzonders. We waren allebei geïnteresseerd in Victoriaans Engeland.'
Banks stond op. 'Hartelijk dank, meneer Mellor. U hebt ons enorm geholpen. Wilt u misschien een lift terug naar huis?'
'Graag. Normaalgesproken zou ik gaan lopen, maar het is al laat, het is koud en ik heb nogal een schok gehad. Hebt u ook plaats voor Sandy?'

'Natuurlijk. Geen probleem.'
Annies auto stond nog steeds bij Jennings Field, dus wurmden ze zich allemaal in Banks' Renault, met Sandy opgerold naast Mellor op de achterbank, en reden ze met de verwarming op de hoogste stand naar Ash Cottage. Binnen een paar minuten was het warm in de auto en Banks merkte dat hij slaperig werd van de cognac. Hij wist dat hij niet te veel had gedronken en alleen maar moe was. Ze zetten Mellor en Sandy af en Banks gaf hem zijn kaartje. 'Voor het geval u nog iets anders te binnen schiet.' Toen bracht Banks Annie terug naar het veld. Ze bleven een tijdje in zijn auto zitten, met draaiende motor en de verwarming nog steeds aan, en staarden naar de bedrijvigheid rond de uitgebrande caravan. Het werd er beslist al een stuk rustiger, maar Stefan was er nog steeds, net als Geoff Hamilton en een groepje brandweerlieden. Beide brandweerwagens waren vertrokken.
'Jezus, ik heb een pesthekel aan brand,' zei Banks.
'Waarom? Heb je er vroeger zelf een meegemaakt?'
'Nee, maar ik heb er wel nachtmerries over.' Hij wreef over zijn slapen. 'Toen ik nog bij de Met zat, ben ik eens naar een plaats delict geroepen waar brand was gesticht. Een rijtjeshuis in Hammersmith. Een of ander gearrangeerd huwelijk dat spaak was gelopen en de beledigde partij in kwestie had benzine door de brievenbus van de andere partij gegoten.' Hij zweeg even. 'Bij die brand zijn negen mensen omgekomen. Negen mensen. Bij de meesten kon je het stoffelijk overschot niet eens meer onderscheiden van de verkoolde brokstukken, behalve dan één kerel die nog steeds een kokende rode blaar op zijn schedel had. En de stank... Jezus. Weet je wat me altijd het meest is bijgebleven?'
'Wat dan?' zei Annie.
'Het kleine meisje dat erbij was. Het leek wel alsof ze met gevouwen handjes op haar knieën naast haar bed zat te bidden. Volledig verbrand, maar nog steeds op die plek, voorgoed gevangen in dezelfde houding. Biddend.' Banks schudde zijn hoofd.
Annie raakte zachtjes zijn arm aan.
'Maar goed,' zei Banks, en hij bande de herinnering uit zijn gedachten. 'Wat denk jij hiervan?'
'Ik weet eigenlijk niet goed wat ik ervan moet denken. Het is wel heel toevallig dat er hier zo kort op elkaar twee vergelijkbare branden zijn uitgebroken. Maar wat kan het verband zijn?'
'Dat moeten we zien uit te zoeken,' zei Banks. 'Tenzij het hier een pyromaan betreft, een seriebrandstichter die het leuk vindt om op afgelegen

plekken brandjes te stichten, moet er een verband zijn tussen de slachtoffers. En hoe eerder we ontdekken wat dat is, hoe beter. Dat is wel iets voor Kevin Templeton. Hij is er goed in achtergrondinformatie op te diepen. Ik ga terug naar het bureau.'

'Ik rij achter je aan.'

'Oké. Het is al laat, maar ik wil een paar dingen in gang zetten nu ze me nog vers in het geheugen liggen. Om te beginnen wil ik weten wat voor alibi Mark Siddons en Andrew Hurst voor vanavond hebben. En Leslie Whitaker ook. Ik weet nog steeds niet goed wat ik aan hem heb. Verder moeten we Gardiners ex-vrouw zien op te sporen. En laten we ook dokter Patrick Aspern, Tina's stiefvader, vooral niet vergeten.'

'Je denkt toch zeker niet dat hij hier iets mee te maken heeft?'

'Ik weet het niet, Annie. Er zijn ernstige beschuldigingen geuit, in elk geval met betrekking tot zijn gedrag jegens zijn stiefdochter. En hij noch zijn vrouw heeft een sluitend alibi voor de avond van de bootbranden. Hij staat nog altijd op mijn verdachtenlijstje. Ik denk dat ik Winsome morgenochtend maar eens naar hem toe stuur om met hem te gaan praten en hem naar zijn alibi te vragen. Dat kan interessant worden.'

Annie slaakte een zucht. 'Als je denkt dat dat echt nodig is. Op jouw verantwoordelijkheid.'

'En ik wil ook spoed laten zetten achter die toxicologische tests. Die mensen zijn heus niet zomaar uit zichzelf blijven afwachten tot ze levend verbrandden.'

'Alan?'

'Ja?'

'Ik sprak eerder vandaag een vriend van me, Philip Keane. Hij runt een privé-bedrijfje dat de authenticiteit van kunstwerken vaststelt en dat afgelopen juli betrokken was bij de vondst van die Turner hier. Ik denk dat hij ons misschien kan helpen, in elk geval wat betreft de aanwijzingen op het gebied van kunst. Ik weet zeker dat hij best bereid is om er met je over te praten.'

Banks keek haar aan. Hij wist dat ze een vriend had, maar kende zijn naam niet. Was dit hem soms? Had ze zich daarom vanavond zo chic aangekleed en een beetje meer make-up dan anders gebruikt? De timing klopte en hij wist dat ze de plaatselijke galerie korte tijd had geholpen met de beveiliging toen die de Turner in huis had. 'Kende hij McMahon?'

'Nee, dat niet. Het is iets wat eerder vandaag bij me is opgekomen en Phil heeft daar misschien wat tips over.'

'Oké,' zei Banks. 'Zeg hem maar dat hij morgen op het bureau kan langskomen.'

'Ach, kom nu toch, Alan. Hij is een vriend, geen verdachte. Wat zeg je van de Queen's Arms? Rond lunchtijd?'

'Als we daar tijd voor hebben. Morgen kan wel eens een drukke dag worden.'

'Als we tijd hebben.'

'Goed,' zei Banks.

Annie deed het portier open en toen ze zich bewoog, ving Banks ondanks de stank van de brand en de rook uit de pub die in haar haren en kleding waren blijven hangen een vleugje op van het grapefruitluchtje van de Body Shop. Annie liep naar haar eigen auto. Banks liet Tom Waits' *Alice* in de cd-speler glijden en hij luisterde naar de schorre stem die over schipbreuken, ijs en dode bloemen zong, terwijl hij door de donkere lanen terugreed naar het bureau.

8

Agent Winsome Jackman had een hartgrondige hekel aan de winters in Yorkshire. Niet dat ze zo'n hoge dunk had van de zomers, maar aan de winters had ze echt helemaal het land. Toen ze op zondagochtend voor het huis van Patrick Aspern uit haar heerlijk warme auto stapte, voelde ze een knagend verlangen naar huis, iets waar ze wel vaker last van had wanneer de kou en het vocht zelfs door haar dikste trui en gevoerde regenjas heen drongen en haar tot op het bot verkleumden. Ze dacht terug aan de klamme warmte van haar geboortestreek, helemaal in Jamaica's Cockpit Country, het volle, groene gebladerte, de tjirpende insecten, de felgekleurde *flame trees*, bananenboombladeren die boven je hoofd klikklakten in het zachte briesje dat vanaf de oceaan kwam; herinnerde zich hoe ze altijd vanuit het één lokaal tellende schooltje in haar keurige uniform de steile heuvel opklom naar huis, lachend en grappend met haar vriendinnen. Ze miste haar moeder en haar vader zo erg dat het soms pijn deed. En haar vriendinnen. Waar waren ze nu allemaal? Wat deden ze nu?

Toen herinnerde ze zich echter weer de sloppen, de fnuikende armoede en hopeloosheid, de vele mannen die hun vrouw als hun eigendom beschouwden, een bezitting zonder enige echte waarde. Winsome wist dat ze geluk had gehad toen ze de kans kreeg om daaraan te ontsnappen. Haar vader was politiechef op het bureau van Spring Mount en haar moeder werkte in een fabriek voor bananenchips in Maroon Town, waar ze de hele dag in de schaduw achter het gebouw met de andere vrouwen zat te roddelen terwijl ze bananen in plakjes sneden. Winsome had twee zomers lang in het Holiday Inn net buiten Montego Bay gewerkt en had vaak een praatje gemaakt met de toeristen daar. De verhalen over hun thuisland – Amerika, Canada of Engeland – hadden tot haar verbeelding gesproken en haar vastberadenheid aangewakkerd. Ze had hen benijd om hun geld, waardoor ze zich luxe vakanties in de zon konden veroorloven en om de vele mogelijkheden die zij thuis moesten hebben. Die landen, had ze gedacht, waren beslist landen van overvloed.

En het waren niet alleen blanken. Er waren ook knappe zwarte mannen bij uit New York, Londen en Toronto, met dikke gouden kettingen om hun polsen en hals, en hun vrouwen, die volgens de laatste mode waren gekleed. Hun wereld moest fantastisch zijn, met alle films, mode, auto's en sieraden die ze zich maar konden wensen. Natuurlijk haalde de werkelijkheid het bij lange na niet bij haar fantasie, maar over het algemeen was ze wel tevreden in Engeland; ze vond dat ze de juiste keuze had gemaakt. Met uitzondering van de winters.

Hoewel ze niets zag, voelde ze dat achter verschillende ramen de gordijnen bewogen toen ze over het tuinpad naar de voordeur liep en bij de Asperns aanbelde. Een zwarte vrouw van een meter tachtig lang die bij de voordeur aanbelde, dat kwam in deze buurt waarschijnlijk niet vaak voor, dacht ze. En ach, winter of geen winter, het was prettig om eens een tijdje aan de computer en het bureau te kunnen ontsnappen. Bovendien werkte ze over.

De deur werd geopend door een man met zo'n arrogante uitdrukking op zijn gezicht dat ze onmiddellijk een enorme afkeer van hem voelde. Ze had dergelijke blikken wel vaker gezien. Afgezien daarvan was hij op een typisch Engelse, middelbareleeftijdachtige manier waarschijnlijk best knap, dacht ze. Zachte lokken peper-en-zoutkleurig haar die achterover waren gekamd, uiterst gezonde witte tanden, een slank, sportief lichaam en ruimvallende dure vrijetijdskleding. Maar zijn gezichtsuitdrukking verpestte alles.

Hij trok zijn wenkbrauwen hoog op. 'Kan ik u misschien helpen?' vroeg hij met een neerbuigendheid die als honing van zijn tong droop, en hij nam haar van top tot teen op. 'Ik ben bang dat de praktijk op zondag gesloten is.'

'Dat is geen probleem, dokter Aspern,' zei Winsome, en ze haalde haar pas tevoorschijn. 'Ik ben zo gezond als een vis, bedankt. En ik kan me u trouwens waarschijnlijk niet eens veroorloven.'

Hij keek verbaasd op toen hij haar accent hoorde, ongetwijfeld omdat hij een of ander onverstaanbaar soort patois had verwacht. De zangerige Jamaicaanse uitspraak was natuurlijk nog steeds hoorbaar, maar meer op de achtergrond. Hoewel ze na haar overplaatsing vanuit Bradford pas twee jaar in Eastvale zat, woonde Winsome al zeven jaar in Yorkshire en ze had onbewust al veel van het lokale dialect en de uitspraak opgepikt.

Aspern bekeek haar pas nauwkeurig en gaf hem toen aan haar terug. 'Eerst sturen ze de grote baas en nu dus zijn domme knechtje.'

'Pardon?'

'O, niets,' zei Aspern. 'Een flauwe opmerking, meer niet. Je kunt maar beter even binnenkomen.'

Winsome kreeg de indruk dat Aspern eerst de straat afspeurde om te zien of ze werden bespied voordat hij de deur achter hen beiden dichtdeed. Maakte hij zich zorgen over wat de buren ervan zouden denken? Dat hij een verhouding had met een jonge zwarte vrouw? Eerder iets met drugs, vermoedde Winsome. Hij was bang dat ze zouden denken dat hij haar drugs leverde.

Hij ging haar voor naar een woonkamer met crèmekleurig behang, een enorme open haard waarin een flink vuur brandde en een paar aardige landschapsschilderijen aan de muren. Op de met een glazen plaat bedekte salontafel lag een recent nummer van een medisch vaktijdschrift opengeslagen naast een halfvolle kop thee met melk.

'Wat is er nu weer?' vroeg hij.

Winsome nam ongevraagd plaats in een van de leunstoelen en sloeg haar lange benen over elkaar. Aspern ging op het randje van de bank zitten en dronk zijn thee op.

'Waar was u gisteravond, meneer?' vroeg Winsome.

'Pardon?' Asperns superieure gezichtsuitdrukking maakte plaats voor een verwarde, boze blik.

'Ik denk dat u me wel hebt verstaan.'

'Laten we het er maar op houden dat ik niet kan geloven wat ik zojuist heb gehoord.'

'Goed,' zei Winsome. 'Dan zal ik de vraag herhalen: waar was u gisteravond?'

'Heeft *hij* je hier soms toe aangezet?'

'Wie?'

'Je weet verdomd goed over wie ik het heb: Banks, die baas van je.'

'Inspecteur Banks deelt inderdaad de dagopdrachten uit, meneer, en ik voer ze slechts uit. Ik ben maar een eenvoudige agent. Ik ben niet op de hoogte van wat hij denkt. Zoals u net zo raak verwoordde: het domme knechtje, niet de grote baas.' Ze glimlachte. 'Maar ik wil wel degelijk weten waar u gisteravond was.'

'Hier natuurlijk,' antwoordde Aspern na een korte stilte. 'Waar zou ik verdomme anders zijn geweest, nu mijn dochter zo kortgeleden is overleden? Een avondje stappen in de stad soms?'

'Ik heb begrepen dat ze uw stiefdochter was?' zei Winsome.

'Ik heb haar altijd als mijn eigen kind beschouwd.'

'Dat neem ik direct van u aan. Maar geen bloedverwant. Wat waarschijnlijk maar goed is ook.'

Aspern keek haar kwaad aan. 'Hoor eens, als Banks je bepaalde ideeën heeft aangepraat...'
'Hoe bedoelt u dat?'
Aspern haalde een paar keer diep adem om tot rust te komen. 'Juist,' zei hij. 'Ik begrijp het al. Ik snap waar je op uit bent. Nu, het zal je niet lukken. Gisteravond zijn Fran en ik samen thuisgebleven en hebben we televisie zitten kijken, in de hoop dat dat wat afleiding zou bieden, zodat we even niet hoefden te denken aan wat er is gebeurd.'
'Is dat gelukt?'
'Wat denk je zelf?'
'Waar hebt u naar gekeken?'
'Een film op Channel Four. Het spijt me, maar ik kan me de titel zo gauw niet herinneren. Ik heb niet echt goed opgelet. Het verhaal speelde zich af in Kroatië, als je daar iets aan hebt.'
'Is uw vrouw momenteel thuis?'
'Ze ligt te rusten. Je zult vast wel begrijpen dat ze het er heel moeilijk mee heeft. Ze zou trouwens alleen maar bevestigen wat ik zojuist heb gezegd.'
'Dat neem ik onmiddellijk aan,' zei Winsome. 'We zullen haar voorlopig maar met rust laten.'
'Bijzonder vriendelijk van je.'
'Maar u zult zelf toch ook moeten toegeven dat het niet echt een waterdicht alibi is. Ervaring heeft me geleerd dat vrouwen meestal achter hun man blijven staan, welke gruweldaden of wreedheden die ook op zijn geweten heeft.'
'Welnu, ik heb helemaal niets op mijn geweten,' zei Aspern, en hij stond op. 'Dus als dat alles is, dan zou ik graag willen dat je nu vertrekt. Ik hoef hier niet te blijven zitten luisteren naar jouw smerige insinuaties.'
Winsome liet zich niet van haar stuk brengen. 'Welke insinuaties bedoelt u precies, meneer?'
'Je weet best waar ik het over heb. Banks heeft je overduidelijk op de hoogte gebracht van zijn ongegronde verdenkingen en nu zit je hier om zijn vuile werk voor hem op te knappen. Dat gaat mooi niet door. Ik zal me zeker over jullie beiden beklagen bij mijn MP.'
'Dat is uw goed recht,' zei Winsome. 'Maar u moet wel begrijpen dat ons werk soms moeilijk kan zijn, keihard zelfs. Het spijt me echt van uw verlies, dokter Aspern, maar ik zal u bepaalde vragen toch moeten stellen.'
'Hoor eens, ik heb je al verteld wat ik heb gedaan. Wat wil je dan nog meer weten?'
'Wat voor kleding had u aan?'

'Pardon?'
'U lijkt vanochtend wel een tikje slechthorend, meneer. Ik vroeg wat voor kleding u gisteravond aanhad.'
'Ik zie niet in hoe dat relevant kan zijn.'
'Beantwoordt u alstublieft mijn vraag. Of nog beter: misschien kunt u ze even voor me halen.'
Aspern kneep zijn ogen tot spleetjes en beende toen de kamer uit. Enkele ogenblikken later kwam hij terug en hij smeet een donkerblauw katoenen shirt en een sportieve zwarte broek over de leuning van de stoel naast haar.
'Of wil je misschien mijn ondergoed ook nog?' zei hij.
'Dat is niet nodig,' zei Winsome. Ze wist dat het een farce was, dat hij haar zomaar een willekeurig stel kleren kon geven en kon beweren dat hij die gisteravond had gedragen. Misschien had hij ze in de tussentijd zelfs al gewassen en gedroogd, maar daar ging het ook helemaal niet om. Het doel was om hem van zijn stuk te brengen en ze vond dat ze daarin opmerkelijk goed was geslaagd. 'En uw colbertje en jas?' vroeg ze.
'Colbertje en jas? Ik zei toch dat we gisteravond zijn thuisgebleven? Waarom zou ik dan een colbertje en jas nodig hebben gehad?'
'Natuurlijk, meneer. Mijn fout.' Winsome stond op. 'Hebt u er bezwaar tegen als ik deze meeneem?'
'Meeneem? Waarvoor?'
'Voor forensische tests.'
'En wat hoop je dan te vinden?'
'Ik hoop helemaal niets te vinden, meneer. Mogelijk kunnen we u daardoor juist uit ons onderzoek elimineren.'
'De taal die jullie gebruiken is echt geweldig. "Uit ons onderzoek elimineren." Over bureaucratentaal gesproken!'
'Dat is er een uitstekend woord voor, meneer. Soms klinkt het inderdaad een beetje te formeel. Hebt u overigens misschien een soort zak voor me? Plastic is denk ik het best. Een vuilniszak of iets dergelijks.'
Aspern liep naar de keuken en haalde een witte plastic zak voor haar.
'Bedankt. Die is prima,' zei Winsome.
'Uit welk onderzoek wil je me eigenlijk precies elimineren?' vroeg Aspern.
'Hoe bedoelt u, meneer?'
Aspern zuchtte. 'Je zei zo-even dat dit zou helpen om me te elimineren uit jullie onderzoek. Ik wil graag weten over welk onderzoek je het eigenlijk hebt.'
'Het verbaast me dat u het nog niet hebt gehoord,' zei ze. 'Het is al op het journaal geweest en alles. Er is gisteren weer een brand geweest, een die op-

merkelijk veel overeenkomsten vertoont met de brand waarbij uw stiefdochter is omgekomen, en niet al te ver hiervandaan.'
'En jullie verdenken mij daarvan?'
'Dat heb ik niet gezegd, meneer, maar we zouden een wel heel onprofessionele indruk maken als we niet elke mogelijkheid onderzochten.'
'Het kan me niets schelen wat voor indruk jullie maken; dit is discriminatie, niet meer en niet minder.'
'Van welke groepering precies? Dokters, voor de verandering?'
'Nu moet je eens heel goed naar me luisteren, godvergeten...'
Winsome legde een vinger tegen haar lippen. 'Zeg dat nu maar niet, doc,' zei ze. 'U weet heel goed dat u daardoor in deze politiek correcte tijden alleen maar moeilijkheden krijgt.'
Aspern streek met zijn hand over zijn haar, wist zichzelf te beheersen en nam zijn gebruikelijke arrogante houding weer aan. 'Juist,' zei hij met een kort hoofdknikje. 'Juist. Natuurlijk. Mijn excuses.' Hij spreidde zijn handen verontschuldigend voor zich uit. 'Neem maar mee wat je wilt.'
'Zo is het wel goed, meneer,' zei ze, en ze tilde de zak met kleding op. 'Dit is alles wat ik nodig heb. Dan ga ik nu maar.'
'Het spijt me dat je hiermee zoveel tijd hebt verspild. Het is een lange reis en levert erg weinig op.'
'O, ik zou het geen tijdverspilling willen noemen,' zei Winsome. 'Absoluut niet.'
Ze was enorm in haar nopjes toen ze over het tuinpad naar haar auto liep. Opnieuw bewogen overal de gordijnen en Winsome glimlachte bij zichzelf toen ze de zak op de passagiersstoel legde en wegreed.

Annie wist de voormalige mevrouw Gardiner – inmiddels mevrouw Alice Mowbray, echtgenote van Eric – vrij eenvoudig op te sporen en halverwege de ochtend klopte ze aan op de deur van hun twee-onder-een-kap aan Arboretum Crescent. De vrouw die de deur opendeed was een jaar of veertig en maakte een vermoeide indruk. De rode kasjmier trui en zwarte rok die ze aanhad, kwamen zo te zien van Harvey Nicks; de gouden ketting was evenmin goedkoop geweest en haar blonde haar was beslist afkomstig uit een flesje.
'Wie is daar, Alice?' riep een stem ergens uit het huis. 'Als het die verrekte Jehova's getuigen weer zijn, zeg dan maar dat ze moeten oprotten!'
Annie liet haar politiepas zien en Alice deed een stap opzij om haar binnen te laten. 'Het is de politie,' riep ze terug.
Uit de kamer aan de linkerkant van de gang kwam een man tevoorschijn

met een nieuwsgierige uitdrukking op zijn gezicht. Annie schatte dat hij ongeveer van dezelfde leeftijd was als de vrouw, of misschien vijf jaar jonger. Het was moeilijk te zien. Hij had geen enkele grijze haar en was op een bepaalde manier best knap, het soort kerel dat overloopt van zelfvertrouwen en probeert vrouwen te versieren in de betere pubs. Tja, sommige vrouwen vallen nu eenmaal op zulke onbeschaamde, gluiperige charme, besefte Annie.

'Wat moet u hier?' vroeg hij. 'Als het om die bon voor te hard rijden gaat, dan kunt u...'

'Ik wilde uw vrouw graag even spreken, meneer,' zei Annie.

'Ik kan me niet voorstellen waarom,' zei Alice, 'maar laten we maar even naar de serre gaan. Ik weet dat het niet echt mooi weer is, maar het uitzicht is heel aardig en er staat een elektrisch kacheltje.'

'Dat lijkt me een goed plan,' zei Annie, die merkte dat Eric Mowbray haar op de voet volgde toen ze achter Alice aan naar de serre liep. Ach, het kon geen kwaad om ook even met hem te praten, dacht ze bij zichzelf. Hij leek zo'n type dat snel zenuwachtig wordt en zijn mond voorbijpraat, als er tenminste iets was om zijn mond over voorbij te praten.

Ze namen plaats in de serre, waar het aangenaam warm was en die inderdaad een schitterend uitzicht bood op het in het westen gelegen Swainsdale en de heuvels in de verte, die door een dunne nevel werden omhuld. Alice Mowbray ging in een rotanstoel zitten en trok haar rok over haar mollige knieën omlaag. De rok was minstens vijf centimeter te kort voor iemand met zulke dijen, dacht Annie, en in combinatie met het geblondeerde haar gaf het haar het uiterlijk van een veel te jeugdig geklede vrouw. Haar man, met zijn met een beetje gel achterovergekamde zwarte haar en een te strakke spijkerbroek over zijn beginnende buikje, leek er echter geen bezwaar tegen te hebben. Ongevraagd rees voor haar geestesoog het beeld op van deze twee die onder een rondtollende glinsterende bol stonden te discodansen – Eric die met beide handen in de lucht zijn beste John Travolta-imitatie ten beste gaf – en ze verbeet zich om niet in lachen uit te barsten.

'Waar gaat het over?' vroeg Alice Mowbray.

'Ik ben bang dat ik helaas slecht nieuws voor u heb,' zei ze.

Alice legde een hand op de ketting in haar hals. 'O?'

'Het gaat over uw ex-man. Ik weet niet of u vanochtend het nieuws al hebt gehoord of gelezen...?'

'Alleen de zondagskrant,' zei Alice.

Annie wist dat de brand op Jennings Field te laat had plaatsgevonden om

de landelijke zondagskranten nog te halen. 'Ik ben bang dat er een brand heeft gewoed in de caravan waarin uw ex-echtgenoot woonde.'
'O, nee,' zei Alice. 'Is Roland gewond?'
'Er was op dat moment één persoon in de caravan aanwezig. We kunnen momenteel nog niet met zekerheid zeggen of dat meneer Gardiner was, maar ik vrees dat die persoon, wie hij ook was, dood is.'
'Ik kan het niet geloven. Niet Roland.'
'Het spijt me, mevrouw Mowbray, maar het is waar. Als hij het inderdaad was. Gaat het een beetje?'
Alice was wit weggetrokken, maar ze knikte. 'Ja hoor, het gaat wel.' Ze wierp een blik op haar man. 'Lieverd, zou je alsjeblieft een glas water voor me willen halen?'
Eric leek er niet echt blij mee dat hij in het bijzijn van een andere vrouw werd weggestuurd om iets voor zijn vrouw te doen, maar hij kon er op dat ogenblik weinig aan doen zonder zichzelf volkomen voor schut te zetten en deed wat ze hem vroeg.
'Het spijt me dat ik u zo met dit schokkende nieuws overval,' zei Annie, 'maar ik moet u een paar vragen stellen.'
'Natuurlijk. Ik begrijp het. We zijn inmiddels al twee jaar uit elkaar, maar het is niet zo dat ik geen... Nou ja, dat ik niets meer voor Roland voel. Was hij... u weet wel...?'
Annie had via Banks van dichtbij kennisgemaakt met de gevoelens van gescheiden mannen voor hun ex-vrouw en wist dat die zeer gecompliceerd konden zijn. Ze vond dat ze haar handen mocht dichtknijpen dat Phil nooit getrouwd was geweest. 'Ik ben bang dat het lichaam ernstig verbrand is,' zei ze, 'maar we denken dat hij buiten bewustzijn was toen de brand uitbrak, al is dat misschien een schrale troost.'
Alice fronste haar wenkbrauwen. 'Buiten bewustzijn? Maar hoe...?'
'Slaappillen wellicht. We weten echter nog niets met zekerheid. Dat is ook de reden waarom ik met u wilde praten.'
Eric kwam terug met een glas water en een tablet en gaf deze aan Alice.
'Wat is dit?' vroeg ze, met een blik op de pil.
'Je valium,' zei hij. 'Ik dacht dat je dat misschien wel kon gebruiken.'
Alice legde het medicijn weg. 'Het gaat best,' zei ze, en ze nam een slokje water.
'Hij was een nutteloze sukkel,' zei Eric.
'Pardon?' zei Annie.
'Haar ex. Roly-poly. Een eersteklas sukkel.'
'Eric, een beetje respect graag.'

'Nou, het is toch zo? Het is gewoon de waarheid, Allie, en dat weet jij ook. Waarom ben je nu anders hier bij mij en woonde hij in een miezerig caravannetje ergens op een van god en iedereen verlaten veldje in de rimboe? Hij was een echte flapdrol.'

'Meneer Mowbray,' zei Annie, 'ik geloof dat de situatie nog niet helemaal tot u is doorgedrongen. Een man, mogelijk Roland Gardiner, is dood.'

'Ik heb u de eerste keer wel gehoord, juffie. En ik zeg u dat het geen ene moer uitmaakt. Hij was een sukkel toen hij leefde en hij blijft een sukkel, ook nu hij dood is.'

Annie slaakte een zucht en richtte het woord weer tot Alice, die kwaad naar haar man staarde. 'Ik weet niet wat hem bezielt,' zei ze. 'Normaal is hij niet zo grof.'

'Trek het u niet aan,' zei Annie, en ze wierp Eric Mowbray een vuile blik toe. 'Misschien probeert hij gewoon zijn verdriet te verbergen.' Of misschien wilde hij wel iets anders verbergen, dacht ze bij zichzelf. Ze keek weer naar Alice. 'Een van de problemen waar we mee zitten is dat van identificatie. Gebitsgegevens komen in dit soort gevallen altijd heel goed van pas. Kunt u me vertellen wie uw tandarts is? En uw huisarts?'

'Ik weet niet of Roland ooit nog bij hem is geweest nadat hij hier is weggegaan,' zei Alice, 'maar Grunwell, aan Market Street, was onze tandarts. Onze huisarts is dokter Robertson en hij houdt praktijk in de wijk Leaside.'

Annie kende die buurt wel.

'We weten erg weinig over uw ex-man,' ging Annie verder. 'Kunt u ons misschien nog iets vertellen wat van nut kan zijn?'

'Hij was eigenlijk heel gewoon,' zei Alice.

'Dat kun je wel zeggen, ja,' zei Eric Mowbray.

'Hou je mond, Eric,' zei Alice.

Het begon tot Annie door te dringen dat Eric Mowbrays aanwezigheid waarschijnlijk geen waardevolle informatie zou opleveren, zoals ze aanvankelijk had gedacht. 'Meneer Mowbray,' zei ze, 'misschien kunt u ons even alleen laten? Ik heb nog een paar vragen voor uw vrouw.'

Mowbray stond op. 'Geen probleem. Ik moet toch nog wat werken.'

Toen hij de serre uit was, lieten de twee vrouwen even een stilte vallen en toen zei Alice: 'Hij bedoelt het niet kwaad, mijn Eric. Roland is alleen een teer punt voor hem.'

'O? En waarom is dat?'

'Omdat hij mijn ex is. Eric is erg jaloers.'

'Op die manier,' zei Annie. 'En heeft hij daar ook reden toe?'

'Niet vanwege Roland.'
'Wat doet meneer Mowbray voor de kost?'
'Hij zit in de computers. Hij verdient er heel goed mee. Kijk maar eens naar deze serre. Die was hier niet toen Roland en ik nog bij elkaar waren. De Volvo trouwens ook niet. En in februari gaan we met vakantie naar Florida, naar Disney World.'
'Leuk. Hebben jullie nog meer auto's?'
'Eric heeft vroeger een Citroën gehad, maar die heeft hij verkocht.'
'Geen jeep of Range Rover?'
'Nee. Hoezo?'
'Was Roland een succesvol zakenman?'
'Ik heb vaak gedacht dat hij in het verkeerde wereldje was beland,' zei Alice. 'Hij was gewoon niet zo'n goede verkoper. Hij had niet genoeg schwung. Geen greintje ambitie in zijn hele lijf. Wist absoluut niet van wanten. Ik heb wel eens gedacht dat hij als onderwijzer misschien veel beter af zou zijn geweest. En gelukkiger. Maar daarmee had hij natuurlijk evenmin veel geld verdiend.'
Geld speelde blijkbaar een grote rol in Alice Mowbrays visie op de wereld, begreep Annie, en misschien ook wel in die van haar tweede echtgenoot. Jack Mellor had de vorige avond al zoiets laten doorschemeren. 'Hij heeft niet geprobeerd om een andere baan te vinden?' vroeg ze.
'Dat zou denk ik een beetje moeilijk voor hem zijn geweest, hè?'
'Hoezo? Er zijn heel veel mensen die door bezuinigingen hun baan kwijtraken en ergens anders weer een nieuwe vinden.'
'Bezuinigingen? Dat is een goeie. Hoe komt u in vredesnaam op dat idee?'
'Is uw man zijn baan dan niet kwijtgeraakt?'
'O, Roland is zijn baan wel degelijk kwijtgeraakt, maar niet vanwege bezuinigingen. Nee. Hij is gewoon ontslagen. Ik wist echt niet wat ik hoorde. Ik had nooit gedacht dat hij dat in zich had.'
'Dat hij wat in zich had?'
'Hij had de boel belazerd.'
'Is dat echt waar?'
'Jazeker. Het had iets te maken met het vervalsen van orders en knoeien met de boeken. Hij had van het bedrijf gestolen. Ik moet zeggen dat het hem amper iets heeft opgeleverd, maar dat was weer typisch iets voor Roland. Onbeduidend, zelfs als oplichter. Geen ambitie.'
'Kunt u me de naam geven van het bedrijf waarvoor hij werkte?'
Alice gaf haar de naam en Annie schreef hem op.
'Had Roland vijanden?'

'Vijanden? Roland? Hij was veel te timide om vijanden te maken. Beledigde nooit iemand. Hij heeft echt nooit iemand zo erg in de weg gestaan dat hij daardoor vijanden maakte. Nee, Roland was heel innemend, dat moet ik hem nageven. Hij had een heel natuurlijke charme. Iedereen mocht hem graag. Misschien juist wel omdat hij zo passief was, zo meegaand. Hij deed werkelijk alles voor iedereen.'

'Die oplichterijkwestie, was daar nog iemand anders bij betrokken?'

'Nee, hij heeft alles in zijn eentje gedaan. Zoals ik al zei: ik wist echt niet wat ik hoorde.'

'Hoe lang zijn jullie getrouwd geweest?'

'Tien jaar.'

'Tamelijk laat dus?'

Alice keek haar met een boze blik aan. 'Voor Roland wel, ja. Hij was tweeëndertig toen we trouwden.'

Annie durfde Alice niet te vragen hoe oud ze zelf was. 'Was hij al eens eerder getrouwd geweest?'

'Nee, geen van tweeën. Ik moet toegeven dat hij me echt het hoofd op hol bracht. Roland kon een enorme charmeur zijn. Totdat je hem beter leerde kennen, natuurlijk, en dan zag je hoe weinig het allemaal eigenlijk voorstelde.'

'Is de scheiding vriendschappelijk verlopen?'

'Zo vriendschappelijk als onder de omstandigheden maar mogelijk is. Hij had niets wat ik wilde hebben, ondanks zijn duistere zaakjes, en hij was bereid om mij het huis te geven.'

'De caravan wilde u niet?'

'De caravan? Ik had een gruwelijke hekel aan dat rotding! Dat was ook weer een typische Roland-streek, trouwens: zodra we een beetje extra geld hebben, koopt hij er zo'n stomme caravan van. Dat was zijn idee van een leuke vakantie: twee weken in een caravan in Primrose Valley of Flamborough Head. Het is toch niet te geloven?'

'Dus er waren geen onafgehandelde zaken meer tussen u beiden?'

'Ik ben verdergegaan met mijn leven en hij met het zijne.'

'En wanneer is meneer Mowbray, uw huidige echtgenoot, ten tonele verschenen?'

'Hoe bedoelt u?'

'Hebt u hem leren kennen voordat Roland en u uit elkaar gingen of daarna?'

Alice liet een korte stilte vallen voordat ze antwoordde. 'Ervoor,' zei ze toen. 'Maar toen was er al niets meer tussen Roland en mij.'

Annie vermoedde dat Alice iemand anders nodig had gehad om er samen mee vandoor te gaan, een reden om haar huwelijk te beëindigen en een plek waar ze naartoe kon. Dat gold voor veel mensen: ze wilden een eind maken aan hun relatie, maar durfden niet in hun eentje verder te gaan.
'Wat hebt u gisteravond gedaan?'
Als Alice de vraag al beledigend vond, dan liet ze dat niet merken. 'We hebben bij vrienden gegeten.'
'Zou u me hun adres kunnen geven? Puur routine, hoor, voor het dossier.'
Alice gaf haar het adres.
'Denkt u dat Roland zelfmoord zou kunnen hebben gepleegd?'
'Ik denk niet dat hij daar het lef voor had. Misschien heeft hij het wel overwogen, maar als het er echt op aankwam zou hij zijn teruggekrabbeld. En hij zou al helemaal geen vuur hebben gebruikt. Hij was niet bepaald de dapperste man die ik ooit heb ontmoet. Hij deed verdorie al enorm moeilijk wanneer hij naar de tandarts moest.'
'Kunt u me een lijst van zijn vrienden geven?'
'Vrienden? Roland? Hij had geen echte vrienden. Ik kan vast wel een paar namen bedenken van mensen die hem kenden, voornamelijk via zijn werk, maar ik denk niet dat zij u meer kunnen vertellen dan ik.'
'Was hij erg gesloten?'
'Dat zou ik wel zeggen. Eigenlijk vooral heel stil. Ik denk niet dat hij veel had om over te praten.'
'Hebt u misschien een foto van hem? Zo recent mogelijk als het kan?'
'Ik denk dat ik er wel een paar heb,' zei Alice. 'Als u me even wilt excuseren?'
Annie hoorde dat ze naar boven liep. Ook hoorde ze dat haar man haar ondervroeg toen ze de trap op liep. Annie bewonderde vanuit haar stoel het uitzicht en zag hoe in de tuin twee mussen in het vogelbadje rondfladderden. Ze meende in de verte boven Tetchley Fell zelfs een havik te zien rondcirkelen. Een paar minuten later kwam Alice terug met een handvol foto's.
'Deze zijn gemaakt tijdens het laatste kerstfeestje van het bedrijf waar we zijn geweest,' zei ze. 'Drie jaar geleden.'
Annie bladerde erdoorheen en koos een van de weinige foto's uit die een beetje scherp waren: Gardiner zat aan een tafel, een tikje aangeschoten van de wijn, en hief glimlachend zijn glas op naar de fotograaf. Die was goed genoeg om te gebruiken voor identificatie.
'Is er na zijn vertrek wel eens iemand voor hem langsgekomen?' vroeg ze.
'Nee. Maar er is wel een keer voor hem gebeld.'

Annie spitste haar oren. 'Wanneer?'
'In juli, meen ik.'
'Heeft de beller gezegd wie hij was?'
'Nee. Dat was juist het gekke. Toen ik hem vertelde dat Roland hier niet meer woonde, vroeg hij me alleen maar of ik wist waar hij dan wel woonde.'
'Wat hebt u toen gezegd?'
'Ik heb het hem verteld. Ik wist tenslotte waar Roland was. Dat moest ook wel, met de scheiding en de advocaten en dergelijke.'
'Heeft hij ooit teruggebeld?'
'Nee. Dat was de enige keer.'
Interessant, dacht Annie. Juli. Rond de tijd dat Roland Gardiner volgens Jack Mellor iets optimistischer werd en in dezelfde tijd dat Thomas McMahon wat opgewekter door het leven ging. Wat was er vorige zomer gebeurd, vroeg Annie zich af. Ze stelde mevrouw Mowbray nog een paar vragen over Rolands verleden: waar hij naar school was geweest, waar zijn ouders woonden en dergelijke. Toen vertrok ze. Ze kwam op weg naar buiten Eric Mowbray niet meer tegen en kon niet zeggen dat ze daar erg mee zat.

'Een van de belangrijkste problemen waar een kunstvervalser zich voor geplaatst ziet,' legde Phil Keane die zondag tijdens de lunch in de Queen's Arms uit aan Banks en Annie, 'is dat hij de hand moet weten te leggen op het voor de desbetreffende periode juiste papier of doek.'
Terwijl hij doorpraatte bekeek Banks hem aandachtig. Dus dit was de geheimzinnige man met wie Annie nu iets had? Ze had gezegd dat Phil alleen maar een vriend was, maar Banks voelde dat er meer tussen hen beiden speelde dan een strikt platonische vriendschap. Niet dat ze alleen maar aandacht voor elkaar hadden of elkaar voortdurend zoentjes toewierpen of hand in hand zaten, maar er hing gewoon iets in de lucht – hoogstwaarschijnlijk feromonen – en er was iets met de manier waarop ze naar hem luisterde wanneer hij iets zei. Niet dat ze aan zijn lippen hing, maar ze was respectvol, geïnteresseerd.
Het was Banks opgevallen dat een paar vrouwen in de pub een taxerende blik in Phils richting hadden geworpen toen hij tien minuten te laat kwam binnengewandeld en bij de bar een rondje ging halen. Hij zag er goed uit, dacht Banks, hoewel niet buitensporig knap, was goed gekleed, maar niet opzichtig, en hij praatte met de vlotte charme en kennis van iemand die regelmatig lezingen hield. Hij hield inderdaad ook af en toe lezingen, zei

Annie, dus het was nauwelijks verbazingwekkend dat hij met zo veel zelfvertrouwen en ja, zelfs met de nodige flair, sprak. Waarom zou je deze man niet mogen, vroeg Banks zich af. Deze man die waarschijnlijk het bed deelde met Annie. Laat gaan, hield Banks zichzelf voor; ze waren immers al tijden geleden uit elkaar gegaan. Bovendien had hij Michelle.

Het probleem was echter dat Michelle op dit moment mijlenver weg was, en hier zat Banks in de Queen's Arms met Annie en haar nieuwe vlam wanhopig te zoeken naar diens negatieve kanten. Zijn ervaring zei hem dat elk voorwerp dat of iedere persoon die te mooi leek om waar te zijn, dat ook daadwerkelijk was. Welnu, om te beginnen was de man veel te oud voor haar, maar ja, dat gold ook voor hemzelf en Phil Keane was zelfs enkele jaren jonger dan hij.

'Het is trouwens niet iedereen gegeven om te doen wat John Myatt kon en moderne meesters te vervalsen met behulp van emulsieverf op een of ander stukje oud papier dat hij toevallig ergens vindt,' ging Phil verder, 'dus de doorsneevervalser is doorgaans heel voorzichtig, vooral met al die wetenschappelijke tests van tegenwoordig. Hij moet ervoor zorgen dat niet alleen zijn techniek, maar ook zijn materialen aan alle essentiële vereisten voldoen. Niet altijd een gemakkelijke opgave.'

'Wat zei je zojuist over het papier...?'

'Papier? O, ja.' Phil wreef over de groef tussen de zijkant van zijn neus en zijn wang. Het was een gebaar waaraan Banks onmiddellijk een grote hekel had. Het zei: tot ik zo ruw werd onderbroken. De ergernis van de pompeuze expert die in zijn oeverloze uitweidingen wordt onderbroken. Hij was heel blij dat hij eindelijk iets had gevonden waaraan hij een hekel kon hebben, ook al was het niet veel.

'Goed, tot het eind van de achttiende eeuw werd al het papier met de hand gemaakt, gewoonlijk van vodden, en daarna werd dat langzaam maar zeker vervangen door machinaal gemaakt papier, waarvan een deel werd vervaardigd van houtpulp.'

'Wat is het verschil?' vroeg Banks.

'Papier gemaakt van houtpulp is van inferieure kwaliteit,' antwoordde Phil. 'Het is slapper en verkleurt sneller.' Hij boog zich wat voorover en tikte op de tafel. 'Maar wat ik eigenlijk wilde zeggen, is dat als je het werk van een kunstenaar wilt vervalsen, je er verdomd goed op moet letten dat je dezelfde materialen gebruikt als hij.'

Banks nam een slokje van zijn Theakston's Bitter. Phil had een halve pint XP voor zich staan en Annie nam genoegen met een vruchtensapje. 'Klinkt logisch,' zei Banks. 'Ga verder. Hoe kom je aan dat soort spullen?'

'Dat is nu juist het probleem. Er zijn verschillende plekken waar zo iemand dat papier kan vinden,' vervolgde Phil, 'en een van de beste bronnen is een antiquariaat met oude boeken en prenten. Niet alles wat daar wordt verkocht is duur, maar een groot deel is wel oud. De schutbladen van oude boeken lenen zich er bijvoorbeeld bijzonder goed voor, en boeken bevatten vaak ook een publicatiedatum die een aanwijzing vormt voor de leeftijd van het papier dat je gebruikt.'

'En prenten?' vroeg Banks. 'Staat op oude tekeningen niet ook vaak een datum?'

'Jawel, maar die is niet altijd even betrouwbaar. Het kunnen net zo goed kopieën van gravures zijn die postuum zijn gemaakt, soms zelfs in een ander land, en je wilt niet de fout in gaan door klakkeloos te geloven wat je op een oude prent gedrukt ziet als je nog geen goede neus hebt ontwikkeld voor de echtheid van materialen.'

'En hoe zit het met schilderslinnen?' vroeg Banks. 'Zijn de meeste schilderijen niet op schilderslinnen gemaakt?'

Phil kon een glimlachje niet onderdrukken en Banks besloot onmiddellijk dat de grimas iets neerbuigends had. Hij kreeg een steeds grotere hekel aan de man en genoot van dat gevoel.

'De meeste wel,' zei Phil, 'maar daarvoor geldt hetzelfde als voor papier, behalve dan dat je schilderslinnen niet in boeken tegenkomt. Je kunt het beste proberen oude, waardeloze doeken te vinden. Heel vaak bepaalt datgene wat je vindt welke kunstenaar je vervalst.'

'Ik snap het,' zei Banks. 'En nu denk jij dat Thomas McMahon een vervalser was?'

Phil wierp een blik op Annie en er gleed een bezorgde uitdrukking over zijn gezicht.

'Phil zei alleen maar dat het een mogelijke verklaring zou kunnen zijn voor McMahons vreemde aankopen bij Whitaker,' zei Annie.

'Ja,' voegde Phil eraan toe. 'Het is niet mijn bedoeling om hem ergens van te beschuldigen of iets dergelijks. Ik kende de man niet eens.'

'Het zou niets uitmaken of je hem nu wel of niet ergens van beschuldigde,' zei Banks. 'McMahon is dood. Hij kan je niet meer aanklagen wegens laster.'

'Maar toch...'

'De vraag is,' ging Banks verder, 'of dit alles iets te maken kan hebben met het feit dat hij is vermoord, en zo ja: hoe? Zullen we iets te eten bestellen?'

Phil keek om zich heen. 'Moet je horen, ik weet een gezellig restaurantje in de richting van Richmond waar ze het malste, geroosterde lamsvlees serveren dat je ooit van je leven hebt geproefd.' Hij keek naar Annie. 'En ik heb gehoord dat ze ook een heerlijke groentecurry op het menu hebben staan. Als we daar nu eens naartoe reden?'

Mark werd de volgende ochtend nog steeds springlevend wakker en begreep dat hij dat waarschijnlijk te danken had aan de met fleece gevoerde winterjas. Normaalgesproken zou hij het, zelfs met zijn eigen favoriete leren jack, veel te koud hebben gehad in de schuur. Hij wist niet hoe laat het was, want hij had geen horloge, maar het was al licht en stukken warmer dan het 's nachts was geweest.

Hij had verbazingwekkend goed geslapen, vond hij, maar dat krijg je als je uitgeput bent. Hij had waarschijnlijk tot diep in de nacht gerend en gelopen. En het was voor het eerst sinds de brand dat hij echt had kunnen slapen. Hij wreef de slaap uit zijn ogen en bekeek de ruimte waarin hij zich bevond: een halfvervallen schuur vol rommel en schapenkeutels. Het stonk er ook naar pies. Tijd om verder te trekken. Hij had nu wel graag een kop warme thee en iets te eten gehad – eieren met spek, bijvoorbeeld. Met de tien pond en het losse muntgeld in zijn zak zou hij het niet echt lang kunnen uitzingen, maar hij kon er tenminste wel een paar kleine maaltijden voor kopen. Het zou ook fijn zijn als hij ergens een schoon toilet kon vinden, een plekje waar hij zijn handen en gezicht even kon wassen. Een cafeetje of zoiets. Niet erg waarschijnlijk in de chique dorpen die je in dit deel van de wereld tegenkwam. Geen goedkope eettentjes of truckerscafés.

Het was bijna één uur, zag hij op de kerkklok in het eerste dorp waar hij langskwam. Jezus, hij had niet in de gaten gehad dat hij zo lang had geslapen. Dit dorp was nauwelijks pittoresk te noemen. Het was een gat waar toeristen zonder ook maar even af te remmen zo doorheen reden. De geasfalteerde hoofdstraat werd geflankeerd door de vierkante huizen van rode baksteen met rode dakpannen die zo typerend waren voor East Yorkshire, een postkantoortje, een supermarkt en een tijdschriftenwinkel.

Het was muisstil in het dorp, afgezien van de zachte popmuziek die uit de sjofel uitziende plaatselijke pub, de Farmer's Inn, klonk. Op een schoolbord dat buiten stond, werd reclame gemaakt voor typische pubgerechten en Mark las dat hij voor £2,99 een broodje ham-kaas kon krijgen of voor £5,99 een uitgebreide lunch met roast beef, Yorkshire pud, groente en gebakken aardappels. Wat zou hij doen? Voorzichtig aan doen en genoeg overhouden zodat hij later nog een sandwich kon kopen, of nu bijna alles uitgeven aan een stevige lunch? Hij besloot uiteindelijk tot het laatste,

voornamelijk omdat hij rammelde van de honger. Hij had sinds ze hem de gevangenis uit hadden gezet niet meer gegeten.
Hij liep voorzichtig naar binnen. Het was niet het soort pub waar alle gesprekken verstommen en iedereen je aanstaart wanneer je binnenkomt, zoals in die weerwolffilm die hij in het kraakpand op televisie had gezien, maar toch voelde hij zich te kijk staan in zijn slechtpassende kleding, waaruit ongetwijfeld hier en daar takjes staken, en zijn spijkerbroek met een veeg schapenstront. Hij hoopte maar dat hij niet al te veel stonk.
De pub was precies het soort enigszins haveloze buurtkroeg dat je in zo'n dorp kon verwachten, wat waarschijnlijk ook de reden was waarom het eten zo goedkoop was. Het rook er naar het bier en de sigarettenrook van de vorige avond en zat vol met voornamelijk geharde, werkloze boerenknechten die niet moeilijk zouden doen over een beetje schapenstront. De pubbaas was een chagrijnig stuk vreten, maar hij noteerde Marks bestelling en gaf hem een nummer, en keek hem alleen met opgetrokken wenkbrauwen aan toen hij een klein glas frisdrank bestelde. Hij was niet van plan zijn geld te verspillen aan bier. Samen met het kleingeld in zijn zak had hij nu net iets meer dan vier pond over en daarvoor kon hij misschien nog net een broodje en een kop thee kopen als avondeten, als hij tenminste een plek vond waar ze dat verkochten. Morgen zag hij wel weer verder.
Hij besefte dat hij snel iets aan zijn financiële situatie moest doen en dat dat misschien wel inhield dat hij ergens een kraakje zou moeten zetten. Hij deed het niet graag, maar had het al eerder gedaan, en als het moest zou hij het weer doen. Dat was het enige wat hij ooit van Crazy Nick had geleerd toen die hem had gedwongen mee op pad te gaan. Er was vrijwel geen huis te vinden waar hij niet binnen kon komen. Mark zou nooit van zijn leven bedelen, maar als het moest zou hij wel stelen. Voor stelen had je tenminste lef nodig; daarbij leek het niet of je de moed maar helemaal had opgegeven en gewoon met uitgestoken hand ergens was gaan zitten.
Mark had nog één sigaret over, bedacht hij, met dank aan de smeris die hem de kleren had gegeven. Hij besloot hem na de lunch op te roken. Hij zat in een verlaten hoekje bij het raam en tuurde door het vettige glas naar de verlaten hoofdstraat. De meeste mensen zaten nu waarschijnlijk achter hun stoffige vitrage hun zondagse lunch te eten, of misschien keken ze wel naar voetbal of paardenrennen, zoals Crazy Nick altijd deed wanneer hij terugkwam uit de pub. Als zijn team had verloren, kreeg Mark er altijd stevig van langs. Marks moeder soms ook, hoewel ze een taai oud kreng was en je wist dat Crazy Nick echt helemaal straalbezopen moest

zijn wanneer hij haar te grazen nam. Dan kwam hij zelf vaker wel dan niet flink gehavend uit de strijd.
In de pub stond de televisie achter de bar aan, met het geluid uit, en Mark was nog net op tijd om het plaatselijke nieuws mee te krijgen. Een of andere trut met een microfoon stond voor een afgebrande caravan waar het water uit de brandslangen van afdroop. Was dat wat hij had gezien toen hij de vorige avond van Lenny's huis was weggerend? Toen kwam er een foto in beeld van een man die Mark nog nooit had gezien. De trut praatte nog even door terwijl de camera's liefdevol over het troosteloze tafereel gleden, en vervolgens verschenen er beelden van de twee boten op het scherm. Mark voelde dat de adem hem in de keel stokte toen hij zijn voormalige huis weer zag, nu bij daglicht, terwijl mannen in beschermende kleding de plek nauwkeurig onderzochten.
Aan de rand van het kanaal stond een andere verslaggever, een man deze keer. Zijn naam verscheen onder in beeld, maar de letters waren te klein en Mark kon het niet lezen. Hij had een dikke winterjas aan en er zat een sjaal om zijn nek gewikkeld. Hij praatte en gebaarde, terwijl de andere mannen – politieagenten vermoedde Mark – gestaag doorwerkten.
Vervolgens verscheen er een oude foto van Tom op de boot naast die van hen in beeld, de man die volgens de politie kunstenaar was. Hij was amper te herkennen op de foto, maar het was wel degelijk Tom.
En toen kwam de foto die Marks hart in de houtgreep nam en bijna vermorzelde. Hij had hem nog nooit gezien, maar het was beslist Tina, waarschijnlijk een jaar of twee voordat ze elkaar hadden ontmoet. Haar blonde haar was lang, hing tot over haar schouders en leek een gezonde glans te hebben. Ze keek glimlachend in de camera, maar Mark zag dat het een beetje geforceerd was. Als je haar echter niet zo goed kende, als je die verraderlijk op elkaar geklemde kaken en schaduwen achter haar ogen nooit van dichtbij had meegemaakt, zou je het nooit zien. De tijd stond even stil. Het voelde bijna aan alsof ze hem kon zien, alsof ze hem recht aankeek, en hij wilde haar roepen, haar zeggen dat het hem speet dat hij haar had laten zitten, dat hij er niet voor haar was geweest.
Toen de foto even snel verdween als hij was opgedoken en de camera weer inzoomde op de verslaggever bij het kanaal, stond Mark zo snel op dat hij zijn glas omgooide en hij rende naar buiten.

Banks sloeg het aanbod van de excursie naar de pub in de buurt van Richmond af, zodat Annie samen met Phil kon gaan, wat ze waarschijnlijk het liefst deed, en hij werkte gehaast een lunch van geroosterd varkensvlees naar binnen in de Queen's Arms voordat hij naar het bureau terugkeerde. Omdat het zondag was, was het betrekkelijk rustig, vooral wat betreft forensische kwesties, maar er was een belangrijk onderzoek gaande en Banks' kernteam Ernstige Delicten was hard aan het werk.

In de huidige situatie werd elke brand nog afzonderlijk onderzocht op oorzaak en motief, maar werd tegelijkertijd alle mogelijke moeite gedaan om het verband tussen de twee te vinden dat er volgens de algemeen heersende vermoedens moest zijn. Toen Banks even bij de recherchecommandokamer binnenliep, zat Winsome alweer groene formulieren in het HOLMES-computersysteem in te voeren; agent Gavin Rickerd zorgde ervoor dat alles keurig op de juiste plek werd ingelogd en opgeslagen, zoals het hoorde; agent Kevin Templeton probeerde kauwend op een potlood informatie te vergaren over vergelijkbare branden en brigadier Hatchley bestudeerde peinzend de stukjes en beetjes informatie die hij over Mark David Siddons had verzameld. Af en toe ging er ergens een telefoon, de toetsenborden van de computers klikten en de faxmachines deden gonzend hun werk. Alles ging rustig zijn gangetje, maar meer ook niet. Uiteraard kreeg iedereen dit als overwerk uitbetaald, behalve Banks. Een inspecteur kreeg nooit voor overwerk betaald.

Banks was pas een paar minuten terug in zijn eigen kantoor toen Stefan Nowak op zijn deur klopte. 'Heb je even?'

Banks keek op. 'Goed nieuws, hoop ik?'

'Dat weet ik niet,' zei Stefan, die in de deuropening was blijven staan. 'Maar er is iets wat je waarschijnlijk wel wilt zien, als je even tijd hebt.'

Nieuwsgierig liep Banks achter Stefan aan door de gang naar het 'nieuwe' gedeelte van het gebouw, dat ze het bijgebouw noemden. Het was in feite net zo oud als het bureau zelf, maar was vroeger een hotel geweest voordat Eastvale het hoofdbureau van de nieuwe westelijke divisie was geworden en de muren waren doorgebroken voor uitbreiding. Nu bood het onderdak aan onder andere de afdelingen Vingerafdrukken, Fotografie en Computers en de technische recherche.

Stefan bleef bij een labtafel stilstaan. 'Ik dacht dat dit je misschien wel zou interesseren,' zei hij, en hij wees naar een zwartgeblakerd blok ter grootte van ongeveer een computerscherm. 'Dat hebben we in de caravan gevonden. Het zat zo te zien in een van de kastjes verstopt.'

'Wat is het?' vroeg Banks.

'Tja, volgens mij een brandwerende kluis,' zei Stefan.

'Een brandwerende kluis? Wat moet een kerel die met scharrelen zijn kostje verdient en in een bouwvallige caravan woont in vredesnaam met een brandwerende kluis?'
'Dat mag jij uitzoeken,' zei Stefan. 'Ik heb het ding alleen maar gevonden en vastgesteld wat het was.'
'Kun je hem openmaken?'
'Daar is misschien wel wat bruut geweld voor nodig.'
'Is er een bepaalde reden waarom we zachtzinnig te werk zouden moeten gaan?'
'Nee. We hebben hem al op vingerafdrukken gecontroleerd. Niets.'
'Vooruit dan maar.'
Stefan had al een breekijzer opgepakt – geleend uit de garage van het politiebureau, vertelde hij Banks – en hij plaatste dat nu in een spleetje naast het slot en zette kracht. Er gebeurde niets. Hij keek naar Banks. 'Zitten er misschien een paar kluiskrakers beneden in de cellen?'
'Was het maar waar,' zei Banks. 'Blijf het proberen. Brandwerend of niet, het vuur moet het slot toch op z'n minst hebben verzwakt.'
Stefan bleef het proberen. Er gebeurde nog steeds niets. 'Ik denk dat we het maar eens met dynamiet moeten proberen,' zei hij.
Banks lachte. 'Laat mij eens een poging wagen.'
Stefan overhandigde hem het breekijzer en Banks verplaatste het naar de andere kant van de kluisdeur, waar de scharnieren diep verzonken waren. Door de schade die het vuur had aangericht was het moeilijk precies te zien wat hij nu deed, maar hij dacht dat hij erin was geslaagd het platte, scherpe deel van het breekijzer tussen het omhulsel van de kluis en de gescharnierde deur te duwen. Hij bewoog het breekijzer heen en weer, aanvankelijk zachtjes maar daarna wat krachtiger, en wist het nog een paar millimeter verder naar binnen te krijgen. Ten slotte brak het eerste scharnier en toen was het nog slechts een kwestie van tijd voordat hij ook het tweede had gesloopt.
'Brandwerend, maar niet Banks-werend,' zei hij, en hij trok het deurtje open. Hij tastte in de donkere ruimte. 'Volgens mij ligt hier iets.'
'Wat is het?' vroeg Stefan.
Banks haalde de in een zwarte plastic vuilniszak gewikkelde inhoud van de kluis tevoorschijn en legde deze op de labtafel. Beide mannen keken vol verbazing naar wat voor hen lag. Op de tafel lagen een paar opgerolde vellen papier en drie stapels bankbiljetten van twintig pond met elk een elastiekje eromheen, waarschijnlijk per stuk vijfhonderd pond of meer waard. Banks rolde de vellen papier uit en zag een aantal schetsen van een kasteel

en een aquarel van ongeveer achtentwintig bij veertig centimeter van het uitzicht over de vallei vanaf het kasteel.
'Dat is Hornby Castle,' zei Stefan.
'Hoe weet je dat?'
Hij wierp een zijwaartse blik op Banks. 'Ik ben er geweest. Ik wandel vaak. Het is vlak bij Kirkby Lonsdale. En dit,' hij wees naar de aquarel, 'is het uitzicht vanaf het kasteel. Dat is Ingleborough, een van de Three Peaks. Daar heb ik gewandeld.'
De Three Peaks-route was een populaire wandeling, maar Banks had het altijd net even iets te excentriek gevonden. Om niet te zeggen een ware uitputtingsslag. Je moest binnen twaalf uur ruim tweeëndertig kilometer afleggen en drie verdomd hoge heuvels beklimmen: Pen-y-Ghent, Whernside en Ingleborough, en dat vaak ook nog eens in de stromende regen.
Banks keek nogmaals naar de schetsen en de aquarel. Ze zagen er oud uit. Ze waren niet gesigneerd, maar zelfs voor Banks' ongeoefende oog was het overduidelijk dat hij naar het werk van J.M.W. Turner stond te kijken, of een goedgelijkende reproductie ervan.
'Allejezus,' zei hij.

'Ik geloof niet dat je baas me erg graag mag,' zei Phil Keane die avond tegen Annie. Ze waren bij haar thuis en omdat ze na hun stevige lunch geen van beiden echt trek meer hadden gehad, hadden ze net een heel licht avondmaal van pasta primavera gebruikt.
Annie schonk voor hen beiden nog een glas Montepulciano D'Abruzzo van Sainsbury's in. 'Waarom zeg je dat?' vroeg ze.
'Ach, ik weet niet. Gewoon een gevoel. Denk je dat hij misschien jaloers is?'
Annie voelde dat ze bloosde. Ze had Phil niet over Banks en haarzelf verteld. 'Waarom zou hij jaloers zijn?'
'Misschien heeft hij zelf wel een oogje op je?'
'Doe niet zo gek.' Annie nam net iets te gehaast een slok wijn en die schoot in het verkeerde keelgat. Dat veroorzaakte, in combinatie met haar verkoudheid, een stevige hoestbui. Phil haalde een glas water en sloeg haar bezorgd gade terwijl ze een paar seconden worstelde om het gehoest te onderdrukken.
'Gaat het?' vroeg hij.
'Ja, hoor. Hoor eens, Alan en ik, we... Nu ja...'
Phil keek haar belangstellend aan.
'Ik hoef het toch niet voor je uit te tekenen, of wel?'

'Nee, natuurlijk niet,' zei Phil. 'En het spijt me dat ik erover ben begonnen. Maar je had het me ook wel eerder kunnen vertellen. Ik verwacht heus niet dat je voor je mij leerde kennen een leven als non hebt geleid.'
'Niet?'
'Nu ja, ik heb dat in elk geval niet. Een leven als monnik geleid, bedoel ik.'
'Niet?'
'Nee.'
'Hoe dan ook, het is al een hele tijd uit.'
'Het verbaast me gewoon, dat is alles.'
'Waarom?'
'Dat weet ik niet,' zei Phil. 'Ik denk omdat hij niet jouw type is.'
'Wat is mijn type dan wel?'
'Dat weet ik ook niet. Hij is gewoon... Wat is hij eigenlijk voor man?'
'Hoe bedoel je?'
'Wat trok je in hem aan?'
'In Alan? Hij is prettig gezelschap. Meestal tenminste. Hij is gek op muziek, houdt van single malt whisky, heeft een redelijke smaak wat films betreft, afgezien dan van een betreurenswaardige voorliefde voor avontuurlijke actiefilms, je kent dat wel: James Bond, Arnold Schwarzenegger en nog meer van die gruwelijke machotroep. Wat eigenlijk best vreemd is, want hij is zelf niet echt een macho. Hij is juist gevoelig, vriendelijk en meelevend, en heeft een enorm gevoel voor humor.'
'Hebben jullie samengewoond?'
Annie lachte. 'Nee. Ik woonde in mijn hutje in het hart van het Harkside-labyrint, zoals hij het altijd noemt, en hij heeft een schattige cottage vlak bij Gratly. Hij heeft eigenlijk wel iets van een kluizenaar, dus dat bevalt hem prima.'
'Wat is er misgegaan?'
'Geen idee. Het pakte gewoon niet goed uit. Te veel emotionele bagage. Alan is kortgeleden gescheiden en zijn gezin houdt hem nog steeds heel erg bezig. Het pakte gewoon niet goed uit. O, we kunnen uitstekend samenwerken, hoor. Dat is geen enkel probleem. Alleen...'
'Wat?'
'Ach, je weet wel. Soms kun je er niet omheen dat je een gemeenschappelijke voorgeschiedenis hebt. Dan kan het wel eens lastig zijn. Maar het is te overzien. En hij is een goede baas. Gunt me heel veel vrijheid. Respecteert mijn mening.'
'Over die branden?'
'Over alles.'

'En wat is jouw mening?'
'Die heb ik nog niet. Daar is het nog te vroeg voor.'
'Je praat liever niet met me over je werk, begrijp ik. Neem me niet kwalijk.'
Annie stak haar hand uit en kneep even in zijn arm. 'Ach, het geeft niet,' zei ze. 'Om je de waarheid te zeggen was ik er net aan gewend geraakt dat ik buiten het bureau niemand heb om mee te praten. Ik moet natuurlijk wel op mijn woorden letten, maar ik heb geen officiële geheimhoudingsgelofte afgelegd. Bovendien zei ik het net al: ik heb nog helemaal geen theorieën. Niet genoeg bewijsmateriaal. We weten alleen dat ze allebei het werk lijken te zijn van een brandstichter. Wat nauwelijks nog een geheim is.' Ze was niet van plan Phil nu al over de Turner en het geld te vertellen die waren opgedoken in Gardiners kluis, omdat ze eerst met Banks wilde overleggen over de mogelijkheid Phil als adviseur bij de zaak te betrekken.
'Niet eens een miniem vermoeden?'
'Als ik al iemand verdacht, zou ik het jou natuurlijk niet kunnen vertellen.'
'Dus je hebt wel degelijk een officiële geheimhoudingsgelofte afgelegd?'
Annie lachte en vulde haar glas bij. Ze was een tikje aangeschoten, maar het was dan ook een zwaar weekend geweest en ze vocht nog altijd tegen een laatste restje verkoudheid. 'Het is net als dokters en hun patiënten,' zei ze.
'Tot jullie de verdachte hebben opgepakt?'
'Inderdaad ja, dan gelden er andere regels. Zeg, je hebt me nog niet verteld hoe lang je deze keer hier in het noorden blijft.'
'Dat weet ik nog niet,' zei Phil. 'Het is op het ogenblik vrij rustig op kantoor, maar er kan altijd iets opduiken en dan word ik natuurlijk teruggeroepen.'
'Een verdachte Sickert wellicht? Of een twijfelachtige Degas?'
Phil lachte. 'Zoiets, ja. Zeg, heb je misschien zin in een weekendje New York?'
'New York!' Annie was nog nooit in Amerika geweest. Phil en zij waren in september naar Parijs geweest en het had haar de grootste moeite gekost om Phil zover te krijgen dat ze haar eigen aandeel mocht betalen. Ze was bang dat ze zich New York niet zou kunnen veroorloven en wilde niet dat hij alles voor haar betaalde.
'Jawel. Volgend weekend. Voornamelijk voor zaken, vrees ik. Ik heb een afspraak met een aantal galeriehouders en handelaren. Maar na afloop kunnen we altijd een Broadway-show pakken en uit eten gaan.'
'Ik weet niet zeker of ik volgend weekend wel weg kan.'

'Vanwege deze zaak?'
'Ja. En dan is er nog het geld...'
'O, maak je daar maar niet druk om. Het is een zakenreis. De zaak betaalt.'
'Voor ons allebei?'
'Ja, natuurlijk. Dan ben jij mijn veiligheidsadviseur.'
Annie lachte en bracht hun lege borden naar het aanrecht. 'Dat klinkt geweldig, maar...'
'Beloof me dan in elk geval dat je erover zult nadenken.'
'Ik zal erover nadenken.' Annie wist al dat Phil achter haar stond voordat ze zijn handen op haar heupen voelde en zijn lippen het holletje tussen haar nek en haar schouders liefkoosden. Ze bewoog haar schouders en hij sloeg zijn armen om haar heen en trok haar zo stevig tegen zich aan dat ze zijn erectie tegen haar onderrug voelde drukken. Ze kon niet voorkomen dat ze heel even angst en paniek in zich voelde opwellen toen zijn harde lid tegen haar aan drukte. Beelden van de verkrachting van drie jaar geleden flitsten door haar hoofd en werkten haar op de zenuwen. Ze had echter geleerd die gevoelens onder controle te houden en in elk geval niet op de vlucht te slaan voor seks, ook al kon ze er nog steeds niet echt van genieten.
'Laat de afwas maar even staan,' zei Phil, en hij liet haar los uit zijn omhelzing.
Annie draaide zich om en keek hem aan, verrast omdat de paniek zo snel oploste en een warm gevoel zich als vocht tussen haar benen verspreidde, waardoor haar knieën verslapten.
Zo was het met Alan nooit geweest, dacht ze, en ze kreeg onmiddellijk wroeging omdat ze die vergelijking had gemaakt. Phil sloeg zijn armen om haar heen en ze keek hem glimlachend aan. 'Goed,' zei ze. 'Blijf je vannacht slapen?'
'Ik heb mijn tandenborstel niet bij me.'
Annie lachte en drukte haar gezicht tegen zijn zachte katoenen shirt. 'O, ik heb denk ik nog wel een nieuw exemplaar in de badkamer liggen,' zei ze.
'In dat geval...' zei Phil. Hij liet zijn armen langs zijn zij vallen, maar Annie pakte zijn hand en trok hem mee naar de trap.

9

Annie leek die maandagochtend erg opgewekt en Banks had zo het vermoeden dat dat niet alleen door haar werk kwam. Ze ging tegenover hem zitten in zijn kantoor en sloeg haar benen over elkaar. Ze had een strakke zwarte spijkerbroek aan en een rood shirt van een of ander zijdeachtig materiaal, dat bijna leek te fluisteren wanneer ze zich bewoog. Haar haren zaten wat verward en haar verkoudheid leek vrijwel genezen. Ze straalde helemaal en Banks wist niet zeker of hij dat wel leuk vond.

'Oké,' zei ze. 'Ik heb met Roland Gardiners voormalige werkgever gesproken en het heeft er veel van weg dat Roland zich bezighield met een verkorte variant van langetermijnbedrijfsfraude.'

'Is het heus?' Langetermijnbedrijfsfraude hield in dat er een frauduleus bedrijf werd opgericht – tegenwoordig met alle beschikbare computersoftware een fluitje van een cent – dat vervolgens gebruikmaakte van goederen of diensten zonder ervoor te betalen. Het kost veel tijd om een serieuze langetermijnbedrijfsfraude op te zetten, vandaar ook de naam, en het vereist een beetje kapitaal. Je moest in eerste instantie alle rekeningen stipt betalen om zo het vertrouwen te winnen van de bedrijven waarvan je afneemt. 'Hoe heeft hij dat klaargespeeld?' vroeg Banks. 'Ik dacht dat je me had verteld dat zijn ex-vrouw zei dat hij nooit een cent te makken had.'

'Dat had hij ook niet. Dat was nog het mooiste: hij kocht van zichzelf.'

'Wat wil dat precies zeggen?'

'Van het bedrijf waarvoor hij werkte. Kantoorartikelen. Een uitstekende markt. Gemakkelijk kwijt te raken. Gaf zichzelf een leuke kredietlimiet en kon zo aan de slag. Hij hoefde niet eerst over een lange periode het vertrouwen van zijn zakenpartner te winnen.'

'Daar kan hij nooit veel mee hebben verdiend,' zei Banks.

'Dat heeft hij ook niet. Ik geloof dat dat zijn ex-vrouw nog het meest dwarszat. Ik heb de indruk dat als hij iets meer had verdiend, het haar absoluut niet had kunnen schelen hoe hij eraan kwam.'

'Wat gebeurde er toen de baas erachter kwam?'

'Die gaf hem de gelegenheid om de zaak zelf op een eervolle manier op te lossen. Terugbetalen en ontslag nemen. Geen inmenging van de politie. Blijkbaar mochten ze hem bij het bedrijf wel graag.'

'Dus wat schieten wij hier nu mee op?' vroeg Banks peinzend.

'Nou,' zei Annie. 'We hadden al een dode kunstvervalser en nu wijst alles erop dat het tweede slachtoffer ook al een soort fraudeur was. Bovendien had hij een Turner-aquarel en ongeveer vijftienhonderd pond in een brandwerende kluis. Ik vind het allemaal net iets te toevallig. Wat voor duister zaakje hier ook gaande was, ze waren er beslist allebei bij betrokken.'

'Klinkt logisch,' zei Banks. 'Maar wat was dat duistere zaakje precies? En wat is het verband tussen die twee? Waar kenden ze elkaar van?'

'Ik kan die vragen nu nog niet beantwoorden,' zei Annie. 'Te weinig informatie. Maar als er inderdaad een verband is, dan zullen we dat vinden. Waar mijn belangstelling momenteel vooral naar uitgaat is de vraag wie er nog meer bij betrokken is.'

'De derde man?'

'Juist. Iemand heeft hen namelijk vermoord.'

'Tenzij ze ruzie hebben gekregen en Gardiner McMahon heeft vermoord.'

'Dat verklaart nog niet wie vervolgens Gardiner heeft vermoord.'

'Zijn ex? Haar nieuwe echtgenoot?'

'Zou kunnen,' zei Annie.

'Maar het is niet waarschijnlijk?'

'Volgens mij niet, nee. En hoe zit het met Leslie Whitaker?'

'Dat is ook een mogelijkheid,' zei Banks. 'Ik ben er niet helemaal van overtuigd dat hij niet precies wist wat McMahon allemaal uitspookte. Ik denk dat we hem nog maar eens stevig aan de tand moeten voelen. En deze keer laten we hem hiernaartoe komen.'

'Goed idee.' Annie zweeg even. 'Alan, nog even over die Turner...?'

'Ja?'

'Ik vroeg me af of we misschien Phil er eerst eens bij zouden moeten halen voordat we zelf iets ondernemen. Je weet wel: hem er eens naar laten kijken. Het is tenslotte zijn vakgebied.'

'Ik denk dat we dat beter via de officiële kanalen kunnen afhandelen,' zei Banks, die zich net zo stijf en formeel voelde als hij klonk.

'Dat is niets voor jou,' zei Annie. 'Bovendien duurt het dan een eeuwigheid. Phil kan ons wellicht direct bruikbare informatie geven.'

'Vergeet niet dat Ken Blackstone er ook nog is,' zei Banks. 'Hij heeft een gedegen achtergrond in kunstvervalsing.'

'Maar hij zit in West Yorkshire,' sputterde Annie tegen. 'En bovendien is dat alweer jaren geleden. Phil weet waar hij het over heeft en hij is hier nu toch.'

'Dat had ik al begrepen, ja,' zei Banks.

Annies mond verstrakte. 'En wat wil je daarmee zeggen?'

'Niets. Alleen maar dat ik vind dat we dit via de officiële kanalen moeten aanpakken.'

'Allemachtig, zeg, we maken toch voortdurend gebruik van adviseurs? Die psychologe bijvoorbeeld? Die rooie die een oogje op jou heeft?'

Banks voelde dat hij bloosde, deels van woede en deels omdat hij zich geneerde. 'Dokter Fuller bedoel je? Dat is een uiterst professionele psycholoog en een ervaren profiler op het gebied van misdaad.'

'Als jij het zegt. Het is Phils vak de authenticiteit van kunstwerken te bepalen.'

'We weten helemaal niet wie of wat Phil precies is. Je kent hem amper.'

'Weet je wat jouw probleem is?' zei Annie, en ze streek met een hand door haar haren. 'Je bent gewoon jaloers, dat is het. Je kunt de zon gewoon niet in het water zien schijnen. Als jij iets niet kunt hebben, mag niemand anders het hebben. Zo is het toch?'

'Hij mag je wat mij betreft zoveel en zo vaak hebben als hij wil,' zei Banks, 'maar ik ga dit onderzoek niet in gevaar brengen omwille van jouw privéleven.'

'Loop toch niet zo te zeiken, Alan. Hoor je zelf wel wat je zegt? Heb je enig idee hoe je nu klinkt?'

Banks had het gevoel dat hij ergens een verkeerde afslag had genomen en er nu onverbiddelijk een bakstenen muur voor hem opdoemde. 'Luister eens...' zei hij, maar Annie onderbrak hem nadat ze eerst diep had ademgehaald.

'Ik vraag alleen maar of je hem naar die Turners wilt laten kijken, meer niet,' zei ze met zachte stem. 'Als je bang bent dat hij ermee vandoor gaat, mag je ze best met handboeien aan je pols vastleggen.'

'Doe niet zo raar. Daar ben ik echt niet bang voor.'

'Waarom heb je er dan bezwaar tegen? Wat kan het dan zijn?'

'Hij is een onbekende factor.' Banks besefte dat zijn bezwaren ontoereikend waren en hij besefte dat hij diep in de verdediging was gedrukt, wat deels kwam doordat hij eveneens heel goed wist dat hij uit jaloezie irrationeel handelde en hij geen flauw idee had hoe hij zich uit deze situatie kon redden zonder dat toe te geven.

'Ik ken hem,' zei Annie. 'En ik sta voor hem in. Hij weet wat hij doet, Alan. Hij is geen dilettant.'

Banks dacht even na. Hij wist dat hij maar beter ruiterlijk kon toegeven dat hij bakzeil had gehaald, wist dat hij tijdens hun korte gesprek rakelings langs een gevaarlijke afgrond was gescheerd. Hij voelde er nog steeds helemaal niets voor om Annies vriendje bij het onderzoek te betrekken, maar het was nu eenmaal waar dat Phil Keane hen zou kunnen helpen op het gebied van kunstvervalsing, hen in feite zelfs al hád geholpen door een aanvulling te geven op de mogelijke redenen die McMahon kon hebben gehad om bij Whitaker waardeloze oude boeken en prenten aan te schaffen. Bovendien deed hij inderdaad moeilijk omdat hij jaloers was, en dat was niet professioneel.

'Goed dan,' zei hij. 'Ik zal het aan hoofdinspecteur Gristhorpe voorleggen. Meer kan ik niet beloven.'

'Jíj gaat het aan hem voorleggen? Weet je wel heel zeker dat je het hem op een andere manier zult voorleggen dan je het zojuist aan mij hebt gedaan?'

'Annie, we houden er nu over op. Oké? Ik zei dat ik het aan hem zal voorleggen. Graag of niet.'

Annie keek Banks woedend aan en griste toen haar dossiermappen van tafel. 'Prima,' zei ze. 'Graag. Leg jij het maar aan hem voor.'

'Zeg, wat is er eigenlijk allemaal aan de hand?' zei Leslie Whitaker, die zich duidelijk niet op zijn gemak voelde nu hij het lijdend voorwerp was van een politieverhoor. 'Jullie hebben me een uur laten wachten. Ik heb een winkel te runnen.'

'Het spijt me, meneer Whitaker,' zei Banks, en hij rangschikte zijn mappen in keurige stapels voor zich op tafel. Ze bevonden zich in verhoorkamer 2, die zich nauwelijks onderscheidde van de verhoorkamers 1 en 3, behalve dan dat er nog minder licht door het hoge, van tralies voorziene raam naar binnen scheen. Banks had Hatchley meegenomen als assistent. Annie was op zoek naar meer achtergrondinformatie over Roland Gardiner en zou daarna met de Turners bij Phil Keane langsgaan. Bovendien spraken Banks en zij amper nog met elkaar, en dat was niet bevorderlijk voor het teamwerk dat nodig was voor een succesvol verhoor.

'Kunt u dan nu een beetje opschieten?' zei Whitaker en hij tikte met zijn linkerhand op de tafel. Zijn voet bewoog ook al schokkerig, zag Banks. Zenuwachtig, dus. Iets te verbergen? Of gewoon kwaad?

Banks wierp een blik op Hatchley, die zijn wenkbrauwen optrok. 'Een beetje opschieten?' herhaalde Hatchley. 'Het gebeurt niet vaak dat iemand ons opdraagt om een beetje op te schieten, is het wel, inspecteur?'

'Dat is zo,' zei Banks. 'Maar goed, we zullen doen wat u vraagt, meneer

Whitaker, en een beetje opschieten. Als u niets te verbergen hebt en u ons de waarheid vertelt, kunt u binnen de kortste keren uw winkeldeuren weer opengooien.'

Whitaker leunde achterover in zijn stoel. Hij had een beige colbertje aan met daaronder een donkerblauwe coltrui. Banks probeerde overeenkomsten te vinden tussen deze man en de bezoeker van McMahon die Mark Siddons had beschreven, maar de enige conclusie die hij kon trekken was dat de beschrijving zo vaag was dat ze niet alleen op Whitaker van toepassing kon zijn, maar ook op honderden anderen.

'Toen we u eergisteren spraken,' zei Banks, 'vertelde u ons dat u een paar keer boeken en prenten aan Thomas McMahon had verkocht.'

'Ja. Dat klopt. En wat dan nog?'

'Weet u waar hij die voor nodig had?'

'Ik heb u al gezegd dat ik dat niet wist.'

'Ik denk dat u het wel degelijk weet, meneer Whitaker.'

Whitaker kneep zijn ogen tot spleetjes. 'O, ja?'

'Ja,' zei Banks. 'Zal ik u eens zeggen wat ik denk? Ik denk dat u op zijn verzoek bepaalde boeken en prenten voor Thomas McMahon achterhield.'

Whitaker sloeg zijn armen over elkaar. 'En waarom zou ik dat doen?'

'U bent toch kunsthandelaar?'

'Op kleine schaal, ja, zo zou u dat wel kunnen zeggen. Meer een plaatselijke agent, eigenlijk.'

'En u weet waarschijnlijk ook wel het een en ander van vervalsingen.'

'Wacht eens even. Wat wilt u daarmee zeggen?'

Banks herhaalde de informatie die hij van Phil Keane te horen had gekregen over het hergebruik van oude schutbladen en prenten. Whitaker luisterde en veinsde op weinig overtuigende wijze dat hij geen flauw idee had waarover Banks het had.

'Ik begrijp nog steeds niet wat ik met dit alles te maken zou hebben,' zei hij toen Banks was uitgesproken.

'Ach, hou toch op,' zei Hatchley. 'Jullie werkten samen. U en McMahon. U verschafte hem het juiste materiaal, hij produceerde de vervalsingen, u verkocht ze en jullie deelden de opbrengst. Alleen werd hij te hebberig en dreigde hij u erbij te lappen.'

'Dat is belachelijk. Dat heb ik niet gedaan.'

'Tja, u zult toch moeten toegeven,' zei Banks, 'dat het er van onze kant bekeken wat verdacht uitziet.'

'Ik kan het ook niet helpen dat jullie van nature zo achterdochtig zijn. Dat hoort zeker bij jullie werk.'

Banks glimlachte. 'Ons werk. Ja, dat is inderdaad wel zo'n beetje de reden waarom we steeds minder bereid zijn om de baarlijke nonsens te slikken die u ons tot nu toe hebt voorgeschoteld. Waarom geeft u het niet gewoon toe? U had een deal gesloten met McMahon.'
Whitaker weifelde even, maar hield zijn mond.
'Misschien hebt u hem niet vermoord,' vervolgde Banks, 'maar u wist wel iets. U wist waarvoor hij die boeken en prenten nodig had, en ik durf te wedden dat hij er meer dan de gebruikelijke prijs voor betaalde. Uw aandeel, waarmee u fijntjes de belastingen omzeilde. Welke rol speelde Roland Gardiner in het geheel?'
'Ik weet niet over wie u het hebt.'
'Kom nou toch, meneer Whitaker. Roland Gardiner. Hij is zaterdagavond bij de brand in een caravan op Jennings Field omgekomen.'
'En nu denkt u dat ik...?'
'Dat wil ik inderdaad graag weten, ja. Want als u hem niet hebt vermoord en als u McMahon niet hebt vermoord, dan bent u misschien wel de volgende.'
Whitaker trok wit weg. 'Dat kunt u niet menen. Waarom zegt u dat?'
'Een logische conclusie,' zei Hatchley. 'Dit soort dingen gebeurt nu eenmaal wanneer dieven onderling ruzie krijgen.'
'Ik ben geen dief.'
'Als het beestje maar een naam heeft,' ging Hatchley nonchalant verder. 'Kijk, als u niet de leider van het stel was, en u zweert dat u dat niet was, dan was u gewoon een van de bendeleden, en twee van hen zijn al dood. Begrijpt u waar ik naartoe wil? Logische conclusie.'
'Nee,' zei Whitaker, die zichzelf weer in bedwang had. 'Dat is helemaal geen logische conclusie. Uw hele vooronderstelling deugt van geen kant. Ik heb helemaal niets gedaan.'
'Behalve dan dat u Thomas McMahon het papier hebt geleverd dat hij nodig had voor zijn vervalsingen,' zei Banks.
'Ik wist niet wat hij met al dat spul deed.'
'Volgens ons wel.'
Whitaker sloeg zijn armen opnieuw over elkaar. 'Tja, dat is dan jullie probleem.'
'Nee. Het is uw probleem. Wat voor auto hebt u?'
'Een jeep. Hoezo?'
'Wat voor soort jeep?'
'Een Cherokee. Vierwielaandrijving. Ik woon vlak bij Lyndgarth. De wegen daar zijn soms slecht begaanbaar.'

Een Jeep Cherokee had veel weg van een Range Rover of elk andere soort stationcar met vierwielaandrijving, vond Banks, vooral omdat de auto's ergens in het bos waren gezien door mensen die weinig verstand hadden van de verschillende bouw en vormen van dergelijke wagens. 'Kleur?'
'Zwart.'
Zwart of donkerblauw, opnieuw heel dicht bij elkaar. 'Waar was u afgelopen donderdagavond?'
'Thuis.'
'En waar is dat?'
'Lyndgarth, dat zei ik net al.'
'Alleen?'
'Ja. Ik ben onlangs gescheiden, als u het echt wilt weten.'
'Een alibi van niks, hè?' Hatchley mengde zich weer in het gesprek.
Whitaker keek hem aan. 'Ik was me er niet van bewust dat ik er een nodig zou hebben.'
'Dat zeggen ze allemaal.'
'Nu moet u eens goed luisteren...'
'Oké, meneer Whitaker,' zei Banks. 'U mag later verder ruziën met de brigadier. Op dit moment hebben we belangrijkere zaken te bespreken. Waar was u zaterdagavond?'
'Zaterdag? Ik...'
'Ja?'
Whitaker dacht even na en keek toen triomfantelijk naar Banks. 'Bij een diner in Harrogate. Boekverkopers uit Yorkshire. We komen elke maand bij elkaar, een man of tien. Zij kunnen het allemaal bevestigen.'
'Hoe laat was u daar?'
'Vanaf acht uur.'
Banks zag zijn hoop vervliegen. Als Whitaker zaterdag inderdaad vanaf acht uur met negen anderen samen was geweest en de brand om kwart voor negen was uitgebroken, dan ging hij vrijuit. Ook al omdat het minstens een uur rijden was van Lyndgarth naar Harrogate. Maar waterdichte alibi's konden vaak vrij gemakkelijk gekraakt worden, was Banks' ervaring. 'We zullen het zeker controleren.'
'Ga uw gang,' zei Whitaker. 'Wilt u hun namen? Van de anderen?'
'Die kunt u straks aan brigadier Hatchley opgeven.'
'Ik denk niet dat we dan verder nog iets te bespreken hebben, is het wel?'
'O, nog genoeg,' zei Banks. 'Ik wil nog steeds weten welke rol Gardiner in het geheel heeft gespeeld en waarom hij ook moest sterven.'
'Ik heb u al gezegd dat ik nog nooit van die Gardiner heb gehoord. Ik heb

een antiquariaat. Een enkele keer handel ik in kunstwerken. Dat is mijn enige band met Thomas McMahon. Ik ken echt niemand die Gardiner heet.'

Banks liet een korte stilte vallen, fluisterde toen iets in Hatchleys oor, voornamelijk vanwege het dramatisch effect, en richtte zich toen weer tot Whitaker. 'Zoals de zaken er nu voor staan, meneer Whitaker,' zei hij, 'vind ik dat we maar eens door moeten naar het volgende stadium.'

'Het volgende stadium? Wat bedoelt u daarmee?'

'Tja, dit is nog maar een inleidend verhoor, begrijpt u. Om de stand van zaken af te tasten, zogezegd. Ik ben niet tevreden met wat ik hier heb gehoord. In het geheel niet. Dus is het tijd voor de volgende stap. We gaan nu uw financiën, uw auto, uw kleding, uw zakelijke transacties, in feite uw hele leven, grondig onderzoeken en als we ook maar één stukje bewijs in deze kwestie tegenkomen, dan slepen we u aan uw haren terug naar het bureau.'

Whitaker slikte moeizaam iets weg. 'Dat kunt u niet maken,' zei hij zonder overtuiging.

Banks stond op. 'Ja, hoor, dat kunnen we wel,' zei hij. 'En we doen het ook. Brigadier Hatchley zal nu die namen even noteren.'

Op maandagmiddag druppelden de resultaten uit het lab een voor een binnen. Om te beginnen was de kleding van Andrew Hurst zoals verwacht schoon, en dat gold ook voor de kleren van Danny Boy Corcoran en Patrick Aspern. Dat verbaasde Banks niet; afgezien van Hurst, die zijn kleding had gewassen, waren ze geen van allen serieuze verdachten geweest.

Banks wilde graag geloven dat Aspern er op de een of andere manier bij betrokken was, maar hij betwijfelde ten zeerste of de brave dokter de branden had aangestoken. Desondanks hield hij zichzelf voor dat Patrick Aspern geen betrouwbaar alibi had voor beide branden en dat het best mogelijk was dat hij op de dag van de bootbranden bij Tina langs was geweest en later die dag was teruggekeerd. Misschien had ze gedreigd iedereen te vertellen wat hij haar had aangedaan. Hij kon de brand op McMahons boot hebben aangestoken om de aandacht van Tina af te leiden. Vooralsnog was niemand erin geslaagd om Paul Ryder, Christine Asperns biologische vader, op te sporen. Banks kon zich niet voorstellen dat hij van belang was voor het onderzoek, aangezien hij zijn dochter nooit had gekend, maar hij behoorde op zijn minst te horen wat haar was overkomen.

Er waren echter nog andere zaken die hem bezighielden. Banks zou bijvoorbeeld graag willen weten waarom Andrew Hurst zijn kleren midden

in de nacht had gewassen. Het leek gewoon volkomen onlogisch. Kevin Templeton trok momenteel het verleden van verschillende mensen na, waaronder ook dat van Hurst, dus misschien ontdekte hij nog iets.
Dan had je verder nog de Turner, het geld en de mogelijke criminele activiteiten van McMahon en Gardiner. Goed, misschien zou een nauwkeurig onderzoek naar Leslie Whitakers zakelijke beslommeringen hen helpen in dat opzicht iets boven tafel te krijgen.
Banks zat in zijn kantoor door verslagen en dagopdrachten te bladeren, met op de achtergrond een cd van Soile Isokoski, die onder begeleiding van een orkest liederen van Richard Strauss zong. Net toen hij op het punt stond om een kop koffie te gaan halen, ging zijn telefoon over. Het was de receptie. Iemand wilde degene spreken die de leiding had over het onderzoek naar de brand op de boten. Een zekere Lenny Knox.
Nieuwsgierig verzocht Banks de balieagent om hem naar boven te sturen en een paar minuten later verscheen er een forse vent met een pokdalig, rood gezicht in de deuropening van Banks' kantoor.
'Gaat u zitten,' zei Banks.
Knox ging zitten. De stoel kraakte protesterend onder zijn gewicht.
'Wat kan ik voor u doen, meneer Knox?' vroeg Banks, en hij leunde achterover in zijn stoel en vouwde zijn handen achter zijn hoofd.
'Ik maak me zorgen over Mark, Mark Siddons,' zei Knox, in wiens uitspraak sporen van een Liverpools accent hoorbaar waren.
'Misschien kunt u beter bij het begin beginnen.'
Knox zuchtte. 'Mark is een goeie gozer. Een maatje van me. Een harde werker ook. Niet te beroerd om zijn handen vuil te maken. We hebben samengewerkt aan die klus bij de universiteit; daar weet u van?'
Banks knikte. Hij was op de hoogte van Marks baan.
'Goed,' ging Knox verder, 'toen jullie hem vrijlieten uit de gevangenis had die arme knul geen dak boven zijn hoofd en hij had ook nog net zijn vriendin verloren, dus toen heb ik tegen hem gezegd dat hij wel met mij mee naar huis kon.'
'Dat was heel vriendelijk van u,' zei Banks.
Knox keek hem aan en zuchtte opnieuw diep. 'Zo was het wel bedoeld, ja. Maar het liep faliekant mis.'
'Hoe dat zo?'
'Mijn Sal is in wezen een beste meid, hoor, maar ze is... tja, ze heeft niet graag dat er misbruik van haar wordt gemaakt. Ze heeft graag het idee dat haar mening meetelt, als er beslissingen worden genomen en zo. En ze plant alles graag, houdt niet van verrassingen.'

'Dat klinkt niet onredelijk.'
'Hoe dan ook, het was mijn schuld. Ik had Mark mee naar huis genomen en hem aangeboden bij ons te logeren zonder het eerst met haar te overleggen. Ze was razend. Mark heeft ons waarschijnlijk horen ruziën in de keuken en voordat ik er erg in had, ging hij ervandoor. Ik heb hem nog teruggeroepen, maar hij luisterde niet.'
Banks pakte een opschrijfblok. 'Wanneer is dit gebeurd?' vroeg hij.
'Zaterdagavond.'
'Hoe laat?'
'Rond halfzeven.'
'Welke kant is hij opgegaan?'
'Richting het spoor.'
Banks tikte met zijn potlood op het schrijfblok. Jennings Field lag even ten oosten van de stad, achter de spoorbaan. Banks had verschillende redenen gehad om Mark niet als een serieuze kandidaat te beschouwen voor de bootbranden, maar dit stelde de zaak in een heel nieuw licht. Mark had rond de tijd waarop de brand was uitgebroken gemakkelijk op het veld aanwezig kunnen zijn. Maar waarom? Was hij een pyromaan? Was er iets speciaals dat hem ertoe aanzette? Woede? Afwijzing? Hij was inderdaad ook kwaad geweest op Tina, toen hij donderdagavond naar Mandy's flat ging. Maar zijn alibi... de timing... de kleren... Het was gewoon niet logisch. Het belangrijkste was nu echter om hem op te sporen en naar het bureau te halen.
'Heeft Mark u iets over de brand verteld?'
'Zoals wat?'
'Wat dan ook.'
'Nee. Alleen maar dat hij kapot was van wat er met Tina was gebeurd.'
'Hij heeft niet gezegd of hij iets vermoedde, of hij enig idee had wat er kon zijn gebeurd?'
'Tegen mij heeft hij niets gezegd. Moet u eens horen,' zei Knox, en hij verwoordde Banks' eigen angstige voorgevoelens, 'ik ben geen type dat altijd alles aan de politie doorkletst, daarom ben ik ook niet meteen hiernaartoe gekomen, maar ik maak me zorgen over Mark. Ik had verwacht dat hij wel iets van zich zou laten horen, maar dat is niet gebeurd en er is niemand anders die hem als vermist zal opgeven. Ik zei net al: in zijn hart is het een goeie gozer. Heel anders dan dat schorem dat je tegenwoordig overal ziet rondhangen. En hij heeft het zwaar gehad. Hij heeft geen geld en kan nergens naartoe. Ik durf te wedden dat hij buiten slaapt. Ik weet dat het op dit moment niet direct stervenskoud is, maar het is wel veel te koud om in het open veld te overnachten. En het weer kan hier snel omslaan.'

'Dat is maar al te waar,' zei Banks. En als Mark niet zelf achter die bootbranden zat, dan was er een grote kans dat de echte dader hem uit de weg zou willen ruimen. Hij dwaalde nu dus ergens buiten in de kou rond, terwijl iemand het mogelijk op hem had voorzien. Beslist geen ideale situatie. 'Is er verder nog iets?'
'Nee,' zei Lenny. 'Maar misschien kunt u hem zeggen dat het me spijt als u hem vindt. Mijn arme Sal was helemaal van slag toen ze besefte dat hij haar had gehoord. Hij mag bij ons komen wanneer hij maar wil, zegt ze nu. Ik zei al dat ze eigenlijk een beste meid is. Het was alleen de schok en dat ik het haar niet eerst had gevraagd.'
'Wat had Mark aan?'
'Een versleten oude suède jas met fleecevoering en een spijkerbroek waarvan de pijpen waren opgerold. Afdankertjes, denk ik.'
Banks glimlachte toen hij de beschrijving hoorde van de kleding die hij Mark had gegeven: zijn eigen oude kleren. 'We zullen een oproep doen uitgaan.'
'Jaag hem alstublieft niet de stuipen op het lijf,' zei Lenny. 'Ik weet niet wat hij doet wanneer hij zich in een hoek gedreven voelt. Hij is flink opgefokt.'
'We zullen ons best doen, meneer Knox,' zei Banks. 'Het belangrijkste is dat we hem vinden. U hebt zeker geen foto van hem?'
'Ik? Nee. Hebben jullie er niet een gemaakt toen jullie hem oppakten?'
'Dat is niet gebruikelijk, meneer Knox. Daar moeten we een gegronde reden voor hebben, en toestemming. In Marks geval was het eenvoudigweg niet nodig.'
Knox stond op. 'Mooi,' zei hij. 'Houdt u me op de hoogte?'
'Geef me uw telefoonnummer maar. Dan zal ik er persoonlijk op toezien dat u van ons hoort.'
Knox gaf hem zijn nummer. 'Bedankt,' zei hij.
Toen Knox was vertrokken, liep Banks naar het raam. De cd was bij de *Vier letzte Lieder* aanbeland, Banks' favoriete deel. Hij herinnerde zich een avond van enkele jaren geleden, voordat alles fout was gelopen; hij was toen heel laat thuisgekomen nadat hij op een begraafplaats in Eastvale bij de plaats delict was geweest waar een meisje was vermoord. Hij had met een sigaret en een glas Laphroaig in de hand naar de *Vier letzte Lieder* zitten luisteren, die keer de versie met Gundula Janowitz, en toen was zijn dochter Tracy wakker geworden en naar beneden gekomen om te zien wat er aan de hand was. Ze hadden even met elkaar zitten praten, maar Banks had haar bewust niet over de moord verteld, en daarna hadden ze dicht

tegen elkaar aan gekropen op de bank een mok chocolademelk gedronken en naar Strauss geluisterd. Dat moment stond voor altijd in zijn geheugen gegrift, vooral ook omdat zoiets nooit meer zou gebeuren. Tracy was inmiddels het huis uit en had een eigen leven. Sandra was ook weg. En Brian.

Het was nog steeds een grauwe dag, maar buiten was het tamelijk warm. Mark had mazzel. Op het marktplein liepen vrij veel mensen rond en in Market Street en York Road werd druk gewinkeld. De kerkgevel ging schuil achter de steigers van een bouwbedrijf, die hem aan een uitwendig skelet deden denken, en het weer was zo goed dat de restaurateurs naar boven waren geklommen om aan het oude metselwerk en de loden dakbedekking te werken. Hij dacht aan Mark, die hem had verteld dat hij restauratiewerk aan kerken wilde gaan doen. Banks kende Neville Lauder, de restaurateur die de leiding had over dit project, uit de Queen's Arms. Misschien kon hij een goed woordje voor Mark doen. Hij moest er echter wel voor zorgen dat hij objectief bleef. Hoewel hij dacht dat Lenny Mark heel goed had ingeschat en hoewel hij de jongen zelf ook graag mocht en met hem meeleefde, bestond er nog altijd een kans dat Mark Siddons een moordenaar was.

'Hebt u even, inspecteur?'

Banks keek op. Hatchley. 'Kom binnen, Jim,' zei hij. 'Hoe gaat het met je?'

'Niet slecht, dank u wel.' Jim Hatchley ging zitten en streek met een hand over zijn verwarde rossige haardos. Hij zag er nog steeds moe uit, vond Banks, met dikke wallen onder zijn ogen, een opgeblazen gezicht en een vlekkerige huid. Hij was niet alleen herstellende van een gemene griepaanval, maar had thuis ook nog een kindje dat net tandjes kreeg. Dat had je zo met een baby in huis. Zou Sandra ook slecht slapen, vroeg hij zich af. De laatste keer dat hij haar zag, had ze er prima uitgezien, maar dat kon zo veranderen wanneer de kleine Sinéad tandjes kreeg.

'Wat is er?' vroeg Banks. 'Al iets gevonden over dat alibi van Whitaker?'

'Tot op heden lijkt alles in orde,' zei Hatchley. 'Maar we zijn er nog niet. Nee, het gaat over die andere klus die u me had gegeven. Mark David Siddons.'

'En?'

Hatchley schudde zijn hoofd. 'Arme gozer,' zei hij.

'Wat heb je voor me?'

'Zijn moeder is Sharon Siddons, een slet van de bovenste plank. Ik dacht al dat de naam me bekend voorkwam. Ze woonden uiteraard in East Side. Een jaar geleden is ze overleden. Longkanker.'

'Vader?'
'Geen idee,' zei Hatchley. 'Sharon was niet alleen een slet, maar ook nog eens alcoholiste. Ze was al jong begonnen. Heeft een tijdje als straatprostituee gewerkt, maar werd op haar zeventiende zwanger. Daarna heeft ze de ene man na de andere versleten. Meestal enorme schooiers, en niemand hield het lang bij haar uit. De laatste was een fraai exemplaar dat Nicholas Papadopoulos heette. Misschien hebt u wel eens van hem gehoord?'
'Crazy Nick?'
'De enige echte.'
Banks had inderdaad wel eens van Crazy Nick gehoord. Iedere agent die nieuw was in Eastvale wist binnen vijf minuten al wie Crazy Nick was. Verstoring van de openbare orde, inbraak met geweld, mishandeling, het toebrengen van zwaar lichamelijk letsel, openbare dronkenschap. Je kon het zo gek niet bedenken of Crazy Nick had het gedaan, zolang er tenminste geen denkwerk voor hoefde te worden verricht. Hij had echter wel een grens getrokken bij moord. De laatste keer dat hij was gearresteerd waren er vier stevige agenten voor nodig geweest om hem in bedwang te houden en naar het bureau te brengen. Hij had de hele weg gevloekt en geworsteld, en toen hij eenmaal in een cel was gezet, had hij de gevangenbewaarders daar tot waanzin gedreven met zijn onophoudelijke gevloek en getier.
'Is hij momenteel niet te gast bij een van Hare Majesteits instituten?'
'Jawel,' zei Hatchley. 'Strangeways. En daar mag hij nog wel een tijdje zitten. Hij heeft bij een inbraak in een opslagplaats een nachtwaker met een hamer gemept en hem een schedelbasisfractuur bezorgd.'
'Hoe lang is hij met die vrouw van Siddons samen geweest?'
'Totdat ze symptomen van kanker ging vertonen,' zei Hatchley. 'Toen ging hij er als een speer vandoor. Ze is een eenzame, pijnlijke dood gestorven, dat arme mens.'
'Was hij er nog toen Mark wegliep?'
'Ja. Was waarschijnlijk zelfs de aanleiding. Het is misschien moeilijk te geloven, maar Mark heeft hem flink afgetuigd. Nick heeft in elk geval een paar dagen in het ziekenhuis gelegen. Gebroken neus. Een paar ribben. Twintig hechtingen in zijn hoofd. Hersenschudding. Viel hem volkomen onverwacht aan. Mark ging als een bezetene tekeer, volgens de buren. Zelfs zijn moeder kon hem niet loskrijgen.'
'Mooi zo,' zei Banks. 'En Nick heeft geen wraak genomen? Dat is niets voor hem.'
'Hij kon hem nergens vinden en toen werd hij opgepakt voor die inbraak in de opslagplaats.'

'Maar Mark zelf heeft geen strafblad?'
'Nee. We hebben hem een paar keer op het bureau gehad op verdenking van een aantal inbraken in huizen, en hij is één keer betrapt op winkeldiefstal in de HMV. Er is geen aanklacht ingediend. Dat is alles.'
'Nog ernstige zaken gevonden waarvoor we hem niet op het bureau hebben gehad?'
'Nee. Ik heb tenminste nergens iets opgevangen.'
En als íémand goed was in het opvangen van geruchten, dan was het Hatchley wel, wist Banks, met zijn ellenlange lijst met verklikkers en een paar ogen en oren in vrijwel elke pub in Eastvale. 'Dus in wezen heeft hij een schoon verleden,' zei hij.
'Daar lijkt het wel op,' beaamde Hatchley. 'Hij heeft op de scholengemeenschap in Eastvale gezeten, maar spijbelde vaker wel dan niet. Heeft daar weinig problemen veroorzaakt, afgezien van een onschuldig knokpartijtje met een van de leraren, maar hij was niet bepaald een goede leerling. Wel goed in sport. Wilt u dat ik nog verder graaf?'
'Ben je in verband met hem nog op iets gestuit waarbij vuur een rol speelde?'
'Voorzover ik heb ontdekt niet.'
'Hij heeft niet geprobeerd de school in brand te steken, of het huis, na zijn knokpartij met Crazy Nick?'
'Hij is direct weggelopen. Nooit meer terug geweest.'
'Verstandig,' zei Banks. Gezien het leven dat Mark had geleid, zowel met zijn moeder en haar eerdere vriendjes als met Crazy Nick Papadopoulos, was het niet verbazingwekkend dat hij bereid was om Tina's treurniswekkende verhaal onvoorwaardelijk te geloven. Dat wilde natuurlijk nog niet zeggen dat ze niet de waarheid had gesproken, en Banks had wel degelijk aangevoeld dat er bij het gezin Aspern iets helemaal niet goed zat. En dan was er nog iets: uit wat Hatchley Banks had verteld bleek wel dat Mark beslist een gewelddadig karakter had, hoe terecht zijn opstand tegen Crazy Nick ook was geweest. Ze moesten die knul goed in de gaten houden.
'Oké, Jim,' zei Banks. 'Bedankt.'
'Geen moeite,' zei Hatchley. 'Graag gedaan.'

Op maandagmiddag had Mark bijna Sutton Bank bereikt en hij rammelde van de honger. Hij was blij dat hij de vorige dag na de schok die hij had gekregen toen Tina's foto op het televisiescherm was opgedoken, weer naar de pub was teruggegaan voor zijn lunch. De pubbaas had hem vuil aangekeken, maar verder was zijn plotselinge vertrek nauwelijks opgemerkt. Die avond had hij fish & chips gegeten en opnieuw in een oude schuur overnacht. Op maandagochtend was hij vroeger opgestaan en hij had nog net genoeg geld in zijn zak gehad voor een reep chocolade. Toen hij een paar kilometer had gelopen bedacht hij dat hij de tocht naar de kust niet per se te voet hoefde af te leggen, dat was meer iets voor plezierwandelaars, en hij kon best proberen om een lift te krijgen.

Even buiten Northallerton had een man met een paardentrailer hem een lift gegeven naar Thirsk. Hij was zich de hele weg bewust geweest van het paard, dat zenuwachtig achter hem heen en weer schoof, en hij meende ook paardenpoep te ruiken. De bestuurder had vrijwel geen woord gezegd en hem in de hoofdstraat afgezet, en nu stond hij op Scarborough Road te wachten, in de hoop dat een andere vriendelijke bestuurder voor hem zou stoppen.

Het was een grauwe middag, en de wolken hingen zo laag en de lucht was zo vochtig dat het leek alsof het regende, maar dat was niet zo. 'Miezelregen' noemden ze dat in Yorkshire ook wel, wat een zeer doeltreffende beschrijving was van de combinatie van mist en motregen die je tot op het bot deed verkillen. Er was vrijwel geen verkeer en de meeste auto's en bestelbusjes die hem passeerden, zoefden voorbij zonder zelfs maar af te remmen. Wanneer hij Scarborough bereikte, zou hij vast en zeker wel ergens tijdelijk ongeschoold werk kunnen vinden, dacht Mark. Het maakte niet uit wat: geulen graven, bij een sloopbedrijf, in de bouw – hij zou echt bijna alles aanpakken, zolang hij er maar geen opleiding voor nodig had. Tijdens zijn jeugd- en tienerjaren was school niet meer dan een onbeduidende bijkomstigheid geweest.

Er kwam een politieauto voorbij, die vlak voor hem langzamer leek te gaan rijden. Mark voelde dat hij zenuwachtig werd. Hij besefte dat agenten hem nooit een lift zouden aanbieden. Waarschijnlijk kwamen ze hem in elkaar slaan en zouden ze hem daarna bloedend op het veld achterlaten. Blijkbaar had hij het zich echter verbeeld, want de auto reed door en verdween in de verte.

Mark sjokte verder en nam amper nog de moeite om zijn duim omhoog te houden. Toen hij een paar kilometer had gelopen en de steile helling van Sutton Bank voor hem opdoemde, hoorde hij echter een auto naderen en dacht hij er weer aan om zijn duim op te steken. Zo'n tien meter voor hem kwam de auto tot stilstand. Het was een vrij chic exemplaar, zag hij, een Audi die glansde alsof hij net was gewassen. Dat was nog eens wat anders dan de paardentrailer. Heel even was Mark bang dat het misschien de moordenaar was, maar hoe zou die moeten weten waar hij was?

De bestuurder boog zich voorover en draaide het raampje aan de passagierskant omlaag. Het was een man van middelbare leeftijd, zag Mark, met een camelkleurige jas en leren handschoenen. Mark kende hem niet.
'Waar moet je naartoe?' vroeg de man.
'Scarborough,' zei Mark.
'Stap maar in.'
Hij leek best aardig. Mark stapte gauw in.

10

Banks greep zijn leren jack, liep door de achterdeur naar buiten en terwijl hij zich achter het stuur van zijn uit 1997 stammende Renault liet zakken, bedacht hij dat het tijd werd dat hij eens een nieuwe auto kocht, een sportiever model misschien, zodra hij het zich kon veroorloven. Niets opzichtigs en in geen geval rood. Donkergroen misschien. Aan een cabriolet had je in Yorkshire niet zo heel veel, maar een klein sportwagentje zou wellicht niet misstaan. Een auto die bij zijn midlifecrisis paste, ook al had hij niet het idee dat hij in een dergelijke crisis verkeerde. Soms had hij weliswaar het gevoel dat zijn hele leven voor onbepaalde tijd was opgeschort, maar dat kon je amper een crisis noemen. Het enige wat hij heel zeker wist, was dat hij ouder werd; dat leed geen enkele twijfel.

Er was hem zojuist een stukje interessante informatie over Andrew Hurst ter ore gekomen. Nadat hoofdinspecteur Gristhorpe zonder tegensputteren toestemming had gegeven voor een consultatie, was Annie met Roland Gardiners Turners naar Phil Keane gegaan en omdat ze nog niet terug was, besloot Banks zelf naar het kanaal te rijden.

Hij liet een oude Van Morrison-cd in de speler glijden om de januariblues te verdrijven die, zo meende hij, ook heel goed door iets anders dan het weer kon zijn veroorzaakt, en reed weg op de klanken van *Jackie Wilson Said*. Het was nog geen twee kilometer naar de rand van de stad, langs de als nieuw uitziende universiteit, en daarvandaan nog een paar kilometer over het voornamelijk vlakke platteland naar het kanaal. De weg, die aan weerszijden werd ingeklemd door stapelmuurtjes, voerde kronkelend langs weilanden met koeien en schapen, af en toe een strook bos en muren met overstapjes en wegwijzers voor wandelaars. Niet dat het wandelweer was. Je vatte binnen de kortste keren kou en liep waarschijnlijk al vast in de modder voordat je goed en wel vlakker terrein had bereikt. Aan zijn rechterkant ontwaarde hij in de verte een groep heuvels, als aanzwellende golven die bevroren waren in een grijze oceaan.

Dichter bij het kanaal werd het landschap vlakker, wat natuurlijk ook de reden was waarom het kanaal juist daar was gegraven, en Banks vond al snel het paadje dat langs het sluiswachtershuisje voerde. Hij parkeerde zijn auto in de berm langs het jaagpad en zette Van uit toen deze net *Listen to the Lion* wilde aanheffen.

Het leek een eeuwigheid te duren voordat Hurst de deur opendeed en toen hij eindelijk opdook, leek hij verbaasd Banks daar aan te treffen.

'U weer,' zei hij.

'Ik vrees van wel,' zei Banks. 'Je had me niet verwacht?'

Hurst meed zijn blik. 'Ik heb u alles wat ik weet al verteld.'

'Je denkt zeker dat we achterlijk zijn. Mag ik even binnenkomen?'

'Dat doet u toch wel, of ik het nu goedvind of niet.' Hurst deed de deur verder open en deed een stap opzij. Het plafond in het gangetje was heel laag en hij moest zich een beetje bukken. Banks liep naar dezelfde kamer waar hij eerder ook was geweest, de kamer waarin Hursts uitgebreide platenverzameling zich bevond. Helen Shapiro zong *Lipstick on Your Collar*. Hurst kwam achter Banks de kamer binnen en zette de plaat onmiddellijk uit, alsof het een soort privé-aangelegenheid of ritueel betrof dat hij met niemand wilde delen.

Zijn bewegingen waren verwijfd. Hij tilde voorzichtig de naald op, zette de draaitafel stil, verwijderde de elpee en liet die liefdevol in de binnenhoes glijden. De elpee heette *Tops With Me*, zag Banks, en op de buitenhoes stond een foto van de zangeres met een brede glimlach. Banks was Helen Shapiro helemaal vergeten. Hij was toch al nooit een echte fan geweest, in elk geval niet genoeg om iets van haar elpees te weten, maar hij herinnerde zich nog wel dat hij ooit, toen hij een jaar of tien was, in de tijd voordat de overdekte markt werd geopend, bij een kraampje op Cathedral Square in Peterborough een oud jukeboxexemplaar had gekocht van *Walkin' Back to Happiness*. Het was zo'n 45-toerenplaat geweest met een gat in het midden, zodat je zo'n plastic geval moest aanschaffen om in het midden te zetten voordat je hem kon afspelen.

Banks ging op het randje van een leunstoel zitten. Hij deed zijn leren jack niet uit, want het was kil in huis en het elektrische kacheltje was uit. Hurst had een dikke grijze wollen coltrui aan. Banks vroeg zich af of hij soms te arm was om de elektriciteitsrekeningen te betalen.

'Je had ons moeten vertellen dat je een strafblad hebt,' zei Banks. 'Dan had je ons een hoop moeite bespaard. Dat soort dingen blijft toch nooit lang voor ons verborgen en je maakt zo geen goede beurt.'

'Ik heb niet in de gevangenis gezeten. Bovendien was het niet...'

'Ik heb geen zin om je smoesjes aan te horen,' zei Banks. 'En ik weet ook wel dat je niet in de gevangenis hebt gezeten. Je hebt een voorwaardelijke straf gekregen met een proeftijd. Je hebt geluk gehad. De rechter had blijkbaar met je te doen.'

'Ik zie niet in wat dit met de recente gebeurtenissen te maken heeft.'

'Echt niet? Ik denk dat je dat wel degelijk inziet,' zei Banks. 'Je bent aangeklaagd wegens samenzwering tot brandstichting in een opslagruimte. De enige reden waarom je er met zo'n lichte straf vanaf bent gekomen was dat je er door je baas toe bent aangezet en hij degene was die daadwerkelijk de lucifer heeft afgestreken. Maar jij hebt hem erbij geholpen, hebt hem een vals alibi gegeven en gedurende het daaropvolgende onderzoek voor hem gelogen.'

'Het ging om mijn baan! Hij was mijn baas. Wat had ik dan moeten doen?'

'Ik ben niet van plan om je morele dilemma's voor je op te lossen. In elke situatie zijn er altijd verschillende mogelijkheden. Jij hebt de verkeerde keuze gemaakt. Je baan ben je hoe dan ook kwijt en het enige wat je eraan hebt overgehouden is een strafblad. Toen de verzekeringsmaatschappij achterdocht kreeg en de politie erbij haalde, is het bedrijf failliet gegaan. Sinds die tijd heb je een paar tijdelijke baantjes gehad, maar je hebt voornamelijk van een uitkering geleefd.' Banks keek om zich heen. 'Gelukkig had je je hypotheek al grotendeels afgelost. Heb je daar soms het geld voor gebruikt dat je baas je had gegeven omdat je hem had geholpen met de brandstichting?'

Hurst zei niets. Banks nam aan dat hij gelijk had.

'Heb je daar soms je voorliefde voor vuur vandaan?'

'Ik heb helemaal geen voorliefde voor vuur. Ik weet niet waarover u het hebt.'

'De kanaalschepen, Andrew. De kanaalschepen.'

Hurst sprong overeind. 'Dat kunt u mij niet in de schoenen schuiven.' Hij wees met zijn duim op zichzelf. 'Ik ben degene die de brandweer heeft gebeld, weet u nog wel?'

'Toen het al veel te laat was, ja. Iemand heeft je in het bos zien rondsluipen, waarschijnlijk om Tina Aspern te bespioneren. Je hebt geen alibi. Je hebt je kleren gewassen voordat we de kans kregen om ze te onderzoeken. Kom, Andrew, wat vind je er nu zelf van? Waarom heb je het gedaan? Vanwege de kick?'

Hurst ging moedeloos weer zitten. 'Ik heb het niet gedaan,' zei hij. 'Echt, ik heb het niet gedaan. Ik weet ook heus wel dat het er slecht voor me uitziet, maar het is de waarheid. Ik heb de hele avond hier thuis in mijn eentje video's zitten kijken. Dat doe ik 's avonds meestal. Of een boek lezen. Ik heb vrijwel geen actief sociaal leven en heb geen werk. Wat moet ik anders?'

'Vind je misschien dat je tekortschiet? Is dat wat er hier speelt? Stapelen de woede en agressie zich in je binnenste op tot ze zo krachtig zijn dat je gewoon naar buiten móét om iets in brand te steken?'

'Dat is belachelijk. U doet net alsof ik een of andere pyromaan ben of zo.'

'Ben je dat dan niet?'

'Nee. Natuurlijk ben ik dat niet. Die andere brand, die ik trouwens ook niet heb aangestoken, was puur een zakelijke aangelegenheid. Daarbij is niemand gewond geraakt. Daarbij was het niemand erom te doen een of andere bizarre behoefte te bevredigen. Het was gewoon een manier om een financieel probleem af te handelen.'

'Misschien was dat deze keer ook wel het geval.'

'O? Gaan we het nu over een andere boeg gooien? Nu ben ik opeens geen wellustige pyromaan meer, maar een kille, berekenende zakenman die een probleem oplost?' Hij sloeg zijn armen over elkaar. 'En wat mag dat dan wel voor probleem zijn geweest?'

'Misschien vormde Tina Aspern wel een probleem voor jou.'

'Ik kan u even niet volgen.'

'Misschien was ze wel van plan je erbij te lappen. Je hebt haar toch regelmatig bespioneerd?'

'Nee.'

'Waar was je zaterdagavond?'

'Zaterdag? Waar ik altijd ben: hier.'

'Zeker weer een oorlogsfilm op video zitten bekijken?'

'*Force Ten From Navarone* om precies te zijn. Enorm ondergewaardeerde film.'

'Andrew, laat één ding duidelijk zijn: die filmrecensies van je kunnen me geen moer schelen. Waar het mij om gaat, is het feit dat er drie mensen dood zijn en dat jij daar mogelijk verantwoordelijk voor bent. Ooit van een zekere Gardiner gehoord? Roland Gardiner?'

'Nee.'

'Leslie Whitaker?'

'Nee.'

'Wat voor auto heb je?'

'Ik heb geen auto. Ik kan het niet betalen en heb ook geen auto nodig.'

Dan zou het heel moeilijk voor Hurst zijn geweest om op zaterdagavond naar Jennings Field te komen en weer terug, besefte Banks, maar misschien reden er wel bussen. 'Heb je in al die tijd dat je hier in de buurt

hebt rondgesnuffeld ooit een auto geparkeerd zien staan op die parkeerplaats die het dichtst bij de boten ligt?' vroeg hij.
'Ja. Een paar keer.'
'Wat voor auto?'
'Telkens een andere. In de zomer vooral picknickers.'
'En recenter?'
'Maar een keer of wat.'
'Weet je nog welk merk?'
'Een of ander busje. U weet wel, Jeep Cherokee, Land Cruiser of Range Rover, zoiets. Ik ben niet echt op de hoogte van de nieuwste modellen.'
'Maar het was zonder meer zo'n soort auto?'
'Ja.'
'Kleur?'
'Donker. Blauw of zwart.'
'Heb je de bestuurder gezien?'
'Nee.'
'Goed. Terug naar de branden. Waarom hing je zo vaak bij de boten rond? Vanwege dat meisje?'
Hurst keek hem niet aan, maar liet zijn blik langs de rijen platen glijden en bewoog geluidloos zijn lippen, alsof hij in zichzelf de titels opsomde. Banks' mobieltje ging over. Hij excuseerde zich en ging naar buiten om op te nemen. Het was Templeton, die vanaf het hoofdbureau belde. 'We hebben de eigenaar van de boten gevonden, inspecteur.'
'Goed werk,' zei Banks.
'Het is een of andere hoge piet in de City. Sir Laurence West. Handelsbank.'
'Ik kan niet zeggen dat ik ooit van hem heb gehoord,' zei Banks, 'maar ik beweeg me dan ook niet echt in die kringen.'
'Ik heb hem al gebeld,' vervolgde Templeton, 'en hij is bereid om u morgen op zijn kantoor te woord te staan, maar dan moet u wel eerst een afspraak maken.'
'Heel vriendelijk van hem.'
'Inderdaad,' zei Templeton. 'Ik geloof dat hij het ook heel edelmoedig van zichzelf vond.'
'Juist. Goed, Kev, bedankt. Aangezien hij zo enorm belangrijk is, zal ik morgenochtend zelf maar even bij hem langsgaan.' Bovendien was het wel fijn om er even tussenuit te kunnen, dacht Banks, ook al was het maar voor één dag. Hij zou met de trein naar Londen gaan, als die tenminste reed. Dat was sneller en leverde minder gedoe op dan met de

auto, en een treinreis kon heel ontspannend zijn wanneer je een goed boek en een paar cd's bij je had. 'Zou je een afspraak kunnen maken voor één uur?'

'Jazeker, inspecteur.'

'Wat was je eerste indruk?'

'Dat dit verschrikkelijk veel inbreuk maakt op zijn waardevolle tijd, en verder moest ik hem er zelfs aan herinneren dat hij die boten had.'

'Goed,' zei Banks. 'Ik vermoed dat we van hem weinig kunnen verwachten, maar het moet gebeuren.'

'Er is nog iets.'

'Ja?'

'Er heeft een vrouw gebeld.'

'Wie?'

'Maria Phillips, van de kunstgalerie. Zij wil u graag nog een keertje spreken. Ze zei dat ze om halfzeven in de Queen's Arms zit. Ik denk dat ze misschien een beetje een oogje op u heeft.'

'Dat handel ik wel af. Was dat het?'

'Brigadier Nowak wil u graag zo snel mogelijk spreken.'

'Waar is hij nu?'

'Hier, in zijn kantoor.'

'Oké. Vraag of hij even op me kan wachten. Ik ben over een halfuur terug.'

'Komt in orde.'

Banks verbrak de verbinding en keerde terug naar Andrew Hurst, die nog steeds in dezelfde stoel op een vingernagel zat te bijten. Het had geen zin om nog langer op zijn gegluur te blijven hameren. Als Hurst inderdaad had geprobeerd om een glimp op te vangen van Tina in haar blootje dan zou hij dat toch nooit toegeven. En al deed hij dat wel, wat kon Banks er dan aan doen? Tina was er immers niet meer om een aanklacht in te dienen. Maar stel nu eens dat ze hem had gezien en had gedreigd hem aan te geven...? Nee, er was vrijwel geen bewijs dat Hurst iets te maken had met de eerste brand, en zelfs helemaal niets wat op een verband met de tweede wees. Bovendien was de brand echt aangestoken op McMahons boot. Waarom zou je het tegen een gezonde, volwassen man opnemen als je ook een ingedommelde junk in brand kon steken?

Banks vond Hurst een vreemde snuiter en wist vrij zeker dat hij een gluurder was, maar begon inmiddels te beseffen dat hij daar helemaal niets tegen kon doen. Het enige mogelijke motief dat hij kon hebben gehad was wraak, omdat McMahon hem zo onbeschoft had behandeld toen hij hem als goede buur een bezoekje had gebracht, maar dat leek een wat zwakke reden om iemand te vermoorden, tenzij er bij Hurst meer dan één schroefje loszat. Er waren trouwens nog heel wat andere vragen omtrent Hurst waarop hij antwoord wilde hebben, genoeg om hem voorlopig op de verdachtenlijst te laten staan.

'Waarom heb je je kleren gewassen, Andrew?' vroeg Banks. 'Inclusief de parka? Je zult toch zelf ook moeten toegeven dat dat verdacht is.'

Hurst keek hem aan. 'Dat weet ik heus wel. Alleen...' Hij schudde zijn hoofd. 'Ik weet het niet. Misschien dacht ik gewoon niet goed na. Ik bedoel, ik wist natuurlijk dat jullie erachter zouden komen dat ik ooit ben opgepakt in verband met een brand. Ik denk echt niet dat jullie achterlijk zijn. Ik dacht waarschijnlijk dat jullie, tegen de tijd dat jullie achter mijn verleden kwamen, degene die hierachter zit wel zouden hebben gevonden, zodat jullie mij niet langer als een verdachte hoefden te beschouwen. Ik was zo dicht bij het vuur geweest dat mijn kleren ongetwijfeld sporen hadden opgepikt. Ze stonken naar rook en terpentine. Ik heb gehoord hoe goed jullie forensische tests tegenwoordig zijn. Ik wilde niet nog eens een nacht op het politiebureau doorbrengen.'

'Heb je terpentine geroken?'

'Ja. Vlak bij de boten.'

'Dat heb je ons de vorige keer niet verteld.'

'Ik wilde er niet bij betrokken raken.'

Als Banks een penny had gekregen voor elke keer dat hij dat hoorde, zou hij nu een rijk man zijn geweest. Hij stond op. 'Je hebt verdomd veel mazzel dat ik je niet een nachtje in de cel gooi, omdat je de politie zoveel tijd hebt laten verspillen,' zei hij. Hij wierp Hurst een kaartje toe. 'Ga voorlopig maar liever niet met vakantie, en als je verder nog iets te binnen schiet waar we mogelijk iets aan hebben, bel me dan.'

Hurst knikte somber en legde het kaartje op tafel.

'Ga dan nu maar terug naar Helen Shapiro,' zei Banks, en hij vertrok.

Elke keer wanneer Annie Phils cottage binnenstapte, keek ze er weer van op hoe kraakhelder en opgeruimd het er was. Niet dat de mannen die ze tot dan toe had gekend allemaal sloddervossen waren, want Banks' huis was over het algemeen ook altijd vrij netjes geweest, afgezien dan van de cd-hoesjes die op de salontafel verspreid lagen, vaak naast een leeg whiskyglas en toen hij nog rookte ook een overvolle asbak, maar Phils cottage glom bijna met een militaire precisie en het rook er naar een luchtverfrisser met dennengeur. Het was natuurlijk niet zijn woonhuis en hij bracht er dan ook niet echt veel tijd door. Ze vroeg zich af hoe zijn flat in Londen eruitzag. Chelsea, had hij verteld. Misschien konden ze binnenkort een weekendje naar Londen. Niet dat dat niet duur zou zijn, maar het was in elk geval nog altijd een stuk betaalbaarder dan New York, vooral omdat ze dan niet in een hotel hoefde te overnachten.

'Wat fijn om je te zien,' zei Phil, en hij deed de deur achter haar dicht.

'Het is niet direct een vriendschappelijk bezoekje,' zei Annie, maar ze glimlachte om haar woorden iets te verzachten. 'Ik heb je hulp nodig.' Ze was nog steeds nijdig op Banks, maar Phil hoefde niets te weten van hun woordenwisseling.

Phil trok verbaasd zijn wenkbrauwen op. 'Van mij? Advies? Officieel?'

'Goedgekeurd door niemand minder dan de hoofdinspecteur zelf,' zei Annie.

'Maar waar moet ik je dan in vredesnaam mee helpen?'

Annie liet hem eerst de vereiste formulieren invullen, ritste toen haar koffertje open en legde de schetsen en de aquarel van Turner, die inmiddels veilig in een gelabeld en genummerd plastic bewijsmateriaalzakje zaten opgeborgen, voor hem op tafel.

'Zo zo,' zei Phil. 'Dat is nog eens een verrassing. Hoe ben je hieraan gekomen?'

'Ze zaten in een brandwerende kluis in de caravan die het afgelopen weekend is afgebrand. Die behoorde toe aan een zekere Roland Gardiner.'

'De brand waarvoor je ons etentje moest afbreken?'

'Inderdaad.'

Phil boog zich voorover en bekeek de tekeningen aandachtig. Annie zag dat er een diepe rimpel van concentratie op zijn voorhoofd verscheen. Toen hij klaar was, keek hij Annie weer aan. 'Lag er verder nog iets in die kluis?'

'Alleen wat geld. Geen andere tekeningen, als je dat soms bedoelt.'

'Geen documenten, brieven, catalogi van veilinghuizen, dat soort zaken?'

'Nee.'

'Jammer.' Phil haalde een enorm vergrootglas tevoorschijn uit een kistje op een boekenplank, richtte zijn aandacht opnieuw op de tekeningen en bestudeerde ze van heel dichtbij. 'Het lijkt in elk geval authentiek papier uit de juiste periode,' zei hij. 'Ik zou misschien iets zekerder van mijn zaak zijn als ik het ook mocht aanraken.'

'Sorry,' zei Annie. 'Ze moeten nog worden onderzocht op vingerafdrukken.'

'Wiens vingerafdrukken verwacht je erop aan te treffen?'

'Dat weet je maar nooit. Misschien die van het slachtoffer. En van Thomas McMahon, als er tenminste een verband tussen hen tweeën is.'

'Denk je dat McMahon deze heeft vervalst?'
'Dat weet ik niet. Dat is een van de redenen waarom ik naar jou toe ben gekomen.'
'Maar hoe kom je er dan achter of het de vingerafdrukken van McMahon zijn? Als hij ernstig verbrand is, zij allebei eigenlijk, dan neem ik aan dat hun handen ook...'
'Ja, dat is zo,' zei Annie. 'Tenzij een van hen om de een of andere reden een strafblad heeft...' Toen schoot haar het boek te binnen dat Jack Mellor van Gardiner had geleend. Er bestond een gerede kans dat zijn vingerafdrukken daarop zouden staan. Of misschien zelfs nog wel op een van de voorwerpen uit het huis in Daleside, waar hij vroeger met zijn vrouw had gewoond. Thomas McMahon zou wellicht iets meer problemen opleveren, maar ze was ervan overtuigd dat ze zijn vingerafdrukken wel ergens konden vinden, als ze maar goed zochten. In Whitakers winkel bijvoorbeeld. 'We moeten het toch proberen,' zei ze.
'Hoe haal je eigenlijk vingerafdrukken van papier? Ik bedoel: wanneer ze met een vergrootglas niet zichtbaar zijn?'
'Dat laat ik altijd aan de experts over,' zei Annie. 'Ik geloof dat ze meestal een chemisch goedje gebruiken dat ninhydrine of iets dergelijks heet, maar mijn kennis op dat gebied is niet om over naar huis te schrijven...'
'Is dat niet een vrij destructieve methode? Kan die het kunstwerk niet enorm beschadigen? Als dit echte Turners zijn...'
'Ik weet zeker dat ze daar wel rekening mee houden. Waarschijnlijk kunnen ze ook gebruikmaken van een of andere lichtbron, laser of ultraviolet. Ik weet het echt niet, Phil. De technologie verandert voortdurend. Het is nauwelijks bij te benen. Maar maak je geen zorgen, onze vingerafdrukkenexpert verstaat zijn vak. Hij zal nooit opzettelijk een kunstwerk beschadigen, vooral niet als het authentiek is.'
'Dat is mooi,' zei Phil. 'Dan ga ik ervan uit dat je deze bij mij hebt gebracht omdat je wilt weten of ze echt zijn of namaak?'
'Daar zouden we enorm mee geholpen zijn,' zei Annie. 'Eigenlijk is alles wat je ons over de tekeningen kunt vertellen meegenomen.'
'Zo gemakkelijk gaat dat niet, hoor, vooral niet wanneer ze in plastic zitten. Ik kan je natuurlijk uit de losse pols een mening geven, voornamelijk gebaseerd op de schilderstijl, maar verder zullen er verschillende tests moeten worden uitgevoerd, zal er overleg moeten worden gepleegd met andere experts en dergelijke. En dan is er natuurlijk nog de herkomstgeschiedenis. Aan de hand daarvan kan vrij nauwkeurig worden vastgesteld of het een echte Turner is of niet.'

'Dat begrijp ik,' zei Annie. 'Je mening uit de losse pols is voorlopig wel genoeg.'
'Goed, ze lijken heel veel op de andere schetsen van Turner uit het grote schetsboek en het zakschetsboek die hij tijdens zijn rondreis door Yorkshire in 1816 gebruikte, dus misschien is het mogelijk om een en ander te vergelijken met een paar van de geauthentiseerde originelen. Later, uiteraard, wanneer jullie er eenmaal mee klaar zijn.'
'Was het ongebruikelijk om meer dan één schets te maken van hetzelfde soort onderwerp?'
'Absoluut niet. Turner heeft voor de Richmondshire-serie tientallen van dergelijke schetsen gemaakt. Drie schetsboeken vol. Dat is juist het interessante hieraan: hij werkte meestal met boeken, niet met losse vellen.'
'Dus dat zou erop kunnen wijzen dat deze niet authentiek zijn?'
Phil keek haar glimlachend aan. 'Het is een reden om op onze hoede te blijven, meer niet,' zei hij. 'Maar of het nu een echte Turner is of niet,' ging hij verder, 'het is beslist een prachtige aquarel. Kijk eens naar de mist die rond de top van Ingleborough hangt. Je ziet hem bijna bewegen. En geen mens te zien. Het is heel vroeg in de ochtend, net na zonsopgang. Dat kun je zien aan het licht. Turner was er altijd erg op gespitst om het tijdstip van de dag en de weersomstandigheden heel precies weer te geven. En zie je die pauw daar rechts op de voorgrond? Prachtig detail.'
Annie had in haar leven heel wat schilderijen bekeken, meestal onder begeleiding van haar vader, en was zelf een vrij aardig landschapsschilder in het kleine beetje vrije tijd dat ze tot haar beschikking had, maar ze ontbeerde de juiste opleiding in zowel techniek als geschiedenis, en had ontdekt dat ze altijd wel iets opstak van Phils visie. Dat was een van de dingen die ze zo leuk aan hem vond, zijn kennis van en passie voor kunst.
'Mag ik vragen waarom je denkt dat dit een vervalsing is?' vroeg hij.
'Tja, ik ben natuurlijk geen expert,' zei Annie. 'Het zijn de omstandigheden rond de ontdekking ervan. Om te beginnen lijkt het wel heel toevallig dat deze zo kort na die andere Turner boven water komt, vind je ook niet? En hoe is Roland Gardiner, het slachtoffer in de caravan, aan een aquarel van Turner, verschillende schetsen en zo'n vijftienhonderd pond in contanten gekomen? Als je bedenkt waar we het gisteren over hebben gehad, over de mogelijkheid dat McMahon achttiende- en negentiende-eeuwse boeken van Leslie Whitaker kocht vanwege de schutbladen, dan... Tja, ik weet niet. Misschien proberen we wel een verband te ontdekken dat er niet is, maar je zult toch moeten toegeven dat het wel heel toevallig is als je alles bij elkaar optelt. Twee moorden binnen twee dagen,

drie, als je dat meisje meerekent, een kunstenaar die oud papier opkoopt, de Turners, dat geld.'
'Denk je dat die Whitaker er wellicht iets mee te maken heeft?'
'Het is altijd mogelijk,' zei Annie.
'Kenden ze elkaar, die Roland Gardiner en de kunstenaar?'
'Dat weten we niet. Nog niet. We proberen een verband tussen hen tweeën te vinden. Ik wilde gewoon graag jouw mening horen, of jij denkt dat we hier te maken hebben met een echte Turner, met name die aquarel.'
'Nou, op het eerste gezicht lijkt hij me vrij echt. Als blijkt dat het niet zo is, dan is het een verdomd goede vervalsing. Om zekerheid te krijgen zou ik ze een tijdje bij me moeten houden, eventueel aan een aantal collega's moeten laten zien, een paar tests moeten uitvoeren. Op zoek gaan naar vingerafdrukken, zoals we bij de vorige ook hebben gedaan. Radiografie. Ultravioletfotografie. Infraroodfotografie. Computer image processing. Pigmentanalyse. Dat soort dingen. Ook zou ik proberen de herkomstgeschiedenis te achterhalen, voorzover die tenminste bestaat. En dat kan ik nu niet doen, of wel?'
'Ik vrees van niet,' zei Annie. 'Nog niet, tenminste. Zoals ik al zei: we moeten rekening houden met mogelijke vingerafdrukken. En het geldt misschien als bewijsmateriaal.'
'Bewijsmateriaal waarvan?'
'Dat weet ik niet.' Ze keek hem grijnzend aan. 'Zo gaat dat bij mijn werk nu eenmaal vaak.'
Phil beantwoordde haar glimlach. 'Bij het mijne ook. Ik denk dat je zou kunnen zeggen dat we op onze eigen manier allebei een soort speurder zijn.'
'Zo kun je het ook zien. Maar goed, zodra we hiermee klaar zijn, zal ik je vragen om de authenticiteit hiervan verder uit te zoeken, als je dan nog steeds wilt helpen natuurlijk.'
'Uiteraard. Ik heb de officiële geheimhoudingsgelofte toch ondertekend? Ach, wat ben ik ook een onbeleefde gastheer. Ik heb je niet eens iets te drinken aangeboden. Dat zal wel komen door de aanblik van die Turners. Thee, koffie, iets sterkers misschien?'
'Ik heb geen tijd,' zei Annie, en ze stopte de papieren voorzichtig terug in haar koffertje. 'Te veel te doen momenteel.'
'Zelfs geen tijd voor een korte theepauze?'
Annie lachte. 'Soms heb ik niet eens tijd om fatsoenlijk te eten, zoals jij al hebt ondervonden.' Ze boog zich naar hem toe en kuste hem licht op de

lippen. Hij probeerde haar tot meer te verleiden, maar ze trok zich los.
'Nee. Echt. Ik moet gaan.'
Hij stak zijn handen omhoog. 'Goed. Ik geef me gewonnen. Zie ik je morgenavond?'
'Ik bel je nog wel,' zei Annie, en ze liep snel naar haar auto voordat ze van gedachten veranderde over het aanbod van thee en wat hij verder ook maar in gedachten had.
'En let goed op dat koffertje,' riep hij haar na.

Het was brigadier Stefan Nowaks taak om als coördinator op te treden tussen de plaats delict, het lab en degene die de leiding had over het onderzoek, en het was aan hem om ervoor te zorgen dat er niets over het hoofd werd gezien en dat prioriteiten zo snel mogelijk werden afgehandeld. Hij had weliswaar geen opleiding als forensisch wetenschapper gehad, maar wel een graad in de scheikunde behaald en de vereiste cursussen afgerond. Het gevolg was dat hij in de drie jaar dat hij het werk nu deed een flinke hoeveelheid wetenschappelijke kennis had vergaard, en daarnaast beschikte hij ook over het talent om alles in lekentaal te kunnen uitleggen. Wat maar goed was ook. Het hoogste cijfer dat Banks in zijn eindexamenjaar voor schei- en natuurkunde had behaald, was een zwakke voldoende.
Hoewel Stefan er zelf altijd elegant en goed verzorgd uitzag, was het in zijn kantoor een enorme bende, met overal rondslingerende papieren, plastic zakjes met monsters en halfvolle koffiemokken. Wanneer Banks eenmaal zat, durfde hij zich nauwelijks nog te verroeren uit angst dat de bijbehorende trillingen of luchtverplaatsing ervoor zouden zorgen dat een stapel rapporten of bekers vol met god mocht weten wat op de grond tuimelden.
'Ik neem aan dat je een paar positieve resultaten hebt binnengekregen?' zei Banks, en hij liet zich voorzichtig in een stoel zakken. Er viel niets om.
'Dat hangt ervan af hoe je het bekijkt,' zei Stefan met zijn beschaafde stem, waarin zijn Poolse accent amper nog hoorbaar was. 'Ik heb het grootste deel van de middag in het lab doorgebracht en we hebben eindelijk iets teruggekregen van Toxicologie. Ik denk wel dat je het interessant zult vinden.'
'Kom maar op,' zei Banks.
'Gelukkig was er in alle drie de gevallen nog voldoende vocht in het stoffelijk overschot aanwezig voor een toxicologische analyse. McMahon, de kunstenaar, was er het ergst aan toe, maar zelfs bij hem heeft dokter Glendenning nog bloed gevonden in de organen en sporen van urine in de

blaas. Helaas was het vocht van het glaslichaam van de ogen van alle slachtoffers verdampt.'

'Ga verder,' zei Banks aanmoedigend, omdat hij niet al te lang wilde stilstaan bij de verdamping van het vocht van het glaslichaam.

'Laten we maar beginnen met het meisje,' zei Stefan. 'Christine Aspern. Aangezien bekend was dat ze aan heroïne verslaafd was, konden we gerichter zoeken. Zoals je waarschijnlijk wel weet, metaboliseert heroïne in morfine zodra het in de bloedstroom is ingebracht en hecht het zich aan de koolhydraten in het lichaam. Slechts een kleine hoeveelheid morfine wordt ongewijzigd in de urine uitgescheiden. Soms zelfs helemaal niets.'

'Dus je kunt niet zien of ze heroïne of morfine heeft ingespoten?'

'Dat heb ik niet gezegd. Alleen maar dat heroïne in morfine verandert zodra het in de bloedstroom terechtkomt. Bovendien is heroïne een afgeleide van morfine en ontstaat het uit een reactie met acetylchloride of azijnzuuranhydride. Spectraalanalyse heeft overigens uitgewezen dat er sporen van heroïne aanwezig waren. De aanwezigheid van andere substanties, zoals kinine, staaft die uitkomst.'

Banks wist dat kinine vaak werd gebruikt voor het versnijden van heroïne die was bestemd voor de straatverkoop. 'Dat is precies wat we al hadden verwacht,' zei hij. 'Hoeveel?'

'Het spul was voor ongeveer dertig procent zuiver, wat wel zo'n beetje de huidige norm is. En het was niet genoeg om de dood te veroorzaken. Volgens de labresultaten is dat in elk geval vrij onwaarschijnlijk.'

'Dan heeft de brand dus toch op de een of andere manier haar dood veroorzaakt?'

'Inderdaad. Ze is gestikt door de rook.'

'En de andere twee?'

'Aha, daar wordt het iets interessanter,' zei Stefan. Hij boog zich naar voren en een stapel boeken wankelde vervaarlijk. 'Anders dan bij het meisje was er in die twee gevallen alcohol aanwezig in de urine.'

'Hoeveel?'

'In het geval van McMahon niet veel, misschien een, hooguit twee glazen.'

'Niet genoeg om buiten bewustzijn te raken dus?'

'Hoogstwaarschijnlijk niet.'

'En Gardiner?'

'Ongeveer twee keer zoveel. Maar er is nog meer.'

'Dat hoopte ik al. Ga verder.'

'Tijdens de algemene testfase bracht spectraalanalyse ook de aanwezigheid van flunitrazepam in de lichamen van Thomas McMahon en Roland Gar-

diner aan het licht. Vergelijking heeft uitgewezen dat het in beide gevallen hetzelfde geneesmiddel betreft.'
'Flunitrazepam?' zei Banks, die zich een van de drugscirculaires herinnerde die hij de afgelopen maanden had gelezen. 'Is dat niet hetzelfde als Rohypnol?'
'Rohypnol is er inderdaad een variant van, dat klopt. De *date rape drug*. Recent opgewaardeerd van klasse C naar klasse A. Het is een vorm van benzodiazepine, een kalmerend middel dat ongeveer tien keer zo sterk is als valium. Het veroorzaakt onder andere spierontspanning, sufheid, bewusteloosheid en geheugenverlies. Ook tast het de algehele motoriek aan en verlaagt het de bloeddruk. Het wordt vaak stiekem door alcoholische drankjes gemengd, omdat het kleurloos, geurloos en smaakloos is en oplost in alcohol. Dat was vroeger tenminste zo. Het probleem is dat Roche, de belangrijkste producent, sinds 1998 een component toevoegt waardoor elk drankje waar je het in stopt felblauw verkleurt. Het middel zelf lost ook minder snel op en vormt kleine klontjes.'
'Waardoor het een stuk moeilijker wordt om het stiekem in iemands drankje te gooien.'
'Ja. Zelfs donkere vloeistoffen worden troebel. Als dat hier ook het geval was geweest, zou een, of mogelijk beide, van de slachtoffers dat misschien wel hebben gezien.'
'Wat houdt dat in?'
'Dat houdt in dat het ofwel illegale namaakrohypnol betreft, ofwel een ander lid van de benzodiazepinenfamilie. Je moet wel bedenken dat deze test meer tijd in beslag nam, omdat ze een algemene toxicologische test moesten uitvoeren. Ze zijn nog steeds bezig met het vastleggen van de specifieke gegevens, maar ik dacht dat je vast wel van tevoren zou willen weten waarmee je van doen hebt.'
'Bedankt, Stefan,' zei Banks. 'Ik waardeer het bijzonder. Hoe lang duurt het voordat zoiets in werking treedt?'
'Twintig minuten tot een halfuur.'
'Enig idee hoeveel ze ervan hebben binnengekregen?'
'Het was in elk geval genoeg om effectief te zijn. Er is trouwens nog iets.'
'Ja?'
'Gardiner, het slachtoffer uit de caravan, had ook een aanzienlijke hoeveelheid Tuinal in zijn lichaam. Tuinal is...'
'Ik weet wat Tuinal is, Stefan. Het is een soort barbituraat.'
'Ja. Het wordt tegenwoordig nog maar zelden voorgeschreven.'
'We weten wie Gardiners huisarts is. We kunnen navraag doen. Is hij ook degene die het meest had gedronken?'

'Ja. Ik dacht dat je dat wel zou willen weten.'
'Interessant,' zei Banks. 'Ik vraag me af waarom.'
'Ik zou het niet weten. Nog één ding,' zei Stefan toen Banks al naar de deur liep.
Banks bleef staan en draaide zich om. 'En dat is?'
'De bandensporen komen wat afmetingen betreft precies overeen met die van een Jeep Cherokee, en mocht je ooit een verdachte te pakken krijgen: hij had Nike sportschoenen aan met een heel opvallend patroon van krassen op de rechterhiel.'
Toen Banks het kantoor uitliep, zag hij voor zijn geestesoog het beeld opdoemen van McMahon in zijn stuurhut en Gardiner in zijn caravan, die allebei een oude vriend verwelkomden, kletsten, plannen maakten voor de onderneming waarmee ze rijk hoopten te worden en een toast uitbrachten, maar na een tijdje versuft raakten en zich amper konden bewegen. Op dat moment laat hun gezichtsloze moordenaar overal wat terpentine of benzine neerdruppelen, gooit hij een brandende lucifer op de vloer en vertrekt hij. Gemakkelijker kon het bijna niet.
Wreder evenmin.

11

'Ik ben Clive,' zei de bestuurder.
'Mark.'
'Leuk om kennis met je te maken, Mark.'
'Van hetzelfde. En bedankt voor de lift.'
'Graag gedaan.' Clive keerde zich half naar hem toe en keek Mark met een stralende glimlach aan. 'Ik zou bovenaan best even willen stoppen om het uitzicht te bewonderen, maar ik ben bang dat we vandaag toch niets kunnen zien.'
Ze klommen inmiddels langs de slingerende weg over Sutton Bank naar boven en de Audi bewoog zich ondanks de vrij steile stijging moeiteloos voort over het wegdek. Hoe hoger ze kwamen, hoe mistiger het werd, en het was net alsof ze door de wolken zelf werden opgeslokt. Mark kreeg een raar gevoel in zijn oren. Hij genoot van het warme, zachte interieur van de auto.
Sutton Bank vormt de meest westelijk gelegen rand van de North York Moors en wanneer je helemaal bovenaan bent, kun je een blik over je schouder werpen en helemaal van de Vale of York tot aan de Dales kijken. Alleen op heldere dagen, uiteraard.
Toen ze na een kilometer of anderhalf eindelijk de top hadden bereikt, wierp Mark snel een blik achterom, maar hij zag alleen wat vage vormen in de grijze sluiermist. Voor hen strekte zich een woest heidelandschap uit dat eveneens in een dikke mist was gehuld. Het was een spookachtig landschap en de enkele schapen die af en toe uit het niets opdoken, maakten het er niet veel beter op. Mark had een hekel aan schapen. Hij wist niet waarom, maar toch was het zo.
'Wat doe je in het dagelijks leven, Mark?' vroeg Clive.
'Ik zoek werk.'
'Wat voor werk?'
'Restauratiewerkzaamheden. Oude gebouwen. Kerken en zo.'
'Dat is interessant. Waar woon je?'

'Eastvale,' zei Mark. Het was het eerste wat hem te binnen schoot.
'Prachtig stadje,' zei Clive. 'Heb je een vriendin?'
Mark zei niets en dacht aan Tina en de manier waarop ze hem vanaf het televisiescherm had aangestaard. Hij voelde dat zijn hart in zijn borstkas ineenkromp.
Clive draaide zich om en keek hem opnieuw grijnzend aan. Mark vond de manier waarop hij dat deed niet prettig. Hij wist niet goed waarom, het was maar een gevoel.
'Een knappe, sterke knul als jij heeft toch zeker wel een leuk vriendinnetje?' ging Clive verder. Hij klopte op Marks knie en Mark verstijfde.
'Het geeft niets, hoor,' zei Clive. 'Tegen mij kun je eerlijk zijn. Ik ben dokter. Ik weet precies hoe de jongelui van tegenwoordig zijn. Die denken maar aan één ding. Ik hoop dat je wel veilig vrijt, Mark.'
Mark zei niets. Hij moest aan een andere dokter denken, Patrick Aspen en hoe graag hij die klootzak op zijn smoel zou slaan. Hij was zich ervan bewust dat Clive naast hem doorkletste, maar schonk er geen aandacht aan. Hij hoopte maar dat ze snel in Scarborough zouden zijn. Bij de zee.
'... heel belangrijk dat je besneden bent, hoor,' ging Clive verder. 'Ik weet dat het niet altijd even populair is, maar het is veel hygiënischer. Er bevinden zich op dat deel van je lichaam zoveel bacillen, Mark. Je penis. En smegma. Gemeen spul. Besnijding is gewoon beter.'
'Hè?'
'Heb je niet geluisterd?' Clive wierp Mark een korte blik toe. 'Ik heb het over besnijding. Dat hoeft echt niet pijnlijk te zijn, hoor. Moet je horen, ik heb wat verdovende crème in de kofferbak, net zoiets als wat de tandarts gebruikt, maar dan niet met een injectienaald. Als je wilt, kunnen we de auto op een parkeerplaatsje zetten en maak ik het zo voor je in orde.'
Zijn hand gleed over Marks schoot en tastte naar zijn penis. Mark haalde fel uit met zijn linkervuist en raakte Clive hard tegen zijn slaap. Clive snakte ontzet naar adem en de auto begon over de weg te slingeren. Mark sloeg nogmaals, deze keer op het zachte deel naast zijn neus, dat onmiddellijk hevig begon te bloeden. Hij haalde weer uit en dacht dat hij deze keer waarschijnlijk een tand uit zijn mond had geslagen.
Clive wist het stuur slechts met grote moeite onder controle te houden. Terwijl het bloed zich vermengde met het speeksel dat uit zijn mond liep, probeerde hij Mark smekend en scheldend op andere gedachten te brengen. Mark wist echter niet van ophouden. Hij keek niet eens of er andere auto's aankwamen; terwijl hij erop los sloeg, zag hij in plaats van Clive

Crazy Nick, Patrick Aspern en alle anderen die hem iets hadden aangedaan voor zich.
Ten slotte kwamen ze bij een scherpe bocht en moest Clive afremmen. Hij slaagde er maar net in om op tijd terug te schakelen en had al zijn aandacht nodig om de auto in bedwang te houden; Mark stak zijn hand in Clives binnenzak, griste zijn portefeuille weg, zwaaide de passagiersdeur open en sprong naar buiten, waar hij zich over het vochtige, mossige gras in de berm van de weg liet wegrollen. Hij ging een beetje versuft rechtop zitten, klaar om direct weg te rennen, en was nog net op tijd om te zien dat Clive zijn hand uitstak, het portier dichttrok en er als een speer vandoor ging in de mist. Toen het geluid van de auto was weggestorven, werd de stilte om Mark heen in de vallende schemering zo nu en dan alleen nog maar onderbroken door het geblaat van een schaap ergens in de verte.

Toen Banks door Market Street naar de grootste brandweerkazerne in Eastvale liep, waar Geoff Hamiltons kantoor was, zag hij tot zijn vreugde dat het kwik tot negen of tien graden was gestegen. De maand januari had wat temperatuur betreft beslist hoge pieken en diepe dalen gekend. Hij knoopte zijn winterjas los, maar had het nog steeds iets te warm. Uit de koptelefoon van zijn draagbare cd-speler klonk de met whisky doordrenkte stem van Cesaria Evora.
Banks liep door de straat waar hij vroeger met Sandra, Tracy en Brian had gewoond en kon de verleiding om even naar het oude huis te lopen om te zien of er veel was veranderd, niet weerstaan. Hij bleef bij het lage tuinmuurtje staan en staarde naar het raam aan de voorkant. Er was niets veranderd. Bijna niets. De gordijnen waren gesloten, maar hij kon het onrustig flikkerende licht van een televisie in de woonkamer onderscheiden. Wat hem nog wel het meest verbaasde, was het TE KOOP-bord in de tuin. De nieuwe eigenaren wilden het dus alweer verkopen. Alweer een gezin dat in dit huis niet gelukkig was. Maar hoeveel gezinnen in onschuldig ogende woningen in nog onschuldiger ogende straten waren dat wel? Achterbuurten en torenflats hadden echt geen monopolie op menselijke ellende.
Toen Banks bij de brandweerkazerne aankwam, stopte hij zijn cd-speler weg en ging hij naar binnen. Twee van de dienstdoende brandweermannen waren bezig met het onderhoud van het materieel, een derde had zich over papierwerk gebogen en twee anderen speelden een potje tafeltennis.
Banks klopte op de deur van Geoff Hamiltons kantoor en ging naar bin-

nen. Hamilton streek met een hand over zijn haar en gebaarde dat Banks moest gaan zitten. Aan de muur hingen diverse certificaten en op een dossierkast lag een ouderwetse brandweerhelm. Afgezien van de papieren waaraan Hamilton op dat moment werkte, was zijn bureau leeg.

'Verslag voor de patholoog,' zei hij toen hij zag dat Banks naar het papier staarde. 'Wat kan ik voor je doen?'

'Is er al iets meer bekend?'

'Nog niet.'

'Hoor eens, Geoff,' zei Banks, 'ik weet dat je niet graag informatie vrijgeeft voordat alles is gecontroleerd, maar ik zou je toch willen vragen om officieus iets over een mogelijk motief te zeggen. Denk je bijvoorbeeld dat we te maken hebben met een seriebrandstichter, en kunnen we meer van dit soort gevallen verwachten? Of kan er nog een andere reden zijn voor wat er hier allemaal gebeurt?'

Banks zag dat er heel even een glimlachje rond Hamiltons mondhoeken speelde. 'Wat denk je zelf? Officieus, uiteraard.'

'Ik weet het niet. Daarom ben ik hier.'

'Je hebt nog geen verband ontdekt tussen de slachtoffers?'

'We zijn ermee bezig.'

Hamilton wreef in zijn ogen. Er zaten donkere wallen onder, merkte Banks op. 'En stel nu eens dat jullie geen verbanden vinden?'

'Dan hebben we wellicht te maken met iemand die het gewoon leuk vindt om brandjes te stichten en kiest hij relatief gemakkelijke slachtoffers uit. Iemand die iets heeft tegen mensen aan de zelfkant van de maatschappij.'

Banks moest aan Andrew Hurst denken, omdat die zo afkeurend over de levensstijl van de krakers op de kanaalschepen had gesproken. 'Maar ik ben er niet zeker van dat dat hier het geval is.'

'Waarom niet?' vroeg Hamilton.

'Uit de resultaten van de toxicologische tests is gebleken dat Roland Gardiner en Thomas McMahon allebei Rohypnol toegediend hebben gekregen voordat er brand uitbrak.'

'De glazen die we op de plaats delict hebben aangetroffen?'

'Daar heeft waarschijnlijk alcohol in gezeten, waarin het middel is opgelost.'

'En het meisje?'

'We zijn er vrij zeker van dat Christine Aspern heroïne had gebruikt. Maar goed, we zullen Tina even buiten beschouwing laten en ons op de mannen richten, want het heeft er alle schijn van dat beide mannelijke slachtoffers de moordenaar zelf in hun huis hebben toegelaten en waarschijnlijk allebei een drankje van hem hebben geaccepteerd. Als hij hen niet om een bepaalde reden uit de weg wilde ruimen, dan deed hij het blijkbaar gewoon voor de lol. Wat kun je me in zo'n geval over mogelijke motieven vertellen?'

'Wil je koffie?'

'Daar zeg ik geen nee tegen,' zei Banks. Hij liep achter Hamilton aan naar de grote, goed uitgeruste keuken, een met witte tegels betegelde ruimte met een fornuis, koelkast, magnetron en koffieautomaat. Op doordeweekse dagen kwam er een kok om voor de brandweerlieden te koken en de rest van de tijd namen ze hun eigen eten mee of kookten ze om beurten zelf. Hamilton schonk koffie in twee grote witte mokken, deed een flinke schep suiker in de zijne en toen liepen ze weer terug naar zijn kantoor, waar ze gingen zitten. De koffie smaakte prima, vond Banks, zwart en sterk.

'Zoals je weet,' begon Hamilton, 'zijn er verschillende motieven voor brandstichting. De meest voorkomende is waarschijnlijk pure boosaardigheid of wraak.'

Dat wist Banks al. Ongeveer negentig procent van alle gevallen van brandstichting waarbij hij in zijn carrière betrokken was geweest, waaronder ook de allergruwelijkste zaak die altijd in zijn gedachten was wanneer hij weer met vuur te maken kreeg, kwam voort uit de buiten alle proporties gegroeide kwaadwilligheid en woede van één persoon jegens een ander.

'Dat kan variëren van een eenvoudige huiselijke ruzie, bijvoorbeeld tussen geliefden, en problemen op de werkplek tot raciale of religieuze confrontaties.'

'Komt er bij dergelijke branden een soort profiel kijken dat vergelijkbaar is met dat van ons?'

'Tja,' zei Hamilton, 'brand kan worden gesticht door mensen uit alle leeftijdscategorieën, vaak vindt dit 's nachts plaats en over het algemeen worden er heel gangbare brandbare of ontvlambare vloeistoffen of materialen voor gebruikt. Drie uit drie is niet slecht.'

'De meeste branden worden dus 's nachts aangestoken?'

'Het hoeft niet per se, maar vaker wel dan niet, ja.'

'Zijn er nog andere mogelijkheden?'

'Geldelijk gewin is altijd een voor de hand liggend motief. Je weet wel: verzekeringsfraude, uitschakeling van de concurrentie, dat soort dingen. Na boosaardigheid en wraak is dat waarschijnlijk het meest voorkomende motief. Maar deze branden zijn niet om zakelijke redenen aangestoken.'

'De caravan in elk geval niet. Die was het privé-eigendom van Gardiner. De boten zou je tot op zekere hoogte nog wel zakelijke bezittingen kunnen noemen, denk ik,' zei Banks. 'We weten inmiddels wie de eigenaar is en ik ga morgen met hem praten. Dat iemand leegstaande boten in de fik steekt om het verzekeringsgeld te kunnen opstrijken zie ik nog wel gebeuren, maar niet dat ze daarvoor Thomas McMahon iets toedienen en hem ook in brand steken.'

'Bij brandstichting uit zakelijke overwegingen gaan wel vaker levens verloren,' wierp Hamilton tegen. 'Vaak per ongeluk, omdat de brandstichter niet wist dat er nog iemand in het gebouw aanwezig was, maar soms ook met opzet. Een nieuwsgierige bewaker, bijvoorbeeld.'

'Daar heb je gelijk in,' zei Banks. 'En we zullen proberen overal rekening mee te houden. Kan pyromanie een motief zijn?'

'Tja, om te beginnen moet je wel bedenken dat pyromanen bijzonder zeldzaam zijn en dat ze gewoonlijk tussen de vijftien en twintig jaar oud zijn.'

'Mark Siddons is eenentwintig,' zei Banks.

'Dan zou ik hem zeker nog niet afschrijven. Pyromanen gebruiken over het algemeen brandstoffen die op de plek zelf voorhanden zijn. Ze plannen de brand nooit van tevoren. Er is geen specifiek patroon te ontdekken in de gebouwen of voorwerpen die ze in brand steken, en hetzelfde geldt voor de locaties waar ze toeslaan. Ze zijn impulsief en handelen vaak uit een behoefte aan een soort seksuele bevrediging. Het grootste probleem daarbij is dat een pyromaan volgens mij niet snel iemand een of ander middeltje toedient of knock-out slaat voor hij het vuur aansteekt. Het zijn over het algemeen solisten en ze mijden elk sociaal gezelschap. In tegenstelling tot wat wel wordt beweerd blijven ze evenmin vaak op de plek des onheils hangen. Tegen de tijd dat de brandweer arriveert, zijn ze meestal allang gevlogen. Ze krijgen een kick van de brandstichting zelf, niet van het vuur dat wordt geblust.'

'Kan het een vrouw zijn geweest?'

'Er bestaan wél vrouwelijke pyromanen,' zei Hamilton. 'Maar die zijn nog zeldzamer. Vreemd genoeg stichten zij hun brandjes gewoonlijk bij daglicht. Ook blijven ze altijd tamelijk dicht bij huis, gebruiken ze geen brandbare vloeistoffen en veroorzaken ze over het algemeen kleine brandjes.'

'Ik neem aan dat wij mannen liever grote branden stichten?' zei Banks.

'Blijkbaar wel.' Hamilton nam een slok van zijn koffie. 'Weet je, ik zeg dit niet graag, maar zulke profielschetsen zijn vaak... nou ja, ik zal ze geen grote onzin noemen, want we hebben er een enkele keer best iets aan gehad, maar goedbeschouwd zijn ze wel heel vaag.'

'Jonger dan vijfentwintig, solist, bedplasser, vervelende gezinssituatie, vader afwezig, moeder dominant, niet bijster intelligent, moeilijkheden op school, moeilijkheden op het werk, kan geen relaties aangaan.'

'Dat is precies wat ik bedoel. Slaat op iedere sociopaat die je maar kunt bedenken. Met zoveel informatie zou je toch denken dat we hen er wel uit kunnen pikken vóórdat ze toeslaan.'

'O, dat kunnen we ook wel,' zei Banks. 'Maar we mogen pas ingrijpen wanneer ze de misdaad ook echt hebben begaan. Ik ben trouwens geneigd om een mogelijke pyromaan in dit geval van de lijst te schrappen. Zou jij uit alles wat je tot nu toe hebt gezien concluderen dat deze branden impulsief zijn aangestoken?'

'Nee. Maar er is ook nog zoiets als brandstichting uit ijdelheid,' vervolgde Hamilton. 'Iemand wil de aandacht op zichzelf vestigen door middel van een heroïsche daad. Dat zijn de kerels die in de buurt blijven rondhangen om toe te kijken en soms zelfs komen helpen.'

'Er zijn in dit geval geen helden, behalve dan de brandweermannen. Andrew Hurst is een tijdje gebleven, maar hij is niet zo dicht bij de boten geweest dat hij voor held kan doorgaan.'

'En de jongen die jullie op de plek van de eerste brand hebben aangetroffen?'

'Mark Siddons?'

'Ja.'

'Hij is in de buurt gebleven omdat zijn vriendin op een van de boten zat. Maar zijn alibi klopt en er waren geen sporen aanwezig op zijn kleding en handen. Ook had hij geen plek in de buurt waar hij naartoe kan zijn gegaan om zich te wassen of om te kleden. Al zijn bezittingen, inclusief zijn kleren, zijn bij de brand verwoest. Ik weet het niet, Geoff. Ik ben geneigd zijn verhaal te geloven. Natuurlijk kan hij best uit woede hebben gehandeld en zijn sporen op de een of andere manier hebben gewist. Ik geloof alleen niet dat dat meisje, die Mandy, hem een alibi zou geven als hij niet daadwerkelijk bij haar was geweest. Annie zei dat het haar de grootste moeite heeft gekost om haar zover te krijgen dat ze toegaf dat Mark het bed met haar had gedeeld. Ze wilde niet bekendstaan als "zo'n soort meisje". We kunnen natuurlijk nog een keer met haar gaan praten. Ik neem niet aan dat je sporen hebt gevonden van een soort timer?'

'Nog niet. Maar we zijn nog niet klaar met het puin schiften. Kan het zijn dat die jongen McMahon eventueel heeft gedrogeerd, maar dat iemand anders de brand heeft aangestoken?'

'Het is mogelijk,' zei Banks, 'maar hoogst onwaarschijnlijk, denk je ook niet? Vergeet niet dat Gardiner ook door iemand is gedrogeerd.'

'Kan die jongen dat niet hebben gedaan?'

'Hij was rond die tijd inderdaad in de omgeving van Jennings Field,' gaf Banks toe, 'maar hij had geen motief. Maak je geen zorgen, hij blijft voorlopig op onze verdachtenlijst staan. Ik hoop binnenkort opnieuw met hem te kunnen praten, zodra we hem weer hebben opgespoord.'

'Hebben jullie hem dan laten gaan?'

'We hadden geen enkele reden om hem nog langer vast te houden. Kort daarna heeft hij ruzie gehad met een vriend en is hij ervandoor gegaan. We vinden hem heus wel. Oké?'

Hamilton stak zijn handen op in een gespeeld gebaar van overgave. 'Al goed. Al goed.'

Banks glimlachte. 'Wat blijft er dan nog over op het gebied van motieven?'

'Soms wordt brandstichting gebruikt om een misdaad te verdoezelen.'

'Wat hier beslist tot de mogelijkheden behoort,' zei Banks. 'Vuur vernietigt bewijsmateriaal. Misschien niet zo grondig als criminelen wel denken, maar vaak is het genoeg.'

'Maar wat voor bewijsmateriaal?' vroeg Hamilton.

'Dat weten we nog niet. Thomas McMahon was mogelijk betrokken bij kunstvervalsing en Gardiner is ontslagen omdat hij fraude had gepleegd binnen het bedrijf waarvoor hij werkte, maar dat is alles wat we momenteel hebben. We zijn nog op zoek. We moeten eerst zien te achterhalen of er een verband bestond tussen de slachtoffers. Als dat zo is en als we te weten komen wat dat verband dan is, kan dat ons wellicht naar een gemeenschappelijke vijand leiden.'

'Klinkt logisch. Ik hoop alleen maar dat er niet nog meer branden uitbreken.'

'Anders ik wel,' zei Banks.

'Er is nog een beetje hoop,' zei Hamilton.

'Hoezo?'

'Het feit dat er benzine is gebruikt bij de brandstichting zou wel eens een geschenk uit de hemel kunnen zijn.'

'Waarom?'

'Wist je dat alle benzinemerken aparte toevoegingen bevatten, zodat je bijvoorbeeld Esso van Texaco en Shell kunt onderscheiden door middel van spectraalanalyse?'

'Daar heb ik wel eens iets over gehoord,' zei Banks. 'Maar in dit geval schieten we er niet zo heel veel mee op. Miljoenen mensen gebruiken Esso, Shell en Texaco.'

'Jawel, maar dat is nog niet alles,' ging Hamilton verder. 'Zodra de benzine in de ondergrondse tank van een tankstation wordt gepompt, komen er nog meer verontreinigende stofjes bij die uniek zijn voor die ene tank.'

'Houdt dat in dat we door spectraalanalyse van het puin op de plaats delict kunnen achterhalen van welk tankstation de benzine afkomstig is?'

'Dat niet alleen,' zei Hamilton. 'Zodra je de benzine in de tank van je eigen auto laat lopen, ontstaat er opnieuw een uniek mengsel. Wanneer we alle lokale benzinestations natrekken, monsters uit alle tanks nemen en zo bepalen van welk benzinestation de benzine afkomstig is, kunnen we ook een verband met de plaats delict of zelfs de benzinetank van een specifieke auto aantonen.'

'Meen je dat serieus?'

'Ik neem mijn werk altijd bloedserieus, nul-nul-zeven.'

Hamilton vertrok geen spier, dus het duurde even voordat Banks het doorhad: een verwijzing naar Bond. Geoff Hamilton had beslist onvermoede kanten.

'Maar om een verband te kunnen vaststellen, moeten we dus wel een monster nemen van elke ondergrondse opslagtank van elk benzinestation in de omgeving?' zei Banks.

'Dat klopt. Het zou natuurlijk helpen als je nog andere informatie hebt die het onderzoeksgebied kan beperken.'

'En die hebben we niet. Nog niet. Maar het is iets om rekening mee te houden,' zei Banks. 'Bedankt.'

'Graag gedaan,' zei Hamilton. Hij wierp een blik op zijn horloge. 'Dan ga ik nu maar eens naar huis. Mijn vrouw begint zich zo langzamerhand af te vragen of we eigenlijk nog wel getrouwd zijn.'

'Ik herken dat gevoel,' zei Banks, die van plan was om die avond thuis de zondagskranten uit te lezen, hopelijk onder het genot van een of twee glazen Laphroaig. Nadat hij uiteraard eerst om halfzeven in de Queen's Arms met Maria Phillips had gesproken.

Later op de avond, na negenen, was er op de BBC een moderne versie van *Great Expectations* met Gwynneth Paltrow. Banks had de roman van Dickens met veel plezier gelezen en mocht graag naar Gwynneth Paltrow kijken, omdat op een bepaalde manier het hele beeldscherm oplichtte wanneer zij in beeld kwam.

Bovendien was televisiekijken voor hem een uitstekende manier om zijn gedachten te ordenen en nieuwe theorieën te bedenken. Blijkbaar had het zo'n verdovende uitwerking op zijn hersenen dat zijn gedachten ongeremd met hem aan de haal konden gaan en hij lukraak verbanden bedacht. Zo voelde het in elk geval aan en het had al eens eerder gewerkt.

Mark bleef nog vijf minuten langs de kant van de weg staan wachten tot hij er zeker van was dat Clive was verdwenen en maakte toen de portefeuille open. Er zat tweehonderdvijftig pond in contanten in, allemaal mooie, knisperende, nieuwe briefjes van twintig en tien, zo uit een pinautomaat, samen met creditcards, foto's van een lachende vrouw en drie blonde kindjes, ongetwijfeld Clives gezin, en een aantal bonnetjes voor benzine en maaltijden. Niets wees erop dat Clive arts was en Mark vermoedde dan ook dat hij gewoon een vertegenwoordiger was. En een vies mannetje. Omdat hij bang was dat de politie hem na deze gebeurtenis achterna zou komen, overwoog hij om de wegen te vermijden en dwars door de velden te trekken. Clive zou echter nooit van zijn leven melding maken van het voorval, bedacht hij. Zelfs als hij alleen maar beweerde dat Mark hem had aangevallen omdat hij hem wilde beroven, dan nog kon Mark genoeg ophef veroorzaken om hem in de problemen te brengen. En misschien kwamen er dan nog wel meer mensen hun verhaal doen. Clive had dat heus wel door; Mark dacht niet dat hij zijn eerste slachtoffer was. En dan was er nog die lachende vrouw met die drie blonde kindertjes. Nee, hield hij zichzelf voor, voorlopig was hij veilig.

Het werd donker en hij had nog een stevige wandeling voor de boeg. In het afnemende licht en de mist die op sommige stukken hardnekkig bleef hangen, zagen de heidevelden er nog spookachtiger uit. Hij wist dat hij zou verdwalen als hij van de weg afweek en waarschijnlijk zou omkomen van de kou als hij de hei op trok. Mark meende in de verte een afgrijselijk gejank te horen. Zwierven er niet spookhonden rond over de heide? Of weerwolven? Hij moest weer aan die film denken waarin een Amerikaanse toerist in een weerwolf veranderde nadat hij op de heide door een wolf was gebeten, en plotseling drong tot hem door dat hij die had gezien toen hij nog bij zijn moeder en Crazy Nick woonde, en niet in het kraakpand. Hij had trouwens maar een deel gezien. Toen Crazy Nick eenmaal doorhad dat Mark de film leuk vond, had hij uitgeroepen dat de film klote was en een zender met een bokswedstrijd opgezet. Daarna was Mark zijn belangstelling voor televisie min of meer verloren. Het had gewoon geen zin, want hij mocht toch nooit naar iets kijken wat hij zelf had uitgezocht. Hij rilde en zette koers naar het dichtstbijzijnde dorpje, Helmsley, dat volgens hem niet zo heel ver meer was.

Toen hij het dorp bereikte, brandden in de huizen en pubs de lampen al. Het zag er voorzover Mark kon zien toen hij door de hoofdstraat liep uit als zo'n typisch popperig, toeristisch plaatsje. Hij speurde op de grote parkeerplaats en langs de straten naar Clives auto, maar zag hem godzijdank niet staan. Hij lachte om zichzelf en wist niet waarom hij zich zo paranoïde gedroeg. Clive was er als een idioot vandoor gegaan en zou echt niet stilhouden voordat hij in Scarborough was. Mark had hem de stuipen op het lijf gejaagd. Hij keek om zich heen om te zien of iemand hem in de gaten hield, bleef toen staan en liet Clives portefeuille, waar hij inmiddels al het geld uit had gehaald, in een put vallen.

Op de hoek was een tijdschriftenwinkeltje dat nog open was en Mark ging naar binnen; omdat hij nu toch geld genoeg had, kocht hij een pakje Benson & Hedges van twintig stuks en een exemplaar van een avondkrant om te zien of er misschien nog nieuws was over de brand. Hij had honger, en omdat de toeristenrestaurantjes allemaal gesloten waren, wat bijna altijd zo was rond etenstijd, wandelde hij een knus uitziende pub binnen. Hij ging eerst naar de wc, waar hij tenminste zijn handen en gezicht kon wassen en wat vuil van de suède jas klopte. Er zaten echter lelijke vlekken in waar hij op het natte gras was gevallen en daar kon hij nu niets aan doen. Afgezien van de jas, die hij had uitgetrokken en over zijn arm had geslagen zodat niemand de vlekken kon zien, vond hij dat hij er niet eens zo slecht uitzag. Niemand leek enige aandacht aan hem te schenken toen hij met zijn glas Guinness en ham-kaassandwich – het enige wat er 's avonds nog te krijgen was – aan een tafeltje zat. De krant vertelde hem niets wat hij niet al wist. De tweede brand had in een caravan plaatsgevonden en ook daar was een man bij omgekomen. Niemand durfde er ronduit voor uit te komen, maar Mark kon merken dat ze dachten dat hij was aangestoken en dat het iets te maken had met de brand op de boten.

Het was halfzeven. Het werd warm in de pub en hij begon slaperig te worden van het knetterende vuur in de open haard. Hij wilde niet weg, had geen zin om ergens anders naartoe te gaan. Hij stak zijn eerste sigaret in lange tijd op en inhaleerde gretig de bittere rook. Hemels.

Wat moest hij nu doen? Hij wist dat het dichtstbijzijnde treinstation zich ongeveer twintig kilometer verderop in Thirsk bevond, maar misschien kon hij met de bus van Helmsley naar Scarborough komen. Zodra hij daar aankwam zou hij wel direct onderdak moeten zoeken en dat kon een probleem opleveren omdat het al laat en donker was, vooral ook omdat hij in zijn eentje was en geen bagage of vervoersmiddel had. Hij wilde niet opvallen, ook al was hij er bijna honderd procent zeker van dat Clive hem nooit bij de politie zou durven aangeven. Verder moest hij ook nog oppassen voor de moordenaar, besefte hij. Misschien had die op de een of andere manier wel ontdekt waar Mark was, waar hij naartoe ging. Hij zou op zijn hoede moeten blijven.

Toen las hij het bordje achter de bar: B & B. De pubbaas was heel vriendelijk geweest toen hij Mark bediende en had zelfs zijn verontschuldigingen aangeboden omdat er geen warme maaltijden werden geserveerd, dus liep Mark naar de bar en vroeg of er nog kamers vrij waren.
De pubbaas glimlachte. 'Rond deze tijd van het jaar zitten we zelden vol,' zei hij. 'Ik neem aan dat je een eenpersoonskamer wilt hebben?'
'Ja,' zei Mark.
'Ik denk dat we wel iets voor je hebben. Rachel!'
De vrouw die achter de bar stond te helpen kwam naar hen toe.
'Wil je deze jongeman even naar de eenpersoonskamer brengen? Nummer 6.'
Rachel, een knappe jonge vrouw met blond haar en perzikwangen, bloosde en zei: 'Natuurlijk, meneer Ridley.' Ze keerde zich om naar Mark. 'Loop maar even mee.'
Mark liep achter haar aan een smalle, krakende trap op. Bovenaan deed ze een zware deur open. De kamer zag er in Marks ogen fantastisch uit en hij kwam tot de ontdekking dat hij waarschijnlijk met open mond op de drempel was blijven staan. Rachel verwachtte ongetwijfeld dat hij even zou rondkijken en iets zou zeggen.
'Hoeveel kost deze?' wist hij moeizaam uit te brengen.
'Achtentwintig pond, logies en ontbijt,' zei ze. 'Het ontbijt wordt tussen acht en negen uur beneden geserveerd. Wil je hem of niet?'
'Ja,' zei Mark, en hij stak zijn hand in zijn zak om geld tevoorschijn te halen.
'Morgen, gekkie,' zei Rachel. 'Je betaalt pas wanneer je weggaat.'
'O. Juist, ja,' zei Mark, die stomverbaasd was dat iemand erop vertrouwde dat hij er niet zonder betalen vandoor zou gaan.
Rachel overhandigde hem de sleutel, legde uit dat er verschillende sloten waren en dat hij ervoor moest zorgen dat hij binnen was voordat ze de pub sloten. Hij was niet van plan om nog weg te gaan, dus dat was geen enkel probleem.
'Waar is je rugzak?' vroeg ze.
'Heb ik niet,' zei hij.
Ze keek hem aan met een blik alsof ze dacht dat hij gestoord was, haalde toen haar schouders op, liep de kamer uit en trok de deur achter zich dicht.
Het was de mooiste kamer die hij in zijn hele leven had gezien. Hij was niet erg groot, maar dat gaf niets; hij had niet veel ruimte nodig. Het behang had een vrolijk bloemetjesmotief en het rook er naar citroen en kruiden. Er stonden een stevig bed, een kledingkast en een ladekast voor kleren

en van alles. Ook waren er een televisie en spullen om zelf thee en koffie te zetten. Het beste was echter nog wel de badkamer met toilet.
Op de boot hadden ze geen stromend water gehad. Eén keer per week gingen ze naar het badhuis naast het zwembad in Eastvale, maar meestal moesten ze zich behelpen. Mark had in een tweedehandswinkeltje een emmer en een mooie grote emaillen kom gevonden, en hij haalde regelmatig vers water bij de kranen die een kilometer verderop door de VVV langs de kanaaloever waren geïnstalleerd voor langsvarende boten, kampeerders en wandelaars, dat hij dan boven de kachel verwarmde. Het gaf de nodige rompslomp, maar het was beter dan vies worden.
Nu had hij echter een hele badkuip voor zich alleen, met zeep en shampoo en handdoeken. Eerst zette hij de televisie aan. Het maakte niet uit wat erop was; hij wilde alleen wat achtergrondgeluid. Toen liet hij het bad vollopen met warm water en zette een kop thee voor zichzelf. Toen alles klaar was, nam hij de thee mee naar de badkamer, liet zich in de badkuip zakken en stak een sigaret op. Het was geweldig. Hij lag heerlijk ontspannen in het dampende water en luisterde door de halfopenstaande deur naar *Emmerdale* op de televisie. Zo voelde het waarschijnlijk om normaal te zijn, dacht hij. Kon Tina nu maar bij hem zijn. Hij wist dat zij het waarschijnlijk niet zo bijzonder zou hebben gevonden, want ze was met dergelijke luxe opgegroeid, maar ze zou er niettemin van hebben genoten.
Het liefst zou hij hier voorgoed blijven, in het warme, stomende water dat zich als een deken om hem heen sloot, met de geruststellende televisiestemmen op de achtergrond, maar hij wist dat het niet kon. Morgen moest hij een manier zien te vinden om in Scarborough te komen en daar een baan zoeken. Hij zou zo door Clives geld heen zijn, vooral als hij elke avond zoveel kwijt was voor een kamer. Misschien kon hij in Scarborough iets goedkopers vinden. Een flatje, zelfs. En dan zou hij zijn leven weer op de rails zetten.

Om halfzeven die avond had Banks ernstig behoefte aan een borrel, maar als het aan hem had gelegen, zou hij ander gezelschap hebben gezocht dan dat van Maria Phillips. Maar goed, hield hij zichzelf voor toen hij de deur van de pub openduwde, de plicht roept, en als je maar genoeg afstand wist te bewaren, was ze de kwaadste niet.
De Queen's Arms zat stampvol met mensen die net uit hun werk waren gekomen en het blijkbaar leuk vonden om schouder aan schouder aan de bar te staan. Banks was er als eerste, dus nadat hij Cyrils aandacht had ge-

trokken en een glas bitter had besteld, zocht hij een plekje bij het raam om de krant te lezen.

Maria kwam tien minuten te laat ademloos en zich uitputtend in verontschuldigingen naar binnen gerend. Er was een medewerker voor de avonddienst niet komen opdagen en dat had ze eerst moeten oplossen. Banks bood aan om iets te drinken voor haar te halen.

'Je bent een engel,' zei ze, terwijl ze haar jas losknoopte en haar sjaal afwikkelde. 'Het gewone recept graag.'

Toen hij terugkwam met haar Campari en spuitwater zat ze heel kalm een Silk Cut te roken. Heel even schoot er als een elektrische schok een hevig verlangen door Banks' lichaam – naar een sigaret welteverstaan, niet naar Maria – maar het was alweer voorbij voordat het goed en wel begonnen was, ook al riep het een wat ongemakkelijk, onrustig gevoel bij hem op.

'Proost,' zei Maria, en ze tikte met haar glas tegen het zijne.

'*Slainte*,' zei Banks. 'Waarom wilde je me spreken?'

In haar ogen danste een ondeugend lichtje. 'Bij jou draait alles alleen maar om het werk, hè?'

'Het is een lange dag geweest.'

'En ik neem niet aan dat er thuis een lieve, toegewijde vrouw op je zit te wachten, bereid om je nek en schouders te masseren en een warm bad voor je te laten vollopen, of wel?'

'Ik vrees van niet,' zei Banks, die bedacht dat hij alleen Gwynneth Paltrow in *Great Expectations* en een glas Laphroaig had om naar uit te kijken. En Gwynneth zou hem niet masseren of een warm bad voor hem klaarmaken. 'Niet eens een trouwe hond om mijn pantoffels te halen. Als je bij de politie werkt, is het vrijwel onmogelijk om er een huisdier op na te houden, helemaal wanneer je alleen woont.'

'Een vrouw ook,' zei Maria.

'Ach, ik zou een vrouw nooit met een huisdier willen vergelijken.'

Ze gaf een speels tikje op zijn onderarm. 'Gekkie. Je weet best wat ik bedoel. Je werk, daardoor is het vast heel moeilijk om een relatie te onderhouden.'

Vrijwel onmogelijk zelfs, dacht Banks bij zichzelf, en hij besefte dat hij al een dag of twee niet met Michelle had gesproken. Hij vroeg zich af hoe de zaak omtrent het vermiste kind vorderde. Beter dan zijn drievoudige moord, hoopte hij. Zijn trein zou op weg naar Londen Peterborough passeren. Misschien kon ze naar het station komen en dan zou hij uit het raampje leunen en haar kussen, als in een scène uit een oude zwartwitfilm. Het enige wat er nog aan ontbrak waren de sfeervolle wolken

van de stoomlocomotief. 'Tja,' zei hij, 'dat kun je beter aan Sandra vragen.'
'Dat zou ik best willen, maar ze heeft haar oude vrienden blijkbaar allemaal laten vallen.'
'Ze heeft inderdaad wel een paar schepen achter zich verbrand,' zei Banks. 'Goed, Maria, wat wilde je met me bespreken?'
'Niets van belang eigenlijk. Na ons gesprekje van een paar dagen geleden heb ik eens zitten nadenken. Je kent dat vast wel: dat je probeert je bepaalde dingen te herinneren.'
'Ja,' zei Banks. 'Daarom geef ik mensen die ik heb gesproken meestal ook mijn telefoonnummer. Vaak schiet hun later nog wel iets te binnen.'
'Je hebt mij je telefoonnummer anders niet gegeven.'
'Maria! Hou eens op met die imitatie van Miss Moneypenny van je. Je woont verdorie in dezelfde straat.'
'O, nu je me nodig hebt, weet je dus opeens wel waar je me kunt vinden? Het is ook altijd hetzelfde liedje. Ach, nou ja.' Maria lachte. 'Kom, kijk alsjeblieft niet zo boos. Ik plaag je alleen maar.'
'Je zei net dat je iets te binnen was geschoten.'
'Wat ben je toch streng. Ja, zoals ik al zei: ik heb eens zitten nadenken, een beetje geprobeerd om het hele gebeuren nog eens de revue te laten passeren.'
'Welke scène bedoel je precies?'
'De Turner-receptie, natuurlijk. Er waren toen heel wat mensen aanwezig, ook die knappe, jonge politieagente met wie ik je wel eens heb gezien.'
'Annie was bij de beveiliging betrokken. Dat weet je heel goed.'
'Het verbaast me eigenlijk dat jullie tweeën nooit...' Toen keek ze Banks aan en sperde ze haar ogen wagenwijd open. 'O, maar misschien zijn jullie dat wel. Het zijn trouwens mijn zaken niet.'
'Inderdaad,' zei Banks. 'De receptie dus.'
'Ja ja, rustig maar. Ik heb geprobeerd om me Thomas McMahon daar te herinneren, wat hij deed, met wie hij praatte. Dat soort dingen.'
'En?'
'Nou, meestal praatte hij juist met niemand, maar ik heb hem wel zien babbelen met meneer Whitaker van de tweedehandsboekwinkel.'
Dat lag voor de hand. Whitaker had Banks verteld dat McMahon oude boeken van hem kocht. Wellicht vanwege de schutbladen, had Phil Keane geopperd, om schetsen uit een bepaalde periode te kunnen vervalsen. Banks had de mogelijkheid dat Whitaker met McMahon en Gardiner bij een of andere vorm van vervalsing en oplichterij betrokken was geweest

nog niet helemaal afgeschreven, vooral niet nu Stefan Nowak had bevestigd dat de auto die op de avond van de moord op McMahon op de parkeerplaats had gestaan een Jeep Cherokee was geweest, hetzelfde type als die van Whitaker. Dankzij Geoff Hamiltons expertise konden ze nu de inhoud van Whitakers benzinetank vergelijken met de brandbare vloeistof die bij de brand in Gardiners caravan was gebruikt.

'Wat deed Thomas McMahon die avond zoal?'

'Tja, zijn wijnglas was in elk geval zelden leeg, kan ik je zeggen.'

'Maar hij was niet dronken?'

'Nee. Misschien een tikje aangeschoten. Maar niet zo erg dat het echt opviel. Ik meen me te herinneren dat hij heel goed tegen alcohol kon. Maar dat is niet wat ik je wilde vertellen.'

'Wat dan wel?'

'Op een bepaald moment heeft hij even staan praten met iemand die je misschien meer over hem kan vertellen dan ik.'

'Wie?'

'Die kunstresearcher uit Londen. Lekker ding, zit goed in de slappe was. Weet je wie ik bedoel?'

Banks voelde dat zijn nekharen recht overeind gingen staan. Annies 'vriend' Phil. Philip Keane. 'Ja,' zei hij. 'Ik ken hem wel. Waarom denk je dat hij goed in de slappe was zit?'

Maria keek quasi-wanhopig naar het plafond. 'Typische mannenvraag. Zijn pak, lieverd. Een pak als het zijne vind je echt niet in de kledingrekken van Marks & Sparks. Het was een maatpak, speciaal voor hem besteld, handgemaakt. Schitterende kwaliteit ook. Van het beste materiaal. Beslist geen goedkoop vod. Als ik moest gokken, zou ik zeggen: Savile Row.'

'Hoe weet je dat?'

Ze knipoogde. 'Een van mijn verborgen talenten.'

Banks vermoedde dat een kunstresearcher waarschijnlijk heel aardig verdiende, en als Phil Keane zijn geld aan pakken van Savile Row wilde besteden, dan moest hij dat vooral doen. 'Ga verder,' zei Banks. 'Waar hadden ze het over?'

'Ja, dat weet ik niet, hoor. Ik stond verderop in de zaal gastvrouw te spelen en moest erop letten dat niemand een leeg glas had. Het viel me gewoon op, dat is alles, misschien wel omdat McMahon verder amper met iemand sprak.'

'Hoe lang hebben ze met elkaar gesproken?'

'Dat weet ik ook niet. Mijn aandacht werd afgeleid. Voordat ik het goed en wel doorhad, stond McMahon een van de schilderijen aan de muur te be-

studeren en was meneer de kunstresearcher aan het flirten met Shirley Cameron.'
'Welk schilderij?'
'Dat kan ik me niet herinneren. Een van de schilderijen die we in de receptieruimte hadden gehangen. Niets bijzonders. Hoogstwaarschijnlijk iets van een plaatselijke kunstenaar.'
'Heb je ergens uit kunnen afleiden waar hun gesprek over ging?'
'Niet echt.'
'Hadden ze bijvoorbeeld ruzie?'
'Nee.'
'Wisselden ze gewoon wat beleefdheden uit?'
'Nee.'
'Was het een intiem gesprek?'
'Nee, niet zoals jij het bedoelt.'
'Een geanimeerd, enthousiast gesprek dan?'
'Nee. Eerder terloops.'
'Over koetjes en kalfjes dus?'
'Ja, maar...'
'Maar wat?'
'Toen ik er gisteravond nog eens over nadacht... Ik weet niet of ik me nu dingen inbeeld, hoor, of ik het mooier voorstel dan wat ik eigenlijk heb gezien, maar ik zou hebben durven zweren dat ze met elkaar stonden te praten alsof ze elkaar goed kenden.'
'Niet alsof ze elkaar zojuist voor het eerst hadden ontmoet?'
'Nee, dat is het 'm nu juist. Je kunt het aan mensen zien, hè, als er een gemeenschappelijk verleden is. Zelfs als je geen woord verstaat.'
'Soms wel,' zei Banks. 'Lichaamstaal kan juist heel veel duidelijk maken.'
'Lichaamstaal,' herhaalde Maria. 'Juist ja... Hoe dan ook...' Ze tastte in haar handtas. 'Hij heeft me een visitekaartje gegeven en dat heb ik in het archief voor je opgezocht. Misschien heb je er iets aan.'
Banks bekeek het kaartje. Een sierlijk lettertype, zwart met rood. De naam van Phil Keanes bedrijf luidde blijkbaar ArtSearch Ltd. en er stond een adres op in Belgravia. 'Mag ik dit houden?' vroeg Banks.
'Natuurlijk. Ik heb er toch immers niets aan.'
Banks bedankte haar.
'Nou, dat was het dan.' Maria spreidde haar handen voor zich uit. 'Nu heb ik je alles verteld wat ik weet. Niets meer achter de hand om je hier te houden.'
'Ach, dat weet ik zo net nog niet,' zei Banks, die zich plotseling heel edel-

moedig voelde jegens Maria en geen haast had om naar huis te gaan. Het was tenslotte nog geen zeven uur en de film begon pas om negen uur. 'Je aangename gezelschap misschien?'
Maria keek hem verrast aan. 'Moet je dan niet ergens naartoe?'
'Nee. Nog niet, tenminste. Zoals je net al zo snedig opmerkte, zit er thuis geen vrouw op me te wachten om mijn schouders en nek te masseren en een bad voor me te laten vollopen. Wil je misschien nog iets te drinken?'
Maria kneep haar ogen half dicht en keek hem achterdochtig aan. 'Weet je het heel zeker?'
'Natuurlijk.'
Maria bloosde en schoof toen haar lege glas naar hem toe. 'Dan wil ik wel graag nog een Campari met spuitwater.'
Nu hij het initiatief nam, reageerde ze bijna verlegen, dacht Banks toen hij zich een weg baande naar de bar. Terwijl hij stond te wachten tot Cyril zijn bier had getapt, dacht hij na over wat hij zojuist had gehoord. Het hoefde natuurlijk helemaal niets te betekenen, zelfs niet als Maria's intuïtie klopte, maar waarom had Phil het hem dan niet verteld? Waarom had hij gelogen en gezegd dat hij McMahon niet kende? En hoe kon Banks dit verder natrekken zonder zijn toch al wankele relatie met Annie nog verder te beschadigen?

12

In de trein naar Londen zat Banks te piekeren over wat Maria Phillips hem de vorige avond had verteld en wat hij ermee aan moest. Omdat hij zo zat te tobben, kon hij zich niet eens ontspannen en genieten van zijn John Mayall-cd, laat staan dat hij zich kon concentreren op de thriller van Eric Ambler die hij had meegenomen.

Maria's opmerking dat Phil Keane druk in gesprek gewikkeld was geweest met Thomas McMahon, alsof ze elkaar al langer kenden, was duidelijk in tegenstrijd met Keanes eigen verklaring dat hij de kunstenaar helemaal niet kende. Het zou natuurlijk een eenvoudige, onschuldige persoonsverwisseling kunnen zijn – het had zich tenslotte een paar maanden geleden afgespeeld – maar Banks vermoedde dat dat het niet was.

Misschien wilde Keane net als iedereen voorkomen dat zijn naam werd genoemd in verband met een politieonderzoek. Dat was tenslotte een heel natuurlijke reactie: zorg dat je er niet bij betrokken wordt; laat mij er alsjeblieft buiten. Leslie Whitaker had precies hetzelfde gedaan en Banks was ervan overtuigd dat hij er veel meer mee te maken had dan hij had toegegeven.

Maar Phil Keane was al bij het onderzoek betrokken. Als adviseur en als Annies geliefde. Dat hield in dat ze ervan uit moesten kunnen gaan dat hij aan hun kant stond. Het laatste wat Banks nu wilde, was er met Annie over praten. Zij zou zich onmiddellijk tegen hem keren, omdat hij volgens haar uit jaloezie alleen maar tussen haar en Phil probeerde te komen, waarbij hun laatste woordenwisseling als een eerste ronde werd gezien.

Net voorbij Grantham kreeg Banks een idee. Hij belde met zijn mobiele telefoon een vroegere collega bij de Met, iemand die hem wellicht zou kunnen helpen. Daarna slaagde hij er min of meer in de zaak even uit zijn gedachten te bannen en kon hij eindelijk genieten van *Blues from Laurel Canyon*.

Op King's Cross heerste de gebruikelijke drukte. Banks liep linea recta naar de taxistandplaats en sloot achter aan de rij aan. Binnen enkele minuten was hij op weg naar sir Laurence Wests kantoor in de City. De rit verliep traag, zoals de meeste ritten over de weg in Londen, en het zachte weer leek meer mensen dan anders naar buiten te hebben gelokt. Fietskoeriers schoten met volslagen minachting voor de veiligheid, zowel die van henzelf als van anderen, tussen het verkeer door en voetgangers staken over zonder acht te slaan op de verkeerslichten en de kleur die deze aangaven. De meesten waren slechts gekleed in een pak of een windjack met spijkerbroek.

Er zijn niet veel wolkenkrabbers in de City, maar het kantoor van sir Laurence bevond zich op de twaalfde verdieping van een ervan en bood een schitterend uitzicht op het zuiden, over de rivier en helemaal tot aan Southwark, of zou dat normaalgesproken hebben gedaan als het die dag niet zo bewolkt was geweest.

Toen Banks eindelijk alle beveiligingsmensen, receptionisten, secretaresses, office managers en persoonlijk assistenten was gepasseerd, begon hij net te denken dat hij misschien beter iemand anders had kunnen sturen. Hij had weinig op met bureaucratie en merkte al snel dat hij zijn geduld begon te verliezen. Toen hij ten slotte het kantoor van sir Laurence werd binnengeleid, was hij vast van plan het hem niet gemakkelijk te maken.

Het kantoor was een enorme, rustig ingerichte open ruimte die vrijwel net zo groot was als de hele bovenste verdieping van het hoofdbureau van de westelijke divisie. Dikke kleden met ingewikkelde oosterse patronen bedekten een groot deel van de vloer, die uit glanzend hardhout bestond, en in het midden stond een flink teakhouten bureau met op het werkblad alleen een glimmende laptop. In een hoek stond een met zwart leer beklede driedelige zithoek rond een lage tafel met een glazen plaat en met een barmeubel binnen handbereik. Er hing een vleugje oude sigarenrook in de lucht.

De gastheer zelf was lang en statig, met een kaal hoofd en ruige wenkbrauwen; hij vertoonde een tamelijk sprekende gelijkenis met Robert Morley en was waarschijnlijk ergens in de zeventig, maar zeer goed geconserveerd. Hij droeg een leigrijs pak, een wit overhemd en een gestreepte das die ongetwijfeld was uitgevoerd in de kleuren van een of andere elitaire school, exclusieve herenclub of oud regiment. Hij kwam met een joviale glimlach op hem af gelopen, schudde zijn hand en gebaarde dat Banks in een van de leunstoelen moest plaatsnemen.

'Een glaasje van het een of ander?' vroeg hij uitnodigend.

'Nee, dank u wel,' zei Banks.

'U vindt het toch niet erg als ik wel iets neem?'

'Nee, helemaal niet.'
West schonk een amberkleurige vloeistof uit een karaf van geslepen glas voor zichzelf in en voegde er een scheutje spuitwater aan toe. Banks ving de geur van cognac op.
'Ik weet dat het wat vroeg is,' zei West, 'maar het is een gewoonte van me om voor de lunch iets te drinken. Eén glaasje maar, begrijpt u. Het stimuleert de eetlust.'
Banks had zelf met een beetje geluk hooguit net genoeg tijd om bij de dichtstbijzijnde McDonald's een hamburger te halen, maar hij knikte instemmend. 'Ik zou wel een glas cola lusten, als u dat hebt,' zei hij.
'Maar natuurlijk.' West opende het deurtje van iets wat er als een dossierkast uitzag. Het bleek een kleine koelkast te zijn. Hij haalde er een blikje cola uit, schonk de inhoud in een kristallen glas en overhandigde dit aan Banks, die hem bedankte en een slok nam.
'Zo, wat kan ik voor u doen?' zei West, en hij nam tegenover Banks plaats. Hij hoefde niet te zeggen dat hij een drukbezette man was; dat bleek wel uit zijn lichaamstaal. 'Die jongeman aan de telefoon heeft me niet echt veel verteld. Ik hoop maar dat die vervelende mensen van British Waterways u niet hebben lastiggevallen. Ze zeuren me al jaren aan mijn hoofd, maar ik ben bang dat ik hen min of meer genegeerd heb.'
Als de boten van iemand anders waren geweest, waren ze vast en zeker al tijden geleden weggesleept, bedacht Banks peinzend. Rijkdom en macht gaan beslist samen met de nodige privileges. Hij vertelde omstandig over de branden en de dodelijke slachtoffers.
'Ach, lieve hemel,' zei West. 'Ik hoop dat u me niet wettig aansprakelijk houdt voor de toestand waarin ze verkeerden?'
'Dat is niet mijn afdeling,' zei Banks. 'Het enige wat ik wil weten, is wie de brand heeft aangestoken en waarom.'
'Dan vrees ik dat ik u niet kan helpen. U zei dat er krakers op de boten woonden? Misschien hebben zij de brand aangestoken?'
'Dat is hoogst onwaarschijnlijk, gezien het feit dat twee van hen bij de brand zijn omgekomen.'
'Ik zou u graag willen helpen, maar...'
'Hoe hebt u die boten in uw bezit gekregen?'
West speelde met zijn glas. 'Ze waren van mijn vader,' zei hij. 'Ik zal ze wel geërfd hebben.'
'Maar u had geen belangstelling voor zijn bedrijf?'
'Nee. Hij is zesennegentig jaar geworden, meneer Banks. Hij is pas twee jaar geleden overleden, maar hij had daarvoor ook al enige tijd niets van

zich laten horen. Ik weet dat hij in het transport zat, maar ik was eerlijk gezegd niet eens op de hoogte van het bestaan van die twee boten, totdat de mensen van Waterways na zijn dood contact met me opnamen. Ik zie nu wel in dat ik het had moeten delegeren, er iemand op had moeten zetten en iets had moeten ondernemen, maar ik had in die tijd belangrijker zaken aan mijn hoofd. Ik dacht dat het geen kwaad kon om ze daar rustig te laten liggen.'

'U wilde ze niet houden?'

'Grote god, nee.'

'Of ze verkopen?'

'Ik vermoed dat het daar uiteindelijk wel op zou zijn uitgedraaid.'

'Waren ze verzekerd?'

'Dat denk ik wel. Mijn vader pakte dergelijke zaken altijd heel grondig aan, voordat hij ziek werd.'

'Maar u weet niet voor hoeveel?'

'Ik heb geen flauw idee. Ik neem aan dat de executeur-testamentair dat wel weet.'

'Kunt u iemand bedenken die een reden kan hebben gehad om ze in brand te steken?'

'Nee. U denkt toch niet dat dit om verzekeringsfraude gaat?'

'Dat heb ik niet gezegd,' zei Banks. Het was trouwens ook een belachelijk idee. West verdiende waarschijnlijk een paar miljard per jaar en de boten konden nooit voor meer dan twintig- of dertigduizend pond verzekerd zijn. Maar goed, er gebeurden wel gekkere dingen. Ook de rijken laten een kans om nog meer geld te verdienen niet zomaar aan zich voorbijgaan. Misschien had West ze wel door iemand in brand laten steken om ervanaf te zijn.

'Grappig,' zei West, 'nu u er toch over begint: een paar maanden geleden heeft iemand inderdaad een bod gedaan op een van de boten. Mijn secretaresse heeft me er nog op geattendeerd, maar ik ben bang dat ik het bod te laag vond om het serieus te nemen.'

'Ik dacht dat u het geld niet nodig had.'

West lachte. 'Mijn beste kerel, dat is nog geen reden om je te laten afzetten.'

'Hoe lang is dit geleden?' vroeg Banks.

'Och, niet zo heel lang. Oktober, denk ik.'

'Zou ik die brief eens mogen zien?'

West liet zijn secretaresse komen, een voluptueuze vrouw in een rok met een zakelijke krijtstreep en bijpassend jasje, die even verdween en toen terugkwam met een beige map.

'Hoe is die brief bij u terechtgekomen?' vroeg Banks voordat ze weer kon weglopen.
'Hij is doorgestuurd door British Waterways,' zei ze. Ze keek vragend naar sir Laurence. Hij knikte en ze overhandigde de map aan Banks. Hij bevatte slechts een enkel velletje papier: een brief die op 6 oktober gedateerd was. Hij was kort en zakelijk.
Iemand wilde het zuidelijkst gelegen kanaalschip, Toms boot, in de doodlopende zijtak van het Eastvale Canal vlak bij Molesby kopen. Hij was bereid om er tienduizend pond voor te betalen, een vrij laag bedrag omdat, zo verklaarde hij, er heel veel werk aan de boot moest worden verricht; die 'hij' was Thomas McMahon zelf.

Op dinsdagochtend liep Mark om even na elven van het busstation van Scarborough langs de heuvel omlaag naar het strand en hij kon de zee al ruiken en horen voordat hij hem zag. Na een ontbijt van gebakken eieren, spek, worstjes, champignons en gegrilde tomaat had hij zijn rekening in Helmsley betaald en was naar de bushaltes op het plein gelopen. Daar had hij de bus van halftien gepakt en hij had door het raam naar het sombere, mistige heidelandschap in noordelijke richting zitten staren totdat de bus vanaf de Moors vlak bij Pickering in zuidelijke richting verder reed.
Zijn plan, voorzover hij tenminste een plan had, was zo snel mogelijk werk te vinden. Met het geld dat hij van Clive had gestolen zou hij nog wel een tijdje een slaapplaats en eten kunnen betalen, maar op de lange termijn had hij iets vasters nodig. Als er in zijn geval tenminste sprake zou zijn van een lange termijn.
Mark had al een tijdje een angstig en tegelijkertijd verdoofd gevoel, maar wist niet waarom. Verdoofd omdat hij Tina had verloren en angstig voor wie of wat hem misschien om de eerstvolgende hoek op lag te wachten. Daarnaast voelde hij zich ook schuldig. Was hij maar bij Tina op de boot geweest in plaats van bij die del van een Mandy. Ergens in zijn binnenste raasde een enorme woede, ongecontroleerd en steeds sterker. Als ze bij die bocht niet hadden moeten afremmen en hij niet zo gehaaid was geweest om zijn kans te grijpen en het geld te pikken en naar buiten te springen, had hij Clive misschien wel vermoord, besefte hij nu. Hij herinnerde zich wat die politieman had gezegd: dat de brand geen ongeluk was geweest. Dat betekende dat iemand Tina had vermoord, of zij nu het beoogde slachtoffer was geweest of niet. De enige die hij kon bedenken die een reden had om Tina te vermoorden was Patrick Aspern, en telkens wanneer Mark aan Aspern dacht voelde hij de woede weer oplaaien.

Een kille wind blies over de Noordzee en joeg een wolkenmassa met de kleur van vuil afwaswater landinwaarts. Nergens aan de horizon was ook maar een stipje blauw te bekennen, geen zonnestralen die erdoorheen braken en ruitvormige figuren op het water lieten dansen; de hele wereld was in een grijze lijkwade gewikkeld.

Alle kermisattracties aan de boulevard langs het strand waren tijdens de winter gesloten, net als de restaurantjes en fish & chips-tentjes, Jimmy Corrigan's en de Parade Snack Bar, en het strand was verlaten, op één man na die in een jas met capuchon gekleed tegen de wind in worstelend zijn hond uitliet. Het was hoogwater en golven als van gesmolten metaal stortten zich op het strand en kolkten schuimend over het bruine zand. Langs de boulevard liepen nog wat mensen, oude stelletjes, een jong gezin. Waarschijnlijk mensen die hier woonden, dacht Mark. Scarborough was tenslotte een flinke stad en de mensen die hier woonden moesten verder met hun leven, ook wanneer het toeristenseizoen voorbij was.

Aan de overkant van de straat, voor de Ghost Train, stond een enkele grijze Vectra geparkeerd, waarin twee mannen thee zaten te drinken en KitKats aten. Ze keken allebei even naar Mark en hij hield zijn gezicht afgewend. Hij kon niet zeggen of hij hen herkende, maar hij had geen zin om regelrecht in hun armen te lopen. Misschien was de brand op de boten wel door twee mensen aangestoken in plaats van één en waren zij het wel geweest. Met zijn handen in zijn zakken slenterde hij verder langs de haven, waar de netten keurig waren opgestapeld en de boten lagen aangemeerd tot de winter was afgelopen.

Hij probeerde een sigaret op te steken, maar de wind was te sterk en na de derde lucifer staakte hij zijn pogingen maar. Hij zou er straks in een warme pub wel een roken. Het was heerlijk om zo dicht bij de zee te zijn. Hij wist niet waarom, maar de aanblik van het water, dat zich uitstrekte zo ver het oog reikte en in de verre verte de hemel ontmoette, maakte een diep ontzag in hem wakker: steeds weer anders door het rijzende en dalende oppervlak, de voortscherende witte koppen en enorme golven van de branding. Het zette je op je plaats, zette alles in het juiste perspectief. Hij zou er urenlang naar kunnen kijken.

Hij zag de zeelieden voor zich die vele jaren geleden in houten schepen met in de wind opbollende zeilen op zeeën als deze heen en weer werden geslingerd, terwijl er nergens land in zicht was, en bedacht dat hij dat ook graag had gedaan als hij toen had geleefd: zeeman op een walvisvaarder. Niet om harpoenen te werpen, want het idee dat hij walvissen zou moeten doden sprak hem niet echt aan, maar misschien achter het roer, als stuurman

die nieuwe werelden ontdekte. Misschien kon hij zich nu ook wel aanmelden voor de koopvaardij en de rest van zijn leven op zee doorbrengen, als ze hem tenminste wilden hebben. De schepen waren natuurlijk moderner, dat wist hij ook wel, maar ze zouden nog steeds ten prooi zijn aan de grillen van de golven.
Vanuit een ooghoek zag hij dat de Vectra links achter hem langzaam in beweging kwam. Hij liep langs het verlaten pretpark naar Marine Drive. De auto haalde hem niet in, maar bleef rustig op zo'n twintig meter achter hem rijden. Volgden ze hem? Mark wierp een blik over zijn schouder en meende dat hij een van hen in een mobiele telefoon zag praten.
Mark voelde zich kwetsbaar, zo open en bloot op straat. Marine Drive liep kronkelend rond de voet van Castle Hill, met aan de ene kant een steile, rotsachtige helling en aan de andere kant de koude Noordzee. Hij kon nergens naartoe. De wind gierde jankend om zijn oren en de golven spetterden hoog boven de zeewering en de metalen reling uit, zodat Mark binnen de kortste keren drijfnat was.
De Vectra bleef twintig meter achter hem rijden, hoe hard of zacht hij ook liep. Er waren nog een paar andere mensen die in regenjassen het weer trotseerden. Heel in de verte dobberde het donkere silhouet van een schip op het water. Mark vroeg zich af wat het daar deed, hoe het aanvoelde en wie er aan boord waren. Liepen ze gevaar? Hij zag geen alarmlichten, geen vuurpijlen, geen SOS-signaal. Ze zaten gewoon de storm uit. Net als hij.
De auto volgde hem nog steeds, er was geen ontkennen aan. Mark begon sneller te lopen, rende nu bijna, en de auto trok met een flinke spurt op, scheurde naar zijn kant van de weg en kwam een meter of twee voor hem tot stilstand op het trottoir, dat nu helemaal werd geblokkeerd.
Mark draaide zich om en rende de andere kant uit, terug naar het centrum, en negeerde de dichtslaande portieren en de kreten achter hem. Hij kon niet verstaan wat ze riepen vanwege de wind en de klotsende golven. Hij liep terug naar de boulevard. Als hij de doolhof van smalle straatjes achter de kermisattracties wist te bereiken, bestond er misschien een kansje dat hij de onbekende mannen van zich af kon schudden.
Hij was nog niet veel opgeschoten toen hij een hand op zijn schouder voelde. Hij schudde hem af en bleef rennen, maar het had geen zin. Binnen enkele seconden werden zijn benen onder hem vandaan gehaald en hij viel met een smak op het harde wegdek en schuurde met zijn wang langs de stenen. Hij voelde dat er een knie tussen zijn schouders werd gezet en zijn arm werd op zijn rug gedraaid. De pijn was ondraaglijk en even dacht hij dat hij het hardop had uitgeschreeuwd, waarna hij verder stil bleef lig-

gen. Hij kon hen horen praten, maar begreep niet wat er werd gezegd, wat ze van hem wilden. Mark proefde bloed en zout op zijn lippen en tong, en toen zeulden ze hem overeind en trokken hem mee naar de auto. Hij zette het op een schreeuwen, maar niemand schoot hem te hulp. Nog één laatste, prachtige golf smakte tegen de zeewering en doordrenkte hen van top tot teen voordat ze hem in de Vectra duwden.

De garage bevond zich op ongeveer een steenworp afstand van Askham Bar Park and Ride, vlak langs de buitenste ringweg even ten westen van het centrum van York. Naam van de eigenaar: Charlie Kirk. Handige plek voor een autoverhuurbedrijf, dacht Annie. Als je met de trein op het station aankwam en daarvandaan de bus ernaartoe nam, hoefde je je niet druk te maken over het moordende stadsverkeer of een parkeerplekje.

Zoals zo vaak had het saaie routinewerk ook nu weer succes opgeleverd en alles wees erop dat dit misschien wel de plek was waar de moordenaar zijn Jeep Cherokee had gehuurd. In elk geval had een en dezelfde persoon sinds de vorige zomer verschillende keren dezelfde auto gehuurd, waaronder ook afgelopen weekend. Ze hadden geluk gehad, want er waren niet veel lokale autoverhuurbedrijven die een Cherokee verhuurden, maar Charlie Kirk wel. En nu stond Annie op het punt de eigenaar te ondervragen, met Stefan en zijn experts in haar kielzog. Het forensisch team liep met de monteur mee naar de parkeerplaats aan de achterkant van het gebouw en Annie ging binnen met het personeel van de administratie praten.

Het was veel te warm en benauwd in de kleine kantoorruimte. Er werkten drie mensen: een van hen hielp vooraan bij de balie de klanten en de andere twee, een jong meisje en een oudere man, werkten achterin. Het kantoor was volgestouwd met de gebruikelijke spullen: computers, dossierkasten, telefoons en faxapparaten, en de muren waren bedekt met posters van auto's.

Annie trok haar jas uit, legde hem op een stoel en liet haar pas zien aan de vrouw achter de balie.

'Ik wist al dat u zou komen,' zei de vrouw, en ze stond op om haar de hand te schudden. 'Ik ben Karen Talbot, de officemanager.'

Annie schatte Karen Talbot op een jaar of dertig. Ze had geblondeerde plukjes in haar haren, glanzende rode lippenstift op haar lippen en ogen die zo blauw waren dat het wel contactlenzen moesten zijn; ze droeg een zwarte zijden blouse met een flink decolleté en een strak, kort rood rokje. Annie werd er niet warm of koud van, maar ze kon zich voorstellen dat dat bij de meeste mannelijke klanten wel anders was.

Karen ging weer zitten en trok haar rok zo ver mogelijk over haar bovenbenen omlaag, wat niet echt ver was.
'Is de eigenaar ook aanwezig?' informeerde Annie.
'De kapitein is er vandaag niet. Dit is niet zijn enige filiaal, hoor. Hij heeft een aardig imperium opgebouwd, die kapitein van ons.'
'Kapitein?'
'Kirk. Captain Kirk. Kapitein Kirk. Grapje van het personeel. Alleen wanneer hij er niet is, natuurlijk.'
'Ik snap 'm,' zei Annie. 'Dan komen we later nog wel een keer met hem praten. Misschien kun jij me intussen vast op weg helpen?' Ze ging tegenover Karen zitten.
Karen streek haar haren glad. 'Ik zal mijn best doen. Trouwens, de kapitein kan u toch niet echt veel vertellen. Hij werkt hier in feite natuurlijk niet echt, als u begrijpt wat ik bedoel.'
'Dus jij bent degene die de klanten helpt?'
'Vaak wel, ja.' Karen wierp een blik over haar schouder op de twee anderen. 'Maar we doen dit werk om de beurt. Dat zijn Nick en Sylvia.'
Annie groette hen. Nick beantwoordde haar begroeting met de brede glimlach van een verkoper en Sylvia glimlachte verlegen. Annie vroeg zich af hoe Nick, die de veertig ruimschoots gepasseerd moest zijn, het vond om voor een omhooggevallen jong ding als Karen te werken. Ze merkte dat ze zich meedogenloos zat af te vragen hoe Karen eigenlijk aan die baan was gekomen en wat haar relatie met de eigenaar precies was. Dergelijke gedachten hadden echter weinig van doen met de reden van haar bezoek, dus verdrong ze die en concentreerde zich op haar werk.
'We hebben begrepen dat jullie sinds de vorige zomer op vijf verschillende data een donkerblauwe Jeep Cherokee of een vergelijkbaar voertuig aan een en dezelfde persoon hebben verhuurd. Klopt dat?'
'Ja,' zei Karen. 'Drie keer de jeep en twee keer een Ford Explorer, omdat de jeep niet beschikbaar was.'
'Stuitte dat laatste op bezwaren van de klant?'
'Voorzover ik me kan herinneren niet. Hij wilde gewoon een soortgelijke auto.'
'Heb je die klant zelf geholpen?'
'Niet alle keren.'
'Ik heb hem twee keer geholpen,' zei Nick. 'En Sylvia één keer.'
'Om te beginnen,' zei Annie, 'wil ik graag de data hebben.'
Karen liep naar de dossierkast naast haar bureau, bladerde een paar seconden door de mappen en trok er toen een tevoorschijn. Vervolgens somde

ze een reeks data op in september, oktober, november en december, eindigend met het afgelopen weekend.
'Wanneer heeft hij hem opgehaald?' vroeg Annie.
'Donderdagochtend.'
'En wanneer heeft hij hem teruggebracht?'
'Zaterdagochtend.'
Dan had hij de Cherokee dus wel gehad tijdens de brand op de kanaalschepen, maar had hij hem teruggebracht voor de brand bij Roland Gardiner uitbrak. Annie vroeg zich af waarom hij dat had gedaan.
'Zijn er ooit problemen geweest wanneer hij hem kwam terugbrengen?'
'Nee. De auto verkeerde altijd in uitstekende staat.'
'Bracht hij hem met een volle tank terug of met een lege?'
'Leeg. Het is iets duurder, maar dan hoeft de klant niet zelf op zoek te gaan naar een tankstation.'
'En jullie vullen de tanks van de huurauto's gewoon hier?'
'Ja. Natuurlijk.'
Dat was nog eens geluk hebben, dacht Annie. Ze konden monsters nemen van de opslagtank van de garage en van de tank van de Cherokee. Banks had haar verteld dat het forensisch team de tank kon identificeren waaruit de benzine afkomstig was die was gebruikt bij de brand in Gardiners caravan. Degene die de Cherokee had gehuurd, had zelf waarschijnlijk nergens hoeven tanken. Als de monsters overeenkwamen, vormde dat onweerlegbaar bewijsmateriaal dat in een rechtszaak kon worden gebruikt.
'Hoe heette die klant?'
'Masefield. William Masefield.'
'Hoe zag hij eruit?'
'Heel gewoon eigenlijk.'
'Laten we maar eens kijken of het iets gedetailleerder kan, oké?' zei Annie met een zucht. Ze vond het vreselijk om beschrijvingen los te peuteren uit mensen. De meeste getuigen waren slechte observeerders en daarnaast vaak verbaal ook niet erg sterk. Karen en haar collega's vormden geen uitzondering. Na een minuut of tien waren ze met hun drieën niet verder gekomen dan dat hij iets langer dan gemiddeld was, in redelijk goede conditie, hoewel misschien een tikje te zwaar, met enigszins gebogen schouders, een bril met een goudkleurig montuur, grijzend haar en vrijetijdskleding: spijkerbroek, windjack. Nick dacht dat hij minstens één keer witte sportschoenen had aangehad, maar kon niet zeggen of het Nikes waren geweest. Annie was blij dat ze het over zijn lengte en de kleur van zijn haar tenminste min of meer eens waren. Het kon best de bezoeker zijn die

Mark bij Thomas McMahon had gezien, maar het kon evengoed op duizenden andere mensen slaan.
'Hebben jullie hier ook beveiligingscamera's hangen?' vroeg Annie.
'Alleen een aan de achterkant, waar de auto's staan,' zei Karen. 'En die staat alleen 's avonds aan, wanneer er niemand is. Anders kunnen we om de vijf minuten de banden vervangen.'
Jammer, dacht Annie. Het was het proberen waard geweest. 'Kun je je verder nog iets over hem herinneren?' vroeg Annie.
'Nee,' zei Karen.
'Hoe heeft hij betaald?'
'Met creditcard.'
'Zou ik zijn gegevens van je mogen hebben?'
Karen maakte snel een fotokopie van William Masefields dossier en gaf die aan Annie. Ze zag dat het een adres in Studley was, een dorpje in Warwickshire in de Midlands, in de buurt van Redditch.
'Sprak hij met een opvallend accent?' vroeg ze.
'Nee, heel normaal,' zei Karen.
'Wat bedoel je daar precies mee? Wat is heel normaal? Yorkshire? Birmingham?'
'Eigenlijk helemaal geen accent. Maar heel netjes. Beschaafd.'
Annie wist wat ze daarmee bedoelde. RP: *Received Pronunciation,* ofwel Algemeen Beschaafd Engels, het Engels dat alle presentatoren op radio en televisie hadden gesproken voordat regionale en etnische dialecten in zwang waren geraakt. RP werd gewoonlijk als bekakt beschouwd en hoorde bij particuliere kostscholen, Oxford en Cambridge en Zuidoost-Engeland, de graafschappen rond Londen. Aan de meeste accenten kun je horen waar iemand vandaan komt; uit RP kon je slechts iemands maatschappelijke positie afleiden.
Stefan stak zijn hoofd om de deur en Annie zag dat Karen opbloeide en iets flirterigs over zich kreeg.
'Iets gevonden?' vroeg ze.
'Het ziet ernaar uit dat het hetzelfde voertuig is,' zei hij. 'De afmetingen zijn hetzelfde, net als de banden, en in de gipsafdrukken die we op de parkeerplaats hebben gemaakt zat een opvallend kruisvormig patroon dat zo te zien overeenkomt met deze specifieke Jeep Cherokee. Mike is nog bezig en we nemen ook aarde- en grindmonsters mee, maar ik wilde je het goede nieuws vast doorgeven.'
'Dat is geweldig,' zei Annie, en ze tikte op het vel papier dat voor haar lag. 'William Masefield. We hebben zijn gegevens hier. We hebben hem te pak-

ken.' Ze wist dat het enorm onrealistisch was, maar zag in gedachten al voor zich hoe ze eropaf gingen en hem arresteerden nog voordat Banks uit Londen was teruggekeerd. Ze was in een jubelstemming. Dat weekendje in New York met Phil leek nu opeens haalbaar. Als ze het zich tenminste kon veroorloven, want ze zou erop staan alles voor zichzelf te betalen.

'Maar er is één probleem,' zei Stefan.

'O?'

'Hij is grondig schoongemaakt, vanbinnen en vanbuiten.'

Annie keek naar Karen, die haar schouders ophaalde. 'We laten teruggebrachte auto's altijd zo snel mogelijk schoonmaken,' zei ze.

'Shit,' zei Annie. 'Geen forensisch bewijs.'

'Waarschijnlijk niet,' beaamde Stefan. 'Maar we kunnen hem altijd meenemen en het proberen. Misschien vinden we nog een afdruk of een haar die de schoonmakers hebben overgeslagen.'

'Wacht eens even,' zei Karen. 'Hoezo "hem meenemen"? Waarnaartoe?'

'Naar de politiegarage,' zei Annie.

'Maar jullie kunnen de jeep helemaal niet meenemen. Die is door iemand geboekt.'

'Meneer Masefield weer?'

'Nee. Maar wel een goede klant. Een van onze vaste klanten.'

'Het is bewijsmateriaal,' zei Annie. Ze keerde zich om naar Stefan. 'Zeg maar tegen Mike dat hij hem meeneemt naar de politiegarage, maar laat hem eerst een monster nemen van de benzine in de tank en in de ondergrondse opslagtank hier.'

'Maar de kapitein zal...'

'Maak je geen zorgen, Karen,' zei Annie, en ze pakte een schrijfblokje van het bureau. 'Je krijgt een ontvangstbewijs van ons. En je kunt hen natuurlijk altijd de Explorer meegeven. Ik weet zeker dat ze er wel begrip voor zullen hebben.'

'Commandant Burgess? Zo zo, ouwe rukker!'

'Pas een beetje op je woorden, Banks. En waarom zo verbaasd?'

'De laatste keer dat ik je zag, was je nog hoofdinspecteur bij de National Criminal Intelligence. Ik dacht dat ze je daar voorgoed op een zijspoor hadden gezet.'

'Er is sindsdien het een en ander veranderd. En ik ben bijzonder veerkrachtig.'

Dat was niet het enige wat Banks zich over hem herinnerde: 'Dirty Dick' Burgess was naar de NCI overgeplaatst omdat hij daar weinig schade kon aanrichten, nadat hij ervan was beschuldigd dat hij een uiterst gevoelig, raciaal getint onderzoek had laten versloffen. Ze kenden elkaar al jaren en hun relatie had in de loop der tijd de nodige veranderingen ondergaan. Aanvankelijk waren ze als water en vuur geweest: Burgess was onbeschaamd, rechts, racistisch en seksistisch, en lapte de regels aan zijn laars als dat hem zo uitkwam; Banks daarentegen probeerde uit alle macht om een liberale humanist te blijven, ondanks de zedeloze tijd waarin ze leefden en zijn frustrerende baan. Inmiddels was Banks degene die het niet altijd zo nauw nam met de regels en liep Burgess min of meer in de pas. Ze kwamen allebei uit een arbeidersmilieu en waren beiden langs de moeilijke weg, via het keiharde straatwerk, opgeklommen. Burgess was de zoon van een marskramer uit de East End. Hij had goed gedijd tijdens de Thatcher-jaren, zich gedeisd gehouden tijdens de regeerperiode van John Major en in het huidige Blair-tijdperk was hij wederom opgebloeid. Daaruit bleek wel dat wat Banks al die tijd al had gedacht ook werkelijk klopte: er was vrijwel geen verschil tussen Thatcher en Blair, behalve hun sekse, en soms was hij zelfs daar niet zeker van.

Ze waren ook ongeveer even oud en waren er door de jaren heen in geslaagd om een aantal gemeenschappelijke interesses op te diepen. Er was een fragiele band ontstaan, zo breekbaar als een dun laagje ijs. Banks had Burgess uit de trein gebeld met een bepaald idee in gedachten en Burgess had voorgesteld dat Banks hem op een lunch trakteerde. Daarom stonden ze nu aan de bar van een drukke pub vlak bij de Old Bailey, waar ze ingeklemd tussen advocaten, cliënten en kantoormedewerkers de dagschotel met curry wegspoelden met verschaald bier. In één opzicht was Burgess in elk geval geen spat veranderd: hij zoop nog steeds als een tempelier en rookte nog altijd dunne sigaartjes.

Wat wel heel erg veranderd was, was zijn uiterlijk. De zilvergrijze paardenstaart en het versleten leren jack hadden plaatsgemaakt voor een kaalgeschoren hoofd en een donkerblauw pak met een wit overhemd en een paisley-stropdas. Glimmende schoenen. Burgess was ook een paar kilo aangekomen, zijn huid was roze en zijn neus was iets roder en dikker. De uitgebluste, doorgewinterde blik in zijn ogen had plaatsgemaakt voor een enigszins verraste, nieuwsgierige.

'Ik kan wel zien dat het je goed gaat,' zei Banks, en hij schoof zijn bord weg. Hij had maar de helft van de curry opgegeten, want echt lekker was die niet. Het bord vermeldde dat er lamsvlees in zat, maar hij vermoedde dat het eerder schapenvlees was. En hij was zo licht gekruid dat je er bijna niets van proefde.

'Ik mag niet klagen. Ik mag beslist niet klagen. Mijn oude makkers bij Special Branch zijn me gelukkig toch niet vergeten. Ik heb een of twee meesterlijke prestaties neergezet en daarmee een aantal mensen op hoge posities een enorm plezier gedaan. Echt, Banksy, voor iemand met mijn kwalificaties biedt de wereld na 11 september heel wat mogelijkheden.'
'Aan wiens kant?'
'Ha, ha. Wat ben je weer grappig.'
'Waar zit je dan nu? Ben je weer terug bij Special Branch?'
Burgess legde een vinger op zijn lippen. 'Mag ik niet zeggen. Als ik je dat vertelde, zou ik je meteen moeten doden. Topgeheim. Uiterst vertrouwelijk. We zijn zelfs zo nieuw dat we nog niet eens hebben bedacht welk acroniem we gaan gebruiken. Maar goed, wat brengt jou hier? Je deed zo geheimzinnig aan de telefoon.' Hij bood Banks een sigaartje aan. Banks sloeg het aanbod af. Burgess keek hem met half dichtgeknepen ogen aan. 'Wat is er, Banksy? Ben je soms gestopt met roken? Ik heb je er nog niet een zien opsteken. Da's helemaal niets voor jou. Je bent gestopt, hè?'
'Zes maanden geleden.'
'Voel je je nu ook beter?'
'Nee.'
Burgess lachte. 'En hoe gaat het met die mooie vrouw van je? Ex, moet ik natuurlijk zeggen.'
'Uitstekend,' zei Banks. 'Ze is inmiddels hertrouwd.'
'En jij?'
'Ik geniet van het vrijgezellenbestaan. Moet je horen, ik wilde je iets vragen. In strikt vertrouwen, uiteraard.'
'Uiteraard. Waarom zou je anders bij mij komen?'
Banks wist wat Burgess betreft één ding heel zeker, en dat was dat je erop kon vertrouwen dat hij zijn mond hield en heel discreet was als dat nodig was. Hij had het grootste netwerk van informanten en informatieverzamelaars van iedereen en kon over alles en iedereen de informatie krijgen die je nodig had. Dat was ook de reden waarom Banks hem had gebeld.
'Het ligt een beetje gevoelig,' zei Banks.
'Wat is er gebeurd? Heeft je vriendin je soms gedumpt en wil je nu dat ik in het verleden van haar nieuwe vriend duik om te kijken of hij iets op zijn kerfstok heeft?'
Zijn opmerking lag verbazingwekkend dicht bij de waarheid, maar Banks wist dat het slechts een slag in de lucht was. Burgess' losse flodders waren soms akelig raak, maar Banks was er iets beter op bedacht dan vroeger en

liet zich nu minder snel kennen. Hij had echter diepe bewondering voor Burgess' griezelige talent om meteen de spijker op zijn kop te slaan.
'Het stelt waarschijnlijk weinig voor,' zei hij, 'maar ik zou graag wat informatie willen hebben over een zekere Phil Keane.'
'Kun je iets preciezer zijn?' zei Burgess, en hij bladerde door een opschrijfboekje met een zacht zwartleren omslag, op zoek naar een lege bladzijde. Geen regulier politie opschrijfblok, zag Banks. Waarschijnlijk zijn privénotitieboek. 'Of is hij soms familie van die driftkikker die voor Man U speelt?'
'Voorzover ik weet niet. Hoogopgeleid type. Oxford of Cambridge. Een van de twee. Werkt als kunstresearcher, controleert de authenticiteit en herkomstgeschiedenis van kunstwerken, voornamelijk voor privé-verzamelaars, maar hij doet ook wel eens werk voor de Tate en het National. Heeft voorzover ik weet een eigen bedrijf. Ik weet niet of hij ook personeel of partners heeft.'
'Waar is zijn kantoor?'
'Belgravia.' Banks gaf hem het adres dat op het visitekaartje stond dat Maria Phillips hem had gegeven.
'Naam van het bedrijf?'
'ArtSearch Limited.'
'Verder nog iets waaraan ik iets zou kunnen hebben?'
'Niet echt. Hij is begin veertig. Heeft ook een cottage in Fortford, North Yorkshire. Knappe kerel, kleedt zich goed...'
'Hij is er echt met je vriendin vandoor gegaan, hè, Banksy?'
'Welnee, dat is het helemaal niet.'
'Dat knappe, jonge brigadiertje met wie je van bil ging. Hoe heette ze ook alweer?'
'Als je soms Annie Cabbot bedoelt, die is inmiddels inspecteur en...'
'Annie Cabbot, die bedoel ik inderdaad.' Burgess grijnsde breeduit, wat geen aangenaam gezicht was, vooral niet omdat hij daarbij zijn door het roken verkleurde, scheefstaande tanden ontblootte. Hij schudde zijn hoofd. 'Foei toch, Banksy. Leer je het dan nooit?'
'Moet je horen,' zei Banks, die zijn best deed om zich niet te ergeren aan Burgess' gepest en getreiter, 'die vent heeft tegen me gelogen over iets wat van belang kan zijn in een lopend moordonderzoek. Ik wil weten waarom.'
'Waarom vraag je het hem zelf niet?'
'Dat ben ik ook echt wel van plan. Maar in de tussentijd wil ik zo veel mogelijk over hem aan de weet zien te komen.'

'En daarvoor heb je mij nodig.'
'Inderdaad. Doe je het?'
'Je wilt dus dat ik uitzoek of hij iets op zijn kerfstok heeft?'
'Ja. Als het zo is, dan kom jij daar vast wel achter. En zo niet... Ik wil gewoon de waarheid weten.'
'Tja, wie niet? En je wilt natuurlijk niet dat Annie Cabbot erachter komt dat we een discreet antecedentenonderzoekje hebben uitgevoerd?'
'Ik wil dat niemand erachter komt. Misschien is die leugen belangrijk, misschien ook niet. Wat jij al dan niet ontdekt, kan me helpen daarachter te komen. Het is een belangrijke zaak.'
'De brand in het Eastvale Canal?'
'Je weet ervan?'
'Ik hou graag een vinger aan de pols. En dan is er nog iets: je hebt vanochtend een bezoekje gebracht aan sir Laurence West.'
Banks glimlachte. 'Ik hoor er natuurlijk helemaal niet van op te kijken dat je dat al weet.'
Burgess knipoogde. 'De muren hebben oren,' zei hij. 'Wees voorzichtig, Banksy. Sir Laurence heeft zeer machtige connecties.'
'Hij heeft me verteld wat ik wilde weten. Ik geloof niet dat hij van mij nog problemen hoeft te verwachten.'
'Zorg dan dat je dat zo houdt. Het zijn zware tijden. De hele wereld gaat naar de verdommenis. Je weet tegenwoordig niet wie je nog kunt vertrouwen.'
'Jij komt anders blijkbaar altijd op je pootjes terecht.'
'Ik ben net een duikelaartje. Weet je nog, toen we klein waren? Die kon je zo vaak je maar wilde omgooien, want ze rolden altijd weer keurig overeind.'
'Dat weet ik nog wel, ja,' zei Banks.
'Goed, wat zou je zeggen van nog een biertje? Of moet je er al vandoor?'
Banks wierp een blik op zijn horloge. Er was nog één plek waar hij naartoe wilde, maar het had geen haast. 'Dat lijkt me een goed plan,' zei hij.
'Deze krijg je van mij.'

Winsome manoeuvreerde de onopvallende politiewagen waarin ze over de M42 reden met een aangeboren behendigheid van de ene rijbaan naar de andere om de vele vrachtwagens heen, terwijl de ruitenwissers als een bezetene heen en weer wiekten om het smerige, opspattende water weg te vegen. Annie, zelf ook geen slechte bestuurster, verbaasde zich erover dat ze zich absoluut niet zenuwachtig voelde, ondanks de snelheid waarmee ze

vooruitschoten en de smalle openingen waar Winsome voortdurend in en uit glipte.
'Waar heb je in vredesnaam zo leren rijden?' vroeg Annie.
Winsome keek haar breed grijnzend aan. 'Dat zou ik u niet kunnen zeggen, mevrouw,' zei ze. 'Thuis, denk ik. Ik ben begonnen toen ik twaalf was en had er blijkbaar aanleg voor. Sommige van de wegen door de bergen daar...'
'Maar er zijn toch helemaal geen snelwegen in Jamaica, of wel?'
'Bent u er wel eens geweest, mevrouw?'
'Nee.'
'Nou, die zijn er inderdaad niet. Niet echt. Niet zoals hier. Maar je kunt soms best hard rijden, en in Montego Bay is er altijd veel verkeer.'
'En Kingston?'
'Geen idee,' zei Winsome. 'Daar ben ik nooit geweest. Eigenlijk heb ik in Engeland pas echt leren rijden, voor mijn werk. Ik heb hier zelfs rijles gehad.'
'Ik ben blij dat te horen. Zeg, Winsome...'
'Ja, mevrouw?'
'Even over dat ge-mevrouw van je. Ik voel me dan net een oud vrouwtje. Denk je dat je me ook met iets anders zou kunnen aanspreken?'
Winsome lachte. 'Wat had u in gedachten?'
'Wat je zelf wilt.'
'Baas?'
'Nee. Vind ik niet leuk.'
'Chef.'
'Nee.'
'Inspecteur?'
Annie dacht even na. Banks wilde liever niet met zijn rang worden aangesproken, wist ze. Hij beweerde dat dat hem veel te veel aan televisie deed denken. Annie had er echter geen bezwaar tegen. En het klonk goed. 'Oké,' zei ze. '"Inspecteur" dan maar.'
'Goed, inspecteur. Wat denk u ervan?'
'Van William Masefield?'
'Ja.'
'Ik weet het nog niet,' zei Annie. 'Het wordt ons zo wel heel gemakkelijk gemaakt.'
'Soms is het dat ook. Gemakkelijk, bedoel ik.'
'Ik weet uit ervaring wel beter. Als hij ook maar een greintje gezond verstand heeft, moet hij toch weten dat we hem uiteindelijk via het autoverhuurbedrijf en zijn creditcard op het spoor zouden komen.'

'Misschien is hij niet zo slim als u denkt.' Winsome schoot tussen een konvooi door van zes gigantische vrachtwagens met opleggers en Spaanse nummerborden; Annie keek intussen op de plattegrond. 'We zijn er bijna. Zorg dat je zo op de linkerrijbaan komt.'
Winsome zette haar knipperlicht aan en schoof naar de buitenste baan.
'Je moet afslag 3 hebben. De A435. Daar komt hij.'
Winsome volgde de afslag en remde snel af. Annie pakte de gedetailleerdere kaart van de streek die ze speciaal voor de reis had aangeschaft en zocht de straat in Studley op. Winsome reed nu iets kalmer en er was weinig verkeer op de weg. Ze reden langs een heuvel omlaag, recht op een netwerk van straten af, en Annie keek uit naar het adres dat ze van de garage hadden opgekregen.
Ten slotte hield Winsome stil voor de plek waar het huis had moeten staan. De huizen aan weerszijden ervan waren allemaal vrijstaand. Niet groot, maar toch vrij ruim, met erkers en een garage. Het enige probleem was dat zich op de plek waar nummer 11 had moeten staan alleen een stuk braakliggend terrein bevond.
Ze stapten met een niet-begrijpende uitdrukking op hun gezicht uit de auto en staarden naar de lege plek.
'Kan ik jullie helpen, meisjes?' zei een stem achter hen met een licht nasaal Midlands accent.
Annie draaide zich om en zag dat uit een van de huizen aan de overkant een vrouw met een grijs vest om haar schouders geslagen naar buiten was gekomen. 'Misschien wel,' zei ze, en ze liet haar politiepas zien en vertelde wie Winsome was. 'We zijn op zoek naar ene meneer William Masefield.'
'Ach, meneer Masefield,' zei de vrouw. 'Ik ben bang dat jullie te laat zijn, meisjes. Hij is er niet meer. Hij is dood.'
'Wanneer is dat gebeurd?'
'Vorig jaar augustus.'
'Waaraan is hij overleden? Wat is er met het huis gebeurd?'
'Helemaal afgebrand.'
'Afgebrand?'
'Ja. Tot de grond toe. Gelukkig is de rest van de straat gespaard gebleven.'
Annies brein werkte op volle toeren. 'Hebt u het gezien? Die brand?'
'Nee. Gerald en ik zaten in Spanje. We gaan daar elke zomer naartoe. Toen we terugkwamen was alles al voorbij. Eén grote puinhoop, meer was er niet van over.'
'Waardoor is de brand veroorzaakt?'

'De precieze details weet ik niet, meisje. Dat zul je aan de brandweerlieden moeten vragen.'
'Woonde meneer Masefield hier alleen?'
'Ja. Hij was vrijgezel.'
'Kreeg hij vaak bezoek?'
'Voorzover ik weet niet, nee. Hij was een beetje een buitenbeentje. Een kluizenaar.'
'Hoe zag hij eruit?'
'Ongeveer een meter tachtig, misschien iets langer. Een kromme rug, volgens mij omdat hij altijd maar over die dikke geleerde boeken gebogen zat. Hij werd al een beetje grijs.'
'Geleerde boeken?'
'Hij was docent aan de universiteit van Warwick.'
'Welke faculteit?'
'Natuurkunde, dacht ik. Of scheikunde. Een van de bètawetenschappen in elk geval.'
'Hoe oud was hij?'
'Moeilijk te zeggen. Begin veertig, gok ik. Maar waarom willen jullie dit eigenlijk allemaal weten?'
'Voor een zaak waaraan we in het noorden bezig zijn,' zei Annie. 'Hartelijk bedankt. U hebt ons enorm geholpen.'
De vrouw bleef nog even staan, maar toen drong het tot haar door dat ze werd weggestuurd en ze draaide zich om, snoof verontwaardigd en liep terug naar haar huis.
'Goed,' zei Annie, en ze keek Winsome aan. 'Ik denk dat we maar eens flink aan de slag moeten en hier en daar wat vragen moeten stellen nu we toch in de buurt zijn, denk je ook niet?'
'Jawel, inspecteur,' zei Winsome.

Banks zat zich af te vragen wat hij in godsnaam op deze grauwe middag in januari op een bankje in een park in Camden Town deed. Een driehoekig grasveldje, een paar eenzame bomen, wat schommels en een draaimolentje en een paar vochtige groene bankjes – meer was het niet. Hij probeerde genoeg moed te verzamelen om een bezoekje te brengen aan Sandra, wier huis hij tussen de kale takken door aan de overkant van de weg kon zien. Waarom hij haar echter eigenlijk wilde zien was hem een raadsel. Oké, Maria Phillips had hem verteld dat Sandra regelmatig met Thomas McMahon had gesproken, maar het was niet erg waarschijnlijk dat ze hem iets zinvols zou kunnen vertellen over de overleden kunstenaar. Banks had Sandra al meer dan een jaar niet gezien, sinds die keer dat ze hem in een restaurantje niet ver van de plek waar hij nu zat had verteld dat ze wilde scheiden. Waarom nu dan opeens wel? Kwam het door de baby? Was het uit morbide nieuwsgierigheid? En waarom kostte het zoveel moeite om genoeg moed te verzamelen?

Hij stond op en liep naar de poort. Een stomme streek, hield hij zichzelf voor; hij kon beter doorlopen naar King's Cross en de eerste trein naar huis pakken. Hij zou Michelle kunnen bellen. Misschien hadden ze wel tijd voor iets meer dan alleen een korte zoen door het treinraam. Als ze vanavond vrij had, kon hij best in Peterborough uitstappen. Hier had hij niets meer te zoeken.

Toen hij de hoek omsloeg op weg naar de halte van de ondergrondse zag hij een vrouw met een kinderwagen zijn kant op komen. Het was Sandra, dat leed geen enkele twijfel. Ze had dezelfde artistiekerige omabril op als de laatste keer dat hij haar had gezien en hetzelfde korte, in laagjes geknipte blonde kapsel. Ze droeg een lange beige regenjas en had een zwarte wollen sjaal om haar hals gewikkeld.

Toen ze hem zag bleef ze staan. 'Alan. Wat...?'

'Ik wilde je even spreken,' zei Banks, verbaasd omdat de woorden zo moeiteloos uit zijn mond rolden, ook al bonsde zijn hart als een bezetene in zijn keel.

'Ik heb even wat boodschappen gedaan,' zei Sandra. Toen bukte ze zich en trok ze het dekentje in de kinderwagen recht. Banks stond nog steeds tegenover haar en kon niet in de wagen kijken. Ze keek hem weer aan, met een ondoorgrondelijke uitdrukking op haar gezicht, maar hij voelde dat ze onbewust, vanuit een soort oerinstinct, een beschermende houding aannam jegens het kind. Het was alsof hij als een bedreiging werd gezien, dacht Banks, alsof hij de vijand was. Hij wilde bijna zeggen: 'Je hoeft nergens bang voor te zijn. Ik ben het maar', maar hij zweeg. In plaats daarvan nam Sandra het woord weer. Ze keek over haar schouder naar het park en zei: 'Stukje wandelen?'

'Prima,' zei Banks. Hij deed een stap opzij toen ze in beweging kwam en ging naast haar lopen. Ze moesten even wachten voordat ze de weg konden oversteken en Banks wist snel een eerste blik op baby Sinéad te werpen. Hij slaakte bijna een zucht van opluchting toen hij ontdekte dat ze er vrijwel hetzelfde uitzag als ieder ander kind van een maand oud: net Winston Churchill. Sandra zag hem kijken en hij merkte dat ze rood aanliep voordat ze de kinderwagen voor zich uit de straat over duwde.

'Wat is er?' vroeg ze.

'Hè?'
'Je wilde me spreken.'
'O, ja. Het is eigenlijk niet belangrijk. Een zaak waaraan ik momenteel werk. Kun je je nog een kunstenaar herinneren die Thomas McMahon heet?'
'Tom? Ja, natuurlijk. Hoezo?'
'Hij is dood.'
'Dood?'
'Ja, omgekomen bij een brand. Hij had een woonboot gekraakt in het kanaal.'
'Ik neem aan dat hij is vermoord, want anders zou je hier niet zijn.'
'Daar lijkt het wel op, ja,' zei Banks.
'Arme Tom. Hij was volkomen ongevaarlijk. Deed echt geen vlieg kwaad.'
'En toch had iemand het op hem voorzien.'
'Bij een brand, zei je?'
'Ja. Brandstichting. Hij was op dat moment buiten bewustzijn. Hij heeft waarschijnlijk niet... Nou ja, je snapt het wel.'
Sandra knikte. Het puntje van haar kleine, bleke neus was rood, zag hij, alsof ze verkouden was. 'Ik heb hem al minstens vijf jaar niet gezien,' zei ze. 'Ik zie niet in hoe ik je kan helpen.'
'Ik weet het eigenlijk ook niet,' zei Banks, en hij stopte zijn handen diep weg in de zakken van zijn winterjas. 'Het spijt me. Misschien had ik beter niet kunnen komen.'
Ze kwamen bij een bankje en Sandra ging zitten, trok de kinderwagen naar zich toe en zette die met haar voet op de rem. Banks ging naast haar zitten. Hij verlangde naar een sigaret. Niet de hevige, kortstondige, overweldigende aandrang die hij anders altijd voelde, maar eenvoudigweg een diepe, knagende behoefte. Hij probeerde het gevoel te negeren.
'Je ruikt naar bier,' zei Sandra.
'Ik ben niet dronken.'
'Dat heb ik ook niet gezegd.'
Banks zweeg even. Hij had een paar glazen gedronken met Burgess, dat was waar. Maar meer ook niet. En hij was beslist niet van plan in Sandra's bijzijn de naam van Dirty Dick te laten vallen. Dat werkte altijd als een rode lap op een stier. 'Maria Phillips heeft naar je gevraagd,' zei hij.
Sandra wierp hem een geamuseerde blik toe. 'Tussen haar pogingen om je op te vrijen door, zeker?'
'Hoe weet je dat?'
'Maria is nooit erg subtiel geweest.'

'Ze is eigenlijk best aardig.'
Sandra keek hem spottend aan. 'Smaken verschillen.'
'Zo bedoelde ik het niet,' zei Banks snel. 'Ik geloof alleen dat ze in wezen heel onzeker is.'
'Alsjeblieft, zeg.'
'Ze zei dat jij vrij veel met Tom bent opgetrokken.'
'En nu denk jij zeker dat ze op een verhouding doelde?'
'Dat heb ik niet gezegd.'
'Maar aan je stem te horen denk je het wel. Niet dat het er nu nog iets toe doet, maar als je het echt weten wilt: nee, ik heb geen verhouding gehad toen wij nog bij elkaar waren. Geen enkele.'
Sinéad bewoog zich en maakte een rochelend geluidje. Sandra boog zich over de wagen en frummelde nogmaals aan het dekentje, waarna ze haar hand tegen het gezichtje van de baby hield, het streelde en glimlachend een paar onzinwoordjes prevelde. Het was een gebaar dat Banks haar ook had zien maken bij Brian en Tracy toen ze nog klein waren en het trof hem pijnlijk. Hij was het helemaal vergeten en nu dook het zomaar op: een eenvoudig, moederlijk gebaar dat de macht had om hem enorm te kwetsen. Wat was er verdomme toch met hem aan de hand, vroeg hij zich af, en zijn adem bleef even pijnlijk in zijn borstkas steken. Deze baby betekende helemaal niets voor hem. Ze wierp hooguit een smet op de relatie die hij had gedacht met Sandra te hebben. Het was niet eens een bijzonder mooie baby. Waarom voelde hij zich dan toch zo buitengesloten, zo eenzaam? Waarom trok hij het zich zo aan?
'Wat kun je me over McMahon vertellen?' vroeg Banks.
'Tom had een levendige fantasie, losse handjes en een enorm gebrek aan zelfvertrouwen,' zei Sandra.
'Hoezo een gebrek aan zelfvertrouwen?'
'Dat weet ik niet. Sommige mensen zijn nu eenmaal zo.' Ze wiegde al pratend de kinderwagen zachtjes heen en weer. 'Hij leek niet echt in zichzelf te geloven, zelfs niet toen hij eenmaal een bescheiden succes had geboekt, er een paar exposities van zijn werk werden georganiseerd en een aantal van zijn schilderijen was verkocht, en dan bedoel ik natuurlijk niet dat toeristische spul. Hij heeft me ooit eens verteld dat hij zich het meest zichzelf voelde wanneer hij andere kunstenaars imiteerde, meer dan wanneer hij zijn eigen werk schilderde.'
'O,' zei Banks. 'En wie heeft hij zoal geïmiteerd?'
'Zo'n beetje iedereen.' Sandra lachte. 'Hij heeft eens een Picasso-schets voor me in elkaar geflanst. Dat duurde ongeveer vijf seconden. Ik weet

niet of een team van experts zich erdoor in de luren had laten leggen, maar ik was er zo in getrapt. Waarom vraag je dat eigenlijk?'
'En Turner?'
'Wat is er met Turner?'
'Denk je dat McMahon ook tekeningen en aquarellen van Turner zou hebben kunnen vervalst?'
Sandra streek met een hand over haar haar. 'Of ik denk dat hij daar het talent voor had? Ja. Of ik hem ooit een Turner heb zien namaken of over hem heb horen praten? Nee.'
'Zomaar een ideetje,' zei Banks. 'Er zijn er laatst een paar opgedoken.'
'Houdt dit verband met zijn dood?'
'Zou kunnen,' zei Banks.
Sandra rilde en trok haar sjaal strakker om zich heen.
'Verder nog iets?' vroeg Banks.
'Ik kan niets meer bedenken.'
'Kende je zijn vriendenkring?'
'Ik wist niet eens dat hij die had. Ik sprak hem altijd in de galerie. Soms dronken we daar samen een kop koffie. Meer niet.' Sinéad maakte weer een rochelend geluidje en Sandra boog zich weer naar haar toe.
'Ze is een schattig kindje,' zei Banks.
Sandra keek hem niet aan. 'Ja.'
'Gedraagt zich keurig.'
'Ja.' Sandra wierp een blik op haar huis. 'Hoor eens, ik moet gaan,' zei ze. 'Het is bijna tijd om Sinéad te voeden en...' Ze stak haar hand naar hem uit. 'Ik geloof dat het begint te regenen.'
Banks knikte. 'Tot ziens dan maar.'
Sandra stond op. 'Tot ziens,' zei ze. 'Pas goed op jezelf, Alan.'
Banks volgde haar met zijn blik toen ze de kinderwagen door de motregen over het pad duwde. Ze keek niet om.

13

'Vertel eens, Mark,' zei Banks, en hij leunde achterover in zijn stoel en vouwde zijn handen achter zijn hoofd. 'Waarom ben je weggerend?'

'Hoe kon ik nou weten dat ze politiemensen in burger waren? U had tegen me gezegd dat ik gevaar liep, dat ik voorzichtig moest zijn. Daarom ben ik weggerend.'

'En wat kun je me nu over het gebeurde vertellen?'

'Hetzelfde wat ik die hufters gisteren in Scarborough ook al heb verteld: die kerel viel me aan. Het was pure zelfverdediging. Wat had ik dan moeten doen? Hem met zijn gore tengels aan me laten zitten?'

Banks wreef over het litteken naast zijn neus. 'Ik weet nog steeds niet waar je het over hebt, Mark,' zei hij. 'Welke kerel bedoel je? Wie heeft je aangevallen? Waar?'

Mark staarde hem aan. Hij had de afgelopen nacht doorgebracht in een cel in Scarborough omdat hij zich had verzet tegen zijn arrestatie en was deze ochtend overgedragen aan het hoofdbureau van de westelijke divisie. De agent die Mark had gearresteerd, had gemeld dat hij een onsamenhangend verhaal had opgehangen over een aanval en zelfverdediging, maar hij had ook geen flauw idee gehad waar Mark het over had. En hij wilde het niet weten ook. Hij had al genoeg papierwerk op zijn bureau en zat er helemaal niet op te wachten om er nog een klus uit Eastvale bij te krijgen. Eén ding zat Banks danig dwars en dat waren Marks verwondingen: een blauw oog, een kapotte lip en een blauwe plek op zijn wang. Hij vroeg zich af of het nou echt nodig was geweest dat de twee agenten hem zo ruw hadden opgepakt. En hadden ze wel van tevoren aangekondigd dat ze van de politie waren? Volgens Mark niet.

'Hebt u het dan nog niet gehoord?' vroeg Mark.

'Wat?'

'Van die kerel. Die flikker. Heeft hij het niet aangegeven?'

'Voorzover ik weet heeft niemand iets aangegeven. Waar gaat het over? Heb je soms problemen gehad met iemand die je een lift gaf?'

'Laat maar zitten,' zei Mark. 'Toen ik erachter kwam dat de politie achter me aan zat, dacht ik dat het daarom was. Het doet er nu niet meer toe. Waarom ben ik nou weer hier?'
'Weet je iets over een brand op Jennings Field afgelopen zaterdagavond? Een caravan.'
'Ik weet niet eens waar Jennings Field ligt.'
'Je bent er vlak langs gekomen toen je vanaf het huis van je vriend in oostelijke richting liep.'
'Zegt me nog steeds niets. Waarom vraagt u me dat?'
'Omdat het allemaal net iets te toevallig is. Er breekt twee keer brand uit en beide keren bevind jij je vrijwel op de plek des onheils.'
'Hoor eens, ik was al vrijgepleit van de brand op de boot. Mandy heeft eerlijk verteld waar ik was en jullie hebben mijn kleren onderzocht. En niets gevonden.'
'Daar ben ik me terdege van bewust,' zei Banks. Hij wist ook dat ze Marks kleding deze keer niet konden testen op brandstofsporen, omdat Banks hem die zelf had gegeven. Zelfs als de kledingstukken nu doordrenkt waren met benzine, maakte dat voor het OM geen enkel verschil. 'Maar dat betekent nog niet dat je ook niet schuldig bent aan die brand op Jennings Field. Of aan de moord op Thomas McMahon.'
'Hoe komt u daar nou bij?'
'McMahon was bewusteloos toen de brand uitbrak. Misschien heb jij hem wel iets gegeven. Blijkbaar kun je moeiteloos aan alle drugs en medicijnen komen die je nodig hebt.'
'En waarom zou ik dat doen?'
'Dat weet ik niet. Misschien heeft hij wel geprobeerd om Tina te versieren. Hij was kunstenaar. Misschien heeft hij haar wel geld geboden als ze naakt voor hem poseerde.'
'Dat is niet waar.'
'Ik heb alleen jouw woord.'
'Het is gewoon niet waar. En ik heb hem met geen vinger aangeraakt.'
'Oké. Heb je dan iets gezien toen je zaterdag langs Jennings Field kwam?'
Mark meed zijn blik en keek naar de werklui op de steigers rond de kerk. 'Ik dacht dat ik vuur zag,' zei hij. 'In de verte. Maar ik was er niet in de buurt. En ik had wel wat anders aan mijn hoofd.'
'Hoe laat was dat ongeveer?'
'Dat weet ik niet. Geen horloge.' Hij draaide zich om en keek Banks aan. 'Ik heb er echt niets mee te maken. Dat weet u best. Waarom vraagt u niet

aan die schoft van een dokter Patrick Aspern waar hij was? Of moet u hem soms met rust laten? Hij is tenslotte een dokter.'
'Maak je geen zorgen, Mark. We stellen deze vraag aan wie we maar willen. En trouwens, waarom denk je dat dokter Aspern iets te maken heeft met de brand op Jennings Field?'
'Weet ik niet. Maar als jullie denken dat die twee branden door dezelfde persoon zijn aangestoken, dan moet u hém volgens mij maar eens stevig aan de tand voelen.'
'Dat zullen we zeker doen. Maak je geen zorgen. Heb je verder nog suggesties?'
Mark schudde zijn hoofd en staarde weer uit het raam. Banks schreef een naam, een adres en een telefoonnummer op een papiertje en schoof dat naar hem toe.
'Wat is dat?' vroeg Mark.
Banks knikte in de richting van het raam. 'De naam van degene die de leiding heeft over dat restauratieteam daarginds,' zei hij. 'Hij is een vriend van me. Ga eens een keertje bij hem langs op kantoor of bel hem op. Zeg maar dat ik je heb gestuurd.'
Marks blik gleed van de mannen op de steigers naar Banks en weer terug. Ten slotte vouwde hij het papiertje op en hield het stevig in zijn hand geklemd, aangezien de rode overall die hij had gekregen geen zakken had. 'Bedankt,' zei hij.
'Graag gedaan. En je vriend Lenny zegt dat je weer gewoon bij hem thuis kunt komen, als je dat wilt.'
'Hebt u Lenny gesproken?'
'Ja, ik heb hem gesproken. Zijn vrouw heeft er vreselijk veel spijt van. Ze vindt het gewoon niet leuk om zo te worden overvallen. Ze zouden het fijn vinden als je bij hen kwam logeren.'
Banks merkte de twijfelachtige uitdrukking op die over Marks gezicht gleed. Hij kon het de jongen niet kwalijk nemen. Hij zou zelf ook achterdochtig zijn. Mark had het de afgelopen week niet gemakkelijk gehad.
'Aan jou de keus,' zei hij. 'Nog één ding.'
'Wat dan?'
Banks schoof de foto van Roland Gardiner die Annie van Alice Mowbray had gekregen over het bureau naar hem toe. 'Ken je hem?'
Mark bekeek de foto aandachtig. 'Geen idee,' zei hij ten slotte. 'Hij zou een van de kerels kunnen zijn geweest die ik bij Tom heb gezien. Hij heeft wel zo'n neus. Maar...'

'Goed,' zei Banks en hij gaf een beschrijving van Leslie Whitaker. 'Klinkt dat een beetje als die andere kerel?'
Mark schokschouderde. 'Zou best kunnen,' zei hij. 'Maar ja...'
'Tja, ik weet het,' zei Banks. 'Het is nogal vaag.' Hij bedacht dat hij misschien een spiegelconfrontatie kon organiseren om te zien of Mark Whitaker uit een groep soortgelijke types zou weten te pikken.
'Mag ik nu weg?' vroeg Mark.
'Wat mij betreft wel. Waar kan ik je vinden als ik je eventueel nodig heb?'
'Nodig heb? Waarvoor?'
'Nog meer vragen. Er bestaat nog altijd een kans dat je ons kunt helpen Tina's moordenaar te vinden.'
'Dan zit ik bij Lenny,' zei Mark.
'Ik neem aan dat je geen aanklacht indient?'
'Waarom zou ik?'
'Wegens wangedrag van de politie.'
Mark tastte naar de blauwe plek en grinnikte. 'De stoep was een beetje hard,' zei hij. 'Ik ben gewoon gevallen.' Hij stond op en liep naar de deur.
'Er staat buiten een agent te wachten,' zei Banks. 'Die neemt je mee terug naar de cel en regelt alles verder.'
'Bedankt.'
'Mark?'
'Ja?'
'Toen je hier de vorige keer wegging, had je ongeveer tien pond, maar toen je werd opgepakt, had je meer dan tweehonderd pond in je zak. Hoe kom je daaraan?'
'Gevonden,' zei Mark, en hij glipte snel door de deur naar buiten.
Er zat beslist meer achter, daarvan was Banks overtuigd, maar het ging hem op dit ogenblik niets aan. Waarschijnlijk had Mark wat problemen gehad met iemand die hem een lift had gegeven en blijkbaar had hij tijdens dat handgemeen zijn portefeuille gejat. Omdat er geen melding was gemaakt van de diefstal was Banks geneigd om Marks vage bewering dat hij door de man was aangevallen te geloven en blijkbaar had de man zelf evenmin behoefte aan inmenging van de politie. Hij zou die tweehonderd pond maar als 'schadevergoeding' beschouwen en de zaak verder laten rusten.
Starend naar de restauratiemedewerkers dacht hij na over het leven dat Mark thuis, in het kraakpand en op de boot had geleid, en hij vroeg zich af wat de toekomst voor hem in petto had. Erger dan zijn verleden kon het niet zijn. Zijn telefoon ging over.

'Alan, met Ken Blackstone.'

'Fijn dat je belt. Al iets over de dokter gevonden?'

'Niets wat voor jou van belang is, vrees ik. Smetteloze reputatie, tot een uiterst scrupuleus verlengde jachtgeweervergunning aan toe.'

'Heeft hij een jachtgeweer?'

'Hij schiet blijkbaar graag samen met gelijkgestemde zielen kleine gevleugelde wezens neer.'

'Ieder zijn meug. Geen geruchten, geen roddels?'

'Nee. Blijkbaar is hij een bekwaam arts. Niet direct vriendelijk in de omgang met zijn patiënten. Hij wordt wel beschreven als kil. Maar er was één dingetje.'

'En dat was?' vroeg Banks.

'Een van de buren heeft op maandagochtend een zwarte vrouw uit zijn huis zien komen met een plastic zak. Ze dacht dat het misschien om drugs ging.'

Banks lachte. 'Dat zal onze eigen agent Winsome Jackman zijn geweest met de kleding van dokter Aspern die we wilden testen. Zoals verwacht waren de resultaten van die test overigens negatief.'

'Hoe dan ook, hij heeft inmiddels wel door dat er iets gaande is,' zei Blackstone. 'Hij heeft al een klacht ingediend bij Weetwood omdat de politie hem lastigvalt en heeft zelfs een van zijn buren uitgekafferd toen hij zag dat ze met een van onze mannen stond te praten.'

'Mooi,' zei Banks. 'Laten we hopen dat hij daardoor een tijdje van slag blijft.'

'Alan, is het wel eens bij je opgekomen dat hij misschien niets heeft gedaan?'

'Er zit daar iets goed fout. Geloof me.'

'Instinct?'

'Noem het maar wat je wilt: lichaamstaal, non-verbale communicatie, maar er zit daar echt iets helemaal fout. Dat meisje zat helemaal in de vernieling, en waarom zou zij tegen Mark liegen?'

'Junks liegen uit gewoonte. Dat weet jij net zo goed als ik. En misschien heeft dat vriendje zo zijn eigen redenen om haar te geloven.'

'Daar heb ik ook al aan gedacht. We hebben zijn verleden nagetrokken en het is inderdaad waar dat hij het thuis niet gemakkelijk heeft gehad. Toch denk ik dat er iets aan de hand is. En als ik daar ook maar een beetje bewijs van vind, knoop ik die hufter op aan de hoogste boom.'

'Die branden?'

'Zou kunnen, maar ik denk het niet. Nee, hij heeft Tina iets anders aangedaan. Daarvan ben ik overtuigd.'

'Goed, veel succes dan maar, kerel. Wil je dat ik verder blijf zoeken?'
'Nee, dat is niet nodig. Bedankt, Ken.'
'Graag gedaan. En vergeet niet dat mijn bank altijd voor je klaarstaat, als je eens in deze contreien bent.'
'Ik zal het onthouden.'
Na het telefoongesprek ging Banks peinzend bij het raam staan turen naar de mensen die in regenjassen over het plein liepen. Hij was ervan overtuigd dat dokter Patrick Aspern zijn stiefdochter seksueel had misbruikt en dat zijn vrouw ervan wist. Maar hij kon het niet bewijzen. En nu Tina dood was, werd de kans dat het hem ooit zou lukken nog kleiner. Haar dood kwam wel heel gelegen voor Aspern, maar Banks wist vrij zeker dat hij de brand op de boten niet had aangestoken. Dat had iets te maken met Thomas McMahon. Daarvan was hij overtuigd. Tina's dood was een ongelukje; misschien was ze onbedoeld ergens getuige van geweest. Hetgeen aantoonde dat de moordenaar een bijzonder laaghartig persoon was.
De gedachte aan McMahon deed Banks weer aan Phil Keane en zijn leugentje denken. Hij moest Phil te spreken zien te krijgen zonder Annie erbij. Hij wist precies hoe ze zou reageren als ze dacht dat hij bezig was negatieve informatie over haar geliefde Phil boven tafel te krijgen. En misschien had ze wel gelijk; misschien was het verhaal van Maria Phillips overdreven of zelfs onwaar. Totdat hij daar zekerheid over had, zou hij echter gepaste afstand bewaren jegens Phil en Annie, heel discreet verder blijven speuren en wachten tot hij van Dirty Dick had gehoord.

Het voelde goed om zijn eigen kleren weer te dragen, dacht Mark toen hij voor de tweede keer die week het hoofdbureau verliet. Het oude leren jack voelde als een tweede huid. En het was goed om weer vrij te zijn. Zijn gezicht en lichaam deden nog steeds pijn van het pak slaag dat de agenten in Scarborough hem hadden gegeven wegens zijn 'verzet tegen zijn arrestatie', maar zoals verwacht had Clive het liftincident niet gemeld en de politie had geen enkele reden om hem nog langer vast te houden.
En hij had nog steeds meer dan tweehonderd pond op zak.
Mark stak het plein over, anoniem te midden van de menigte winkelende mensen en een enkele verdwaalde toerist. Hij had geen flauw idee waar hij naartoe moest, maar nam zich vast voor om niet naar Lenny's huis terug te gaan, ook al had hij dat tegen Banks gezegd. Dat was de eerste keer al een foute beslissing geweest. Lenny was een goeie gozer, maar hij had al genoeg aan zijn kop zonder dat hij ook nog eens Mark mee naar huis nam. Tuurlijk, nu voelden ze zich waarschijnlijk allebei schuldig omdat hij door hen

zo van streek was geraakt, maar dat zou snel genoeg overwaaien. Hij wist nu al dat hij Sals stilzwijgende wrevel over zijn aanwezigheid niet zou kunnen verdragen. En nu hij er eens goed over nadacht: als Clive hem de politie niet op zijn dak had gestuurd, dan moest Lenny dat hebben gedaan. Hij zou het nooit achter hem hebben gezocht, maar zo lagen de zaken nu eenmaal. Geloofde Lenny soms ook dat hij die branden had aangestoken? Het deed er nu niet meer toe, want hij zou Lenny of dat kreng van een vrouw van hem toch nooit meer zien.

Aan de overkant van het plein sloeg hij links af York Road in en na een korte wandeling liep hij het Swainsdale-winkelcentrum binnen. Toen hij op de scholengemeenschap van Eastvale zat en na schooltijd zo lang mogelijk had willen wachten met naar huis gaan, had hij vaak met zijn vrienden rondgehangen in het winkelcentrum: lekker niksen, gewoon wat hangen en roken, soms even in de etalage van Dixons naar de dure computers en stereo's staren die hij zich niet kon veroorloven. Een enkele keer hadden ze wel eens iets gejat, herinnerde hij zich, maar verder ging het nooit. Soms was hij zelfs helemaal niet naar school gegaan en had hij er de hele dag doorgebracht.

Het was niet druk in het winkelcentrum; dat was het nooit op de woensdagochtend. Alleen een paar jonge vrouwen met kinderwagens en kinderen die net als Mark vroeger spijbelden van school. Op de bovenste verdieping, naast de lift tegenover de HMV, zaten verschillende fastfoodtentjes, en Mark kocht een BigMac, frietjes en cola en ging aan een formicatafeltje zitten om te eten. Winkelen in een winkelcentrum had iets waar je afgestompt van raakte, vond Mark. Het had iets te maken met de rare verlichting en de nauwelijks hoorbare muziek. Misschien werkte dat wel zo hypnotiserend dat je veel meer kocht dan je wilde. Mark wilde echter helemaal niets hebben, behalve dan misschien een nieuwe cd. Hij had de afgelopen dagen een beetje genoeg gekregen van *Ziggy Stardust* en dat was de enige cd die hij nog had. Misschien kon hij ter nagedachtenis aan Tina iets van Beth Orton kopen. Waarschijnlijk had hij binnenkort ook nieuwe batterijen nodig, dus die kon hij net zo goed even inslaan bij Dixons.

Terwijl hij half versuft door de geestdodende sfeer in het Swainsdale op zijn Big Mac zat te kauwen en naar de mensen staarde die als ijle spoken of schimmen op de zachte, nietszeggende klanken van een instrumentale versie van *Eleanor Rigby* om hem heen leken te zweven, piekerde Mark over de gebeurtenissen van de afgelopen dagen. De brand had afgelopen donderdagnacht plaatsgevonden en nu was het woensdag. Was er echt maar zo weinig tijd verstreken sinds Tina was overleden en hij van alles had meegemaakt? Hij was aangevallen door een flikker, had twee keer in de gevangenis gezeten en was ook twee keer weer vrijgelaten, was door de politie in elkaar getremd en had een werkelijk fantastische avond gehad in een B & B in Helmsley. En dan bestond er ook nog een kans dat iemand het op hem had voorzien en hem dood wilde hebben.

Het was moeilijk om met zo'n suffe kop helder na te denken, maar er was iets heel erg mis met het beeld dat hij voor zich zag. Wat dacht hij eigenlijk allemaal te bereiken? Had hij ook maar enige controle over zijn eigen leven? Hij was voornamelijk uit Lenny's huis weggelopen vanwege de echo's van zijn verleden, maar was alles dan misschien gebeurd omdat hijzelf de verkeerde beslissingen had genomen?

Hij was van plan geweest om zijn leven weer op de rails te zetten. Weer aan de slag te gaan in de bouw. Bij Lenny en Sal te gaan wonen. Ervoor te zorgen dat alles weer normaal werd. Maar kon alles ooit wel weer normaal worden? Wanneer hij er goed over nadacht, geloofde hij dat eigenlijk niet zo. En wat dacht hij in vredesnaam te bereiken door naar Scarborough te vluchten? Als puntje bij paaltje kwam, kwam het op hetzelfde neer. Een nieuwe start. Een baan. Een plek om te wonen. Een normaal leven.

Nu Tina er echter niet meer was, zou niets ooit nog normaal worden. Dat voelde hij toen hij in het Swainsdale-winkelcentrum in het luchtledige zat te staren haarscherp aan.

En al dingen die hij had willen bereiken, had willen doen – een baan, Lenny's huis, Scarborough – die waren gewoon niet voor hem weggelegd. Zoveel was nu wel duidelijk. Ze waren niet voor hem weggelegd, omdat hij eerst ergens naartoe moest voordat hij zijn eigen leven weer op orde kon krijgen. Hij moest iets doen. Voor Tina.

Banks, Annie en Winsome wisten rond lunchtijd in de Queen's Arms beslag te leggen op een tafeltje in de hoek bij het raam. Zoals gewoonlijk werden er bij de aanblik van Winsome een of twee hoofden omgedraaid, maar Banks merkte dat ze er al helemaal aan gewend was. Ze had de lichaamshouding van een model en reageerde licht geamuseerd en enigszins hooghartig op alle aandacht.

'De lunch is voor mijn rekening,' zei Banks.

Annie trok haar wenkbrauwen op. 'Doe maar duur.' Ze keek naar Winsome, die glimlachte, maar Banks vermoedde dat de opmerking minder luchtig was bedoeld dan Winsome ze opvatte. Annie was nog steeds pissig op hem vanwege Phil, ook al had ze uiteindelijk haar zin gekregen.

Banks had niet echt veel trek, maar bestelde toch maar kip, terwijl Annie een salade koos en Winsome een hamburger met friet. Toen de bestelling was doorgegeven en ze een drankje voor zich hadden staan, bespraken ze hun werk; Annie vertelde Banks eerst over hun bezoekje aan de garage van 'kapitein' Kirk en het spoor dat naar de mysterieuze William Masefield in Studley had geleid.

'En er bestaat geen enkele twijfel dat die Masefield inderdaad dood is?' vroeg Banks, toen hij eenmaal had verwerkt wat ze hem had verteld.

Annie wierp een blik op Winsome. 'Geen enkele,' zei ze. 'We hebben het nagevraagd bij de patholoog die de lijkschouwing heeft uitgevoerd. Het duurde wel even voordat we hem te pakken hadden. Daarom moesten we er ook blijven overnachten. Hij kon ons pas vanochtend vroeg te woord staan. Masefield had geen familie meer, dus een DNA-test had geen zin, maar hij is geïdentificeerd aan de hand van zijn gebitsgegevens.'

'Dus iemand heeft zijn identiteit gestolen?'

'Daar lijkt het wel op,' zei Annie. 'En degene die dat heeft gedaan, heeft Masefields post eenvoudigweg laten doorsturen.'

'Waarnaartoe?'

'Een postbusnummer in het centrum van Birmingham.'

'Juist ja,' zei Banks. 'En de creditcardmaatschappij is er niet achter gekomen?'

Annie schudde haar hoofd. 'Het enige waar zij zich druk om maken, is of de rekeningen op tijd worden betaald. Het is een vrij vaak voorkomende vorm van identiteitsfraude.'

'Hij gebruikte dus een bankrekening die op Masefields naam stond?'

'Ja. En hij betaalde al zijn rekeningen vanaf Masefields bankrekening via internet, dus geen ondertekende cheques. Er moet een spoor te vinden zijn, maar dat ligt in zulke gevallen heel ingewikkeld.'

'Dan zetten we de computerafdeling er wel op,' zei Banks. 'Hoe kan het dat niemand op het postkantoor in de gaten had wat er aan de hand was?'

'Waarom zouden ze?' zei Annie. 'Degene die hierachter zit, is naar een druk hoofdpostkantoor gegaan, heeft daar de juiste identificatie laten zien en de formulieren ondertekend. Wie het ook was, hij zal wel aardig op Masefield hebben geleken en is blijkbaar in staat om zijn handtekening te vervalsen. Fluitje van een cent. En wat het postkantoor betreft allemaal keurig volgens de regels. Ze zijn echt wel voorzichtig, ze hebben zo hun voorzorgsmaatregelen, maar de hele transactie is een tamelijk routinematige kwestie. De meeste loketbeambten kijken waarschijnlijk amper naar de papieren.'

'En we weten wel zeker dat het dezelfde auto is?'

'Nou ja,' zei Annie, 'de afdrukken van de banden zijn identiek aan de af-

drukken die we op de parkeerplaats vlak bij de boten hebben gevonden. De technische recherche heeft zelfs een paar aarde- en grindmonsters gevonden en die zijn al naar het lab voor analyse.'
'Goed.'
'Maar er is wel een probleempje.'
'O?'
'De benzine in de tank van de Cherokee komt overeen met de benzine uit de garage, een Texaco-filiaal overigens, maar niet met de benzine die is gebruikt om de brand bij Gardiner aan te steken. Die kwam van Esso.'
'Interessant,' zei Banks. 'Misschien heeft hij daar om de een of andere reden zijn eigen auto voor gebruikt?'
'Dat zou kunnen,' gaf Annie toe.
'Het forensisch team heeft in elk geval wel aangetoond dat de Jeep Cherokee die die "Masefield" heeft gehuurd op de plek van beide bootbranden is geweest, klopt dat?'
'Ja.'
'Dat is in elk geval iets. Dan kunnen we voorlopig weer verder.'
Jenna, het jonge meisje dat in de keuken werkte, kwam hun bestelling brengen. Winsome was de enige die het eten eer aandeed. Banks wierp haar een korte blik toe. 'Ik hoop maar dat de rekening van het restaurant van gisteravond niet al te veel in de papieren loopt,' zei hij.
'Nee hoor,' zei Winsome. 'We hebben bij McDonald's gegeten.'
Banks keek naar Annie. 'Het is echt waar,' zei ze. 'En je kunt je wel voorstellen wat een heerlijkheden ze een vegetariër als ik te bieden hadden. Ik zei toch dat we hard hebben gewerkt? We hebben voordat we naar bed gingen alleen maar een paar drankjes gehad in de bar van het hotel.'
'En het tweede rondje hebben die twee knappe zakenmannen voor ons betaald, hè, inspecteur?' voegde Winsome eraan toe.
'Ja,' zei Annie. 'Connor en Marcus. Dus je hoeft je geen zorgen te maken over onze onkostendeclaratie, vrek.' Ze at met lange tanden wat van haar salade.
'Assistent-hoofdcommissaris McLaughlin is degene die zich over zulke dingen opwindt,' zei Banks. 'Niet ik. Hebben jullie verder nog iets over Masefield ontdekt toen jullie daar waren?'
Annie en Winsome wisselden een blik van verstandhouding en Annie zei: 'Een paar dingen. We hebben navraag naar hem gedaan bij buren en collega's van de universiteit, maar niemand wist eigenlijk iets over hem.'
'En de brand?'
'Frituurpan. Er is geen brandbare vloeistof bij gebruikt en er was indertijd

ook geen reden om de zaak als verdacht te beschouwen. Het enige wat in de verste verte ook maar enigszins interessant leek, was dat een van de andere docenten aan de universiteit waar Masefield werkte, vertelde dat hij kort ervoor geld had verloren door een slechte investering. Ook kreeg ik de indruk dat hij een beetje in de problemen was geraakt op de universiteit vanwege zijn alcoholgebruik en dat hij mogelijk op het punt stond om zijn baan te verliezen. Maar je weet hoe academici zijn als het aankomt op informatie vrijgeven.'

'Een beetje zoals wij,' zei Banks.

'Er zat trouwens een flinke hoeveelheid alcohol in zijn bloed. De brandonderzoeksexpert gaat ervan uit dat hij in slaap is gevallen en de frituurpan heeft laten aanstaan. Dat komt maar al te vaak voor, vooral onder alcoholisten en drugsverslaafden. Je komt bezopen of high thuis, zet de frituurpan aan, neemt nog een paar pillen of een stevige borrel en voordat je er erg in hebt...'

'Geen sporen van Rohypnol of Tuinal?'

'Nee. Alleen alcohol.'

'Dus het kan een ongeluk zijn geweest?'

'Ja.'

'En iemand, een collega, een vriend, wie dan ook, kan vervolgens misbruik hebben gemaakt van Masefields verscheiden en zijn identiteit hebben gestolen?'

'Of hij heeft hem misschien wel een handje geholpen. Ik bedoel, niemand heeft iemand gezien, maar dat hoeft niet per se te betekenen dat degene die hierachter zit Masefield niet bewusteloos op de bank heeft laten liggen terwijl de frituurpan aanstond.'

'Klopt,' beaamde Banks. 'Had iemand enig idee wie Masefields identiteit kan hebben overgenomen?'

'Helaas niet,' zei Annie. 'Niemand kon vertellen met wie hij omging. Blijkbaar was hij geen gezelschapsmens. Als hij al vrienden had, dan heeft hij die voor zijn collega's en buren verborgen gehouden.'

'En die slechte investering? Via wie heeft hij die gedaan? Is hij opgelicht?'

'Dat weten we niet,' zei Winsome. 'Dat was het enige wat zijn collega ons kon vertellen.'

Banks slaakte een zucht. Hij wist dat ze Masefields financiën door een forensisch accountant konden laten natrekken en dat een computerexpert alle banktransacties via internet kon achterhalen, maar dat kostte allemaal tijd. Ongetwijfeld waren er heel wat valse en doodlopende sporen achtergelaten. Zoals het er momenteel voor stond, hadden ze nog steeds vrijwel niets om op voort te borduren. De eerste belangrijke aanwijzing, de gehuurde Jeep Cherokee, had niets opgeleverd. Voorzover hij nu tenminste kon zien.

'Hoe kwam "Masefield" bij Kirks garage?' vroeg Banks.

'Ik neem aan dat hij een bus heeft gepakt,' zei Annie. 'Er loopt een ringlijn van Askham Bar tot in het stadscentrum.'

'Dan is hij dus per trein naar York gereisd?'

'Of per bus.'

'Stel nu eens dat hij dat niet heeft gedaan?' zei Winsome.

'Dat hij wat niet heeft gedaan?' vroeg Banks.

'Een trein of bus heeft gepakt. Misschien woont hij er wel in de buurt. Stel nu eens dat hij met zijn eigen auto naar de garage is gereden? Als hij alleen maar een huurauto heeft gebruikt om om wat voor reden dan ook te voorkomen dat zijn eigen auto bij het kanaal werd gesignaleerd, of bij Jennings Field, dan heeft hij waarschijnlijk zelf ook een auto.'

'Ja,' zei Annie. 'Hij kan zijn auto gemakkelijk een paar dagen in een van de woonstraten hebben achtergelaten zonder veel aandacht te trekken.'

'Tenzij hij natuurlijk pech heeft gehad,' zei Winsome.

'Son of Sam,' zei Banks.

Winsome glimlachte. 'Inderdaad.'

'Een parkeerboete?' zei Annie. 'Zo hebben ze Son of Sam toch te pakken gekregen?'

'Ja,' zei Winsome. 'Het zou toch kunnen, inspecteur?'

'Als dat zo is, dan zouden we echt enorme mazzel hebben,' zei Annie.

'Het zal waarschijnlijk een dag of twee duren,' zei Banks, 'maar het is het proberen waard. Kun je de kentekens opvragen van alle auto's die op die data in de omgeving een parkeerbon hebben gehad en ze in HOLMES invoeren om te zien of dat iets oplevert?'

'Komt voor elkaar,' zei Winsome. 'We hebben nog niet veel om ze mee te vergelijken, maar ik zal zien wat ik kan doen. En misschien leveren de CCTV-camera's ook nog iets op. Die hangen tegenwoordig letterlijk overal.'

'Goed,' zei Banks. 'Beslist de moeite waard om na te trekken.' Hij had zijn kip op, maar liet de friet liggen, dronk nog wat bier en leunde toen achterover in zijn stoel. 'Dit pleit Whitaker nog altijd niet vrij,' zei hij. 'Ook al heeft het er veel van weg dat de Jeep Cherokee die in de buurt van de bootbranden is gezien niet van hem was.'

'We zullen de benzine uit zijn auto vergelijken met de brandstof die bij Gardiner is gebruikt. Misschien levert dat iets op. En als we een verband vinden tussen Whitaker en Masefield, hoe mager ook...'

'Wie weet,' zei Banks. 'Al iets bekend over die Turners?' vroeg hij zo terloops mogelijk aan Annie.

Haar stem verhardde. Wat professioneel. 'Phil kon op het eerste gezicht niet met zekerheid zeggen of het vervalsingen of originelen waren,' zei ze. 'Niet zonder grondiger onderzoek. Hij zei wel dat ze er echt uitzagen qua stijl en papiersoort, dat soort zaken.'

'Wat inhoudt dat het mogelijk heel goede vervalsingen zijn?'

'Ja,' beaamde Annie.

'Ik heb gehoord dat McMahon een goede imitator was,' zei Banks. 'Blijkbaar had hij geen talent voor origineel werk, maar bezat hij een enorme gave om het werk van anderen te reproduceren.'

'Hoe ben je dat te weten gekomen?' vroeg Annie.

'Van iemand die hem heeft gekend,' zei Banks.

'Wat gebeurt er nu?'

'Ik ga naar Leeds.'

'Waarom?'

'Ik wil een bezoek brengen aan Tina's grootouders. Ik heb hen eerder vandaag gebeld en ze wilden me wel te woord staan. Misschien kunnen zij me iets vertellen over Tina's relatie met Patrick Aspern.'

'Je denkt toch zeker niet dat zij wisten wat er speelde, en zelfs als ze dat al wisten, dat ze jou dat zouden vertellen?'

'Alsjeblieft, zeg. Ik ben ook niet op mijn achterhoofd gevallen, Annie. Ik wil alleen weten hoe ze ertegenover stonden, meer niet.'

Annie haalde haar schouders op.

'Wat is er nou?' zei Banks.

'Niets.'

'Vooruit. Gooi het er maar uit.'

'Ik ben er gewoon niet van overtuigd dat dat meisje hier een rol in speelt.'

'Wat bedoel je daar precies mee?'

'Er is toch helemaal niets op Asperns kleding gevonden?'

'Dat klopt,' zei Banks. 'En dat is nu juist het probleem. Hetzelfde geldt namelijk voor de kleding van alle anderen.'

'Eerlijk gezegd kan hij me best zomaar wat kleding hebben meegegeven,' zei Winsome. 'Ik wist immers niet wat hij die avond aanhad.'

Annie keek Banks fel aan. 'We hebben geen enkel bewijs tegen Patrick Aspern,' zei ze. 'Volgens mij onderneem je nu een persoonlijke kruistocht tegen hem.'

'Ben jij nu opeens de leidinggevende in dit onderzoek of hoe zit dat?' kaatste Banks terug.

Annies mond verstrakte tot een smalle, witte streep. Winsome keek gegeneerd een andere kant op. Banks vroeg zich af of Annie haar soms had verteld over de ruzie die ze hadden gehad over Phil Keanes betrokkenheid bij de zaak. Misschien de afgelopen avond na een paar borrels in de bar van het hotel.

Hij had onmiddellijk spijt van zijn sarcastische opmerking, maar het was al te laat om zijn woorden terug te nemen. In plaats daarvan groette hij Annie en Winsome kort en verliet de pub.

Wat Banks Annie niet had verteld, was dat hij van plan was om op weg naar Leeds bij de cottage van Phil Keane langs te gaan. Het lag eigenlijk niet direct op de route, maar hij vond het de moeite waard om er een stukje voor om te rijden.

De regenplassen van de vorige dag waren nog niet verdwenen en toen Banks net iets te hard Fortford binnenreed, veroorzaakten zijn achterbanden een dikke mist van druppels. Nog steeds geïrriteerd over zijn uitbarsting bij de lunch parkeerde hij zijn auto op de met keitjes geplaveide straat voor de winkels aan het plein en liep naar de cottage. Misschien had Annie gelijk en voerde hij inderdaad een persoonlijke kruistocht tegen Patrick Aspern. En wat dan nog? Iemand moest die arrogante zak eens een toontje lager laten zingen.

Aan de overkant van de weg stonden op een met gras begroeide heuvel de opgegraven overblijfselen van een Romeins fort. Wat moest dat in de tijd van keizer Domitianus een koude, eenzame, gevaarlijke buitenpost zijn geweest, dacht Banks. Aan alle kanten omringd door woestenij en overal vijanden.

Het was opnieuw een zachte dag, heiig, en er hing een vage dreiging van nog meer regen in de lucht. Banks had geen flauw idee of Keane thuis zou zijn of niet, maar het was het proberen waard. De zilvergrijze BMW die op de smalle oprit naast de cottage geparkeerd stond was een goed teken. Een nummerbord dat met 51 begon, zag Banks, wat betekende dat hij tussen september 2001 en februari 2002 bij de Driver and Vehicle Licensing Agency, de DEVLA, geregistreerd was. Een vrij recent model dus, en niet goedkoop. Hoeveel zou een kunstresearcher eigenlijk precies verdienen?

Banks klopte op de deur, die binnen enkele seconden werd opengedaan door Phil Keane zelf, die er in zijn vale Levi's en roestbruine Swaledaletrui op en top als een landheer uit de eenentwintigste eeuw uitzag.

'Alan,' zei hij, en hij deed de deur verder open. 'Leuk om je te zien. Kom binnen.'

Banks liep naar binnen. Het plafond was laag en de muren waren van ruw bepleisterd kalksteen, met hier en daar kleine nissen vol met tere beeldjes en uit ivoor gesneden siervoorwerpen: olifanten, menselijke figuren, katten.

'Mooi,' zei Banks.

'Dank je. Deze cottage is al generaties lang in mijn familie,' zei Keane. 'Ik ben zelf in het zuiden opgegroeid en ben hier voorzover ik me kan herinneren in mijn jeugd maar een paar keer bij mijn grootouders op bezoek geweest, maar toch kon ik na hun dood de gedachte dat we hem zouden kwijtraken niet verdragen. De meeste snuisterijen zijn van hen. Ga alsjeblieft zitten. Wil je misschien iets te drinken?'

'Nee, bedankt,' zei Banks. 'Het is maar een bliksembezoek.'

Keane ging op de leuning van de bank zitten. 'O? Gaat het over die Turners? Als het inderdaad Turners zijn, tenminste.'

'Indirect wel,' zei Banks. 'Onze vingerafdrukexpert is er trouwens mee klaar, dus je kunt aan de slag met de tests.'

'Geweldig. Heeft hij iets gevonden?'

'Niet echt. Kom je ze zelf halen of moet ik ze naar je kantoor in Londen laten opsturen?'

'Ik haal ze morgenochtend wel op bij het politiebureau en dan neem ik ze mee naar Londen, als je dat goedvindt tenminste.'

'Als je er maar voor zorgt dat je niet wordt overvallen.'

'Jij en ik zijn toch de enigen die weten wat ik bij me heb?'

'Ja, dat zal ook wel,' zei Banks. 'Is het erg moeilijk om zulk werk te vervalsen?'

'Zoals ik al tegen Annie heb gezegd,' zei Keane, 'is het vervalsen op zich vrij gemakkelijk voor een kunstenaar die er talent voor heeft. Turner is niet zo gemakkelijk na te maken, onder andere omdat zijn penseelstreken vrij lastig zijn, maar het is niet onmogelijk, zolang de kunstenaar maar de hand weet te leggen op het juiste papier en schildersmateriaal, wat niet echt moeilijk is, zolang je maar weet hoe. Tom Keating beweerde dat hij zo'n twintig Turner-aquarellen heeft geproduceerd. De moeilijkheid zit 'm in de herkomstgeschiedenis.'

'En die kun je niet vervalsen?'

'Het kan wel. Het is een zekere John Drewe een paar jaar geleden ook gelukt, wat een enorme ophef heeft veroorzaakt in de kunstwereld. Misschien heb je wel eens van hem gehoord. Hij is zelfs doorgedrongen tot het Tate-archief en heeft daar geknoeid met catalogi. Sinds die tijd is de beveiliging flink aangescherpt. De laatste eigenaar vormt altijd het grootste probleem. Het is natuurlijk vrij simpel om iemand te verzinnen die de schilderijen jaren geleden in zijn bezit zou hebben gehad, omdat dat na zijn dood bij niemand meer is na te vragen. De laatste eigenaar leeft echter in de meeste gevallen nog.'

'Ik snap het,' zei Banks. 'Dan heb je dus een handlanger nodig?'

'Op z'n minst één.'

'Goed,' ging Banks verder, 'zoals ik al zei: mijn bezoek heeft alleen indirect met de Turners te maken. Eigenlijk wilde ik je even spreken over Thomas McMahon, de kunstenaar zelf.'

'O?'

'Je hebt me verteld dat je hem niet kende.'

'Dat is ook zo. Ik ben niet met hem of zijn werk bekend.'

'En toch heeft iemand me verteld dat je tijdens de Turner-receptie vorig jaar juli met hem hebt staan praten.'

Keane fronste zijn wenkbrauwen. 'Ik heb daar met zoveel mensen staan praten. Daar heb ik trouwens ook Annie voor het eerst ontmoet.'

'Ja, dat weet ik,' zei Banks. 'En McMahon?'

'Het spijt me. Ik kan hem nog altijd niet plaatsen.'

'Korte, gedrongen kerel; ongeschoren, lang, vettig bruin haar. Een wat sjofel type. Hij had een paar glaasjes op.'

'Ach,' zei Keane. 'Je bedoelt de man met die vrij onaangename lichaamsgeur?'

De enige keer dat Banks dicht bij McMahon in de buurt was geweest had die naar verschroeid vlees geroken. 'Dat zou best kunnen,' zei hij. 'Ik kan niet zeggen dat ik hem ooit van dichtbij heb geroken. Niet toen hij nog leefde in elk geval.'

'Kunstenaar. Een tikje aangeschoten, als ik me goed herinner.'

'Dus je kende hem wel?'

'Nee. Ik had geen flauw idee wie hij was.' Keane spreidde zijn handen verontschuldigend voor zich uit. 'Maar als jij zegt dat dat Thomas McMahon was, geloof ik je direct.'

'Je hebt hem dus wel gesproken?'

'Alleen die ene keer, ja.'

'Waar hebben jullie het zoal over gehad?'

'Hij was enorm bevlogen. Dat herinner ik me nog wel. Ik geloof dat we wat hebben gebabbeld over een paar schilderijen die er hingen. Hij vond ze gruwelijk slecht. Ik moet eerlijk zeggen dat ik er een of twee heel aardig vond. En nu schiet me opeens weer te binnen dat hij ook een paar geringschattende opmerkingen maakte over Turner; hij beweerde dat hij de

andere vermiste Yorkshire-aquarel in een handomdraai zou kunnen namaken.'
'Die ene waarover wij het net hebben gehad?'
'Ja.'
'En dat is je zojuist pas weer te binnen geschoten?'
'Ja. Omdat jij mijn geheugen even wat hebt opgefrist. Hoezo? Is het belangrijk?'
'Dat zou best eens kunnen. Je had daar dus woorden over met McMahon?'
Keane glimlachte, maar zijn stem klonk vrij scherp. 'Ik zou het niet direct woorden willen noemen, eerder een afwijkende opvatting over kunst. Hoor eens, waar wil je eigenlijk naartoe? Waar gaat dit allemaal om?'
'Het stelt waarschijnlijk niets voor,' zei Banks, en hij stond op en liep naar de deur. 'Het spijt me dat ik je heb gestoord.'
Keanes stem verzachtte toen hij doorkreeg dat Banks op het punt stond om te vertrekken. 'O, dat geeft helemaal niets. Het spijt me dat ik je niet kan helpen. Weet je zeker dat je niet iets wilt drinken voor je vertrekt? Of druist dat tegen de politiereglementen in?'
Banks lachte. 'Ik kan niet zeggen dat dat me ooit ergens van heeft weerhouden, maar deze keer maar niet, bedankt,' zei hij. 'Dan ga ik maar. Als je je nog iets anders herinnert over dat gesprek, laat je me dat dan weten?'
'Natuurlijk.'
Banks bleef even in de deuropening staan. 'Nog één ding.'
'Ja?'
'We zijn bezig een spiegelconfrontatie te organiseren en jij hebt ongeveer dezelfde bouw en haarkleur als de verdachte. Nu je toch praktisch deel uitmaakt van het team, zou ik je willen vragen of je ons wilt helpen door daaraan mee te doen.'
'Spannend,' zei Keane. 'Ik heb nog nooit aan een spiegelconfrontatie meegedaan. Natuurlijk. Ik doe graag mee.'
'Mooi,' zei Banks. 'Bedankt. Ik laat het je nog wel weten. Tot ziens dan maar.'

14

Tijdens de rit naar Leeds die middag piekerde Banks over de reactie van Phil Keane op zijn bezoek en zijn vragen. Vaak was wat iemand zei minder onthullend dan wat hij juist niet zei of de manier waarop hij het zei, de lichaamstaal die hij onbewust gebruikte. Hoe vaak hij het gesprek echter in gedachten ook doornam, Banks kon niets verdachts vinden in Keanes gedrag. Zelfs de lichte irritatie vanwege het feit dat hij werd ondervraagd was begrijpelijk, realistisch. Banks zou zelf precies hetzelfde hebben gehad. Toch bleef er iets in zijn achterhoofd zeuren. Pas op de rotonde van de ringweg rond Leeds drong tot Banks door wat het was. Keanes gedrag was te gemaakt geweest, gespeeld. Hij zou nu graag willen weten of Burgess iets had gevonden, maar besloot hem tot de volgende dag te geven. Als hij morgenochtend nog niets had gehoord, zou hij Scotland Yard bellen.

Voorlopig moest hij zich echter volledig concentreren op het moeilijke gesprek met Tina's grootouders, de Redferns. Hun huis was vrij gemakkelijk gevonden, een flinke twee-onder-een-kap met een erker aan de rustige, met bomen omzoomde Roundhay Street, en hij parkeerde zijn auto voor de deur.

'Meneer Banks,' zei de moederlijke vrouw die de deur opendeed, 'we verwachtten u al. Komt u alstublieft verder. Ik ben Julia Redfern. Geeft u mij uw jas maar.'

Banks overhandigde haar zijn jas, die ze op een knaapje in de gangkast hing. Het huis rook naar appels en kaneel. Mevrouw Redfern ging hem voor naar de keuken, waar de geur sterker werd. 'Ik hoop dat u er geen bezwaar tegen hebt om hier te praten,' zei ze. 'De studeerkamer en woonkamer zijn zo formeel. Ik beschouw de keuken altijd als het ware hart van het huis.'

Banks beaamde dat. Hoewel hij meestal in de woonkamer zat te lezen, naar de televisie keek of naar muziek luisterde, was hij verknocht aan zijn keuken. Die keuken was in feite ook de voornaamste reden geweest waarom hij de cottage indertijd had gekocht: hij had er namelijk al over gedroomd voordat hij hem voor het eerst zag. De keuken van de Redferns was veel groter dan de zijne en ingericht in rustieke stijl, met een zware houten eettafel en vier stoelen met een rechte rugleuning. De openslaande tuindeuren, die op dat moment gesloten waren, gaven toegang tot een kleine serre. Banks ging zitten.

'Bovendien is de taart zo klaar,' ging mevrouw Redfern verder. 'Ik zal hem er alvast uithalen, dan kan hij even afkoelen.'

'Ik dacht al dat ik iets lekkers rook,' zei Banks.

'Ik maak altijd graag iets speciaals wanneer we bezoek krijgen,' zei mevrouw Redfern, en ze haalde de appeltaart uit de oven en zette hem op een rooster. De korst was goudgeel en luchtig. De hele scène had iets surrealistisch, vond Banks: rustieke keuken, baklucht, appeltaart zo uit de oven. Mijlenver verwijderd van de wereld van Mark en Tina. Hij vroeg zich af of mevrouw Redfern zichzelf bezighield om zo haar aandacht af te leiden van zijn aangekondigde bezoek of om haar zenuwen in bedwang te houden.

Dokter Redfern kwam met grote passen de keuken binnengelopen. Hoewel hij al ver in de zeventig was, zag hij er gezond en energiek uit, en hij had een flinke bos zilvergrijs haar. Zijn handdruk was krachtig. Banks vroeg zich af of hij een goede dokter was geweest. 'Maurice Redfern,' zei hij. 'Aangenaam.' Toen nam hij tegenover Banks plaats.

'Allereerst wil ik u graag zeggen dat ik het vreselijk vind wat uw kleindochter is overkomen en dat we ons uiterste best doen om erachter te komen wie het heeft gedaan,' zei Banks.

'Ik zie niet in hoe we u kunnen helpen,' zei dokter Redfern, 'maar we zullen uiteraard doen wat we kunnen.'

Zijn vrouw zette thee, plaatste toen de pot en drie kopjes met schotels op de tafel en sneed voor ieder van hen een punt appeltaart af. 'Slagroom bij de taart?' vroeg ze aan Banks. 'Of een stukje cheddar misschien?'

'Nee, dank u wel. Het ziet er heerlijk uit.'

'Melk en suiker?' vroeg ze, en ze tikte tegen de theepot.

'Zonder iets erin, graag,' zei Banks. Ze schonk thee in en ging zitten. Ze leek gespannen, vond Banks, en kon blijkbaar bijna niet stilzitten. Misschien was ze van nature wel zo druk. Banks nam een slokje thee. Die was sterk, precies zoals hij hem graag had. Sandra beweerde vroeger altijd dat je in zijn thee een theelepel rechtop zou kunnen zetten. Zij hield meer van slappe thee met melk en twee scheppen suiker. In gedachten zag hij haar weer in de regen van hem weglopen, terwijl ze de kinderwagen voor zich uit duwde. 'Het is me eigenlijk alleen om wat achtergrondinformatie

te doen,' zei hij. 'U zou ervan opkijken hoe belangrijk kleine dingen kunnen zijn, en je weet pas om welke kleine dingen het gaat wanneer je ze vindt. Net als een doktersanalyse, denk ik?'
'Inderdaad,' zei Maurice Redfern. 'Goed. Steekt u maar van wal.'
'Had u een goed contact met uw kleindochter?' vroeg Banks.
De Redferns keken elkaar even aan. Ten slotte was het Maurice die antwoord gaf. 'Christine heeft hier bij ons gewoond tot ze vijf was,' zei hij langzaam. 'Daarna kwam ze regelmatig op bezoek en soms bleef ze ook wel voor een langere periode logeren. We pasten op haar wanneer haar ouders samen met vakantie gingen, dat soort dingen.'
Het was een bijzonder ontwijkend antwoord, bedacht Banks. Maar misschien was zijn vraag te moeilijk of te pijnlijk voor de Redferns. 'Nam ze u over bepaalde zaken wel eens in vertrouwen?'
'Ze was een erg stil kind. Een dromer. Ik geloof niet dat ze ooit iemand in vertrouwen heeft genomen.'
'En toen ze ouder werd? Is het contact goed gebleven?'
'Hebt u zelf kinderen, meneer Banks?' vroeg Julia Redfern.
'Twee,' zei Banks. 'Een jongen en een meisje.'
'Kleinkinderen?'
'Nog niet.'
'Natuurlijk niet,' zei ze. 'Daar bent u veel te jong voor. Maar u begrijpt vast wel wat ik bedoel wanneer ik zeg dat de relatie verandert wanneer je kinderen tieners worden.'
'U zag haar wat minder vaak?'
'Precies. Het laatste waar een meisje in haar tienerjaren behoefte aan heeft, is bij haar oude opa en oma op bezoek te gaan.'
'Hetzelfde geldt voor jongens,' zei Banks. 'Ik was vroeger ook zo.' Banks' grootouders hadden in Londen gewoond, dus hij had hen niet vaak gezien, maar hij herinnerde zich nog goed de eindeloze, regenachtige treinreizen met zijn ouders en zijn broer Roy. Ook herinnerde hij zich de oude Hornby-opwindtreinen die zijn opa Banks voor hem in de logeerkamer had staan om mee te spelen, en de oude oorlogssouvenirs op zolder: een helm, een lege huls en een gasmasker. Of de konijnenhokken in de enorme achtertuin bij het huis van zijn opa Peyton, dat langs het spoor stond waarover 's nachts lange treinstellen voorbijratelden, die hem stoorden in zijn slaap. Tegen de tijd dat hij zeventien was, waren al zijn grootouders overleden en hij vond het jammer dat hij niet de kans had gekregen om hen beter te leren kennen. Beide grootvaders hadden in de Eerste Wereldoorlog gevochten en hij had hun graag naar hun ervaringen gevraagd. Toen hij

jong was, had dat hem niet zo geïnteresseerd. Nu interesseerde het onderwerp hem wel. Mocht Brian of Tracy ooit kinderen krijgen, dan hoopte hij dat dat niet zo ver in de toekomst was dat hij al een zwakke, oude man was.

'Maar u zag haar wel regelmatig?' vroeg hij.

'Jazeker,' antwoordde Maurice Redfern. 'Maar ze was niet echt mededeelzaam.'

'Hebt u ooit het vermoeden gehad dat er iets aan de hand was?'

De spieren van Maurices gezicht leken te verstrakken. 'Aan de hand? In welk opzicht?'

'Vermoedde u bijvoorbeeld dat ze drugs gebruikte? Dat komt vrij veel voor onder tieners.'

'Ik heb nooit iets gezien wat daarop wees.'

'Was ze gelukkig?'

'Wat een vreemde vraag,' zei Maurice. 'Ik denk het wel. Ze heeft er nooit iets over gezegd. Ze leefde in haar eigen wereldje. Ik ben er altijd van uitgegaan dat dat een fijne wereld was. Nu blijkt dat ik het wellicht bij het verkeerde eind had.'

'En waarom is dat?'

'Als het wel zo was, zou u hier niet zitten, is het wel?'

'Dokter Redfern, het spijt me dat ik u naar privé-zaken van uw familie moet vragen, maar ik ben wel bezig met het onderzoek naar een moord. Als u ook maar iets weet over de geestelijke gesteldheid van uw kleindochter voorafgaand aan haar dood, dan kan dat uiterst belangrijke informatie zijn.'

'We weten helemaal niets,' zei Julia. 'We zijn een heel normaal gezin.'

'Laten we even een stukje teruggaan,' zei Banks. 'Hoe oud was Christines moeder toen ze zwanger raakte?'

'Zestien,' zei Maurice.

'Was ze een wilde tiener?'

Hij dacht even na met een vinger tegen zijn lippen en zei toen: 'Nee, dat zou ik niet willen zeggen, jij wel, lieverd?'

'Helemaal niet,' beaamde Julia. 'Wel dwaas. En onnozel. Eén keer kan al voldoende zijn, natuurlijk.'

'En de vader was een Amerikaanse student?'

'Kennelijk,' zei dokter Redfern. 'Wie hij ook was, hij was binnen de kortste keren van het toneel verdwenen.'

'Wat voor moeder was Frances?'

'Ze deed haar best,' zei Julia. 'Het was moeilijk, want ze was nog heel jong, maar ze deed haar best. Ze was dol op de kleine Christine.'

'Kende ze in die tijd dokter Aspern al?'
'Ik ken Patrick Aspern al bijna dertig jaar,' zei dokter Redfern. 'Hij was mijn assistent in het ziekenhuis en we hebben zelfs een tijdje samen een praktijk gehad in Alwoodley.'
'U was dus zijn mentor?'
'In zekere zin wel. En ook zijn vriend, hoop ik.'
'Wat vond u ervan toen dokter Aspern belangstelling voor uw dochter begon te tonen?'
'We vonden het voor beiden heel fijn.'
'Wanneer kreeg u iets in de gaten?'
'Hoe bedoelt u?'
'Ik neem aan dat Patrick Aspern vaak bij u thuis kwam. Was hij al in Frances geïnteresseerd voordat ze Christine kreeg?'
'Wat een absurde vraag,' zei Maurice. 'Ze was toen nog geen zestien. Hij kende haar natuurlijk wel, al vrijwel vanaf de dag dat ze is geboren. Maar toen ze trouwden, was Frances eenentwintig en de leeftijd om te mogen trouwen ruimschoots gepasseerd. Er was niets onbetamelijks of ongezonds aan hun relatie. Bovendien zorgt een iets oudere man voor meer stabiliteit en ervaring binnen een jong gezin. Dat had Frances nodig.'
'Dus uw dochter was dankbaar voor de belangstelling die Patrick Aspern voor haar toonde?'
'Ik zou zelf het woord "dankbaar" niet willen gebruiken,' sputterde Maurice tegen.
'De belangstelling was dus wederzijds?'
'Natuurlijk. Dacht u soms dat het een gearrangeerd huwelijk was? Denkt u dat we Frances ertoe hebben gedwongen?'
'Waar wilt u eigenlijk naartoe, meneer Banks?' vroeg Julia. 'Wat heeft dit met Christines dood te maken?'
'Hoe lang hebben ze verkering gehad?' vroeg Banks. 'Zoiets gebeurt natuurlijk niet van de ene dag op de andere.'
'U moet goed bedenken,' legde Julia uit, 'dat ze rekening moesten houden met Christine. Altijd. Het was moeilijk voor Frances om een normaal leven te leiden, om vriendschappen te sluiten en net als meisjes van haar eigen leeftijd met jongens uit te gaan. Ze kwam niet vaak buiten en was dus weinig in de gelegenheid om jongens te ontmoeten. Patrick heeft haar een paar keer mee uit genomen en dan pasten wij op Christine. Naar de film en dergelijke. Eigenlijk meer als een gunst, zodat ze even het huis uit kon. Soms nam hij hen allebei een dagje mee de stad uit. Naar Whitby of Malham. Dat soort plaatsjes.'

'U maakte zich geen zorgen?'
'Waarover?'
'Over wat ze dan deden?'
'Waarom zouden we?' zei Maurice. 'Patrick was mijn beste vriend. Ik vertrouwde hem onvoorwaardelijk.'
'En u vond het niet erg dat hij zoveel ouder was dan Frances? Was u niet bang dat hij misschien misbruik van haar maakte?'
Maurice Redfern klonk nu lichtelijk geïrriteerd. 'Absoluut niet,' zei hij. 'Waarom zouden we ons zorgen maken? Frances was al twintig en Patrick in de dertig toen ze voor het eerst samen uitgingen. Zij was een heel mooie jonge vrouw en hij was een levendige, knappe, getalenteerde dokter met een gouden toekomst voor zich. Wat kon daar nu mis mee zijn? Waarom zouden we daar bezwaar tegen maken of ons zorgen over maken? We waren al bijna bang dat Frances niemand zou vinden en toen... toen gebeurde dit. Het was perfect. Een wonder. Reden tot vreugde. Twee mensen van wie ik enorm veel hield, hadden elkaar gevonden. Ik kon me geen beter huwelijk voorstellen.'
Dat was het dus, besefte Banks. Dat was de reden voor de spanning en gêne die hij had aangevoeld: de Redferns hadden indertijd gewild dat Frances zou trouwen en baby Christine had dat bijna in de weg gestaan. Zij waren degenen die dankbaar waren voor Patricks belangstelling voor hun dochter. Er zijn tenslotte niet veel jonge mannen bereid om een jonge vrouw met een baby onder hun hoede te nemen, vooral niet wanneer die baby niet van henzelf was. Toen de brave dokter Aspern zowel Frances als het kind meenam, hadden de Redferns waarschijnlijk opgelucht een oogje toegeknepen wat een aantal zaken betreft. Wellicht hadden ze hem zelfs aangemoedigd, de twee alleen gelaten, uit zichzelf aangeboden om op te passen. Maar in welk opzicht hadden ze dan precies een oogje toegeknepen?
'Hoe was hun relatie?' vroeg Banks.
'Volkomen normaal,' zei Julia Redfern. 'Geen gerotzooi. Niet hier in huis. En neemt u maar van mij aan dat we dat heus wel zouden hebben gemerkt.'
'Waren ze erg innig? Toonden ze hun gevoelens voor elkaar openlijk?'
'Ze zaten niet voortdurend aan elkaar te plukken, zoals de jeugd van tegenwoordig,' zei Julia. 'Weerzinwekkend is dat, als u het mij vraagt. Dat soort dingen moet je bewaren voor wanneer je alleen bent.'
'En waren ze vaak alleen?'
'Nee, niet echt,' zei ze. 'Het was ook moeilijk.'

'We waren gewoon blij dat Patrick zich voor haar interesseerde,' voegde Maurice eraan toe. 'Door hem kwam ze uit haar schulp. Het waren een paar moeilijke jaren geweest. Christine is niet altijd een even gemakkelijk kind geweest en Frances leefde erg teruggetrokken; ze werd oud voor haar tijd.'
'Christine was vijf toen Patrick en Frances trouwden?'
'Ja.'
'Wat voor vader was hij?'
'Hij ging goed met haar om, is het niet, schat?' zei Julia.
'Heel goed,' beaamde Maurice.
Tja, wat had Banks dan verwacht? Dat ze nu plotseling zouden opbiechten dat Patrick Aspern, heilige en rots in de branding, een pedofiel was die met zijn stiefdochter rommelde? Het beeld van bijzonder geestdodende normaliteit dat zij hem voorhielden, was echter niet overtuigend. Hadden ze soms iets vermoed en geprobeerd het te negeren? Dat kwam vaak genoeg voor, wist Banks. Of waren ze echt zo koppig, naïef onwetend van Asperns seksuele belangstelling voor Tina? En wanneer was dat begonnen? Toen ze zes was, zeven, acht, negen, tien? Of al eerder? Was hij ook al in Frances geïnteresseerd geweest toen ze nog een kind was? Was er maar een manier om daarachter te komen. Een directe benadering zou geen antwoord op deze vragen opleveren, dus hij zou het via een omweg moeten proberen.
'Welke invloed had het huwelijk op Christine?' vroeg hij.
'Ze kreeg er een vader door,' zei Maurice. 'Ik zou zeggen dat dat vrij belangrijk is voor een kind. Ongeacht wat al die speciale belangengroeperingen van tegenwoordig ook beweren.'
'Gedroeg ze zich na het huwelijk anders?'
'We zagen haar niet zo vaak meer, dus dat kunnen we niet echt zeggen. Ze hadden inmiddels een eigen huis in de buurt van Lawnswood, vlak bij de plek waar ze nu wonen. Ik vermoed dat ze het wel even moeilijk heeft gevonden om zich aan haar nieuwe leven aan te passen, zoals iedereen.'
'En wanneer ze Christine bij u brachten voor een bezoekje, dan gedroeg ze zich net als altijd?'
'Ja,' zei Maurice. 'Totdat...'
'Totdat?'
'Wat ik u net al heb verteld. Totdat ze een tiener was.'
'Toen was ze niet zo mededeelzaam meer?'
'Nee. Ze was vrij stil en somber. Nukkig. Ze kon ook erg bits zijn, als je een beetje aandrong. Hormonen.'
Of Patrick Aspern, dacht Banks bij zichzelf. Daar had hij dus het ant-

woord. Het was naar alle waarschijnlijkheid begonnen toen ze in de puberteit kwam. Wat voor sommige pedofielen de eindhalte is, is voor andere juist het beginpunt.
'Hebt u haar nog vaak gezien nadat ze uit huis was gegaan?'
De Redferns keken elkaar weer aan en Julia knikte. 'Ze is hier nog één keer geweest,' zei ze, en ze zag eruit alsof ze elk moment in snikken kon uitbarsten. 'Maurice was niet thuis. Och, ze zag er verschrikkelijk uit, meneer Banks. Mijn hart...' Ze schudde haar hoofd en plukte een tissue uit de doos op de vensterbank. 'Mijn hele hart ging naar haar uit. Het spijt me,' zei ze. 'Ik vond het echt vreselijk.'
'In welk opzicht zag ze er verschrikkelijk uit?'
'Ze was zo mager en bleek. Ze had voortdurend een loopneus. Haar gezicht zat onder de puistjes, haar huid was heel lelijk. Droog en vlekkerig. Ze was altijd zo'n mooi meisje geweest. Ik zeg het niet graag, maar haar kleren waren ook smerig en ze... ze stonk.'
'Wanneer was dat?'
'Kort nadat ze uit huis was gegaan. Ongeveer een jaar geleden.'
Toen ze in het kraakpand in Leeds woonden dus, voordat ze naar de boot waren verhuisd, en mogelijk zelfs nog voordat ze Mark had leren kennen.
'Waarom kwam ze hier?'
'Ze had geld nodig.'
'Hebt u haar ook iets gegeven?'
Ze keek naar haar man. 'Vijftig pond. Dat was alles wat ik in mijn portemonnee had.'
'Heeft ze nog iets gezegd?'
'Niet veel. Ik heb geprobeerd haar over te halen om weer naar Patrick en Frances terug te gaan. Zij waren natuurlijk enorm bezorgd over haar.'
'Wat zei ze toen?'
'Ze zei dat ze niet terug zou gaan. Nooit meer. Ze was erg emotioneel.'
'Zei ze ook waarom niet?'
'Hoe bedoelt u?'
'Waarom ze niet terugging. Waarom ze was weggegaan.'
'Nee, ze raakte alleen heel erg van streek toen ik erover begon en weigerde erover te praten.'
'Waarom dacht u dat ze was weggegaan?'
'Ik dacht dat het iets te maken had met een jongen.'
'Een jongen? Waarom? Had Patrick Aspern dat gezegd?'
'Nee... Ik... Dat dacht ik gewoon. Ze was net zo oud als haar moeder toen die... Ik weet het niet. Het is een lastige leeftijd voor jonge meisjes. Ze ge-

dragen zich als volwassenen, maar hebben nog geen enkele ervaring. Ze verpanden hun hart aan een of andere nietsnut en voordat je het weet zijn ze zwanger.'

'Zoals Frances?'

'Ja.'

'Dus u dacht dat de geschiedenis zich herhaalde?'

'Ja.'

'Hebt u aan uw dochter of haar man gevraagd waarom Christine op haar zestiende uit huis ging?' drong Banks aan.

Julia hield haar handen tegen haar oren. 'Houdt u alstublieft op! Zorg dat hij ophoudt, Maurice.'

'Het is al goed, mevrouw Redfern,' zei Banks. 'Ik ben hier niet gekomen om u lastig te vallen. Ik zal het wat rustiger aan doen. Laten we even de tijd nemen om tot rust te komen. Even diep adem te halen.' Hij dronk zijn thee op. Die was lauw.

'Zoals u wel kunt zien, meneer Banks,' zei Maurice, 'is mijn vrouw door dit alles erg overstuur, en ik begrijp niet wat dit te maken heeft met de onfortuinlijke dood van Christine. Misschien is het maar beter dat u weggaat.'

'Het is vrij logisch dat mensen overstuur raken van moord, dokter Redfern, en ik ben nog niet helemaal klaar.'

'Maar mijn vrouw...'

'Uw vrouw is erg emotioneel, dat zie ik. Wat ik eigenlijk graag zou willen weten, is waarom.'

'Ik zou zo denken dat dat nogal voor de hand ligt.'

'Voor mij niet.'

'Door uw komst hiernaartoe natuurlijk en...'

'Ik geloof niet dat dat de werkelijke reden is en ik denk ook niet dat u dat echt gelooft.'

'Waar wilt u toch in vredesnaam naartoe?'

Banks haalde diep adem. Alles of niets, dacht hij. 'Iemand beschuldigt Patrick Aspern ervan dat hij zijn stiefdochter waarschijnlijk sinds haar puberteit seksueel heeft misbruikt.'

Maurice Redfern sprong op uit zijn stoel. 'Bent u nu helemaal gek geworden? Patrick? Wie heeft dat beweerd?'

'Christine heeft haar vriend, Mark Siddons, verteld dat dat deels de reden was waarom ze drugs is gaan gebruiken, drugs die ze overigens uit de praktijkruimte van haar stiefvader haalde, om aan de schaamte en de pijn te ontsnappen. Ook beweert hij dat Patrick Aspern haar in een later stadium drugs heeft gegeven, op voorwaarde dat ze haar mond hield en wellicht ook in ruil voor seksuele gunsten.'

'Ik kan mijn oren niet geloven,' zei Maurice, en hij liet zich met een wit weggetrokken gezicht terugzakken op zijn stoel. 'Niet Patrick. Ik geloof het gewoon niet.'

'Dus dat bedoelde ze,' zei Julia Redfern zo zachtjes dat ze bijna fluisterde.

'Wat?' zei Banks. 'Wat heeft ze dan gezegd?'

'Alleen maar dat het beter was als ik van niets wist. Dat ik haar toch nooit zou geloven, in geen miljoen jaar, zei ze, zelfs als ze me het zou vertellen. En dan die blik in haar ogen.' Ze draaide zich met een betraand gezicht om naar haar echtgenoot. 'O, mijn god, Maurice, wat hebben we gedaan?'

'Verman jezelf, Julia,' zei Maurice. 'Het zijn allemaal leugens. Leugens die zijn verzonnen door een of andere junk. Wij hebben niets gedaan waarvoor we ons moeten schamen. Onze dochter is met een goede man getrouwd en nu probeert iemand hem zwart te maken. Dat is alles. We zullen dit doorspelen aan onze advocaat.' Hij stond op. 'Ik wil graag dat u nu vertrekt, meneer Banks. Als u niet van plan bent om ons te arresteren of iets dergelijks, weigeren we verder met u te praten.'

Banks had toch geen vragen meer. Hij wist de antwoorden al. Hij knikte, stond op en vertrok, de appeltaart onaangeroerd op zijn bord achterlatend.

Het was allang donker toen Mark net voorbij het Leeds Crematorium voor de deur van de Lawnswood Arms uit lijn 1 stapte. De reis had zo lang geduurd omdat er niet veel bussen van Eastvale naar Leeds reden en hij in Harrogate had moeten overstappen. Ook had hij in de W.H. Smith een plattegrond moeten kopen om erachter te komen hoe hij in Adel kon komen. Hij was nog nooit eerder bij Tina's ouders geweest, had daar nooit enige reden toe gehad, maar het adres had aan de binnenkant van een paar boeken gestaan die ze in het kraakpand en op de boot had gehad en hij had het onthouden. Ook kende hij de code die je moest intoetsen om te voorkomen dat het inbraakalarm afging. Tina had hem gedwongen die uit zijn hoofd te leren. Ongeveer een maand geleden had Danny Boy zijn distributie voor korte tijd moeten onderbreken en om te voorkomen dat Tina gek werd, had Mark maar net gedaan alsof hij meedeed aan haar idiote plan om in de praktijk van haar vader in te breken en wat morfine te jatten. Gelukkig was Danny Boy weer met het spul op de proppen gekomen voordat alles helemaal uit de hand was gelopen.

Aan de andere kant van de weg zag hij alleen maar velden met daarachter, aan de voet van de heuvel, de lichtjes van het dorp Adel. Mark wist nog altijd niet goed wat hij precies wilde zeggen of doen en liep daarom, aangetrokken door het uitnodigende licht, eerst de Lawnswood Arms binnen. Om te beginnen had hij honger, want hij had tussen de middag niets gegeten en verder kon hij zich hier misschien eerst wat moed indrinken.

De Lawnswood Arms had meer weg van een gezinspub dan van een echte kroeg, ook al waren er die avond rond een uur of acht amper gezinnen te bekennen. Mark liep naar de bar, bestelde een glas Tetley van de tap en bestudeerde het menu. Steak met friet was prima, besloot hij. Het eerste glas was zo snel leeg dat de pubbaas hem achterdochtig aankeek toen hij een tweede bestelde. Hij had die blik eerder gezien: ik heb je in de smiezen, kerel. Ik weet dat ik problemen van jou kan verwachten. Oké, misschien zou hij inderdaad problemen veroorzaken, maar dan niet voor de barman.

Nog voordat zijn eten klaar was, had hij ook zijn tweede glas leeggedronken en hij bestelde een derde om de steak mee weg te spoelen. Niets wees erop dat hij dronken was, dus ze hadden geen enkele reden om zijn bestelling te weigeren, en dat deden ze dan ook niet. Hij bleef rustig in zijn hoekje zitten roken en drinken. Als ze hadden geweten wat hij dacht, zouden ze misschien wel de politie hebben gebeld, maar dat deden ze niet.

Hoe meer hij dronk, des te somberder werden zijn gedachten. Opwellende golven van emotie, soms woede, doorspikkeld met rood, zwart en grijs.

Hij had doelloos rondgedwaald, besefte hij nu, zonder een plek te hebben om naartoe te gaan of iemand om mee te praten, zijn verdriet mee te delen, iemand die hem vasthield wanneer hij huilde. Maar hij had zijn hele leven al niemand gehad. Hij was altijd alleen geweest. Alleen met zijn fantasie en zijn slimheid. Het enige verschil was dat hij nu stuurlozer was dan ooit tevoren, omdat Tina, zijn anker, zijn last, de reden van zijn bestaan, er niet meer was.

Hij dacht aan Crazy Nick, die bloedend op de vloer had gelegen; hij dacht aan zijn moeder, die hem niet had willen hebben omdat ze door hem nooit eens aan de zwier kon en zonder wie hij zich toch vreemd eenzaam had gevoeld toen hij te horen had gekregen dat ze dood was. Maar hij dacht vooral aan Tina. Hij had nooit haar stoffelijk overschot gezien, besefte hij opeens, dus haar ouders hadden haar waarschijnlijk geïdentificeerd. De gedachte dat Aspern zich over haar had verkneukeld en haar had aangeraakt, joeg de rillingen over zijn lijf. Zijn laatste herinnering aan haar, die hij voorgoed bij zich zou dragen, was aan een teer figuurtje, opgerold in haar slaapzak, de naald amper uit haar arm, een lichte zucht van genot en Beth Orton die zachtjes op de cd-speler klonk. Niet *Stolen Car*, maar een recenter nummer, over een treinreis naar Parijs. Hij had de kaars gedoofd en haar alleen gelaten om zich in de verwelkomende armen van Mandy te storten. Was hij maar bij haar gebleven, zoals hij had beloofd, zoals hij al die keren eerder ook had gedaan...

'Gaat het een beetje?'

De stem kwam van heel ver weg en toen hij opkeek, zag Mark dat het iemand van het barpersoneel was die lege glazen ophaalde, een jong meisje, misschien niet veel ouder dan Tina, ook al wist hij dat ze ouder dan achttien moest zijn om in de pub te mogen werken. Ze had een kort, piekerig kapsel en een gouden piercing door haar onderlip, net als Tina, en ergens deed ze hem ook aan haar denken, aan hoe ze kon zijn wanneer ze het duister op afstand wist te houden.

'Ja, hoor,' zei hij. 'Het gaat best. Een beetje in gedachten verzonken.'

Ze keek hem onderzoekend aan. 'Zo te zien geen prettige gedachten.'

'Dat kun je wel zeggen.'

Ze ging zachter praten. 'Die oude zeikerd van een pubbaas zit je al de hele avond in de smiezen te houden. Eén verkeerde beweging en je ligt eruit. Je was toch niet van plan om een verkeerde beweging te maken, hè?'

'Nee,' zei Mark. 'In elk geval niet hier.'

'Mooi, dan is het goed.' Ze glimlachte. 'Ik heb je hier nog niet eerder gezien.'

'Dat komt doordat ik hier ook nog niet eerder ben geweest.'

'Je komt zeker niet hier uit de buurt?'

'Nee.'

'Cathy!'

De stem kwam van achter de bar. 'Oeps,' zei ze, en ze trok een gezicht. 'Ik moet ervandoor. De oude zeikerd roept. Voorzichtig zijn, hè?'

'Doe ik,' zei Mark.

Het korte gesprek had hem teruggebracht naar de gewone wereld, al was het maar voor heel even, en hij vroeg zich af of het ooit weer goed zou komen met zijn leven. Het meisje had dan wel niet geprobeerd hem te versieren, maar ze had beslist met hem staan flirten en hij kon zien dat ze hem wel zag zitten. Als zijn wereld normaal was geweest, zou hij er vast werk van hebben gemaakt en was hij misschien wel met haar mee naar huis gegaan, als ze tenminste een eigen huis had. Waarschijnlijk wel, dacht hij. Ze zag eruit als een student en de universiteit was even verderop in de straat. De bus was er vlak buiten de stad langsgekomen. Maar na wat Tina was overkomen terwijl hij bij Mandy was, was het misschien maar goed ook dat zijn hoofd niet naar zoiets stond, ook al deed dat meisje Cathy hem aan Tina denken.

De barman keek hem nogmaals vuil aan toen hij een nieuw glas bier bestelde – zijn vijfde, zag hij, ook al was hij nog vast ter been en praatte hij niet onduidelijk. Zijn blik zei: dit is de laatste, knul. Daarna zet ik je eruit. Prima, hij wilde hierna toch niet meer. Het was trouwens bijna sluitingstijd.

Mark stak nog een sigaret op, de laatste van het pakje, en probeerde voor zichzelf op een rijtje te zetten wat hij nu precies wilde doen of zeggen wanneer hij bij Aspern thuis was. Zoals hij zich voelde telkens wanneer hij aan Patrick Aspern dacht, was de kans groot dat hij met hem hetzelfde zou doen als hij met Crazy Nick had gedaan, of misschien nog wel erger. Over Tina's moeder was hij minder zeker. Hij had niets tegen haar en wilde haar geen kwaad doen, maar zij was er evenmin voor haar dochter geweest als zijn moeder er voor hem was geweest. Oké, hij was dan wel niet seksueel gemolesteerd door haar vrienden, maar hij had meer dan eens een pak rammel gehad, was regelmatig als loopjongen gebruikt en had vaak hun rommel moeten opruimen. Een moeder hoorde er te zijn voor haar kinderen, hoorde van hen te houden en hen te koesteren, en Tina's moeder had daarin net zo gefaald als zijn eigen moeder, ook al kwamen ze uit twee volkomen verschillende lagen van de bevolking. Als puntje bij paaltje kwam, kon een doktersvrouw net zo'n waardeloze moeder zijn als een hoer, want dat was wat zijn moeder was geweest, daarover maakte hij zich allang geen illusies meer.

Ergens klonk een bel en iemand kondigde de laatste ronde aan. Mark had nog een halfvol glas voor zich staan. Hij had vijf glazen gehad, maar voelde zich niet in het minst aangeschoten. Hij tastte onhandig in zijn zak naar wat muntgeld en trok een nieuw pakje sigaretten uit de automaat. Toen hij zijn bier ophad, stak hij een sigaret op en hij liep naar de deur.

'Goedenavond,' riep een stem achter hem.

Het was dat meisje, Cathy. Ze stond dichter bij hem dan hij had gedacht, met een doek in de hand om tafels schoon te vegen.

'Goedenavond,' zei hij.

'Misschien zie ik je nog eens?'

Klonk haar stem echt een beetje hoopvol? Hij keek haar glimlachend aan.

'Misschien,' zei hij. 'Je weet maar nooit.'

Toen liep hij de kille avondlucht in.

'Heb je al over New York nagedacht?' vroeg Phil aan Annie toen ze in Le Select, een prestigieuze Franse bistro in Eastvale, achter een café noir en crème brûlée zaten. Na een aantal glazen goede rode wijn voelde Annie zich inmiddels rozig en ontspannen, en de gedachte aan een weekend weg met Phil klonk enorm aanlokkelijk. En al helemaal naar New York.

'Ik kan niet, Phil, ik kan echt niet,' zei ze. 'Heus, ik zou niets liever willen. Een ander keertje misschien?'

'Als het vanwege het geld is...'

'Het is deels vanwege het geld,' onderbrak Annie hem. 'Jij kunt dan misschien in een opwelling besluiten om naar Amerika te gaan, maar ík moet rekening houden met de kosten.'

'Ik heb toch al gezegd dat ik je ticket wel zal betalen? Veiligheidsadviseur.'

'Dat is heel lief van je, maar het voelt niet goed,' zei Annie. 'En bovendien, als ik met jou naar New York ga, dan is dat beslist niet als werknemer.'

Phil lachte. 'Maar dat is dan toch alleen maar op papier zo?'

'Maakt niet uit.'

De kelner kwam de rekening brengen en Phil nam haar aan.

'Begrijp je nu wat ik bedoel?' zei Annie. 'Jij betaalt altijd alles.'

'Zullen we haar dan maar delen?'

'Uitstekend,' zei Annie, en ze pakte haar tas. Met de Visa had ze het maximum nog niet bereikt, dat wist ze zeker. Na al haar stoere praatjes dat ze alles zelf wilde betalen zou het buitengewoon gênant zijn als die kruiperige kelner met zijn nepperige Franse accent zo meteen kwam terugwandelen om haar te vertellen dat haar creditcard werd geweigerd.

'Je weet niet wat je mist,' ging Phil verder. 'We zouden in het Plaza kunnen logeren. Een rondrit door Central Park in een rijtuigje, de top van het Empire State Building, de Tavern on the Green, Saks Fifth Avenue, Bloomingdale's, Tiffany's...'

'Ach, hou toch op!' zei Annie, en ze gaf hem een tik op zijn arm en drukte haar handen tegen haar oren. 'Ik wil het helemaal niet weten, oké?'

Phil stak zijn handen op in een gespeeld gebaar van overgave. 'Goed. Goed. Ik hou mijn mond al.'

'En trouwens,' zei Annie, 'er is hier nog altijd een belangrijk misdaadonderzoek gaande.'

'Staan jullie nog steeds voor raadsels?'

'We hebben heel weinig om mee te werken. Zelfs de huurauto bleek een dood spoor. Letterlijk. De man die hem heeft gehuurd is zes maanden geleden overleden.'

'O,' zei Phil. 'Maar hoe...?'

'Vraag me maar niets. Het enige wat ik weet, is dat het ons de nodige hoofdbrekens kost, en het is juist fijn om even een paar uur aan iets anders te kunnen denken. Jezus, ik heb gisteravond zelfs in een motel bij Red-

ditch moeten overnachten en me daar twee vertegenwoordigers uit Solihull van het lijf moeten houden.'
Phil lachte. 'Met succes, hoop ik.'
'Ja. Ik had Winsome bij me. Ze kan erg angstaanjagend zijn wanneer ze wil,' zei Annie glimlachend.
De kelner kwam terug met voor hen allebei een creditcardbon ter ondertekening. Annie haalde opgelucht adem. Toen ze klaar waren, haalden ze hun jassen van de kapstok vlak bij hun tafel en liepen het met keien geplaveide steegje achter het politiebureau in dat naar King Street leidde.
'Ooo,' zei Annie toen de kille avondlucht haar tegemoet sloeg. 'Ik ben een beetje duizelig. Ik denk dat ik misschien iets te veel wijn heb gehad.' Ze haakte haar arm door die van Phil.
'Kom,' zei Phil. 'Mijn auto staat hier om de hoek. Waar heb je de jouwe neergezet?'
Annie had schoenen met naaldhakken aan en de wandeling over de keitjes ging haar moeilijk af, vooral ook door de invloed van de wijn en de delen van de straat waar zich door de dalende temperatuur al een ijslaagje begon te vormen. 'Parkeerplaats bij het politiebureau,' zei ze.
'Laat hem dan daar maar staan. Ik kan echt wel rijden.'
En dat was ook zo, wist Annie. Ze had Phil nog nooit dronken gezien, had hem nooit meer dan één glas wijn zien drinken bij het eten. 'Maar wat...?'
'Hoor eens,' zei hij. 'Als je wilt, breng ik je wel naar huis. Tenzij je liever...'
Annie keek hem aan. 'Wat?'
'Je kunt ook met mij mee naar de cottage, als je dat wilt.'
'Maar hoe kom ik dan morgen op mijn werk?'
'Misschien wel niet. Misschien hou ik je wel daar. Mijn liefdesslavinnetje.'
Annie lachte en duwde hem weg.
'Even serieus,' zei hij. 'Ik kan je morgen hier wel afzetten. Ik moet toch de Turners ophalen om ze mee te nemen naar Londen.'
'Ga je dan terug?'
'Er zit helaas niets anders op.'
'Jammer.'
'De plicht roept. Maar goed, wat zeg je ervan?'
'Breng je me dan morgenochtend terug? Echt?'
'Natuurlijk. Tenzij ik natuurlijk besluit je als mijn gevangene daar te houden.'
'Vooruit dan maar.'

'Maar ik waarschuw je. Ik weet dat je iets te veel gedronken hebt en ik zou wel eens misbruik van de situatie kunnen maken.'
Annie voelde zich prettiger bij dat vooruitzicht dan ze in tijden had gedaan, maar ze was beslist niet van plan om dat aan Phil te laten merken.
'Zo dronken ben ik nu ook weer niet,' zei ze. 'En zo gemakkelijk te versieren ook niet.'
'Ach, ik weet zeker dat we wel iets kunnen vinden om je gedachten nog minstens een paar uur van je werk af te houden.'
Annie klemde zich stevig aan zijn arm vast en ze sloegen de hoek om naar King Street.

'Pap? Sorry dat ik je zo laat nog bel, maar ik kom net terug.'
Banks wierp een blik op zijn horloge. Bijna middernacht. 'Waar ben je geweest?'
'Bioscoop. Met Jane en Ravi.'
'Wat heb je gezien?'
'De nieuwe *Lord of the Rings*.'
'Was hij goed?'
'Fantastisch. Maar heel lang. Zeg, pap...'
Banks zette het geluid van de oude Jesse Winchester-cd die hij op had staan zachter, installeerde zich met een glas Laphroaig in de hand in zijn leunstoel en legde het tweedehands pocketexemplaar van Amblers *Het masker van Dimitrios* opengevouwen met de geknakte rug naar boven naast zich neer. Het turfvuurtje dat knisperend in de open haard brandde, verspreidde een aangename warmte door de kleine woonkamer en de bittere geur paste prima bij de smaak van de whisky. De onheilspellende toon in zijn dochters stem stond hem niet aan.
'Wat is er?' zei hij.
'Ik heb eerder op de avond met mama gesproken,' ging Tracy verder.
'En?'
'Ze zei dat ze jou had gezien. In Londen.'
'Dat klopt. Ik moest daar voor mijn werk zijn.'
'Ze zei dat ze dacht dat je haar in de gaten hield. Haar stalkte.'
'Dat deed ik helemaal niet.'
'Nou ja, ze zei dat je bij haar huis rondhing. In de regen.'
'Het regende niet. Dat was later pas.'
'Pap, ze maakt zich zorgen over je.'
'Ik snap niet waarom.'
'Ze vindt dat je je vreemd gedraagt.'

'Vreemd?'
'Ja. Omdat je zo bij haar huis rondhangt en zo. Het is ook vreemd. Dat moet je zelf toch ook toegeven?'
'Ik wilde haar een paar dingen vragen.'
'Voor je werk?'
'Toevallig wel, ja. Over een kunstenaar die ze kent uit het wijkcentrum. Voor een zaak waaraan ik momenteel werk.'
'Die verbrande boten. Ja, daar heb ik iets over gelezen in de krant.' Tracy zweeg even. 'Dat heeft ze me niet verteld.'
'Het is anders wel zo. Hoezo? Geloof je me soms niet? Vind jij ook dat ik een oude gek aan het worden ben?'
'Ik heb helemaal niet gezegd dat je oud wordt.'
'Maar toch... mijn eigen dochter die me aan een kruisverhoor onderwerpt.'
'Ik onderwerp je helemaal niet aan een kruisverhoor. Begrijp je dan niet dat ze nog steeds om je geeft?'
'Dan laat ze dat wel op een heel rare manier blijken.'
'Ze is bang voor je, pap. Ze kan je gewoon niet aan. Het lijkt altijd of je kwaad op haar bent. Ze denkt dat je haar haat. Wanneer jullie elkaar spreken, versteent ze vanbinnen helemaal en kan ze alleen maar heel afstandelijk zijn.'
Dat herkende Banks wel uit de tijd dat ze nog getrouwd waren. Telkens wanneer Sandra gevoelsmatig niet met een situatie kon omgaan, draaide ze op de een of andere manier gewoon een knop om. Soms kon ze zelfs midden in een ruzie in slaap vallen. Het had hem altijd razend gemaakt.
'Ik haat haar helemaal niet,' zei hij.
'Zo ervaart zij het wel.'
'Wat een rare ontwikkeling eigenlijk: dat mijn eigen dochter me nu advies geeft over mijn huwelijksrelatie. Vind je zelf ook niet?'
'Ik kan je helemaal geen advies geven. Bovendien ben je niet meer getrouwd. Dat is juist het probleem. Hoe gaat het met je vriendin?'
'Michelle? Uitstekend.'
'Heb je haar de laatste tijd nog gezien?'
'Nee. We hebben het allebei erg druk.'
'Zie je nu wel?'
'En wat wil je daarmee precies zeggen?'
'Pap, je moet tijd vrijmaken om een leven op te bouwen. Leren genieten. Je kunt niet altijd maar... Ach, ik weet het ook niet. Wat heeft het ook voor zin?'
'Ik heb afgelopen zomer al leren genieten,' zei Banks. 'Het heeft alleen niet

lang geduurd.' Hij dacht terug aan de twee heerlijke weken die hij op een Grieks eiland had doorgebracht – de zon, het licht op het wit-en-blauw van de huizen die zich langs de heuvel omlaagslingerden, de geur van lavendel, tijm, oregano, een vleugje dode vis en zilte zeelucht. Ook herinnerde hij zich weer hoe rusteloos hij was geweest en hoe blij hij stiekem was toen hij naar huis werd teruggeroepen voor zijn werk, ook al was het hem indertijd erg aan het hart gegaan. Toen had hij ook Michelle Hart ontmoet, een geweldige vrouw. Hij wilde maar dat ze vanavond bij hem was, maar hij was niet van plan zijn dochter deelgenoot te maken van zijn verlangen.

'Dat kwam doordat je niet wist hoe snel je moest terugkomen om je vast te bijten in een nieuwe zaak,' zei Tracy.

'Tracy, Graham Marshall was een oude vriend van me. Ik kon toch niet...'

'O, dat weet ik wel. Ik zeg ook niet dat je niet had moeten terugkomen. Natuurlijk niet. Maar misschien herinner je je nog die keer daarvoor, toen we een weekend naar Parijs zouden gaan en jij in plaats daarvan op pad ging om de weggelopen dochter van Jimmy Riddle op te sporen. Er is altijd wel wat. Dat zal ook altijd zo blijven. Je moet gewoon... Je kunt niet alle problemen van de wereld in je eentje oplossen. Je bent echt niet de enige inspecteur in het land, hoor. Soms denk ik wel eens dat je je verschuilt achter je werk. Voor anderen, maar ook voor jezelf.'

'Wat bedoel je daar precies mee?'

'O, dat is veel te ingewikkeld om nu uit te leggen.'

'Je bent een echte filosoof geworden. En ik maar denken dat je geschiedenis studeerde.'

'Je weet toch wat Socrates heeft gezegd: "Een leven waarin je niets onderneemt, is de moeite van het leven niet waard."'

'Laat mij nu maar mijn eigen leventje leiden en graaf er vooral niet al te diep in. Je weet nooit wat je dan aantreft.'

'O, pap. Zie je nu wel dat je je gewoon verschuilt.'

Banks voelde het verlangen naar een sigaret in zich opborrelen en weer wegebben. Hij nam een slokje whisky. 'Hoor eens,' zei hij, 'sorry dat ik er zo de draak mee steek. Het is gewoon een lange dag geweest. Een lange week, als ik heel eerlijk ben. Ik heb amper geslapen en heb veel aan mijn hoofd.'

'Is het dan ooit anders geweest?'

'Zeg maar tegen je moeder dat ik haar niet haat.'

'Zeg dat zelf maar tegen haar. Welterusten, pap.'

En Tracy hing op.

Banks hield de hoorn nog even in zijn hand en luisterde naar de zoemtoon. Hij had Tracy willen vertellen dat hij de baby voor het eerst had gezien, dat het een enorme schok was geweest en dat hij er niet op voorbereid was geweest hoe hij zich zou voelen. Maar ze had al opgehangen.

Hij legde de hoorn neer en liep naar de keuken om zijn glas bij te vullen. Terwijl hij daar Laphroaig stond in te schenken, werd hij overweldigd door een gevoel van melancholie. Het kwam echter van buiten, niet van binnen. Hoewel hij eigenlijk niet in het bovennatuurlijke geloofde, was hij er al een hele tijd van overtuigd dat er een soort geest in de keuken rondwaarde. Meestal riep die een innig gevoel van welzijn in hem op en hij had nog niet eerder haar droefheid gevoeld.

Banks rilde even en liep toen terug naar de woonkamer, waar hij Jesse Winchester, die net *The Brand New Tennessee Waltz* had ingezet, harder zette, waarna hij zich somber in zijn stoel liet zakken, met het vaste voornemen om zich een stuk in de kraag te drinken. Hij wist dat hij dat beter niet kon doen, besefte dat het morgen net zo'n drukke dag zou worden als vandaag en dat zijn katers steeds erger werden naarmate hij ouder werd. Maar zijn dochter had de hoorn erop gegooid en hun gesprek afgekapt. Hij overwoog haar terug te bellen, maar besloot het niet te doen. Hij dacht niet dat hij de emotionele energie had om het soort discussie aan te kunnen dat Tracy vanavond blijkbaar in gedachten had. Hij kon beter even wachten totdat ze er allebei een nachtje over hadden geslapen. Hij wist zeker dat ze hem morgen weer zou bellen om het goed te maken. Het gesprek had wel een wrange smaak bij hem achtergelaten en daarom had hij zijn glas nogmaals volgeschonken.

Hij wilde graag met Michelle praten. Uiteindelijk had hij haar vanuit Londen niet meer gebeld, had hij niet de nacht in Peterborough doorgebracht. Het was al na enen, maar hij zou haar toch bellen, besloot hij, en stak zijn hand al naar de telefoon uit. Voordat hij de hoorn kon pakken, ging het toestel over. Hij hoopte dat het misschien Tracy was die terugbelde om te zeggen dat het haar speet, dus hij nam op.

'Alan?'

'Ja?'

'Met Ken Blackstone. Het spijt me dat ik je op dit uur stoor, maar ik dacht dat dit je misschien wel zou interesseren. Ik ben net gebeld door Weetwood.'

Banks ging rechtop zitten. 'Wat is er aan de hand?'

'Weer een brand. Adel. Het huis van Patrick Aspern.'

Banks zette zijn glas neer. 'Ik kom er zo snel mogelijk aan,' zei hij.

'Ik wacht hier op je.'

Banks nam zichzelf goed onder de loep. Gelukkig had hij slechts een paar kleine slokjes van zijn tweede glas whisky op en hij wist zeker dat hij niet te veel had gedronken. Hij zette een ketel water op en goot een flinke hoeveelheid fijngemalen koffie in een filter. Terwijl het water langzaam aan de kook raakte, stak hij zijn hoofd onder de kraan en liet een paar minuten lang koud water over zich heen lopen. Toen goot hij het kokende water in het filter, wachtte tot de koffie was doorgelopen en goot nogmaals water op. Daarna poetste hij zijn tanden en stak hij een pepermuntje in zijn mond. Vlak voordat hij vertrok, schonk hij een reismok vol met hete zwarte koffie en nam die mee naar de auto. Het was een kille nacht en er had zich al rijp gevormd op de bomen en de stapelmuurtjes, waardoor ze als spookachtige witte silhouetten tegen het nachtelijke duister afstaken. De hemel was bezaaid met sterren.

Geen tijd nu voor Jesse Winchesters bitterzoete overpeinzingen. Banks zocht tussen de cd's die hij in de auto had liggen en pikte The Clashs *London Calling* eruit. Als dat samen met de hete, sterke koffie hem niet wakker hield tot hij in Adel was, wist hij het ook niet meer.

15

De brandweerwagens waren al vertrokken toen Banks even na tweeën in de ochtend bij het huis van Patrick Aspern arriveerde, waar twee surveillancewagens dwars over het wegdek geparkeerd stonden, zodat al het verkeer werd tegengehouden. Hij had niet geweten hoe groot de schade zou zijn, maar vanbuiten leek het huis vrijwel intact. De plaatselijke politie had het pad afgezet en een strook blauw-witte tape versperde de toegang door het tuinhekje, waar een jonge agent, die zo te zien ondanks zijn dikke winterjas van top tot teen bevroren was, alle komende en gaande mensen noteerde. Banks liep naar hem toe en vroeg naar inspecteur Ken Blackstone.

De agent schreef iets op zijn klembord en gebaarde met zijn duim. 'Binnen, meneer,' zei hij met een verlangende ondertoon in zijn stem.

Banks liep over het pad naar het huis. De voordeur was gesloten maar niet op slot en er waren sporen van inbraak met geweld zichtbaar. De brandweerlieden, of iemand anders?

Banks trof Ken Blackstone en de plaatselijke inspecteur van Weetwood, Gary Bridges, in de woonkamer aan. Inspecteur Bridges vormde een enorm contrast met Banks en de elegante, tot in de puntjes verzorgde Blackstone. Ergens deed hij een beetje denken aan Hatchley, hoewel hij een veel betere conditie had. Hij was een stevige man in een slobberig, gekreukeld pak, een voormalige rugbyspeler met armen en benen als stalen kabels, een flinke bos rossig haar en doordringende groene ogen. Sporen van zijn Belfast-accent waren nog altijd hoorbaar in zijn stem, ook al had hij het grootste deel van zijn leven in Engeland doorgebracht.

Banks liet zijn blik door de kamer glijden. Geen enkel teken van vuur of rookbeschadiging te vinden, zelfs niet de geur. Op de bank zat een tengere, eenzame gestalte: Mark Siddons. Het was warm in de kamer, maar Mark had een deken om zijn schouders gewikkeld en hij beefde licht. Toen Banks de kamer binnenkwam, keek hij even op, maar hij wendde zijn blik weer snel af. Zijn wangen en de handen waarmee hij de deken vast-

klemde, zaten vol vegen van wat zo op het eerste gezicht vuil of bloed leek. Aan de zijkant van zijn hoofd zat ook bloed.
'Wat is er aan de hand?' vroeg Banks nadat hij Blackstone en Bridges had begroet. 'Waar is de brand?'
'Gary heeft me thuis gebeld zodra hij de locatie vernam,' zei Blackstone. 'Zijn mannen hebben ons geholpen met informatie opzoeken over Aspern, dus hij wist dat ik me voor hem interesseerde.'
'Het is begonnen in de praktijkkamer van dokter Aspern,' zei Bridges. 'Aan de achterkant. Een aangebouwd gedeelte eigenlijk. De schade is tamelijk oppervlakkig gebleven en heeft zich niet ver uitgebreid.' Hij gebaarde naar Mark. 'Blijkbaar is die knul vrij snel in actie gekomen met een brandblusser.'
Banks keek naar Mark. 'Klopt dat?' vroeg hij.
Mark knikte.
'Ben jij degene die heeft ingebroken?'
Mark zei niets.
'Je hebt die brand toch zeker niet zelf aangestoken?' ging Banks verder.
'Ik heb hem niet aangestoken.'
'Ik heb je nog zo gewaarschuwd om uit de buurt te blijven.'
'Ik heb het niet gedaan.'
'Waarom denk je dat hij erachter zit?' vroeg Bridges. 'Wat is hier allemaal gaande? Inspecteur Blackstone zei dat dokter Aspern betrokken is bij een zaak waaraan u werkt, maar dat is zo'n beetje het enige wat ik weet. Denkt u soms dat dit er ook mee te maken heeft?'
'De betrokkenen zijn hetzelfde,' zei Banks, en toen vertelde hij hem over de andere branden en Marks problemen met Patrick Aspern. Mark zweeg. Hij leek verloren in zijn eigen wereld en beefde nog steeds onophoudelijk.
'Wat is hier precies gebeurd?' vroeg Banks.
'Dat is nog niet helemaal duidelijk,' zei Blackstone. 'Maar de brand is niet het grootste probleem.' Hij wierp een blik op Mark. 'En de brandweercommandant heeft me verteld dat de voordeur al openstond toen zij hier aankwamen. Wil je een kijkje nemen op de plaats delict?'
Banks knikte. Blackstone keek vragend naar Bridges. Hij wilde eerst diens toestemming hebben – een kwestie van beleefdheid, want ze bevonden zich op zijn gebied. 'Dat is goed,' zei Bridges. 'Het ziet ernaar uit dat we hieraan toch zullen moeten samenwerken. Dan breng ik deze knaap even naar het bureau.'
'Waarom arresteert u mij?' vroeg Mark. 'Ik heb helemaal niets gedaan.'
'Waar wil je op dit tijdstip anders naartoe?' vroeg Banks.

Mark haalde alleen zijn schouders op.
Bridges keek naar Banks. 'Inbraak met geweld?'
'Dat is voorlopig wel voldoende. En kijk of je een dokter kunt vinden die hem even kan bekijken, oké? We spreken hem morgen wel.'
'Goed,' zei Bridges. 'Wees voorzichtig daarbinnen. De dokter is al geweest, maar de fotograaf is volgens mij nog niet klaar en de technische recherche is er ook nog niet. Die luie donders zijn hun bed niet uit te krijgen.'
'Het is vrij luguber,' zei Blackstone toen hij met Banks over het dikke tapijt in de gang naar de achterkant van het huis liep.
Banks dacht terug aan de aanblik van de boten en Gardiners caravan. Hij kon zich niet voorstellen dat het veel erger zou zijn. En het kon al helemaal niet erger zijn dan wat hij al die jaren terug in dat hoge, smalle rijtjeshuis had gezien.
'Er is maar één verbindingsdeur vanaf het huis,' zei Blackstone, en hij duwde de kruk omlaag. 'En dan is er nog een aparte ingang van buiten af die naar een kleine wachtkamer voor de patiënten leidt. Voornamelijk particulier verzekerden, en ik vermoed dat ze extra betalen voor de nostalgische uitstraling. Ik durf te wedden dat de dokter ook op huisbezoek ging.'
Van die nostalgische uitstraling was weinig te zien toen Blackstone de deur naar Asperns praktijkruimte eenmaal had opengedaan, maar de schade die daar was aangericht, was niet afkomstig van de brand. Ondanks de lichte schroeiplekken en het schuim uit de brandblusser was goed te zien dat de muren en de vloer onder het bloed zaten en dat het bloed afkomstig was uit het lichaam van Patrick Aspern, voor wie alle doktershulp duidelijk te laat kwam; hij lag met gespreide armen en benen op de vloer, en de opengereten voorkant van zijn lichaam vormde een glinsterend tapijt van weefsel, organen, pezen en botten.
Banks wierp een blik op Blackstone, die er beslist wat pips uitzag. 'Jachtgeweer?' vroeg hij. 'Van dichtbij? Beide lopen?'
'Inderdaad. Gary heeft het ding al in plastic gewikkeld en gelabeld.'
'Jezus christus,' mompelde Banks bij zichzelf. In zo'n kleine ruimte moest de impact enorm zijn geweest. Zelfs nu nog kon hij de geur van het kruit ruiken, vermengd met die van verbrand rubber, medicinale alcohol en bloed. In gedachten hoorde Banks het oorverdovende lawaai en zag hij het bloed dat uit de slagaderen naar buiten spoot, de brokken vlees die van de botten werden losgerukt en slijmerige donkere sporen op de muren achterlieten. Zelfs de oogcontrolekaart zat onder de bloedspetters, evenals de injectiespuit die naast de stoel op de grond lag.

'Wie heeft dit gedaan?' vroeg Banks.
'Waarschijnlijk zijn vrouw,' zei Blackstone. 'Maar ze weigert vooralsnog iets te zeggen.'
'Frances?' zei Banks. 'Waar is ze nu?'
'Politiebureau.'
'Was de jongen ook in de kamer? Mark?'
'Ja.'
'Wat heeft hij erover te zeggen?'
'Niets. Je hebt hem zelf gezien. Ik denk dat hij in shock is. Het zal wel even duren voordat we iets uit hem loskrijgen.'
Banks zweeg en liet zijn blik door de ruimte gaan. Een ware slachtpartij. Hij zag een paar stukken touw op de vloer bij de doktersstoel liggen.
'Wat is dat?' vroeg hij.
'We denken dat de jongen op de stoel vastgebonden heeft gezeten.'
'Waarom?'
'Weten we nog niet. Waarschijnlijk heeft mevrouw Aspern hem bevrijd.'
'En de brand?'
'Die was amper uitgebroken toen die knul de brandblusser in werking stelde. Zoals je ook wel kunt zien.'
Hij wees naar de brandplek op het tapijt, die zich uitstrekte tot het kastje waarin de dossiers van patiënten werden bewaard, en het verschroeide witte papieren laken op de onderzoekstafel.
'Wie heeft de brand aangestoken?'
'Waarschijnlijk ook zijn vrouw.'
Frances Aspern. Misschien was er iets in haar geknapt, dacht Banks. Als zijn vermoedens klopten over wat er had plaatsgevonden en zij ervan op de hoogte was geweest, dan kon hij alleen maar gissen hoe intens de emoties waren die ze had onderdrukt, of hoe verwrongen en gevaarlijk die onder de jarenlange druk waren geworden. Maar er moest iets zijn gebeurd waardoor ze was doorgeslagen. Een soort laatste druppel. Misschien konden ze dat later uit haar of Mark loskrijgen.
De buitendeur ging open en er waaide een ijskoude nachtelijke luchtstroom naar binnen. 'Sorry, mensen,' zei de fotograaf, en hij tikte op zijn Pentax. 'De video is af, maar ik moest even terug naar de auto om deze te halen.'
De slachtpartij die zich op de plek voor hem had afgespeeld, leek de jonge fotograaf niet te deren. Banks had een dergelijk gebrek aan respons al eens eerder meegemaakt. Hij wist dat de meeste fotografen vaak afstand creëerden via hun lens. Voor hen was een plaats delict gewoon een foto, een

beeld, een compositie, in plaats van echt menselijk bloed en ingewanden die naar buiten waren geperst. Het was hun manier om ermee om te gaan. Banks vroeg zich af wat zijn manier was om ermee om te gaan en besefte dat hij geen specifieke manier had. Hij zag dergelijke plekken altijd zoals ze waren: een uitbarsting van woede, haat, hebzucht, wellust of passie, die een mens verminkt en opengereten achterliet, als een dunne zak bloed die was opengebarsten, en hij had geen speciale manier om er afstand van te nemen. Toch sliep hij 's nachts rustig, viel hij niet flauw of kotste hij de inhoud van zijn maag niet over iemands schoenen uit. Wat zei dat over hem? O, hij herinnerde zich hen allemaal wel degelijk, alle slachtoffers, jong en oud; soms werd zijn slaap verstoord door dromen of kon hij niet in slaap komen door de beelden die zijn geest bestormden, maar hij kon ermee leven. Maar wat zei dat over hem?

'Alan?'

Banks draaide zich om en zag dat Ken Blackstone hem met een diepe rimpel op zijn voorhoofd stond aan te kijken.

'Gaat het?'

'Ja hoor, prima. Bedankt.'

'Mijn bank?'

'Waarom ook niet?' zei Banks met een zucht. 'Het is een pokkeneind rijden naar huis en ik ben gesloopt. Heb je thuis nog een fatsoenlijke whisky staan?'

'Ik geloof dat ik wel een paar glazen Bell's voor je heb.'

'Dat is mooi,' zei Banks. 'Dan zullen we dit maar aan inspecteur Bridges overlaten en vertrekken. We zoeken deze chaos morgen wel verder uit.'

Ondanks een lichte kater en een vrijwel slapeloze nacht was Annie vroeg op het bureau. Nadat Phil haar voor de voordeur van het hoofdbureau van de westelijke divisie had afgezet, had hij de Turners opgehaald en was naar Londen vertrokken. Ze zette een pot sterke koffie in de gemeenschappelijke werkruimte en ging aan de slag met een stapel papierwerk die ze veel te lang had verwaarloosd. Ze kreeg net een beetje plezier in de stilte en rust die er zo vroeg op de ochtend heersten toen de werkplek tot leven kwam. Rickerd was de eerste die arriveerde, gevolgd door Winsome en Kevin Templeton. Al snel was het een komen en gaan van mensen die de diverse werkzaamheden en taken uitvoerden die bij een belangrijk onderzoek komen kijken. Annie geneerde zich ervoor dat ze dezelfde kleding aanhad waarin ze de avond tevoren ook uit eten was gegaan, maar het was blijkbaar niemand opgevallen, of anders zeiden ze er in elk geval niets van. Banks was er trouwens toch niet. Ze zag de blik al voor zich die ze van hem had kunnen verwachten. Soms had ze het gevoel dat hij aan haar kon ruiken dat ze seks had gehad, hoe lang ze daarna ook had gedoucht.

Even na negenen kwam Templeton opgewonden naar haar toe met een wapperend vel papier in zijn hand. 'Ik heb het!' zei hij. 'Ik heb het.'

'Halleluja,' zei Annie. 'Wat heb je?'

'McMahon en Gardiner. De connectie.'

Annie voelde hoe de opwinding over deze eerste belangrijke vondst zich als een vroege lentebries door de ruimte verspreidde. Iedereen had hard gewerkt en lange uren gemaakt voor deze zaak, en een gebeurtenis als deze voelde voor iedereen aan als een beloning, of ze nu aan deze specifieke aanwijzing hadden meegewerkt of niet.

'Kom maar op, Kev,' zei ze. 'Vertel.'

'Ze hebben samen op de universiteit gezeten,' zei Templeton. 'Nou ja, het was toen nog geen universiteit, maar nu wel.'

'Kev, even rustig aan graag,' zei Annie. 'Vertel me de details eens in logische volgorde.'

Templeton streek met een hand over zijn golvende bruine haar. Hij had een soort gel gebruikt, zag Annie, waardoor het net leek of het nat was en hij zojuist onder de douche vandaan was gekomen. Hij had altijd een beetje een hoge dunk van zichzelf gehad, dacht ze bij zichzelf, en hij was een knappe, slanke, energieke vent die het waarschijnlijk heel goed deed bij de meisjes. Hij had ook de ietwat jongensachtige charme van Hugh Grant, het soort eigenschap dat uitnodigt tot moederlijk gedrag, maar niet te veel, net genoeg om aantrekkelijk te worden gevonden door het juiste soort vrouw. Niet Annie. Zij was geen moederlijk type.

'Oké,' zei hij, en hij las voor van het papier. 'Van 1978 tot en met 1981 zat zowel Thomas McMahon als Roland Gardiner op de voormalige hogeschool van Leeds, die sinds 1992 bekendstaat als de Leeds Metropolitan University. In die tijd bestond die uit een kunstopleiding, een handelsopleiding, een technische opleiding en een kookopleiding. Thomas McMahon volgde uiteraard de kunstopleiding en Roland Gardiner de handelsopleiding.'

'Kenden ze elkaar?'

Templeton wreef over zijn voorhoofd. 'Dat kan ik u niet vertellen, mevrouw. Alleen maar dat ze er in dezelfde periode hebben gestudeerd.'

Winsome wierp Annie een blik toe. Annie keek haar glimlachend aan. Op een goede dag zou ze Kevin Templeton ook nog wel zover krijgen dat hij zijn gewoonte om haar met 'mevrouw' aan te spreken achterwege liet. Als

het uit de mond van zo'n knappe jonge knul als hij kwam, voelde ze zich helemaal een oude vrijster.
'Ervaring heeft mij geleerd,' zei Annie, 'dat het heel onwaarschijnlijk is dat kunst- en handelsstudenten gemeenschappelijke interesses hebben. Ik betwijfel dan ook of ze daar met elkaar omgingen.'
'Ze volgden misschien niet dezelfde vakken,' zei Templeton, 'maar dat is toch maar een onderdeel van het universiteitsleven? Je hebt de pubs, de studentenraad, het muziekwereldje. De hogeschool van Leeds had altijd fantastische bands. Op die manier kunnen ze elkaar ook hebben ontmoet.'
'"Kunnen" is niet goed genoeg, Kev. We moeten het wel heel zeker weten. En we moeten ook weten met wie ze nog meer omgingen. Er bestaat een gerede kans dat degene die hen heeft vermoord hen in die tijd heeft leren kennen en iemand was die misschien in hetzelfde wereldje thuishoorde. Ik geloof in elk geval beslist niet dat het toeval is dat twee mannen die zo dicht bij elkaar en op vrijwel dezelfde manier zijn vermoord, ook nog eens in dezelfde periode naar dezelfde hogeschool zijn gegaan. Als er een verband is, zullen we dat echter wel moeten aantonen. En dan moeten we ook nog eens rekening houden met de inmiddels overleden William Masefield. Bestaat er een verband tussen hem en de anderen, en zo ja: wat was dat dan?'
'Tja,' zei Templeton, 'ik kan natuurlijk contact opnemen met het bestuur in Leeds. Ik weet zeker dat hun administratie wel zover teruggaat.'
'En wat doen we dan? Trekken we iedere student na die van 1978 tot 1981 aan de hogeschool van Leeds heeft gestudeerd? Dat is net als het spreekwoordelijke zoeken naar een speld in een hooiberg.'
'Kunt u iets anders bedenken?'
'Ik heb wel een idee,' zei Winsome.
Annie en Templeton keken haar aan. 'Vertel op,' zei Annie.
'Friends Reunited dot com. Daar ben ik lid van. Ik heb er gebruik van gemaakt om oude vrienden op te sporen. Ik geef toe dat het een beetje kort door de bocht is, maar misschien helpt het ons om de zoektocht wat te beperken. Natuurlijk kun je er alleen de mensen vinden die de moeite hebben genomen om zich op de site aan te melden, maar er bestaat een kans dat een van hen zich McMahon of Gardiner nog herinnert. We kunnen een e-mail sturen naar iedereen op de lijst die in 1981 van de hogeschool van Leeds af is gegaan en hun vragen of ze Thomas McMahon en Roland Gardiner hebben gekend. Eens zien wat voor reacties we dan krijgen. Heel wat mensen zijn tegenwoordig continu on line, dus met een beetje geluk krijgen we snel antwoord.'

'Het is het proberen waard,' zei Annie, en ze kwam overeind. 'Kom, we doen het.'

De verhoorkamer was hetzelfde als vrijwel elke andere verhoorkamer die Banks ooit vanbinnen had gezien: een smal, hoog raam met tralies, een kaal peertje achter een roostertje, een metalen tafel die aan de vloer was vastgeschroefd. De traditionele groene verf leek echter recent aangebracht en Banks meende nog steeds een lichte verfgeur in de muffe lucht te kunnen ruiken. Of anders moest het de Schotse whisky zijn die hij de vorige avond met Ken Blackstone had gedronken en waar hij nu koppijn van had. Hij masseerde zijn slapen.

Frances Aspern zat tegenover Banks en inspecteur Gary Bridges, die niet alleen nog steeds hetzelfde pak droeg dat hij de vorige nacht aan had gehad, maar er ook uitzag alsof hij er zelfs in had geslapen. Frances Aspern, die gekleed was in een donkerblauwe wegwerpoveral, maakte een lusteloze, afwezige indruk en leek veel ouder dan de keer toen Banks haar voor het eerst had ontmoet. De donkere wallen onder haar ogen toonden aan dat ze niet had geslapen en ze speelde nerveus met een ring. Niet haar trouwring, zag Banks. Die was verdwenen.

'Ben je bereid om met ons te praten?' vroeg Bridges, nadat hij haar de standaardwaarschuwing had voorgelezen en de cassetterecorder had aangezet.

Frances knikte, maar er lag een wezenloze uitdrukking op haar gezicht.

'Kun je alsjeblieft hardop antwoorden?' vroeg Bridges.

'Ja,' zei ze met een klein stemmetje. 'Sorry.'

'Wat is er gisteravond gebeurd?'

Frances wachtte zo lang met antwoorden dat Banks bijna begon te denken dat ze Bridges' vraag niet had gehoord. Uiteindelijk deed ze echter haar mond open. 'We lagen te slapen. Patrick hoorde iets. Hij haalde zijn jachtgeweer uit het kastje en ging naar beneden.' Haar stem klonk monotoon, was losgekoppeld van haar gevoelens, alsof dat wat ze zei haar niet interesseerde.

'Wat gebeurde er toen?'

'Ik bleef zitten wachten. Het duurde heel lang. Ik weet niet hoe lang precies. Toen ben ik naar beneden gegaan. Hij wilde die jongen iets aandoen. Ik heb zijn geweer gepakt en op hem geschoten; daarna heb ik die jongen losgemaakt en gezegd dat hij moest weggaan.'

'En de brand?' vroeg Bridges.

'Vuur heeft een louterende werking,' zei ze. 'Ik wilde het huis zuiveren.'

'Wat heb je gebruikt om de brand mee aan te steken?'

'Ontsmettingsalcohol. Die stond op tafel.'

'Wat gebeurde er toen?'

'Die jongen kwam terug en heeft het vuur gedoofd. Ik zei nog dat hij dat niet moest doen, maar hij luisterde niet. Toen zei hij dat ik moest gaan zitten en heeft hij de politie gebeld. Ik was zo moe dat het me allemaal niet meer kon schelen, maar ik kon niet slapen.'

'Ik wil het graag begrijpen, Frances,' zei Bridges. 'Waarom heb je je man vermoord?'

Frances keek Bridges niet aan, maar staarde met betraande ogen naar Banks. 'Omdat hij die jongen iets wilde aandoen.'

'Je dacht dat hij Mark iets zou aandoen?' Bridges was degene die sprak, maar Frances bleef naar Banks staren.

'Ja,' zei ze. 'Patrick is een wrede man. Dat moeten jullie toch weten? Hij wilde de jongen iets aandoen. Hij zat vastgebonden aan de stoel.'

'Maar waarom wilde hij Mark dan iets aandoen?' vroeg Bridges.

Frances draaide zich langzaam om, zodat ze hem kon aankijken, en speelde onafgebroken met haar ring. 'Vanwege Christine,' zei ze. 'De jongen heeft Christine van hem afgenomen. Patrick kon niet tegen zijn verlies.'

Banks voelde een rilling langs zijn ruggengraat trekken. Bridges keek hem verward aan. 'Inspecteur Banks,' zei hij, 'u bent bekend met de achtergrond van deze zaak. Wilt u misschien iets vragen?'

Banks keek Frances Aspern aan. 'Je man was dus van plan om Mark iets aan te doen omdat hij met Christine op de boot samenwoonde, klopt dat?'

'Ja.'

'Is Patrick afgelopen donderdagavond bij de boot geweest? Heeft hij de brand aangestoken?'

Frances keek verrast op. 'Nee,' zei ze. 'Nee, we waren thuis. Dat was echt waar.'

'Maar je man heeft Christine wel seksueel misbruikt?'

De tranen druppelden nu uit Frances' ogen en rolden over haar wangen, maar ze snikte of jammerde niet. 'Ja,' zei ze.

'Hoe lang al?'

'Sinds haar twaalfde. Toen ze... Nou ja, toen haar lichaam zich begon te ontwikkelen. Hij kon niet van haar afblijven.'

'Waarom heeft ze hem niet tegengehouden? Ze moet toch hebben beseft dat wat hij deed fout was? Ze had zo naar de politie kunnen stappen.'

Frances droogde de tranen in haar ogen en op haar wangen af met de mouw van haar overal en wierp Banks een blik toe die duidelijk zei: wat weten jullie er nu van? 'Hij was de enige vader die ze ooit heeft gekend,' zei ze. 'Hij was erg streng voor haar toen ze klein was. Altijd. Ze was doodsbang voor hem. Ze durfde hem nooit iets te weigeren.'

'En jij wist vanaf het begin dat hij haar seksueel misbruikte?'

'Ja. Vrijwel vanaf het begin in elk geval.'

'Hoe ben je erachter gekomen?'

'Het is niet zo moeilijk om de signalen te herkennen wanneer je voortdurend in de buurt bent. Bovendien...'

'Bovendien is jou hetzelfde overkomen?'

'Hoe weet u dat?'

'Een gokje.'

Ze wendde haar blik af. 'Ik heb geprobeerd om het papa te vertellen, maar ik kon het gewoon niet. Hij zou me trouwens toch niet hebben geloofd, en als hij me wel had geloofd, dan zou het zijn hart hebben gebroken.'

'Dus je deed niets om Christine te helpen?'

Ze boog zich met een smekende blik naar Banks toe. 'Hoe had ik dat moeten doen? Ik was als de dood voor hem.'

'Maar dan nog, na je eigen ervaringen... Het was nota bene je eigen dochter.'

Ze sloeg met een vlakke hand op de tafel. 'Jullie hebben er geen idee van hoe wreed Patrick kon zijn. Geen flauw idee.'

'Hoezo? Sloeg hij je? Sloeg hij Christine?'

Ze schudde haar hoofd. 'Nee. Wat hij deed was... erger, veel erger. Koud, berekenend.'

'Wat deed hij dan?'

Frances wendde opnieuw haar blik af en staarde met een wazige blik naar een plek op de muur boven Banks' hoofd. 'Hij... Hij kende allerlei middeltjes.' Ze lachte verbitterd. 'Ja, natuurlijk, hij was tenslotte dokter, nietwaar?'

'Wat bedoel je precies, Frances?'

Ze keek Banks met een ondoorgrondelijke uitdrukking op haar gezicht recht in de ogen. 'Patrick kende allerlei medische middeltjes. Geen illegale drugs. Alles legaal. Middeltjes waarvan je in slaap viel. Middeltjes waarvan je wakker bleef. Waardoor je hart als een angstig vogeltje in je borst rondfladderde. Waar je misselijk van werd. Waar je de hele tijd van naar de wc moest. Waarvan je een brandend gevoel op je huid kreeg, en een droge mond.'

Banks begreep het. En wilde maar dat het niet zo was. Hij keek naar Bridges, die enigszins wit was weggetrokken. Telkens wanneer hij dacht dat hij alles al eens had gezien en gehoord, dat hij zo diep in het duister van de menselijke ziel had gegraven als je maar kunt komen zonder de kluts kwijt te raken, dook er weer iets anders op dat al je veronderstellingen in één klap omverwierp.

'Nu begrijpen jullie het,' zei Frances Aspern met een schrille, triomfantelijke klank in haar stem. 'Maar dat was nog niet eens alles. Met de pijn en de wreedheid had ik wel kunnen leven.'

'Wat was er dan nog meer, Frances?' vroeg Banks.

'Mijn vader. Hij verafgoodde Patrick. Dat weet u ook. U hebt hem gesproken. Hij heeft ons gebeld, nadat u was weggegaan. Hoe moest ik het hem in godsnaam vertellen? Het was net als eerder, wat ik u al heb verteld. Als ik er al in zou slagen om hem te laten geloven wat ik zei dan zou het zijn hart breken.'

'Dus omwille van het vertrouwen dat je vader in Patrick Aspern stelde, heb je toegestaan dat je man jou en je dochter mishandelde? Bedoel je dat?'

Ze boog zich voorover en keek hem smekend aan. 'Wat had ik dan moeten doen? U begrijpt het toch wel? Als bekend zou worden wat voor man Patrick was en wat hij heeft gedaan, zou dat funest zijn voor mijn vader. Hij is niet sterk.'

Hij had er een dag of twee geleden anders vrij gezond uitgezien, dacht Banks, maar uiterlijkheden konden bedrieglijk zijn. Het had echter geen zin deze vragen voort te zetten. Wat haar redenen ook waren geweest, Frances Aspern zag heel goed de ernst in van wat ze had gedaan en wist dat ze met de gevolgen ervan zou moeten leren leven.

'En Paul Ryder?' vroeg Banks.

'Wie?'

'Paul Ryder. De biologische vader van Christine? We hebben hem niet kunnen vinden.'

Frances tuurde naar het beschadigde tafelblad en liet haar vingers over het ruwe oppervlak glijden.

'Paul Ryder bestaat helemaal niet, hè?' zei Banks.

Ze antwoordde met een nauwelijks waarneembaar hoofdschudden.

'Patrick was Christines echte vader, is het niet?'

'Ja,' zei ze, nog altijd naar de tafel turend.

'Weet je nog die eerste keer dat we elkaar hebben ontmoet en dat Patrick je naar Eastvale wilde brengen om het stoffelijk overschot te identificeren?'

Frances keek hem zwijgend aan.

'Toen zei je: "Ze is *mijn* dochter." Ik nam toen aan dat je hem op zijn plaats wees en hem eraan herinnerde dat hij alleen maar Christines stiefvader was, maar daar ging het helemaal niet om, hè?'

'Wanneer je een leugen maar vaak genoeg herhaalt,' zei Frances half fluisterend, 'dan ga je er uiteindelijk vanzelf in geloven.'
Banks liet een lange stilte vallen, waarin alleen het gebrom van de cassette en de gedempte geluiden van het bureau op de achtergrond hoorbaar waren, en keek toen naar Bridges, die langzaam zijn hoofd schudde. 'Laten we dit verhoor voorlopig maar even opschorten,' zei Banks. Bridges knikte en zette de cassetterecorder uit.

'Is Alan alweer weg?' vroeg Stefan Nowak toen hij die dag rond lunchtijd zijn hoofd om de deur van de gemeenschappelijke werkruimte stak.
'Weer een brand,' zei Annie. 'Deze keer in Leeds. Ik heb hem net aan de telefoon gehad en het lijkt erop dat mevrouw Aspern, de vrouw van de dokter, haar man heeft vermoord en toen heeft geprobeerd om het lichaam in brand te steken.'
Stefan floot zachtjes.
'Inderdaad,' zei Annie. 'Heb je nog iets nieuws voor ons?'
'Misschien.' Stefan kwam de kamer binnengelopen en nam tegenover Annie plaats. Hij zag er even knap en koninklijk uit als altijd, en ook even zo afstandelijk en ondoorgrondelijk. Annie vroeg zich voor de zoveelste keer af wat voor privé-leven hij had. Had hij vrienden buiten het bureau? Een gezin? Was hij homoseksueel? Ze dacht niet dat dat het was, maar ze had het al eens eerder bij het verkeerde eind gehad.
Stefan sloeg de map open die hij had meegebracht. 'Wat wil je eerst horen?' vroeg hij. 'Het goede nieuws of het slechte?'
'Maakt me niets uit,' zei Annie.
'Goed dan,' vervolgde Stefan, 'afgezien van de aarde- en grindmonsters, die overigens overeenkomen met de monsters van de parkeerplaats, heeft de Jeep Cherokee niets opgeleverd. Het autoverhuurbedrijf heeft de auto zowel vanbuiten als vanbinnen zeer grondig schoongemaakt. We hebben wel wat haar, vezels en een deel van een afdruk onder de voorste stoel gevonden, maar de laatste is nauwelijks meer dan een vage veeg. Misschien kunnen we met de computer nog iets meer bereiken, maar verwacht er niet al te veel van.'
'Dat is wel zo ongeveer wat ik had verwacht,' zei Annie. 'Het zou me niets verbazen als onze moordenaar de auto ook eerst goed heeft schoongemaakt. Hij lijkt me wel een nauwgezet type.'
'We hebben ook een monster van de benzine uit de tank van Leslie Whitakers Jeep Cherokee vergeleken met de brandstof die bij de brand bij Gardiner is gebruikt.'

'En?'
'Ze komen niet met elkaar overeen.'
'Shit,' zei Annie.
'Maar we hebben echter wel die afdruk van een Nike sportschoen. Die is vrij opvallend. Zodra we een verdachte hebben die zijn schoenen niet heeft weggegooid, kunnen we ze met elkaar vergelijken.'
'Was dat het goede nieuws of het slechte?'
Stefan glimlachte. 'Het stelt misschien weinig voor, maar een van de technisch rechercheurs heeft vlak bij de brandhaard in Roland Gardiners caravan sporen gevonden van kaarsvet.'
'Bedoel je dat hij een romantisch avondje heeft gehad?'
'Nee,' zei Stefan, 'dat was niet wat ik in gedachten had. Beslist niet. Misschien ben ik wat cynisch, maar ik zie het in een heel ander licht.'
'Grapje,' zei Annie. 'Laat maar. Stond er naast dat meisje dat op de boot is omgekomen ook niet een kaars?'
'Jawel,' zei Stefan, 'maar dat lag iets anders. De brand is niet op die boot ontstaan en het lag nogal voor de hand dat ze de kaars had gebruikt om de heroïne te verhitten die ze heeft ingespoten. Bovendien heeft haar vriendje in zijn verklaring gezegd dat hij had gecontroleerd of de kaars uit was voordat hij vertrok.'
'Mark Siddons? Ik begrijp niet waarom iedereen maar klakkeloos aanneemt dat hij de waarheid spreekt. Hij kan best hebben gelogen.'
'Nee, dit is iets anders.'
'Ik denk dat ik wel weet waar jij naartoe wilt,' zei Annie.
'Ja. Het lijkt erop dat deze is gebruikt als een primitief soort ontstekingsmechanisme. Niet ongebruikelijk bij brandstichting.'
'De moordenaar zorgt er dus voor dat Gardiner in diepe slaap is, sprenkelt de benzine om hem heen, steekt vervolgens een kaars aan en vertrekt?'
'En een of twee uur later is de kaars opgebrand, bereikt het vuur de benzine en *poef*! Alles gaat in vlammen op.'
'Kun je inschatten hoe lang het precies heeft geduurd?'
'Als we achter het merk en de lengte van de kaars kunnen komen, en als we ervan uit kunnen gaan dat hij nog niet eerder was gebruikt, nog helemaal heel was, dan wel, ja. Maar verwacht daar nu niet te veel van. We hebben heel weinig om ons op te baseren.'
'Een inschatting?'
'Tja, een gewone huishoudkaars heeft een doorsnee van ongeveer twee centimeter en brandt in een tochtvrije omgeving elke zevenenvijftig minuten tweeënhalve centimeter af.'

'De caravan is niet direct een tochtvrije omgeving te noemen, of wel?'
'Inderdaad niet,' zei Stefan. 'Maar het was die nacht vrijwel windstil. Goed, stel nu dat je een kaars van vijftien centimeter hebt, dan heb je onder gelijkmatige omstandigheden bijna zes branduren voordat er brand ontstaat.'
'Hoe kon de moordenaar er zeker van zijn dat Gardiner zo lang buiten bewustzijn bleef?'
'Dat kon hij niet. Hoor eens, Annie, het kan ook een stompje kaars zijn geweest. Drie centimeter lang, twee centimeter. Een halfuur, hooguit een uur.'
'Maar het kan ook twee uur zijn geweest, of drie uur?'
'Ik vrees van wel. Het kan zelfs zo'n dikke, decoratieve kaars zijn geweest, die veel en veel langzamer opbrandt. We voeren alle tests die we hebben uit met de was, maar zoals ik al zei: verwacht er alsjeblieft niet te veel van.'
'En de woonboot van Thomas McMahon? Heeft die nog iets opgeleverd?'
'Geen sporen van kaarsvet. Het ziet ernaar uit dat die brand direct is aangestoken.'
'En de brand bij Gardiner niet?'
'Nee.'
'Is het gebruik van een kaars op die manier niet erg onbetrouwbaar?'
'Bijzonder onbetrouwbaar. Heel primitief en onvoorspelbaar. En gevaarlijk. Er kunnen heel veel dingen misgaan, en dat gebeurt ook vaak. Het kan bijvoorbeeld gebeuren dat je tijdens het aansteken van de kaars ook de brandstof al aansteekt. Of je steekt de kaars aan en vertrekt, en dan wordt de vlam door de tocht uitgeblazen. Of de kaars valt om en steekt de brandbare vloeistof veel eerder aan dan je had gepland. Het is amateuristisch, maar het kan ook heel effectief zijn wanneer het werkt. Het spijt me dat je er niet zoveel aan hebt,' zei Stefan verontschuldigend, 'maar één ding wordt zo wel duidelijk, toch?'
'Ja,' zei Annie, die in gedachten de implicaties al de revue liet passeren. 'Het maakt ons duidelijk dat degene die de tweede brand heeft aangestoken wat tijd nodig had, waarschijnlijk om een alibi te creëren. En wie van onze verdachten heeft ogenschijnlijk een waterdicht alibi?'
Stefan dacht even na en antwoordde toen: 'Leslie Whitaker?'
'Precies.'
'Maar de benzine dan?'
'Hij is waarschijnlijk wel zo slim geweest om een beetje af te tappen uit de benzinetank van iemand anders. Misschien wist hij dat er een kans bestond dat we de herkomst zouden kunnen traceren. Begrijp je het dan

niet, Stefan? Het is allemaal heel logisch. Whitaker zegt dat hij om acht uur met negen andere boekverkopers aan een diner in Harrogate zat. Zij hebben dat allemaal bevestigd. We weten al dat hij Thomas McMahon voorzag van het papier dat hij nodig had voor zijn vervalsingen. Ze werkten samen. Dat heeft hij zelf ook zogoed als toegegeven. De enige reden waarom we Whitaker bijna van onze lijst hadden geschrapt was dat hij een alibi had voor de brand op Jennings Field, maar dat geldt niet voor de brand op de woonboten.'

'En door het gebruik van een vertraagd ontstekingsmechanisme wordt zijn alibi onbruikbaar?'

'Juist,' zei Annie. 'Als hij inderdaad om acht uur in Harrogate was voor dat diner, dan moet hij om een uur of zeven uit Eastvale of van zijn woonplaats Lyndgarth zijn vertrokken. Maar hij kan dus ook een stompje kaars van vijf tot acht centimeter hebben gebruikt en zo een paar uur of zelfs meer aan tijd hebben gewonnen voordat de brandbare vloeistof werd aangestoken?'

'Dat is heel goed mogelijk, ervan uitgaande dat alles volgens plan is verlopen.'

'Deze keer is het gelukt,' zei Annie. 'We halen hem naar het bureau, Stefan. En dan houden we hem ook hier.'

Na het verhoor van Frances Aspern haalde Banks een kop koffie in de kantine en daar schoot hem te binnen dat hij van plan was geweest om Dirty Dick Burgess te bellen. Hij zocht een leeg kantoortje op en haalde zijn mobiele telefoon tevoorschijn.

'Eindelijk,' zei Dirty Dick. 'Ik probeer je al de hele ochtend in Eastvale te bereiken.'

'We hadden hier een kleine crisissituatie,' zei Banks en hij vertelde kort over de gebeurtenissen van die nacht en ochtend. 'Wat heb je voor me?'

'Niet echt veel, ben ik bang. Zijn bedrijf heeft een solide reputatie. Hij werkt alleen. Geen partner. Geen werknemers. Philip Keane is een zeer gerespecteerde, populaire verschijning in de kunstwereld. Zijn oordeel wordt hogelijk gewaardeerd en hij is bevriend met alle kopstukken, handelaren, verzamelaars, galerie-eigenaren, et cetera. Geen Anthony Blunt, maar je snapt wel wat ik bedoel.'

'Blunt?' zei Banks. 'Waarom begin je juist over hem? Was hij niet een spion, net als Philby, Burgess en MacLean? De vierde man?'

'Jawel,' zei Burgess, 'maar hij had tevens de portretten van Hare Majesteit onder zijn beheer en was directeur van het Courtauld Institute.'

'Natuurlijk,' zei Banks. 'Dat herinner ik me nog wel. Interessant. Een meester in de kunst der misleiding. Verder nog iets?'

'Niets. Philip Keane heeft een voorbeeldig bestaan geleid. De afgelopen vier jaar, tenminste.'

'De afgelopen vier jaar? En daarvoor?'

'Dat is het 'm nu juist. Nada. Noppes. Nul komma nul.'

'Hoe bedoel je?'

'Ik bedoel dat hij vier jaar geleden als pasgeborene in volwassen gedaante ten tonele is verschenen, als Athene uit het hoofd van Zeus. En voordat je me lastigvalt met klassieke analogieën moet je eerst weten dat ik in Oxford een heel hoog cijfer had voor de klassieken.'

'Zwam niet,' zei Banks. 'Maar ga verder. Je hebt mijn volledige aandacht.'

'Zoals ik al zei: verder valt er niets te vertellen. Het spoor loopt daar dood. Het is net alsof Keane pas vier jaar bestaat.'

'Hij zal om te beginnen toch voor die tijd geboren moeten zijn.'

'O, nou ja, als je soms wilt dat ik een team naar Saint Catherine's House stuur... Of zal ik anders misschien zelf maar gaan? Een klusje van niets. Eens kijken, het is natuurlijk niet zo'n heel ongebruikelijke naam, Philip Keane. Ik neem aan dat je wel gegevens als geboortedatum en -plaats voor me hebt?'

'Oké,' zei Banks. 'Ik begrijp het probleem. Laat maar even zitten dan. Misschien heeft Keane in het buitenland gestudeerd en daar ook in musea en galeries gewerkt. Misschien is hij daar al die tijd wel geweest.'

'Misschien wel, en met de juiste hoeveelheid tijd en middelen kunnen we dat zeker natrekken. Hoe officieel mag dit eigenlijk worden gespeeld?'

Banks dacht even na. Hij wilde momenteel eigenlijk helemaal niet dat dit officieel zou worden onderzocht. Pas wanneer hij iets concreets had misschien. In een opwelling vroeg hij: 'Kun je uitzoeken of iemand die Philip Keane heet op de een of andere manier betrokken is geweest bij een brand die vier jaar geleden heeft plaatsgevonden en of er ook connecties zijn gevonden tussen hem en een zekere William Masefield?'

'Een brand? Waar?'

'Dat weet ik niet,' zei Banks, en hij vertelde hem over de gestolen identiteit van William Masefield. 'Het is een gok. Maar als hij het inderdaad is, zou het een vaste MO kunnen zijn. Misschien heeft hij het al eens eerder gedaan.'

'Dus je wilt dat ik doorspit?'

'Als het kan. Maar ga voorlopig nog wel discreet te werk. Deze zaak is momenteel al verwarrend genoeg. Hij waait met alle winden mee. Het zou fijn zijn als we voor de verandering eens degelijk, solide bewijsmateriaal in handen kregen.'

'Ik heb wel één praktische suggestie voor je,' bood Burgess ter afscheid aan.

'En dat is?'

'Je zou eens met zijn vrouw kunnen gaan praten.'

16

'Mark,' zei Banks, 'we moeten er eens mee ophouden elkaar telkens zo te ontmoeten.'
Mark Siddons bromde iets onverstaanbaars en ging zitten.
'Hoe voel je je?' vroeg Banks.
'Gaat wel. Een beetje moe. En mijn hoofd voelt net alsof het zit volgestouwd met natte watten.'
'Dat zal het kalmerende middel wel zijn dat de dokter je gisteravond heeft gegeven. Ben je al zover dat je met ons kunt praten?' Banks en Bridges hadden van tevoren afgesproken dat Banks de leiding zou nemen over het gesprek, aangezien hij Mark al eens eerder had gehoord en het bekend terrein voor hem was.
'Wat u wilt. Mag ik misschien eerst wat water?'
Banks gaf het verzoek door aan de agent die voor de deur stond te wachten en die kwam al snel een kan en drie glazen brengen. Mark schonk het zijne vol, maar Bridges wilde niet en Banks hield het bij zijn koffie.
'Gaan jullie me in staat van beschuldiging stellen?' vroeg Mark.
'Waarvoor?'
'Inbraak met geweld.'
Banks keek naar Bridges. 'Dat hang ervan af,' zei deze.
'Waarvan af?'
'Of je meewerkt of niet.'
'Luister eens, Mark,' zei Banks, 'we weten dat jij degene bent geweest die de brand heeft geblust en de politie en de brandweer heeft gebeld, en dat je bij mevrouw Aspern bent gebleven totdat ze er waren. Dat telt allemaal in jouw voordeel. Op dit moment word je nog nergens van beschuldigd, maar je kunt ons maar beter vertellen wat er precies is gebeurd, oké?'
'Kan ik een sigaret krijgen?'
Er mocht niet meer worden gerookt op het politiebureau, maar Bridges haalde toch een pakje Silk Cut tevoorschijn en bood Mark een sigaret aan. Hij stak er zelf ook een op. Banks voelde geen enkele aandrang meer

om mee te doen en werd zelfs een beetje misselijk toen hij de rook inademde. Hij deed zijn best om de informatie die hij zojuist van Dirty Dick Burgess had gekregen uit zijn gedachten te bannen. En vooral niet te denken aan de gevolgen die dit voor Annie zou hebben. Voorlopig tenminste. Hij had het adres van Keane en zijn vrouw Helen in Londen en had ook al geïnformeerd naar de vertrektijden van treinen vanuit Leeds. Zodra hij klaar was met Mark zou hij direct met een van de eerste middagtreinen naar Londen reizen om daar met haar te gaan praten en het een en ander uit te zoeken. Tot die tijd moest hij zich echter concentreren op Mark Siddons en Frances Aspern.

'Voordat we beginnen zou ik één ding graag willen weten,' zei Bridges.

'Wat dan?' vroeg Mark.

'Het inbraakalarm. Hoe heb je dat uitgeschakeld?'

Mark vertelde hen over Tina's plan en dat hij daarvoor de code uit zijn hoofd had geleerd.

'Oké,' zei Bridges, en hij keek naar Banks. 'Jouw beurt.'

'Hoe laat was je bij het huis van de Asperns?' vroeg Banks.

'Dat weet ik niet precies. Vrij laat. De pubs waren in elk geval al gesloten. Toen ik uit de Lawnswood Arms kwam, heb ik het nog even uitgesteld en ben eerst een stukje gaan lopen voordat ik erheen ging.'

'Wat heb je nog even uitgesteld?'

'Weet ik niet. Het enige wat ik weet, is dat ik alles verkeerd had aangepakt en dat het allemaal zinloos was.'

'Wat bedoel je daarmee?'

'Scarborough en zo. Daarom zijn al die dingen gebeurd. De vent in die auto. Die agenten in burger op de boulevard. Allemaal omdat ik het verkeerd had aangepakt. Ik moest helemaal niet naar Scarborough, maar naar Adel. Ik kon pas verder met mijn leven wanneer ik de confrontatie met hen was aangegaan.'

'Wat is er met de vent in die auto gebeurd?' vroeg Banks.

'Niets,' zei Mark. 'Hij... Nou ja, hij deed me een oneerbaar voorstel. Ik heb dat geweigerd en toen zette hij de auto stil en moest ik uitstappen.'

Banks geloofde hem niet, al was het alleen maar vanwege het geld dat hij plotseling op zak had, maar hij ging er niet op door. Misschien had Mark toegegeven aan de verleiding en het geld met zijn lichaam verdiend, of anders had hij het wellicht gestolen. Hoe dan ook, voorzover hij wist was er geen aangifte gedaan en het leek hem beter om de zaak te laten rusten.

'Wat wilde je in Adel gaan doen?' vroeg hij.

'Dat weet ik niet. Ik had geen plan of zo.'

'Wat heb je daar dan gedaan?'
'Ik heb een beetje te veel gedronken in de Lawnswood Arms, die grote pub langs de hoofdweg, om moed te verzamelen, zeg maar. En toen ben ik gewoon dat huis in gelopen, zoals ik al zei. Ze lagen in bed. Ik heb een beetje rondgelopen en me staan afvragen wat ik in vredesnaam ging doen nu ik er eenmaal was. Moest ik naar boven om die klootzak te wurgen of zo? Toen vond ik een fles cognac of zoiets en heb ik in het donker in de keuken wat zitten drinken en nadenken. Dat was tenminste de bedoeling. Ik heb hem helemaal niet horen aankomen.'
'Wat gebeurde er toen?'
'Geen flauw idee. Ik voelde opeens een scherpe pijn aan de zijkant van mijn hoofd en toen werd alles donker.'
'En toen je weer bijkwam?'
Mark zweeg even en drukte zijn sigaret uit. Hij keek naar inspecteur Bridges, die zuchtte en het pakje in zijn richting schoof. Mark speelde wat met het doosje, maar maakte het niet onmiddellijk open. 'Toen zat ik in de praktijkkamer. Alle lampen waren aan en hij was er ook; hij stond over me heen gebogen met zo'n akelige, smerige grijns op zijn gezicht.'
'Patrick Aspern?'
'Ja, wie anders?'
'Wat deed hij op dat moment?'
'Hij vulde een injectiespuit met morfine. Hij had me aan de stoel vastgebonden, zodat ik mijn armen niet kon bewegen, en hij had een prop watten of zo in mijn mond geduwd, zodat ik niet om hulp kon roepen.'
'Hoe weet je dat het morfine was?'
'Dat heeft hij me zelf verteld. Dat was voor hem allemaal onderdeel van de kick. Hij wilde dat ik wist wat er met me zou gaan gebeuren, dat ik er de hele tijd aan zou moeten denken en bang zou zijn.'
'Wat zei hij nog meer?'
'Hij zei dat hij me een dodelijke dosis morfine ging geven en dat dat meer was dan zo'n stuk uitschot als ik verdiende, omdat het veel te snel en pijnloos zou zijn; als hij kon doen waar hij zin in had, zou hij me veel langer laten lijden.' Mark wierp een blik op Banks. 'Hij zat er echt van te genieten. Van de macht. Hij genoot van elke seconde.'
'Ik geloof je, Mark.'
'Hij zei dat hij walgde van het idee dat ik met zijn dochter in bed had gelegen. Hij zei dat ze een waardeloze, ondankbare slet was en dat het net goed was dat ze nu dood was, omdat ze hem had verraden. En dat ik er nu ook aan zou gaan.'

'Hij noemde Tina zijn dochter?'
'Ja.'
'Heeft hij misschien ook gezegd dat hij verantwoordelijk was voor haar dood?'
'Hij heeft niet gezegd dat hij haar heeft vermoord, als u dat soms bedoelt.'
'Heeft hij nog iets over zijn vrouw gezegd?'
'Nee.'
'Goed. Ga verder.'
'Hij zei dat niemand ook maar een traan zou laten om zo'n smerige junk als ik, die na een overdosis ergens dood in een steegje wordt gevonden en dat dat precies was wat hij met me ging doen.'
'Wat gebeurde er toen?'
Mark stak zijn tweede sigaret op en wendde zijn blik af. Zijn stem klonk zachter. 'Ik kon haar achter hem in de deuropening zien staan. Ze stond daar maar te staren en te luisteren. Hij wist niet dat ze daar stond, maar ik zag haar wel.'
'Mevrouw Aspern?'
'Ja. Tenminste, ik dacht dat zij het was.'
'Je had haar nog nooit gezien?'
'Nee, nooit.'
'Niet bij de boot of zo? Is ze nooit bij Tina op bezoek geweest?'
'Nee. Ik weet niet eens zeker of zc wel wist waar de boot lag.'
'Goed, ga door.'
Mark slikte moeizaam iets weg, nam een slokje water en ging verder: 'Hij zei... Hij stond te praten over de dingen die hij met haar had gedaan, met Tina, dat ze het zo lekker vond wanneer hij haar aanraakte en in haar binnendrong, en over alle dingen die ze met hem had gedaan. Ik ging helemaal over de rooie, maar kon me niet losrukken. Ik kon niet schreeuwen om hem te laten ophouden. En de hele tijd zag ik haar achter hem staan, en haar gezicht werd steeds bleker en bleker. Het was om van te kotsen wat hij allemaal zei. Tina had me natuurlijk wel verteld dat hij haar had misbruikt, maar ze had nooit... Geen details en zo. Maar hij ging uitgebreid op de details in. Zij had me nooit verteld over al die... al die dingen die hij tegen haar zei en met haar deed. Ik probeerde het niet te horen, maar ja, dat ging nu eenmaal niet. En hij had terwijl hij praatte de hele tijd zo'n vreemde, afwezige glimlach op zijn gezicht en speelde een beetje met de spuit, zodat er wat uit spoot, net als op televisie.'
'Wat deed mevrouw Aspern?'
'Voordat ik er erg in had, had ze het jachtgeweer gepakt dat hij in de deur-

opening had laten staan en ze zei dat hij me met rust moest laten, dat ik niets had gedaan.'
'Wat zei hij toen?'
'Hij draaide zich om en lachte. Hij lachte alleen maar.'
'En toen heeft ze geschoten?'
'Nee. Hij zei dat ze het geweer moest neerleggen, maar dan op zo'n toon waarop je tegen een kind praat; hij zei dat ze toch niet moedig genoeg was om de trekker over te halen, zoals ze ook niet moedig genoeg was geweest om het voor haar dochter op te nemen, dat ze slap was en een lafaard. Toen liep hij met uitgestoken handen naar haar toe alsof hij verwachtte dat ze hem het geweer zou geven. En toen klonk er een enorme knal.'
'Een schot?'
'Het was oorverdovend. Mijn oren tuiten nu nog steeds, want ik was vastgebonden en kon mijn handen er natuurlijk niet tegenaan drukken.' Hij schudde zijn hoofd en wreef met zijn handen over zijn gezicht. 'Het was... Ik zat helemaal onder de viezigheid, bloed en viezigheid... Ik weet niet... Het was net of hij was opengebarsten, een zak met bloed, net als zo'n waterballon die je laat knappen, en het spetterde alle kanten op en ik zat er ook helemaal onder. De stank was afgrijselijk. Ik heb mijn ogen wel dichtgedaan, maar mijn neus en mijn oren kon ik niet dichtdrukken. Kruit. Zijn ingewanden. Smerige troep. Overal op mijn lijf stukjes van hem. Slijmerige stukjes.' Mark rilde, dronk zijn glas leeg en schonk het met een trillende hand weer vol.
'Wat gebeurde er toen, Mark?'
Mark nam een stevige trek van zijn sigaret. 'Ze sneed me los met een soort schaar of zoiets en zei alleen maar dat ik moest weggaan.'
'Verder zei ze helemaal niets?'
'Nee. Alleen dat ik moest weggaan. Toen pakte ze dat spul dat ze op je smeren voordat ze de naald in je steken. U weet vast wel wat ik bedoel. Hij had het op zijn bureau gezet, maar ik denk niet dat hij van plan was om het bij mij te gebruiken.' Mark lachte verbitterd. 'Het maakte immers niet uit of ik een infectie zou oplopen, want hij wilde me natuurlijk vermoorden. Ik ben achteruit de kamer uit gelopen en zij goot dat spul op de vloer. Je kon het goed tussen al die andere dingen door ruiken, een of andere soort medicinale alcohol. Ik was al erg misselijk. Maar goed, ik zag in de gang een klein blusapparaat en dat heb ik gepakt. Toen ik terugkwam had ze het vuur al aangestoken, maar het had zich nog niet echt verspreid. Alleen op een kleine plek waar ze dat spul had uitgegoten. Het was heel gemakkelijk te doven.'

'Wat deed mevrouw Aspern toen jij het vuur bluste?'
'Niets. Ze probeerde niet eens om me tegen te houden. Om eerlijk te zijn zag ze eruit alsof ze het helemaal had gehad, alsof ze het had opgegeven en het haar niets meer kon schelen. Toen ik zeker wist dat het vuur uit was, heb ik haar naar een andere kamer gebracht en ze ging als een mak lammetje met me mee, alsof ze in trance was of zo. Toen heb ik het alarmnummer gebeld.'
Banks en Bridges zwegen even, en Mark rookte in stilte terwijl de bandrecorder doorliep. Uiteindelijk vroeg Banks: 'Is er verder nog iets?'
'Nee,' zei Mark.
Bridges zette de recorder uit.
'Wat ga je nu doen?' vroeg Banks aan Mark.
'Gaan jullie me in staat van beschuldiging stellen?'
Banks keek naar Bridges, die zijn hoofd schudde. 'Ik denk niet dat het OM hier een zaak in ziet,' zei hij. 'Je bent vrij om te gaan. Maar je bent wel een belangrijke getuige en het OM zal zeker met je willen praten, evenals de advocaten van mevrouw Aspern. Wat je verder ook doet, je zult voorlopig in de buurt moeten blijven, je beschikbaar houden en ons laten weten waar je bent.'
Mark knikte. 'Dat weet ik. Ik heb nog wat geld over. Ik was van plan om wat nieuwe kleren voor mezelf te kopen en dan tijdelijk onderdak te zoeken.'
'Waarom kom je niet terug naar Eastvale? Je kunt nog steeds mijn contactpersoon bij dat restauratieproject bellen. Hij is altijd op zoek naar enthousiaste leerjongens.'
'Ik weet het nog niet. Misschien. Als ik heel eerlijk ben, heb ik nu alleen maar behoefte aan ruimte, stilte en rust. Ik moet eerst proberen die vreselijke beelden uit mijn hoofd te zetten.'
Veel succes, dacht Banks, die er zelf na vele jaren nog altijd niet in was geslaagd de nachtmerrieachtige beelden uit zijn eigen hoofd te verjagen.

Leslie Whitaker was er blijkbaar tussenuit geknepen. Zijn winkel was gesloten en hij was ook niet in zijn huis in Lyndgarth. Annie nam het zichzelf erg kwalijk dat ze hem niet beter in de gaten had gehouden en zette de opsporingsprocedure in werking.
Met Friends Reunited hadden ze tenminste wel geluk gehad, dacht Annie toen Winsome en zij aan het eind van de middag hun auto stilzetten voor een kleine vrijstaande woning. Elaine Hough woonde aan de rand van Harrogate, waar ze als gerant werkzaam was in een van de beste restaurants

van het kuuroord. Elaine was niet de enige die op Winsomes oproep had gereageerd en had gemeld dat ze zich zowel Thomas McMahon als Roland Gardiner herinnerde – nog twee anderen van de honderdvijftien oud-studenten die zich op de Friends Reunited-website hadden laten registreren hadden eveneens prompt gereageerd en laten weten dat ze zich de twee mannen nog herinnerden – maar ze was wel verreweg de gemakkelijkst bereikbare van de drie, aangezien de ene in Eastbourne zat en de andere in Aberdeen; bovendien had ze ook gezegd dat Gardiner en McMahon goede vrienden van haar waren geweest.

Elaine Hough leek een nuchtere vrouw met abrupte manieren; ze had kort zwart haar met grijze lokken. Als ze at wat ze zelf kookte, dan was dat aan haar lange, magere lichaam niet af te zien.

'Kom binnen,' zei ze. Annie en Winsome liepen achter haar aan naar een sober ingerichte woonkamer met balken langs het plafond, veel natuursteen en zware eikenhouten meubelen.

'Mooi,' zei Annie, hoewel het eerlijk gezegd niet echt haar favoriete stijl was.

'Ik ben blij dat u het mooi vindt. Eigenlijk is het meer een weerspiegeling van de smaak van mijn man. Wanneer ik thuis ben, zit ik meestal in mijn werkkamer.'

'Niet in de keuken?'

Elaine lachte. 'Het klopt inderdaad dat ik nog altijd graag kook en in het restaurant krijg ik daar nog maar amper de kans voor. Het is het bekende liedje, denk ik: je komt op het gebied waarin je graag werkt steeds hogerop en voordat je er erg in hebt, kom je plotseling tot de ontdekking dat je daarin zo succesvol bent dat je al je tijd doorbrengt met de zakelijke kant en geen tijd meer hebt om te doen wat je het liefst doet.' Ze lachte opnieuw. 'Maar ik mag niet klagen. En dat doe ik ook niet. Ik weet dat ik geluk heb gehad. Hebben jullie misschien trek in thee of koffie of iets dergelijks?'

'Koffie zou er wel in gaan,' zei Annie. Winsome knikte instemmend.

'Loop dan maar even mee naar de keuken. Daar kunnen we ook praten.'

Ze liepen achter haar aan naar een moderne keuken met een roestvrijstalen fornuis en koelkast, koperen potten en pannen aan een stang boven een in het midden van de keuken geplaatst werkeiland met een granieten blad, en een houten blok met een duur uitziende set keukenmessen. Annie had wel eens gedacht dat ze zelf ook graag zo'n goed uitgeruste, mooie keuken zou willen hebben, maar haar kooktalent reikte helaas niet veel verder dan een vegetarische pasta en het bestellen van een Indiase afhaalmaaltijd, dus het grootste deel van het luxe materiaal zou aan haar zijn verspild.

Elaine zette een ketel water op en terwijl dit langzaam aan de kook raakte, maalde ze koffiebonen, die ze in een cafetière goot. Er verspreidde zich een heerlijke geur. Al haar bewegingen straalden rust en behendigheid uit, zag Annie, en toonden overduidelijk haar opleiding en beroep aan. Zelfs zoiets eenvoudigs als koffiezetten had haar volledige aandacht. Ze kon waarschijnlijk razendsnel een aantal uien snipperen en waarschijnlijk nog zonder erbij te huilen ook.

Toen de koffie stond te trekken, gingen ze zitten op de hoge krukken rond het kookeiland en Annie nam in gedachten haar vragenlijst alvast door.

'U zei dat u op de hogeschool van Leeds zowel Thomas McMahon als Roland Gardiner hebt gekend?' zei ze toen.

'Dat klopt.'

'Kende u hen als gezamenlijke vrienden of los van elkaar?'

'Beide, eigenlijk. Het zal u uiteraard niet verbazen dat ik op de kookschool zat, maar daarnaast stond ik ook vier avonden per week achter de bar in de studentenpub. Mijn ouders hadden het niet breed en mijn beurs was niet bepaald toereikend. We hadden in die tijd tenminste nog wel beurzen en geen leningen, zoals tegenwoordig. Maar goed, daar heb ik Tommy en Rolo leren kennen. Zo noemden we hen toen. Ik vond het heel erg om te lezen wat er is gebeurd, maar ik had niet in de gaten dat het op de een of andere manier voor mij ook relevant was, totdat ik uw e-mail las. Anders had ik wel eerder contact opgenomen.'

'Dat geeft niet,' zei Annie. 'U kon immers niet weten waarnaar we op zoek waren? En we zitten hier nu toch.'

'Ja.' Elaine schonk koffie in. Winsome gebruikte melk en suiker, maar Annie en Elaine dronken die van hen zwart. 'Ik ben nog een paar keer met Rolo uit geweest,' zei ze. 'Meer als vrienden dan iets anders, hoor. Het had niet veel te betekenen.'

'Wat was hij voor man?'

'Rolo? Tja, ik heb begrepen dat hij ten tijde van zijn dood in zijn eentje in een caravan woonde. Wat triest. In die tijd was hij namelijk heel ambitieus en slim, kon hij de hele wereld aan. Ik weet nog goed dat we altijd in heftige discussies verwikkeld raakten omdat Rolo een Thatcher-aanhanger was en wij een soort halfzachte liberalen waren.' Ze lachte. 'Maar hij was grappig en intelligent. We konden het gewoon prima met elkaar vinden.'

'Zelfs nadat jullie uit elkaar waren gegaan?'

'We zijn goede vrienden gebleven. Het was geen serieuze relatie. U weet wel hoe dat gaat onder studenten: je experimenteert wat, gaat met heel verschillende mensen uit.'

'Bent u ook met Thomas McMahon uitgegaan?'
'Tommy? Nee. Niet dat hij niet aantrekkelijk was of geen bewonderaars had. Maar we hadden... Tja, hoe zeg je dat... Op dat gebied klikte het gewoon niet tussen ons. Bovendien,' voegde ze eraan toe, 'is het u vast wel opgevallen dat ik wat langer ben dan de gemiddelde vrouw, en Tommy was vrij klein. Niet dat ik iets tegen kleine mannen heb, maar het is toch altijd een beetje... Nou ja, een beetje ongemakkelijk. Zelfs Rolo was iets kleiner dan ik.'
'Ik begrijp het volkomen,' zei Winsome, die glimlachend opkeek van haar opschrijfboekje.
'Ja, dat geloof ik onmiddellijk,' zei Elaine.
Annie nam een slokje koffie. Die was nog steeds zo heet dat ze haar tong brandde, maar hij smaakte net zo heerlijk als de gemalen bonen hadden geroken. 'Dus Tommy en Rolo waren goede vrienden?' ging ze verder.
'Ja. Ze kwamen samen in de pub, hielden van dezelfde muziek en hoewel hij de handelsopleiding volgde, was Rolo beslist geen onbenul wanneer het op kunst aankwam. Ik denk dat hij het fijn vond om met kunstzinnige types om te gaan. Hij heeft meer dan eens gezegd dat de meeste van zijn medestudenten maar saai waren. Ik weet nog dat hij toen schreef. Verhalen, gedichten... Zijn gedichten waren best goed. Degene die hij mij heeft laten lezen, tenminste. Niet de gebruikelijke rotzooi van een jongvolwassene. Bedachtzaam. Sommige rijmden zelfs. En hij had enorm veel gelezen.'
'Dus ze pasten wel goed bij elkaar?'
'O ja, absoluut.'
'Kende u in die tijd misschien ook iemand die Masefield heette? William Masefield?'
'Nee. Nee, beslist niet. Hoezo?'
'Doet er niet toe. En een zekere Leslie Whitaker?'
'Ook die naam komt me niet bekend voor.'
'Was er verder nog iemand bij?'
'Hoe bedoelt u?'
'Waren ze altijd met hun tweeën of maakten ze samen deel uit van een grotere groep?'
'O, nu snap ik het. Ja, ze zaten altijd met een flinke groep in een hoek achter in de pub. Voornamelijk kunststudenten en een paar gasten van buitenaf. Maar zij vormden met hun drieën een heel hecht groepje.'
'Drieën?'
'Ja. Rolo, Tommy en Giles.'
'Wie is Giles?'

Elaine glimlachte en leek zelfs even te blozen bij de herinnering, zag Annie. 'Giles was mijn vriend. Mijn vaste vriend. Tijdens het tweede jaar tenminste.'
'En hij was met zowel Tommy als met Rolo bevriend?'
'Ja. Twee handen op één buik, dat stel.'
'En welke opleiding volgde die Giles aan de hogeschool?'
'Geen. Giles studeerde aan de universiteit, de Leeds University.'
'Wat studeerde hij daar?'
'Kunstgeschiedenis.'
Dat was heel interessant, dacht Annie. 'Hij was geen schilder of beeldhouwer?'
'Nee.' Elaine lachte. 'Hij beweerde dat hij daar geen talent voor had, maar hij was er wel gek op. Net als muziek. Hij luisterde er graag naar, voornamelijk klassieke muziek, en ging ook vaak met ons mee om de bandjes te zien spelen, maar hij bespeelde zelf geen enkel instrument.'
'Waar kende hij Rolo en Tommy van?'
'Dat weet ik eigenlijk niet. Waarschijnlijk zijn ze een keer aan de praat geraakt in een van de pubs aan Woodhouse Lane, vlak bij de campus. Ik heb hen nooit anders dan als drietal gekend.'
'En u zei net dat u een relatie hebt gehad met Giles?'
'Een jaar lang, ja. Mijn tweede jaar.'
'Serieuze relatie?'
Elaine tuurde in haar koffiekopje. 'Ja, dat zou u wel kunnen zeggen. Voor mij wel tenminste. Dat geloofde ik indertijd echt. Kalverliefde. Het is allemaal zo lang geleden. Het is vreemd om er na al die tijd aan terug te denken en aan alles wat er in de tussentijd is gebeurd.'
'Wat is er van Giles terechtgekomen?'
'Hij is spoorloos verdwenen.'
'Spoorloos verdwenen?'
'Zomaar, van de ene dag op de andere. Niet dat hij is ontvoerd of zo, dat geloof ik tenminste niet. Nee, hij is net zo snel verdwenen als hij was opgedoken.'
'Heeft hij zijn studie afgerond?'
'Nee, dat was juist het rare. Het was pas het eind van zijn tweede jaar. Hij is gewoon nooit teruggekomen.'
'Wat hebt u toen gedaan?'
'Ik heb geprobeerd iets meer te weten te komen via de faculteit, maar daar wilden ze me natuurlijk niets vertellen.'
'Hadden jullie ruzie gehad of iets dergelijks?'

'Nee. Helemaal niet. Hij is gewoon... De ene dag was hij er nog, was er geen vuiltje aan de lucht, en de volgende dag was hij weg. Misschien is het niet helemaal zo plotseling gegaan. Iedereen was natuurlijk op vakantie, maar hij is gewoon niet meer teruggekomen. Geen spoor achtergelaten. Het was treurig... Ik weet niet of u wel eens zoiets hebt meegemaakt, maar hij was zo iemand die een enorme leegte achterlaat in je leven wanneer hij verdwijnt.' Ze lachte. 'Moet je mij nu horen. Dwaas wicht. Wat ik, denk ik, eigenlijk wil zeggen, is dat ik verliefd op hem was.'
'Kunt u me verder nog iets over hem vertellen?'
'Niet echt. Hij was een beetje een individualist. Dat was waarschijnlijk een van de andere dingen die zo opwindend aan hem waren: dat mysterieuze. Maar je kon veel plezier met hem hebben. En hij was gul. Hij had altijd heel veel geld op zak.'
'Weet u ook hoe hij daaraan kwam?'
'Zijn ouders waren rijk. Zijn vader had iets te maken met defensie, overheidscontracten. Kende Maggie Thatcher blijkbaar persoonlijk. Als u het mij vraagt, was hij waarschijnlijk een wapenhandelaar. En nu ik erover nadenk, zat Giles met zijn politieke ideeën dichter bij Rolo in de buurt dan bij een van de anderen. Zijn moeder was familie van de hertog van Devonshire. In de verte dan. Ze hadden trouwens een enorm familielandhuis ergens bij King's Lynn.'
'Bent u er wel eens geweest?'
'Nee. Niet binnen, in elk geval. We zijn er een keer naartoe gereden, Giles en ik, misschien wel omdat ik er zo over doorzeurde. Maar we zijn niet binnen geweest. Hij zei dat zijn ouders in Italië waren en dat het hele huis was afgesloten. Net iets uit *Terugkeer naar Brideshead*.'
'Had hij geen sleutel?'
'Blijkbaar niet. Ze konden er niet onderuit om hem geld te geven, zei hij, want dat kwam uit een of andere erfenis of fonds dat van hem was, maar ze konden niet echt met elkaar overweg. Ze praatten eigenlijk niet met elkaar.'
'Hebt u na zijn verdwijning wel eens geprobeerd contact met hen te zoeken?'
'Nee. Na een tijdje heb ik het opgegeven en ben ik gewoon verdergegaan met mijn leven. U weet vast wel hoe dat gaat wanneer je jong bent. Een gebroken hart voelt aan alsof het nooit meer zal genezen en dat duurt dan minstens een paar weken. Je haalt je treurigste romantische platen voor den dag en wentelt je een tijdje in huilbuien en melancholie, totdat je weer een keer uitgaat, straalbezopen wordt en met een onbekende

neukt, en daarna gaat het leven weer gewoon zijn gangetje. Sorry voor mijn taalgebruik.'

'Ik herinner me dat nog maar al te goed. Neil Trethowan.'

'Sorry?'

'De eerste die mijn hart brak. Neil Trethowan heette hij.'

'Juist. Nou, Giles... Het is al zo lang geleden, maar nu ik er weer over praat, lijkt het wel alsof het pas gisteren is gebeurd. Sommige gebeurtenissen, tenminste.'

'Hebt u hem daarna ooit nog gezien of iets van hem gehoord?'

'Nee.'

'Weet u of Tommy en Rolo contact met hem hebben gehouden?'

'Als dat al zo is, dan hebben ze mij dat nooit verteld. Na ons afstuderen zijn we elkaar natuurlijk uit het oog verloren, zoals zo vaak gebeurt, ook al hadden we ons voorgenomen dat ons dat niet zou overkomen.'

'Wat was zijn achternaam?'

'Moore. Giles Moore.'

Met de naam en de details die Elaine hun had gegeven, zouden ze in staat moeten zijn om iets dieper te graven in het verleden van deze raadselachtige Giles Moore, dacht Annie, en hem wellicht zelfs op te sporen. Het was uiteraard mogelijk dat hij helemaal niets met de recente gebeurtenissen te maken had, maar het klonk tenminste als een veelbelovende start. Ze waren op zoek naar iemand met banden met zowel Thomas McMahon als Roland Gardiner tijdens hun studie aan de hogeschool van Leeds en het had er alle schijn van dat ze die persoon hadden gevonden.

'Hebt u misschien foto's?' vroeg Annie.

'Nee. Die zijn tijdens een van mijn vele verhuizingen zoekgeraakt.'

'Jammer,' zei Annie. 'Het lijkt misschien een beetje een vreemde vraag, maar is die Giles of een van de anderen ooit betrokken geweest bij een brand?'

Elaine fronste haar wenkbrauwen. 'Een brand? Nee, voorzover ik me kan herinneren niet. Er zal heus wel een paar keer brand zijn uitgebroken in de stad, maar niemand van ons is daardoor getroffen. U denkt toch zeker niet dat Giles iets te maken heeft gehad met wat Tommy en Rolo is overkomen? Na al die tijd?'

'Ik zeg niet dat dat zo is,' zei Annie. 'Maar vindt u het ook niet heel toevallig dat twee mannen die zo'n vijftien kilometer bij elkaar vandaan wonen en allebei met een tussenpoos van slechts enkele dagen bij een verdachte brand om het leven komen, ook nog eens allebei in dezelfde periode aan de hogeschool van Leeds hebben gestudeerd? Ik namelijk wel. En nu we met u hebben gesproken, weten we ook nog eens dat ze meer dan twintig jaar geleden goede vrienden van elkaar waren. Verder is er ook nog een geheimzinnige derde: Giles Moore.'

'Maar Giles zou nog geen vlieg kwaad doen. Waarom zou hij zoiets doen?'

'Kunt u ons verder nog iets over hem vertellen wat ons kan helpen hem te vinden?'

'Nee,' zei Elaine. Annie voelde dat ze zich in zichzelf begon terug te trekken. Ze vond het geen prettig idee dat haar oude geliefde verdacht werd van een dubbele moord. Annie kon het haar niet kwalijk nemen; ze zou het zelf ook niet leuk hebben gevonden.

'Hoe zag hij eruit?'

'Hij was heel knap. Een beetje langer dan ik, slank. Golvend haar, vrij lang. Kastanjebruin. Maar dat was natuurlijk jaren geleden.'

'Hoe oud was hij indertijd?'

'Eenentwintig, een paar jaar ouder dan de rest.'

'Opvallende kenmerken?'

'Hoe bedoelt u?'

'Moedervlekken, littekens, dat soort dingen.'

'Nee,' zei Elaine. 'Hij had een heel gladde huid, zonder smetten of vlekken.' Ze bloosde bij de herinnering. 'Afgezien van een litteken van een blindedarmoperatie.'

'Regionaal accent?'

'Nee. Een beetje bekakt misschien, maar niet heel erg. Beschaafd, van stand. Precies wat je zou verwachten met die achtergrond.'

'Roker? Drinker?'

'Hij rookte. Dat deed iedereen toen. We wisten nog niet wat dat met je gezondheid kon doen, het was tenslotte 1980, maar we waren jong en voelden ons onkwetsbaar. Ik ben tien jaar geleden gestopt. En wat dat drinken betreft, dat deden we allemaal.'

'Veel?'

'Giles? Nee, niet echt.'

'Kunt u verder nog iemand bedenken die we moeten kunnen traceren en ons misschien iets kan vertellen?'

'Het is allemaal al zo lang geleden. Ik heb met niemand nog contact. Ik kan me zelfs de meeste namen niet eens meer herinneren. Dat komt wel vaker voor, hè? Je verhuist, trouwt, krijgt kinderen of concentreert je juist op je carrière.'

Annie besefte dat ze zelf ook niemand meer kende met wie ze naar school was geweest of met wie ze had gestudeerd, dat ze met niemand contact had gehouden, en zij was nog jonger dan Elaine, dus haar verleden lag minder ver achter haar. Nu ja, dat was gezien het leven bij de politie, de frequente overplaatsingen en de onredelijke werkuren ook nauwelijks verbazingwekkend. Afgezien van Phil waren de enige vrienden die ze had collega's van haar werk en bestond haar sociale leven uit af en toe iets drinken met Banks of iemand anders in de Queen's Arms. 'Hebt u enig idee wie Tommy en Rolo dit zou kunnen hebben aangedaan?'

'Ik? Grote god, nee. Ik geloof alleen niet dat Giles er iets mee te maken kan hebben gehad.'

Annie gebaarde naar Winsome, die haar opschrijfboekje wegstopte. Ze hoopte maar dat Elaine gelijk had, ook al hoopte een deel van haar ergens ook dat ze deze Giles Moore zouden weten op te sporen en konden bewijzen dat hij wel degelijk degene was die dit had gedaan. Dan was de zaak in elk geval opgelost en liep er weer een moordenaar minder op straat rond. Intussen werd het hoog tijd om na te gaan of er vorderingen waren geboekt bij het opsporen van Leslie Whitaker.

Toen Banks vanuit het station van de ondergrondse Holland Park Avenue opliep, merkte hij tot zijn genoegen op dat het na de kilte van de vorige avond weer een zachte avond was. Hij was blij dat hij in Leeds was geweest toen hij Burgess' boodschap kreeg en had verder geluk gehad dat zowel de trein als de ondergrondse die dag op tijd reed. Het gevolg was dat hij amper tweeënhalf uur nadat zijn trein van Leeds City Station was vertrokken al naar Helen Keanes flat wandelde, de flat die ze deelde met haar man Phil Keane, de kunstresearcher – voor wie Banks in gedachten heel wat minder fraaie benamingen gebruikte – en die zich in een van de straten bevond van de woonwijk aan de andere kant van de hoofdweg, met uitzicht op het park. Het was dan misschien geen Mayfair of Belgravia, maar je zou hier niet wonen als je je de hoge huren niet kon veroorloven.

Banks wist niet wat hij moest verwachten toen hij op de zoemer drukte. Om voor de hand liggende redenen had hij niet vooraf gebeld, dus hij wist niet of Keane zelf ook aanwezig zou zijn. Hij hoopte van niet, maar het deed er eigenlijk niet zoveel toe. Hij wilde per se weten wat er allemaal aan de hand was. Het ging er niet alleen om dat Annie mogelijk diep gekwetst zou worden, maar ook dat iemand niet helemaal degene was die hij deed voorkomen. Het had waarschijnlijk niets te betekenen, maar de informatie volgde zo kort op de ontdekking dat hij had gelogen toen hij zei dat hij McMahon niet kende dat Banks nu wel eens antwoord op een paar vragen wilde hebben.

Er klonk een achterdochtige stem door de intercom. 'Ja?'
Banks vertelde wie hij was en zei dat hij graag Helen Keane wilde spreken. Natuurlijk was ze achterdochtig en zenuwachtig – dat waren mensen altijd wanneer de politie voor de deur stond – maar hij wist haar ervan te overtuigen dat hij alleen maar informatie wilde en verder niets. Ze stemde erin toe hem binnen te laten, maar zei dat ze de ketting op de deur zou laten totdat ze zijn identificatiebewijs had gezien. Niet meer dan redelijk, vond Banks, en hij liep over de met dikke vloerbedekking bedekte trap naar boven. Hal, overlopen en trappen zeiden vaak veel over de kwaliteit en het kostenplaatje van het gebouw waar je op bezoek kwam, had Banks altijd gedacht, zoals handdoeken en toiletpapier veel zeiden over het hotel waarin je overnachtte.
Zoals aangekondigd liet ze de ketting op de deur zitten en bekeek zijn pas aandachtig voordat ze hem binnenliet.
De flat was de natte droom van iedere ontwerper, een en al scherpe hoeken en reflecterende oppervlakten, kleuren die vernoemd waren naar zeldzame planten en staten uit het zuidwesten van Amerika. Nergens lag rommel. De stereo was supergeavanceerd, van geborsteld metaal en hing aan de muur naast de enorme breedbeeldtelevisie met plasmascherm, en als de Keanes al boeken of cd's bezaten, dan werden die ergens anders bewaard of waren ze uit het zicht opgeborgen. Een paar decoratief neergelegde kunst- en designtijdschriften vormden het enige leesmateriaal in de ruimte. Aan de andere kant van de kamer met het hoge plafond stond een smalle zwarte stoel met een waaiervormige rugleuning. Toen hij het ding van dichterbij bekeek, wist Banks echter niet zeker of het nu een stoel was of een kunstwerk. Hij zou in elk geval niet graag proberen erop te zitten.
De vrouw die bij de flat hoorde was al evenzeer een duur verpakte natte droom van iedere ontwerper: beeldschoon, chic, tenger, donker haar, hooguit dertig, met diepblauwe ogen en een bleke, smetteloze huid. Ze droeg een legerbroek van ivoorwitte zijde, hooggehakte sandalen en een teer kanten topje dat het zwarte niemendalletje dat haar beha moest voorstellen niet geheel aan het oog onttrok.
Ze vroeg Banks plaats te nemen op de uit losse modulen bestaande bank en ging zelf tegenover hem zitten op de bijpassende leunstoel, die een kleur had die Banks niet zou kunnen benoemen. Roze of koraalrood, maar zelfs die kwamen er niet bij in de buurt.
'Maakt u zich maar geen zorgen, mevrouw Keane,' zei Banks. 'Er is geen enkele reden om zenuwachtig te zijn. Voorzover ik weet heeft niemand een

misdaad begaan. Ik zou alleen graag wat achtergrondinformatie willen hebben, als u dat niet erg vindt.'

'Waarover?'

'Uw man.'

Bij het horen van die woorden leek ze zich iets te ontspannen. 'Philip? Wat is er met hem? Ik ben bang dat ik niet weet waar hij nu precies is.'

Banks ving een licht accent op. Het klonk in zijn ongeoefende oren vaag Oost-Europees. 'Hoe lang bent u getrouwd?' vroeg hij.

'Drie jaar al.'

'Waar hebt u elkaar leren kennen?'

'In een club.'

'Waar?'

'In West End. Ik werkte daar. Het was een gokclub. Een casino. Phil kwam daar altijd om te kaarten. We hebben een keer gepraat en toen vroeg hij me mee uit eten... U kent dat wel...'

'Waar komt u vandaan?' vroeg Banks.

'Vandaan?'

'Ja. Uw accent.'

'Ah. Kosovo,' zei ze. 'Maar alles is legaal.'

'Vanwege uw huwelijk?'

'Ja. Ik heb nu een Engels paspoort. Alles is legaal. Dat heeft Philip voor me gedaan.'

'En toen u hem voor het eerst ontmoette?'

Ze glimlachte. 'Ach, weet u... Toen was ik nog Jelena Pavelich, een van de vele arme vluchtelingen uit een door oorlog verscheurd land die eenvoudigweg probeerde haar brood te verdienen.' Ze gebaarde met een hand om zich heen. 'En nu ben ik Helen Keane.'

'Het is een mooie flat,' zei Banks.

'Dank u wel. Ik heb hem zelf ontworpen.'

'Is dat wat u deed voor de kost? In Kosovo?'

'Nee. Daar studeerde ik aan de universiteit. Talen. Om vertaler te worden. Toen braken de gevechten uit. Mijn ouders zijn vermoord. Ik moest vluchten.'

'Hoe bent u weggekomen?'

'Mensen hebben me geholpen. Het was een lange reis. Een die ik liever wil vergeten. Ik heb heel veel verschrikkelijke dingen gezien en heb vreselijke dingen moeten doen. Maar u zei dat u iets over Philip wilde weten?'

'Ja,' zei Banks. 'Weet u wat hij deed voordat u hem leerde kennen?'

'Hij zei dat hij in het buitenland had gewerkt. In galeries en musea in

Italië, Spanje, Rusland, Amerika. Philip is heel slim. Hij heeft de hele wereld gezien.'
'Ja, dat weet ik,' zei Banks.
Helen keek hem onderzoekend aan, haar ogen half dichtgeknepen. 'Heeft hij uw vriendin afgepakt? Wilt u me daarom al die dingen over hem vragen?'
Banks voelde dat bij bloosde. 'Waarom denkt u dat?'
Ze glimlachte zoals vrouwen doen wanneer ze denken dat ze de overhand hebben en de vinger op je zwakke plek hebben gelegd. 'Omdat Philip een heel aantrekkelijke man is, ja?'
'Dat zal best,' zei Banks. 'Maar waarom denkt u dat hij een vriendin heeft? Is hij u al eerder ontrouw geweest?'
Ze lachte. Een diepe, hese, bijna wrede lach, helemaal niet het geluid dat hij had verwacht bij zo'n verfijnde, elegante vrouw, maar eerder de manier waarop in een rokerige pub om een schuine mop wordt gelachen. Banks mocht dat wel. Ze werd er iets menselijker door, minder een vluchtige schoonheid. 'Philip heeft altijd andere vrouwen,' zei ze.
'En dat vindt u niet erg?'
Ze trok even een pruilmondje en antwoordde toen: 'In ons huwelijk is dat gewoon. We doen allebei waar we zin in hebben.'
'Waarom blijft u dan bij elkaar?'
'Omdat we elkaar graag mogen. We zijn vrienden. En omdat... Nou ja...'
'Ga verder.'
Ze keek om zich heen naar de flat en streek met een hand over haar kanten topje, van de zwelling van haar kleine borsten naar beneden. 'Ik hou van mooie dingen. Vindt u me niet knap?'
'Heel knap.'
'Ik denk dat ik voor Philip een zakelijke aanwinst ben, ja? Hij wordt graag gezien met zijn mooie, jonge vrouwtje aan zijn arm. Al zijn vrienden en collega's zijn jaloers op hem. Ze willen allemaal met me naar bed. Dat zie ik aan de manier waarop ze naar me kijken.'
'En dat vindt Philip leuk?'
'Ja. We gaan samen naar vernissages, diners en gala's. Allerlei officiële functies met heel veel belangrijke mensen. En ze kijken allemaal op dezelfde manier naar me. Jonge mannen. Oude mannen. Sommige vrouwen. Het is goed om getrouwd te zijn wanneer je een eigen zaak hebt, ja?'
Banks antwoordde bevestigend. Om de een of andere reden verleende het huwelijk een zekere status van conservatisme en stabiliteit die mensen van een bedrijf verlangen. Mogelijke klanten konden tamelijk achterdochtig zijn jegens vrijgezellen van Phils of Banks' leeftijd en gaven vaak de voor-

keur aan een getrouwde man. En het feit dat zijn vrouw een mysterieuze Oost-Europese schoonheid was, zou in de kringen waarin hij zich bewoog de zaak beslist geen kwaad doen. Wellicht gaf het hem juist wel iets van een durfal. Niet veel, maar net genoeg om over te komen als iemand die wel enig risico durft te nemen en de moeite waard is om je geld op in te zetten. Ja, als Phil Keane wilde dat iedereen dacht dat hij een traditionele, solide en betrouwbare man was, dan was het beslist een slimme zet om zich met Helen aan zijn arm te vertonen. En zij, ach, ze had al aangegeven dat ze dol was op de vele verlokkingen van rijkdom en de weelderige levensstijl. Misschien hield zij er ook minnaars op na? Het leek een heel open huwelijk, zoals ze het vertelde, dus ze had ongetwijfeld veel vrijheid. Banks' ogen dwaalden naar de rand van haar nietsverhullende beha onder het kanten topje en het blootliggende zwarte bandje dat scherp tegen haar bleke schouder afstak, en hij voelde zich wat onbehaaglijk. Hij vroeg zich af hoeveel Phil Keanes levensstijl hem eigenlijk kostte en of hij met ArtSearch genoeg verdiende om die te kunnen betalen.

'Heeft uw man ooit met u over een zekere Thomas McMahon gesproken, een kunstenaar die hij kende?'

'Nee.'

'U hebt nooit iemand ontmoet die Thomas McMahon heette?'

'Nee.'

'William Masefield dan?'

'Nee.'

'Leslie Whitaker?'

'Ik heb die naam nog nooit gehoord. Maar Philip praat nooit over zijn vrienden. Als hij niet hier is, weet ik nooit waar hij is of wat hij doet.'

'Heeft hij veel echte vrienden?'

'Echte vrienden? Dat denk ik niet. Het is vooral werk.'

'U bedoelt collega's die hij via zijn werk heeft ontmoet, uit de kunstwereld?'

'Ja.'

'Heeft hij ook partners, mensen met wie hij nauw samenwerkt?'

'Nee. Hij zegt dat hij andere mensen niet vertrouwt. Ze maken overal een rommeltje van. Als hij iets wil, dan doet hij het helemaal zelf.'

'Heeft Philip u wel eens meegenomen naar de cottage van zijn familie in Fortford?'

'Welke cottage?'

'Die was blijkbaar het eigendom van zijn grootouders. In Yorkshire. Hij heeft haar geërfd.'

'Ik weet niets over zijn grootouders. Het enige wat Philip me over zijn familie heeft verteld, is dat zijn vader diplomaat was en dat ze, toen hij klein was, steeds van het ene land naar het andere verhuisden. Hoe weet u dat over die grootouders? Wie heeft u dat verteld?'
'Dat doet er niet toe,' zei Banks. 'Hebt u zijn ouders wel eens ontmoet?'
'Die zijn dood. Ze zijn tien jaar geleden omgekomen bij een vliegtuigongeluk, lang voordat we elkaar leerden kennen.'
'En hij heeft u nooit verteld dat hij in Yorkshire onroerend goed bezat?'
'Nooit. Als we weggaan, gaan we naar Californië of de Bahama's. Maar nooit naar Yorkshire.' Ze sloeg haar armen om haar lichaam en huiverde even. 'Het is daar koud, ja?'
'Soms,' zei Banks.
'Ik hou van de zon.'
'Mevrouw Keane,' zei Banks lichtelijk geïrriteerd, 'wat weet u eigenlijk wel over uw man?'
Ze lachte opnieuw met dat zware, hese geluid en spreidde toen haar handen voor zich uit, alsof ze haar lichaam voor hem tentoonstelde. 'Ik weet dat hij van de goede dingen des levens houdt,' zei ze, zonder ook maar een spoortje valse bescheidenheid.
Banks besefte dat hij van haar niets meer te verwachten had, dus nam hij afscheid en ging er snel vandoor; dit gesprek had hem meer nieuwe vragen dan antwoorden opgeleverd.

17

Na een goede nachtrust besteedde Banks de hele volgende ochtend aan het lezen van de verslagen over de ontwikkelingen van de vorige dag, met speciale aandacht voor het kaarsvet dat in de caravan van Roland Gardiner was aangetroffen en de verklaring van Elaine Hough. Toen hij daarmee klaar was, vroeg hij Annie of ze misschien trek had in een kop thee en een geroosterd krentenbroodje in de Golden Grill tegenover het bureau. Als ze wilden blijven samenwerken, moest hij een paar nieuwe bruggen slaan.

Hij had de vorige avond tijdens de treinreis vanuit Londen geworsteld met het dilemma dat Helen Keane vormde en hij had nog steeds geen definitief besluit genomen. Misschien kon hij Annie eerst voorzichtig uithoren om te kijken wat ze echt voor Phil voelde. Het zou niet eerlijk zijn om haar de informatie zo voor de voeten te gooien en het haar recht voor zijn raap te vertellen, besefte hij. Zeker niet nu was gebleken dat Keanes huwelijk vrij ongebruikelijk was. Aan de andere kant maakte hij zich zorgen over haar gevoelens en hij wilde niet dat ze zich in een al te serieuze relatie met Keane stortte zonder te weten dat hij getrouwd was. Hij kon zich echter levendig voorstellen hoe zijn nieuws door haar zou worden ontvangen, vooral nu hun eigen relatie tamelijk wankel was.

Toen ze binnenkwamen, rinkelde het belletje boven de deur. Het restaurant was halfleeg en ze hadden de tafeltjes voor het uitzoeken. Banks liep onmiddellijk naar een tafeltje in een rustig hoekje. Toen ze eenmaal een pot thee met krentenbroodjes voor hun neus hadden staan, roerde Banks in zijn kopje, hoewel hij er niets in had gedaan, en hij zei: 'Luister eens, Annie, ik wilde graag zeggen dat het me spijt. Ik ben eergisteren over de schreef gegaan. Mijn reactie op jouw voorstel om Phil bij de zaak te betrekken was overtrokken. Natuurlijk was het een logische stap. Ik was alleen...'

'Jaloers?'

'Niet in de letterlijke zin van het woord. Het voelt gewoon wat vreemd aan.'

'Hij denkt dat je hem niet mag.'

'Ik kan niet zeggen dat ik al een mening over hem heb gevormd. Ik heb hem pas een paar keer ontmoet.'
'Ach, kom, Alan.'
'Nee, echt. Hij lijkt me oké. Maar hoeveel weet je eigenlijk echt over hem?'
'Wat bedoel je?'
'Over zijn achtergrond, zijn verleden, zijn familie. Is hij bijvoorbeeld getrouwd geweest?'
'Daar heeft hij tegen mij nooit iets over gezegd. Volgens mij niet. Dat is nu juist zo verfrissend aan hem.'
Die opmerking trof doel bij Banks, wat volgens hem ook precies de bedoeling was geweest. Zijn mislukte huwelijk en de bijbehorende bagage waren voortdurend een twistpunt geweest in zijn relatie met Annie. Het verstandigste was om het van zich af te laten glijden en niet terug te slaan met wat hij van Dirty Dick Burgess had gehoord. Hij balanceerde even op het randje, maar vroeg toen: 'Is er vanochtend nog iets nieuws gebeurd?'
'Niet veel,' zei Annie. 'Winsome is bezig met William Masefields verleden en heeft één interessant stukje informatie opgediept: hij heeft aan de Leeds University gestudeerd in dezelfde periode dat McMahon en Gardiner bij de hogeschool stonden ingeschreven. Van 1978 tot 1981. Er is echter geen enkel bewijs dat ze elkaar kenden en Elaine Hough zegt dat ze nooit van hem heeft gehoord.'
'Jammer,' zei Banks. 'Toch is het een connectie, hoe vaag ook. Studeerde Giles Moore ook niet aan de universiteit?'
'Dat is ook zoiets. Ik heb vanochtend navraag gedaan bij de universiteit en daar beweren ze dat er geen gegevens zijn waaruit blijkt dat hij daar ooit is geweest.'
'Interessant,' zei Banks. 'Misschien is hij nooit toegelaten en wilde hij graag indruk op mensen maken.'
'Maar dan nog,' zei Annie. 'Het blijft vreemd.'
'Hij lijkt me inderdaad een rare snuiter,' beaamde Banks. 'Des te meer reden om ons in hem te verdiepen. Hij moet ergens zijn. Hij kan niet zomaar in het niets zijn opgelost.'
'We zijn aan het zoeken,' zei Annie. 'Het enige probleem is dat er niet zo heel veel plekken over zijn om nog te kijken. Voorzover wij totnogtoe hebben ontdekt, wonen er geen Moores in landhuizen vlak bij King's Lynn. We hebben Maggie Thatcher of de hertog van Devonshire uiteraard nog niet gevraagd of ze inderdaad ene Giles Moore hebben gekend; daar draait het straks misschien wel op uit.'
Banks lachte. 'Hij is dus een leugenaar?'

'Daar lijkt het wel op.'
'Wat wij moeten doen,' zei Banks, 'is die mevrouw Hough een foto van Whitaker laten zien. Ik weet dat het lang geleden is, maar misschien herkent ze hem toch.' En ook een foto van Phil Keane, als hij eraan kon komen, voegde Banks er in stilte aan toe. 'Ik meen me te herinneren dat er op het bureau in de winkel een ingelijste foto van hem stond. Aangezien hij wordt vermist en er al mensen zijn overleden, lijkt het me heel redelijk dat we daarbinnen een kijkje gaan nemen. Voor hetzelfde geld ligt hij dood in de achterkamer, doordrenkt met benzine en met een langzaam opbrandende kaars naast hem.'
'Goed idee,' zei Annie. 'Ik zal ervoor zorgen. Wat gaat er met die mevrouw Aspern gebeuren?'
'Frances?' Banks schudde zijn hoofd. 'Dat weet ik niet. Uit wat Mark Siddons ons heeft verteld, maak ik op dat ze verdomd goede gronden voor provocatie kan aanvoeren.'
'En verminderde toerekeningsvatbaarheid?'
'Dat zou ik aan de experts overlaten. Ze heeft beslist psychiatrische hulp nodig, dat lijdt geen twijfel. Ze is niet gek, voorzover ik dat als bescheiden leek althans kan inschatten, maar ze is in de war en diep geschokt. Ik denk dat ze gewoon niet kon geloven dat haar man zijn eigen dochter seksueel misbruikte, zoals hij ook haar seksueel had misbruikt. Het was voor haar gemakkelijker om de leugen die ze van het begin af aan gebruikten, vanaf het moment dat hij haar zwanger had gemaakt, als waarheid te accepteren, namelijk dat die fictieve Amerikaan, Paul Ryder, de vader was en Patrick Tina's stiefvader. Misschien geloofde ze het soms zelf ook echt. Het is een dunne grens.'
'Dat is het zeker,' beaamde Annie. 'Ik neem aan dat dit genoeg is om zowel haar man als haarzelf van de verdachtenlijst te schrappen?'
'Ja,' zei Banks.
'En beschouwen we Andrew Hurst en Mark Siddons nog als verdachten?'
'Niet echt. Hurst is een rare vogel. Als straks blijkt dat het spoor naar kunstvervalsingen doodloopt en de branden zijn aangestoken door een of andere gek die gewoon voor de lol brandjes sticht, dan zou ik hem zeker aan een nader onderzoek onderwerpen. Maar hij heeft geen connecties met McMahon, Gardiner en de rest. En hetzelfde geldt voor Mark Siddons, behalve dan dat hij toevallig een buurman van McMahon was. Mark heeft zo zijn problemen, maar ik geloof niet dat brandstichting er een van is. Bovendien heeft hij een goed alibi. Dat heb je zelf gezegd.'

'Ik zou nog een keer met Mandy Patterson kunnen gaan praten. Haar deze keer iets harder aanpakken.'

'Nee,' zei Banks. 'Waarom zou zij Mark Siddons een alibi geven voor een moord? Wat wint ze daarmee? Als Mark Tina uit de weg had willen ruimen, had hij dat wel op een gemakkelijker en betrouwbaarder manier gedaan, in plaats van een twijfelachtig alibi voor zichzelf te creëren en de boot van Thomas McMahon in brand te steken.'

'Dat brengt ons weer terug bij Leslie Whitaker,' zei Annie.

'Wat heeft hij eigenlijk voor opleiding gehad?'

'Hij heeft van 1980 tot 1983 aan de universiteit van Strathclyde gestudeerd. Helaas is er geen bewijs dat hem verbindt met Gardiner of Masefield, maar we zijn nog steeds aan het zoeken. De manier waarop hij ervandoor is gegaan is natuurlijk verdacht. Dat, plus een aantal eigenaardige financiële transacties. Volgens onze accountant is zijn bedrijfsadministratie een beetje een rommeltje, op z'n zachtst gezegd.'

'Ik neem aan dat hij, als hij met McMahon bij oplichterij betrokken was, de winst op de een of andere manier moest zien te verdoezelen. Wat denk jij, Annie?'

'McMahon stond bekend als een goede imitator en hij kon via Whitakers boekwinkel en ongetwijfeld ook via andere bronnen aan de voor een bepaalde periode vereiste materialen komen. Wellicht heeft Whitaker, Moore, of wie hier ook achter zit, de hulp ingeroepen van zijn oude makkers om hem te helpen bij de vervalsingen en hebben ze ruzie gekregen.'

'Oké,' zei Banks. 'Dat klinkt tot op zekere hoogte aannemelijk. Maar welke rol speelden Gardiner en Masefield dan in het geheel?'

'Masefield heeft de identiteit geleverd voor de moordenaar, zodat die anoniem kon blijven in zijn transacties met Thomas McMahon,' zei Annie. 'Telkens wanneer ze elkaar ontmoetten, huurde hij op Masefields naam een Jeep Cherokee, ongetwijfeld omdat we dan niet zouden kunnen achterhalen wie hij was. Bedenk wel dat de dader na Masefields dood zijn post heeft laten doorsturen naar een postbusnummer, zijn bankrekeningen heeft gebruikt en zijn rekeningen heeft betaald. Zijn identiteit als het ware heeft overgenomen.'

'En Gardiner?'

'Daar ben ik nog niet achter. Maar hij moet een rol in het geheel hebben gehad. Vergeet de Turners en het geld niet die we in zijn kluis hebben gevonden. Dat kan geen toeval zijn.'

'Nee. Ik ben ze ook niet vergeten. Maar dit alles brengt ons niet dichter bij de ware identiteit van deze persoon,' zei Banks. 'Zelfs als het inderdaad

Giles Moore is, dan gebruikt hij die naam inmiddels niet meer en zal die ons daarom ook niet naar hem toe leiden. Hij is een gladde jongen. We hebben te maken met een kameleon, Annie. En een verdomd slimme ook. Heb je nog iets over Moore ontdekt? Iets wat ons kan helpen, wat dan ook?'
'Nee,' zei Annie. 'Nog niet. Er komt een hoop straatwerk bij kijken. En straatwerk kost tijd, en meer mankracht dan we op dit moment tot onze beschikking hebben.'
'Ik zou Rooie Ron om meer mensen kunnen vragen.'
'Bedankt,' zei Annie. 'Ik kan in elk geval nog wel een paar goede researchers gebruiken. Op dit moment zou ik mijn geld op Leslie Whitaker zetten. Dat we nog geen oude connectie hebben gevonden tussen hem en Gardiner wil nog niet zeggen dat die er ook niet is, of dat we die per se nodig hebben. Misschien is McMahon zelf wel de connectie. Misschien heeft Whitaker het idee geopperd bij McMahon en heeft McMahon Gardiner erbij gehaald.'
'Misschien,' zei Banks. 'Dat zullen we hem moeten vragen zodra we hem hebben gevonden.' Hij dronk zijn thee op en liet een korte stilte vallen, waarna hij vroeg: 'Hoe gaat het trouwens tussen jou en Phil?'
'Prima,' zei Annie. 'Waarom vraag je dat?'
'Zomaar. Waar is hij nu trouwens? Ik heb hem al een paar dagen niet gezien.'
'Hij is in Londen bezig met die Turners. Dat weet je. Vanwaar opeens die belangstelling?'
'Niets. Ik vroeg het me gewoon af.'
Annie keek hem recht aan. 'Phil heeft gelijk, hè? Wat ik zo-even zei. Daarnet ontkende je het, maar je hebt hem van het begin af aan niet gemogen. Je hebt hem niet eens een kans gegeven.'
'Ik heb je al gezegd dat ik niets tegen hem heb,' zei Banks. Maar als hij eerlijk was, moest hij toegeven dat hij een heel ongemakkelijk gevoel had over Phil Keane, als een jeukende plek waar hij net niet bij kon, en hoewel hij dit nooit aan Annie zou vertellen, nam hij zich voor om verder te graven in het verleden van de man tot hij hoe dan ook tevreden was gesteld. 'Ik heb geen zin om weer ruzie met je te krijgen, Annie,' zei Banks. 'Ik vroeg alleen maar hoe het tussen jullie tweeën gaat.'
'Jawel, maar zo eenvoudig ligt het helemaal niet, geef maar toe. Dat is het met jou nooit. Ik hoor het aan je stem. Er zit iets meer achter. Wat is het? Wat weet je? Waar wil je naartoe?'
Banks stak zijn handen op. 'Ik weet niet wat je bedoelt.'

'Is het jaloezie? Is dat het soms, Alan? Want echt, als dat het is, dan laat ik me verdomme wel overplaatsen.'
Banks kon zich niet herinneren dat hij Annie ooit eerder had horen vloeken en hij was geschokt. 'Luister eens,' zei hij, 'het is geen jaloezie, oké? Ik wil alleen niet dat je gekwetst wordt, dat is alles.'
'Waarom zou ik gekwetst worden? En wie denk je wel dat je bent? Mijn grote broer? Ik kan heel goed op mezelf passen, hoor.'
En met die woorden gooide Annie haar servet op de restjes van haar geroosterde krentenbroodje en beende het restaurant uit. Was het puur Banks' verbeelding of rinkelde het belletje net even iets luider dan anders toen ze naar buiten stormde?

Annie wist Banks de rest van de dag te vermijden. Dat was niet moeilijk; ze had meer dan genoeg papierwerk om zich achter te verschuilen en ze nam Winsome mee naar Whitakers winkel, waar ze via de achterdeur naar binnen gingen om zonder een spoor van hun aanwezigheid achter te laten de foto te halen. Een snel ritje naar Harrogate leverde niet de beslissende antwoorden op waarop ze had gehoopt. Het was tenslotte meer dan twintig jaar geleden, zei Elaine Hough, en Whitakers kin en ogen klopten niet. Desondanks stond Whitaker wat Annie betreft nog altijd fier boven aan de verdachtenlijst voor de branden.
Had ze overdreven fel gereageerd op Banks' vraag in de Golden Grill? Ze wist het niet. Iets aan de manier waarop hij het gesprek steeds maar weer op Phil bracht, had haar geïrriteerd. Misschien had ze het moeten negeren; dat zou helemaal niet zo moeilijk zijn geweest. Als ze haar relatie met Phil voortzette en ook met Banks wilde blijven samenwerken, dan zou er wel iets moeten veranderen, maar Annie vertikte het om ook maar een duimbreed toe te geven.
Banks zat duidelijk ergens mee in zijn maag en ze wilde niets liever dan weten wat dat was. Had hij soms achter haar rug om onderzoek naar Phil gedaan? Had hij iets gevonden? En zo ja: wat? Annie deed het angstgevoel dat haar even bekroop af als belachelijk. Als Banks negatieve informatie over Phil had opgediept, dan zou hij er zeker voor hebben gezorgd dat zij de eerste was die het hoorde. Wat had het anders voor zin? Hij wilde haar gewoon kwetsen. Naar haar uithalen omdat hij jaloers was.
De achterdocht en onrust hielden echter de hele dag aan en ze vond het moeilijk om zich te concentreren. Aan het eind van de middag, toen Annie allang had besloten dat ze tot laat in de avond zou blijven doorwerken, ging haar telefoon.

'Annie, met Phil.'
'Hé, hallo. Fijn om weer eens wat van je te horen, vreemdeling.'
'Ik wilde je even laten weten dat de algemeen heersende mening luidt dat de Turner-schetsen en -aquarel vervalsingen zijn.'
Als Annie al een tikje teleurgesteld was omdat Phil haar over een zakelijke aangelegenheid belde, dan probeerde ze dat niet in haar stem te laten doorklinken.
'O. Waarom?' vroeg ze.
'Niets specifieks. Een paar dingen die los van elkaar of juist bij elkaar niet lijken te kloppen. Wetenschappelijke tests hebben uitgewezen dat het papier net iets minder oud is dan de data van de schetsen. En dan is er nog de stijl. Kleine details. Ik heb je toch al gezegd dat een Turner moeilijk te vervalsen is? Wanneer je daar nog eens de ontbrekende herkomstgeschiedenis aan toevoegt, plus het feit dat het om losse schetsen gaat en het wel heel toevallig is dat deze stukken zo kort na die grote vondst opduiken, tja...'
'En vingerafdrukken? In de verf, bedoel ik.'
'Die waren er niet. Dus daar schieten we ook al niets mee op.'
'Zouden die er wel zijn geweest als het schilderij echt was?'
'Niet per se.'
'Oké, Phil. Bedankt,' zei Annie. 'Ontstaat hierdoor ook twijfel over die andere aquarel?'
'Absoluut niet. Daarvan hebben we wel een stukje herkomstgeschiedenis en de tests waren in dat geval niet negatief. Ik geloof echt dat dat een authentieke Turner is. Misschien is iemand daardoor wel op de gedachte gekomen om het andere vermiste deel te vervalsen.'
'McMahon?'
'Ik heb geen flauw idee wie het heeft gedaan, maar als je deze op de plek hebt gevonden waar die caravan is afgebrand en je erin bent geslaagd een verband aan te tonen tussen de twee slachtoffers, dan zou ik inderdaad zeggen dat je op de juiste weg zit. Ze hebben ongetwijfeld een of ander onbezonnen plan opgevat om snel rijk te worden. Het is best mogelijk dat iemand die een goede kunstenaar is op vrijwel elk ander terrein niets waard is.'
'Vertel mij wat,' zei Annie, die aan haar vader moest denken. Ze was opgegroeid te midden van lange baarden en oeverloze discussies over het impressionisme versus het kubisme, Van Gogh versus Gauguin en dergelijke. Hoewel Ray zich redelijk goed in de echte wereld wist te redden, kon hij ook dagen achtereen volledig in zijn werk opgaan en onbeduidende ergernissen als rekeningen en het huishouden volkomen vergeten.

'Goed, dat was helaas alles wat ik te melden had. Ik zal ze laten inpakken en per koerier bij jullie laten terugbezorgen. Ze zijn niets waard, maar ik neem aan dat jullie ze nog wel nodig hebben als bewijsmateriaal?'

'Bedankt,' zei Annie.

'Hoe gaat het verder bij jullie?'

'Goed, denk ik.'

'Al klaar om de prooi in zijn nekvel te grijpen?'

'Misschien,' zei Annie. 'Whitaker, je weet wel, de kerel die McMahon van papier voorzag, is spoorloos verdwenen.'

'Vermoord?'

'Nee. Hij is ertussenuit geknepen.'

'O, op die manier. Veel succes dan maar.'

'Bedankt.'

'Is er iets? Je klinkt zo somber.'

'Ach, het is eigenlijk niets. Ik heb vanochtend een beetje een aanvaring gehad met Alan, inspecteur Banks. Ik heb er een akelige smaak in mijn mond aan overgehouden.'

'Waarover ging het?'

'Niets. Letterlijk. Ik was weer eens te snel op mijn teentjes getrapt. Ik zou gewoon graag willen dat jullie een beetje beter met elkaar konden opschieten.'

'Hoezo, wat heeft hij dan over me gezegd?'

'Niets. Alleen... Ik weet het niet, Phil. Het ligt gewoon aan mij. Let er maar niet op.'

'Heeft hij iets over me gezegd?'

'Nee. Hij vroeg alleen maar naar je. Begrijp je nu wat ik bedoel met dat op mijn teentjes getrapt zijn?'

'Dan zal ik me er maar niet druk over maken,' zei Phil. 'Ik heb niets tegen hem. Ik heb de goede man slechts één keer ontmoet en daar was je zelf bij.'

'Ik zei net al, Phil: het ligt gewoon aan mij. Waar ben je nu? Kom je vanavond nog hiernaartoe?'

'Ik ben bang van niet. Ik zit nog steeds in Londen en zal proberen morgen of overmorgen die kant weer op te komen, oké?'

'Goed. Tot dan.'

'Tot dan.'

Annie legde de hoorn neer en staarde naar de stapels opdrachtverslagen en verklaringen op haar bureau. Het zou haar er in elk geval van weerhouden om over Banks na te denken. En over Phil.

Nog voordat ze haar pen kon oppakken kwam Templeton echter de gemeenschappelijke werkvloer op gestormd. 'We hebben hem,' zei hij. 'We hebben Whitaker. Hij zit beneden.'

'Goed, Leslie,' zei Banks. 'Je hebt ons aardig op een dwaalspoor gezet, hè?'
'Ik wist niet dat jullie naar me op zoek waren,' zei Whitaker. 'Hoe had ik dat nu moeten weten?'
Ze bevonden zich in dezelfde verhoorkamer als de vorige keer, maar vandaag had Whitaker een rode wegwerpoverall aan. Hij was weliswaar nog niet in staat van beschuldiging gesteld, maar wel officieel gearresteerd en gewaarschuwd, en de bandrecorder stond al aan. De dienstdoende pro-Deoadvocaat, Gareth Bowen, zat naast hem. Banks voelde dat er nog altijd een zekere spanning tussen Annie en hem hing, maar wist dat ze allebei professioneel genoeg waren om hun werk goed te doen, vooral nu ze op het einde leken af te stevenen. Als ze Whitaker konden breken, zou er straks een rondje worden gegeven in de Queen's Arms en bestond er een gerede kans dat Banks dit weekend Michelle kon zien.
'Waar ben je geweest?' vroeg Banks.
'Ik moest er even uit en ben bij een vriend in Newcastle geweest.'
'Daar heb je dan wel een bijzonder geschikt moment voor uitgekozen.'
'Zoals ik al zei: ik had geen flauw idee dat jullie nogmaals met me zouden willen praten.'
'O, ik denk dat je dat heel goed wist, Leslie,' zei Banks. 'Ik weet zelfs heel zeker dat je dat best wist.'
'Waarom vertel je het ons niet?' zei Annie. 'Je voelt je daarna vast een stuk beter.'
Whitaker tuitte zijn lippen. 'Wat moet ik jullie vertellen?'
'Over Thomas McMahon. Tommy. En over Roland Gardiner. Rolo. Hoe lang ken je hen al?'
'Ik heb geen idee waar u het over hebt. Ik heb jullie al verteld dat ik Thomas McMahon van tijd tot tijd in mijn winkel sprak, maar die andere persoon die u noemde, ken ik helemaal niet.'
Banks slaakte een diepe zucht. 'Goed, dan moet het maar op de harde manier.'
'Als jullie me ook maar met één vinger aanraken, klaag ik jullie aan.' Whitaker keek naar Bowen, die alleen maar zijn ogen opsloeg naar het plafond.
'Ik bedoelde eigenlijk,' zei Banks, 'dat ik moe ben, dat inspecteur Cabbot hier moe is en dat jij en meneer Bowen ongetwijfeld ook moe zijn, maar dat we desondanks net zo lang hier blijven zitten tot we de waarheid uit

je hebben gekregen.' Hij wierp een korte blik op Bowen. 'Uiteraard met inachtneming van alle vereiste maaltijdonderbrekingen en rustperioden, zoals voorgeschreven in de Police and Criminal Evidence Act.'
'Ik hoef jullie niets te vertellen,' zei Whitaker.
'Nee, dat is zo,' beaamde Banks. 'Als je je dat stukje uit de waarschuwing herinnert dat gaat over het gebruikmaken in de rechtbank van iets wat je niet hebt gezegd toen we je ernaar vroegen, zul je precies begrijpen waarom je ons niets hoeft te vertellen. Ik zal echter mijn kaarten op tafel leggen, Leslie. Op dit moment ben jij onze hoofdverdachte van de moord op Thomas McMahon en Roland Gardiner.'
'Maar ik heb jullie toch verteld dat ik bij een diner in Harrogate was? Dat hebben jullie toch zeker wel gecontroleerd?'
'Dat hebben we gecontroleerd.'
'En?'
'Alle mensen die we hebben gesproken, bevestigen jouw verklaring. Je bent daar inderdaad geweest.'
Whitaker sloeg zijn armen over elkaar. 'Dat zei ik toch al?'
'Als ik jou was, zou ik maar niet zo zelfvoldaan kijken, Leslie,' ging Banks verder. 'We hebben inmiddels bewijs gevonden dat erop duidt dat er een timermechanisme is gebruikt in de caravan van Roland Gardiner.'
'Een timermechanisme?'
'Ja. Een kaars. Primitief, maar ook effectief. Het gaf de brandstichter de gelegenheid om de plek van de brand in gereedheid te brengen en ruim voordat de brand daadwerkelijk uitbrak te vertrekken. Minstens een paar uur daarvoor zelfs. Dat bent u toch met me eens, inspecteur Cabbot?'
'Jazeker,' zei Annie, en ze sloeg een paar bladzijden om van het verslag van Stefan Nowak. 'Minstens een paar uur.'
'Maar kunt u ook bewijzen dat meneer Whitaker daadwerkelijk ter plekke is geweest?' vroeg Bowen. 'Het enige wat u net hebt gezegd is namelijk dat iedereen die brand heeft kunnen aansteken.'
'Heb je wel eens gehoord van een zekere William Masefield?' vroeg Banks aan Whitaker.
'Nee. Nooit.'
'Goed. Dan zullen we dat voorlopig even laten rusten. Heb je Thomas McMahon wel of niet van papier uit specifieke periodes voorzien?'
'Hij kocht boeken en prenten bij me. Dat is mijn werk. Dat is wat ik verkoop.'
'Maar heb je ze ook aan hem verkocht met het doel om kunstwerken te vervalsen?'

'Inspecteur Banks,' kwam Bowen tussenbeide, 'meneer Whitaker kan natuurlijk niet verantwoordelijk worden gehouden voor wat een klant na de aanschaf met de spullen heeft gedaan en hoeft evenmin op de hoogte te zijn geweest van wat hij van plan was.'
'In dit geval misschien wel,' zei Banks. 'Als er geld mee gemoeid was.'
Whitaker keek hem schaapachtig aan.
'Leslie?' vervolgde Banks. 'Wat gaat het worden?'
'Dat heb ik al gezegd,' herhaalde Whitaker. 'Ik verkocht hem wat hij wilde hebben. Dat doe je nou eenmaal wanneer je een winkel hebt.'
'Klopt het dat je een Jeep Cherokee hebt?' zei Banks.
'Dat weet u best. Uw mannen hebben hem sinds de vorige keer dat we elkaar spraken helemaal uit elkaar gehaald.'
'En ik wil graag even opmerken,' voegde Bowen daaraan toe, 'dat ze niets hebben aangetroffen wat de auto van mijn cliënt met een of beide van de plaatsen delict verbindt.'
'Nog niet,' zei Banks.
'Ik heb zelfs begrepen,' ging Bowen verder, 'dat er een andere Jeep Cherokee is gevonden die wel in verband kan worden gebracht met de brand bij Thomas McMahon en door een garage even buiten York aan de geheimzinnige en inmiddels overleden meneer William Masefield is verhuurd. Wilt u nu soms beweren, dat mijn cliënt die meneer Masefield is?'
'Wat ik wil beweren, is dat het best mogelijk is dat uw cliënt tijdelijk de identiteit van meneer Masefield heeft aangenomen,' vervolgde Banks.
'Hebt u daar enig bewijs van?' vroeg Bowen.
'Het onderzoek is nog niet afgerond.'
'Met andere woorden: nee dus?'
'Dit is belachelijk,' zei Whitaker. 'Ik heb al een Jeep Cherokee. Waarom zou ik er dan een huren?'
'Om te voorkomen dat je in de situatie belandt waarin je nu verkeert,' zei Banks.
'En toch bevind ik me nu in precies die situatie.'
'Er zijn een paar dingen die ernstig in jouw nadeel spreken. Om te beginnen ben je een kunsthandelaar en een van de slachtoffers was een vervalser die jij van papier voorzag. Ten tweede rijd je in een Jeep Cherokee en zo'n auto, of een die er heel veel op lijkt, is gesignaleerd bij de plek van de brand bij Thomas McMahon.'
'Maar die hebben jullie al gevonden...' wierp Bowen tegen.
Banks liet hem niet uitpraten. 'Dat wil niet zeggen dat de jeep van meneer Whitaker er nooit is geweest.' Hij ging verder: 'Als je daar nog eens aan

toevoegt dat je geen alibi hebt voor het tijdstip van beide moorden en dat je tijdens het vorige verhoor tegen ons hebt gelogen, dan zou ik zeggen dat we een redelijk sterke zaak tegen je hebben.'
'Allemaal indirect,' zei Bowen. 'U kunt absoluut niet bewijzen dat mijn cliënt ooit van die Roland Gardiner heeft gehoord, laat staan dat hij hem heeft gekend. De auto die is gesignaleerd op de parkeerplaats vlak bij de plaats delict is inmiddels geïdentificeerd; de brandbare vloeistof die is gebruikt, was niet afkomstig uit de benzinetank van meneer Whitaker; en er bestaat geen enkel verband tussen meneer Whitaker en de man met wiens creditcard de auto is gehuurd. Ik zou zo zeggen dat dit alles helemaal niets voorstelt.'
'Behalve dan,' zei Annie Cabbot, 'dat meneer Whitakers winkel al twee jaar op rij met verlies draait en hij toch recentelijk een paar tamelijk dure aankopen heeft gedaan. Met contant geld.' Annie sloeg een dossiermap open. 'Te weten een luxe breedbeeldtelevisie met home theatre-systeem en een ultramoderne Dell-computer; verder heeft hij zijn hele huis laten schilderen en een serre laten aanbouwen. Ontken je dat je deze spullen hebt aangeschaft?'
Whitaker keek naar Annie. 'Ik... eh... nee.'
'Hoe ben je aan het geld gekomen?'
'Gewonnen. Met paardenraces.'
'Jij zet nooit geld in op paarden.'
'Hoe weet u dat?'
'Denk je nou echt dat we niet bij de bookmakers langsgaan wanneer we iemands financiële positie natrekken, Leslie?' zei Annie. 'Denk je nou echt dat we zo dom zijn?'
'Het was een geschenk. Gekregen van een vriend.'
'Wie is die vriend?'
'Hij wil anoniem blijven. Een belastingkwestie. U begrijpt het vast wel.'
Banks schudde zijn hoofd en zelfs Gareth Bowen keek zorgelijk.
'Hoe ben je aan dat geld gekomen, Leslie?' vroeg Annie nogmaals.
'Je hoeft geen antwoord te geven,' zei Bowen.
'Goed,' zei Banks, en hij stond op. 'Ik heb er genoeg van. Verhoor onderbroken om vijf over halfzeven 's avonds. Ik ga naar huis en de verdachte gaat terug naar zijn cel.'
'Dat kunt u niet...'
Bowen legde een hand op Whitakers mouw. 'Ja, dat kunnen ze wel, Leslie,' zei hij. 'Ze kunnen je vierentwintig uur vasthouden. Maar maak je geen zorgen. Ik ga voor je aan de slag.'

Whitaker wierp zijn advocaat een pisnijdige blik toe. 'Nou,' zei hij, 'dan komt het vast allemaal wel goed.'

Annie knabbelde op een broodje gezond dat Winsome voor haar had meegebracht uit de bakkerij aan de overkant van Market Street en las de verklaringen nogmaals door. Andrew Hurst. Mark Siddons. Jack Mellor. Leslie Whitaker. Elaine Hough. Er moest ergens iets te vinden zijn dat Whitaker direct met de moorden verbond, maar wat het ook was, zij zag het niet. Het hielp ook niet echt dat ze het moeilijk vond om zich te concentreren, deels omdat ze zich nog altijd zat af te vragen wat Banks in zijn schild voerde en deels vanwege iets anders, iets waar ze nog niet de vinger op kon leggen. Het kwam vanzelf wel, wist ze, als ze haar gedachten de vrije loop liet.

Phil had geopperd dat McMahon en Gardiner samen betrokken waren geweest bij een plan voor kunstvervalsing, een onbezonnen, slecht geregisseerde poging om met een Turner-aquarel voor den dag te komen die al meer dan een eeuw zoek was. Annie was het met hem eens. Maar als dat het geval was, dan bleef de vraag wie hen had vermoord en waarom, nog altijd onbeantwoord. Leslie Whitaker leek nog steeds de meest voor de hand liggende dader, ondanks de Jeep Cherokee die op naam van William Masefield was gehuurd. Misschien was dat alleen maar een afleidingsmanoeuvre, een geheel andere kwestie?

Annie had de Siddons-Aspern-benadering eigenlijk al van het begin af aan afgeschreven, ondanks haar wantrouwen jegens de jongen. Tina's dood was een betreurenswaardige, maar niet-relevante afleiding; ze was overleden omdat ze zich in de verkeerde geestelijke toestand op het verkeerde tijdstip op de verkeerde plek bevond. Met andere woorden: het was niet de bedoeling geweest dat zij slachtoffer zou worden. Thomas McMahon wel. En in het geval van Gardiner was er evenmin sprake van twijfel. Hij woonde alleen en op een afgelegen plek. De twee kenden elkaar uit hun studietijd aan de hogeschool van Leeds en ze waren ook ooit nauw bevriend geweest met een geheimzinnige figuur die Giles Moore heette en al zijn vrienden had voorgehouden dat hij aan de universiteit studeerde terwijl dat niet zo was.

Waarom? Wat voor reden kon hij daarvoor hebben gehad, anders dan dat liegen een belangrijk deel van zijn karakter vormde? En als dat zo was, kon dit gemakkelijk voor criminele doeleinden worden aangewend. Die Giles Moore had beweerd dat hij kunstgeschiedenis studeerde en volgens Elaine Hough had hij blijkbaar het nodige over het onderwerp geweten, ongeacht of die kennis nu aan de universiteit was opgedaan of niet. Was hij dan degene die de identiteit van William Masefield had aangenomen om een auto te huren voor zijn ontmoetingen met McMahon? Ontmoetingen om hun snode plannen te bespreken. Want ze wist zeker dat hij en niet McMahon of Gardiner de bedenker van het plan was geweest. Was Whitaker dan deze persoon?

Opnieuw bleef ze zitten met de vraag: waarom had Moore-Masefield-Whitaker of wie hij ook was de kip met de gouden eieren, McMahon, geslacht? Tenzij... dacht ze, tenzij de Turners geen deel uitmaakten van zijn masterplan en hij bang was dat ze alles zouden verpesten en hem zouden verraden. Phil had gezegd dat iedere vervalser die zijn vak verstond zich bij minder bekende kunstenaars zou houden, kunstenaars die wel een leuk bedrag opbrengen maar niet te veel aandacht trekken, zoals een Turner of een Van Gogh wel doen. En Phil kon het weten. Hij werkte in dat wereldje. Een expert. Het was ook veiliger om een dode kunstenaar te nemen, vooral als die al zo lang dood was dat er niemand meer in leven was die hem persoonlijk had gekend, want dan was de herkomstgeschiedenis gemakkelijker na te maken. Dus wie was het?

Winsome kwam langsgelopen met een handvol vellen papier die ze zojuist in HOLMES had ingevoerd.

'Heeft het iets opgeleverd?' vroeg Annie.

'Mijn vingers bloeden,' zei Winsome. 'Telt dat ook mee?' Ze liet de papieren op Annies bureau vallen. 'De lijst met parkeerboetes uit de omgeving van Askham Bar. Je zou toch denken dat met al die nummerborden er wel eentje uit zou springen, hè?'

'Son of Sam?'

'Zoiets, ja.'

'Zin om iets te gaan drinken?'

Winsome grijnsde. 'Zo mag ik het graag horen.'

Annie liet haar blik over de lijst met kentekens glijden die in de omgeving van Kirk's Garage, waar 'William Masefield' zijn Jeep Cherokee had gehuurd, een parkeerboete hadden ontvangen en er was er een die haar onmiddellijk opviel. Dat kon niet kloppen, dacht ze. Dat bestond niet. Ze keek nogmaals. Misschien had ze de nummers verkeerd onthouden. Maar ze wist dat dat niet zo was. Dat deed ze nooit.

Banks was lichtelijk geïrriteerd toen hij die avond terugkwam in zijn cottage. Dat kwam door zijn aanvaring met Annie, wist hij. Hij had niet het idee dat hij erg bot was geweest, dus misschien had zij gewoon overtrokken gereageerd. Dat deed de liefde af en toe met je. Was Annie verliefd op

Keane? Banks werd van die gedachte niet veel vrolijker, dus hij schonk een flink glas cask strength Laphroaig voor zichzelf in en duwde een cd met strijkkwartetten van Schubert in de cd-speler. Had hij haar over Helen moeten vertellen? Waarschijnlijk niet. Wat hij eigenlijk moest doen, besefte hij, was nogmaals met Keane gaan praten en hem voorstellen dat hij het zelf aan Annie zou vertellen. Als het dan toch zo'n vrij huwelijk was, had hij immers niets te verbergen? Annie zou het niet leuk vinden en zou ongetwijfeld ogenblikkelijk een einde aan de relatie maken, maar dat was Keanes probleem, niet het zijne.

Hij kon maar niet besluiten of hij verder zou gaan met zijn Eric Ambler of naar de Europacupwedstrijd op televisie zou kijken. Toen werd er op zijn deur geklopt. Te laat voor vertegenwoordigers, die tegenwoordig toch al een zeldzaamheid waren, en een vriend had waarschijnlijk eerst even gebeld. Nieuwsgierig zette hij zijn glas weg en deed de deur open.

Tot zijn verbazing en minstens even grote ergernis zag hij daar Phil Keane staan, met een glimlach rond zijn mond en een fles in zijn hand geklemd. Hij had inderdaad opnieuw met Keane willen praten, maar niet in zijn eigen huis en niet nu, nu hij behoefte had aan alleen te zijn en aan ontspanning, en de troostende rust die van Schubert uitging. Maar goed, zo nu en dan kreeg je het in de schoot geworpen en moest je ermee aan de slag op het moment waarop dat gebeurde.

'Mag ik even binnenkomen?' vroeg Keane.

Banks deed een stap opzij. Keane stak hem de fles toe. 'Een cadeautje,' zei hij. 'Ik heb gehoord dat je wel van een goede single malt houdt.'

Banks keek naar het label. Glenlivet. Niet een van zijn favorieten. 'Bedankt,' zei hij, en hij gebaarde naar zijn glas. 'Als je het niet erg vindt, hou ik het even hierbij.' Hoe paranoïde het misschien ook was, hij voelde zich bepaald niet geroepen om iets te drinken van wat deze man hem had gegeven, totdat hij eens en voor altijd zeker wist dat hij werkelijk degene was die hij beweerde te zijn. 'Wil jij wat?' vroeg hij. 'Het is een Islay, cask strength.'

Keane trok zijn jas uit, legde die over de rugleuning van een stoel en ging toen in de leunstoel tegenover Banks' bank zitten. 'Nee, bedankt,' zei hij. 'Ik vind dat turfachtige spul niet lekker en cask strength is me veel te sterk. Ik moet tenslotte nog rijden.' Hij tikte tegen de fles die hij had meegebracht. 'Ik lust hier wel een beetje van, als dat goed is?'

'Uitstekend.' Banks haalde een glas, schonk nu hij toch in de keuken was zijn eigen glas nog even bij met de Laphroaig en nam de fles mee terug naar de woonkamer. Als hij een openhartig gesprek met Keane wilde hebben, had hij die misschien nog nodig.

'Weet je,' zei Keane, die ontspannen achteroverleunend in zijn stoel een slokje Glenlivet nam, 'eigenlijk hebben we veel met elkaar gemeen, jij en ik.'

'Hoe dat zo?' vroeg Banks.

Keane keek de kamer rond, zag de blauwe muren en het plafond met de kleur van rijpe brie in het gedempt licht van een tafellamp. 'We houden allebei van de goede dingen des levens,' zei hij. 'Goede whisky, Schubert, het Engelse platteland. Ik vraag me af hoe je dat allemaal betaalt van een politiesalaris.'

'Ik kan het zonder de slechte dingen des levens stellen.'

Keane glimlachte. 'Ik begrijp het. Heel goed. Maar hoe je het ook bekijkt, er zijn veel overeenkomsten tussen ons. Mooie vrouwen, bijvoorbeeld.'

'Ik neem aan dat je Annie bedoelt? Of Helen?'

'Annie heeft me over jou en haar verteld. Ik wist niet dat ik onder iemand anders zijn duiven aan het schieten was.'

'Dat was je ook niet.'

'Maar je bent er niet echt blij mee. Dat zie ik zo. Ga je het haar vertellen?'

'Over Helen?'

'Ja. Ze heeft me verteld over je bezoekje van gisteren.'

'Charmante vrouw,' zei Banks.

'En?'

'Denk je niet dat het beter is dat je het haar zelf vertelt?'

'Dus je hebt het Annie nog niet verteld?'

'Nee. Ik heb haar niets verteld. Ik heb nog niet besloten wat ik doe. Misschien kun jij me daarbij helpen.'

'Hoe dan?'

'Overtuig me er maar van dat je geen leugenachtige, overspelige schoft bent.'

Keane lachte. 'Tja, maar dat ben ik natuurlijk wel. Dat geef ik onmiddellijk toe.'

'Je weet best wat ik bedoel.'

'Moet je horen,' ging Keane verder, 'de relatie die Helen en ik met elkaar hebben, is eerder vriendschappelijk. We komen elkaar van pas. Ze vindt het niet erg dat ik er andere vrouwen op na hou. Dat heeft ze je toch zeker wel verteld?'

'Maar jullie zijn wel getrouwd.'

'Ja. We moesten wel trouwen. Ze was immers een illegale immigrant. Anders hadden ze haar naar Kosovo teruggestuurd. Ik heb het voor haar gedaan.'

‘Wat ruimhartig van je. Je houdt dus niet van haar?’
‘Houden van? Wat is dat?’
‘Als je dat niet weet, kan ik het je niet uitleggen.’
‘Ik heb dat gevoel nooit gekend,’ zei Keane, en hij tuurde naar de whisky in zijn glas. ‘Ik heb mijn hele leven moeten overleven op mijn bijdehandheid; het was altijd zwemmen of verzuipen. Ik heb nooit tijd gehad voor de liefde. Zeker weten dat je hier niet een scheutje van wilt?’ Hij hield de fles omhoog.
Banks schudde zijn hoofd. Hij zag dat zijn glas leeg was en schonk nog wat Laphroaig bij. Hij voelde het effect al, merkte het toen hij zich bewoog en besloot dat dit zijn laatste glas zou zijn en hij langzaam zou drinken. ‘Hoe dan ook,’ ging hij verder, ‘het gaat er niet om of Helen het erg vindt dat je er andere vrouwen op na houdt; het gaat erom wat Annie ervan vindt.’
‘Nog altijd haar trouwe beschermer, hè? Haar ridder op het witte paard?’
‘Een goede vriend.’ Banks had het gevoel dat hij nu een beetje met een dubbele tong praatte, hoewel hij amper iets van het derde glas had gedronken. Ook zat er een irritant zoemend geluid in zijn oren en was hij opeens hondsmoe. Hij schudde het van zich af. Pure vermoeidheid.
Keanes mobieltje liet een melodietje horen.
‘Moet je niet opnemen?’ vroeg Banks.
‘Het is waarschijnlijk mijn werk. Ze kunnen een boodschap achterlaten. Luister eens, Alan, als jij dat prettiger vindt, zal ik de situatie aan Annie uitleggen,’ zei Keane. ‘Ze is heel ruimdenkend. Ik weet zeker dat ze er begrip voor heeft.’
‘Daar zou ik maar niet al te zeker van zijn.’
‘O, waarom niet? Weet jij soms iets wat ik niet weet?’
‘Ik ken Annie en diep vanbinnen is ze een stuk conservatiever dan je denkt. Als ze sterke gevoelens voor je heeft, zal ze nooit de tweede viool spelen naast jouw vrouw, ongeacht of het een verstandshuwelijk is of niet, of jullie een platonische relatie hebben of niet.’
‘Tja, dat zullen we dan nog wel eens zien.’
‘Wanneer?’
‘De volgende keer dat ik haar zie. Ik beloof het. Schiet het onderzoek een beetje op?’
Banks was niet van plan om met Keane over de zaak te praten, ook al was hij als adviseur opgetreden in de kwestie van kunstvervalsing. Hij haalde zijn schouders op. Het voelde aan alsof hij het gewicht van de hele wereld op zijn schouders torste. Hij nam nog een slokje whisky, maar het glas was

ook al zo zwaar en toen hij het terugzette op de armleuning van de bank, voelde hij dat hij wegzakte totdat hij op zijn zij lag en hij kon niet meer overeind komen. In de verte hoorde hij zijn telefoon rinkelen, maar hij had geen flauw idee hoe hij zichzelf van de bank moest slepen om op te nemen.

'Hoe staat het met die spiegelconfrontatie waarover je het had?' zei Keane, en zijn stem kwam nu van heel ver weg. 'Ik ben heel benieuwd.'

Banks kon niets zeggen.

'Dat was heel slim van je,' zei Keane. 'Je dacht natuurlijk dat je getuige mij zou aanwijzen in plaats van Whitaker?'

Banks kon zijn tong nog steeds niet bewegen.

'Wat is er?' vroeg Keane. 'Iets te veel gedronken?'

'Ga weg,' wist Banks uit te brengen, ook al klonk het waarschijnlijk eerder als gegrom.

'Dat denk ik niet,' zei Keane. 'Wat je nu voelt, is pas het begin. Kijk eens of je kunt opstaan. Probeer het eens.'

Banks probeerde het. Hij kon zich amper een paar centimeter verroeren. Te zwaar.

'Uiteindelijk val je gewoon in slaap,' zei Keane, en zijn stem klonk nu galmend en monotoon als die van een hypnotiseur. 'En wanneer je morgen wakker wordt, zul je je er niets van herinneren. Tenminste, je zou je er normaalgesproken niets van herinneren, als je morgen wakker werd. Maar daar is natuurlijk geen sprake van. Het verbaast me dat jij als politieman hier in huis niet meer beveiliging hebt. Het was echt kinderspel om kort even na het donker door het keukenraam naar binnen te klimmen en wat flunitrazepam aan je cask strength malt toe te voegen. De smaak daarvan is sterk genoeg om het eventuele bittere smaakje van het medicijn te verdoezelen. Perfect. Ze noemen het ook wel de *date rape drug*, weet je, maar maak je geen zorgen: ik zal je niet verkrachten.'

'Wat is er aan de hand, inspecteur?' vroeg Winsome, en ze boog zich over haar heen.

'Dit kenteken.' Annie wees. 'Dat ken ik. Dat is het nummerbord van Phils BMW.'

'Weet u dat zeker?'

'Ja. Ik weet ook niet waarom. Ik herinner me dit soort dingen nu eenmaal altijd. Het klopt echt. Hij heeft op 17 september twee straten bij Kirk's garage vandaan een parkeerboete gekregen.'

Winsome zocht het op in haar dossier. 'Dat is een van de data waarop William Masefield de Jeep Cherokee heeft gehuurd,' zei ze. 'Dat is toch helemaal niet logisch? Misschien heeft de kerel die de boete uitschreef zich vergist?'

'Misschien,' zei Annie, en toen drong het opeens tot haar door wat haar al die tijd had dwarsgezeten. Tijdens hun ruzie die ochtend had Banks gezegd dat hij Phil een paar keer had ontmoet, maar later had Phil gezegd dat hij Banks pas één keer had gezien. Ze waren het vorige weekend met hun drieën bij elkaar geweest, wat een flink aantal dagen geleden was, en toch had Banks gezegd dat hij Phil maar een paar dagen niet had gezien. Hoe zat dat? Had hij hem sinds die ene keer nogmaals opgezocht? En zo ja, waar was dat gesprek dan over gegaan? Wat hielden ze voor haar verborgen?

Misschien had het niets te betekenen. Een verspreking die gemakkelijk was gemaakt. Maar nu dit. Het kenteken van de BMW. En Phil was inderdaad pas afgelopen zomer ten tonele verschenen, in dezelfde tijd dat zowel Roland Gardiner als Thomas McMahon aan anderen had verteld dat de toekomst er zonniger voor hen uitzag. Annie had hem pas tijdens de Turner-receptie ontmoet en een maand of wat later had hij haar gebeld en geen weigering geaccepteerd.

Annie was niet blij met de richting die haar gedachten nu insloegen, maar hoe ze zich ook verzette tegen het idee dat vorm begon te krijgen in haar hoofd, ze kon de herinnering aan die avond waarop ze van het etentje met Phil in The Angel was weggeroepen naar Jennings Field niet tegenhouden. Natuurlijk kwam de brandstof niet overeen met de benzine uit de tank van de Jeep Cherokee. Phil was die avond met zijn eigen auto geweest, de BMW. Hij kon natuurlijk moeilijk voor hun etentje komen opdraven in de gehuurde Cherokee die overal door de politie werd gezocht en hij had niet genoeg tijd gehad om de wagen terug te brengen en grondig schoon te maken. Een risico dat hij voor lief moest nemen ter wille van een alibi. Annie zelf. Een perfect alibi. En een prachtige bron van informatie over de koers die het onderzoek volgde. Uit de eerste hand. En nog vrijgevig ook.

'Er kan best een eenvoudige verklaring voor zijn,' opperde Winsome. 'En het was ook ruim voordat die moorden zijn gepleegd. Misschien is het gewoon toeval?'

'Dat weet ik,' zei Annie, en ze bedacht dat het ook rond die tijd was geweest dat hij haar voor het eerst had gebeld en mee uit had gevraagd. 'Maar dat zoeken we uit.'

Haar hand beefde, maar ze toetste toch Phils mobiele nummer in.

Geen gehoor. Alleen de voicemail.

Ze belde Banks op zijn nummer thuis.
Geen gehoor. Toen het toestel een paar keer was overgegaan, werd ze doorverbonden met zijn antwoordservice. Ze liet geen bericht achter. Ze probeerde het ook op zijn mobiel, maar die stond niet aan.
Dat was vreemd. Banks had gezegd dat hij regelrecht naar huis zou gaan. Het was natuurlijk best mogelijk dat hij nog ergens naartoe was gegaan of misschien gewoon geen zin had om de telefoon op te nemen. Er waren verschillende verklaringen denkbaar. Maar Banks was juist altijd op de een of andere manier bereikbaar wanneer hij aan een zaak werkte, zeker wanneer die bijna was afgerond. In al die tijd dat ze nu samenwerkten was het letterlijk en ongeacht het tijdstip van de dag of nacht nog nooit voorgekomen dat ze hem niet te pakken kon krijgen.
Annie was in de war en niet op haar gemak. Ze kon hier niet blijven zitten. Dit moest op de een of andere manier worden opgelost, en wel meteen.
'Winsome,' zei ze. 'Zin in een ritje naar het platteland?'

18

Het kostte al enorm veel moeite om alleen bij bewustzijn te blijven, merkte Banks. Maar hoe langer hij echter wakker bleef, des te groter de kans dat hij het zou overleven. Hij kon zich nauwelijks bewegen; zijn hele lichaam voelde aan alsof het van lood was. Hij wist dat hij zijn krachten, voorzover hij die nog had, moest sparen, want zodra Keane eenmaal het vuur had aangestoken, wat hij beslist snel zou doen, zou hij vertrekken en dan had Banks misschien één heel kleine kans om hier levend uit te komen. Zolang hij maar bij bewustzijn bleef. Zolang hij zich kon bewegen. McMahon noch Gardiner was er levend uit gekomen en die gedachte knaagde aan zijn vertrouwen, maar hij moest zich vastklampen aan het kleine beetje hoop dat hij nog had.

'Ik doe dit,' zei Keane, 'omdat jij echt de enige bent die me verdenkt. Annie niet. En dat zal ze ook nooit doen. Ik weet dat je je bedenkingen niet met haar of iemand anders hebt gedeeld. Dat zou ik aan haar stem hebben kunnen horen. Officieel ben ik geen verdachte. En ik weet vrij zeker dat ik mijn sporen goed heb uitgewist, dus wanneer jij eenmaal uit de weg bent geruimd, ben ik veilig.'

Burgess, dacht Banks traag en verward bij zichzelf. Dirty Dick Burgess. Keane kon niet weten dat Banks Burgess' hulp had ingeroepen. Banks wist ook dat Dirty Dick een aardig idee zou hebben wie erachter zat wanneer hem iets overkwam en dat hij niet zou rusten totdat hij Keane had opgespoord. Dat zou echter maar een schrale troost zijn wanneer hij dood was.

Banks voelde dat hij zijn greep op zijn bewustzijn dreigde te verliezen en zakte af en toe weg, terwijl Keanes woorden over hem heen tuimelden, sommige weergalmend, andere volkomen onverstaanbaar. Het enige wat hij dacht, als je het tenminste nog denken kon noemen, was dat hij heel gauw zou sterven. In een brand. Hij dacht weer terug aan het beeld van het kleine meisje dat voorgoed in zijn geheugen stond gegrift, door het vuur in een bidhouding gevormd, knielend naast haar bed, als een ver-

schroeide engel. Ik ga slapen, ik ben moe/ Ik doe beide ogen toe/ Lieve Heer, hou ook deze nacht/ Over mij trouw de wacht.
Banks hoorde dat de deur openging en voelde even de kille tocht die naar binnen kwam. Het gaf hem net genoeg kracht om nog een laatste poging te doen om zich te bewegen, maar het enige wat er gebeurde, was dat hij van de bank rolde en zijn hoofd stootte tegen de scherpe rand van de lage salontafel. Liggend op de vloer, terwijl het bloed in zijn oog vloeide en hij snel het bewustzijn verloor, hoorde hij de deur weer dichtgaan en daarna het geklots van benzine uit een jerrycan. Hij kon het nu ook ruiken, de damp benam hem de adem, en het enige wat hij nu nog wilde was op de vloer liggen en in slaap vallen. Het andante van *Der Tod und das Mädchen* klonk op en Banks' laatste gedachte was dat dit het laatste muziekstuk was dat hij ooit zou horen.

Tijdens de rit door de Dale naar Banks' cottage had Annie niet echt een voorgevoel dat haar tot grote spoed maande. Ze wilde alleen Banks zien, met hem praten over wat ze had ontdekt en wat ze begon te vermoeden. Winsome reed echter en het geluid van de alarmbellen die blijkbaar bij Annie waren gaan rinkelen, was ook tot haar doorgedrongen, dus ze gaf een prachtige imitatie van Damon Hill ten beste.
Toen ze door Fortford kwamen, reed ze iets langzamer. Achter de dichtgetrokken gordijnen waren een paar lichtjes zichtbaar en hier en daar zag Annie het onrustige blauwe licht van een televisietoestel. Een gebogen oude man liep met zijn collie naar de Rose and Crown. Tussen dit dorp en Helmthorpe lag alleen een lang stuk weg zonder huizen, dat langs donkere heuvels voerde die scherp tegen de nachtelijke hemel afstaken, met in de verte de lichtjes van boerderijen en de schitterende weerkaatsing van het maanlicht op de langzaam stromende rivier.
In de hoofdstraat van Helmthorpe liepen een paar mensen, voornamelijk bezoekers van de *folk night* in de Dog and Gun, vermoedde Annie. De supermarkt was nog open en de rij voor de fish & chips-winkel stond bijna helemaal tot op de straat. Annie had nog steeds trek, ondanks het broodje gezond. Ze overwoog even om Winsome te vragen om te stoppen. Ze at geen vis, maar als de friet in plantaardige olie was gebakken, zou dat met wat zout en een scheutje azijn best smaken. Ze negeerde het knagende hongergevoel echter. Straks.
Winsome maakte een scherpe bocht naar links, langs de school, en het rubber schuurde even piepend over het asfalt, waarna ze kalmpjes naar de tweede versnelling schakelde voor de weg die langs de heuvel omhoog-

leidde naar Gratly. Vlak voor het dorpje liep een smal paadje aan de rechterkant naar Banks' cottage en toen ze daar vlakbij waren, kwam er een auto uitgereden, die rechts afsloeg en van hen weg reed. Het was niet Banks' Renault.

'Dat lijkt Phils auto wel,' zei Annie.

'Weet u het zeker?' vroeg Winsome.

'Dat kan niet. Hij zei dat hij in Londen was.'

Winsome hield even stil voordat ze het paadje naar Banks' huis opreed. 'Moet ik hem volgen?'

Annie dacht even na. Het zou goed zijn om het zeker te weten. Maar als het inderdaad Phil was, waarom was hij dan in vredesnaam bij Banks langs geweest? 'Nee,' zei ze. 'Het heeft weinig zin om een auto te achtervolgen over de hei. Laten we maar doen waarvoor we hier zijn en kijken of Alan thuis is.'

Winsome reed het paadje op en voor hen konden Annie en zij de vlammen zien die langs de gordijnen in de voorkamer omhoogklommen. Jezus, nee, dacht Annie. Nee. Niet na dit alles. Ze kon nu niet te laat zijn. Maar het waren wel degelijk vlammen en ze hadden de hele woonkamer al verzwolgen.

'Bel de brandweer,' zei Annie, en ze had haar gordel al losgemaakt en was al uit de auto gesprongen voordat die tot stilstand was gekomen. 'En zeg dat er een leven op het spel staat. Een politieagent.' Misschien kwamen ze dan wat sneller in actie, dacht Annie. De plaatselijke kazerne werd bemand door oproepkrachten en het zou vijf minuten extra kosten voordat ze gehoor gaven aan de oproep van hun persoonlijke piepers en bij de kazerne waren. De aanrijtijd voor een afgelegen plek als deze was achttien minuten en tegen die tijd zou er niets meer van de cottage over zijn.

Annie kon niet zomaar blijven toekijken hoe de woning afbrandde. Ze wist dat het openen van een deur het ergste was wat je bij een brand kon doen, omdat dat de toevoer van zuurstof vergrootte, maar het was mogelijk de enige kans die ze had om Banks er levend uit te halen. Als hij tenminste nog leefde.

Annie haalde een wollen deken uit de kofferbak van de auto. Gelukkig had de regen een paar plassen achtergelaten op het weggetje vol kuilen en gaten voor Banks' huis, dus rolde ze de deken er snel doorheen om het vocht op te nemen en wikkelde hem vervolgens om zich heen, er goed op lettend dat met name haar haren en gezicht goed werden bedekt.

Winsome had inmiddels haar portier geopend en riep met het mobieltje

nog steeds in haar hand: 'Wat gaat u doen, inspecteur? U kunt daar niet naar binnen. Dat weet u ook wel.'
'Heb je gebeld?'
'Ja. Ze zijn onderweg. Maar u...'
Annie liep naar de deur.
Op slot.
'Inspecteur!'
Ze hief haar been op en trapte licht achteroverhellend tegen het hout in de buurt van het slot. Ze moest het drie keer proberen en haar voet deed gemeen pijn, maar uiteindelijk lukte het haar. De deur vloog open en het vuur golfde naar buiten, zoals ze al had verwacht. Ze hoorde Winsome achter zich boven het gedreun van de vlammen uit schreeuwen, maar ze kon nu niet meer terug. Ze haalde diep adem en dook naar binnen. Ze had een paar seconden, beslist niet meer.
De rook was dik en de benzinedamp drong door de deken heen die ze over haar mond en neus had geslagen. Zodra ze binnen was, voelde Annie de intense hitte aan haar likken, tongen van vuur die langs haar benen en enkels gleden. Ze had nooit gedacht dat vuur zoveel lawaai kon maken. Ze riep Banks' naam, maar wist al dat hij niet zou kunnen antwoorden. Hij zou met iets zijn verdoofd, net als de anderen. Het was een kleine woonkamer en Annie wist gelukkig waar alles stond. Ze was hier vaak genoeg geweest om te weten dat er tussen de bank en de leunstoelen een lage salontafel stond, dus daar zou ze niet over struikelen.
De vlammen brulden en de rook walmde omhoog. Er viel een schilderij van de muur en het glas brak. Annies ogen prikten. Ze moest ademhalen. Haar longen voelden aan alsof ze uit elkaar barstten.
Toen zag ze hem door de rook heen op de vloer liggen, alleen een been, vlak bij de tafel. Ze rende naar hem toe. Geen tijd om voorzichtig te werk te gaan, Annie, hield ze zichzelf voor, en ze duwde de tafel uit de weg, greep met beide handen Banks' benen en trok uit alle macht. Het slappe lichaam gleed over de vloerbedekking. Annies armen rukten aan haar schoudergewrichten.
Banks sloeg met zijn hoofd tegen een tafelpoot toen Annie hem eromheen wilde trekken. Ze kon het niet goed zien, maar meende dat de openstaande deur zich recht achter haar bevond. Ze hoefde nu alleen maar achteruit te lopen en hem met zich mee te trekken. Ze was bang dat ze zou flauwvallen door de hitte en de rook, maar ze bleef aan hem sjorren en voelde al snel de kou langs haar rug trekken die van buiten af door de deken heen sneed. Ze

was er bijna. Een deel van het plafond kwam vlak naast haar naar beneden en de vlammen verschroeiden haar wenkbrauwen. Annie kon niet meer verder. Ze voelde dat haar kracht snel afnam, dat haar benen het onder haar begaven. Zo dichtbij. Ze zag dubbel. Haar knieën knikten en ze viel langzaam voorover.

Toen voelde ze dat haar lichaam werd opgetild en op het paadje werd gesmeten. Toen ze zonder omhaal in de modder terechtkwam, wreef ze voorzichtig haar ogen schoon en zag dat Winsome het karwei afmaakte en Banks' lichaam door de deuropening in veiligheid bracht. Annie ademde diep de frisse buitenlucht in en liet zich achteroverzakken, met haar haren en armen die nog altijd in de vochtige deken zaten gewikkeld wijd uitgespreid in de modder.

Winsome was nu ook de cottage uit gekomen; nog een paar meter verder en Banks zou uit de buurt van de vlammen zijn. Zijn hoofd stuiterde over de traptreden omlaag. Annie wist niet of hij nog leefde of dood was. Ze durfde niet eens naar hem te kijken, uit angst dat hij gruwelijk verminkt was door het vuur of daar met open ogen lag.

Eindelijk had Winsome Banks een paar meter buiten de cottage neergelegd en kwam ze naar Annie toe gerend.

'Gaat het, inspecteur?'

'Prima,' zei Annie.

'Het was vreselijk stom van u, wat u daar deed, als ik zo vrij mag zijn.'

'Alan...?'

'Ik weet het niet, inspecteur. Ik had al mijn energie nodig om jullie allebei uit de cottage te krijgen.'

Annie gooide de deken af en haalde diep adem. En nog een keer. Ze werd duizelig van de koude buitenlucht. Ze liepen samen naar Banks toe en hurkten naast hem neer. Zijn kleren smeulden na, dus Annie legde de vochtige deken over hem heen. Zijn gezicht zag zwart van de rook en ze kon echt niet zeggen of hij zware brandwonden had opgelopen of niet.

Ze dacht het niet, hoopte maar van niet.

Met ingehouden adem boog Annie zich voorover om te luisteren of ze zijn ademhaling kon horen.

Ze dacht dat hij nog ademhaalde. Ze wilde maar dat ze wat zuurstof had en dat de brandweerlieden en ambulances een beetje opschoten. Ze wist niet eens of het zin had om hem mond-op-mondbeademing te geven of dat dat alles alleen maar erger zou maken. 'Blijf leven, rotzak, blijf leven,' fluisterde ze, terwijl Winsome naast haar een hand op haar schouder legde en ze in de verte het verlossende geluid van de sirene van een brandweerwagen hoorde.

Annie kwam midden in de nacht volkomen uitgeput thuis uit het ziekenhuis, waar ze hoofdinspecteur Gristhorpe wakend bij het bed had achtergelaten. Er moesten nog allerlei papieren worden ingevuld natuurlijk, altijd weer meer papierwerk, maar dat kon wel tot morgen wachten.

Banks was nog niet buiten levensgevaar. Om te beginnen was hij nog niet bij bewustzijn. Annie had de arts verteld dat hij waarschijnlijk Rohypnol of iets dergelijks had binnengekregen, mogelijk vermengd met alcohol. De vlammen hadden inderdaad schade aangericht, voornamelijk aan zijn rechterbeen en de rechterzijkant van zijn lichaam, omdat die het dichtst bij een van de brandhaarden hadden gelegen, en ook aan één kant van zijn gezicht. Het waren tweedegraads brandwonden met blaarvorming, die bijzonder pijnlijk zouden zijn en littekens zouden achterlaten. Banks' oppervlakkige ademhaling had voorkomen dat hij een hoge concentratie rook had ingeademd die veel sneller grotere schade had kunnen aanrichten en de bulten op zijn voorhoofd van de tafel en de traptreetjes waren niet ernstig.

Annie bewoog zich als een zombie. Ze wist dat ze eigenlijk naar bed moest, maar was ervan overtuigd dat ze toch niet kon slapen. Ze had een borrel nodig; dat wist ze in elk geval heel zeker. Ze dronk niet vaak sterkedrank, maar vanavond had ze behoefte aan iets sterkers dan wijn, dus schonk ze een stevig glas cognac voor zichzelf in en dronk hoestend en proestend de eerste slok van het brandende goedje.

Toen ze een glimp van zichzelf opving in de spiegel, keek ze verbaasd naar het modderige haar, het beroete gezicht en de angstige ogen die terugstaarden. De arts die Annie en Winsome had onderzocht, had haar met tegenzin laten gaan, maar er was geen echte schade aangericht en geen reden om haar daar te houden. Ze had volgehouden dat ze helemaal in orde was. En dat was ze ook, in fysiek opzicht tenminste. Haar spieren deden pijn en de voet waarmee ze de deur had opengetrapt was gekneusd en opgezwollen, maar afgezien daarvan waren de verwondingen die vuur en rook konden aanrichten haar bespaard gebleven. Ze was waarschijnlijk nog geen dertig seconden in de brandende cottage geweest, schatte ze. Natuurlijk had het hoofd van het politiebureau haar een enorme uitbrander gegeven omdat ze naar binnen was gegaan, maar ze had het idee gehad dat hij dat alleen maar deed omdat het van hem werd verwacht, omdat het zijn werk was, en dat

hij haar daad heimelijk goedkeurde. Hij moest net als Annie hebben geweten dat dat de enige manier was geweest waarop ze Banks' leven had kunnen redden.
Phil. Phil Keane had dit allemaal gedaan. Hij had de hulp ingeroepen van McMahon en Gardiner, zijn oude maatjes van de hogeschool, om hem te helpen met de kunstvervalsingen, en zij hadden samengezworen en zich tegen hem gekeerd. Daarom had hij hen vermoord. Zo moest het zijn gegaan. Het was het enige wat nu nog logisch klonk. Niet Leslie Whitaker, maar Philip Keane was Giles Moore. Niet Leslie Whitaker, maar Philip Keane had de identiteit van William Masefield aangenomen en hem misschien ook wel vermoord.
Annie zou in geen honderd jaar begrijpen hoe het mogelijk was dat ze zich zo nauw verwant had kunnen voelen met iemand die in staat was om te doen wat hij had gedaan, hoe ze ooit had kunnen denken dat ze verliefd op hem was en het bed met hem had kunnen delen. De gedachte alleen al joeg koude rillingen over haar lijf.
Ze besefte dat Phil, of hoe hij in werkelijkheid ook heette, een zeldzaam wezen was: deels een charmante oplichter, deels een koelbloedige moordenaar. Gewoonlijk maakten oplichters zich niet snel schuldig aan moord, tenzij ze in een hoek waren gedreven en geen andere uitweg meer zagen. En dat was waarschijnlijk ook hier gebeurd. Een dreigende ontmaskering. Ondergang. Gevangenis.
Phil Keane had mensen het gevoel gegeven dat ze bijzonder waren, om hen vervolgens te manipuleren. Als een kameleon was hij van de ene identiteit in de andere geglipt, telkens een enorme chaos achterlatend. En dat had hij uit winstbejag gedaan en uit zelfbehoud. Annie schudde ongelovig haar hoofd over haar eigen goedgelovigheid. Wat weten we toch weinig van elkaar, zelfs van degenen die ons heel na staan, dacht ze. Phil Keane had zijn ware ik op een donkere, geheime plek weggestopt waar niemand ooit kon doordringen. Je zag wat hij wilde dat je zag, geloofde wat hij wilde dat je geloofde.
En hij gaf je het gevoel dat je bijzonder was.
Annie goot de cognac achter in haar keel en schonk een nieuwe portie voor zichzelf in. Ach, verdomme. Ze had het gevoel alsof ze opnieuw verkracht was en op dit moment kon ze nog niet zeggen of ze Phil nu het meest haatte omdat hij McMahon en Gardiner had vermoord en Banks bijna, of omdat hij haar in alle opzichten bedrogen had. Hij had haar de hele tijd gebruikt, dat wist ze heel zeker. Hoewel hij in augustus, toen hij Annie het hof begon te maken, nog niet had geweten dat hij McMahon en Gar-

diner zou vermoorden, had hij al wel criminele plannen met hen gesmeed en hij had ongetwijfeld gedacht dat het wel handig zou zijn om een intieme relatie te hebben met iemand die via haar werk precies wist wat de plaatselijke politie dacht en deed.

En alsof dat allemaal nog niet erg genoeg was, was die klootzak ook nog eens ontkomen.

Er was een grootschalige klopjacht op touw gezet, nu al, maar Annie betwijfelde of ze hem zouden vinden. Hij was tenslotte een kameleon. Als dit een televisieserie was geweest, hadden ze het feit dat Banks het had overleefd natuurlijk verzwegen, hadden ze de rest van de wereld laten geloven dat hij dood was en zou Annie nu hebben zitten wachten tot Phil contact met haar opnam en bij haar kwam om haar zijn medeleven te betuigen en haar te condoleren met het verlies van een dierbare vriend.

In het echte leven waren verslaggevers echter bijna net zo snel ter plekke als de brandweer. Dit was groot nieuws. Banks was een bekende plaatselijke inspecteur met een aantal succesvol opgeloste zaken op zijn naam. In een mum van tijd brachten lokale nieuwsuitzendingen op televisie en radio de brave burgers van Eastvale, en ongetwijfeld ook de rest van Engeland, op de hoogte van het feit dat inspecteur Alan Banks uit zijn fel brandende cottage was gered door zijn heroïsche junior-inspecteur Annie Cabbot en de al even heroïsche agent Winsome Jackman, en dat hij nu in het ziekenhuis van Eastvale lag. Dit zou Phil beslist ter ore komen en zodra dat gebeurde, zou hij begrijpen dat het spel uit was. Hij zou verdwijnen en ergens anders als iemand anders weer opduiken.

Annie stonk naar de rook en ze wilde boven een douche nemen om weer schoon te worden. Ze nam de cognac mee naar de badkamer. Ze zouden Keanes cottage nauwgezet uitkammen, dacht ze. Hoe zorgvuldig en pietepeuterig Phil ook was en hoe grondig hij ongetwijfeld ook had schoongemaakt voordat hij vertrok, er bestond altijd een kans dat ze iets zouden vinden. Een haar. Een vingerafdruk. Iets.

Ze trok haar kleren uit en propte ze in de wasmand. Haar voet werd nu al geel, zwart en blauw, zag ze. Er was tenminste niets gebroken. Dat had de arts haar nog net kunnen vertellen.

Annie bleef bij de wasbak staan, greep de rand vast en staarde opnieuw naar haar zwarte gezicht. Als een soldaat die het slagveld betrad. Ze kon de uitdrukking in haar ogen niet doorgronden, wist niet wat ze voelde. Vlak voordat ze zich omdraaide om onder de warme douchestraal te stappen, zag ze de tandenborstel op de wastafel liggen. Die was niet van haar. Ze herinnerde zich weer dat ze die aan Phil had gegeven toen hij een paar nachten geleden was blijven slapen en het leek erop dat hij hem ook had gebruikt. Ze wist zeker dat ze de badkamer sindsdien niet had schoongemaakt.

Ze haalde een plastic zakje uit het kastje onder de wastafel en liet de tandenborstel daarin glijden. Je kon nooit weten. Misschien zat er wel DNA van Phil Keanes op. Want op een dag zouden ze die schoft te pakken krijgen en dan konden ze al het bewijsmateriaal dat ze hadden goed gebruiken.

Het duurde twee dagen voordat Banks bezoek mocht ontvangen in het ziekenhuis van Eastvale en Annie was de eerste die naar binnen ging. Aan de andere kant van het raam drong af en toe een enkele zonnestraal door het wolkendek heen. Een bos bloemen vrolijkte de saaie, olijfkleurige ruimte wat op.

Banks lag tegen een stapel kussens aan geleund door het raam naar de regen te kijken; de ene helft van zijn gezicht was met verband omzwachteld en ingesmeerd met ontsmettende zalf. Hij zag er afgemat uit, vond Annie, maar in zijn ogen was nog leven zichtbaar, leven en iets anders wat er eerder niet was geweest. Ze wist niet wat het was.

Hij was alles kwijtgeraakt. Banks' cottage bestond niet meer. Ze had met haar eigen ogen gezien hoe het huisje door het vuur was verteerd tot er nog slechts een lege huls met een dak was overgebleven. Alles wat hij bezat, was in de vlammen verwoest: zijn cd's, kleren, meubels, stereo, al zijn aandenkens, familiefoto's, papieren, brieven, alles. Hij had niets meer, behalve zijn auto en de persoonlijke bezittingen die hij op kantoor bewaarde. Wist hij dit al? Iemand moest het hem toch hebben verteld.

'Hoe gaat het met je?' vroeg ze, en ze legde een hand op zijn ontblote onderarm, vlak bij de plek waar een katheter was aangebracht.

'Ik mag niet klagen,' zei Banks. 'En als ik dat wel deed, zou er toch niemand luisteren.'

'Behandelen ze je een beetje goed?'

'Redelijk. Ik verveel me enorm. Heb je...'

Annie overhandigde hem een heupflacon. 'Het is geen Laphroaig,' zei ze.

'Mooi,' zei Banks en hij liet hem in zijn la glijden. 'Ik weet niet zeker of ik dat spul ooit nog wil drinken.'

'Wat heeft de arts gezegd?'

'Dat ik helemaal zal genezen,' zei Banks. 'Maar er kunnen wel littekens achterblijven. We zullen moeten afwachten. De hoofdpijn is tenminste weg. De ergste die ik ooit heb gehad.'

'Pijn?'
'Vrij erg, maar ik zit keurig onder de pijnstillers. Heb je wel eens je vinger gebrand?'
Annie knikte.
'Oké, vermenigvuldig die pijn met duizend en je hebt een aardig idee. Het probleem is dat bij tweedegraads verwondingen de uiteinden van de zenuwen intact blijven. Daarom doet het zo'n pijn. Dat wist ik niet. De haarzakjes en zweetklieren trouwens ook. Alleen de bovenste lagen van de huid zijn verbrand. Weet je wat eigenlijk nog het ergste is?'
'Wat?'
'Geheugenverlies. Ik kan me verdomme helemaal niets meer herinneren, van het moment dat ik de deur opendeed tot het moment dat ik hier wakker werd. Alleen de smaak van whisky. De arts zegt dat het misschien allemaal nog terugkomt, maar misschien ook niet. Wat een vrij nutteloze opmerking is, als je het mij vraagt.'
'Tracy is een paar keer langs geweest,' zei Annie, 'en ze komt nog een keertje terug. Brian heeft gebeld. Hij is met de band in Amsterdam. Hij wilde weten of je hem nodig had.'
'Ik denk het niet,' zei Banks. 'Ik mag over een dag of wat naar huis.'
Jezus, dacht Annie, die arme kerel. Hij wist het nog niet. 'Alan,' zei ze. 'Luister eens, ik zou niet... je weet wel... van de cottage, bedoel ik. De brand heeft enorm veel schade aangericht.'
Banks keek naar haar met een blik alsof ze alleen maar bevestigde wat hij al had verwacht en knikte. 'Nou ja, ik mag hier in elk geval weg,' zei hij.
Annie gaf hem een in cadeaupapier gewikkeld pakje. 'Iedereen op het bureau heeft hieraan bijgedragen.'
Banks maakte het open en vond een nieuwe draagbare cd-speler en een exemplaar van Mozarts *Don Giovanni*.
'We wisten niet wat je het liefst wilde hebben,' zei Annie. 'Het was Kevs idee. Ik geloof dat dat de enige opera is waarvan hij wel eens heeft gehoord. Er zitten al batterijen in.'
'Dit is prima,' zei Banks. 'Bedank iedereen maar namens mij.'
'Dat kun je binnenkort zelf doen.'
Banks draaide de cd-speler een tijdje om en om in zijn handen en wendde zijn blik af, alsof de emoties hem te veel werden. 'Hebben jullie hem al opgepakt?' vroeg hij.
'Nee,' zei Annie. 'Nog niet. Maar dat komt wel. Het is alleen maar een kwestie van tijd.'
'Vertel me eens wat jullie hebben ontdekt.'

Annie liet zich tegen de rugleuning van haar stoel zakken. 'Best al veel, eigenlijk,' zei ze. 'De politie van Greater Manchester heeft zijn BMW gevonden op een parkeerplaats bij het vliegveld, wat betekent dat hij in feite overal naartoe kan zijn. We informeren op het ogenblik bij alle belangrijke vliegmaatschappijen en treinstations, maar dat heeft nog niets opgeleverd. En de cottage is niet al generaties lang in zijn familie. Die was gehuurd van een echtpaar dat in Zuid-Londen woont. We hebben zijn vingerafdrukken en DNA, maar we hebben nog geen match gevonden in de databank.'

'Hij gaat dus vrijuit?'

'Niet helemaal,' zei Annie. 'Spectraalanalyse heeft aangetoond dat de benzine in de tank van de BMW overeenkomt met de benzine die bij Gardiner is gebruikt en...'

'En?'

'En ook bij jouw cottage.'

'Dus hij heeft zijn eigen auto gebruikt om Gardiner op te zoeken?'

'Dat moest wel,' zei Annie, en ze keek hem niet aan. 'Hij zat met mij te eten in The Angel toen de brand uitbrak.'

Banks zweeg een tijdje. 'Verder nog iets?' vroeg hij ten slotte.

'Zijn vingerafdrukken komen overeen met een deelafdruk die de technische recherche heeft aangetroffen in de gehuurde Jeep Cherokee, wat bevestigt wat we eigenlijk al vermoedden.'

'Dat de moordenaar Masefields identiteit gebruikte?'

'Ja. De accountants die zich bezighouden met Masefields investeringen hebben ontdekt dat hij altijd contact had met een zekere Ian Lang van Olympus Holdings, dat geregistreerd staat op de Britse Maagdeneilanden, maar ze zijn er totnogtoe niet in geslaagd om meneer Lang of het bedrijf te traceren.'

'Dat ligt nogal voor de hand, toch?' zei Banks. 'Nog iets over Masefield?'

'Het enige wat we weten, is dat hij in de juiste periode aan de universiteit van Leeds studeerde, dus ik vermoed dat "Giles Moore", als dat degene is die we zoeken, hem op de een of andere manier kende en contact met hem heeft gehouden. Er bestaat een grote kans dat Keane iets te maken had met de manier waarop Masefield al zijn geld is kwijtgeraakt en dat hij hem ook heeft vermoord. Maar daar komen we nooit meer achter. Misschien deed de gelegenheid zich opeens voor en kwam het hem wel goed uit. Het kan ook zijn dat Masefield, die volgens iedereen depressief was en te veel dronk, zelfmoord heeft gepleegd en dat Keane hem toen heeft gevonden, zijn identiteit heeft gestolen en de brand heeft aangestoken. Hij was hoe dan ook bij zijn overlijden betrokken.'

'Ja,' zei Banks. 'En als ze een oppervlakkige gelijkenis met elkaar vertoonden, moet het voor hem een peulenschil zijn geweest om zich als Masefield voor te doen. Verbazingwekkend wat je allemaal kunt bereiken met een bril, een ander kapsel of haarkleur, hangende schouders en een buikje.'
'Verder,' vervolgde Annie, 'heb ik weer met Elaine Hough gesproken en zij heeft, weliswaar tegen haar zin, een paar oude brieven opgedoken die Giles Moore haar had geschreven. Ze zei dat ze niet wilde dat iemand anders ze las. Helaas geen vingerafdrukken voorzover we hebben kunnen nagaan, maar we hebben wel wat voorbeelden van Keanes handschrift en onze expert geeft heel voorzichtig toe dat ze misschien hetzelfde zijn. Er zitten echter nogal wat jaren tussen, dus is het moeilijk om het met zekerheid te zeggen. Niets wat in een rechtbank kan worden gebruikt, in elk geval.'
'Het is een begin,' zei Banks. 'Kun je haar een foto van Keane laten zien?'
'We hebben geen foto van hem,' zei Annie. 'En een ander probleem is dat we blijkbaar niets kunnen vinden over het verleden van Giles Moore. Voor Elaine Hough en voor McMahon, Gardiner en Masefield, en alle anderen met wie hij in Leeds omging, heeft hij wel degelijk bestaan, maar afgezien daarvan zijn er helemaal geen gegevens over hem bekend. Besef je wel dat we er misschien nooit achter komen?'
'Iemand als hij moet ook wel slim zijn,' zei Banks. 'Keane en Moore zijn waarschijnlijk maar twee van zijn identiteiten. Misschien is hij ook wel Ian Lang. God mag weten wie hij nu is of waar hij zit, maar als ik hem een beetje doorheb, had hij een ontsnappingsroute en een nieuwe identiteit klaarliggen voor een eventuele gebeurtenis als deze. Ik durf te wedden dat hij het land allang uit is. Hij doet dit al zijn hele leven, Annie. Mensen bedriegen, identiteiten stelen. Misschien is dit de eerste keer dat hij een moord heeft gepleegd, misschien ook niet. Maar hij speelt dit spelletje al een hele tijd. Kijk maar hoe hij ons heeft bedonderd.'
Annie haalde een goedkoop opschrijfboekje op zakformaat met een harde kartonnen kaft tevoorschijn en tikte erop met haar wijsvinger. 'Dit hebben we in de cottage gevonden,' zei ze. 'Iemand van de technische recherche ontdekte dat er een verlaagd plafond zat in de kledingkast. De afmetingen klopten niet. Daar hebben we dit opschrijfboekje gevonden, een paspoort op naam van Ewan Collins en ongeveer twintigduizend pond in briefjes van vijf en tien pond.'
'Dus hij heeft geen tijd gehad om terug te gaan en die dingen op te halen,' zei Banks. 'Wat inhoudt dat hij misschien geen paspoort heeft, of niet een dat hij momenteel kan gebruiken in elk geval.'
'En dat betekent dat hij mogelijk nog steeds in het land is.'

Banks keek naar het opschrijfboekje. 'Wat is dat?' vroeg hij.
'Het dagboek van Roland Gardiner. Het heeft er veel van weg dat hij na Keanes eerste bezoek daarmee begonnen is en het houdt op op de avond van zijn dood. Het is eigenlijk heel ontroerend. Elaine Hough heeft ons verteld dat Gardiner zichzelf op de hogeschool een beetje als een schrijver beschouwde.'
'Hebben we er iets aan?'
'Niet echt,' zei Annie. 'Het is eerder een persoonlijk, poëtisch verslag dan iets anders. Gardiner heeft zich laten meeslepen door de opwinding en romantiek die Keane hem bood. Maar het verklaart wel waarom ze moesten sterven. Dat was voornamelijk McMahons schuld. Hij werd niet alleen hebberig, maar was ook nog eens van plan om de Turner voor echt te laten doorgaan. Volgens Gardiner was hij heel heel verbitterd. Hij wilde zich wreken op de kunstwereld, die zijn geweldige talent nooit had erkend, en hij dacht dat hij dat het beste kon bereiken door hen in een val te laten lopen. Een grote.'
'En Keane?'
'Opportunistisch in hart en nieren,' zei Annie. 'McMahon probeerde hem via chantage te dwingen hem te helpen door de Turner als authentiek te presenteren. Dreigde dat hij de namen van alle vervalsingen die hij via Keane had verkocht aan de pers, de politie, de galeries en de kunsthandelaren zou doorgeven. Het zou Keanes ondergang zijn geworden en hij was waarschijnlijk in de gevangenis beland. McMahon kon altijd beweren dat hij de schilderijen alleen maar voor de lol had geschilderd, dat hij nooit had geprobeerd ze voor echt te laten doorgaan. Keane had waarschijnlijk vrij snel door hoeveel problemen McMahon hem kon bezorgen, dus werd de eens zo nuttige kunstenaar nu een blok aan zijn been. En Gardiner was ongedisciplineerd.'
'Waarom heeft Keane dat dagboek bewaard? Waarom heeft hij het niet verbrand?'
'IJdelheid,' zei Annie. 'Zijn naam staat nergens vermeld, maar het draait wel allemaal om hem.'
'Wat was Gardiners rol in het geheel?'
'Die vervalste herkomstgeschiedenissen, brieven, oude catalogi, verkoopbewijzen. Dat soort dingen. Hij speelde de rol van tussenpersoon voor niet-bestaande eigenaren, handelaren en veilinghuizen. McMahon produceerde moeiteloos de schilderijen, maar verder ging zijn aandeel in het geheel niet.'
'Zoals we al dachten,' zei Banks.

'Ja.' Annie zweeg even. 'We hebben ook met Keanes vrouw gesproken, maar zij heeft ons niet bepaald veel verder geholpen, en we hebben zijn bedrijf onder de loep genomen. Het was slim gedaan,' ging Annie verder. 'Heel slim. Hij koos minder bekende kunstenaars uit. Achttiende-eeuwse Engelse landschapsschilders. Hollandse minimalisten. Kleine impressionisten. En McMahon produceerde in een enorm tempo. Schetsen. Kleine aquarellen. Niets wat zo groot was dat het te veel aandacht trok. Tienduizend pond hier, vijftigduizend daar, twintig, vijf. Bij elkaar opgeteld een fraai bedrag.'

'Jezus,' zei Banks. 'Keane heeft het ons nog wel verteld, weet je dat? Hij heeft ons alles verteld wat we moesten weten. Hij speelde met ons. We luisterden alleen niet goed.'

Annie zei niets.

'Nog iets uit Whitaker gekregen?'

'Ik heb nog een keer met hem gepraat. Hij gaf toe dat hij het papier en het doek leverde voor een klein aandeel van het geld, hoogstwaarschijnlijk afkomstig uit McMahons aandeel. Hij weet niets over de werkelijke schaal waarop dit speelde, wist niets over Keane, maar hij wist wel degelijk waarom McMahon het materiaal nodig had en wat hij ermee deed. Hij heeft ook bevestigd wat Gardiner heeft opgeschreven in zijn dagboek, namelijk dat McMahon verbitterd was en erover opschepte dat hij "hun allemaal nog wel eens wat zou laten zien".'

'Stellen we Whitaker ook in staat van beschuldiging?'

'Van wat? Dat hij een klootzak is?'

Banks glimlachte moeizaam en Annie kon zien dat het pijn deed. 'Heb je nog iets gehoord of gezien van Mark Siddons?' vroeg hij.

'Nee,' zei Annie. 'We zijn met hem toch klaar?'

'Jawel,' zei Banks. 'Ik vroeg het me gewoon af.' Hij wierp weer een blik door het raam en Annie zag dat hij naar de steigers keek die rond de kerktoren stonden.

Annie tikte nogmaals op het opschrijfboekje. 'Het is wel vreemd,' zei ze, 'zoals Gardiner tegen Keane leek op te kijken, hem als een held vereerde, alsof hun oplichtingspraktijken het enige waren wat het leven draaglijk maakte en toen dat eenmaal voorbij was...' Ze liet het opschrijfboekje op het beddenlaken vallen. 'Hier, lees zelf maar.'

'Keane gaf hem het gevoel dat hij bijzonder was?' opperde Banks.

'Ja. Hij gaf hem het gevoel dat hij bijzonder was.' Annie boog zich naar hem toe. 'Hoor eens, Alan...'

Banks raakte zachtjes haar hand aan. 'Later,' zei hij.

Toen ging de deur open en stak Michelle Hart haar hoofd om de hoek. 'Ik stoor toch hoop ik niet?'
Banks keek haar aan. 'Je komt als een geschenk uit de hemel.'
Annie verliet de kamer.

18 januari

Hij zal zo wel komen. Vandaag, morgen of overmorgen. Ik voel dat zijn duistere ziel zijn handen naar me uitstrekt. Het geeft niet. Ik ben heel moe. Ik ben de kankerpatiënt die langer leeft dan de artsen hem hebben gegeven, de treurende vader die al zijn kinderen overleeft, de veroordeelde man wiens executie wordt uitgesteld. Maar nu is het tijd. Hij zal zo komen.

In mijn zwakke, dwaze momenten droom ik dat we samen weggaan, ergens anders opnieuw beginnen, een nieuw avontuur gaan beleven, maar in de kille, donkere realiteit van mijn caravan weet ik dat hij graag zonder bagage reist en ik weet ook dat hij niet van losse eindjes houdt. Ik geloof niet dat hij plezier beleeft aan het moorden. Ja, er is een kilheid in de kern van zijn wezen, en ik betwijfel of hij zich ooit door zijn geweten ergens van laat weerhouden. Maar ik geloof echt niet dat hij er plezier aan beleeft. Mijn moord zal zonder enige emotie zijn, berekenend, een noodzakelijk einde.

De ironie is uiteraard dat ik hem nooit zou verraden. Ik ben niet zoals Tommy, die idioot die met zijn hebzucht en zijn trots alles kapot heeft gemaakt. Waarom moest hij het zo nodig verpesten? De afgelopen maanden zijn één groot avontuur geweest, vol camaraderie, romantiek en opwinding, maar Tommy met zijn grote ego moest het weer voor iedereen verknallen. Oké, misschien verdienden we niet genoeg. Daar had ik heel gemakkelijk mee kunnen leven, zolang hij me maar af en toe kwam opzoeken in mijn caravan en we onze lange gesprekken tot diep in de nacht voerden, terwijl de regen op het dunne dak tikte.

Ik hoor hem al op de wankele traptreetjes. Nu klopt hij op mijn deur. Wanneer ik opendoe, zal hij daar staan met een brede glimlach rond zijn mond en een fles in zijn hand. Snel. Ik moet nu ophouden. Nog een drankje, nog een pil, Beethovens *Pastorale*. De cirkel is rond.

Dankbetuiging

Allereerst wil ik graag brandonderzoeksexpert Terry Calpin en de brandweermannen van Pontefract Station, White Watch, bedanken: onderofficier Peter Lavine, brandweercommandant Barry Collinson en brandweermannen Gary Dixon, Andy Rees, Richard Beaumont, Dave Newsome en Arran Huskins. Bedankt voor jullie tijd en een extra bedankje voor Gary, die alles heeft geregeld. Ook wil ik graag inspecteur Claire Stevens van de Thames Valley Police en hoofdinspecteur Philip Gormley van de Metropolitan Police bedanken voor hun hulp. Zoals gewoonlijk ben ik als enige geheel verantwoordelijk voor eventuele technische fouten, die ten behoeve van het verhaal vaak zijn gemaakt.

Mijn dank gaat ook uit naar alle mensen die het manuscript hebben gelezen en van commentaar hebben voorzien: Dominick Abel, Dinah Forbes, Trish Grader, Sheila Halladay, Maria Rejt en Sarah Turner. Jullie hulp is onmisbaar wanneer ik door de bomen het bos weer eens niet zie.